Michael Preute · Der Kurier

Michael Preute

Der Kurier

Roman

Ullstein

Die Deutsche Bibliothek – CIP-Einheitsaufnahme
Preute, Michael:
Der Kurier: Roman/Michael Preute. – Berlin; Frankfurt/M.:
Ullstein, 1996
ISBN 3-550-06763-1

Satz: MPM, Wasserburg
Druck und Verarbeitung: Wiener Verlag, Himberg bei Wien
Printed in Austria

Gedruckt auf alterungsbeständigem Papier
mit chlorfrei gebleichtem Zellstoff
ISBN 3-550-06763-1

*In Erinnerung
an Csaba von Ferenczy,
der das Leben an jedem Tag
so sehr suchte und wohl
zuweilen auch fand.*

»Was mich an unserer reizenden Zivilisation so schafft, ist die vollständige Gleichgültigkeit, mit der das Publikum solche Enthüllungen begrüßt. Wir rechnen einfach nicht mehr damit, daß jemand ehrlich ist . . .«

Raymond Chandler an
Carl Brandt am 1. November 1948

Onkel Hermann spricht aus dem Off

Es ist still. Ich bin wütend und hilflos. Normalerweise gehe ich in solchen Momenten hinaus auf den Flur, laufe irgend jemand über den Weg, schwätze ein paar Worte oder steige in den Aufzug, fahre hinunter in die Cafeteria, trinke etwas, sehe irgendwelche Leute, rede belangloses Zeug und spüre, wie sich die Spannung in meinem Bauch langsam aufzulösen beginnt.

Heute funktioniert diese Taktik nicht, das riesige Gebäude ist leer, nirgendwo ein Mensch. Mit Sicherheit hocken ein paar Bundesbedienstete in einem Gemeinschaftsraum im Keller und trinken behaglich eine Flasche Bier. Wahrscheinlich grinsen sie über mich und fragen sich scheinheilig: Wie kann sich ein Abgeordneter in der Silvesternacht mit seinen Scheißakten beschäftigen?

Nein, nein, das werden sie nicht fragen, denn sie sind abgebrüht. Sie haben die Damen und Herren sinnlos betrunken erlebt, weinend oder haltlos schreiend, nur weil sie lächerliche Machtpositionen verloren haben. Nein, sie kann nichts mehr erschüttern, nicht einmal ein Geschlechtsakt auf dem Flur zwischen Bündnis 90/Grüne und Christlich-Sozialer Union.

So etwas soll sich unlängst ereignet haben, nachts um drei. Der die Stille kontrollierende Bedienstete hat blubbernd vor Vergnügen nur verlauten lassen: »Oh, Verzeihung, ich wußte nicht, daß Sie noch arbeiten«.

Die Dame von den Alternativen hat hysterisch gekreischt, und der Christlich-Soziale war augenblicklich impotent. *Sic transit gloria mundi.*

Ich habe mir für ein paar hundert Mark diese Schreibmaschine gekauft, eine japanische Brother AX, das meistgekaufte Modell der Welt. Ich will nicht, daß man mich über solche Lächerlichkeiten wie Papier und Schreibmaschinentyp identifizieren kann, denn garantiert wird mich eine Horde von Journalisten suchen.

Ich kann jetzt schon mit Sicherheit voraussagen, daß der Generalbundesanwalt dieses Manuskript Zeile für Zeile untersuchen lassen wird: Hat da jemand das Vaterland verraten? Selbstverständlich werde ich als Nestbeschmutzer gelten, und ebenso selbstverständlich wird jemand auf die Idee kommen, mir nachzusagen, ich hätte Millionen für diesen Bericht kassiert. Die Boulevard-Zeitungen werden titeln: BONN ZITTERT.

Der Verkäufer der Schreibmaschine hat versichert, dieser Typ wäre robust, nicht kaputtzukriegen und im Falle eines Falles leicht zu reparieren. Seltsamerweise habe ich erwartet, daß dieses Maschinchen nahezu lautlos das Papier mit Zeichen belegt. Das ist nicht so. Es rattert enorm in die Stille, aber es vermittelt mir immerhin das Gefühl, wirklich zu arbeiten.

Drüben auf der anderen Rheinseite vor dem niedrig hingestreckten Buckel des Siebengebirges schießen die ersten Raketen hoch. Väter werden ihre Söhne anschreien: »Kannst du denn nicht bis Mitternacht warten?« Was liegt dort drüben eigentlich? Das südliche Ende von St. Augustin? Ist das Oberdollendorf oder Vinkel? Ich weiß es nicht, ich arbeite seit zwei Jahrzehnten hier und weiß es nicht.

Ich bin sehr unsicher, oder besser gesagt: Ich schwanke. Soll ich diese Schmuddelgeschichte öffentlich machen oder schweigen? Zuweilen schießen mir Formulierungen in den Sinn, wie etwa: »Sie waren verdammt gründlich, sie setzten ein Zeichen. Sie schnitten ihm den Schwanz und die Hoden ab und stopften sie ihm in den Mund.« Ich weiß, das klingt schockierend, und ich weiß, das hat etwas von klebriger Effekthascherei. Aber das war eine Realität in einer ganzen Kette brutaler Realitäten, und es geschah in dieser Welt.

Wenn ich Ihnen versichere, daß ich wütend bin, so hat das viele Gründe. Wütend bin ich, daß das alles überhaupt passiert ist, weil Behörden versagten, weil wie üblich jeder jedem die Verantwortung zuschob, um die eigene Haut zu retten. Wütend bin ich auch, weil der Untersuchungsausschuß des Bundestages so elegant am Rande der Wahrheit entlangtänzelte und dabei jede einfache Erkenntnis unter Wortblasen verbarg. Und wütend bin ich zudem über mich selbst. Warum quäle ich mich seit Tagen, warum frage ich mich überhaupt, ob das, was ich tun will, richtig ist? Ich muß es tun.

Ich gelte als ein Zeitgenosse, der mit allen Dingen sehr leise, fast behutsam umgeht. Was werden meine Gefährten sagen, wenn sie erfahren, daß ich diesen Bericht geschrieben habe? Sie werden es zunächst nicht glauben, das ist ganz sicher. Die Erkenntnis wird über sie kommen, wie es in dieser kleinen Stadt so oft geschehen ist. Es wird sein, als eröffnete ihnen einer der Geheimdienste: Er war jahrelang ein Spion!

Zwar kann ich jedes Detail beweisen, aber ich bin ein zu alter Hase, um nicht Vorverurteilungen zu befürchten. Bekanntlich gehe ich einem Gewerbe nach, das in hohem Maße mit Vorverurteilungen lebt. Ich muß für diesen Bericht sogar in eine Branche einsteigen, die in einem ungebührlich hohen Maß Vorurteile in Bargeld umsetzt: in den Journalismus. Wie Sie sehen, ist meine Lage vertrackt, denn eben diese Journalisten werden schneller zu atmen beginnen und hektisch nachfragen: »Wer hat das geschrieben?«

Ich merke, ich bin es nicht mehr gewohnt, mit der Schreibmaschine umzugehen, ich tippe »Satd« statt »Stadt« und »veilleicht« statt »vielleicht«. Ich könnte alles diktieren und die Bänder in ein anonymes Schreibbüro bringen. Das ist mir jedoch zu riskant. Ich will mich also verbergen – mit der Option, eines Tages aufzutauchen und zu bekennen: Ich bin es gewesen!

Es ist jetzt eine Stunde vor Mitternacht, die letzten sechzig Minuten des alten Jahres verstreichen. Immer häufiger schießen bunte Raketen in den Himmel. Ich wurde unterbrochen, weil Trude mich anrief. Trude ist meine Frau, und sie sagte mit dieser Packen-wir's-an-Stimme: »Hör mal, du oller, arbeitswütiger Elefant, wann bist du morgen hier? Dann buddeln wir aus, was auszubuddeln ist. Vielleicht mögen wir uns ja noch. Wann kommst du?«

»Gegen Abend. Ich muß noch was Wichtiges aufarbeiten.«

»Und dann vier Wochen Ferien?«

»Dann vier Wochen Ferien«, bestätigte ich.

»Und du widerstehst auch deinem blöden Fraktionsvorsitzenden, wenn er anruft und dich in Bonn haben will, weil das Vaterland in Gefahr ist?«

»Ich widerstehe.«

Dann kam eine Frage, die mich erschreckte. »Sag mal, glaubst du, daß du noch Lust haben wirst, mit mir zu schlafen?« Sie lachte.

Ich gebe zu, ich war geneigt, einfach mit einem lapidaren Warum zu parieren, sagte aber dann: »Ich bin demnächst Rentner. Und soweit ich weiß, bist du auch jenseits der Fünfzig.«

»Das macht nichts«, sagte sie hell. »Wie lange sind wir jetzt verheiratet?«

»Über dreißig Jahre. Ich habe jetzt nicht viel Zeit.«

»Fahren wir, bitte, über Lausanne, Genf, Lyon, Montelimar und so? Kann ich fahren? Und können wir in Aiguesmortes darüber sprechen, ob wir miteinander schlafen wollen?« Sie hatte wahrscheinlich Angst, ich würde sie unterbrechen, und schnurrte hastig weiter: »Also, ich werde versuchen, ein Hähnchen mit Orangen zu füllen. Ich kann natürlich nicht so gut kochen wie Margit!«

Du lieber Himmel! Margit konnte überhaupt nicht kochen, und diese Geschichte ist neun Jahre her.

»Also gut, ich komme morgen, so schnell ich kann. Und rutsch gut ins neue Jahr!« Sie sagte weich: »Alles Gute im neuen Jahr, du oller Elefant. Ich habe hier zwanzig Leute hocken, die eigentlich gehofft haben, ihren Bundestagsabgeordneten zu sehen.«

»Grüß sie alle von mir. Und ich freue mich darauf, mit dir zu reden.«

»Ich freue mich auch.« Sie seufzte und begann ganz sanft zu weinen, aber ihre Stimme war voll von einem kleinen Glück.

Der Lärm draußen geht langsam vorbei, der Himmel wird wieder, was er meistens ist, schwarz. Das neue Jahr hat begonnen, und für mich ist es ein besonderes Jahr. Ich werde als Abgeordneter ausscheiden und werde es gerne tun. Ich bin es leid, für dieses Volk meine Seele zu opfern. Einfacher ausgedrückt: Ich habe die Nase voll.

Ich werde meinem Nachfolger Platz machen und inständig hoffen, daß er scheitert. Ich mag meinen Nachfolger nicht, er trägt Lederkrawatten zu Armani-Jacketts und versteht den Eindruck zu vermitteln, daß er alle Lösungen aus dem Ärmel schüttelt.

Letztlich scheitern die Arroganten meist an ihrer eigenen Dummheit. Mich ärgert nur, daß ich ihm zu häufig väterlich wohlwollend zulächle, wenn seine Plattheiten aus ihm heraussprudeln. Im Ortsverein verkündete er unlängst: »Man muß den Menschen von heute auch zugestehen, daß sie adrett gekleidet durchs Leben gehen wollen.« Darunter versteht er Sozialpolitik.

Ich habe Ihnen versprochen, mich zu verbergen. Sie vermuten, Sie könnten mich entlarven. Sie denken: Jemand, der in der Silvesternacht in seinem Abgeordnetenbüro hockt, ist leicht zu identifizieren. Nun, den Plan, diesen Bericht zu schreiben, faßte ich nicht in einer Silvesternacht und auch außerhalb meines Bonner Büros.

Es ist richtig, ich bin seit fast zwanzig Jahren Abgeordneter in Bonn, es ist auch richtig, daß ich bald aus diesem Amt ausscheiden werde. Das werden wir gleich haben! meinen Sie resolut. Lassen Sie es lieber bleiben, denn mit mir zusammen werden etwa zweihundert Frauen und Männer den Dienst quittieren.

Meine Frau heißt auch nicht Trude, und sie nennt mich niemals liebevoll »oller Elefant«, wenngleich ich mir das zuweilen wünsche. Wir haben kein Ferienhäuschen im französischen Aiguesmortes, und soweit ich weiß, hat meine Frau noch nie versucht, ein mit Orangen gefülltes Hähnchen zu braten. Es ist richtig, ich hatte vor neun Jahren kurzfristig eine Geliebte, aber sie hieß nicht Margit und wohnte nicht in Bonn.

Sie könnten jetzt auf die Idee kommen, meine Sprache zu untersuchen, um daraus Rückschlüsse auf meine Parteizugehörigkeit zu ziehen. Bei dem rhetorischen Einheitsbrei, den die Regierung in Bonn anrührt, ist das ein schlichtweg aussichtsloses Unterfangen. Nachdem sich ein Abgeordneter der Freien Demokraten von einem Fahrer des Bundestages in einen Kölner Puff fahren ließ und den Mann vergatterte, »zwei oder drei Nümmerchen lang« zu warten, scheint es mir unmöglich, parteispezifische Verhaltensmuster festzuzurren. Gleiches Recht für alle, Sie verstehen schon ...

Fairerweise will ich Ihnen jedoch erklären, wie ich an die Geschichte von Jobst Grau gekommen bin. Lange bevor jemand daran dachte, einen Untersuchungsausschuß einzusetzen, habe ich die ganze dreckige Story erfahren. Bemerkenswerterweise von einer sehr intimen Kennerin der Berliner Vorgänge. Die Frau war sehr clever, sie kam nicht in mein Abgeordnetenbüro nach Bonn, sondern besuchte mich in meinem heimischen Wahlkreis, in dem ich einmal pro Monat eine Bürgersprechstunde abhalte. Ich war wütend. Ich wollte dem Mann auf der Straße reinen Wein darüber einschenken, wie rücksichtslos Politiker in Bonn schalten und walten. Wie sie Wahrheiten unterdrücken oder solange hin und her wenden, bis sie ihnen in den Kram passen.

Ich will ehrlich sein: Zunächst glaubte ich ihr kein Wort. Ich schimpfte sie insgeheim eine hemmungslose, neurotische Spinnerin. Als sie aber einen jungen Mann, der laut Zeitungsmeldungen einem Herzversagen erlegen war, als »mafios getötet« bezeichnete und erklärte: »Den hat man mit siebzehn Messerstichen umgebracht und anschließend zur Besichtigung freigegeben«, wurde ich aufmerksam.

Entweder war die Frau total krank, oder es war etwas Wahres in ihren Worten. O-Ton der Zeugin: »Dauernd war die Rede von zwei Männern, die bei der Brandkatastrophe umgekommen sind. Stimmt gar nicht. Die waren schon tot, ehe der Brand gelegt wurde. Und es waren drei!« Die Frau senkte den Stachel des Zweifels in meine Seele.

In Berlin gab es viel politischen Lärm, weil der Bundesnachrichtendienst in froher Runde mit den verspielten Jungs vom amerikanischen DEA* im Chaos versank. Es war, als hätte man eine Horde tollwütiger Füchse durch die Stadt gejagt. Schließlich wurde kleinlaut und hinter vorgehaltener Hand ein Untersuchungsausschuß gefordert, und diese Frau fiel mir wieder ein.

Ich rief, deutlich mein Amt hervorhebend, aber unter

* Drug Enforcement Administration. US-amerikanischer Geheimdienst zur Drogenbekämpfung; als einziger seiner Art dem Finanzministerium unterstellt, operiert weltweit.

falschem Namen, den zuständigen Berliner Staatsanwalt an. Es gab einen kurzen, heftigen Wortwechsel, den ich meinen Lesern nicht vorenthalten möchte.

»Oh«, sagte er gedehnt, »ausgerechnet ein Abgeordneter aus Bonn! Nun ja, auch uns hat mittlerweile die Nachricht erreicht, daß Markus Schawer keineswegs an Herzversagen starb, sondern mit ein paar Messerstichen ins Jenseits befördert wurde ...«

»Siebzehn, Herr Staatsanwalt, siebzehn!« brüllte ich ins Telefon.

»Das habe ich auch gehört.« Er seufzte. »Es kommt ja noch erschwerend hinzu, daß Markus Schawer gar nicht Markus Schawer war, sondern ...«

»Wie bitte?«

»Na ja, angeblich war Markus Schawer ein Jungdiplomat des Auswärtigen Amtes und hieß in Wirklichkeit Ulrich Steeben. Aber das Auswärtige Amt streitet das ja ab, wie Sie sicher wissen ...«

»Was haben Sie denn unternommen?«

»Na ja, Anzeige gegen Unbekannt erstattet, zunächst wegen Verdachts auf Totschlag, wie immer eben.«

»Mein Gott, der Tote hatte sein Geschlechtsteil im Mund ...«

»Ja, ja, das ist mir auch zu Ohren gekommen. Aber was sollten wir denn machen? Wir haben diesen Toten ja niemals ...«

»Herr Staatsanwalt, was ist denn wirklich passiert?«

»Das wissen wir eben nicht, Herr Abgeordneter. Als wir auf die Sache aufmerksam wurden, war die Leiche schon verbrannt.«

»Prima«, sagte ich erheitert, »prima!«

Vielleicht können Sie sich jetzt vorstellen, was passiert ist, als dieser Untersuchungsausschuß in Bonn konstituiert wurde und seine Sitzungen aufnahm. Ich besorgte mir die Protokolle auf Umwegen, da das Thema innere Sicherheit absolut nicht mein Feld ist. Ich las atemlos, was die hohen Damen und Herren miteinander beredeten, wen sie befragten und zu welchen Schlüssen sie kamen. Ich war entsetzt, was sie alles übersehen und wen sie nicht angehört hatten.

Ob Sie es glauben oder nicht: Keiner der wirklichen Akteure in diesem höchst dreckigen und blutigen Krieg wurde als Zeuge einvernommen. Das wäre auch viel zu riskant gewesen, denn sie kochten alle ihr Süppchen. Die Ausschußmitglieder suchten sich für ihre langen Verhandlungen exakt die Zeugen aus, die garantiert nicht einmal annähernd begriffen hatten, um was es eigentlich ging. Sie wollten alle nur eins: den alten, bequemen Zustand wiederherstellen.

Noch etwas muß ich erwähnen. Sie werden erstaunt sein, daß ich bestimmte Dialoge präzise beschreibe, obwohl ein Teil der Gesprächspartner längst tot ist, also nicht mehr befragt werden konnte.

Sie müssen mir in diesem Punkt vertrauen: Ich habe kein einziges Gespräch um der Spannung willen erfunden oder des Kitzels wegen verändert. Zuweilen werden Sie sich verblüfft fragen, woher ich denn diese oder jene Einzelheit wissen kann. Nun, meine Recherchen waren sehr genau, und immerhin verfügte ich über einige ernstzunehmende, verantwortungsbewußte Zeugen.

Ein Beispiel: Der Held der Geschichte, Jobst Grau, schlief mit seiner zeitweiligen Lebensgefährtin ein einziges Mal auf einem Bettvorleger. Die Dame nahm anschließend diesen Bettvorleger und stopfte ihn in die Waschmaschine. Woher ich das weiß? Diese Dame führt seither in Bonn den Spitznamen »die Trockenschleuder« ...

Und was ist nach all den Befragungen und Untersuchungen geblieben? Geblieben sind Menschen, die heilfroh sind, daß die Ausschußsitzungen so gewollt ergebnislos verlaufen sind. Menschen, die jetzt wieder ihren Geschäften nachgehen und langsam zu den alten Praktiken zurückfinden: zu Grausamkeit, Brutalität und Einschüchterungsversuchen.

Und dann gab es noch eine witzige Love-Story, so unglaublich Ihnen das erscheinen mag. Sie ist der tröstliche Aspekt der Angelegenheit, die immerhin mindestens sechs Menschenleben forderte – wieviel genau, weiß ich noch immer nicht.

Der letzte Bericht, der mich ebenfalls auf Umwegen erreichte, besagt, daß Held und Heldin sich in der Nähe von Nizza ausruhen. Wörtlich heißt es: »Grau und Kern erholen sich. Die Frau scheint weitgehend schmerzfrei zu sein. Manchmal schiebt er sie in ihrem Rollstuhl im Laufschritt am Strand entlang. Sie albern herum, was lächerlich wirkt. Im Hotel verlassen sie selten das Zimmer. Das Personal ist eifrig bemüht, sie in allen Punkten zufriedenzustellen. Ein von mir befragtes Zimmermädchen erklärte naiv: ›Wir achten darauf, daß Frau Kern wieder in Form kommt. Dazu ist es notwendig, sie aufzupäppeln. Sie macht am Tag mehrere Male Liebe, und das tut ihr besonders gut.‹ Eine ernstgemeinte Lebensplanung konnte ich bei beiden zu Observierenden nicht feststellen. Irgendwelche Treffen im Sinne von den Staat zersetzender Arbeit fanden wohl nicht mehr statt.«

Natürlich wollen Sie wissen, wer diese Berichte schrieb. Sie stammen von einem zweiundfünfzigjährigen Außenagenten des Bundesnachrichtendienstes in Pullach mit einer starken Neigung zu Bluthochdruck und ständigen Magengeschwüren. Nun könnte es sein, daß Sie diesen Bericht im Kreise Ihrer Lieben diskutieren wollen. Ich sollte meine Identität preisgeben, weil Sie strenggenommen nicht einmal wissen, ob ich eine Frau oder ein Mann bin, nicht wahr? Nun gut: Nennen Sie mich für die Dauer der Lektüre einfach »Onkel Hermann«. Wir werden uns ohnehin nie kennenlernen.

Alte Bekannte

Meckems Ausbruch war gewaltig. Er stand so schnell und ruckartig auf, daß seine Kniekehlen den Schreibtischstuhl rückwärts gegen das Bücherregal schleuderten. Ein Plastikglobus stürzte ab und platzte mit einem lauten Plopp. Grau wunderte sich den Bruchteil einer Sekunde, warum kein Wasser aus der Kugel floß. Bei Meckems Vorliebe für den Kitsch dieser Zeit war alles möglich.

»Hören Sie!« Grau gestikulierte abwehrend mit beiden Händen. »Diese Art von Journalismus ...«

»Himmel, Arsch und Zwirn!« schrie Meckem. »Es interessiert unsere Leser einen Dreck, ob Ihr Seelchen diese Art von Journalismus mag oder nicht. Die Leute wollen Bilder sehen. Jetzt sehen sie die bei der Konkurrenz!«

»Heißt das, daß Sie mich entlassen?« fragte Grau ganz sanft. Er flehte Gott an, oder wen auch immer, daß genau dies passieren möge.

»O nein.« Meckem konnte zwei einsilbige Wörter zusammenziehen und dabei seinen Tonfall von dem heller Wut in den sabbernder Gefälligkeit verändern. »O nein, ich entlasse Sie nicht, ich entbinde Sie nur von Ihren Recherchen und setze Sie auf die Karnickelzüchtervereine Bonns an. Damit Sie endlich begreifen, worauf es in dieser Branche wirklich ankommt!«

»Woher wissen Sie denn, worauf es in dieser Branche wirklich ankommt?« Grau fand seine eigene Bemerkung im gleichen Atemzug dümmlich.

Meckem seufzte: »Es kommt darauf an, besser zu sein als die Konkurrenz. Und Sie haben genau das versiebt.«

»Ich werde es das nächste Mal auch versieben«, versprach Grau störrisch. Er hockte auf dem Stuhl wie jemand, der seinem Zahnarzt Mut machen muß, endlich den faulen Zahn zu ziehen.

Meckem stand merkwürdig zurückgebogen, als glaubte er nicht so recht an seine eigene Kraft. Sein Kopf war hochrot, violette Flecken glühten an beiden Seiten der Nase. Zum Jeanshemd trug er einen grellgrünen Lederschlips. Grau fand, daß er verdammte Ähnlichkeit mit einem wütenden Papagei hatte.

»Hören Sie mal zu, mein lieber Jobst.« Meckem langte hinter sich, richtete seinen Stuhl wieder ordnungsgemäß vor dem Schreibtisch auf und setzte sich betulich hin. Damit pflegte er anzudeuten, daß er etwas Grundsätzliches zu sagen hatte. »Hören Sie zu, mein lieber Jobst. Sie sind seit zwanzig Jahren in diesem Beruf. Gelten als guter Mann. Sie haben eine Story aufgetan: In einem Altenheim wird eine alte Frau von einer brutalen Pflegerin zu Tode gefüttert und erstickt. Ihr Auftrag war, vom Mann dieser Frau private Bilder zu besorgen, die diese tote alte Frau lebendig, lachend und glücklich zeigen. Versaut haben Sie es, weil ...«

»Der alte Mann hat zwei Stunden nur geweint«, unterbrach Grau scharf. »Ich mußte ihm sagen, daß es wahrscheinlich Totschlag ist, ich mußte ihn trösten, ich konnte ihm nicht gleichzeitig das Fotoalbum klauen. Meine Würde ...«

»Ihre Würde ist mir und den Lesern scheißegal«, schnappte Meckem, ganz ein großer Mann, ein großer bunter Papagei. »Während Sie edel mit dem Alten trauern, geht die Konkurrenz hin und luchst der Tochter die Fotos ab!«

Grau nickte. Er starrte auf den Topf mit Papyrus, den irgend jemand optimistisch und diskret in eine Ecke gestellt hatte. »Diese Form von Journalismus finde ich beschissen.«

Meckem sagte müde: »Dann sind Sie hier bei uns falsch.«

»Stimmt. Wenn man hier Sachverstand wie Diebstahl buchstabiert, dürfte diese Redaktion meinen Anforderungen nicht genügen.« Nun kündige mir doch endlich! dachte Grau heiter.

»Geh heim, Junge«, sagte Meckem leise und sorgenvoll. »Geh nach Hause, ruh dich aus, beschimpf mich ein paar Stunden im Geiste und schlaf. Dann machst du Ferien. Du kommst wieder, und wir reden noch mal.«

»Leck mich doch am Arsch!« Grau ging erbost hinaus.

Er war ein dünner, mittelgroßer Mann mit kurzem, grauem Haar und einigen scharfen Falten um Nase und Mund. Er hatte Jeans zu knöchelhohen weißen Baseballschuhen an, ein weißes Hemd, ein mattgraues dünnes Jackett. Er weigerte sich beharrlich, Krawatten zu tragen. Er ging leicht gebeugt, bewegte sich langsam, fast schläfrig, und machte meist den Eindruck, als wäre er geistesabwesend, nicht wirklich interessiert, ein Tagträumer.

Grau blieb in dem langen Korridor vor Meckems Zimmertür stehen und stopfte sich eine Pfeife. Er wirkte fehl am Platz: ein Fremder im falschen Haus, im falschen Flur, vor dem falschen Zimmer.

Es war elf Uhr vormittags. Wenn er jetzt nach Hause ging, würde er Angie ausgeliefert sein, die heute morgen laut gejammert hatte, ihre Blusen wären bei der Wäsche nicht weiß genug geworden – jedenfalls nicht weiß genug für Teneriffa. Seit Tagen nahm er sie nur als schmale herumwerkelnde Gestalt wahr, die Wäschestücke ins grelle Tageslicht hielt und bekümmert feststellte: »Da sind noch Schatten!« Wie konnte eine Frau, die Angela hieß, darauf bestehen, daß man sie Angie nannte? »Und, bitte, ja englisch aussprechen.« Wie lange lebe ich jetzt mit ihr zusammen? Drei Jahre? Dreißig Jahre?

Er trottete zu seinem Büro, öffnete die Tür und sagte in

Monheims rundes, schwitzendes Gesicht: »Ich gehe in Urlaub.«

Ohne aufzublicken sagte Monheim zerstreut: »Da war ein Anruf für dich, klang amerikanisch oder englisch. White oder Weiß, was weiß ich. Er sagte, er ruft noch mal an. Hat der Chef dich durch die Mangel gedreht?« Monheim war nicht wirklich an ihm interessiert.

»Leider nein.« Grau starrte auf Monheims Bildschirm, den er haßte, weil er so vollkommen lautlos Vieldeutigkeiten produzierte. Er beschloß, irgendwo einen Kaffee zu trinken und ein Stück Obsttorte mit einer doppelten Portion Schlagsahne zu verdrücken. Angie würde jetzt sagen: Sahne schmiert die Seele! Zuweilen sagte sogar sie etwas Wahres.

»Ich dachte, er schmeißt dich raus«, sagte Monheim, ohne seine Arbeit zu unterbrechen.

»Leider nein«, wiederholte Grau. »Hat dieser White gesagt, wann er sich wieder meldet?«

»In einer halben Stunde«, antwortete Monheim. »Jetzt muß ich diesen Scheiß hier zu Ende schreiben, sonst schaffe ich es nie.« Er bezeichnete alles, was er zu schreiben hatte, als Scheiß.

Grau drehte seinen Stuhl zum Fenster, setzte sich hin und legte die Füße auf das Fensterbrett. Er sah blinzelnd in den sommerlichen Himmel. Warum hatte er sich darauf eingelassen, als Redakteur angestellt zu werden? Warum verfolgte er Themen, die er gar nicht wollte, warum zelebrierte er einen eingefahrenen kurzen, harten Stil, der ihm unangemessen schien, einen Stil, der zuweilen wie ein rostiges Messer das Papier ritzte, der zuweilen auch verlogen war?

Dann schellte das Telefon. Es war Angie, und sie fragte mit hoher, ein wenig aufgeregter Stimme: »Was glaubst du, brauchen wir Filme mit hunderter Empfindlichkeit oder besser mit zweihunderter? Denk dran, du fotografierst gerne Schatten.«

»Nimm zweihunderter«, sagte er. »Kauf zehn Filme. Das lohnt sich wenigstens.«

»Glaubst du, daß du mit zwölf Hemden auskommst?«

»Aber ja«, antwortete er gutmütig. »Mach dir nicht so viel Arbeit.«

»Freust du dich ein bißchen?«

»O ja«, sagte er.

Er verschwieg den Streit mit Meckem, denn Angie würde sich ängstigen. Alles ängstigte sie, was neu und unberechenbar war und ihren zerbrechlichen Alltag zu zerstören drohte.

»Wann kommst du heim?«

»Gegen Abend«, sagte er. »Wie immer.«

»Morgen um diese Zeit sind wir schon da«, sagte sie hell, fast siegessicher.

»Ja.« Er legte auf.

Er hatte die Hoffnung aufgegeben, daß irgend etwas Unvorhergesehenes ihm diese gräßliche deutsche Gruppenreise auf die Sonneninsel vermasseln würde. Sie hatte quengelnd gebeten, endlich dieses Pauschalangebot zu buchen, »wie alle normalen Menschen«. – »Deine Art, Urlaub zu machen, ist so eigenartig«, hatte sie geäußert. Das Wort eigenartig war ein wütender Tadel. – »Was ist denn an meiner Art, Urlaub zu machen, eigenartig?« hatte er wissen wollen. – »Na ja, du sagst zum Beispiel, wir fahren nach Saint-Tropez, aber in Wirklichkeit mietest du eine Hütte in zwanzig Kilometern Entfernung und nimmst dreißig Bücher über das Mittelalter mit. Ich bin erst siebenunddreißig, ich will noch was erleben, ich will nicht so enden wie mein Exmann, der mit fünfundzwanzig schon ein Greis war.« *Wie mein Exmann* war gewissermaßen ein Schimpfwort.

Plötzlich fragte er sich, warum er nicht einfach krank wurde. Wenn er zu einem Arzt ginge, würde der irgend etwas finden. Zum Beispiel nicht näher definierbare Schmerzen im Oberbauch.

Das Telefon klingelte, Grau hob ab, jemand sagte: »Hello?«

»Grau hier. Bitte?«

»White hier. Al White, wenn Sie so gütig sein wollen, sich zu erinnern.«

»Ich erinnere mich«, sagte Grau mit einem hohlen Gefühl im Bauch. »Wie geht es Ihnen?«

»Na ja«, antwortete White vage. Er hatte eine tiefe, gut geölte Stimme. »Ich toure ein bißchen durch Europa, um den Dreckladen in Washington zu vergessen.«

»Warum rufen Sie an?«

»Weil ich Sie in guter Erinnerung habe. Können wir uns sehen?« White lachte.

»Wo sind Sie jetzt?«

»In der Botschaft in Godesberg.«

»Also doch dienstlich.«

»Nein. Hier sitzen ein paar alte Kumpels, die ich besucht habe. Also? Wie steht's mit einem Kaffee? Wann? Wo?«

Grau versuchte, sich an Whites Gesicht zu erinnern. Er entsann sich der Haare: ein stumpfes Braun, ins Grau hineinspielend, ziemlich kurz. Überhaupt viel Braun an diesem Mann. Dunkelbraune Augen, braunes Jackett, braune Hose, braune Schuhe. Wie lange war das her? Wann ist Eichhörnchen gestorben? September '84.

»Im Stadtcafé, in einer Viertelstunde.«

Grau gab sich einen Ruck, ging hinaus zum Lift und fuhr hinunter.

Die Sonne stand hoch und stach grell in die Augen, was ihn blinzeln ließ. Er steuerte den Kiosk an und kaufte sich zwei Schachteln Gauloises. Wenn er aufgeregt war, vergaß er seine Pfeifen und rauchte Zigaretten. Er überquerte die Adenauerallee und schlenderte in den Hofgarten hinein. Den Kopf hielt er in einem spitzen Winkel zur Erde geneigt.

Er dachte verkrampft: Sie hatte zwanzigtausend Gesichter. Jede Siebzehnjährige hat zwanzigtausend Gesichter. »Herr

Grau, ist diese Tote hier Ihre Tochter?« – »Herr Grau, Sie haben dem Mann beide Schlüsselbeine zerschmettert. Warum?« Grau zündete sich eine zweite Gauloise an und trat den Rest der ersten im roten Lehm des Parkwegs aus.

»Haste 'n paar Groschen für 'n antifaschistischen Umtrunk?« Ein Penner hockte inmitten eines Sammelsuriums von Plastiktüten auf dem Rasen und lächelte zahnlos und frech. Er war sehr jung.

»Sicher.« Grau gab ihm ein Zweimarkstück.

Was konnte White von ihm wollen? Verbindungen in Bonn? Vielleicht geht es ihm wie mir, vielleicht versucht er, etwas herauszufinden, von dem er nicht einmal ahnt, was es sein könnte. Pippi Langstrumpf nennt uns Sachensucher.

Grau bewegte sich langsam und verkrampft vorwärts, er wirkte wie jemand, der angestrengt gegen den Strom schwimmt. Er rauchte Kette, aber ohne Genuß, und überlegte, ob er wohl in vierundzwanzig Stunden mit einer drallen Metzgersfrau aus Düsseldorf darüber streiten würde, wo es das beste Eisbein gab: bei Pablo oder Juglio.

Das Stadtcafé war wie immer sehr voll und laut. Er fragte sich ein wenig ratlos, warum er White ausgerechnet an diesen Ort bestellt hatte. Dann fiel es ihm wieder ein: White liebte das Gedränge, mochte die Masse, versteckte sich gern als Gleicher unter Gleichen. Wahrscheinlich waren alle Geheimdienstleute so.

Er ging in den ersten Stock hinauf und entdeckte mittendrin einen freien Zweiertisch. Weil es heiß war, zog er das Jackett aus und hängte es über seine Stuhllehne. Dann bestellte er sich einen Tee und ein Stück Obstkuchen mit Schlagsahne. Die Bedienung brüllte: »Erdbeeren? Die sind frisch!« Grau nickte. »Erdbeeren.« Verdammtes Bonn, dachte er matt. Teneriffa! Wenn man das I scharf betonte, war es ein schöner Fluch.

Dann sah er White. Der lehnte mit dem Rücken an einem

Rolladenschrank, in dem die Bestecke gestapelt waren. Grau benutzte das alte Zeichen. Er fuhr sich mit der rechten Hand ans Ohr und spreizte dabei den kleinen Finger weit ab, so daß der einen Bogen zum Auge bildete.

White lächelte flüchtig und näherte sich langsam. Er war einige Zentimeter kleiner als Grau, wesentlich kompakter, mit breiteren Schultern, einem runderen Gesicht und uralten dunkelbraunen Augen über einer schmalen Nase und einem dünnlippigen harten Mund.

Grau grinste, als er sah, daß alles an White braun war. Die Unauffälligkeit in Person. Ein cremefarbenes Hemd zu einer dunkelbraunen Lederjacke, einer dunkelbraunen Hose und dunkelbraunen Slippern. Nur die Krawatte war ein grüner Wollstreifen. *»Nice to see you«*, sagte er und wies auf den Stuhl neben sich.

»Es ist schön im alten Europa«, erwiderte White. Sie gaben sich nicht die Hand. »Wie ist es Ihnen ergangen?«

»Ich versuche unablässig, meiner Mittelmäßigkeit zu entfliehen.«

White lachte. »Ich hab' mich schon gefragt, ob Sie sich diese direkte Art bewahrt haben. Sie rauchen keine Pfeife mehr?«

»Zwei Packungen lang nicht. Wenn Sie mehr als zwei Stunden meiner Zeit beanspruchen, kann ich Ihnen nicht dienen.«

»Wieso? Was ist?«

»Urlaub.«

»Den kann man verschieben.«

»Ich nicht.«

»Sind Sie wieder verheiratet?«

»Nein. Wie geht es Ihnen in Washington?«

»Ich bin Computerfachmann geworden. Kleines Haus in Georgetown für die Familie, die ich alle vierzehn Tage flüchtig sehe. Meine Frau ist sauer, meine Kinder sind sauer, ich bin es auch. Da habe ich mir gesagt: Die können mich doch alle kreuzweise. Ich mache eine offizielle Inspektionstour. Bonn, München, Rom, Madrid. Gut, Sie zu sehen.«

Grau verzog den Mund. »Es ist sieben Jahre her. Ich war ein deutscher Vater mit einem süchtigen deutschen Kind, eine Adresse unter zwanzigtausend.«

»Okay, okay, Sie sind mißtrauisch. Sie fragen sich: Was will der?« White lächelte schmal.

»Und, was will er?«

White starrte auf irgendeinen Punkt über Graus rechter Schulter. »Sie sind Journalist. Ich treffe Sie nicht, ohne vorher meine Leute gefragt zu haben. Die sagten: Grau ist unauffällig, gibt nie auf, ein Berufsfrager. Also können Sie mir vielleicht helfen.«

»Ich? Der DEA helfen? Ich habe nicht die geringste Ahnung von der Szene, das müssen Ihre Leute Ihnen doch gesagt haben.«

»Das haben sie auch. Aber dieser Fall ist nicht so einfach. Mir gefällt es hier nicht. Lassen Sie uns gehen.« Grau war erstaunt, aber er widersprach nicht, legte Geld auf den Tisch und ging hinter White her. Auf der Straße blieb der Amerikaner stehen. »Gehen wir spazieren. Zum Rhein runter?«

»Hören Sie, White, was soll das?« fragte Grau ganz ruhig. »Ich habe null Ahnung vom Drogengeschäft, ich kenne nicht einmal einen Kleindealer, ich kenne bestenfalls ein Dutzend Leute, die leuchtenden Auges berichten, um 1968 herum mal Haschisch gequalmt zu haben. Und AN 1 und ROSIMON NEU haben sie gefressen. Als der Scheiß-Drogenpapst Leary behauptete: ›Jesus kommt zu dir mit LSD‹, haben sie alle LSD geschmissen. Das war deren wilde Zeit, und jetzt sind sie LBS-Sparer und asthmatisch.«

»Sie haben genug begriffen, um den Dealer Ihrer Tochter halb totzuschlagen.«

»Daß Sie mich daran erinnern, ist nicht fair«, wandte Grau ein.

»Zu mir ist auch kein Mensch fair«, stellte White ruhig fest. »Ich weiß, daß Sie Ihr Geld als festangestellter Redakteur verdienen. Ich weiß auch von dieser Frau, die Angie heißt. Ich weiß auch, daß Sie morgen früh mit der TUI nach Teneriffa fliegen wollen. Geben Sie mir einfach die Chance, Ihnen etwas zu verklickern, okay?«

»Okay.« Grau lächelte vage. »Aber schlagen Sie keinen großen Bogen, machen Sie schnell. Sie sind eigens meinetwegen hier. Richtig?«

»Richtig.«

»Sie machen auch keine Inspektion der DEA-Außenposten. Richtig? Wenn Sie mich also anheuern wollen, müssen Sie ungefähr knietief in einem Schlamassel waten?«

»Etwa bis zum Kinn.« White machte ein paar Trippelschritte, weil sie in einen Trupp Schulkinder geraten waren, die lärmend heimwärts zogen.

»Wieso ausgerechnet ich?« fragte Grau und blieb abrupt stehen.

»Wir haben Sie im Computer.«

»Das kann nicht der Grund sein«, widersprach Grau schnell. »Sie haben Tausende von Deutschen im Computer, die möglicherweise viel besser geeignet sind.«

White schüttelte den Kopf. »Die wirklich Wichtigen stehen in meinem Notizbuch. Es gibt Lichtgestalten in meinem Beruf, Sie waren so eine Lichtgestalt.«

»Ich bin vorbestraft deswegen.«

»Ja, ja, ich weiß.«

»Also los, sagen Sie, was Sie sagen wollten.« Grau setzte sich auf eine Bank.

White sah sich aufmerksam um und sagte dann durch die Zähne: »Ich möchte lieber weitergehen.«

»Was ist denn los?« Grau wurde langsam auch unruhig.

»Die Geschichte macht mich meschugge.«

Widerwillig erhob sich Grau, und sie gingen weiter.

»Ich bin 1985 nach Washington zurückversetzt worden. Ganz normal. Ich kam ins Computerzentrum der DEA. Von Zeit zu Zeit koordiniert man als ehemaliger Außenmann eine Operation. Man plant sie, man holt sich die geeigneten Leute, man zieht sie durch. Meine letzte Operation ging in die Hose. Das ist der Stand der Dinge.«

»Und ich bin jetzt der Schlüsseldienst?«

White lächelte. »Ein paar Kollegen fordern meinen Kopf. Wenn sie sich durchsetzen, hocke ich den Rest meines Lebens im Archiv, und das packe ich nicht. Ich bin erst achtundvierzig. Wollen Sie die Geschichte hören?«

Grau war plötzlich unruhig. »Ich kann nichts für Sie tun, ich fliege morgen.«

»Vielleicht fliegen Sie ja nicht«, sagte White ernst.

»Kann ich die Sache journalistisch auswerten? Und wer weiß, daß Sie mich um Hilfe bitten?«

»Niemand. Fast niemand.«

»Wie lange kann die Sache dauern?«

»Ich weiß es nicht. Vielleicht einen Monat, vielleicht drei Monate, vielleicht klappt es nie.«

»Sie schicken mich doch nicht etwa Heroin oder Koks suchen?«

»Sie sollen einen Mann finden.«

»Was ist das Besondere an ihm?«

»Er hat zehn Millionen US-Dollar in bar bei sich und etwa fünfzig Pfund reines Kokain. Wahrscheinlich ist er längst eine Leiche.«

»Ich kenne die Szene nicht«, gab Grau zu bedenken.

Sie erreichten die erste Quergasse, die zum Rhein hinunterführte, und ihre Schuhe klackten hell auf dem uralten Pflaster.

»Der Mann gehört nicht zur Berliner Szene«, erklärte

White. »Das ist mein Handicap. Er ist ein Außenseiter, sozusagen ein Seiteneinsteiger.«

»Warum setzen Sie nicht ein Dutzend Ihrer Spezialisten auf ihn an?« fragte Grau mißtrauisch.

»Haben wir längst getan«, antwortete White müde. »Es gibt nichts, was wir nicht getan haben. Klingt gut für einen Journalisten, nicht wahr?«

»Klingt gut«, gab Grau zu. »Sie sind also auf mich verfallen, weil mich kein Mensch in der Szene kennt und weil ich diesen Beruf habe?«

»Ja. Und weil ich Sie ein bißchen kenne.«

»Wie behalte ich meinen Job? Ich kann nicht einfach verschwinden.«

»Sie können zunächst Ihren ganzen Urlaub verjubeln. Anschließend schreibt Sie ein Mediziner der US-Botschaft krank, inklusive Kur.«

»Wer trägt die Spesen?«

»Spesen trage ich unbegrenzt gegen Quittung. Sie bekommen außerdem täglich zweihundert Dollar Bewegungsgeld ohne Abrechnungspflicht. Sind Sie erfolgreich, bekommen Sie dreißigtausend Dollar. Zehntausend davon sofort, die behalten Sie so oder so.«

»Wo muß ich arbeiten?«

»In Berlin.« White wurde etwas lebhafter. »Sie arbeiten für *National Geographic* an einer Geschichte der wiedererstandenen deutschen Hauptstadt. Sie müssen also zuweilen englisch sprechen. Wie ist Ihr Englisch?«

»Besser als das meines Kanzlers. Wer hat mir den Auftrag für *National Geographic* gegeben?«

»Die New Yorker Redaktion. Ein Mann namens Tree hat Sie in Bonn angerufen, Sie haben akzeptiert. Sie kennen Tree nicht, aber das ist auch nicht notwendig.«

»Kein Deckname? Kein Arbeitsname?«

»Nicht nötig. Sie sind Jobst Grau, Sie sind Journalist, Sie

recherchieren, Sie haben nichts mit Rauschgift oder Dealern zu tun.«

Grau dachte erstickt: Mach's gut, Angie! Dann fragte er: »Habe ich Kontakt, wenn etwas schiefgeht?«

»Natürlich. Kontakt über DEA Bonn. Botschaft. Tag und Nacht.«

»Da stimmt etwas nicht«, murmelte Grau. »Sie sagten: Fast niemand weiß, daß Sie sich an mich wenden. Wie können Sie mich dann bezahlen?«

White lächelte zuerst, dann lachte er. »Von meinen zwanzig Vorgesetzten glauben sechs daran, daß ich die Sache wieder in Ordnung bringe. Also habe ich einen Etat und bezahle Sie nicht von meinem Sparbuch.«

»Wann muß ich anfangen?«

»Vorgestern.«

»Dann will ich die Geschichte hören.«

Sie setzten sich auf eine Bank am Rheinufer und starrten auf den stark frequentierten Fluß. Die beiden Männer wirkten wie zwei alte Büroangestellte, die Mittagspause machen und sich wortlos darüber verständigen, daß sie nie eine weitere Sprosse auf der Karriereleiter vor sich haben würden.

Whites Bericht

Die Geräuschkulisse ließ nicht zu wünschen übrig. Da waren die tuckernden Dieselmotoren der Rheinschiffe, einmal ferner, einmal näher. Da war das summende Geräusch der Stadt hinter ihnen: Die jungen Linden rechts und links rauschten sanft zischend im Wind, ein paar Kinder übten auf Skateboards, Spaziergänger schlenderten plaudernd vorbei.

Trotzdem schien es Grau, als säßen sie in einem geschlossenen Raum. White sprach sehr leise. In der rechten Hand hatte er einen kleinen dünnen Ast und malte damit wirre Linien in den Sand zwischen zwei zerzausten Grasbüscheln.

»Haben Sie die Welt der Drogen so ungefähr im Blick? Wissen Sie, was läuft?«

Grau schüttelte den Kopf. »Gelegentlich lese ich darüber, sonst nichts.«

White nickte bekümmert. »Okay, okay. Sie müssen auch die hemmungslos provinziellen deutschen Politiker vergessen, wenn Sie die Lage begreifen wollen. Es besteht sonst die Gefahr ...«

»White«, unterbrach Grau sanft, »bitte keine pädagogische Exkursion. Ihr Amis seid schließlich Weltmeister in Provinzialismus.«

»Ich weiß.« White nickte. »Deshalb erwähnte ich diesen Punkt. Und Ihr Deutschen seid phantastische Schüler.«

Er grinste flüchtig. »Die Drug Enforcement Administration arbeitet wie eh und je weltweit. Wir sind der einzige Geheimdienst der Welt, der sich exklusiv auf Drogen und Drogengelder spezialisiert hat. Wir sind auch die einzige Gruppe, deren Mitglieder ausnahmslos diplomatischen Status haben und die logischerweise beim Finanzministerium angesiedelt ist, denn schließlich geht es ja um Geld, um die Ware also ...«

»Al White.« Grau legte ihm die Hand an den rechten Oberarm. »Ich soll einen Mann in Berlin suchen, der möglicherweise eine Leiche ist. Wenn Sie jetzt eine Vorlesung halten, sitzen wir morgen noch hier.«

»Okay. Also die Kurzfassung: Wir operieren in jedem Staat, der als Hersteller- oder Transitland eine Rolle spielt. Deutschland ist letzteres. Und hier verfügen eine ganze Menge Menschen über eine ganze Menge Geld. Also können von Deutschland aus Drogen finanziert werden, ohne daß die Finanziers auch nur den leisesten Dunst davon haben, was mit ihrem Geld passiert. Okay?

Ferner ändert sich der internationale Drogenmarkt derzeit rapide. Kolumbien hat traditionell immer nur Kokain hergestellt. Jetzt baut es seit einigen Jahren zusätzlich auch noch den Grundstoff von Heroin an, also Mohn. Die Kokainsträucher wuchsen bisher ausschließlich in Südamerika; jetzt werden sie zusehends auch in Fernost angepflanzt.

Das hat auch etwas mit den Verbrauchern zu tun. Wir erwarten für die Vereinigten Staaten eine harte, brutale Heroinphase, für Europa und gewisse Länder in Fernost, Japan zum Beispiel, eine Kokainphase.«

»Wieso denn das?«

»Das paßt zur politischen Stimmung«, erklärte White lapidar. »Der Deutsche zum Beispiel hechelt ununterbrochen seine Karriereleiter rauf, will ununterbrochen gut drauf sein, will immer Power haben. Natürlich könnte er künstliche Aufputscher sniefen, spritzen oder schlucken. Wer aber was auf sich hält, schnupft Koks. Er demonstriert damit Geld, und Geld ist *das* Zeichen für Erfolg.

Kokain hat für alle Polizisten der Welt einen erheblichen Nachteil: Kokainverbraucher fallen niemals oder nur sehr selten kriminell auf. Bestenfalls kriegen sie eine Anzeige wegen Falschparkens. Strenggenommen, sind Kokssniefer Leute mit Geld, die sich hin und wieder einen Spaß erlauben wollen, weil Spaß im Leben das einzige ist, was man sich ständig gönnen sollte.«

»Warum legalisiert ihr das ganze Scheißzeug nicht einfach?«

White sah Grau grinsend an. »Wenn wir es legalisieren, verlieren wir unsere Spielwiese.« Er wandte sich wieder seinem dürren Ast zu und ritzte ein Viereck in den Sand.

»Nach wie vor ist Kokain ein Fetisch der Reichen. Wenn ich auf der Jacht eines reichen Mannes auftauche und sage: ›He, Leutchen, hebt mal die Patschhändchen, ich bin der schreckliche Al White von der DEA!‹, lachen die sich tot und bieten mir die silberne Zuckerdose mit dem Kokain an. Verstehen Sie, was ich meine? Kokain war und ist die Droge intensivster Arroganz.«

»Haben Sie denn selbst mal gekokst?«

»Selbstverständlich habe ich es probiert.«

»Und? War's gut?«

White verzog den Mund. »Ja und nein. Ich wollte wissen, wie es wirkt. Aber ich würde mich nie auf dieses Scheißzeug verlassen. Okay, es putschte auf. Aber toll war es nicht.«

»Wen soll ich suchen?«

»Der Mann heißt Ulrich Steeben.«

»Ein Gangster?«

»Nein! Aber falls doch, ist er perfekt getarnt. Das kommt darauf an, aus welcher Perspektive man ihn betrachtet. Also der Reihe nach: Wir sind seit Jahren hinter einem Südländer her. Er ist ein Mann, der zwar Drogen finanziert, aber seinen Enkel totprügeln würde, wenn es dem einfallen sollte, auch nur einen Joint zu probieren. Er macht wie die meisten Großdealer sowohl legale als auch illegale Geschäfte. Er finanziert Drogen, aber er weiß nicht einmal, wie sie aussehen. Das interessiert ihn auch nicht.«

»Wie heißt er?«

»Das kann ich Ihnen nicht sagen. Zu Ihrem eigenen Schutz. Dieser Mann reiste privat nach Acapulco zum Sonnenbaden. Dann machte er einen Abstecher ins Grenzgebiet zwischen Peru und Kolumbien. Er wollte mit ein paar Kokainherstellern einen Plan besprechen. Es ging darum, in Berlin einen Kokainschläfer einzusetzen.

Der Grund ist einfach: In Europa sind die Grenzen kein Problem mehr. Gleichzeitig wird Interpol ausgebaut, dadurch sichert man Europa nach außen ab. Die alten Schmuggelrouten über den Atlantik an die Küste Nordspaniens oder über Afrika taugen nicht mehr. Die Kokainmärkte in den Ballungsgebieten Europas werden ausgetrocknet. Ein Kokainschläfer in Berlin würde für ganz Nordeuropa viele Probleme erledigen: Wann immer jemand Kokain benötigt, der Schläfer kann es liefern. Klar?«

»Durchaus nicht«, sagte Grau.

White seufzte. »Sie wollten keinen Vortrag, jetzt kriegen Sie eben doch einen. Die nationalen und internationalen Kriminalisten sind verdammt gut geworden. Die Kokaindealer müssen darauf reagieren. Ein Schläfer in Berlin ist eine verdammt clevere Reaktion. Kapiert?«

»White, ich bin Laie.« Grau sah ihn vorwurfsvoll an. »Was zum Teufel ist ein Kokainschläfer?«

»Shit«, sagte White und schlug sich auf die Knie, »immer diese Spezialisten!«

Er lachte erheitert. »Ein Kokainschläfer ist ein Mann, der die Struktur der Szene auf den Kopf stellt. Normalerweise bilden viele Leute eine Kette. Hersteller, Großverteiler, Schmuggler, Großdealer, mittelstarke Dealer, Kleindealer, Konsumenten. Beim Schläfer ist das alles etwas anders. Er wird direkt vom Hersteller beliefert, aber verdammt selten. Er bekommt auch niemals gebrauchsfertigen Stoff, sondern das reine Konzentrat. Er selbst steht mit keinem Großverteiler, mit keinem Schmuggler, mit keinem Großdealer und keinem

Kleindealer in Verbindung. Die interessieren ihn überhaupt nicht ...«

»Ach, du lieber Gott.« Grau war erheitert. »Ich beginne zu begreifen. Das macht Ihnen Kummer, nicht wahr?«

»Und wie! Das, was sich der Finanzier da ausgedacht hat, ist teuflisch. Nehmen wir an, London hat kein Kokain mehr oder der angebotene Stoff ist qualitativ schlecht. Sie können auch Düsseldorf nehmen oder Stockholm, das ist Wurscht. Irgendein Großverteiler fordert per Telefon Nachschub. Das geht über eine ganze Kette von Telefonaten. Und der Finanzier kriegt zwangsläufig auch Wind davon.

Der ruft nun den Schläfer in Berlin an und sagt: London. Er sagt nur London, sonst gar nichts. Der Schläfer hat ja genügend Bargeld und Stoff. Er macht einfach eine Sendung fertig und übergibt sie einem Kurier. Dieser Kurier ist nicht vorbestraft, hat noch nie im Leben mit Drogen zu tun gehabt und hat keine Ahnung, was er da transportiert. Er schwingt sich auf ein schnelles Motorrad oder steigt in seinen Porsche, und London hat kein Problem mehr. Der Schläfer kassiert nicht, er beauftragt bei jeder Transaktion einen neuen Kurier, er benutzt jedesmal ein anderes Telefon, auf keinen Fall sein eigenes. Der Plan ist deshalb so gut, weil er so einfach ist.«

»Dieser Schläfer sollte also dieser Ulrich Steeben sein?«

»Richtig.«

»Und jetzt ist er futsch. Samt Koks und Dollars.« Grau lachte.

»Langsam, langsam. Die Kokainhersteller stimmten dem Plan zu und beteiligten sich mit fünfzig Prozent. Der Schläfer bekam zehn Millionen Dollar in bar und fünfzig Pfund hochprozentiges Kokain.«

»Wieviel wäre das umgerechnet für den Verbraucher?«

White wiegte bedächtig den Kopf. »Aus diesen fünfzig Pfund kann man locker zwei Zentner machen, und es wäre immer noch der beste Stoff in ganz Europa. Der Schläfer soll ja auch durch Qualität glänzen.«

»Zehn Millionen Dollar, zwei Zentner Koks. Was macht das insgesamt?«

»Etwa dreißig Millionen Dollar oder rund fünfzig Millionen Mark.«

»Großer Gott, und was sagt die Konkurrenz?«

»Die hat keine Chance.«

»Und wenn Steeben eine Leiche ist?«

»Ich sagte doch: Wir müssen aufräumen.«

»Wieso eigentlich so viel Bargeld? Wäre es nicht sicherer, dem Schläfer einige Millionen auf ein ganz normales Bankkonto zu überweisen?«

»Sie machen Fortschritte.« White starrte auf die Grasbüschel zwischen seinen Schuhen. »Drogen bedeuten immer auch Bargeld. Der Schläfer hat aber außer den zehn Millionen Dollar noch ein perfekt ausgestattetes Bankkonto mit etwa zwei Millionen Mark. Die zehn Millionen Dollar sollen ausschließlich dazu dienen, Gegenmaßnahmen der Konkurrenz auszuschalten: zum Beispiel Kokain aufzukaufen, das die Konkurrenz in den Markt einschleust, Kuriere auszustatten, irgendwelche Menschen einzukaufen, die man für irgend etwas braucht.«

»Wer sind diese Konkurrenten?«

»Alle möglichen Leute. Chinesen aus Amsterdam, die mit den Triaden, also der Fernost-Mafia, zusammenarbeiten. Japaner. Mafiosi. Gruppen mit mafiosen Strukturen aus dem Nahen Osten, aus dem ehemaligen Ostblock, aus Moskau. Die Liste ist endlos. Und? Werden Sie Steeben suchen?«

»Ich weiß es nicht. Wer ist denn dieser Wunderknabe nun wirklich?«

»Er arbeitet als Diplomat für das Auswärtige Amt in Bonn.«

»Scheiße!« platzte Grau heraus.

»Sie haben verstanden«, nickte White befriedigt. »Kann ich jetzt auf ihn zu sprechen kommen?«

»Moment mal!« Grau hob abwehrend beide Hände. »Dieser Steeben ist wirklich in Berlin angekommen? Ist das sicher?«

»Ja.«

»Samt Geld und Koks?«

»Ja.«

»Woher wissen Sie das so genau?«

»Ich hatte drei Tandems angesetzt, vier Männer, zwei Frauen. Sie waren Zeugen.«

»Und er ist Ihren Leuten entwischt?«

»Er hat sich samt Fracht in Luft aufgelöst.«

»Diese Kiste ist zu schwer für mich.«

»Wenn einer, dann Sie«, beharrte White. »Sie sind hartnäckig, und Sie sind vor allem naiv.«

Grau wandte ihm den Kopf zu und lächelte. Dann nickte er. »Also schießen Sie los. Was muß ich über Steeben wissen?«

»Ein seltsamer Junge. Er ist achtundzwanzig. Doktor der Ingenieurwissenschaften, hochintelligent, eiskalt, ein Superkarrierist. Er ist der einzige Sohn eines Allgemeinmediziners in Tübingen. Der Arzt warf seinen Sohn gleich nach dem Abitur raus. Begründung: Der Junge wäre gefühllos, bar jeder Moral, hätte null Gewissen. Der Junge ging nach Aachen zum Studium. Nachdem er das Examen und den Doktor gemacht hatte, eröffnete er eine Kneipe, war erfolgreich und verscherbelte zudem alle möglichen Sachen.«

»Drogen?«

White schüttelte den Kopf. »Nicht die Spur. Eher ein Gesundheitsbolzen. Joggt jeden Morgen; der rennt mühelos zwanzig Kilometer am Stück, ehe er arbeiten geht. Verliebt in den eigenen Körper.«

»Frauen?«

»Jede Menge. Aber brutal. Meistens Nutten. Er schlägt sie, wenn sie nicht parieren.«

»Ein Sadist?«
»Möglich, aber nicht von der krankhaften Sorte.«
»Wieso denn Diplomat?«
»Hat eindeutig mit seiner Karriere zu tun. Beruflich ist er ein As, sprachlich ein kleines Genie. Hat immer nebenbei irgendeine Sprache gelernt. Spanisch, Englisch sowieso, Italienisch natürlich. Ja, und Russisch, perfekt Russisch. Diplomat deshalb, weil er begriffen hat, daß der Dienst in der Diplomatie ihm zu einer gewissen Narrenfreiheit verhilft. Das Auswärtige Amt nahm ihn sofort. Er wurde wie üblich durch sämtliche Schulungen gejagt. Man prophezeite ihm eine schnelle, steile Karriere.«
»Parteizugehörigkeit?«
»Selbstverständlich Freier Demokrat, aber ebenso selbstverständlich war für ihn die Partei nur Steigbügelhalter für die Karriere.«
»Wie kommt denn der an Drogen?«
White grinste. »Sehr einfach: Er machte die Bekanntschaft des Drogenfinanziers, des Südländers. Das war vor rund fünf Jahren. Er nahm ihn gewissermaßen an Sohnes Statt an. Uli wurde Drogenlehrling, ganz langsam. Er mag reiche Leute, der liebe Ulrich, und die lernte er auf diese Weise kennen.«
»Und das Auswärtige Amt? Hat das auf diese merkwürdige Bekanntschaft reagiert?«
»Überhaupt nicht. Ob jemand etwas wußte oder nicht, ist eigentlich egal, denn der Drogenpapi ist ein höchst ehrenwerter Mann, ein braver Steuerzahler, einer, der viel Geld an die Armen spendet.«
»Wann ist das eigentlich alles passiert?«
White zerbrach den dürren Ast. »Vor ein paar Tagen erst.«
»Und woher wissen Sie all die Einzelheiten?«
White schüttelte bedächtig den Kopf. »Ich gebe Informanten niemals preis. Das werden Sie verstehen.«
»Dann erzählen Sie mir wenigstens noch ein paar Details.«
»Steeben war in den letzten Monaten als Kurier des

Auswärtigen Amtes unterwegs. Er graste die Botschaften auf beiden amerikanischen Kontinenten ab. Also von Bonn nach Washington, New York, Los Angeles, Mexico City, Rio und so weiter. Diese Jungs sammeln wichtige Post und Dokumente ein und bringen sie nach Bonn. Alle vierzehn Tage.

Ulrich machte eine scheinbar ganz normale Runde. Er nahm in Rio das Kokain und das Geld in zwei zusätzlichen offiziellen Kurierkoffern auf und flog nach Amsterdam. In Amsterdam steigt er normalerweise in eine Linienmaschine nach Bonn um. Dieses Mal aber nahm er eine Maschine nach Berlin. Das ist kein Problem, denn er besitzt so ein Ticket des Auswärtigen Amtes, mit dem er in jede Maschine der Welt einsteigen und irgendwohin düsen kann.

Wir kannten den Plan und haben ihn auf der ganzen Reise begleitet. Wir wollten keinen direkten Kontakt aufnehmen, erst einmal beobachten. Bei neuen Kunden sind wir vorsichtig. Er landete mit United Airlines in Berlin, stieg aus, ließ seine Koffer in zwei Taxis laden und fuhr ins Hotel.

Meine Leute scharwenzelten natürlich immer um ihn herum. Im Hotel hatte er bereits ein Zimmer gebucht. Sein Gepäck wurde von Pagen hinaufgetragen. Meine Leute checkten ebenfalls ein, und als sie zehn Minuten später kontrollieren wollten, ob Ulrich sein Zimmer bezogen hat und sich wohlfühlt, war der verschwunden. Mit ihm das gesamte Gepäck ...«

»Also auch die normale Kurierpost?«

»Auch die. Die ist aber inzwischen von Unbekannten nach Bonn geschickt worden. Es hing ein Zettel dran: ›Mit schönen Grüßen an den Herrn Außenminister.‹ Ulrich dagegen ist und bleibt spurlos verschwunden.«

»Wie war denn der ursprüngliche Plan? Was sollte Steeben in Berlin tun?«

»Er sollte noch eine Weile im Hotel bleiben, dann eine Nobelwohnung am Kurfürstendamm beziehen. Er sollte ganz offiziell den Dienst quittieren und in Berlin die Rolle eines reichen Sohnes spielen. Ein perfekter Schläfer.«

»Was ist, wenn dieser hemmungslose Karrierist sich einfach nur alles unter den Nagel reißen wollte?«

White stieß entsetzt den Atem aus. »Grau, bleiben Sie auf dem Teppich! Uli ist äußerst intelligent, und er hat einen mächtigen Ziehvater. Sollte er versuchen, Koks und Geld abzuzweigen, wäre er sofort ein toter Mann. Und das weiß er.«

»Werde ich auch ein toter Mann sein, wenn ich ihn finde?«

»Nicht unbedingt. Wenn Ihre Deckung in Ordnung ist, passiert Ihnen gar nichts. Sie geben mir Bescheid, und wir übernehmen.«

Grau sah zwei Möwen zu, die sich kreischend dicht über dem Wasser jagten. »Vielleicht hat jemand aus Ihrer Beschattungscrew einfach nur nicht dichtgehalten?«

White schüttelte den Kopf. »Sehr unwahrscheinlich. Die Babysitter wußten zwar, daß er Geld und Stoff transportiert, aber wie umfassend die Aktion wirklich war, davon hatten sie keine Ahnung. Außerdem wäre Plaudern in diesem Fall sehr riskant. Verräter kommen in der Regel nicht einmal mehr dazu, sich einen Grabstein zu kaufen.«

»Es gibt immer Narren. Mit und ohne Grabstein. Auf jeden Fall ist etwas gründlich schiefgegangen. Und das deshalb, weil irgend jemand etwas wußte, was Sie nicht gewußt haben.«

»Das ist richtig«, gab White zu. »Was ist? Suchen Sie Steeben?«

Ein kleines Passagierschiff zog auf dem Rhein vorbei, es hieß DOMSPATZ.

»Sie sind in Schwierigkeiten, okay. Sie sind in großen Schwierigkeiten, auch okay. Das kann man beheben. Sie wirken fahrig, White.«

»Das mag ich so an Ihnen, dieses Penetrante. Also gut:

Meine Frau will sich scheiden lassen, und meine Sekretärin behauptet, das Kind, das sie erwartet, stamme von mir.«

»Haben Ihre Frau und Ihre Sekretärin von der Geschichte mit Ulrich Steeben gewußt?«

»Kein Wort, absolut nichts. Das wissen Sie doch, wir Geheimdienstleute leben kafkaesk, wir müssen unseren Lieben erzählen, daß wir Pizza verkaufen, während wir irgendwo im Urwald Leute umnieten. Übernehmen Sie den Job?«

»Wahrscheinlich.«

»Was heißt hier wahrscheinlich? Trauen Sie mir nicht?«

»Nicht besonders. Warum sollte ich? Sie stecken in Schwierigkeiten. Wie lange haben Sie mir hinterherrecherchiert?«

»Eine Woche«, sagte White fröhlich. »Ich kenne alle Zahlen Ihrer letzten Kontoauszüge. Ich weiß auch, wie oft Sie ein Bier trinken und wie viele Kredite Sie aufgenommen haben, wo Sie Ihre Klamotten kaufen, wen Sie mögen, wen Sie meiden, mit wem Sie schlafen, in welchen Stellungen und wie oft. Ich weiß so ziemlich alles. Auch von dieser Angie. Sie ist eigentlich nicht Ihre Kragenweite.«

Graus Mund war ein harter Strich. »Ich wollte eine gewisse bürgerliche Sicherheit. Die hat sie mir geschenkt. Geben Sie mir drei Stunden, wir sehen uns in Godesberg in der Botschaft, okay?«

White war verwirrt und zog nun mit dem Zeigefinger Linien in den Sand. »Wieso diese Verzögerung?«

Grau zog die Nikon, die er immer bei sich trug, aus seinem Jackett und fotografierte White. Mit dem Autofokus geschah das sehr schnell und unauffällig. Als Ablenkungsmanöver gab er gleichzeitig ein paar Klischees von sich. »Ich muß Ihren Worten nachlauschen. Ich will herausfinden, wo die Stolpersteine liegen.«

»Sie können mich doch fragen.«

»Ich will nicht fragen, ich will es herausfinden«, beharrte Grau.

Ende der Dürre

Grau ging die Gasse zur Adenauerallee hinauf. Er fühlte sich leicht, machte sogar ein paar tänzelnde Schritte. Die Sonne stach immer noch sehr intensiv, und als er sich umdrehte, sah er die Luft über dem Fluß flimmern.

Er hob die Hand und schrie: »Bis später!« Es freute ihn, daß solch auffälliges Gebaren für White peinlich sein mußte. Scheiß-Geheimdienstheinis, dachte er übermütig. Einen Augenblick lang spielte er mit dem Gedanken, ein Taxi zu nehmen, aber dann mißfiel ihm die Idee, in einem engen Raum eingesperrt zu sein.

Grau wanderte in den Hofgarten hinein, er wollte nicht in die Wohnung zurück. Es war Angies Wohnung, nicht seine, nicht ihre gemeinsame, es war Angies Wohnung. Er mochte diese Wohnung nicht, er hatte sie nie gemocht. Sie war immer sauber, immer so unendlich sauber, als käme gleich eine ausländische Besuchergruppe.

Er hatte einmal zornig geäußert, die Wohnung sei dank des Weißen Riesen so keimfrei, daß man die Spiegeleier von den Fliesen neben der Lokusschüssel essen könnte. Angie war tagelang beleidigt gewesen. Wenn sie Staub entdeckte, entfernte sie ihn hastig und verschämt und dachte lange darüber nach, wie sie ihn nur hatte übersehen können.

Am zweiten oder dritten Tag ihrer Geschichte hatten sie schön und wild auf einem Bettvorleger im Schlafzimmer miteinander geschlafen. Danach hatte Angie hastig den Läufer gepackt und ihn in die Waschmaschine gestopft. Jeden Abend vor dem Zubettgehen ging sie durch die Wohnung und räumte alles an seinen Platz.

Grau kam an ein paar Tischchen vorbei, die vor einer Bäckerei auf dem Gehweg aufgestellt waren. Er suchte sich eins aus, setzte sich, bestellte einen Kaffee und blinzelte in die Sonne. Er überlegte, ob er vielleicht ins Kino gehen sollte, um zu entspannen. Nein, kein Kino. Er mußte jetzt Angie informieren, das gehörte in die Rubrik »faires Verhalten«. Für den Bruchteil einer Sekunde wunderte er sich darüber, warum er beim Gedanken an Angie seit langem keine Liebe mehr spürte. Zuneigung? Ja, das war es, Zuneigung, vage Zuneigung bestenfalls.

Auf der gegenüberliegenden Straßenseite entdeckte er Obrang, einen jungen Kollegen aus der Redaktion. Er winkte Grau zögerlich zu: immer noch unsicher und atemlos angesichts der Tatsache, daß er für so ein wichtiges Medium arbeitete.

Grau gab ihm ein Zeichen. »Du hast doch Interesse an meinem Wagen, oder?«

»Klar«, sagte Obrang. »Aber neu ist der mir zu teuer.«

»Ich versilbere ihn«, sagte Grau. »Ich denke, du solltest ihn übernehmen. Ich mache dir einen fairen Preis. Sagen wir, fünfzehntausend?«

Das war geradezu lächerlich, und Obrang wußte das. Er wollte etwas erwidern, aber Grau ließ ihn nicht zu Wort kommen: »Du solltest aber den Mund halten. Kann sein, daß ich die Fronten wechsele.«

Obrang grinste leicht, als hätte er verstanden, was Grau meinte. »Ich müßte die Bank fragen«, sagte er. »Hast du gekündigt?«

»Nicht die Spur.« Grau lächelte . »Ich will nur ein anderes Auto.«

»Ach so. Andere Marke, was? Ja gut, ich kann fragen ...«

»Du mußt schnell fragen«, sagte Grau. »Ich gehe morgen in Urlaub und will die Karre von der Straße haben. Wenn die

Bank ihr Okay gibt, schicke ich die Papiere einfach an sie. Ist das okay?«

»Doch«, versicherte Obrang hastig, »sicher ist das okay. Ich gehe sofort zu dem Kreditfritzen. Fünfzehntausend. Das ist fair. Mach's gut, ich melde mich.«

Grau lächelte und sah Obrang nach. Das besagte Auto war ein kleiner feuerroter japanischer Zweisitzer, den er mal gekauft hatte, als gerade die Sonne schien und er mit seinem Leben in Bonn zufrieden war. Es ist wichtig, dachte er entspannt, den Schnitt schnell und ganz hart zu machen.

Er schlenderte in Angies Wohnung, er war recht gelassen. Angie war nicht da. Er rief einen Kollegen bei dpa an. Dieser Mann, Pepe Jungert, war wahrscheinlich der einzige in Bonn, den Grau als Freund bezeichnen würde.

»Es ist soweit«, erklärte Grau. »Kannst du dich um meine Möbel kümmern?«

»Du ziehst also aus. Und wohin?«

»Ich weiß es noch nicht genau. Ich nehme erst einmal einen Job in Berlin an.«

»Na dann viel Glück. Und du meldest dich?«

»Na klar.« Er legte auf und wußte, daß er sich sehr lange nicht melden würde.

Er wurde langsam nervös, und als Angie kam, lagen bereits drei Kippen im Aschenbecher. Sie strahlte und rief: »Nur noch ein paar Stunden, und wir hocken auf Teneriffa.«

Plötzlich schwieg sie und hielt mitten in der Bewegung inne. Sie senkte den Kopf, als ahnte sie, was auf sie zukommen würde. Angie hatte kupferrot gefärbte Haare. Sie war eine schlanke, hübsche Frau mit durchsichtiger Haut, betont dunklen Augenbrauen und blutrot geschminkten Lippen. Ihre Bewegungen waren schnell und wirkten unkontrolliert; ihre Hände waren schmal, lang, sehr weiß und flatterten unentwegt.

»Angie«, sagte Grau und sah sie dabei nicht an, »unsere Geschichte ist zu Ende. Ich gehe.«

Sie stand im Türrahmen und fragte zittrig: »Das ist doch nicht dein Ernst, oder?«

Sie ging zum Eßtisch und ließ sich auf einen Stuhl fallen. Päckchen und Plastiktüten polterten zu Boden. Angie kramte zittrig in ihrer Handtasche, suchte nach Zigaretten, zündete eine an. »Seit wann weißt du das?« Sie versuchte, das Problem zu versachlichen, sie war jetzt eine sehr praktische Angie, ihr Gesicht ein großes Fragezeichen: Was können wir tun?

»Ich habe einen neuen Job. Ich gehe wohl weg aus Bonn.«

»Und wohin?«

»Das weiß ich noch nicht genau.«

»Wenn du weggehst ... ich meine, was hat denn der Job mit mir zu tun? Du kannst doch weggehen und trotzdem bei mir bleiben.« Ihr Mund wirkte wie der eines Clowns.

»Das geht nicht. Ich fühle mich schon ziemlich lange beschissen. Ich fühle mich nicht mehr zu Hause bei dir.«

»Nicht mehr zu Hause?«

»Nicht mehr zu Hause. Mir ist elend.« Lieber Gott, dachte er, laß es schnell vorbei sein.

»Du liebst mich nicht mehr?«

»Ich glaube, ja.«

»Seit wann weißt du das?«

»Seit ein paar Stunden.«

»Heißt das etwa, daß ich morgen alleine nach Teneriffa fliegen muß?«

»Das mußt du entscheiden, ich fliege jedenfalls nicht.«

Sie drückte hastig die Zigarette im Aschenbecher aus. »Hast du das schon gewußt, als ich dich wegen der Filme im Büro anrief?«

»Es kam alles sehr plötzlich«, murmelte er entschuldigend.

»Das sagst du einfach so?« Sie ging immer weiter auf dem dünnen Eis.

»Ich muß es dir doch sagen«, verteidigte er sich matt.

»Wann gehst du? Ich meine ...«

»Jetzt.«

»Du gehst zu deiner Frau zurück, nicht wahr? Gib es zu!«

»Nein, das hat mit ihr nichts zu tun.«

»Ich wußte, daß du eines Tages zurückgehst, ich habe es immer gewußt!«

»Darum geht es doch gar nicht. Was soll ich denn bei meiner Frau?«

»Ihr geht alle zurück, über kurz oder lang«, sagte sie schnell.

»Das ist doch verrückt.« Grau machte eine fahrige Handbewegung, weil er plötzlich nicht mehr schlucken konnte.

Dann schnellte sie auf ihrem Stuhl zu ihm herum. Offenbar hatte sie einen schwachen Punkt in seiner Endgültigkeit entdeckt. »Wieso jetzt? Hast du irgendwo eine andere? Du hast irgendwo eine andere! Ich wette, du hast es seit langem gewußt. Es ist Tanja, nicht wahr? Sag schon, daß es Tanja ist. Sie war schon immer scharf auf dich, sie wollte ...«

»Nun hör, gottverdammt, mit dem Scheiß auf!« brüllte Grau wütend. »Was soll das? Was sollen diese hirnrissigen Verdächtigungen? Tanja? Du bist verrückt, ich hab' nichts mit Tanja. Und ...«

»Sie hat sich doch immer so an dich rangeschmissen!« Angie schrie jetzt, und Tränen strömten über ihr Gesicht. »Bei welcher Frau steht dein neues Bett? Sag mir doch wenigstens, bei welcher dein Bett steht.«

»Ich gehe ins Hotel«, murmelte er. »Ist doch auch egal.«

»Das ist eben nicht egal!« schrie sie schluchzend. »Ich habe es gewußt, ich habe es irgendwie gewußt. Wie sagt ihr doch immer, ihr feinen Leute? Ich bin ja nur die Tippse mit dem halben zweiten Bildungsweg. ›Nach Gebrauch wegwerfen.‹ Verdammte Scheiße, verdammte Scheiße!« Sie nahm den Aschenbecher und warf ihn kraftlos durchs Zimmer gegen die Wand.

»Hau doch ab in irgendein neues Bett. Kann sie über Bücher diskutieren? Ist sie gebildet? Wahrscheinlich redet sie zwei Stunden lang über das Schicksal Europas und fickt anschließend ganz toll. So richtig, wie du es magst.« Ihr Gesicht war verzerrt.

Grau war aufgestanden und lehnte jetzt am Fenster. Er starrte auf die Straße hinunter und wartete, daß Angie irgendwie zum Ende kam. Aber sie hatte noch immer diese wilde Wut in sich, mit der sie sich vor ihrem Elend versteckte.

»Da kommt der Herr beschissen und klein an, total kaputt ist er, der Arme. Ehe kaputt, Existenz kaputt, alles kaputt. Niemand liebt ihn. Ich gebe ihm ein Bett und alles. Eine Bratkartoffel-Dame, eine, die deine Scheißunterhosen in die Waschmaschine steckt. Du ... du hast mich ausgenutzt, Grau.«

»Nein.« Er wehrte sich matt. »Das habe ich nicht.«

»Du hast gar keinen neuen Job, du hast nur eine neue Frau!« Sie schrie und schniefte und suchte nach einem Taschentuch. Als sie keines fand, rannte sie ins Schlafzimmer und kam kurz darauf wieder. Sie wollte irgend etwas sagen, aber Grau kam ihr zuvor.

»Du kennst sie nicht«, sagte er.

»Es gibt sie also doch!« schrie sie. Ihr Gesicht war rot angelaufen.

»Du kennst sie nicht«, wiederholte er. »Und außerdem spielt das doch gar keine Rolle.«

»So kommst du mir nicht davon«, schrie sie. »So nicht! Du machst hier einfach alles kaputt, verstehst du? Alles machst du kaputt!« Dann warf sie sich aufs Sofa, verbarg ihr Gesicht in der Armbeuge und weinte haltlos. Nach ein paar Minuten ebbten die heftigen Schluchzer ab.

»Es ist nun einmal so«, murmelte Grau.

»So ist es eben nicht!« schrie sie. »Du gibst uns keine Chance. Du sagst einfach: ›Aus die Maus!‹ Wie war das denn, als du hierherkamst und nichts hattest? Ich meine, wie war das, als du ...«

»Ich bin dir dafür auch dankbar«, sagte Grau bedrückt.

»Dankbar? Du hattest keine Familie mehr, deine Frau hatte dich verlassen, deine Tochter war tot. Und du hast gesagt, du schaffst es nicht, du stirbst. Und ich habe dich gehalten, und ich ...«

Grau ging an ihr vorbei hinaus in den Flur und zog leise die Wohnungstür ins Schloß.

Er hatte hämmernde Kopfschmerzen. An der Ecke Weberstraße stieg er in ein Taxi.

In der US-Botschaft in Bad Godesberg war das alte Ritual noch immer in Kraft. Eintragungen in Wachbücher, ein Metalldetektor, der sein Taschenmesser entdeckte, ein martialischer Sergeant, der es ihm abnahm und diese Waffe pingelig in einem Buch vermerkte. Dann ein Mann vom Informationsservice, der ihn fröhlich plappernd endlose Korridore entlangführte und dabei dauernd über seine eigenen Füße stolperte. Schließlich ein Zimmer, das nach Cocktails roch und von nichtssagendem Geplauder erfüllt war.

White saß in einem Sessel, sprang auf und sagte mit Nachdruck: »Da ist mein Kandidat!«

Aus einem zweiten Sessel schob sich ein dicklicher Mann empor, trat stocksteif zwei Schritte vor, streckte die Hand aus und sagte: »Freut mich. Mein Name ist Thelen, Robert Thelen.«

»Guten Tag«, sagte Grau. Die Hand des Mannes war schlaff.

White grinste und sagte verbindlich: »Herr Doktor Thelen ist vom Bundesnachrichtendienst. Er wirft ein Argusauge auf die Szene im alten Europa. Ich arbeite in dieser Sache mit ihm zusammen. Herr Thelen ist informiert.«

»Ja.« Grau stand noch immer und amüsierte sich über das

umständliche Begrüßungsritual der beiden Geheimdienstmänner.

White deutet auf einen Sessel. »Wollen Sie einen Whiskey? Nehmen Sie Platz!«

»Whiskey ist keine schlechte Idee«, stimmte Grau zu. Er setzte sich. Der Raum war wie die Kajüte einer Yacht eingerichtet. Alles schien aus Mahagoni, aber es waren nur die üblichen Holzspanplatten im Mahagoni-Look.

»Haben Sie die Anker gelichtet?« fragte White, passend zum Ambiente.

»Ja.« Grau nickte knapp. »Kann ich ein paar Fragen stellen?«

»Deshalb habe ich den Kollegen Thelen zu diesem Gespräch gebeten«, antwortete der Amerikaner lächelnd.

»Also, erste Frage«, begann Grau sachlich. »Herr Thelen ist vom Bundesnachrichtendienst. Was hat denn der damit zu tun?«

»Einfache Fragen, einfache Antworten.« Thelen straffte sich, wurde militärisch knapp. »Es geht um organisierte Kriminalität, das Schreckgespenst unserer Zeit. Wir hängen da drin, wir ermitteln auf dieser Schiene.« Dann setzte er sich.

»Zweite Frage. Ich soll einen Mann ausfindig machen, der zehn Millionen Dollar und fünfzig Pfund reines Kokain bei sich hat. Sie haben angedeutet, Ihre Leute hätten ihn nicht gefunden. Ihre Leute sind Spezialisten. Wenn Sie bisher keinen Erfolg hatten, wie soll dann ausgerechnet ich in der Sache weiterkommen?«

White grinste und nickte Thelen zu. »Ich habe dir doch gesagt, er wird es merken. Ich habe dir gesagt, er ist helle. Oder?«

Thelen erhob sich schwerfällig, als bereite ihm das körperliche Mühe. Er machte zwei Schritte zum Fenster hin, drehte sich schnell um, machte zwei Schritte auf Grau zu, rieb sich mit dem rechten Zeigefinger das Kinn und sagte dann ganz verschmitzt: »Wissen Sie, ich will ganz offen zu Ihnen sein ...«

Grau hob abwehrend beide Hände. »Sie müssen nicht ganz offen sein, nur ein bißchen ehrlich.«

»Na ja, das meine ich ja«, sagte Thelen einfältig. Er räusperte sich. »Ulrich Steeben kam in Berlin an, fuhr zum Hotel und verschwand. Zunächst suchten natürlich die Leute nach ihm, die ihn ohnehin beschatteten. Also die Tandems von Herrn White. Gleichzeitig wurde ich um Hilfe gebeten und schickte Spezialfahnder und ...«

»Was, bitte, sind Spezialfahnder?« fragte Grau betont naiv.

White prustete und keuchte: »Ich sagte dir schon, er ist verdammt helle.«

»Spezialfahnder sind Kollegen, die nur nach bestimmten Personen suchen. Schnell, sehr konzentriert und ohne Rücksicht auf Überstunden, wenn ich das einmal so vorsichtig formulieren darf.«

Grau begann unterdrückt zu lachen und sah White an. »Machen Sie ihm bitte klar, daß ich wissen muß, was in Berlin wirklich gelaufen ist. Er soll nicht so verklemmt um den heißen Brei herumreden.«

Thelen war irritiert und starrte White an, als wollte er protestieren.

In diesem Augenblick richtete Grau sich halb auf und nahm ganz ungeniert die Kamera aus der Jackentasche, weil sie ihn scheinbar im Sitzen störte. Er fotografierte dabei sucherlos in den Raum hinein. Er hatte das oft gemacht, und es war noch nie schiefgegangen. Er legte die Kamera auf die Kante des Schreibtisches, neben dem er saß.

Heiter sagte Grau: »Doktor Thelen, Sie sind beim Bundesnachrichtendienst. Sie müssen mich nicht darüber informieren, daß Sie in diesem Augenblick wildern. Das heißt, Sie tun etwas, was Sie eigentlich nicht tun dürfen. Sie mischen sich in einen inländischen Fall ein. Der Bundesnachrichtendienst hat in dieser Sache absolut nichts zu suchen. Ich wette, wenn das Bundeskriminalamt hier jetzt Mäuschen spielen könnte, wären die stinksauer.«

White lachte glucksend, machte eine weit ausholende Handbewegung. »Also, Robert, sag ihm alles, was er wissen will. Er ahnt, daß wir Zoff hatten.«

»Aber wieso denn Einzelheiten, verdammt nochmal?« fragte Thelen klagend.

»Weil ich auf Abwehr stoßen werde. Ich muß wissen, was geschehen ist. White, erzählen Sie doch weiter, der ist ja beleidigt.«

»Okay, okay.« White hob die Hand. »Also, wir stehen unter Zeitdruck und hatten keine Wahl. Meine und Thelens Leute haben gesucht. Dabei haben sie einen türkischen Gastwirt mit Handschellen an einen Heizkörper gefesselt. Die Heizung war ... na ja, ziemlich heiß. Sie haben einem griechischen Kleindealer das rechte Schultergelenk gebrochen. Sie haben einen Spezialfahnder der Berliner Kripo eine Treppe hinuntergeworfen und anschließend sein Auto demoliert. Sie haben in einer Nachtbar den Barkeeper durch ein geschlossenes Fenster nach draußen befördert. Zuerst kam eine Beschwerde des Innensenators, dann sonderte der Regierende ein paar ätzende Worte ab. Wir mußten alle unsere Leute abziehen. Es war eine Riesenscheiße.«

»Reden wir doch einfach Klartext: Sie hatten nicht nur Schwierigkeiten, Sie haben sie immer noch!«

»So würde ich es nicht formulieren«, murmelte Thelen.

»Das stimmt«, half ihm White.

»Mit anderen Worten: Die Sache liegt bereits im Bundeskanzleramt!« Grau lächelte mit schmalen Lippen.

»Ich weiß nicht, ob Sie das in irgendeiner Weise tangiert«, sagte Thelen aufgebracht. »Sie sind angeheuert, um jemanden zu finden, sonst nichts.«

»Sie sind arrogant«, konterte Grau. »Zwei Geheimdienste, die hier absolut nichts zu suchen haben, schnüffeln wie die Geisteskranken in Berlin herum. Sie vom Bundesnachrichtendienst dürften das gar nicht. Und die Leute von White dürfen es nur nach Absprache mit den zuständigen deutschen Behörden, also wenn sie dem Landeskriminalamt in Berlin die Pfötchen gezeigt haben. Gab es eine Absprache, White?«

»Wir hatten keine Zeit für so einen Scheiß!« Langsam wurde White auch gereizt. »Ja, da liegen massive Eingaben beim Kanzleramtsminister. Wir erwarten Scherereien, aber wir können nicht warten, bis sich die Kollegen wieder eingekriegt haben. Und Sie können als Journalist vollkommen ungeniert arbeiten, ohne irgendwie aufzufallen.«

»Sie als Journalist werden das kleine Eifersüchteleien nennen«, sagte Thelen großzügig.

»Ach, hören Sie doch auf, verehrter Bundesnachrichtendienst. Es gibt eine klare Absprache zwischen Ihnen und dem Bundeskriminalamt: Sie dürfen Auslandserkenntnisse verwerten, und Sie dürfen im Ausland ermitteln. Aber vom Inland müssen Sie die Flossen lassen, hier müssen Sie an das Bundeskriminalamt übergeben. Wenn mir in meinem Territorium ständig ein Fremder über die Füße stolpern würde, wäre ich auch sauer. Sagen Sie mal, was ist das eigentlich für ein Goldkreuz an Ihrem Revers?«

Thelen trug einen grauen Anzug, ein weißes Hemd, eine dunkelrote Krawatte. Er berührte mit einer hastigen Bewegung das kleine Kreuz und räusperte sich. »Ich bin in der katholischen Laienbewegung. Ich bin Überzeugungstäter.«

»Aha.« Grau bemerkte, wie White ergeben an die Decke blickte. »Also, jetzt erzählen Sie mir erst mal, ob Ulrich Steeben irgendwelche Kontakte in Berlin hatte. Und wenn ja, wie die aussahen.«

»Es gibt tatsächlich Kontakte«, gab White zu. »Da ist

zunächst eine Frau ... Sie heißt Meike Kern. Ein Wahnsinnsweib. Wir wissen definitiv, daß sie sich mit Steeben mehrere Male in Berlin traf. Und sie schliefen miteinander.«

»Haben Sie unterm Bett gelegen?« fragte Grau schnell.

White grinste. »Nein. Also, wir nehmen es stark an, wir wissen es aber nicht genau. Diese Meike Kern ist die geschiedene Ehefrau eines Rechtsanwaltes namens Timo Sundern. Der Mann ist Wirtschaftsberater, Steuerberater und Immobilienhändler. Er hat Geld satt, er quillt sozusagen über von dem Zeug. Außerdem hat er eine starke Neigung zu Nutten und Sekt.«

»Wie kommt denn der an Steeben?«

»Sie haben sich, und das ist beweisbar, in Italien kennengelernt. Natürlich haben wir hintenherum Sundern fragen lassen, ob er wußte, daß Steeben im Anflug war. Er hat behauptet, er habe keine Ahnung von Steeben und mit dem grundsätzlich nichts zu tun.«

»Ist das glaubhaft?«

»Nicht die Spur«, sagte Thelen. »Außerdem scharwenzelt die geschiedene Meike Kern ständig um ihren Exmann herum. Sie ist Geschäftsführerin von einigen seiner Firmen und sitzt auch in ein paar Aufsichtsräten.«

»Wieso Nutten und Sekt?« fragte Grau.

»Er besitzt Nachtclubs und ähnliche Etablissements«, sagte White. »Und er ist bisher nie zu fassen gewesen, er ist gefährlicher als ein Skorpion unterm Sand. Im übrigen steckt er knietief in der Berliner Politik und wird von allen möglichen Leuten gedeckt. Wir vermuten, daß er sie schmiert. Aber einen Beweis haben wir nicht.«

»Wo war er in der Nacht, in der Ulrich Steeben in Berlin ankam und verschwand?«

»In einem Puff, strenggenommen, in *seinem* Puff. Er beschäftigte sich mit vielen Leuten gleichzeitig. Sein Alibi ist absolut wasserdicht. Von abends elf bis morgens um vier. Wir vermuten, daß eben dieser Timo Sundern das Büro des Regierenden Bürgermeisters auf unsere Fahnder scharfgemacht hat. Er ist der Typ, der lächelt, nichts sagt und zuschlägt.«

»Also weit besser als BND und DEA«, sagte Grau. »Wie heißt denn dieser Puff, in dem Sundern sich aufgehalten hat?«

»Es ist ein Club. Er heißt ›Memphis‹ und liegt am Savignyplatz. Sundern und Meike Kern sind fast jede Nacht dort.«

Grau nahm ein Notizbuch und einen Kugelschreiber aus der Tasche. »Ich vermerke mir erst einmal ein paar Namen«, sagte er nebenbei. »Wie steht Sundern mit Journalisten?«

»Gut«, sagte White. »Allerdings ist er sehr verschwiegen.«

»Die wichtigste aller Fragen: Sind Sundern oder diese Meike Kern jemals in ihrem Leben mit Drogen in Berührung gekommen? Nachtbetriebe lassen doch darauf schließen. Gibt es polizeiliche Untersuchungen in dieser Richtung?«

White schüttelte den Kopf. »Das haben wir genau überprüft: Es hat nie auch nur einen einzigen Anhaltspunkt gegeben. Nicht einmal einen Verdacht. Ich gebe zu, daß das erstaunlich ist.«

»Wieso machen Sie Notizen?« Thelens Stimme klang schrill.

»Weil ich Journalist bin«, sagte Grau. »Hat Sundern irgendwelche Schwierigkeiten mit dem Finanzamt?«

White schüttelte den Kopf. »Nicht die geringsten. Er bezahlt seine Steuern, und das pünktlich. Diese Art von Leuten bezahlt ihre Steuern immer pünktlich.«

»Sie dürfen sich nichts notieren«, quäkte Thelen aufgeregt. »Schließlich ist das hier so etwas wie eine geheime Mission.«

»Das ist es nicht«, sagte White ganz ruhig. »Er ist und bleibt Journalist, und er macht sich Notizen. Das gehört zu seinem Job.«

»Wie geht es jetzt weiter?« fragte Grau sachlich.

»Ich habe Ihre Unterlagen hier«, sagte White. »Hier ist zunächst der Kontrakt über die zehntausend Dollar Vorschuß und die weiteren zwanzigtausend Erfolgsprämie. Dann einmal fünftausend Dollar Bewegungsgeld. Denken Sie daran: Heben Sie jede gottverdammte Quittung auf, die bedeuten Bargeld. Und hier ist das Ticket. Es gilt unbegrenzt für Flüge zwischen Berlin und Bonn. Sie wohnen im Eden, also im Zentrum. Am Flughafen bekommen Sie einen kleinen Wagen, er ist auf Ihren Namen gemietet ...«

»Das ist alles sehr fürsorglich«, unterbrach Grau. »Aber ich will das Hotel nicht. Und den Wagen auch nicht ...«

»Moment mal!« Thelen schien vor Erregung zu explodieren. »Sie müssen sich aber an gewisse Spielregeln halten ...«

»Robert«, wehrte White ab, »laß ihn doch erst einmal ausreden.«

»Ich gehe sofort nach Berlin. Ich brauche allerdings für heute abend ein Hotel hier in Bonn. Mein Quartier in Berlin suche ich selbst, mein Auto organisiere ich auch. Ist das okay?«

Thelen wollte argumentieren, aber White nickte bestimmt. »Selbstverständlich. Sie melden sich routinemäßig hier in der Botschaft.«

Grau nickte ebenfalls. »Dann habe ich noch eine Bitte. Sie denken doch bestimmt dran, mich beschatten zu lassen. Das sollten Sie sich gut überlegen ...«

Thelen setzte zu einer Erklärung an. Dann fixierte er White, der grinsend in seinem Sessel hockte und ohne jeden Vorwurf feststellte: »Robert, Grau will rauskriegen, ob wir einen Babysitter für ihn haben. Spätestens jetzt weiß er doch, daß wir tatsächlich einen haben.«

»Ach so«, sagte Thelen dümmlich. »Zu seinem Schutz.«

»Ziehen Sie ihn zurück«, forderte Grau. »Er wird mich bloß gefährden, und entdecken werde ich ihn auch.«

»Okay«, stimmte White zu. »Jetzt brauche ich eine Unterschrift. In den Kuverts da ist Ihre Kohle.«

Grau unterschrieb mindestens zwanzig Formulare, die er nicht durchlas; dann steckte er Geld und Ticket in die Brusttasche seines Hemdes und sagte: »Ich melde mich wie verabredet. Noch etwas?«

»Ja. Sie sollten mir sagen, wo Sie diese Nacht verbringen.«

Grau nickte. »Ich fahre heim, packe meine Sachen und gehe in irgendein Hotel.«

»›Holiday Inn‹«, bat White. »Ich muß Ihnen einen Pauker schicken. Vorschrift. Er wird um Mitternacht aufkreuzen und sich als Hector zu erkennen geben. Zum Abschluß sollten Sie sich noch Ulrich Steeben genau ansehen.« Er zog ein großes Porträtfoto aus einem braunen Umschlag und hielt es Grau hin.

»Sie können das Foto nicht mitnehmen. Deshalb prägen Sie sich den Mann genau ein. Helles Haar, ein ziemlich rundes, brutales Gesicht, die Kinnpartie stark ausgeprägt. Makellose Zähne, immer lächelnd. Ich hätte an seiner Stelle längst einen Krampf im Kiefer. Er sieht aus wie zweiundzwanzig, ist aber sechs Jahre älter.«

»Hat er irgendwelche Macken, irgendwelche Besonderheiten?«

»Nein. Er ist so stromlinienförmig, daß man ihn nur schwer beschreiben kann. Macken sind nicht bekannt. Er trinkt nicht, er raucht nicht.«

»Er ist doch verschwunden. Was hat man denn seinen Angehörigen erzählt?«

»Da müssen Sie das Auswärtige Amt fragen.«

»Gut«, sagte Grau. Die Frage nach dem Pauker verkniff er sich. Dieses komische Kauderwelsch der Drogenspezialisten! Er würde es ja bald erfahren.

Sie gaben sich zum Abschied nicht die Hand.

Der junge Mann, der ihn unermüdlich plappernd ins

Zimmer geführt hatte, nahm ihn wieder in Empfang und geleitete ihn zum Ausgang. Ein Taxi wartete.

Angie war nicht da. Sie hatte einen Zettel auf den Küchentisch gelegt. Die Schrift lief schräg nach links, sie lag fast auf dem Rücken. »Ich bin zu meinen Eltern, ich kann nicht allein in der Wohnung sein. Du hast uns keine Chance gegeben. Angie.«

Er starrte sehr lange auf das Papier, seufzte dann und packte in aller Ruhe seine Koffer. Als das Taxi vor dem ›Holiday Inn‹ hielt, war es zehn Uhr abends. Er bestellte sich ein Steak mit grünem Pfeffer aufs Zimmer, aß genüßlich und machte sich währenddessen Notizen. Er schrieb einen Brief an seine Bank und informierte sie, daß sein Gehalt weiterlaufe und er seinen Wagen an einen Kollegen verkauft habe.

Er deponierte zweitausend Dollar in einem Geldgürtel, den Rest des Geldes steckte er in Kuverts mit dem Hotelsignet und verstaute sie in seinem Koffer unter der Wäsche. Dann legte er sich aufs Bett.

Es war Punkt Mitternacht, als der Portier anrief. Ein gewisser Herr Hector habe an der Rezeption nach ihm gefragt.

»Schicken Sie ihn rauf«, sagte Grau.

Der Mann, der nun klopfte, war eigentlich eher ein dünnes Männlein. Vielleicht war er sechzig, vielleicht auch siebzig Jahre alt. Er trug einen schwarzen Anzug über einem schwarzen Hemd und eine grellrote Lederfliege. Er hatte eine Glatze und lächelte freundlich mit fast geschlossenen Augen. Sein Gesicht war scharf geschnitten und sehr hager. Er sagte fröhlich: »Al schickt mich, ich bin Hector.«

»Ja, ja. Setzen Sie sich. Was, bitte schön, ist denn ein Pauker?«

Der Gnom lächelte. »Ich bin so einer. Ich soll Sie instruieren. Soweit ich informiert bin, wollen Sie in einer äußerst feindlichen Welt leben. Da können ein paar gute Tips nicht schaden, oder?«

»Das ist richtig«, stimmte Grau erheitert zu. »Werden Sie mir auch beibringen, wie ich jemanden schnell und brutal töte?«

Hector lächelte maliziös. »Man hat mich vor Ihnen gewarnt: Sie sind ein intellektueller Typ, einer mit Ironie. Sind Sie jemals verprügelt worden?«

Grau nickte. »Drei- oder viermal. Aber es war immer harmlos. Ich bin keiner, der sich prügelt.«

»Das mag sein.« Hector grinste. »Aber zuweilen werden Sie nicht danach gefragt, nicht wahr?«

»Also gut, Sie Pauker. Was wollen Sie loswerden?«

Der kleine Mann setzte sich sehr adrett hin und hielt mit beiden Händen die Fliege fest, als würde sie sonst gleich davonfliegen.

»Sagen wir mal so: Ich bin für gewöhnlich der letzte Verbündete, den unsere Leute sehen, bevor sie in irgendeinen Einsatz gehen. Ich bin, um Gottes willen, kein Scharfmacher, ich rekapituliere nur das, was sie eigentlich wissen sollten, aber zuweilen vergessen. In der Szene, in der Sie sich bewegen werden, kommt es gelegentlich zu äußerst widerlichen Brutalitäten. Deshalb müssen Sie vor allem die Beweggründe Ihrer Gegner kennen.«

»Aha. Und die wären?«

»Erstens Platzhirschgehabe, zweitens Hilflosigkeit. Diese Gewalt ist sehr selten gezielt oder kalkuliert. Ich denke, das sollten Sie wissen.«

»Das interessiert mich«, sagte Grau, »erzählen Sie mehr.«

»Nun«, sagte Hector, »man muß zunächst zwischen den einzelnen Gruppen unterscheiden lernen. Da sind zum Beispiel die Wasserträger. Egal, ob Frau oder Mann, sie sind abhängig. Meistens von irgendeinem Stoff. Und weil sie den unbedingt haben wollen, sind sie jederzeit bereit, auf Befehl Gewalt auszuüben. Aber sie haben ganz viel Schiß. Gewalt als gelegentlich notwendige Attitüde. Klar?« Er sah Grau an wie ein freundlicher, neurotischer Musiklehrer.

»Dann gibt es«, fuhr er fort, »die nächsthöhere Riege. Das sind die, denen die Organisation eine gewisse Selbständigkeit zubilligt. Das sind Menschen, die unter großem Streß stehen. Sie müssen nämlich sich und den anderen ständig beweisen, wie gut sie sind. Werden sie gekauft, können sie schlimm sein, weil sie nämlich nicht fragen, weshalb sie Gewalt austeilen sollen. Auch klar?«

»Auch klar.« Grau war ein gelehriger Schüler.

»Dann kommt die nicht zu unterschätzende Gruppe der Schnorrer und Speichellecker, die sich einbilden, Karriere machen zu können. Sie sind deshalb so unberechenbar, weil die Gewalt, die sie ausüben, oft gar keinen Grund hat, jedenfalls keinen erkennbaren. Es kann sein, daß jemand aus dieser Gruppe Sie ausschließlich deshalb verprügelt, weil er auf irgendeinen, der tatsächlich Macht hat, einen guten Eindruck machen will.

Dann die sehr kleine und durchaus elitäre Gruppe der Menschen, die sich vorbehaltlos an jeden verkaufen. Es sind Männer, die auf ein bloßes Augenzwinkern hin brutal und meist sehr gekonnt zuschlagen. Sie sollten diese Schatten der wirklich Mächtigen ernst nehmen. Die brauchen keinen Grund, die brauchen nur ein Augenzwinkern, und es stört sie nicht, wenn ihr Opfer dabei aus Versehen stirbt.«

Grau wehrte ab: »Ich bezweifle, daß ich so tief in diese Welt eintauchen muß. Ich suche nur einen Mann, sonst nichts.«

Hector nickte freundlich. »Sie untertreiben ein wenig, mein Lieber. Der Mann besitzt fünfzig Pfund reines Kokain und zehn Millionen US-Dollar. Das heißt, dieser junge Mann ist umgerechnet läppische fünfzig Millionen Mark schwer und spaziert nun ganz unverfroren in Berlin umher. Was glauben Sie, was so ein Vermögen an Gewaltpotentialen freisetzen kann?«

Grau lächelte. »Sie sind ein erstaunlicher Typ.« Er war doch ein bißchen beeindruckt.

Der kleine Mann kicherte geschmeichelt. »Tatsache ist, daß all diejenigen hinter diesem Mann her sein werden, die vom Stoff und vom Geld wissen. Kapiert, mein Lieber? Geld macht fast jeden geil. Sie werden also gezwungen sein, auch auf Menschen zu achten, die in Ihren Augen auf den ersten Blick gar nicht in Betracht kommen. Bedenken Sie, daß es kaum jemandem gelingt, auch nur eine Million zusammenzubekommen – und hier liegen plötzlich fünfzig Millionen gewissermaßen auf der Straße!«

Er räusperte sich und schlenderte zu dem kleinen Eisschrank hinüber. »Auch ein Wasser?«

»Ja, bitte«, sagte Grau.

Hector kehrte zum Tisch zurück und goß Wasser in zwei Gläser. »Was für Schlußfolgerungen ziehen Sie aus dem, was Sie bisher gehört haben?«

»Nur die, daß ich wie bisher selbst entscheiden muß, was ich tue.«

»Das könnte richtig sein.« Hector war ganz in Gedanken versunken. »Können Sie mir jetzt mal sagen, auf welches menschliche Phänomen Sie besonders achten müssen?«

Langsam hatte Grau genug. »Was soll das eigentlich? Spielen wir hier Schule?«

»Ich bin ein Pauker«, erwiderte Hector beharrlich lächelnd. »Das Phänomen, auf das Sie am meisten achten müssen, ist die Furcht, mein Lieber. Wenn die Furcht Ihres Gegenübers besonders groß ist, sollten wiederum Sie besonders vorsichtig sein.«

Grau lächelte leicht. »Ich verlasse mich darauf, daß mir irgend etwas einfällt.«

Hector strahlte, befingerte seine Fliege und sah eine Sekunde lang wie der Lieblingszauberer aller Kinder aus.

»Eine kluge Bemerkung, mein Lieber, nur vollkommen neben der Spur. Diese Szene lebt von der Angst, und die Angst gebiert unaufhörlich Gewalt. Also sollten Sie Gewalt austeilen, schnell und ohne Rücksicht und ohne zu fragen.«

»Bis jetzt waren Sie ein kluger, amüsanter Mann«, sagte Grau gereizt, »jetzt werden Sie langsam unklug. Wie soll ich denn bitte schön Gewalt ausüben, wenn ich nicht gewalttätig bin und es auch nicht sein will? Ich gehe dorthin und werde als Journalist arbeiten. Ich fahre nicht mit dem Maschinengewehr nach Berlin.«

Hector nickte und fixierte einen fernen Punkt hinter Graus Schulter. »Das gefällt mir schon besser«, sagte er heiter. »Selbstverständlich teilen Sie normalerweise keine Gewalt aus. Aber es kann in Berlin eben der Fall eintreten, daß Sie an Gewalt denken müssen, weil die Situation einfach nicht anders zu bewältigen ist. Dann rate ich zu schneller Gewalt, bloß keine großen Vorankündigungen.

Bedenken Sie, daß die Szene, in der Sie leben werden, sich auf Gewalt geradezu verläßt. Das heißt: Gewalt ist dort eine Umgangsform, auch wenn uns das hier roh und dumm erscheinen mag. Sie werden auf viele Gruppen treffen. Das Hauptmerkmal dieser Gruppen besteht darin, daß man auf den ersten Blick nicht erkennen kann, wie sie strukturiert sind. Wenn Sie aber darauf achten, wer auf wen ängstlich reagiert, werden Sie schnell begreifen, wer in dieser Szene welche Rolle spielt. Die Kleinen fürchten sich dort grundsätzlich vor den Großen. Das gilt selbstverständlich auch für das Verhältnis der Gruppen untereinander. Achten Sie einfach darauf, wer ängstlich reagiert, dann werden Sie wissen, wer die Macht hat. Leuchtet Ihnen das ein?«

Grau nickte gehorsam, sagte aber nichts.

»Ich habe mir Gedanken über Sie gemacht«, fuhr dieser erstaunliche kleine Mann fort. »Ich dachte mir: Wie kann man ihm helfen? Haben Sie jemals mit einem Schatten gearbeitet?«

»Was um alles in der Welt ist denn ein Schatten?«

»Ein Schatten ist ein Mensch, der einfach da ist. Eben wie ein Schatten. Den wird man ja auch nicht los. Sie sollten also unbedingt einen Schatten haben.«

»Also so was wie einen Aufpasser?«

»O nein!« Hector strahlte. »Es muß jemand sein, den Sie ordentlich bezahlen dafür, daß er einfach da ist. Kein Außenstehender darf erkennen, daß er Ihr Schatten ist. Kapiert?«

»Das kapiere ich, das leuchtet ein.«

»Gut. Und hier habe ich noch ein kleines Mitbringsel für Sie, das Sie unbedingt mitnehmen sollten ...«

Völlig ungerührt legte Hector eine Waffe auf den Tisch. Grau dachte an die B-Filmchen, die er sich manchmal anschaute. Das mußte ein Colt sein.

»Das Mitbringsel ist amerikanisch und sehr solide. Ein Colt Masterpiece-special, selbst für einen Anfänger kinderleicht zu handhaben. Dieser Waffenschein hier ist auf Ihren Namen ausgestellt. Er trägt sämtliche Unterschriften und Stempel der zuständigen Behörden in Bonn. Hier sind auch noch zwei Pillendöschen.

Die eine, die grüne, enthält Kapseln mit jeweils zwanzig Milligramm Valium. Falls Sie mal auf hundertachtzig kommen, sollten Sie eine nehmen. In der zweiten Schachtel, der roten, befindet sich ein Ephedrinkonzentrat. Ephedrin ist im Normalfall ein stark krampflösendes Mittel bei Husten und Erkältung, es wirkt aber auch aufputschend. Man nennt es Speed. Damit hat der Pauker seine Schuldigkeit getan.«

»Glauben Sie ernsthaft, daß ich schießen werde?« fragte Grau nachdenklich.

Hector stand auf und sagte mit feinem Lächeln: »Indiskretion ist nicht meine Sache, ich hasse das eigentlich. Aber selbstverständlich habe ich Ihre Akte gelesen. Sie haben den Dealer Ihrer Tochter in Frankfurt zum Krüppel geschlagen ...«

»Nicht schon wieder!« schrie Grau.

Einen Augenblick lang herrschte gespannte Stille.

Hector hatte plötzlich ein Gesicht wie aus Stein. »Sie haben sie geliebt, ich weiß. Sie leiden immer noch, nicht wahr? Nun, Sie gehen jetzt in diese Welt von damals zurück, und ich möchte vermeiden, daß Sie sich etwas vormachen. Das wird selbstverständlich kein normales journalistisches Unternehmen.

Bevor Sie also irgend etwas tun, bevor Sie auch nur irgendeinen Menschen um Auskunft bitten, sollten Sie genau beobachten, wer ängstlich ist und wer ihm diese Angst einjagt. Denken Sie daran: Besorgen Sie sich als erstes einen Schatten. Ich bedaure, aber mehr kann ich heute nicht für Sie tun. Jetzt unterschreiben Sie bitte diese Formulare. Sie bestätigen damit, daß Sie die Pillen und die Waffe erhalten haben.«

»Es tut mir leid«, sagte Grau. Er unterschrieb ohne weiteren Kommentar.

»Ich bin nicht nur ein Pauker«, sagte der kleine Mann, »ich bin auch ein Leichenbestatter. Ich muß in aller Welt die Toten einsammeln, die absolut nicht auf mich hören wollten. Ich möchte Sie nicht in einem Zinkbehälter aus Berlin ausfliegen, Sie Amateur. Machen Sie's gut und eine angenehme Nacht.« Er ging tänzelnd hinaus und zog die Tür ganz leise hinter sich ins Schloß.

Die Arena

Grau erwachte gegen acht Uhr und fühlte sich wie betäubt. Er konnte sich nicht erinnern, ob er geträumt hatte. Er bestellte das Frühstück aufs Zimmer und aß sehr hastig, obwohl er eigentlich gar keinen Grund zur Hast hatte. Eine halbe Stunde später saß er im Taxi und ließ sich zum Flughafen fahren. Dort ging er zu AVIS und mietete einen Opel Corsa.

Wenig später befand sich Grau auf der A 1 und schob sich gemächlich im Blechchaos auf Dortmund zu. Zum ersten Mal seit langer Zeit hatte er das Gefühl, wieder etwas gelassener zu sein. Am Kamener Kreuz legte er eine Pause ein. Er verließ die Autobahn und suchte geduldig nach einem Musikgeschäft. Er kaufte zwei MCs mit Blues-Songs von Joe Cocker. Gegen Mittag erreichte er Helmstedt und fuhr langsam durch die ehemaligen DDR-Kontrollanlagen.

Plötzlich erinnerte sich Grau an dieses beklemmende Gefühl, das ihn immer überkommen hatte, wenn er den ebenso angstvoll starren wie aufdringlich sturen Mienen der DDR-Grenzer begegnet war. An einem Kiosk aß er Würstchen und Frikadellen. In Wirklichkeit war diese Pommesbude ein uralter Wohnwagen. Grau saß blinzelnd in der Sonne und sah vergnügt einem kleinen Jungen zu, der offensichtlich dringend pinkeln mußte und kein Gebüsch fand. Schließlich hockte sich der Junge mit Leidensmiene wie ein Mädchen hin, und Grau lachte schallend.

An einer Tankstelle kaufte er einen Stadtplan von Berlin, breitete ihn auf der Motorhaube aus und sah sich aufmerksam seine neue Arena an. Die günstigste Variante war wahrscheinlich, vom alten Kontrollpunkt Dreilinden aus stadteinwärts über die Potsdamer Straße, die Berliner Straße und Unter den Eichen zu fahren. Über diese Achse kam man schnell zum Kurfürstendamm und konnte ebensoschnell die Stadt wieder verlassen. Am besten schien ihm, in Berlin-Steglitz unterzukommen.

Er fuhr bis zum S-Bahnhof Steglitz, dann in die Albrechtstraße, von dort in die Lauenburger Straße. Es war eine einfache Bewegung, die er stets wiederholen konnte – keine Einbahnstraße, keine Baustelle, die ihn irritierte. Eine Querstraße hieß Friedrichsruher Straße. Dort fand Grau an einem vierstöckigen Haus das Schild »Pension«, darunter den Hinweis »Inh. Sigrid Polaschke«. Er klingelte und stieg in dem imponierend großen Treppenhaus zwei Stockwerke hoch.

»Sind Sie Frau Polaschke?«

»Bin ich.« Die Frau war mollig, gelbblond und schlecht geschminkt. Sie sah so aus, als könnte sie ein gutes Frühstück machen und wie ein Mann lachen. Sie roch ein wenig nach schmutzigen Witzen und war genau der Typ Kuppelmutter, den Journalisten mögen.

»Ich brauche ein Zimmer mit Dusche«, sagte Grau.

»Für wie lange denn?« fragte sie. Sie hatte die Tür nur einen Spaltbreit geöffnet, sie bat ihn nicht freundlich herein, sie machte klar, daß sie nicht an jeden Dahergelaufenen vermietete.

Grau entschied sich: »Erst einmal für drei Wochen. Was kostet denn das Zimmer mit Frühstück? Ach ja, es sollte nach hinten liegen.«

»Alle meine Zimmer liegen nach hinten. Das kostet einen Hunderter pro Nacht inklusive Frühstück mit Ei, Käse und Wurst.«

»Darf ich das Zimmer mal sehen?« bat Grau.

»Wenn Sie wollen«, sagte Sigrid Polaschke. Angenehm

war es ihr nicht. Fünf Uhr nachmittags war nicht ihre Zeit. Sie ging schnell vor ihm her. »Vertreter?« fragte sie.

»Nein«, sagte Grau. Der Flur war dunkel, eigentlich viel zu dunkel.

»So, hier isses«, sagte sie und drehte den Schlüssel herum. Der Raum war groß und hoch und trostlos. In der Ecke war eine Duschkabine abgeschlagen, sie wirkte wie ein überdimensionaler Schrankkoffer.

»Das ist gut«, sagte Grau, »das nehme ich. Ist es okay, wenn ich zehn Tage im voraus bezahle?«

»In Ordnung«, sagte sie. »Können Sie Ihr Gepäck selbst heraufholen? Ich habe im Moment keinen, der hilft. Mein Freund ist auf Arbeit.«

»Kein Problem«, sagte Grau. »Was arbeitet er denn?«

»Mal dies, mal das. Heute hilft er einem Kumpel das Auto reparieren.« Sie nahm die Scheine und drehte sie unschlüssig hin und her, als wüßte sie nicht recht, ob sie das Bargeld annehmen sollte. »Ich schreibe eine Quittung.«

»Das hat Zeit, das hat Zeit«, beruhigte sie Grau.

»Ja, und das warme Wasser hat Aussetzer. Manchmal kommt es 'ne Weile nicht, aber irgendwie kommt es immer wieder. Alles alt hier im Haus.«

»Macht auch nichts.« Grau blieb höflich. »Was haben Sie für Gäste?«

»Die meisten sind auf Montage. Berlin ist eine Baustelle. Jetzt kommen doch die Bonner, und alles baut wie verrückt. Straßen und Häuser und so. Für mich ist das gut, weil die Firmen pünktlich bezahlen. Sind Sie auch auf Montage?«

»Nein. Ich bin Journalist.«

»Das ist doch mal was anderes«, sagte sie. Dann ging sie.

»Wo ist denn hier die beste und gemütlichste Kneipe?« fragte Grau hinter ihr her.

»Wenn Sie aus dem Haus kommen, rechts. ›Kempes Wurstbude‹. Echt spitze.«

Grau ging hinunter und holte seine Koffer. Er räumte seine Sachen sehr sorgfältig in den Schrank. Nur mit der Waffe, den Pillen und dem amerikanischen Geld wußte er nicht wohin. Schließlich stopfte er alles in das Reißverschlußfach eines Koffers und legte ihn auf den Schrank. Er zog sich aus, legte sich eine Weile aufs Bett, duschte und legte sich erneut aufs Bett.

Langsam wurde er unruhig, empfand die Stadt wie eine Bedrohung. Eigentlich könnte er es sich einfach machen und die verstreuten Rauschgiftszenen der Stadt erkunden. Die Lage abchecken und mit den Leuten quatschen. Dann direkt in diesen Club ›Memphis‹ am Savignyplatz gehen, um diesen Rechtsanwalt Timo Sundern zu sehen, von dem White gesagt hatte, er würde nur lächeln, aber nicht reden.

»Lieber Himmel!« ermahnte er sich halblaut. »Trödel nicht rum!« Diese seltsame Unentschlossenheit vor einer Recherche kannte er und begegnete ihr immer mit Nervosität und einer strengen Form von Ärger.

Rasch zog sich Grau an und schlenderte dann in ›Kempes Wurstbude‹. Sie bestand aus zwei hohen alten Räumen mit einer sehr langen Theke und zwei Poolbillardtischen. Hinter der Theke stand ein Mann um die Vierzig mit einer Halbglatze und einem weißen Hemd, dessen Manschetten von alten Ärmelschonern hochgehalten wurden. Der Mann trug einen Schnurrbart wie Kaiser Wilhelm der Zweite und zwirbelte das gute Stück unablässig.

Außer dem Wirt war nur noch ein Gast im Raum. Es war ein sehr alter, kleiner Mann, der vor seinem Bier saß und unermüdlich kaute, obwohl er nichts aß.

»Bitte ein Bier«, sagte Grau. »Ein Helles. Ich wohne nebenan bei der Polaschke. Kann ich bei Ihnen auch etwas zu essen bekommen?«

»Kaltes Kotelett, Frikadelle, russische Eier, Kartoffelsalat. Nichts Warmes.«

»Das Poolbillard interessiert mich. Man kann gut dabei abschalten. Darf ich probieren?«

»Sicher doch. Sie müssen nur eine Mark reinwerfen. Die Queues stehen an der Wand.«

Grau schlenderte zur ersten Platte, warf ein Markstück hinein, baute sich die Kugeln auf, stieß in sehr schneller Folge sechs Bälle ein und hörte dann wieder auf. Er ließ sich ein kaltes Kotelett servieren und aß es genußvoll mit Brot, während er mit dem Wirt plauderte. Er erkundigte sich, wann das Nachtleben in der Gegend des Ku'damms beginne. Der Wirt grinste und erklärte ihm, er habe mit den feinen Herrschaften in der Innenstadt wenig am Hut. Wahrscheinlich sei Mitternacht die richtige Zeit.

Der alte mümmelnde Mann krächzte breitmäulig: »Nu, junger Mann, dann machen Se mal einen Anständichen drauf!« Dazu lachte er zahnlos.

Grau spielte wieder betulich Billard, räumte die Platte leer. Er fragte sich, ob Angie wohl allein nach Teneriffa geflogen war. Er war ziemlich sicher, daß sie in die Maschine gestiegen war, um die Situation mit der ihr eigenen Zwanghaftigkeit zu klären. Wahrscheinlich würde sie vierzehn Tage später nach Hause kommen und allen Bekannten versichern, sie und Grau hätten sich in aller Ruhe und nach vernünftigem Abwägen des Für und Wider getrennt. Es sei vorüber, es sei ganz gut gewesen, aber nicht mehr aufzuwärmen. Sie muß das tun, um sich zu schützen, dachte er. Dann warf er erneut Geld ein, um weiterzuspielen.

»Das ist doch ein sehr massives altes Bürgerhaus. Wieso heißt das ausgerechnet ›Kempes Wurstbude‹?« fragte er.

»Det is sozusagen Stadtgeschichte«, erklärte ihm der Wirt. »Also, diese Straße war total zerbombt. Det muß '45 gewesen sein. Da kam ein Mann namens Kempe, Willi Kempe. Der machte hier auf dem Hof 'ne Bude auf. Eine aus alten Holzbrettern. Der verkaufte Würstchen, obwohl es doch eigentlich gar kein Fleisch gab, um Würstchen draus zu machen. Aber Willi Kempe hatte irgendwie immer richtig gute Knacker. Weil hier in der Gegend ein paar Leute Hunde hatten, und weil Hunde plötzlich verschwanden, weil ja, wie man weiß, die Leute ooch Hunde fraßen, haben die Nachbarn erzählt: Willi Kempe holt sich die Hunde und macht Würstchen draus.

Det war natürlich jemein, aber Willi grinste nur und verkaufte weiter seine Würstchen. Er verkaufte so viel, daß er sich in den Fünfzigern beide Häuser hier kaufen konnte. Nu ist er längst tot, und die Erben sitzen irgendwo auf Ibiza und verfressen unsere Miete. So ist das mit ›Kempes Wurstbude‹.«

»Schöne Geschichte«, sagte Grau und versenkte einen Ball.

Ein Mann kam herein, und der Wirt sagte sichtlich erfreut: »Tag, oller Schwede, Bier?«

»Bier«, sagte der Mann. Er trug eine blaue Latzhose, die vollkommen verdreckt war. Seine Sprache war rauh und hart. »Und einen Schnaps will ich und eine Schachtel Zigaretten.«

»So soll es sein«, sagte der Wirt.

Der Mann mochte vierzig Jahre alt und slawischer Abstammung sein. Sein Gesicht war rund und sehr fremdländisch, die Augen leicht schräggeschnitten, die Wangenknochen hoch herausragend, der Teint sehr dunkel. Sein Haar sah aus, als wäre es eingefettet, es war schwarz, fast blau, und reichte bis weit über den Kragen seines Blaumanns. Der Mann wirkte ein wenig wie ein Tier, wie ein sehr ruhiges, gelassenes Tier.

»Da ist ein Gast von Sigrid«, sagte der Wirt und deutete mit dem Kopf zu Grau hinüber.

»Ja, ich weiß«, sagte der Mann. Er nickte Grau flüchtig zu.

Der spielte weiter und spürte dabei unwillig, daß er Angst vor dem Auftrag hatte.

Der Mann nahm sein Bier und schlenderte zu Grau herüber. »Sie sind Journalist? Sind Sie bekannt?«

»Das glaube ich nicht«, antwortete Grau.

»Journalisten wohnen normalerweise nicht bei uns«, sagte der Mann mit einem Lächeln. »Die wohnen immer feiner. Wir sind was für Arbeiter.«

»Mir ist das hier lieber«, erklärte Grau. »Auf dem Ku'-damm sind doch kaum Berliner.«

»Das stimmt.« Der Mann lächelte. »Ich lebe mit Sigrid.«

»Das dachte ich mir.« Grau zielte über das Queue hinweg.

»Sie machen es falsch«, sagte der Mann. »Sie müssen die Kugel über die Bande kommen lassen. Und ganz sacht. Über was schreiben Sie?«

»Meistens über Politik«, sagte Grau und machte den Stoß nach den Angaben des Mannes. Es klappte. »Aber hier schreibe ich über Berliner und Berlin.«

»Ich bin Kroate«, sagte der Mann.

»Waren Sie im Krieg?«

»Ja.«

»Und wie sind Sie rausgekommen?«

»Meine Familie ist tot. Da bin ich mit einem Lastwagen, der uns Decken und Kleidung für den Winter brachte, nach Berlin zurückgefahren. Seitdem bin ich hier.«

»Arbeitslos?« fragte Grau.

»Ja«, nickte der Mann.

»Keine Chance?«

»Keine große. Und keine Papiere. Ich bin lieber vorsichtig, sonst schicken die mich zurück.«

»Wie groß war die Familie?«

»Sechs Leute. Meine Eltern, meine Frau, zwei Kinder.«

»Wollen Sie einen Job?«

»Warum nicht? Was für einen?«

Grau dachte an Hector, grinste und sagte. »Es ist kein Ausbildungsberuf: Sie könnten mein Schatten sein.«

»Schatten?«

»Schatten«, sagte Grau. »Ich erkläre es Ihnen. Gehen wir nach Hause.«

»Na gut, nach dem Bier«, sagte der Mann. Dann stellte er sich an die Theke, sprach mit dem Wirt und dem alten Mann, und ihre Stimmen klangen warm und behaglich. Grau dachte: Er ist ganz ruhig, und er ist hier zu Hause.

Auf der Straße sagte der Mann: »Ich heiße Milan.«

»Ich bin Jobst.«

»Hängt das, was ich tun soll, mit deinem Job zusammen?«

»Ja. Ich werde es erklären.« Er fragte sich, wieviel Hector einem solchen Mann erzählen würde. Er fragte sich auch: Was muß ich ihm verschweigen?

Sigrid Polaschke öffnete ihnen, und Milan sagte hastig: »Er hat einen Job für mich.« Und zu Grau: »Soll ich dich fahren?«

»Nein, das nicht.«

Das Gesicht der Frau wurde unsicher, und sie blickte sehr schnell von einem zum anderen.

»Ich bin sauber«, versprach Grau hastig. »Es passiert ihm nichts.«

»Das hoffe ich«, sagte Sigrid Polaschke.

»Ich komme gleich«, sagte Milan und verschwand.

»Er hat keine Papiere«, sagte die Frau und atmete plötzlich schneller. »Eigentlich gibt es ihn gar nicht. Er hat nicht einmal kroatische Papiere, nichts.«

»Und über die Grenzen ist er mit einem Lastwagen gekommen?«

»Er hat sich unter ihn geklemmt.« Sie lächelte und war ganz weit weg. »Er ist schon ein Verrückter.«

»Ich bin in meinem Zimmer«, sagte Grau.

Milan klopfte, kam herein und setzte sich auf einen Stuhl. »Es muß ein heimlicher Job sein«, sagte er. »Sigrid wird verrückt vor Angst, wenn ich mit vielen Menschen zusammen bin. Sie sagt immer: Einer wird dich verpfeifen.«

»Ich verstehe«, sagte Grau. »Ich arbeite für eine amerikanische Zeitung. Ich soll über die neue Hauptstadt schreiben. Ich muß viele Menschen treffen. Auch viele Ausländer: Türken, Griechen, was weiß ich. Ich muß Berlin auch bei Nacht erleben. Es geht auch um Drogen und so etwas.«

»Drogen? Ah, es geht um das ganze Leben, eh?« Milan grinste schief.

»Um das ganze Leben«, bestätigte Grau. »Ich brauche einen Mann, der immer in der Nähe ist.«

»Du bist ein Bulle?« fragte Milan. Er begann erst zu lachen, als Grau sehr erschreckt den Kopf schüttelte. »War nur Spaß. Triffst du Gauner?«

»Vielleicht, kann sein. Ich gehe langsam durch die Stadt, verstehst du?«

»Ja, ja, das verstehe ich. Und ich bin immer hinter dir, irgendwo, nahe, oder?«

»Ja. Die Menschen sollen nicht merken, daß du zu mir gehörst.«

»Warum nicht? Ah, ich verstehe. Und wenn es gefährlich ist?«

»Dann bist du still und tust nichts«, sagte Grau. Lieber Himmel, wahrscheinlich würde Hector schallend lachen, wenn er ihn so hörte.

»Na ja«, sagte Milan vergnügt, »kannst du sowieso keinen Schatten verprügeln, oder?«

»Richtig«, sagte Grau. »Hast du Jeans und einen grauen Pulli oder einen dunkelblauen oder schwarzen?«

»Habe ich. Moment, was für Schuhe? Nicht Sommerschuhe! Geht nicht! Rutschst du aus.«

Grau schwieg zunächst: »Das weißt du aus dem Krieg, nicht wahr? Du bist ein Profi.«

Milan nickte. »Ich bin barfuß gelaufen. Ich hatte nur normale Schuhe wie für Tanzvergnügen. Habe ich ausgezogen. Barfuß ging das gut. Später habe ich Stiefel gehabt, richtige Stiefel.«

»Von einem Toten?«

»Sicher«, sagte Milan nüchtern, »sicher. Wann geht das los, wann beginnt Arbeit?«

»Gleich. Heute abend. Was mußt du verdienen?«

»Ich weiß es nicht, du mußt das wissen. Schatten?« Er lachte. »Leichte Arbeit, nicht so teuer. Wie lange geht das? Eine Schicht, acht Stunden?«

»Das weiß ich vorher nicht, das wissen wir nie. Mal lang, mal kurz. Was kriegst du, wenn du Autos reparierst?«

»Na ja, der Kumpel zahlt Essen und Bier und fünf Mark die Stunde. Wenn du mir Essen zahlst und so, dann auch fünf Mark.«

»Hast du einen Führerschein? Ach nein, du hast gar nichts. Also darfst du nicht fahren.«

»Gut so, niemals fahren! Geht das? Hast du ein Auto hier?«

»Ja, habe ich, aber das will ich nicht benutzen. Bist du einverstanden, wenn ich alles zahle? Essen, Trinken, Taxi und so weiter. Außerdem zehn Mark die Stunde. Okay?«

»Fünf Mark reicht, denke ich. Keine schwere Arbeit.«

»Zehn Mark«, sagte Grau schnell. »Keine Widerrede. Was sagst du Sigrid?«

»Na ja«, Milan zuckte die Achseln, »die Wahrheit. Was ist schon Arbeit als Schatten? Wann gehen wir?«

»In einer Stunde.«

»Und wie geht das? Wo bin ich? Zwei Meter hinter dir, zehn Meter hinter dir? Wenn du einen Menschen triffst, gehst du in eine Wohnung. Wie soll ich da hineinkommen?«

»Das ist richtig«, sagte Grau. »Ich habe keine Erfahrung. Wir müssen es ausprobieren.«

»Probieren wir's«, stimmte Milan zu.

Sie gingen eine Stunde später, und Grau gab dem Kroaten genügend Geld, um ihn von sich unabhängig zu machen.

»Wenn ich in einem Lokal esse, ißt du auch. Wenn ich Taxi fahre, nimmst du auch ein Taxi. Wir müssen es testen. Laß dir Quittungen geben.«

»Was ist, wenn Bullen da sind und mich nach Papieren fragen?«

»Das weiß ich nicht. Was würdest du im Normalfall machen?«

»Türmen«, antwortete Milan.

»Dann türme. Wir treffen uns immer bei Sigrid.«

»Was ist, wenn ich dir etwas sagen will? Dringend?«

»Dann gehst du dicht an mir vorbei, und ich folge dir. Dasselbe mache ich auch. Wo stehen Taxen?«

»Am S-Bahnhof. Beweg dich langsam, sonst kann ich dir nicht folgen. Denk daran, ohne Schatten bist du nix.« Diesmal lächelte er nicht.

»Irgendwie ist es absurd«, sagte Grau unwillig.

»Du bist viel zu erwachsen«, sagte der Kroate. »Und viel zu deutsch.«

Grau ging los und schlenderte betont langsam. Der Abend war angenehm lau, die Sonne tauchte die Schluchten zwischen den Häusern in rötliches Licht. Zuweilen drehte Grau sich um, sah Milan mit beiden Händen in den Hosentaschen dahintrotten, schüttelte den Kopf und ging weiter.

Nur einmal winkte er den Kroaten heran und fragte: »Hast du auch schon Menschen getötet?«

»Ja«, sagte Milan einfach. »Ich war im Krieg.«

»Ich will keine Gewalt«, stellte Grau fest.

»Du wirst nicht gefragt«, erwiderte Milan trocken.

»Du redest wie Hector.«

»Wer ist Hector?«

Aber Grau war schon weitergegangen. Er nahm ein Taxi und konnte beobachten, wie Milan ebenfalls eines nahm und ihm folgte. Er stieg am Ku'damm aus und ging langsam, die Schaufenster inspizierend, Richtung Bahnhof Zoo. Er überquerte mehrere Male den Damm, nur um amüsiert zu beobachten, wie Milan sehr geschickt in einem konstanten Abstand von etwa dreißig Metern folgte. Am Bahnhof kaufte er sich ein Stück Pizza. Dann hockte er sich auf eine Bank und merkte, wie Milan sich an das andere Ende setzte, um ebenfalls ein Stück Pizza zu verdrücken.

»Bahnhof Zoo«, sagte Grau durch die Zähne. »Traumziel aller Teenies. Du kannst kleine Nutten und Stricher kaufen. Speed, Joints, Heroin und was das Herz begehrt. Sie essen Spaghetti mit Katzenfutter.«

»Du kannst auch Prügel kaufen«, sagte Milan. »Ich habe gehört, du kannst Leute schon für fünfhundert Mark und Spesen kriegen. Sie morden für dich. Sie kommen aus meinem Land oder aus Polen, und sie nennen sich Söldner. Was machst du jetzt?«

»Wir gehen zum Savignyplatz. Da gibt es einen Club, das ›Memphis‹. Der Eigentümer ist ein Rechtsanwalt. Er heißt Sundern, Timo Sundern. Seine Frau heißt Meike Kern, sie ist wahrscheinlich auch dort. Die beiden sind reich, haben großen Einfluß.«

»Was willst du von ihnen?«

»Ein Interview. Ich bin Journalist.«

»Wenn sie clever sind, schmeißen sie dich raus«, sagte Milan ruhig, mit gesenktem Kopf. »Sundern und Kern, ist das okay? Soll ich durch die Kneipen ziehen und nach ihnen fragen?«

»Gute Idee. Und komm dann in den Club, ja? Es ist elf. Sagen wir, du bist um Mitternacht dort?«

»Sagen wir, halb zwölf. Es ist nicht gut, wenn du lange allein bist. Sie werden nicht mit dir sprechen.«

»Woher weißt du das? Ich bin ein netter Kerl, mit mir spricht man gern.«

Milan schüttelte den Kopf. »Mag sein, du bist ein netter Kerl, aber du störst.«

Grau stand auf und schlenderte Richtung Breitscheidplatz.

Er fand, daß es noch einen Hauch zu früh war und setzte sich neben der von Wasser überspülten Plastik, von den Berlinern liebevoll Wasserklops genannt, an einen kleinen Tisch und bestellte ein Eis.

Dann tauchte Milan überraschend auf der Treppe auf, die auf die untere Ebene führte, und ging dicht an ihm vorbei. Er sagte ganz ruhig und ohne eine erkennbare Spur von Aufregung: »Jemand folgt dir.« Dann setzte er sich Grau gegenüber, winkte der Bedienung. Er sagte: »Ein kleines gemischtes Eis bitte.«

Grau verbarg seinen Mund hinter einem Löffel voll Eis. »Bist du sicher?«

»Ganz sicher. Der Mann ist jung, blond. Dreißig, denke ich, trägt englische Schuhe, teure Schuhe.«

»Seit wann?«

»Seit dem Bahnhof. Aber wenn er dort schon war, war er früher schon an dir dran. Wer weiß, daß du hier bist?«

»Zwei Leute in Bonn«, sagte Grau. »Du mußt dich täuschen.«

»Keine Täuschung«, hauchte Milan. Sein Eis kam, er bat: »Kann ich gleich zahlen?«, zahlte, ließ das Eis stehen und verschwand zwischen den Tischen.

Grau bezahlte am Tresen. Er versuchte ein gemächliches Tempo einzuschlagen, aber es gelang ihm nicht. Er ging schnell hinauf zum Ku'damm und sah sich aufmerksam um. Er entdeckte weder Milan noch einen dreißigjährigen Blonden mit englischen Schuhen. Er ging ein ganzes Stück den Ku'damm entlang und dann durch die Knesebeckstraße zum Savignyplatz hinunter. An der öffentlichen Toilette kamen zwei sehr junge Mädchen auf ihn zu. Sie hatten blutrot bemalte Münder, die wie Wunden aussahen.

»Hast du nicht Lust auf uns? Du kriegst alles, was du willst und was gut ist. Wir sind richtig toll.«

»Ich habe eine Tochter in eurem Alter.« Grau seufzte.

»Das ist schon mal Scheiße!« sagte die Kleinere von

beiden muffig, versuchte es aber noch einmal. »Hör mal, mit deiner Tochter kannst du aber nicht ficken.«

»Nein!« zischte Grau scharf und drückte sich an ihnen vorbei.

Der Club »Memphis« lag in einem alten, viergeschossigen Wohnhaus. Es gab nur eine winzige, zurückhaltende, mattgelbe Bierreklame. Die Läden vor den Fenstern waren geschlossen, das Haus lag vollkommen im Dunkeln. Die Straße davor war vollgeparkt. Grau klingelte.

Die Tür ging auf, und ein Mann im grauen Smoking fragte: »Können wir etwas für Sie tun?«

»Das weiß ich nicht«, antwortete Grau gutgelaunt. »Man hat mir Ihr Haus empfohlen. Es hieß, ich könnte hier essen.«

»Das ist richtig.« Der Smoking-Mann freute sich . »Sie können essen und trinken und anschließend in angenehmer Gesellschaft sonnen und baden. Darf ich bitten?« Er öffnete weit die Tür, und Grau trat in einen nichtssagenden Flur, dessen Wände mit rotem Plüsch bespannt waren. An der Wand hing ein Schild: »Vergiß alles, was du bisher wußtest.«

»Sie zahlen zweihundert Mark, bekommen dafür vier Getränke und sind Mitglied. Beim zweiten Besuch bezahlen Sie dann nichts mehr«, erklärte der Smoking geschäftstüchtig. »Auf welchen Namen die Mitgliedskarte?«

»Meier«, sagte Grau.

»Meier, sehr wohl. Bitte, hier die Karte.«

»Können Sie tausend Dollar wechseln?« fragte Grau ganz nebenbei.

Der Mann war verblüfft. So viel Wechselgeld hatte er nicht bei sich, aber er würde den Schein wechseln lassen. In D-Mark, wenn es recht wäre, und nach den Konditionen des Hauses, eins zu eins Komma vier.

»Eins zu eins Komma sieben«, sagte Grau vergnügt. »Ich bin doch nicht hier, um mich verarschen zu lassen.«

»Sehr wohl«, sagte der Smoking und lächelte.

Es war ein sehr intimes, der Karte nach sehr teures Restaurant, ohne einen Hauch von Frivolität oder gar Verderbtheit. Drei Kellner standen herum und starrten hungrig auf Grau; er war der einzige Gast. Er bestellte einen Chablis und Filets von geräucherter Forelle. Er aß langsam und mit Bedacht, während sich das Lokal nach und nach zu füllen begann. Als er zu der Tür ging, auf der »Gesellschaftsräume« stand, war fast jeder Tisch besetzt. Das Publikum wirkte wohlhabend, es waren mehr Männer als Frauen, und die Stimmung war laut und ausgelassen.

Hinter der Tür führte eine breite Treppe nach oben. Dann folgte ein großer, saalähnlicher Raum, in dessen Mitte ein Springbrunnen in einem großen Wasserbassin sprudelte. In dem Bassin schwammen Männer und Frauen, einige nackt, andere in Badeanzügen.

Grau stellte erheitert fest, daß einige der Schwimmer unermüdlich plappernd Tabletts vor sich herschoben, auf denen Flaschen und Gläser standen. Er bemerkte auch, daß der Hauptstrom der Schwimmer sich rechtsherum bewegte, also im Uhrzeigersinn.

Der übrige Raum war strahlend weiß und wirkte sehr tief. Die Gruppen saßen in kleinen Sesseln und Sofas um niedrige Tische. Dazwischen hochragende Grünpflanzen. Die Frauen und Männer, die bedienten, waren sehr jung und sehr attraktiv. Diese schönen jungen Menschen trugen nur winzige Höschen aus Glitzerstoff und lächelten ständig, wobei sie ihre blendendweißen Zähne zeigten.

Links an einem kleinen Tischchen hockte Milan und trank aus einem langstieligen Glas irgend etwas Rotes. Er sah ihn nicht an.

Grau ging zu einer langen Bar, hinter der junge Frauen hantierten. Er bestellte sich einen Whiskey und eine Flasche Bier und setzte sich auf einen Hocker. Die Stimmung war heiter und gelöst.

»Ist Rechtsanwalt Timo Sundern hier? Ich möchte ihn sprechen«, bat er die Schöne hinter dem Tresen.

»Er ist noch nicht hier«, antwortete sie. »Wenn er kommt, werde ich ihm Bescheid geben.«

»Wie ist dieser Sundern als Boß?«

»Oh, er ist nicht mein Boß, er hat hier Geschäftsführer, er hat in jedem Betrieb Geschäftsführer. Ihm gehört der ganze Rummel, aber er mischt sich nicht ein. Darf ich mir was einschenken?«

»Aber sicher«, sagte Grau. »Ist das hier sein Lieblingslokal?«

»Muß ja wohl so sein, er ist jede Nacht hier. Darf ich auch einen Whiskey? Die Drinks, die wir trinken sollen, machen nur Kopfschmerzen.«

»Natürlich«, sagte Grau. Er bemerkte, wie Milan ihn konzentriert ansah, dann leicht nickte, aufstand und irgendwohin verschwand. Grau erkundigte sich nach den Toiletten und ging ebenfalls. Er stellte sich neben Milan, sie pinkelten vor sich hin.

»Was hast du erfahren?«

»Sundern und diese Frau sind richtig wichtige Leute. Keiner weiß was, aber jeder sagt, sie hätten die Stadt irgendwie fest im Griff.«

»Irgendeine Partei?« fragte Grau leise.

»Ja. Die meisten tippen auf Freie Demokraten, aber CDU ist auch vertreten, SPD auch. Nur Grüne und Bündnis 90 kommen nicht vor. Was ist, was hast du vor?«

»Ich werde mit Sundern reden«, sagte Grau. »Er wird bald kommen. Hast du den Blonden mit den englischen Schuhen gesehen?«

»Na sicher. Er sitzt neben dir an der Bar. Drei, vier Hocker weiter. Ich kann ihn kitzeln, wenn du willst.«

»Was heißt das?«

»Ich kann ihm ausrichten, daß du ihn nicht magst. Er wird dann verschwunden sein.«

»Keine Gewalt«, entschied Grau und ging wieder hinaus.

Die Szene hatte sich nicht verändert. Der Tisch, von dem er annahm, daß er für Sundern reserviert war, war immer noch leer. Der Blonde mit den englischen Schuhen saß tatsächlich vier Barhocker weiter als Grau und machte den typischen Eindruck des Fremden in einer Stadt, in der er nicht einschlafen kann und sich an einem Glas festhalten muß. Er hielt den Kopf über sein Glas geneigt, und die mattgelbe Lampe über ihm ließ seine Haare schimmern. Ein gepflegter Mensch, dachte Grau. Er kannte den Mann nicht, er war sicher, daß er ihn noch nie im Leben gesehen hatte. Milan schlenderte zwischen den Tischen hindurch und setzte sich wieder an seinen Platz.

»Da kommt Sundern«, sagte die Frau hinter dem Tresen.

Beinahe hätte Grau geantwortet: »Stören Sie mich jetzt nicht.« Er setzte sich aufrecht hin und konzentrierte sich.

Sundern kam von links, vom Treppenaufgang. Er war ein großer, etwas plumper Mann. Grau schätzte ihn auf fünfundvierzig. Er ging schnell und leicht watschelnd, mit weit ausholenden Handbewegungen. Er sagte lachend irgend etwas zu den hinter ihm Gehenden. Grau konnte es nicht verstehen. Als Sundern merkte, daß er die Aufmerksamkeit des Publikums im Raum auf sich zog, wurde er etwas langsamer, lächelte breit und mit sehr weißen Zähnen nach links und nach rechts. Ein paar Gäste grüßte er besonders intensiv, sagte sehr leutselig: »Oh, hallo, sehr erfreut!« und bewegte dazu seine rechte Hand wie ein Imperator.

Er ging sehr dicht an Grau vorbei. Alles in seinem Gesicht war häßlich. Das Kinn, die wulstigen Lippen, die Nase, die leicht fliehende Stirn – das alles sah so aus, als hätte jemand versucht, aus einer Handvoll Kartoffeln ein Gesicht zu formen. Alles wirkte knollig. Die Haut war großporig, Sundern schwitzte leicht, auf seiner Stirnglatze glänzte es feucht. Sein Haar wirkte dünn und gelb, und es hing lang über den Kragen der Jeansjacke. Er trug keinerlei Schmuck. »Hallo, meine Lieben!« grüßte er unentwegt nach links und rechts und steuerte den Tisch an, an dem niemand saß.

Ihm folgten zwei junge, sehr schlanke und muskulös wirkende Männer, etwa dreißig Jahre alt, die keine Miene verzogen, aber auch nicht sonderlich neugierig wirkten. Wahrscheinlich die Privatarmee, dachte Grau.

Sundern setzte sich krachend in einen der Sessel, die beiden Männer stellten sich abseits an die Ecke der langen Bar. Dann folgte ein dritter Mann, ein schmaler, drahtiger Typ, etwa vierzig Jahre alt. Er sah sehr gelangweilt aus und plazierte sich so neben einer Topfpalme, daß Sundern gewissermaßen zwischen ihm und den beiden jungen Männern saß. Grau taufte diesen Mann wegen seines hageren Gesichtes sofort »das Frettchen«, und er bemerkte erheitert, daß Milan schnell die rechte Hand hob und drei Finger ausstreckte. Er hat es begriffen, dachte Grau heiter, er ist ein Profi.

Eine junge Frau mit nackten Brüsten und einem sehr kurzen weißen Rock trat auf Sundern zu und sprach mit ihm. Er sagte lachend irgend etwas, und sie verschwand wieder.

Dann kam die nächste Gruppe, offensichtlich Freunde von Sundern. Laut und lärmend zogen sie vorbei. Sie setzten sich an seinen Tisch, drei Männer und drei Frauen, und schienen trotz aller Quirligkeit eine genaue Rangfolge einzuhalten, denn sie nahmen mit traumwandlerischer Sicherheit und ohne einander zu behindern ganz bestimmte Sessel und Stühle ein. Die Speichellecker, dachte Grau.

Dann tauchte eine Frau auf, die ein leuchtend rotes Kleid trug, das kaum ihre Brüste und ihren Hintern bedeckte. Sie kam nicht vom Treppenaufgang, sondern direkt aus dem Hintergrund des Raumes, und Grau fragte sich, ob er dort eine Tür übersehen hatte.

Sie ging schnell und lächelte unentwegt, und sie war

aufregend schön. Auch sie grüßte nach links und rechts und steuerte genau auf Grau zu. Dann bog sie nach links ab, ging an Sunderns Tisch und setzte sich neben ihn. Sie strich ihm leicht über den Kopf, und er war für den Bruchteil einer Sekunde erstarrt, bevor er wieder voll Energie weiterredete.

»Soll ich Sie anmelden?« fragte die Frau hinter dem Tresen.

»Nein, nein«, sagte Grau. »Das mache ich schon selbst.« Die Frau in Rot mochte dreißig Jahre alt sein oder vierzig. So genau war das nicht auszumachen. Sie trug das lange blonde Haar offen, was sehr erotisch wirkte, und sie rauchte manieriert mit sehr langen, blutrot lackierten Fingernägeln. Irgendwie nuttig, dachte Grau, aber irgendwie auch passend.

Er stand auf und ging sehr langsam auf den Tisch zu. Er versuchte, Sunderns Blick einzufangen, aber der redete sichtlich erheitert mit der Frau in Rot und bemerkte ihn nicht. Als Grau sich dem Tisch bis auf drei Schritte genähert hatte, kamen die jungen Männer von rechts und schoben sich vor ihn.

»Ich möchte mit Herrn Sundern sprechen«, sagte Grau und lächelte. Er war aufgeregt.

»Das geht jetzt nicht«, sagte der Kleinere von ihnen.

»Ich bin Journalist und möchte ein Interview.« Grau war sehr höflich.

»Dann gehen Sie morgen ins Büro, und Sie bekommen einen Termin«, sagte der Mann ganz kühl. »Hier ist der Boß privat. Keine Arbeit.«

»Was will er denn?« fragte das Frettchen links von Grau.

»Er sagt, er wäre Journalist«, antwortete der Kleinere.

»Kommt nicht in Frage«, sagte das Frettchen. »Der Chef hat keine Zeit.«

Grau sah, wie Sundern ihn direkt anblickte. Er sagte laut: »Herr Sundern wird eine Frage gestatten.«

»Gestattet er nicht«, sagte das Frettchen.

Sundern musterte Grau und war offensichtlich amüsiert. Auch die Frau in Rot war amüsiert und fixierte Grau.

»Zehn Sekunden«, sagte Grau matt.

»Nicht eine einzige«, sagte das Frettchen. »Sie können gehen.«

»Aber ich will ...«, begann Grau.

»Du willst gar nichts«, sagte der Kleinere.

Grau spürte, wie sie ihn wegdrängten, und war vollkommen hilflos. Er wandte sich ab und ging vor ihnen her. »Ich muß noch bezahlen!«

»Das geht aufs Haus«, sagte das Frettchen gelassen.

»Ein Kindergarten!« Grau war wütend.

»Ja, ja«, sagte das Frettchen beruhigend.

Sie schoben ihn nach links, und er ging brav durch die Schwingtür die breite Treppe hinunter. Auf dem ersten Absatz ging es links in die Toiletten. Sie drängten ihn hinein, sie ließen ihm keine Wahl.

»Niemals privat«, sagte das Frettchen sehr endgültig. »Und nur über das Büro.«

»Kindergarten«, wiederholte Grau wütend.

»Joe!« sagte das Frettchen.

Der, der Joe hieß, trat Grau von hinten in die Kniekehlen. Es war ein heißer, stechender Schmerz, und Grau fiel nach vorn. Ehe er auf die sehr weißen Fliesen schlug, kam Joes Schuh vor sein Gesicht, und irgend etwas explodierte in seinem Kopf.

»Schmeißt ihn raus!« sagte das Frettchen.

Grau konnte nichts mehr sehen und hatte ein Gefühl von Wärme im Mund. Er wußte, daß es Blut war, und wollte etwas sagen, konnte aber nichts herausbringen. Sie faßten ihn an beiden Armen und hoben ihn hoch. Es ging durch eine Tür in einen schmalen Treppenaufgang, in dem es kühl war und sehr intensiv nach Beton und Pisse stank. Sie stießen ihn die

Treppe hinunter, und er konnte sich nicht halten, weil alles in ihm schmerzte.

Er lag ruhig da, dann stieß er mit dem rechten Fuß an eine Stahltür. Langsam kam er hoch. Die Tür ließ sich öffnen, und er befand sich in einem kleinen Hof, rechts von ihm standen geparkte Autos, dazwischen war ein offenstehendes Gittertor, dann kam die Straße.

»Ich trage dich«, sagte Milan neben ihm.

»Hast du das mitgekriegt?« fragte Grau erstaunt. »Hast du das mitgekriegt?«

»Du störst sie«, sagte Milan. »Ich sagte doch, du wirst sie stören. Kann ich dich hier anfassen, oder tut es weh?«

»Geht schon«, lallte Grau. »Warum denn so was?«

»Sie machen es immer so«, sagte Milan gleichmütig und schleppte Grau in Richtung Straße. »Du mußt es anders machen.«

»Aber wie denn?«

»Ich habe schon alles erledigt«, sagte Milan. »Setz dich auf die Stoßstange von dem Volvo da.«

»Was hast du gemacht?«

»Ich bin hinter euch her. Ich habe den kleinen Mann geschnappt.«

»Das Frettchen? Den hageren Kerl?«

»Ja«, sagte Milan. »Bleib hier, ich hole ein Taxi.«

»Aber was hast du gemacht?«

»Ich bin dein Schatten, ich habe ihn geschnappt, als die beiden anderen dich die Treppe runterwarfen. Er sitzt auf dem Lokus, es geht ihm nicht gut.«

»Keine Gewalt!« sagte Grau schrill.

»Du bist ein Kind«, antwortete Milan.

Zweifel

Grau begann zu würgen und mußte sich explosiv übergeben. Es schmerzte.

Der Taxifahrer fluchte unterdrückt und stoppte scharf.

»Ich habe Tempotücher, ich mache das sauber«, erklärte Milan gemütlich.

»Das kostet zwanzig Mark extra«, schrillte der Taxifahrer wütend.

»Schon gut, mein Freund. Fahr weiter, du kriegst dein Geld.«

»Wieso müssen Leute immer so saufen?« Der Fahrer schnaubte verächtlich.

»Er hat nichts getrunken, er ist krank«, erklärte Milan.

»Na ja, ich denke eben ...«

»Du sollst fahren«, sagte Milan. »Wir haben es eilig.«

»Ich will keinen Arzt«, hauchte Grau zittrig.

»Wir fahren nicht zu einem Arzt«, beruhigte ihn Milan. »Wir fahren zu Sigrid.«

»Wenn es Grippe ist, hilft Brennesseltee«, sagte der Fahrer hilflos.

»Ich steige aus«, sagte Grau matt. »Ich steige aus dieser gottverdammten Geschichte aus.«

»Kannst du eigentlich klar sehen?« fragte Milan kühl.

»Ja, kann ich, glaube ich.«

»Das ist gut«, sagte Milan beruhigt. »Wir hatten einen bei einer Patrouille, der stürzte einen Abhang runter. War eigentlich harmlos, aber dann, nach zwei Tagen, fiel er um. Er hatte nur Sehstörungen. Einfach bewußtlos, verstehst du? Wir haben gewartet, weil wir ihn nicht krepieren lassen wollten. Dann kamen Serben und haben uns zusammengeschossen. Von acht war ich der einzige, der rauskam. Der Bewußtlose hat nichts mehr mitgekriegt, er ist einfach gestorben.«

»Sie waren sicher bei der UNO?« fragte der Fahrer.

»Na sicher«, sagte Milan heiter. »Halte da vor dem Haus.«

»Ich steige aus«, murmelte Grau verbissen.

»Erst mal gehst du in die Badewanne«, sagte Milan. »Später reden wir. Langsam, ganz langsam. Und wenn es nicht geht, sagst du Bescheid.«

»Ja, Papa«, sagte Grau.

»Und dann sagst du mir, was wirklich ist, du Journalist. Langsam jetzt.«

»Ich mache eine Berlin-Geschichte«, beharrte Grau eigensinnig.

»Und dafür brauchst du einen Schatten.« Milan lächelte. »Langsam jetzt bei der Treppe.«

In der Tür zur Pension stand Sigrid Polaschke und sagte verkrampft zwischen Weinen und Lachen: »Sie haben euch aufgemischt, gib's zu, sie haben euch aufgemischt!«

»Sie haben ihn etwas scharf rasiert«, erklärte Milan. »Laß Wasser in die Wanne laufen. Nicht zu heiß, angenehm. Mach schon!«

»Ich habe dir gesagt, daß das Scheiße ist«, maulte sie.

»Ich konnte das nicht ahnen«, murmelte Grau.

»Sind Sie ein Geheimbulle oder so was?« fragte die Polaschke.

»Nicht die Spur«, antwortete Grau.

»Laß Wasser ein!« sagte Milan scharf.

»Scheiß Mannsvolk!« schimpfte sie empört und verschwand.

»Ich bin doch nicht krank«, stellte Grau matt fest.

»Du wirst vielleicht tagelang nicht gehen können«, sagte Milan. »Du badest jetzt.«

»Was hast du mit diesem Mann gemacht, diesem schmalen, hageren?«

»Nicht viel«, sagte Milan beruhigend. »Hier ist das Badezimmer. Ich habe ihn in einen Lokus gesperrt. Komm jetzt, zieh dich aus.«

»Hattest du in Jugoslawien auch immer eine Badewanne mit warmem Wasser, wenn du gestolpert bist?«

Milan lächelte. »Nein. Aber irgendein Bach war immer da. Was ist? Was willst du eigentlich wirklich in Berlin? Zieh dich schon aus!«

»Er soll erst mal eine Handvoll Aspirin nehmen«, sagte die Polaschke hinter ihnen. Sie hatte geweint, das Lippenrot war verwischt, die schwarze Wimperntusche auf die Wangen gelaufen.

Grau sah sie an, nahm die Tabletten und stopfte sie in den Mund. Dann würgte er und spuckte sie wieder aus. »Ich friere«, sagte er.

»Zieh dich aus. Komm, ich zieh dich aus. Du mußt dich ins Wasser legen!« sagte Milan heftig.

»Ich friere«, wiederholte Grau. Er hatte Angst, er hatte das Gefühl, nicht mehr atmen zu können. Er ließ es zu, daß sie ihn auszogen, und er ließ sich helfen, in die Badewanne zu steigen. Als er im Wasser lag, fror er immer noch. »Diese Frau ist sehr hübsch«, murmelte er.

Milan nickte. »Sie ist ein Wahnsinnsschuß.«

»Schuß? Nennt man das Schuß?«

»Bei Zuhältern nennt man das Schuß«, kommentierte Sigrid Polaschke bissig.

»Du machst jetzt die Augen zu«, befahl Milan.

»Hört auf mit diesem Scheiß«, sagte Sigrid Polaschke. »So erwischen sie dich doch sofort.«

»Später«, murmelte Milan, »später.«

Grau hatte jedes Körpergefühl verloren und horchte ängstlich in sich hinein. Er versuchte herauszufinden, ob irgend etwas in ihm zerbrochen war. Etwas fahrig suchte er an seinem rechten Handgelenk den Puls. »Wieso haben die sofort geprügelt?«

»Dieser Sundern führt wohl ein Doppelleben.« Milans Stimme klang so, als erzählte er Kindern eine Gutenachtgeschichte. »Er ist tagsüber Geschäftsmann oder Anwalt. Nachts ist er König in einer anderen Welt.«

»Er hat mich angesehen«, sagte Grau kopfschüttelnd. »Er hat mich angesehen und gespottet. Die Frau spottete auch. Ich habe einen Fehler gemacht. Aber welchen?«

»Hast du«, bestätigte Milan. »Du hättest dich von diesen Kerlen nicht abdrängen lassen dürfen. Sie haben dich ... sie haben dich einfach geschubst.«

»Was hätte ich denn tun sollen?«

»Draufhauen«, erwiderte Milan. »Ja, ja, ich weiß, das willst du nicht.«

»Was hast du mit diesem Frettchen wirklich gemacht? Ehrlich, nur in den Lokus gesperrt?«

»Etwas mehr«, sagte Milan knapp und ernst. »Ich habe ihm gesagt, er soll dich im Leben nie wieder anfassen. Dann habe ich eine Doublette – nennt man das hier auch Doublette? – angesetzt. Rechtes Ohr, linkes Ohr. Dann wollte er brüllen, und ich habe ihm das Maul gestopft.«

»Aber er hat nicht dich geschlagen«, sagte Grau in matter Empörung.

»Aber er hat es befohlen«, erklärte Milan ruhig. »Ich habe Lokuspapier genommen. Er hatte den Mund voller Lokuspapier, und er konnte es nicht loswerden, weil ich seine Hände in den Gürtel gestopft und fest zugezogen habe.«

»Verdammt brutal.« Grau war angewidert.

»Was willst du? Wozu brauchst du Sundern? Und wieso dieser Blonde mit den englischen Schuhen? Berlin-Geschichte!« Milan wurde langsam heftig.

»Du bist nicht mehr mein Schatten«, sagte Grau und wollte

aufstehen. Aber das konnte er nicht, und das Wasser schwappte über den Wannenrand.

»Wieso? Erst willst du Schatten, dann brauchst du ihn, dann willst du ihn entlassen.« Milan lachte unterdrückt.

Dann wurde er unvermittelt ernst und erklärte: »Es ist wie zu Hause. Du hast einen kleinen Trupp, du hast ein Kommando. Irgendeiner mit viel Orden schickt dich auf eine Straße und sagt: ›Halt die Augen offen!‹ Du hältst die Augen offen und siehst viele Trupps, die dich kaltmachen wollen. Du denkst, Scheißkommandeur, hat es gewußt und einfach nichts gesagt. Was hat man dir nicht gesagt?«

»Ich weiß es nicht«, sagte Grau. »Ich will raus aus dem Wasser.«

»Erst kaltes Wasser«, beharrte Milan. »Das ist gut für deinen Kreislauf.« Er zog den Stöpsel aus der Wanne und ließ kaltes Wasser nachlaufen. Grau hörte auf zu frieren.

Milan rieb ihn mit einem harten, dünnen Handtuch ab und führte ihn dann in sein Zimmer. »Nix anziehen, nackt ins Bett legen. Und jetzt erzählst du ein bißchen, ja?«

»Wieviel Uhr ist es eigentlich?«

»Zwei, glaube ich. Oder willst du schlafen?«

»Ich will nicht schlafen. Ich möchte wissen, ob Angie nach Teneriffa geflogen ist.«

»Wer ist Angie?«

»Eine alte Freundin«, sagte Grau. Er griff zum Telefonhörer und wählte die Nummer. Als niemand abhob, sagte er: »Sie ist geflogen, sie ist eine Preußin, sie ist wirklich geflogen.«

»Wie fing alles an?« fragte Milan. »Bist du ein Journalist? Bist du jemand, der schreibt?«

»Ja, das bin ich. Es fing mit Eichhörnchen an. Das ist meine Tochter. Nein, das war meine Tochter. Sie ist tot. Das ist sehr lange her, sehr lange.«

»Töchter sind niemals lange her«, murmelte Milan begütigend. »Ich kenne mich aus. Was war mit deiner Tochter? Unfall?«

»Nein, nein, Heroin. Eine alte Geschichte, gar nicht besonders aufregend, eigentlich eher ziemlich normal ...«

»Hör schon auf ...«

»Sie war siebzehn, sie war im Gymnasium, sie war klug und sehr verletzlich. Ja, und sie war hübsch.« Er lächelte flüchtig.

»Wir lebten erst in Washington. Ich arbeitete dort für eine Nachrichtenagentur. Dann in Montreal, in Kanada, dann in Rom. Es war eigentlich gut. Nicht allzuviel Arbeit. Ich bin dann nach München gegangen, Eichhörnchen war damals vierzehn. Eigentlich war alles okay, alles lief ziemlich ruhig, sie war eine gute Schülerin, meine Ehe war auch gut. Nicht aufregend, aber ziemlich fest, verstehst du?

Irgendwie haben wir dann alles falsch gemacht. Ich muß Fehler gemacht haben, jede Menge Fehler. Na klar, Eichhörnchen hat mal gehascht, aber das tun sie ja alle. Wir waren nicht hysterisch, wir haben uns gesagt: Da muß sie durch! Vielleicht hatte sie auch Angst vor dem Leben. Vielleicht war ich auch zu selten zu Hause. Ich weiß es nicht.

Sie hat jedenfalls Drogen genommen. Erst ein paarmal LSD, dann Amphetamine, also Speed, dann Beruhigungsmittel. Sie hat ihrer Mutter Beruhigungsmittel geklaut, verstehst du. In der Schule wurde sie immer schlechter. Kann ja auch sein, daß sie nicht damit fertig wurde, daß sie plötzlich eine Frau war. Das kommt ja wie ein Angriff.

Sie fing an, die Schule zu schwänzen und sich herumzutreiben, meistens in Schwabing, meistens oben an der Münchener Freiheit. Manchmal auch in den Kneipen, die in dem Gassengewirr dahinter liegen. Wir haben es gar nicht mitbekommen, wir wußten nichts. Sie war blaß, und sie hatte plötzlich dauernd Pickel. Sie konnte mich auch nicht mehr anschauen, wenn sie mit mir sprach. Sie badete nicht mehr, sie stank manchmal.«

»Ganz Jugoslawien stinkt«, sagte Milan. Es war so, als habe er gar nicht zugehört. »Bei meiner Tochter war das anders. Sie saß im Sandkasten. Sie war vier. Irgendwelche Männer kamen mit zwei oder drei Kalaschnikows die Straße runter, und sie haben Djuna, sie hieß Djuna, wie eine Taube abgeschossen. Alle im Haus, meine Eltern und meine Frau, rannten raus. Sie schossen auch die ab, wie auf dem Schießstand. Sie standen da und lachten und luden nach und gingen zum nächsten Haus. Es waren Leute aus meinem Dorf.«

»Das ist doch alles Scheiße!« sagte Grau heftig. »Die Menschen lernen nichts. Was sollen wir im Westen denn machen? Sollen wir die Serben zusammenschießen?«

»Nicht einfach alle Serben«, erklärte Milan fest. »Aber ihr hättet schon hingehen und die töten müssen, die ihre Leute verführt haben. Nur die, das hätte gereicht. Was passierte mit Eichhörnchen?«

»Wir erfuhren von den Lehrern, daß sie monatelang nicht in der Schule gewesen war. Und dann ist sie einfach verschwunden. Einfach so, verstehst du? Wir haben sie suchen lassen, aber niemand hat sie gefunden. Sie ist nach Frankfurt und dort abgetaucht, in die Szene. Wir saßen zu Hause rum, ich konnte nicht mehr arbeiten, meine Frau weinte nur noch.«

»Wo ist deine Frau jetzt?«

»Ich denke, in München. Wir sind geschieden. Wir waren einfach sprachlos. Eichhörnchen kam ein paarmal zurück. Mal hatte ihr jemand die Zähne eingeschlagen, mal jemand sie verdroschen, mal hatte jemand sie vergewaltigt. Sie versuchte ein paarmal eine Entziehungskur, aber sie schaffte es nicht.

Sie verschwand immer wieder nach Frankfurt und behauptete, das wäre ihr Paradies. Dann, eines Nachts, wurden wir angerufen, jemand sagte, wir müßten kommen, Eichhörnchen wäre tot. Sie hatten sie auf irgendeinem Klo im Bahnhof gefunden. Zweifelsfrei eine Überdosis. Der Stoff war nicht sauber, er war Dreck, sie ist dran krepiert. Wir haben sie dann heimgeholt: nach München transportiert und auf dem Waldfriedhof beerdigt.

Ich konnte nicht mehr arbeiten, hab' immer nur gegrübelt und bin dann nach Frankfurt gegangen und in die Szene eingetaucht. Es war ganz einfach. Du brauchst dich nur ein paar Tage lang nicht zu rasieren und nicht zu waschen. Dann besorgst du dir ein paar alte, löchrige Klamotten, und du gehst da hin, wo sie alle rumstehen und nach irgendwelchen Stoffen gieren. Ich habe es so gemacht.

Einige erinnerten sich an Eichhörnchen, und sie verrieten mir, wer ihr den Stoff gedealt hatte. Es war schrecklich trivial. Ich habe den Kerl eine Weile beobachtet, dann habe ich ihm aufgelauert. Wir hatten eine kurze Debatte, und ich habe ihm mit einer Dachlatte beide Schulterblätter zerschlagen, ich war wie in Trance. Man hat mich verurteilt, und White von der DEA wurde dadurch auf mich aufmerksam.«

»Sicher«, sagte Milan, »sicher. Und das jetzt in Berlin?«

»Das hat damit zu tun. Ich erzähle dir das. Du bist der Schatten, also mußt du es wissen.«

Es war vier Uhr nachts, als er endlich mit der ganzen Geschichte zu Ende war, und Milan sagte abrupt: »Irgend etwas stimmt nicht mit diesem White und diesem Thelen. Es gibt eine Menge solcher Leute in meinem Land. Alle sind sie gleich: Alle sagen nicht die Wahrheit. Es ist ihnen scheißegal, wenn du dabei stirbst. Das müssen wir überlegen.«

»Aber ich muß an diesen Sundern heran«, beharrte Grau eigensinnig.

»Ist richtig«, stimmte Milan zu. »Das mußt du. Aber du gehst in sein Büro. Ganz offiziell, wie ein Kunde.«

»Er wird sich über mich amüsieren«, sagte Grau.

Milan schüttelte den Kopf. »Nicht die Spur. Siehst du, ich habe das Frettchen mit Lokuspapier vollgestopft, und Sundern weiß das. Er wird freundlich sein, denn er muß fragen, was passiert, wenn er ein zweites Mal ignoriert, was du willst.«

»Ich kann dich als meinen Schatten da aber nicht reinziehen. Das geht nicht. Du fliegst auf, du hast keine Papiere.«

»Das sagt Sigrid auch, sie hat Angst. Wir könnten es bei einer zweiten Gruppe versuchen, bei Sundern später vielleicht. Sundern wird Feinde haben, also versuchen wir es erst bei seinen Feinden.«

»Aber ohne Schatten«, mahnte Grau. Dann schlief er unvermittelt ein.

Als er aufwachte, schien die Sonne in beruhigenden, langen grellweißen Bahnen in das hohe Zimmer. Er brauchte einen Augenblick, um sich zurechtzufinden. Wenn die Uhr richtig ging, dann hatte er zwölf Stunden geschlafen. Milan oder die Polaschke hatten ihm ein Glas Wasser und einige Aspirin neben das Bett gelegt. Er hatte Kopfschmerzen und nahm zwei Tabletten.

Dann stand er auf und musterte sich in dem kleinen Spiegel. Er hatte blaue Stellen am rechten Auge, einen rotschwarzen Fleck am rechten Oberarm und einen am linken Oberschenkel. Er hockte sich auf das Bett und rief die US-Botschaft in Bad Godesberg an. Er verlangte White, und die Verbindung kam nicht sofort zustande, weil sie vermutlich zuerst ihre Tonbänder in Gang setzen mußten.

Dann sagte White munter: »Na, wie geht es meinem Kundschafter?«

»Ganz gut«, antwortete Grau. »Ich habe einen Babysitter, und Sie sollten gar nicht erst versuchen, das abzustreiten. Er ist ungefähr dreißig Jahre alt, ein schlanker Blonder mit englischen Schuhen. Ziehen Sie ihn ab, er macht seine Sache schlecht.«

»Das ist kein Mann von mir.« White sagte das wirklich überzeugend.

»Dann ist er ein Mann von diesem christ-katholischen

Thelen«, entschied Grau traurig. »Ich nehme an, Thelen kann ebenso gut lügen wie alle Geheimdienstleute. Der Kleine sollte aus dem Spiel genommen werden, White. Sonst spiele ich nicht mehr mit. Ich habe Ihr Wort.«

»Ich richte es Thelen aus«, versprach White. »Haben Sie irgendeinen Kontakt gemacht?«

»Noch nicht«, log Grau. »Welche Gruppierung ist Ihrer Ansicht nach die gefährlichste?«

»Schwer zu sagen. Die Russenmafia ist nicht ohne, aber ich denke, die spielen nicht mit, wenn es um Kokain geht.«

»Es geht auch um Dollar«, erinnerte Grau ihn gelassen. »Also, nicht vergessen, der Blonde mit den englischen Schuhen muß aus dem Verkehr gezogen werden.«

»Moment mal, wo wohnen Sie denn? Woher rufen Sie mich an?«

»Das müssen Sie nicht wissen.« Grau hängte ein. Er ging hinaus in den Flur und fragte laut: »Ist jemand da?«

»Aha!« sagte die Polaschke kriegerisch. »Sie wollen Kaffee?«

»Das wäre gut. Und trockenes Brot. Nichts sonst, nur trockenes Brot. Wo ist Milan?«

»Hören Sie mal«, sagte die Polaschke und kam ganz nah an Grau heran. »ich habe mir Milan an Land gezogen, er ist ein guter Typ, und ich habe ein Recht auf mein kleines Glück oder so.

Sie schnaufte und wirkte ein wenig wie ein kleines gutmütiges Plüschtier. »Irgendwann ist es sowieso aus, weil ein Bulle aufkreuzt und nach seinen Papieren fragt. Ist ja auch normal, daß das so kommt. Dann ist es aus. Aber so lange will ich Milan und meine Ruhe, daß das klar ist ...«

»Sicher doch«, sagte Grau hastig. »Ich habe wenig Erfahrung in diesen ... in diesen Dingen. Ich halte ihn raus. Ab jetzt halte ich ihn raus.«

»Hah!« sagte sie und stemmte die Hände in die Hüften.

»Vielleicht wollen Sie das wirklich, aber Milan will es nicht mehr. Nur mit mir rummachen und hin und wieder Schnaps saufen und Frühstück richten für die blöden Gäste, das ist ihm nicht aufregend genug. Aber Sie sind aufregend für ihn. Also, was ist? Was machen Sie?«

»Ich habe ihn bereits entlassen«, versicherte Grau begütigend.

»Ich hoffe, daß er drauf hört.« Sie seufzte. »Aber er wird nicht hören. Er hat keine Papiere, er kann nicht mal beweisen, daß es ihn gibt. Na gut, ich will's glauben. Mach mir keine Schande, Männeken.«

Dann machte sie kehrt und stampfte davon, als ginge es in einen Kampf.

»Ich brauche ein Telefonbuch«, sagte Grau hinter ihr her. »Und wenn es Sie beruhigt, kann ich auch ausziehen und mir woanders ein Bett suchen.«

»Kommt nicht in Frage«, sagte sie, ohne sich umzuwenden. »Wenn Sie hier sind, habe ich euch wenigstens unter Kontrolle. Milan schläft noch.«

»Träumt er oft vom Krieg?«

Sie nickte. »Na sicher. Wie soll einer das verkraften, ohne verrückt zu werden?« Dann ließ sie ihn stehen.

Nach einer Weile brachte sie ihm die Berliner Telefonbücher, und er fand unter Sundern, Timo, eine Nummer, die er sofort anrief.

Eine Frau sagte: »Ja, bitte?«

»Spreche ich mit Frau Sundern?«

»Exfrau, ja«, sagte sie.

»Ich möchte Ihren Exmann sprechen«, bat er. »Kann ich einen Termin haben?«

»Das wird nicht so schnell möglich sein.« Sie war sachlich. »Wir sind total überlastet.«

»Ich bin der, den Ihr Exmann heute nacht verprügeln ließ. Sie erinnern sich?«

»Davon weiß ich nichts.« Sie blieb weiter sachlich. »Ich denke, er weiß von so etwas auch nichts. Es kann ja sein, daß die Angestellten mal überreagieren, nicht?«

»Das kann sein«, bestätigte Grau. »Geht es dem Frettchen besser? Mein Angestellter mußte ihn etwas hart anfassen.«

Sie schwieg eine Weile. »Also, wann wollen Sie einen Termin?«

»Ich richte mich nach Ihnen.«

»Um was wird es gehen?«

»Um Berlin als neue Hauptstadt.«

»Herr Sundern ist kein Politiker«, sagte sie.

»Nein, aber angeblich bezahlt er ein paar von ihnen«, sagte Grau. »Sagen wir morgen mittag?« schlug er vor.

»Also um zwölf. Und Ihr Name?«

»Grau.«

»Grau?« Sie lachte leise und legte auf.

Sigrid Polaschke klopfte, kam herein und stellte ihm ein liebevoll angerichtetes Frühstück auf das Tischchen. »Es ist einfach so, daß ich Milan liebe«, sagte sie fast tonlos.

»Ich verstehe das schon«, antwortete Grau. »Ich halte ihn raus.«

»Das einfachste ist, Sie beleidigen ihn«, sagte sie rasch und sah ihn unsicher an. »Ehrlich, das wirkt am besten, das weiß ich.«

»Ist gut, ich werde es versuchen«, versicherte Grau. »Wie ... wie haben Sie denn vor Milan gelebt?«

»Eben so«, sagte sie. »Ich hatte nie viel Glück. Ach ja, eine vom Bordstein war ich auch mal. Immer Kerle, und weil ich gutmütig bin, habe ich sie alle ernährt, einen nach dem anderen. Milan ist anders.«

»Milan ist anders.« Grau nickte.

»Können wir uns vielleicht duzen? Ich meine, das ist einfacher.« Sie war unsicher, sie hatte nichts, um sich daran festzuhalten.

»Na sicher«, sagte Grau. »Es ist mir eine Ehre. Ich heiße Jobst.«

»Weiß ich doch längst«, polterte sie erleichtert. »Ich bin die Sigrid. Also, ich spare auf Papiere für Milan. Er darf das aber nicht wissen.«

»Was für Papiere?«

»Ich kenne da einen in Potsdam, der macht gute Papiere. Ziemlich echt. Er nimmt sechshundert Mark für einen kompletten Satz mit Pkw-Führerschein. Ich habe auch gehört, daß man polnische Papiere jederzeit kaufen kann, Führerscheine zum Beispiel. Kosten angeblich nur ein Viertel. Aber ich möchte was Solides.«

»Soll ich dir das Geld geben, äh ... vorstrecken?«

»Nein«, sagte sie scharf. »Ich will das richtig sparen, das macht mehr Spaß.«

»Taugen die wirklich was?«

»Na ja, ich denke, das reicht mal für einen flüchtigen Blick oder so. Milan ist aufgestanden, er wird gleich kommen.«

»Gut«, sagte Grau. »Ich werde ihm sagen, daß es nichts mehr ist mit dem Schatten.«

»Ja, ja«, murmelte sie vage und verschwand.

Grau hatte keine Zigaretten mehr. Er zog sich an und ging hinunter. Er suchte nach dem nächsten Kiosk und kaufte eine ganze Stange. Wahrscheinlich würde er in nächster Zeit keine Muße mehr für seine Pfeife haben. Als er zurückkam, saß Milan in einem der Sessel.

»Sigrid will, daß du aussteigst«, sagte Grau.

»Ich weiß. Willst du auch, daß ich aussteige?«

»Es ist zu riskant«, antwortete Grau entschieden. »Ist dir noch etwas eingefallen?«

»Ja. Ich habe das hier in deinem Gepäck gefunden.« Er legte den Colt auf den Tisch zwischen ihnen.

»Warum hast ... wieso hast du das heimlich getan? Ich hätte es dir doch gesagt. Hast du auch das Geld gefunden?«

»Klar«, gab Milan gelassen zu.

Eine Weile war es sehr still. In der Ferne zog ein Rettungswagen vorbei, und das Tatütata wirkte seltsam melodisch.

»Du hattest Angst?« frage Grau.

»Na sicher«, sagte Milan. »Ich habe gemerkt, daß deine Geschichte von wegen Berlin-Recherche nicht stimmt. Dann hast du mir was erzählt, und ich dachte: Was ist, wenn er jetzt wieder nicht die Wahrheit sagt? Ihr habt in Deutschland einen Spruch, du weißt schon: ›Wer einmal lügt ...‹«

»Schon gut. Ich habe dir von Hector erzählt. Hector hat mir auch die Waffe und die Pillen gegeben. Es ist okay, du weißt alles. Noch etwas?«

»Noch etwas. Du hast erzählt, du hast White fotografiert und diesen Thelen.«

»Habe ich auch, wieso?«

»Hast du den Film schon entwickelt?«

Grau schüttelte den Kopf.

»Solltest du aber«, sagte Milan. »Gib mir den Film, wir haben einen Bekannten, der kann das schnell machen. Ich will sehen, wie White aussieht und Thelen.«

»Aber warum das, du bist nicht mehr mein Schatten.« Grau konnte nicht umhin zu grinsen, weil auch Milan grinste.

»Sagen wir, halber Schatten?« fragte Milan.

»Einverstanden. Sonst sitzt du hier in der Wohnung und wirst verrückt. Sonst noch etwas?«

»Ja. Du hast gesagt, daß der verschwundene Mensch, dieser Ulrich Steeben, fünfzig Pfund reines Kokain bei sich hatte. Wenn es ein guter Stoff bleiben soll, macht er daraus rund zwei Zentner. Okay? Dann ist es immer noch besser als der Stoff, der sonst in der Stadt ist. Er soll so eine Art Kokain-König sein, okay? Das kann falsch sein, das kann ganz einfach falsch sein.«

»Aber wieso? Hier werden die Schönen und die Reichen

zusammenkommen, hier wird regiert. Das scheint mir okay«, widersprach Grau.

»Hör mich an«, sagte Milan eindringlich. »Also zehn Millionen Dollar in bar, zwei Zentner Koks, gute Ware. Aber es geht doch hier um etwas anderes. Große Dealer spezialisieren sich ganz selten auf einen Stoff. Viel zu riskant, verstehst du, geschäftlich zu riskant.

Dann noch etwas: Hier in Berlin werden alle Diplomaten zusammenkommen, die jetzt in Bonn und Umgebung sitzen. Hunderte, ja Tausende von Diplomaten. Richtig? Ich sehe, du bist ein kluger Mann. Ich weiß aus Sarajevo, daß Diplomaten, besonders die aus Südamerika und Afrika, jede Menge Drogen im Gepäck haben – ohne jedes Risiko, verstehst du? Niemand durchsucht sie, niemand darf sie durchsuchen. Ist internationales Recht. Was ist, wenn ... oh, Scheiße, ich weiß das nicht in deutsch ...«

»Du fragst dich, ob die Einschätzung dieses Steeben richtig ist, nicht wahr?«

»Genau. Ihr Deutschen habt Wiedervereinigung. Also fünf neue Bundesländer. Also siebzehn Millionen neue Kunden. Was ist, wenn das eigentliches Ziel ist: Markt in fünf neuen Bundesländern?«

»Was ist, wenn Steeben das auch begriffen hat? Vielleicht hat er sich mit jemand zusammengetan und Stoff und Geld verschwinden lassen ...?« überlegte Grau laut.

»Möglich«, meinte Milan. »Kann durchaus sein. Aber noch was. White und Thelen sagen dir: Lieber Grau, gehe nach Berlin und finde für uns Steeben! Und sie erzählen, sie können es nicht selbst tun, sie haben Schwierigkeiten. Sie behaupten das, aber es ist gelogen.«

»Wieso denn?« fragte Grau. Er wurde zunehmend nervös, weil das, was Milan sagte, ihm selbst schon durch den Kopf gegangen war.

»Sie lügen. Wenn sie niemanden in Berlin haben, um

Steeben zu suchen ... Wenn sie das sagen, ist es Lüge. Sie haben immer – wie nennt man das in deutsch? –, sie haben immer unsichtbare Männer. Sie können auch ein paar Kollegen von der CIA nehmen, oder? Niemand würde das wissen.«

»Das ist richtig.« Grau lächelte. »Als du mein Schatten warst, habe ich bereits gedacht: Mein Schatten treibt mich an. Jetzt treibst du mich wieder an. Natürlich, du hast recht, sie haben gelogen. Aber die Frage ist doch: Warum haben sie das getan?«

»Vielleicht, weil sie immer lügen. Vielleicht bist du eine zusätzliche ... eine Sicherung. Vielleicht aber wollen sie, daß du etwas herausfindest, was du noch gar nicht weißt. Sie bezahlen dich, also muß es wichtig sein. Gib mir den Film, ich lasse ihn schnell entwickeln.«

Grau nahm die Kamera, spulte den Film zurück und gab ihn Milan. »Es gibt viel herauszufinden«, sagte er. »Aber du solltest deine Sigrid ernst nehmen, sie macht sich Sorgen.«

»Der beste Trick ist: Sigrid wird auch Teil der Arbeit«, sagte Milan. Er grinste wie ein Faun. »Das weiß ich genau, das habe ich ausprobiert. Sigrid ist nicht schlecht, wenn sie gefordert wird.«

»Mein zweiter Schatten?« fragte Grau.

»Mir wird etwas einfallen.« Milan war zuversichtlich.

Dann sah er Grau an und tönte gefährlich weiter: »Weißt du, wahrscheinlich haben sie dich total beschissen. Was ist, wenn dieser Steeben niemals in Berlin war? Wenn er nicht hier war, sein Stoff nicht hier war, sein Geld nicht hier war? Was ist, wenn er schon seit Amsterdam verschwunden ist? Was ist, wenn er überhaupt nicht verschwunden ist, sondern sein Programm abspult wie geplant? Was ist, wenn sie dich total beschissen haben, wenn gar nichts von dieser Geschichte stimmt?«

»Aber es muß doch einen Grund geben, mich für so viel Geld nach Berlin zu schicken!«

»Was ist, wenn der einzige Grund ist, daß sie einfach irgend etwas unternehmen müssen, irgend etwas?«

»Du machst mich noch verrückt.« Grau sah ihn betroffen an.

»Das will ich nicht«, sagte Milan mit schmalen Lippen. »Ich habe nur gelernt, an nichts zu glauben.« Er holte tief Luft. »Ich will dich nicht beleidigen. Aber du bist naiv, oder?«

»Ich muß so sein, um schreiben zu können«, verteidigte sich Grau.

»Gut, mag sein, aber sie haben dich nach Berlin geschickt, um herauszufinden, wo die Musik spielt. Was ist, wenn die Musik in München spielt oder in Mailand oder in Frankfurt?«

»Dann streiche ich die Segel und sacke die Knete ein«, sagte Grau großspurig.

»Du doch nicht«, widersprach Milan mit einem Kopfschütteln. »Du willst doch wissen, weshalb sie dich bescheißen.«

»Das will ich schon«, gab Grau zu. Er fühlte sich elend.

Am Ende des Tunnels

»Also gut«, sagte Milan. »Ich lasse den Film entwickeln, dann werden wir sehen.«

»Was?« fragte Grau.

Milan wiegte den Kopf hin und her. »Wir werden sehen, was zu tun ist. Du kannst nicht einfach warten, oder?«

»Kann ich nicht«, bestätigte Grau.

Milan ging hinaus. Grau hörte Sigrid Polaschke auf dem Flur schimpfen. Sie klang gereizt: »Was heckt ihr wieder aus? Ihr seid wie Kinder, die man anbinden muß.«

»Es ist doch nichts, Täubchen«, sagte Milan heiter. Dann schmeichelte er: »Kochst du uns ein schönes Abendessen?«

»Das Heimchen am Herd«, sagte sie verächtlich. »Man sollte euch Steckrüben und trockenes Brot geben.«

»Nicht so gut.« Milan lachte. »Mach Eier, das gibt Kraft.«

Grau stellte sich ans Fenster und starrte in den Hinterhof. Jemand hatte ein kleines Geviert aus Backsteinen gebaut und mit Erde gefüllt. Sechs Sonnenblumen standen da, klein und mickrig, aber sie trotzten dem Beton. Zille, dachte Grau. Jemand kam durch eine schmale Tür aus einem Seitengebäude. Es war ein sehr alter Mann mit gebeugtem Rücken. Ein Hund strich um ihn herum und bellte freudig.

Ein Kind kam auf den Mann zugelaufen, und er legte eine Hand auf den Kopf des Kindes. Er sagte irgend etwas und lachte. Der Hund, ein schmaler, schwarzer Mischling, tollte heran, sprang an dem Kind hoch und warf es um. Das Kind lachte und strampelte mit Armen und Beinen.

Es ist Sommer, dachte Grau, und ich sitze an dieser Scheißgeschichte. Dann unvermittelt: Ich wünschte, Eichhörnchen würde noch leben. Sie könnte mir jetzt helfen. Das stimmte ihn seltsam zuversichtlich.

Als Milan nach einer Stunde zurückkehrte und die Fotos von White und Thelen auf den Tisch legte, sagte Grau: »Warum schickt White mich nach Berlin? Du sagst, daß die Musik wahrscheinlich ganz woanders spielt. München oder Hamburg, Rom oder Madrid oder was weiß ich. Ist das so richtig?«

»Ja. Kann so sein.«

Grau schüttellte den Kopf. »Das ergibt keinen Sinn. Ein Mann verschwindet samt Geld und Stoff. Warum sollte White mich nach Berlin schicken, wenn der Mann in Wirklichkeit in München oder Paris abhanden gekommen ist? Du darfst nicht vergessen, daß ich Geld koste, ziemlich viel sogar. Behörden, auch Geheimdienste, sind verdammt pingelig. Also schickt White mich nach Berlin, weil ich hier etwas für ihn tun kann. Ich kann unverblümt rumfragen, ich bin Journalist. Ist das logisch?«

»Ja«, sagte Milan, »das ist sehr logisch, sehr gründlich, sehr deutsch. Aber vielleicht falsch. Vielleicht will White, daß du nach diesem Steeben fragst. Vielleicht will er das wirklich. Aber vielleicht es ist gar nicht so wichtig, ob du Steeben findest.«

»Verdammt nochmal. Was soll denn dann wichtig sein?« Grau war plötzlich wütend.

»Daß du fragst«, erklärte Milan. »White will wohl nur, daß du fragst.«

Eine Weile herrschte Schweigen.

»Scheiße!« Grau war genervt. »Du bist mir zu klug. Du gehst mir auf die Nerven.«

Geduldig sagte Milan: »Ist doch so: Du bist vor einer kleinen Stadt. Du kannst nicht rein, weil zwei Panzer den Weg versperren. Du machst einen Trick. Du fragst Frauen, wo der Trinkwasserstaudamm ist. Gut? Der Feind denkt:

Aha, er will den Staudamm in die Luft sprengen! Also zieht er ab und deckt den Staudamm. Du kannst in die Stadt. Ist ganz einfach.«

»Sehr einfach«, höhnte Grau. »Ich habe dir doch erzählt, daß White und seine Leute und sogar der Bundesnachrichtendienst hier Schwierigkeiten hatten, weil sie illegal gejagt haben. Einverstanden? Wenn mir also die Behörden signalisieren, daß bei ihnen irgendwie Stunk herrscht, bekomme ich indirekt die Existenz des Diplomaten Steeben bestätigt. Ist das richtig?«

Milan grinste. Er zog ein Paket Tabak aus der Tasche und drehte sich eine Zigarette. »Scheißspiel«, kommentierte er. »Wenn und aber und hätte. Wie nennt man das? Das ist blöde, das ist ...«

»Das ist ein Induktionsschluß, ein Schluß aus einem Schluß, ein Spielchen, vollkommen nutzlos. Also, wir haben morgen mittag einen Termin bei Sundern. Was tun wir bis dahin?«

»Wir nehmen Bilder und gehen fragen. Dieser Amerikaner hat dich hierhergeschickt, daß du jemand findest. Also mußt du nach dem Mann fragen. Wir werden erleben, was passiert, oder?«

»Das ist frustrierend.« Grau legte einen neuen Film in die Kamera ein. »Es gibt nur einen uns bekannten Kontakt. Das ist der zwischen Sunderns Exfrau und dem verschwundenen Steeben. Oder haben wir ...«

»Du mußt sie fragen«, sagte Milan. »Wir nehmen das zwar an, aber wir wissen es nicht.«

»Also könnte diese Meike ihm geholfen haben, mit dem Zaster und dem Kokain abzutauchen.«

Milan nickte. »Könnte. Frage sie, und du wirst mehr wissen.«

»Falls sie mir antwortet.«

»Sie wird es tun, wenn du Druck machst.«

»Gut, du Druckmacher. Wo sind Leute, die wir fragen können?«

Milan schüttelte den Kopf. »Wir können nicht so einfach losgehen. Wir haben ein Problem. Unten vor dem Haus steht der junge Mann mit englischen Schuhen.«

»Warum sagst du das erst jetzt?« Grau war irritiert.

»Er läuft nicht weg«, antwortete Milan gelassen. »Was tun wir mit ihm?«

»Steht er auf der Straße rum, sitzt er im Auto?«

»Er sitzt in einem Auto vor der Haustür. Schönes Auto. Lancia Delta.«

»Wie hat er mich gefunden?«

»Als sie dich verprügelt haben, ist er hinter unserem Taxi her. Ich frage mich, wieso nur ein Mann?«

»Ist das etwa zuwenig?« fragte Grau aufgebracht.

»Zuwenig«, befand Milan. »Vielleicht soll er herausfinden, was du tust, wohin du gehst, wen du triffst.«

»Ich werde ihn fragen«, entschied Grau.

»Das ist gut. Ich bin dein Schatten. Geh vor.«

Grau ging die Treppe hinunter und hinaus auf die Straße. Der Lancia stand auf der anderen Straßenseite, und der blonde Mann am Steuer sah neugierig zu ihm herüber. Grau überquerte die Fahrbahn, stellte sich neben das Auto und fragte: »Kann ich Sie einen Moment sprechen?«

Der Mann hatte ein breites, gutmütiges Gesicht. »Natürlich«, sagte er mit einem Lächeln.

Grau ging um den Wagen herum, öffnete die Beifahrertür und setzte sich neben den Mann. »Wieso verfolgen Sie mich?«

»Ich verfolge Sie?« Der Mann sah ihn nicht an, sondern einfach geradeaus durch die Frontscheibe.

Grau seufzte. »Tun Sie nicht so scheinheilig. Natürlich sind Sie hinter mir her. Seit gestern. Seit dem Bahnhof Zoo, wahrscheinlich schon vorher. In Sunderns Club, erinnern Sie sich? Hat White Sie geschickt oder Thelen? Oder sind Sie jemand von der Gegenseite?«

»Sie sollten vielleicht einen Arzt aufsuchen.« Der Mann war erheitert. »Wer sind Sie eigentlich?«

»Ich heiße Grau.«

Milan öffnete die hintere Tür und setzte sich auf die Rückbank.

»Er meint, ich bin verrückt«, sagte Grau in vorwurfsvollem Ton. »Was machen wir nun mit ihm?«

»Ich weiß es nicht«, sagte Milan nachdenklich.

»Das ist irre«, kicherte der Mann.

»Warum stehst du hier?« fragte Milan.

»Das geht dich nichts an«, sagte der Mann. Er verschränkte die Arme vor der Brust.

»Gib mir deine Papiere«, forderte Milan.

»Ich habe keine«, sagte der Mann gleichmütig.

»Ich auch nicht«, bekannte Milan. »Aber deine will ich haben. Und zwar auf der Stelle.«

Der Mann wurde unruhig und entflocht seine Arme.

Grau sah, wie der linke Arm des Mannes an der Seite nach unten verschwand. »Scheiße!« fluchte er schrill.

Milan schlug zu, als der Arm mit der Waffe hochkam. Er traf den Mann seitlich am Ohr. Der Kopf schoß nach vorn und schlug auf den oberen Bogen des Lenkrades.

»Hör auf!« sagte Grau heftig.

»Gib mir seine Papiere«, verlangte Milan. »Laß uns mal sehen, wie der Vogel heißt.«

Grau suchte in den Innentaschen des Jacketts, und als er das Portemonnaie ertastet hatte, zog er es heraus. »Etwas Geld, hundertzwanzig Mark. Ausweis? Ausweis. Hier. Er heißt Meier, er ist, warte mal, ein Beruf ist nicht angegeben. Aber Moment, hier ist eine Karte. Konrad Meier, Kaufmann. Mehr nicht. Völlig nichtssagend.«

»Gib mir die Knarre«, forderte Milan.

Die Waffe war in den Fußraum gerutscht. Grau angelte nach ihr und gab sie zögernd Milan.

»Nimm seinen Kopf hoch, sonst fallen wir auf. Das Ding hier ist eine belgische FN. Wird auch von deutschen Bullen benutzt. Ziemlich handlich, flach, solide.«

Grau hievte den Mann, der angeblich Meier hieß, hoch und drückte ihn dann auf den Sitz. »Meinst du, er wird lange bewußtlos sein?«

»Kann länger dauern«, befand Milan. »Was machen wir jetzt? Es ist nicht gut, daß der Mann weiß, wo du wohnst. Mach mal das Handschuhfach auf.«

Grau öffnete das Handschuhfach. Es war nichts darin außer einem Colt von der Sorte, wie Hector sie zu verteilen pflegte. »Das ist aber ein komischer Herr Meier«, murmelte er.

»Gib mir den«, sagte Milan mit einem Hauch von Aufregung in der Stimme. »Ich wollte schon immer so ein Ding haben. Wie im Krimi.« Er grinste. »Also gut, du gehst ins Haus, okay?«

»Und du?«

»Nur noch zwei Minuten Arbeit«, sagte Milan.

Grau gab ihm den Colt, stieg aus, schlug die Tür zu und überquerte ziemlich zittrig die Fahrbahn. Er blieb in der Haustür stehen und sah, wie Milan sich an Meier zu schaffen machte, dann ausstieg und sich genüßlich reckte, als müßte er sich eine überlange Autofahrt aus den Knochen schütteln. Er umrundete ganz gelassen den Lancia und zerstach mit ein paar schnellen Bewegungen alle vier Reifen.

»Was hast du mit ihm gemacht?« fragte Grau.

»Ich habe ihn nur etwas bequemer hingesetzt. Was machst du jetzt?«

»Habt ihr ein Fenster zur Straße hin?«

»Na sicher. Was willst du machen?«

»Krach«, sagte Grau. Auf der Treppe drehte er sich zu Milan herum. »Was hast du wirklich mit ihm gemacht?«

»Er kam zu sich. Ich ... ich bin dein Schatten, ich sichere dich ab.«

»Ein Schatten ohne Papiere. Was glaubst du, wie lange wird er bewußtlos sein?«

»Er ist nicht bewußtlos, aber er kann nicht aussteigen. Ich denke, er hat Schmerzen.«

»Was hast du mit ihm gemacht? Wieso hat er Schmerzen?«

»Du willst immer so viel wissen, das ist nicht gut. Im Krieg zählt nur, was vor dir liegt. Welchen Weg du zurückgelegt hast, spielt keine Rolle, eh?«

»Wieso Krieg?« fragte Grau empört.

»Was ist das hier denn? Etwa kein Krieg?«

In der Pension stand Sigrid Polaschke auf dem Flur und starrte ihnen kämpferisch entgegen.

»Was ist los? Was habt ihr vor?«

»Ein bißchen telefonieren«, nuschelte Grau und ging an ihr vorbei.

»Wir müssen woanders schlafen«, sagte Milan gleichmütig. »Hier ist es nicht mehr sicher.«

»Und wieso nicht?« Ihre Stimme wurde vor Aufregung ziemlich schrill.

»Ruhe, Ruhe, mein Täubchen. Wir müssen ein bißchen telefonieren.« Auch er ging an ihr vorbei.

»Ich brauche ein Berliner Telefonbuch. Schnell«, sagte Grau. »Halt, zeig mir erst ein Fenster zur Straße raus.«

Milan rannte vor ihm her ins Wohnzimmer – ein Alptraum aus rotem Plüsch und goldenen Bordüren.

»Mach das rechte Fenster auf und zieh die Vorhänge zu. Das linke Fenster auch. Ich fotografiere mit dem Tele, du nimmst die normale Kamera.« Er sah hinunter auf die Straße. Ganz unschuldig stand der Lancia im blauen Dämmerlicht. »Ist er etwa tot?«

»Nein«, antwortete Milan knapp. »Ich töte nicht, wenn ... Der dort ist kein wichtiger Mann.«

»Woher weißt du das?«

»Ein wirklich wichtiger Mann stellt sich nicht mit dem Auto auf die Straße. Wenn er es doch tut, hat er andere Männer und andere Autos um sich herum.«

Grau starrte auf den Mann im Auto, von dem er nur die linke Schulterpartie erkennen konnte. »Laß uns telefonieren gehen.«

Er rief nacheinander die Kriminalpolizei, den Verfassungsschutz, die Boulevardblätter und die Tageszeitungen an. Er sagte leiernd jedesmal dasselbe: »Es spielt keine Rolle, wer ich bin: Es geht um die Friedrichsruher Straße in Steglitz. Da steht ein Lancia Delta Integrale. Dunkelblau. In dem Wagen sitzt ein Mann, wahrscheinlich bewußtlos. Er kann nicht aussteigen und nicht weiterfahren. Alle vier Reifen sind durchstochen. Wahrscheinlich ist in dem Auto eine Bombe versteckt.«

»Wieso Bombe?« fragte Milan verblüfft.

»Sie werden alle kommen, und keiner wird sich näher rantrauen. Sie werden zusammenstehen wie die Klatschweiber, und wir werden sie in Ruhe fotografieren können.«

»Das ist gut, das ist sehr gut.«

Grau nahm seine Nikon F4 und drückte Milan die Nikon AF in die Hand. Vorsichtig öffnete er zwei der Fenster und zog dann die Vorhänge zu. Jeder von ihnen schob einen Sessel vor sein Fenster. Sie setzten sich so, daß sie durch einen Spalt im Store die Vorgänge auf der Straße bequem überblicken konnten. Jetzt hieß es nur noch ein bißchen warten.

Wenig später kam Sigrid Polaschke herein, spielte die Mürrische und knurrte: »Na gut, machen wir ein Picknick draus: Ihr kriegt Kartoffelsalat mit Würstchen, wenn ihr mir verratet, weshalb zwei erwachsene Männer sich mit einem Fotoapparat an einen Schlitz im Vorhang setzen.«

»Sind wir bestechlich?« fragte Milan.

»Ja«, antwortete Grau. »Ich bin immer bestechlich, wenn es um Würstchen mit Kartoffelsalat geht.«

Milan erzählte ihr die Geschichte von dem blonden Mann mit den englischen Schuhen, und sie linste vorsichtig durch den Vorhangspalt. »Na gut. Und jetzt?«

»Du wirst einen Logenplatz haben«, sagte Milan. »Du wirst sehen, was passiert. Aber mach die Würstchen heiß.«

»Und wieso wollt ihr ausziehen?«

»Wir müssen«, murmelte Milan. »Können wir zu Mama?«

»Bist du verrückt?« fragte sie aufgebracht.

»Sehr«, bestätigte Grau.

Es dauerte zehn Minuten, bis etwas geschah. Aus beiden Richtungen näherte sich mit Blaulicht und ohne Sirene ein Streifenfahrzeug. In Höhe des Lancia wurden sie langsamer und fuhren schließlich Schrittempo. Sie hielten nicht an. Vermutlich wollten sie nur feststellen, ob die Angaben des anonymen Anrufers richtig waren. Dann stellten sie sich jeweils einhundert Meter von dem Lancia entfernt quer auf die Fahrbahn und ließen die Lichter kreisen. Die Beamten stiegen aus und vertraten sich neben ihren Fahrzeugen scheinbar nur die Füße.

»Geh sparsam mit dem Film um«, mahnte Grau. »Nimm immer die ganze Szene und fotografiere nur, wenn sich etwas verändert hat. Ich hole mir einzelne Leute ran.«

Nach sechs Minuten kamen noch drei Mannschaftswagen an. Die uniformierten Frauen und Männer stiegen aus, teilten sich in zwei Gruppen und schwärmten auf beiden Straßenseiten aus.

»Sie warnen die Bewohner«, sagte Grau. »Sie schicken sie in die hinteren Räume. Jetzt kommen die Sprengspezialisten. Und rechts außen kommen die ersten meiner Kollegen. Die Bullen werden sie nicht durchlassen.«

Der Wagen der Sprengspezialisten war ein kastenförmiges, graues Ungetüm, das sehr langsam und schaukelnd fuhr und unmittelbar neben dem Lancia anhielt. Zwei Männer in

Monteurskluft und mit Helmen stiegen aus. Sie näherten sich dem Auto, berührten es aber nicht.

Der eine sprach in sein Funkgerät, der andere ging langsam um den Wagen herum. Der mit dem Funkgerät klopfte an die Wagenscheibe. »Meier ist bei Bewußtsein«, sagte Grau. »Er bewegt sich.«

Der mit dem Funkgerät redete und gestikulierte heftig, als wollte er Meier davon abhalten, sich zu bewegen. Sein Kollege war jetzt am Heck des Wagens und bückte sich. Dann ließ er sich flach auf den Rücken gleiten und schob sich langsam unter das Fahrzeug.

»Der Junge ist gut«, sagte Milan heiter. »Das ist ein Profi. Da sind auch Leute mit einer Fernsehkamera.«

»Achte auf zivile Fahrzeuge!« befahl Grau kurz.

Der Sprengspezialist mit dem Funkgerät gab dem Lancia-Fahrer ein Zeichen. Grau sah, wie Meier sich zur Seite fallen ließ. Dann schlug der Mann mit einem Hammer die Scheibe ein.

»Jetzt kommen Zivilisten«, sagte Milan. »Ziemlich viele. Sie lassen sie durch. Es sind drei Wagen.«

»Gut so«, sagte Grau.

Der Mann mit dem Funkgerät langte durch das Loch in der Scheibe und öffnete die Tür. Er machte sie weit auf und bedeutete Meier gleichzeitig, sich nicht zu bewegen. Jetzt konnte man auch seine Stimme hören.

»Ruhig, Mann, ganz ruhig. Was ist mit Ihren Armen, warum ...? Verdammt, lassen Sie die Beine oben auf dem Sitz. Geht das? Was ist mit Ihren Armen ...? Vorsichtig jetzt.« Er hob das Funkgerät und sagte irgend etwas hinein. Von links kam ein Krankenwagen langsam angerollt.

»Vorsichtig!« sagte der mit dem Funkgerät jetzt laut und deutlich.

Sie hörten, wie Meier fluchte und sagte: »Was macht ihr hier eigentlich für einen Scheiß?«

»Bombendrohung«, sagte der mit dem Funkgerät.

Etwa dreißig Meter entfernt begann ein Kamerateam des Fernsehens zu drehen.

»Bleiben Sie weg!« schrie der mit dem Funkgerät. Seine Stimme überschlug sich.

Jetzt wurden Meiers Beine sichtbar, dann sein Gesäß, dann sein Rücken. Einmal schrie er grell auf.

»Ruhe jetzt!« polterte der mit dem Funkgerät und winkte dem Krankenwagenteam. Die zwei Sanitäter kamen mit einer Trage angelaufen und legten sie neben den Lancia.

»Richtig gut«, sagte Milan. »Sieh mal, der Kerl unter dem Auto ist glatt durchgekrochen, der Mann hat Nerven.«

»Achte darauf, ob einer der Zivilisten Meier kennt oder irgendeiner mit ihm redet.« Grau holte mit dem Zoomobjektiv jeden der Beteiligten nahe heran; er fotografierte ununterbrochen.

Meier war jetzt außerhalb des Lancias und sackte zusammen. Sie legten ihn auf die Trage und brachten ihn weg.

Der Mann, der unter dem Auto durchgekrochen war, klopfte sich den Straßendreck von seinem Monteursanzug.

Er sagte klar: »Wenn du mich fragst, hier ist keine Bombe. Da ist nichts.«

»Und im Wagen?« fragte der mit dem Funkgerät.

»Gehe ich jetzt an. Aber ich glaube: Fehlanzeige.«

»Heh«, sagte Milan. »Guck mal, einer von den Zivilisten geht zum Krankenwagen. Er will mit Meier reden.«

»Ich habe den Kerl ganz scharf«, verkündete Grau. »Aber wir sollten jetzt langsam sehen, daß wir uns dünnemachen.«

»Kein Problem«, sagte Milan.

»Das Leben kann manchmal richtig spannend sein.« Sigrid Polaschke strahlte. »Jetzt kriegen alle Kartoffelsalat.«

»Nicht jetzt«, widersprach Milan. »Jetzt müssen wir türmen. Und du weißt von nichts!«

»Das ist nicht fair«, maulte sie.

»Wir planen dich ein«, versprach Grau. »Du wirst richtig rangenommen.«

»Ja und? Und meine Pension?«

»Was hast du gegen Nachtschichten, Täubchen?« Milan stand im halbdunklen Flur und strahlte sie an.

»Wenn ich sie mit *dir* machen kann, ist es in Ordnung«, sagte sie beruhigt. »Uh, ist das spannend.«

»Das können wir arrangieren«, versprach Grau. »Und jetzt schnell, Klamotten packen. Können wir irgendwie über die Hinterhöfe raus?«

Sigrid nickte. »Na sicher. Meine Mama wohnt um die Ecke in der Kniephofstraße. Sie ist ein bißchen verrückt in letzter Zeit, aber nicht schlecht.«

»Du bleibst hier und weißt von nichts«, bestimmte Milan. »Wir melden uns.«

»Noch was«, setzte sie tapfer hinzu. »Paß auf dich auf. Ich habe nur dich, ich will ja nicht ...«

»Schon gut«, tröstete Milan weich. »Wir schaffen das schon.«

Grau sagte: »Wenn wir hier raus sind, bringst du sofort mein Zimmer in Ordnung, Bett neu beziehen und so weiter. Meier wird ihnen sagen, daß er mich beschattet hat, und sie werden sofort hierherkommen, um mich zu finden. Du sagst, ich sei hiergewesen und nach einer Nacht wieder ausgezogen. Klar? Und sei cool.«

»Klar, ich kann gut mit den Bullen umgehen. Sie glauben mir zwar nie, aber weiter kommen sie damit auch nicht.« Sie lachte ganz beglückt.

Milan ging voran. »Es ist in der Parallelstraße. Du solltest dir den Weg merken. Durch den Keller in den Hof, dann durch die Einfahrt.« Er blieb stehen. »Es ist wichtig, zu wissen, wie das hier im Viertel läuft. Du kannst auf diese Weise drei, vier Straßen in sechs oder sieben Minuten schaffen, niemand kann dir folgen.«

»Hoffentlich brauche ich es nie«, sagte Grau. »Was hast du mit Meier wirklich gemacht?«

»Er kam zu sich, wollte mich angreifen. Da habe ich ihn etwas härter angepackt.«

»Was heißt das, Milan?«

»Er wird Schwierigkeiten haben. Sechs Wochen Gips an beiden Unterarmen.«

»Mist!« Grau gestikulierte wild mit den Händen. »Sag nicht, daß das notwendig war.«

»Es war notwendig«, sagte Milan und ging weiter.

»Bleib stehen!« schrie Grau. »Wir müssen das klarstellen. Was hat das gebracht? Nichts! Nichts als daß dieser Meier dich und mich hassen wird, solange er lebt. Nichts als daß alle Kollegen von Meier uns verbissen suchen werden, weil sie wütend sind. Wütende Behördenhengste spielen ihre Macht aus. Dagegen sind wir ziemlich klein.«

Milan lehnte sich gegen die graue Kellerwand, an die jemand in kindlicher Krakelschrift DAS LEBEN KOTZT MICH AN! gesprüht hatte. Er sah Grau nicht an, er starrte auf irgendeinen fernen Punkt.

»Gut, du bist der Chef. Aber du hast gesagt, ich bin dein Schatten. Sicher bist du ein kluger Mann, aber du hast keine Ahnung von diesen Dingen, ich meine, von dieser schmutzigen Welt.

Du suchst einen Mann mit viel Geld und viel Koks. Kann sein, daß dieser Mann tot ist, kann sein, daß er lebt. Egal. Es wird Gewalt geben, weil jeder das Geld und den Stoff will. Sie wissen jetzt, daß du eiskalt bist, weil du einen Schatten hast, der das erledigt. Okay, okay, ich sorge nur dafür, daß sie dich fürchten werden.«

Er schloß die Augen, trotz seines dunklen Teints war er bleich. »Du hast einen Punkt nicht verstanden, weil du ... du lebst in einer anderen Welt. Deine Welt ist höflich, meine nicht. Warum verstehst du nicht, Grau, daß alle nur eins glauben: daß du den Stoff und das Geld genauso haben willst wie alle anderen?

Journalist? Ach, scheiß drauf! Wenn ich dem Frettchen Lokuspapier in den Mund stopfe, sagst du: keine Gewalt! Was wäre, wenn ich es nicht getan hätte, eh? Kein Gespräch mit Sundern.«

»Du glaubst, man wird mich töten, nicht wahr?« fragte Grau. Er fühlte sich schlecht und wie ausgehöhlt.

»Natürlich. Egal, was du weißt oder wieviel du weißt. Wenn sie dich töten, ist einer weniger hinter dem Mann und seiner Ware her. Warum verstehst du das nicht? Jetzt weiß jeder: Wenn Grau kommt, wird es ernst. Wenn du nur höflich bist, werden sie lachen. Es ist eben wie Krieg, mein Freund. Ein kleiner Krieg nach dem anderen.«

»Du hast gesagt, deine Familie wurde getötet, deine Kinder, deine Frau, deine Eltern, alle. Was hast du gemacht mit den Mördern, ich meine, was hast du ...?«

»Ich habe sie gesucht, diese Nachbarn. Ich habe sie umgebracht. Ich war ganz kalt, verstehst du! Ich habe mit ihnen Fußball gespielt, als wir Kinder waren. Wir hatten keinen richtigen Fußball, wir waren viel zu arm. Weißt du, mit was wir Fußball gespielt haben? Mit den Blasen geschlachteter Schweine. Also sag's schon, Grau. Ich bin auch nicht böse, wenn du mich nicht mehr willst.«

»Warum sollten die mich töten?« Grau war verwirrt.

»Du bist naiv. Zehn Millionen Dollar und wahnsinnig viel Kokain! Niemand wird dir glauben, daß du es nicht willst. Also was ist, Grau?«

»Dann gehen wir zu der verrückten Mama.«

Sie brauchten vier Minuten. Auf dem Namensschild stand: ELSE KRAKOWIAK. »Alter Berliner Adel«, murmelte Grau.

Die Frau, die ihnen öffnete, war klein und so ungeheuer fett, daß ihre Rundungen wie Hügel aufragten. Sie trug einen pelzbesetzten rosa Bademantel, und in der linken

Hand hielt sie eine brennende Zigarette in einer Silberspitze, die sicherlich zwanzig Zentimeter lang war. Sie hatte ein rundes, rotes Gesicht, das wie ein kleiner zufriedener Mond leuchtete, und war sehr stark rosig geschminkt. Ihre Augen waren so dunkel umrandet, daß sie wie mit Kohle nachgezeichnet wirkten.

»Guten Abend, Mama«, sagte Milan scheinbar entzückt. »Du siehst phantastisch aus. Hast du ein Plätzchen für uns?«

»Und wo ist meine Tochter?« krächzte sie.

»Die muß arbeiten, Mama. Dürfen wir rein? Kriegen wir ein Bett?«

»Na ja, Betten hab ich genug. Und Sie, junger Mann, wer sind Sie?«

»Grau heiße ich.«

»Sind die Bullen hinter Ihnen her oder was?«

»Nein«, sagte Grau. »Ich will nur meine Ruhe.«

»Das hier ist ein anständiges Haus. Mit Bullen haben wir noch nie etwas zu tun gehabt. Ihr könnt Maxens altes Zimmer haben. Und das von Adele. Jede Nacht kostet einen Blauen, damit das klar ist.«

»Natürlich, Mama«, sagte Milan brav.

»Und was ist mit Sigrid? Hat sie auch genügend Freier? Ich habe ihr immer gesagt, daß sie für die Rente anständig anschaffen muß. Keine Müdigkeit vorschützen. Wir Freiberufler kriegen nichts geschenkt. Also rein mit euch, Jungs. Und mein Einstand?«

»Hole ich sofort«, versprach Milan. »Der Einstand ist immer eine Flasche Wodka«, erklärte er.

»Um Gottes willen«, flüsterte Grau. »Das Unternehmen wird zum Slapstick.«

»So ist das Leben.« Milan ging voraus, zeigte Grau ein kleines, sehr dunkles Zimmer und sagte: »Ich hole den Wodka. Eher gibt sie keine Ruhe.«

»Was sollte das mit den Freiern von Sigrid?«

»Na ja, sie ist eben verrückt. Sie denkt, Sigrid geht immer noch anschaffen. Bis gleich.«

»Wir haben hier kein Telefon«, sagte Grau.

»Hier sucht uns auch kein Mensch«, erwiderte Milan.

»Das stimmt. Und es ist garantiert der erste Wodka ihres Lebens, den ein amerikanischer Geheimdienst spendiert. Ist sie wenigstens verschwiegen?«

»Wie ein Grab.« Dann war Milan verschwunden.

Es roch muffig. Grau nahm sein Eau de Toilette und sprühte es durch den ganzen Raum. Die Lampe an der Decke war eine grauenhaft gelbe Funzel, die Birne in der kleinen Lampe auf dem Nachttisch war kaputt.

»Na«, krächzte die Mama in der Tür, »sind Sie ein Freier von meiner Sigrid?«

»Nein«, gestand Grau. »Sigrid ist mehr ein Kumpel.«

»Aber sie ist verdammt gut«, sagte sie. »Ich habe immer Wert darauf gelegt, daß sie fleißig arbeitet.«

»Ja.« Grau packte seine Wäsche in den Schrank. »Haben Sie ein gekühltes Bier?«

»Habe ich. Kostet aber einen Fünfer pro Pulle. Schließlich muß man was verdienen im Leben.«

»Hier ist Geld«, sagte er. »Ich bezahle auch gleich beide Zimmer. Ein paar Hunderter als Vorschuß?«

»Das finde ich gut«, sagte sie. Sie füllte die Tür vollkommen aus.

Grau reichte ihr einige Scheine und sagte: »Ich brauche keine Quittung, aber ich brauche ein Bier.«

»Das bekommen Sie, junger Mann«, sagte sie. Verwunderung war in ihrer Stimme, wahrscheinlich hatte sie nicht damit gerechnet, überhaupt einen Pfennig zu sehen. Dann verschwand sie, um sofort danach mit zwei Flaschen Bier aufzutauchen. »Wollen Sie ein Glas? Also, ich brauche nie eins.«

»Ich auch nicht«, sagte Grau und prostete ihr zu.

Milan kam zurück und reichte ihr eine Flasche Wodka.

»Ach, ich weiß nicht, ob ich noch einen trinke«, flötete sie und verschwand.

»Sie setzt sich jetzt vor den Fernseher, legt einen Porno in den Videorecorder, trinkt den Wodka und schläft irgendwann ein. Sie ist Sigrids Ziehmutter. Sigrid ist ein Findelkind. Als die Nazis hier herrschten, ist Mama angeblich die jüngste und erfolgreichste Puffmutter in Berlin gewesen. Sie ist total verrückt, aber ein guter Typ.«

»Wovon lebt sie?«

»Das Sozialamt bezahlt die Rente. Wir geben ihr was dazu, wenn sie nichts mehr hat. Manchmal glauben wir, sie legt sich einfach hin und stirbt. Aber sie liebt das Leben noch immer. Sie ist zweiundachtzig!«

»Wie bitte?«

Milan nickte grinsend. »Glaub es nur. Außerdem sollten wir uns langsam mal umziehen. Und dann gehen wir auf die Piste. Ihr nennt das doch so? Ich habe mit Sigrid gesprochen, ich weiß, in welche Clubs und Kneipen wir gehen müssen.«

Eine halbe Stunde später verließen sie das Haus. Von Nordwesten her zog Bewölkung auf, es sah nach Gewitter aus. Grau hoffte auf ein Unwetter. Er würde sich mit innigem Vergnügen auf einen Hinterhof stellen, sein Hemd ausziehen und das Prasseln der Tropfen auf seiner Haut spüren. Er hatte das Gefühl, sich irgendwie abwaschen zu müssen.

Sie verabredeten, daß jeder von ihnen einen Taxichauffeur engagieren sollte. Pro Etablissement würden sie nur ein Glas trinken, Schnaps und andere scharfe Sachen waren tabu.

Sie schwatzten mit Thekengästen und Bardamen, mit Rausschmeißern und fragwürdigen Typen. Sie hockten in altdeutschen Kneipen auf Möbeln in Eichendekor. Sie schlenderten durch alte Werkshallen, die der Zeitgeist in moderne Neonfarben gehüllt hatte und die in der Szene als »Kreativsümpfe« bezeichnet wurden.

Sie erfuhren, daß sich auf dem Berliner Drogenmarkt viele Gruppen tummelten: Italiener, Deutsche, Jugoslawen, angeblich auch Russen, Japaner und irgendwelche Leute aus Amsterdam, außerdem Griechen, Türken, Zuhälter, Nutten.

Sie erfuhren nichts wirklich Neues, nichts Aufregendes. Sie erkundigten sich beiläufig nach Sundern, und man sagte ihnen bereitwillig, Sundern wäre der König der Nacht, ein Freund aller Lokalpolitiker, wahrscheinlich steinreich. Aber niemand konnte ins Detail gehen, niemand wußte Genaues, wenngleich jeder so tat, als wäre er gut informiert. Sundern war die Hauptfigur in einem Märchen, dessen Fabel niemand kannte.

Zuweilen traten Grau und Milan als Freundespaar auf, dann wieder trennten sie sich und sprachen mit meist freundlichen, meist betrunkenen Nachtschwärmern, die nuschelnd Auskunft gaben über Dinge, nach denen niemand sie gefragt hatte. Sie erfuhren mühelos, wer ihnen Haschisch oder Amphetamine, Kokain oder Heroin verkaufen konnte. Aber all diese Auskünfte verstärkten in Grau lediglich das dumpfe Gefühl, nichts Wichtiges in Erfahrung bringen zu können.

Vorsichtig schwadronierte er über die neuen Drogenmärkte, die sich im wiedervereinigten Deutschland etablieren würden, und prompt versicherte man ihm freundlich, daß all die großen und kleinen Dealer das sicherlich längst im Griff hätten. Fragte er, ob Unruhe die Szene ergriffen hätte oder irgend etwas auf Auseinandersetzungen zwischen Dealergruppen hinwies, so erntete er die weise Entgegnung, daß gerade Dealer jeden Grund der Welt hätten, friedlich miteinander umzugehen und die Absatzgebiete still und leise unter sich aufzuteilen, um Geschäfte zu machen. Nein, die Szene wäre ruhig und würde hervorragend leben, mit einem ständig leicht steigenden Absatz auf nahezu allen Gebieten. Und: Potentielle Kunden sind wir doch schließlich alle, oder?

Wirten und Serviererinnen, Animiermädchen und Barkeepern hielten sie zum Schluß die Fotos von White und Thelen hin und erklärten, das wären alte Kumpel, seit Jahren verschwunden und angeblich in Berlin. Ob jemand die schon einmal gesehen hätte. Alle schüttelten den Kopf und hielten Grau und Milan für widerliche Bullen.

Sie waren müde, sie standen irgendwo in Kreuzberg auf einer Straße und gähnten. Der Tag brach an.

»Hier ist ein Mann mit zehn Millionen Dollar und jeder Menge Kokain angekommen. Das ist eine Woche her, und niemand weiß etwas, niemand flüstert, keine Gerüchte, keine Unruhe.« Grau schüttelte verzweifelt den Kopf.

Milan sagte beruhigend: »Es ist wie im Krieg, lange Zeit ist alles still. Und dann kracht es.«

Sie einigten sich auf das »Laternchen« am Halleschen Tor als ihre letzte Station an diesem Abend. Milan wußte, daß dort eine buntgemischte Truppe verkehrte. Die letzten Streuner der Nacht, Nutten, Zuhälter, aber auch mächtige Typen aus der Szene, von denen kein Mensch wußte, wovon sie eigentlich lebten, die aber auch niemand danach zu fragen wagte.

»Hier findet das eigentliche Leben statt«, erklärte Milan. »Hier gibt es Soleier und Klopse, Sekt und Kaviar.«

»Na denn«, sagte Grau müde.

Sie blieben in der Tür stehen, weil das Szenarium ungewöhnlich war. Die Kneipe, mit niedriger Decke und ganz in mattgelbes Licht getaucht, war bis auf den letzten Platz besetzt. Grau hatte Frühkneipen immer schon gemocht. Er liebte ihren Lärm und ihre zerbrechliche Nachdenklichkeit, er liebte diesen letzten Walzer des alten Tages.

»Oh«, murmelte er betroffen.

In dieser Kneipe war es ruhig, viel zu ruhig. Alle Gäste starrten gespannt auf die Tür, als erwarteten sie ein Unglück.

Milan begriff sofort, er wandte sich seitwärts an Grau und

sagte laut und ungeniert: »Weißt du, wir haben mit Mama wirklich viel am Hals. Neulich hat sie vergessen, wo die Lichtschalter in der Wohnung sind. Da hat sie jede Birne einzeln ausgeschraubt. Stell dir das mal vor.« Er redete ununterbrochen weiter, steuerte zielstrebig die Theke an, grüßte freundlich mit »Guten Morgen!« und verlangte zwei Bier. Erst jetzt drehten sich die Köpfe weg, erst jetzt gab es Entwarnung.

»Alte Leute allein zu Hause sind immer gefährdet«, sagte Grau vage. Er sah den Wirt hinterm Tresen an. »Ich habe gehört, Sie haben Kaviar?«

»Haben wir.«

»Dann zweimal. Mit Roggentoast und harten Eiern.«

»Hier an der Theke?«

»Warum nicht?« fragte Grau freundlich.

Der Wirt nickte. »Läuft schon.«

»Sigrid sagt auch, sie könnte es nicht verantworten, Mama in ein Altenheim zu geben«, spann Milan weiter. »Und ich finde, sie hat recht.«

»Wahrscheinlich stirbt sie ganz schnell, wenn sie in ein Heim kommt«, steuerte Grau seinen Teil zu dieser traurigen Konversation bei.

Der Wirt war etwa vierzig Jahre alt, eine sehr schlanke, fast hagere Gestalt. Er war der Typus des harten Arbeiters, und er wirkte absolut nüchtern. Grau sah ihn an und fragte: »Hier tobt doch sonst das Leben. Was ist denn heute los? Betriebstrauer?«

Der Wirt kniff die Augen zusammen. »Haben Sie nichts gehört? Machen Sie nicht einen Zug durch die Gemeinde?«

»Was hätten wir denn hören sollen?« fragte Grau.

Der Wirt baute sich vor ihnen auf und beugte sich vor. »Sind Sie fremd hier?«

»So gut wie fremd«, sagte Milan schnell. »Und alle Leute haben gesagt, wir müssen in Ihr Lokal, wenn wir Berlin kennenlernen wollen.«

»Das ist auch so.« Der Mann nickte. »Es hat eine Entführung gegeben.«

»Eine Entführung?« fragte Grau. »Wen hat's denn erwischt?«

»Wenn Sie fremd sind, sagt Ihnen das eh nix«, antwortete der Wirt. »Wir haben hier so lokale Prominente. Eine Frau ist entführt worden, die Frau, nein, die Exfrau von einem Juristen. Sundern heißt der. Die Frau nennen wir hier nur die wilde Meike. Es heißt, es wären Ausländer gewesen. Aber das weiß man nicht. Eigentlich weiß nie jemand was.«

»Und die Bullen?« fragte Grau schnell.

Der Wirt zuckte die Achseln. »Die Bullen halten sich raus. Die halten sich immer raus, wenn so etwas läuft.«

»Was denn für Ausländer?« fragte Milan.

»Leute aus Südamerika, sagt man. Hier ist Ihr Bier. Wollen Sie nicht lieber einen Tisch im Nebenzimmer? Da können Sie gemütlicher essen.«

Grau nickte. »Wollen wir.«

»Jessas«, murmelte Milan. »Das gibt Krach.«

Sie gingen ins Nebenzimmer, wo es ebenfalls von Menschen nur so wimmelte. Der Wirt wies in eine Ecke. »Der Zweiertisch dort? Ist das recht?«

»Worum geht es denn bei dieser Entführung?« fragte Grau.

»Das weiß niemand genau«, erwiderte der Wirt. »Um irgendwelche Dinge, für die sich unsereins besser nicht interessiert.«

»Das hört sich gut an«, sagte Grau schnell. »Ich bin Journalist. Ich liebe Geschichten aus der Unterwelt. Würden Sie die Story so erzählen, wie Sie sie gehört haben? Hilft das Ihrem Gedächtnis auf die Sprünge, wenn ich Ihnen eine Tausenddollarnote gebe?« Er haßte diese direkte Anmache, aber es blieb ihm nichts anderes übrig.

»Tausend Dollar?« Die Stirn des Mannes legte sich in Falten. »Aber ich weiß nur, was alle anderen auch wissen.«

»Macht nichts«, sagte Grau vergnügt. »Irgendwo muß man ja anfangen. Hier ist Geld für eine halbe Stunde Ihrer Zeit. Hier ein Stuhl. Und nun bitte langsam und von Anfang an.«

Der Wirt nahm den Geldschein und knüllte ihn zusammen. »Das ist zuviel«, protestierte er verwirrt. »Na ja, ich fang mal an.«

»Ich mache mir Notizen«, sagte Grau munter. »Sie haben nichts dagegen?«

»O nein, warum denn? Viel weiß ich sowieso nicht. Also, der Sundern ist Anwalt und macht in Immobilien. Er ist ein *big shot*, wie die Amis sagen, eine große Nummer. Hat jede Menge Firmen und so. Auch für den Nachtbetrieb hat er ein paar Konzessionen. Ich kenne ihn gut, er ist wirklich ein guter Typ, knallhart, aber eben ein gut. Auch immer gut drauf und witzig. Er hat mir meine Genehmigung besorgt, ich weiß also, wovon ich rede. Er war verheiratet, mit der wilden Meike. Dann haben sie sich scheiden lassen, aber sie blieb in seinem Betrieb. Warum auch nicht? Er hat einen Club. Das ›Memphis‹ am Savignyplatz, ein Wahnsinnsding.

Heute um Mitternacht hatte er Meike losgeschickt. Sie sollte ihm Hemden zum Wechseln holen, ein paar private Dinge eben. Sie fährt also los in seine Wohnung – sie wohnen nämlich nicht zusammen –, holt das Zeug, und als sie die Tasche ins Auto lädt, um wieder ins ›Memphis‹ zu fahren, kommen die und nehmen sie hops. Irgendwelche Leute. Um ein Uhr haben sie dann im ›Memphis‹ angerufen und Sundern gesagt, daß er seine Ex nur wiederkriegt, wenn er ihnen liefert, was sie haben wollen. Er weiß angeblich nicht, was sie von ihm haben wollen.«

»Diese Leute, diese Entführer, sind aus Südamerika?« fragte Grau.

»Sagt man. Einer hat behauptet, die sind aus Peru, und angeblich ist es eine Supertruppe von den Eingeborenen da. Also Indianer oder was die da sind.«

»Wo haben die denn die Meike?« fragte Milan.

»Das weiß kein Mensch«, sagte der Wirt.

»Das ist keine tausend Dollar wert.« Milan schüttelte den Kopf.

»Wie? Oh, ich brauche das Geld nicht.« Der Wirt fummelte in der Tasche seiner Lederschürze herum.

»Wir machen tausend Dollar draus, da bin ich sicher«, sagte Grau schnell. »Beantworten Sie eine Frage: Wie hoch schätzen Sie den Einfluß von Sundern ein?«

»Also, sehr hoch, würde ich sagen. Du kannst im Nachtbetrieb in Berlin nichts machen, ohne daß Sundern es fünf Minuten später weiß. Das ist ganz sicher. Man sagt, er hätte Einfluß bei Beamten und bei Politikern auch. Eben eine große Nummer.«

»Wo ist er denn jetzt?« fragte Milan.

»Wahrscheinlich im Memphis. Was weiß ich.«

»Bedeutet das einen Krieg in der Unterwelt?« fragte Grau.

»Sicher, sicher.«

»Wenn Sie Sundern kennen, kennen Sie auch seine besten Freunde. Sundern braucht jetzt Hilfe. Wer wird ihm diese Hilfe geben?«

»Das weiß ich nicht«, antwortete der Wirt etwas zu schnell.

»Tausend Dollar«, mahnte Milan.

»Seid Ihr Bullen?«

»Haben Bullen tausend Dollar in der Hosentasche?« fragte Grau. »Also, wer wird Sundern helfen?«

»Das weiß ich nicht«, wiederholte der Wirt.

»Du weißt es«, knurrte Milan.

Der Kopf des Wirtes neigte sich weit über den Tisch. »Es kommt nur Mehmet in Frage. Mehmet und sein Geronimo.«

»Wo finde ich die denn?« fragte Grau.

»Mehringdamm, Ecke Bergmannstraße. Mehmet hat ein Lokal und ein paar Mietshäuser.«

»Wer ist Mehmet?« fragte Grau.

»Ein Türke. Seit Ewigkeiten hier. Großer Geschäftsmann. Liefert alle Logistik, die du brauchst. Von Bier bis Cola, von Rinderhälften bis was weiß ich. Auch ein *big shot.*«

»Ist das jetzt tausend Dollar wert?« fragte Milan aggressiv.

»Noch nicht ganz«, sagte Grau, holte die Fotos von White und Thelen aus der Tasche und legte sie auf den Tisch. »Passen Sie jetzt mal gut auf. Wir wissen hundertprozentig, daß diese beiden Männer hier bei Ihnen im Lokal waren. Wir müssen nur noch herausfinden, wann. Also, wann war das?«

Milan atmete pfeifend aus. »Ja, Moment, richtig. Die waren drei- oder viermal hier. Aber das ist eine Weile her. Warte mal ... Also das letzte Mal, das war vor genau vier Wochen. Das weiß ich deshalb so genau, weil die nach Mitternacht kamen. Da habe ich nämlich in meinen Geburtstag reingefeiert.«

»Also vor vier Wochen. Wollten die beiden Männer irgend etwas von Ihnen wissen? Haben sie nach anderen Menschen gefragt, nach Adressen?«

»Also, es sind so piekfeine Typen. Graue Anzüge, Seidenkrawatten und so. Das weiß ich noch. Wollten die was? Na sicher, ich weiß es wieder. Die wollten an Nase ran.«

»Nase? Wer ist Nase?« fragte Milan.

»Nase ist ein Kreuzberger Typ«, erklärte der Wirt. »Angeblich hat der was mit Kokain zu tun. Ist jedenfalls deswegen vorbestraft. Also, wenn Sie mich fragen, ein widerlicher Typ. Spielt den Arbeitslosen und kassiert Steuergelder vom Sozialamt. Fährt aber einen Mercedes 500. Er hat eine knallrote Nase. Die Leute sagen, er hat sich die Schleimhäute mit Kokain versaut.«

»Der richtige Name!« drängte Milan.

»Warte mal, gleich fällt er mir ein. Also, Erwin mit Vornamen. Erwin ..., nein, fällt mir nicht ein. Hat angeblich auch Mädchen laufen, Minderjährige. Der kommt mir hier nicht rein, sonst gibt's was auf die Nuß.«

»Mit wem arbeitet Nase zusammen? Mit Mehmet? Mit Sundern, mit ...?«

»O Gott, Mann, nein, doch nicht mit Sundern oder Mehmet. Die geben sich doch mit solchen Typen nicht ab. Der ist für die Luft. Nein, nein, er arbeitet, glaube ich, mit keinem zusammen. Weiß auch keiner, woher der den Stoff kriegt. Man sagt, direkt aus Amsterdam, aber Genaues weiß ich nicht.«

»Hat Nase eine Stammkneipe?«

»Ja, sicher. Braucht er doch auch. Am Tempelhofer Berg das ›Kiek in‹. Das ist mehr eine Grillstation, billig, billig. Aber Vorsicht, Nase ist ziemlich streng bei Fremden. Er hat verdammt viele Mädchen, die von ihm abhängig sind, und deshalb stützen ihn auch die Zuhälter. Nase, erzählte neulich ein Bulle, übt immer Messerwerfen. Genaues kann ich nicht sagen.«

»Wie alt ist Nase?« fragte Milan sachlich.

»Ungefähr fuffzig. Er sieht krank aus, so, als hätte er Krebs oder Aids oder was weiß ich.«

»Und die beiden Männer wollten ihn treffen?« fragte Grau.

»Ja, jedenfalls habe ich das so verstanden.«

»Jetzt sind es tausend Dollar«, nickte Milan.

Sie gingen hinaus auf die Straße, und der Wirt fragte vorwurfsvoll hinter ihnen her: »Und der Kaviar?«

»Essen Sie ihn selbst!« rief Grau.

»Zu Mehmet gehen wir zu Fuß«, bestimmte Milan. »Endlich wird es etwas aufregender.« Er sprang zur Seite, weil von hinten ein Wagen herangefahren kam.

»Mehmet ist ein Oberboß bei den Türken. Er hält seine Hand über sämtliche Sippen, und wenn du als Türke Scheiße baust, mußt du mit Mehmet rechnen. Geronimo kenne ich, sie nennen ihn Mehmets Gewehr. Das mußt du wörtlich nehmen. Wir kriegen gutes Wetter, aber zuerst mal Regen.«

Sie waren noch keine hundert Meter gegangen, als es

blitzte und dann donnerte. Der Regen war dicht wie ein Vorhang, und sie stellten sich unter einen Torbogen.

»Ich würde gern duschen«, murmelte Grau.

Sie gingen trotz des Regens weiter, weil sie befürchteten, Mehmets Lokal könnte schon geschlossen sein. Aber es hatte noch geöffnet und war sehr voll.

»Viel Geld hier«, sagte Milan. »Sieh dir die Frauen an, du kannst ihren Schmuck in Kilo wiegen, ihren Puder auch.«

»Wenn du Mehmet siehst oder Geronimo, sag mir Bescheid. Wieso heißt so einer eigentlich Geronimo?«

Milan grinste. »Es hat damit zu tun, daß er für den Mexikaner Geronimo schwärmt. Ich weiß nicht, ob der ein Revoluzzer oder ein Gangster war. Trinken wir ein Bier?«

»Ich möchte was essen. Irgend etwas, das man auch wirklich essen kann. Was sind das da links für alte Männer?«

»Die Elefanten. Das sind Türken, sie haben schon die erste Arbeit hinter sich. Sie waren auf dem Großmarkt, haben eingekauft und trinken jetzt ihren Tee. Sie merken sich jedes Gesicht auf immer und ewig. Das ist wichtig hier.«

»Kann man sie fragen, ob Thelen und White hier waren?«

»Sicher«, sagte Milan. »Laß mich das machen. Bestell einen Spieß Kebab. Das ist gut hier.« Er schlenderte zu den alten Männern hinüber, setzte sich zwischen sie und begann auf sie einzureden. Er wirkte dennoch zurückhaltend, höflich und voller Respekt.

Grau bestellte ein Glas Champagner und sah zu, wie Milan mit den alten Männern verhandelte und ihnen dann die Fotos zeigte. Es war nicht zu erkennen, wie sie reagierten. Sie beugten sich höflich und neugierig vor, um sie zu betrachten, aber sie nickten nicht. Milan steckte die Fotos wieder ein und redete weiter. Nach etwa zehn Minuten kam er zu Grau zurück.

»Sie waren tatsächlich hier. Mehrere Male. Aber sie waren Gäste, und sie fragten nichts und benahmen sich normal. Wir brauchen jetzt nicht mehr mit Geronimo oder Mehmet zu reden. Die alten Männer sind sehr traurig, daß irgend jemand die wilde Meike geholt hat. Sie sagen: Wir wollten, wir wären zu Hause. Dort würde mit den Entführern einfach kurzer Prozeß gemacht.«

»Wo steckt sie denn, die wilde Meike?«

»Sie halten sie in einem Haus an der Ostender Straße gefangen, etwa in der Mitte, im obersten Stock. Die alten Männer sagen, es sind vier Männer aus Peru. Sie sind aus Amsterdam hierher gekommen und haben Meike einfach mitgenommen. Jetzt hocken sie in dem Haus, und niemand kann an sie heran.«

»Wieso nicht?«

»Es ist ein besetztes Haus, verstehst du? Voll mit Kids, die von zu Hause weggelaufen sind, voll mit Pennern und ollen Huren. Die alten Männer sagen, es sind mehr als hundertzwanzig Leute in dem Haus. Meike sitzt im vierten Stock in einer kleinen Wohnung.

Sie wollen am Nachmittag verhandeln. Sundern hat zehntausend Mark ausgesetzt, um das herauszufinden. Mehmet schickte alle seine Leute los. Sie wissen von der Ostender Straße seit zwei Stunden.«

»Was wollen die Peruaner?«

»Na was wohl? Zehn Millionen Dollar und einen halben Zentner reines Kokain.« Milan grinste breit.

»Wo ist Sundern?«

»Hier. Man nennt das hier Mehmets Burg. Hinter dem Lokal ist eine Mietskaserne. Nur Türken. Mehmets Wohnung liegt oben auf dem Dach. Da ist Sundern jetzt. Aber er kann nichts machen, sie müssen verhandeln. Angeblich hat er den Leuten in Amsterdam gedroht, er würde vier Leichen zurückschicken.«

»Er kann ihnen das Geld und den Koks geben«, sagte Grau betulich.

»Kann er nicht«, widersprach Milan. »Er hat keine Ahnung, wo das Zeug ist. Hast du deine Waffe bei dir?«

»Ja«, gab Grau zu, »ich habe sie eingesteckt. Also: Mehmets Leute bewachen das Haus?«

»Genau. Es ist ein Block hinter dem Virchow-Klinikum in Wedding. Uralte Mietskaserne. Weshalb?« Er lächelte schmal.

»Nur so«, sagte Grau. »Denkst du auch darüber nach?«

»Sicher. Über die Dächer geht nicht. Die Dächer sind steil. Was ist mit Sigrid?«

»Was soll mit Sigrid sein?«

Milan lächelte. »Wir könnten sie brauchen. Es ist sehr früh, das Haus wird schlafen. Sie könnte die Nachtschwärmer ablenken. Wie eine Betrunkene, verstehst du?«

»Gut. Und wir?«

»Wir werden sehen«, flüsterte Milan orakelhaft. »Wir sollten etwas zum Krachmachen haben.«

»Wieso?«

»Moment mal, ich gehe telefonieren.« Er verschwand, und Grau bestellte sich einen Kaffee. Dann kam Milan zurück.

»Sigrid zieht sich rasch was an und kommt mit dem Taxi. Ich denke, wir machen es so, daß wir uns trennen. Das Haus ist in der Mitte vom Block auf der Ostender Straße. Du gehst von der Lütticher aus rein, ich komme über die Nebengebäude. Sigrid versucht es direkt. Sie ist eine Frau, eine betrunkene Schlampe, sie werden nicht schießen.«

»Dein Wort in Gottes Ohr.« Grau war blaß und aufgeregt.

Die Eintrittskarte

»Warten wir auf Sigrid«, sagte Milan.

Sie aßen eine Kleinigkeit und tranken viel Kaffee. Irgendwann tauchte Sigrid auf. Sie schleppte zwei schwere Plastiktüten. »Ich habe Gerda gebeten, die Pension zu machen. Ich habe alles dabei.«

»Was hast du denn alles dabei?« fragte Grau neugierig.

»Krachmacher«, erläuterte Milan. »Es sind so Kanonenschläge, wie man sie bei euch an Silvester knallen läßt. Ich habe sie selbst gebaut, auch selbst gewickelt. Sie sind etwas stärker als die Silvesterknaller, und sie schmeißen außerdem einen grellen Blitz. Wenn du sie wirfst, mußt du die Augen zumachen, sonst bist du viele Minuten lang blind.«

»Blendgranaten also«, folgerte Grau. »Was ist, wenn so ein Ding zwischen meinen Beinen hochgeht?«

»Nicht so gut«, sagte Sigrid betont harmlos. »Heh, krieg ich einen Schampus?«

»Sie haben einen ganz kurzen Zünder. Maximal zehn Sekunden. Du mußt also gut aufpassen.« Milan war stolz auf sein Geheimpatent.

»Verdammt nochmal, ich bin doch kein Stadtguerilla«, schnaubte Grau. »Was hast du eigentlich vor?«

»Ich weiß es noch nicht genau, ich muß erst mal sehen«, antwortete Milan vielsagend.

»Für jeden einen Hammer, für jeden einen großen und einen kleinen Schraubenzieher«, sagte Sigrid.

»Wenn ich mein Glas ausgetrunken habe, sollten wir langsam mal gehen. Dann könnten wir um sieben Uhr ins Haus. Wieviel Leute hat Mehmet da?«

»Wir werden sie nicht zählen«, antwortete Milan.

»Habt ihr schon oft so was gedreht?« fragte Grau verwundert. »Ihr schwatzt so daher, als würdet ihr das jeden Tag machen.«

»Es ist meine Deutschlandpremiere.« Milan trank aus und sagte: »Zahlen, bitte.«

Sie nahmen ein Taxi, und Sigrid nannte ihr Ziel: Ecke Amrumer- und Seestraße. Sie schwiegen. Es hatte aufgehört zu regnen, der Himmel klarte auf, Westwind schob die Wolken beiseite, es würde ein heißer Tag werden.

»Wir sollten heute abend ganz groß essen gehen«, schlug Grau vor. »Ich lade euch ein.«

»Bargeld wäre mir lieber.« Sigrid reagierte schnippisch. »Ich brauche neue Klamotten. Ich habe nichts mehr zum Anziehen.«

»Dann gibt es ein Essen *und* Klamotten«, entschied Grau souverän.

»Was machst du, wenn du hier fertig bist?« fragte Milan.

»Ich weiß es nicht«, sagte Grau. »Vielleicht gehe ich zu einer Tageszeitung irgendwo an der polnischen Grenze, vielleicht mache ich auch ein Jahr Pause. Ich weiß es noch nicht.«

»Wir sind da«, sagte der Fahrer.

Sie gingen in die Lütticher Straße hinein.

»Es sind die Blocks links«, erklärte Milan. »Ziemlich alt und vergammelt. Hier wohnen viele Arbeitslose, Kinderreiche und so. Kein Geld da. Achtet da vorne links auf die Einfahrt. Die geht auf den Innenhof. Da stehen drei Autos mit Leuten drin. Genau davor. Das sind Mehmets Leute.

Die Parallelstraße ist die Antwerpener. Dort wird es auch eine Einfahrt geben, da werden auch Leute stehen. Jetzt kommt die Brüsseler, die nächste nach links und rechts ist die Ostender Straße. Die alten Männer bei Mehmet haben mir gesagt, daß unser Haus ziemlich genau in der Mitte des Blocks liegt. Rechts in dieses Tor, bitte.«

Sie stellten sich unter den Bogen. Es waren nur sehr wenig Menschen unterwegs, die Straßen lagen still in der Sonne.

»Hast du den Whiskey?« fragte Milan.

»Na sicher«, sagte Sigrid und fummelte in einer ihrer Plastiktüten herum. Sie schraubte die Flasche auf und nahm einen großen Schluck. Einen Teil schluckte sie hinunter, den Rest spuckte sie aus. Dann drückte sie die Flasche Milan in die Hand, der dasselbe machte.

»Warum denn das?« fragte Grau.

»Wenn du betrunken bist, machst du niemand Angst«, erklärte Milan. Er schüttete Sigrid und Grau Whiskey auf die Kleidung. »Leute, die morgens betrunken nach Hause kommen, sind friedliche Leute. Ihr müßt also viel lachen, blöde lachen.«

Es war Malzwhiskey, er roch aufdringlich und scharf, aber er zauberte einen kleinen, beruhigenden warmen Ball in Graus Bauch.

»Täubchen, dein Trenchcoat stört mich«, sagte Milan. »Besser, du ziehst ihn aus, wenn du losgehst.«

»Wohin geht sie denn?« fragte Grau nervös.

»Sei geduldig«, beruhigte ihn Milan. »Sie geht mit ihren Plastiktüten bis zur Ecke der Ostender Straße. Dort biegt sie links ab und geht weiter, bis sie zu unserem Haus kommt. Ist die Tür verschlossen, macht sie Riesenlärm, denn sie ist ja betrunken. Falls Klingeln da sind, wartet sie, bis jemand ihr aufmacht. Dann geht sie rein. Sie wird so tun, als lebte sie im Haus, oder gibt vor, Freunde treffen zu wollen. Irgend etwas total Harmloses.«

»Und wenn sie drin ist?«

»Macht sie gar nichts«, bestimmte Milan. »Hörst du, Täubchen, du tust gar nichts! Du suchst dir irgendeine Bleibe, aber du gehst auf keinen Fall weiter als bis zum zweiten Stock. Irgend jemand wird dich aufnehmen.«

»Und dann?« Grau leuchtete der Plan noch nicht ganz ein.

»Dann läuft die Zeit. Wir haben es jetzt sechs Uhr fünfzig. Wir gehen um sieben los. Grau, du gehst in das letzte Haus auf der linken Seite der Lütticher Straße. Irgendwie kommst du rein. Klingel irgendwo. Sonst Schraubenzieher. Im Treppenhaus gehst du sofort in den Keller. Ist der verschlossen, setzt du den Schraubenzieher an und ...«

»Sei nicht kindisch.« Grau war beleidigt. »Du bist zwar der Soldat, aber deswegen bin ich kein Idiot. Sind die Keller unter den Häusern miteinander verbunden?«

»Ich denke, ja. Deutsche Leute sind gründliche Leute. Brandschutz und Katastrophenschutz verlangen durchgehende Keller. Dazwischen kann zwar eine Tür sein, aber sie wird dich nicht hindern. Ich mache ganz genau dasselbe von der Antwerpener Straße aus, klar? Mein Weg wird zwei Häuser länger sein, also etwa fünf bis zehn Minuten.

Egal, was passiert: Jeder von uns haut ab, wenn irgendein Hindernis auftaucht, was er nicht in den Griff kriegt. Keiner unternimmt irgend etwas, ehe er nicht genau weiß, daß die anderen beiden im Haus sind. Nix Soloauftritte, klar? Wenn da Kids sind, Penner und andere, ohne Geld, ohne Job, werden sie jede Nacht lange feiern. Also wacht das Haus erst sehr spät auf. Wenn wir uns im Haus begegnen, müssen wir so tun, als kennen wir uns nicht.« Er grinste Grau an. »Jeder ist der Schatten des anderen.«

»Wirst du schießen?«

Milan schüttelte den Kopf. »Nein. Im vierten Stock vielleicht. Jetzt Hammer und Schraubenzieher einstecken, jeder vier Knaller. Sigrid, du auch. Und denk dran, Täubchen: Wenn du einen anzündest, dann hast du nur ein paar Sekunden Zeit, um zu verschwinden, und mach die Augen zu.«

»Was zum Teufel tun wir, wenn die Bullen kommen?« fragte Grau.

»Bullen?« Milans Mund wurde schmal. »Ich wette mit dir, daß hier schon überall Zivilstreifen rumstehen. Sie warten ab, was Mehmets Leute tun. Sie werden sich nicht einmischen, außer, Sundern bittet sie darum.«

»Wann treffen wir uns? Und wo? Im Treppenhaus?«

»Auf keinen Fall vor acht Uhr«, entschied Milan. »Also: erstes Treffen Punkt acht im Erdgeschoß vor der Eingangstür. Dann überlegen wir, wie wir weitermachen. Ist das okay? Noch Fragen?«

Sigrid zog ihren Trenchcoat aus und stopfte ihn in eine der Plastiktüten. Sie trug einen scheußlichen weißen Häkelpullover und einen sehr engen roten Rock, dessen Reißverschluß kaputt war. Sie stakste auf unendlich hohen feuerroten Schuhen daher, und bevor sie nun losging, verwüstete sie gekonnt ihr Make-up, indem sie sich mit einem Tempotaschentuch im Gesicht herumwischte. Sie sah nicht nur betrunken aus, sie bot das perfekte Bild einer erfolglosen, längst zu alt gewordenen Hure, die nach einer wenig einträglichen Nacht nur noch einen Wunsch hatte, nämlich ins Bett zu fallen.

»Hast du Angst, Täubchen?« flüsterte Milan sanft und streichelte ihren Kopf.

»Es geht.« Sie lächelte. »Du bist ja da. Versprich mir, daß du nicht mutiger bist als unbedingt nötig.«

»Er wird ein grandioser Feigling sein«, versprach ihr Grau.

Sie stöckelte los, machte schon nach zehn Metern eine sanfte, unübersehbar weite Kurve und summte in übertrieben hoher Tonlage etwas Romantisches vor sich hin.

»Du kannst stolz auf sie sein«, sagte Grau anerkennend.

»Das bin ich auch«, antwortete Milan. »Mach's gut und versuche, so schnell wie möglich in das Haus hineinzukommen. Anschließend hast du Zeit.«

Grau machte sich auf den Weg. Betont langsam überquerte er die Fahrbahn und kickte eine Coladose vor sich her. Auf dem gegenüberliegenden Gehweg angekommen, schlenderte er die Straße hinauf. Er pfiff vor sich hin und warf einen raschen Seitenblick auf die drei Autos am Straßenrand, die mit jeweils vier Mann voll besetzt waren. Das waren todsicher Mehmets Leute.

Mehmet wird eine ganze Armee hier haben, dachte Grau. Die Peruaner haben keine Chance, aus dieser Straße unbehelligt wieder rauszukommen, und Mehmet hat keine Chance, sie eben mal locker außer Gefecht zu setzen.

Die Männer in den Autos beachteten ihn kaum. Sie musterten ihn nur beiläufig und rauchten schweigend.

Schließlich entdeckte er das von Milan beschriebene Haus und faßte den schweren Schraubenzieher in seiner rechten Jackentasche fester, aber er brauchte ihn gar nicht. Die Tür war nur angelehnt. Die Klingelschilder verrieten ihm, daß in jeder Wohnung mindestens drei Parteien hausten, und die meisten Namen waren lediglich mit Kugelschreiber auf ein Stück Papier gekrakelt.

Er ging in das Haus hinein, ohne sich umzusehen. Das Treppenhaus war kühl, eng und dreckig. Auf dem ersten Absatz lagen drei Fahrradwracks. An die linke Wand hatte jemand gesprüht: JESUS WAR EIN AUSLÄNDER! Kein einziges Geräusch war zu hören.

Die uralte Tür zum Keller war in der Mitte auseinandergebrochen und hing nun als armseliges Trümmerstück in ihren Angeln. Es quietschte gräßlich, als er sie beiseite schob. Er drehte am Lichtschalter, aber der funktionierte nicht, und Grau nahm ein Gasfeuerzeug zu Hilfe. Jemand hatte an die Wand gesprayt: WENN DU GUT VÖGELN KANNST, SPARST DU HIER VIEL MIETE! und HITLER WAR GAR NICHT SO OHNE! Es roch nach Urin, irgendwo gluckerte Wasser.

Er ging langsam vorwärts und tastete sich nach rechts durch einen sehr schmalen Gang zwischen Holzverschlägen aus einfachen Dachlatten, dahinter vermutete er das übliche alte Gerümpel, das keiner mehr haben wollte.

Er horchte in sich hinein. Sein Atem ging eindeutig zu

schnell, und er mußte sich eingestehen, daß kalte Angst in ihm hochkroch. Er blieb stehen, holte eine Zigarette aus der Schachtel und zündete sie an. Die Erregung blieb. Er hockte sich hin und schloß die Augen, um sich auf die Geräusche des Hauses zu konzentrieren.

Eben noch hätte er es als totenstill bezeichnet, da er aber nun auf all das lauschte, was vorher unhörbar geblieben war, nahm er deutlich den immer schneller werdenden Atem des Tages wahr.

Jemand ging im Treppenhaus nach unten, mit sehr harten Schuhen. Draußen auf der Straße hielt ein Auto, eine Tür ging auf, jemand rief: »Kalli, mach schnell, wir müssen los!« Dann rauschte es in der Kanalisation, ein Kind fing an zu weinen und wurde zur Ruhe gebracht, eine Frau jammerte weinerlich: »Ich kriege die U-Bahn nicht mehr.«

Grau konzentrierte sich auf seine rechte Schulter, er schloß die Augen und zwang sich behutsam, erst flacher zu atmen, dann sehr tief. Er fühlte das Blut sehr warm und lebendig durch die Schulter fließen und verfolgte es bis in seinen Ellenbogen, dann in die Hand.

Er spürte jeden Finger, fühlte befriedigt, wie sein Atem langsamer wurde. Er folgte erneut dem Blutstrom bis in den Bauch. Dann stand er auf und reckte sich zur Decke. Er stieß mit den Händen an schmutzig-rauhen Beton und legte die Fingerspitzen dagegen. Er fühlte das Material. »Du kannst jetzt gehen«, sagte er laut zu sich selbst.

Das Vorhängeschloß vor der letzten Kellerkammer nach links war geknackt, wahrscheinlich von einem Einbrecher. Er ging hinein und tastete die Wand zum Nachbarhaus ab. Sehr vorsichtig klopfte er mit den Knöcheln dagegen. Er spürte genau, an welchen Punkten die Wand hauchdünn wurde.

Er nahm den Hammer und schlug mit aller Kraft zu. Der Hammer fuhr glatt hindurch und machte nicht einmal sonderlich viel Krach. Die Wand bestand aus sehr dünnem Material, das ihn irgendwie an Styropor erinnerte. Schnell verbreiterte er das Loch mit Hilfe seines rechten Fußes, bis er schließlich hindurchschlüpfen konnte.

Als er im Nachbarkeller stand, bemerkte er erleichtert, daß die Fensterschächte hier größer waren und mehr Licht hereinkam. Das hier war kein Verschlag, sondern ein großer Raum. Offensichtlich war er früher einmal in viele Verschläge unterteilt gewesen, aber wahrscheinlich hatten die Bewohner die Trennwände herausgerissen, um das Holz zu verfeuern, aus denen sie vermutlich bestanden hatten. Es herrschte ein unbeschreibliches Chaos, zwei, drei oder mehr Mietergenerationen hatten achtlos ihren Plunder hinterlassen.

Grau suchte geduldig nach einer Platte oder einem Stück Pappe, um das Loch in der Mauer zumindest vor flüchtigen Blicken zu verbergen. Der penetrante Gestank von Kot, Urin, Essensresten, Marihuana und Tabak stach ihm in die Nase.

Seine Augen gewöhnten sich langsam an das schummrige Licht. Er entdeckte eine alte Matratze und gleich daneben das Kopfende eines alten Bettes. Er stellte die Matratze schräg vor das Loch, das schwere Brett stemmte er hochkant über Eck dagegen, denn es durfte nicht zu gewollt aussehen, nicht wie geplant.

Er lauschte angespannt und wartete geduldig, bis er in der Lage war, etwas wahrzunehmen. Er war jetzt ganz gelassen. Ein verdächtiges Geräusch hörte er nicht. Irgendwo rauschte eine Klospülung, daneben plärrte ein Radio. Aber er war nicht sicher, ob es wirklich aus diesem Haus kam.

Dann plötzlich Atemzüge neben ihm, deutlich, unüberhörbar. Einen Augenblick lang glaubte er, er wäre lediglich überreizt, hörte aber dann eindeutig einen fremden Atem. Er bewegte sich ganz ruhig vorwärts, bemühte sich aber nicht, besonders leise zu sein. Wer auch immer da atmete, es hörte sich an, als ob er schliefe, obwohl Grau es kaum glauben konnte, daß da jemand trotz des Hammerschlages, mit dem er die Mauer durchstoßen hatte, gemütlich weiterpennte.

Grau strich an einem Winkel vorbei, in dem es unbeschreiblich stank. Vermutlich diente der als Toilette. Dann nahm er dahinter eine alte blaue Matratze mit eingewebten Blumen wahr. Darauf einen Deckenhaufen. Und dieser Dekkenhaufen bewegte sich!

Es waren keine unruhigen, keine hektischen Bewegungen, dieser Jemand räkelte sich ganz gemächlich. Grau überlegte einen Moment, ob er einfach weitergehen sollte. Dann sagte er sich energisch, daß schließlich er der Angreifer war. Er zog die oberste Decke mit einem schnellen Ruck herunter.

Es waren zwei, und sie waren beide nackt. Sie lagen da mit ineinander verschlungenen Armen und Beinen, als könne der eine nicht ohne den anderen sein. Ihre armseligen schmalen Körper schimmerten ganz weiß und zeigten eine schmerzliche Verletzbarkeit. Sie waren noch halbe Kinder, Grau schätzte sie auf vielleicht fünfzehn oder noch jünger.

Er fragte grob und gewollt autoritär: »Was macht ihr denn hier?«

Das Mädchen hatte einen wilden, grellroten Irokesenschnitt, die Schminke in ihrem Gesicht war völlig verschmiert. »Heh, was willst du denn? Willst du eine Nummer?«

»Nein«, gab Grau verblüfft zurück.

Der Junge hatte merkwürdig helle Augen und trug den Hahnenkamm auf dem ansonsten glattrasierten Schädel in Grellgrün und Blau. Er sagte empört: »Heh, Macker, laß uns weiterpennen!«

»Geht nicht«, sagte Grau. »Ich brauch mal ein paar Tips.«

»Aber Jakob hat gesagt, wir können hier knacken«, schrillte das Mädchen giftig. »Jakob hat sogar gesagt, wir können hier Möbel reinstellen und wenn es kalt wird auch einen Ofen.«

»Wie lange seid ihr denn schon hier?«

»Zwei Monate«, erklärte der Junge.

»Zieht euch erst mal was an«, befahl Grau. »Dann reden wir weiter.«

»Heh«, sagte das Mädchen hell. »Kommt nicht in Frage. Du willst bloß eine Gratisnummer. Die Tour kenne ich.«

»Will ich eben nicht«, sagte Grau. »Was kostest du denn überhaupt?«

»Einen Hunderter, aber nur mit Präser.« Das kam sehr schnell.

»Du bist zu dreckig für einen Hunderter«, sagte Grau cool.

»Du kannst auch mich haben«, sagte der Junge, »am Arsch bin ich sauber.«

»Vermutlich kostest du auch hundert Mark.« Graus Stimme war voll Verachtung. »Du hast doch so viel Angst, daß du gleich kotzt.«

Der Junge wandte schnell den Kopf, nahm einen Zipfel der Decke und zog ihn sich über den Bauch. »Stimmt ja gar nicht«, sagte er rauh.

»Wer bist du denn überhaupt?« fragte das Mädchen neugierig.

»Ich bin beruflich hier«, sagte Grau grob. »Zieht euch was an. Aber dalli!«

»Mensch, wo sollen wir denn hin?« Das Mädchen ging jetzt heftig in die Defensive. Sie richtete sich auf und sah Grau scharf an, als wollte sie ihn ihrerseits einschüchtern.

»Ich werfe euch nicht hinaus«, beruhigte Grau sie. »Aber irgendwann solltet ihr schließlich wieder nach Hause gehen. Wo seid ihr denn zu Hause?«

Der Junge wollte offenbar nicht antworten und sah das Mädchen beschwörend an. Er sagte ausweichend: »Ich bin unheimlich down.«

»Und ich bin müde«, kam ihm das Mädchen zu Hilfe. »Du siehst auch so aus, als hättest du durchgemacht.«

»Habe ich auch«, gab Grau zu. Er zündete eine Zigarette

an und hockte sich auf die Fersen. »Ich stinke nach Whiskey und Kneipe und billigem Parfüm. Wie lange schlaft ihr schon hier unten?«

»Die Punkies oben im dritten sind ganz nett. Aber die haben grade Besuch aus München, und deshalb müssen wir hier im Keller pennen. Wenn der Besuch endlich abhaut, können wir wieder rauf. Die sind wirklich nett zu uns. Bist du Alki?«

»Nein, bin ich nicht«, sagte Grau. »Nur manchmal, wenn mir alles zum Hals raushängt, mache ich einen drauf.«

»Und dann traust du dich nicht mehr nach Hause!« höhnte der Junge.

»Ich habe keine Familie«, sagte Grau leise. »Also red nicht so einen Scheiß.«

»Wieviel Uhr ist es?« fragte das Mädchen ablenkend.

»Kurz nach sieben.«

»Wieso bist du denn so früh unterwegs?« fragte der Junge.

»Der Besitzer ist mein Freund. Die Behörden wollen von ihm wissen, wer hier wohnt, wie viele das sind und woher sie kommen und so weiter. Außerdem wird hier Gas abgezapft und Strom, aber kein Mensch bezahlt einen Pfennig. Das berappt alles mein Freund. Also muß er wenigstens wissen, was los ist in diesem Kasten.«

»Und dann holst du die Bullen!« stellte der Junge wütend fest. »Und die schmeißen uns dann raus. Du reißt den Scheiß hier auseinander und baust teure Wohnungen. Ich weiß doch, wie das läuft.«

»So läuft es eben nicht«, widersprach ihm Grau. »Jedenfalls nicht bei mir.«

»Mir ist kalt«, wimmerte das Mädchen. Sie zog die Decke über ihre kleinen Brüste hoch.

»Kennst du die da oben auch, diese Indianer?« fragte der Junge plötzlich begierig. »Die im vierten?«

»Du meinst die Peruaner?« fragte Grau lächelnd. Du lieber Himmel, das läuft ja wie am Schnürchen. »Nein, die kenne ich noch nicht. Wieso? Sind das gute Typen?«

»Na ja, sie sollen irgendwie cool sein. Sie haben Koks, jede Menge Koks. Sie haben es im Haus verteilt, und sie . . .«

»Wir haben nichts gekriegt«, maulte das Mädchen.

»Wir waren noch so spät am Bahnhof, weil wir ein paar alte Macker angebaggert haben. Und dann haben wir nichts mehr gekriegt, weil es schon zwei Uhr durch war. Aber heute kriegen wir was, hat Mieze gesagt. Die Indianer machen ja keinen Schritt aus der Wohnung, wir müssen uns an Mieze halten.«

Mieze! dachte Grau. »Ihr könnt euch doch auch etwas kaufen«, sagte er und warf ihnen einen Hundertmarkschein auf ihre Decken.

»Dafür kriegst du rein gar nichts«, murrte der Junge.

»Was soll eigentlich diese ständige Motzerei?« fuhr Grau ihn an. »Wenn ich euch einen Hunderter hinschmeiße, dann eben einen Hunderter, kapiert? Du solltest aufhören, mich anzumachen, sonst schmeiße ich dich in den Rinnstein. Wenn du schlecht gelaunt bist, ist das dein Bier. Laß es nicht an mir aus, klar? Ich wollte bloß fragen, ob ihr einen Joint habt.«

»Für einen Hunni?« Der Junge war immer noch mißtrauisch.

»Hör doch endlich auf zu motzen«, sagte das Mädchen klagend. »Wenn er einen Joint will, dann kann er doch einen haben.« Sie kramte in ihren Klamotten herum.

»Gutes Zeug?« fragte Grau.

»Na ja, es geht so«, antwortete das Mädchen.

»Zieht euch endlich was an«, sagte Grau erneut. »Hier unten ist es feucht und kalt.« Das Mädchen gab ihm etwas Hasch, und er betrachtete den kleinen braunen Krümel auf seiner Handfläche. Er hatte noch nie im Leben Haschisch geraucht, es hatte ihn einfach nicht gereizt. Nun nahm er eine

Zigarette, zerbröselte sie und vermischte das Haschisch mit dem Tabak. Das Mädchen warf Zigarettenpapierblättchen in seine Richtung, und Grau versuchte mühsam, eine Zigarette zu drehen. Es gelang einigermaßen.

»Das hast du auch noch nicht oft gemacht.« Das Mädchen hatte ihn durchschaut. »Du hast sogar den Filter vergessen.«

»Stimmt«, gab Grau zu. Er zündete die Zigarette trotzdem an. Sie schmeckte süßlich fade, roch entfernt nach Vanille. »Das ist aber gar nicht gut, das Zeug«, behauptete er. »Wollt ihr denn nie mehr nach Hause?« fing er plötzlich wieder an.

»Nein«, antwortete der Junge kurz und bündig. »Hast du einen Job für uns? Egal was. Hast du einen?«

Grau schüttelte den Kopf. »Wenn ich euch einen Job gebe, kommen die Bullen, weil sie nach euch fahnden. Dann sitze ich mit drin.«

»Meine Eltern suchen nicht nach mir«, versicherte ihm der Junge hastig. »Die sind froh, daß ich abgehauen bin. Zoras Eltern gibt es nicht. Ihre Eltern sind ein Waisenhaus. Also, wenn du einen Job hast ...«

»Mal sehen«, sagte Grau lapidar. »Haben die Peruaner da oben wirklich so viel Koks?«

»Irgendeine aus dem Haus hat behauptet, sie hätten eine Zuckerdose auf dem Tisch stehen, voll mit dem Zeug. Aber was ist, wenn sie Zyankali druntergemischt haben?«

»Niemals«, widersprach Zora zornig. »Die nehmen es doch selber. Also ich sniefe es jedenfalls, wenn ich es kriege.«

»Spritzt ihr auch?« fragte Grau.

»Auch, aber selten. Zu teuer.« Der Junge gähnte ausgiebig und schüttelte sich dann, weil er fror.

»Wie ist das mit Aids?«

Der Junge wurde den Bruchteil einer Sekunde lang starr. »Was soll das? Wenn wir mit Präser arbeiten, geht das doch. Außerdem ist Aids ja nicht schnell. Du kannst es haben und trotzdem alt werden.«

»Das ist falsch«, widersprach Grau. »In zehn Jahren bist du damit tot.«

»Ha!« Zora triumphierte. »Was ich immer gesagt habe.«

»Was soll's?« fragte der Junge laut. »Und wennschon?«

»Wieso sind die Peruaner eigentlich hier?«

»Mieze bedient sie. Sie hat gesagt, die wären ihre Gäste für ein paar Tage. Sie geht auch nicht mehr anschaffen, sie ist nur noch für die da. Geht einkaufen, Bier und Schnaps und so was. Sie sagt, sie kriegt eine Hundertdollarnote für eine Nummer, sie sagt auch, die Indianer rammeln wie die Kaninchen. Für jeden Scheiß kriegt sie einen Hunderter. Es ist nämlich ihre Wohnung. Mieze sagt, sie zahlen sogar Miete.«

»Wie alt ist Mieze denn?«

»Achtzehn«, berichtete Zora. »Die ist echt gut drauf, richtig geil. So ein Typ will ich auch mal sein. Die zockt alle ab, wirklich alle.«

Eichhörnchen hatte mal gesagt: »Papi, wenn du mich suchst, mußt du mich am dreckigsten Ort der Stadt suchen, zwischen Müll und lauter versyfften Typen.«

»Was schätzt ihr, wieviel Leute im Haus sind?«

»Mindestens hundert«, sagte der Junge schnell.

»Wie heißt du eigentlich?«

»Er heißt Gerhard, aber ich sage Geri«, mischte sich Zora ein. »Du bist kein Bulle?«

»Nein«, versicherte Grau, »wirklich nicht. Nun zieht euch endlich was an, ich fange selber an zu frieren, wenn ich euch so sehe.« Sie standen auf, rafften ihre Klamotten zusammen, und Geri murmelte: »Ich hab' überhaupt keine Lust mehr, an den Scheißbahnhof zu gehen. Dauernd diese Bullen in Zivil.«

»Dann bleib doch einfach hier«, schlug Grau vor. »Ihr könnt mir bei der Volkszählung helfen, ich kann euch etwas bezahlen, wenn ihr wollt. Wieviel macht ihr so am Tag?«

»Manchmal vierhundert«, sagte Zora schnell.

»Zweihundert. Ist das okay?«

Geri nickte. »Das ist schon in Ordnung. Was müssen wir machen?«

»Erst mal gar nichts«, murmelte Grau. »Wir können jetzt nicht alle einfach aufwecken, die schlagen uns ja tot. Wir könnten erst einmal eine Liste anfangen.«

»Na gut«, sagte Zora munter, »also eine Liste. Ich habe ein Stück Papier und einen Kuli. Also, dann fangen wir mal mit uns hier an. Dann im Erdgeschoß rechts sind vier Familien. Die Leute sagen, es sind Afghanen. Sie sprechen kein Wort Deutsch, ich glaube, die haben auch Angst. Ich schätze mal, das sind mit Kindern glatt dreißig Leute, oder?«

»Dreißig kannst du einsetzen«, nickte Geri. »Dann sind gegenüber die Skins. O Mann, das sind schlimme Finger.«

»Wieviel?« wollte Grau wissen.

»Acht, würde ich sagen.« Geri begann, sich eine Zigarette zu drehen. Er machte es sehr geschickt mit einer Hand. »Die schlagen dir eins auf die Fresse, wenn du sie bloß fragst, wieviel Uhr es ist. Darüber hausen die Penner. Das sind lustige Typen, und sie machen auch nie Stunk, die wollen einfach nur ihre Ruhe. Gegenüber, warte mal ...«

Zora schrieb sehr konzentriert an der Liste. Sie kamen auf hundertzweiunddreißig Personen.

Geri sagte vorsichtig: »Genau ist das aber nicht, denn manchmal kommen Leute, die einfach keine Bude haben und keinen Platz zum Pennen. Man müßte jemanden fragen, der genau weiß, was im Haus los ist.«

»Bei wem könnte ich mich denn erkundigen?« fragte Grau.

Er hatte erreicht, was er wollte, er hatte so etwas wie eine kühle, etwas entspannte Atmosphäre geschaffen, er war in das Haus eingetaucht.

»Fang einfach bei Mieze an«, schlug Zora vor. »Die nennen sie immer die Mutter der Kompanie.«

»Wann steht Mieze denn auf?«

»So um zehn rum«, überlegte Geri.

»Was passiert mit diesem Haus?« wollte Zora plötzlich wissen.

»Wahrscheinlich werden wir es umbauen. Das hat aber noch zwei oder drei Jahre Zeit. Mir ist hier unten kalt, wollen wir nicht raufgehen zu den Pennern?«

»Gut«, entschied die kleine Zora.

»Da können wir auch was zu essen kriegen«, überlegte Geri. »Die haben gestern Knäckebrot und Sauerkraut geklaut.«

»Kein Sauerkraut, kein Knäckebrot«, entschied Grau.

»Gehst du für uns einkaufen, Zora?«

»Was willst du denn?«

»Milch, Käse, Eier, Butter und solche Sachen. Und Brötchen. Bring ein paar Pullen für die Penner mit.«

»Oh«, sagte Zora erfreut, »das ist ein Wort. Und das Geld?«

Eichhörnchen hat auch so gelebt, dachte Grau. Ich muß die Kinder kaufen, ich muß sie betören.

»Wartet mal«, sagte er. Er öffnete den Gürtel seiner Hose und zog ihn aus den Schlaufen. Er öffnete den Reißverschluß an der Innenseite und nahm zwei Hundertmarkscheine heraus. Er gab sie Zora und sagte beiläufig: »Laß dir bitte eine Quittung geben. Und bring Zigaretten mit. Am besten Gauloises ohne Filter. Auch Zigaretten für euch und Tabak und so.«

Er sah, wie sie auf ihn und den Geldgürtel starrten. »Was ist? Wollt ihr etwa doch nicht?«

»Doch«, sagte Zora und schaute irgendwohin. Dann stand sie auf.

Das Treppenhaus war ein schmutziger Alptraum, die Wände waren von der Decke bis zu den Holzdielen vollgesprüht mit *tags*. Grau las den ersten Spruch: LIEBER EIN GESCHWÜR AM AFTER ALS EIN DEUTSCHER BURSCHENSCHAFTER. In Grellpink. Darüber in Schwarz:

HITLER WAR SCHEISSE!, daneben: JA, DAS STIMMT. FÜR DIE JUDEN!«

»Bis gleich«, unterbrach Zora seine Betrachtungen und verschwand erstaunlich flink.

Grau sah ihr nach und registrierte, daß die Haustür nicht abgeschlossen war. Also war Sigrid bestimmt schon im Haus.

»Geile Sprüche, was?« fragte Geri. Es klang stolz.

»Sagenhaft«, nickte Grau. »Gefällt dir denn dein Leben in Berlin?«

»Na klar«, sagte Geri und grinste ihn an. »Ist doch geil, oder. Ich tue, was ich will, ich schlafe, wann ich will. Einfach super!«

»Das ist doch was«, sagte Grau ironisch.

Sie gingen langsam die Treppe hinauf. Jemand hatte in Rot und Blau mit kräftigen runden Buchstaben gemalt: DAS LEBEN IST EIN GESCHENK. ALSO KANN ICH DAMIT MACHEN, WAS ICH WILL.

Auf den Stufen lag Gerümpel, Grau stieg über Lumpen, über Bruchstücke von alten Möbeln, über Haufen von Pappe. Als er den ersten Stock erreicht hatte, drehte er sich unvermittelt zu Geri um. Der hatte ein kurzes Stück verrostetes Wasserrohr in der Hand, sein Gesicht war totenblaß.

Grau erschrak zutiefst, und er hatte das Gefühl, daß sein Herz zu schlagen aufhörte. Er räusperte sich. »Laß doch den Unsinn!«

»Wieso?« fragte der Junge fast tonlos und sichtlich verkrampft.

Grau überlegte, ob er es wagen könnte, Geri zu berühren. Dann legte er ihm eine Hand auf die Schulter. »Du hast doch erlebt, daß ich euch vertraue. Warum willst du jetzt so was machen?«

Geri ließ das Rohr fallen, es polterte unglaublich laut ein paar Stufen hinunter, und dann sagte er: »Du gehst wieder weg.«

»Woher willst du das denn wissen?«

Es war zehn Minuten vor acht, und Grau mußte pünktlich sein. Aber er geriet nicht in Panik. Er fühlte sich unglaublich sicher in diesem lautlosen Haus, so sicher wie in Abrahams Schoß. »Es wäre auch nicht sehr viel Geld«, erklärte er Geri, drehte sich wieder um und ging weiter.

Im zweiten Stock lag links die Behausung der Penner. Geri ging jetzt vor Grau her und drückte die Wohnungstür einfach auf. Er sagte: »Kein Mensch hat hier Schlüssel. Die haben alle Schlösser herausgebrochen. Das finde ich gut.«

Die Wohnung war dunkel, es stank intensiv nach irgend etwas, das Grau nicht identifizieren konnte.

»Vorsicht«, warnte Geri. »Die liegen hier überall auf dem Boden rum.«

»Gibt es denn irgendeinen Raum, in dem keiner rumliegt?«

»Ja. Dort hinten ist so eine Art Balkon, der ist so klein, daß nur einer reinpaßt. Und da ist immer Atze. Der macht uns bestimmt Platz.«

»Na denn«, sagte Grau.

»Moment«, hörte er Geri irgendwo vor sich sagen. »Die haben Decken vor die Fenster gehängt. Oh, Scheiße, hier liegt was. Aha, eine Hand. Also, du mußt einfach drübersteigen.« Dann tauchte vor ihnen plötzlich Licht auf.

Es war ein Wintergarten, vollgestellt mit Gerümpel. In der Tür lag Sigrid auf einer alten Decke und starrte Grau höchst amüsiert mit weit offenen Augen an.

Grau grinste. »Es ist alles okay. Jetzt kann ich was sehen, jetzt hat die Welt mich wieder. Die Sache macht echte Fortschritte.«

»Was ist denn los?« fragte jemand, der neben Sigrid lag. Er gähnte laut.

»Atze, ich bin's, Geri. Wir brauchen mal diesen Platz. Kannst du dich woanders hinlegen?«

»Na sicher«, sagte der Mann. »Wieviel Uhr ist es denn?«

Grau half aus. »Gleich acht.«

»Dann haue ich sowieso ab«, krächzte Atze. »Ich kriege heute Suppe und Brot bei den Barmherzigen Schwestern. Mittags wollen sie mir sogar neue Klamotten geben.«

»Bleib lieber hier, hier gibt's gleich Frühstück«, verriet ihm Geri. »Dann gehste mittags zu den Schwestern.«

»Wenn du meinst«, sagte Atze gutmütig. Er war etwa zwanzig Jahre alt. Er verschwand in der dunklen Wohnung. Sigrid blieb einfach liegen. Sie setzte die Whiskeyflasche an, trank etwas, rülpste laut, grinste Grau an und schloß die Augen wie ein sattes Kind. Atze fluchte im Hintergrund: »Mensch, Kalle, rutsch doch mal!«

»Hast du Kinder?« fragte Geri.

»Ja«, sagte Grau und hockte sich auf einen Stapel Stühle.

»Mehrere?«

»Nein. Nur eine Tochter.«

»Ist die gut drauf?«

»Sie ist tot.«

»Mensch, eh, wie?«

»Sie ist tot«, wiederholte Grau störrisch. »Heroin.«

»Kauf ich nicht«, versicherte ihm Geri, dann erschrak er: »O Scheiße, Mann, tut mir leid. Ich wußte ja nicht ...«

»Macht nichts«, beruhigte ihn Grau.

»Hast du geweint?« fragte Geri, und sein Kindergesicht war ganz starr. Er sah Grau nicht an, er starrte durch die Fenster, deren Scheiben zerbrochen waren.

»Ja«, sagte Grau. »Aber nicht sofort. Erst später, viel später.«

»Wann?«

»Ich weiß es nicht mehr genau. Ich glaube, zwei Monate. Ich war im Frühling in den Alpen, in einem Hochtal. Es war ganz zartgrün, und ich habe daran gedacht, daß meine Tochter das immer geliebt hat. Dann habe ich geweint. Stundenlang. Jetzt hab' ich es wieder verlernt.«

»Ich habe es auch verlernt«, gestand ihm Geri. »Wie hieß sie?«

»Eichhörnchen«, sagte Grau. »Wir nannten sie nur Eichhörnchen.«

»Und jetzt? Ich meine, was denkst du denn von Heroin?«

»Es ist tödlich«, sagte Grau fest. »Das Schlimmste ist: Es versaut dein ganzes Leben, du kommst gar nicht mehr zum Leben. Ach, vergiß es.«

»Was ist mit Kokain?«

»O Junge, nimm mich doch nicht so ins Gebet. Ich glaube, wenn du Rauschgift als Krücke benutzt, bist du in jedem Fall im Eimer.«

Geri antwortete nicht.

Dann raschelte es hinter ihnen, und Zora rief begeistert: »Ich habe hundertachtzig Mark verpulvert.« Sie schleppte eine Unmenge Plastiktüten.

»Wo kann ich denn hier mal pinkeln?« fragte Grau beiläufig.

»Neben der Eingangstür ist ein Lokus«, erklärte ihm Zora. »Aber beeil dich, es gibt Frühstück.«

»Ich muß auch mal pinkeln«, knurrte Sigrid. »Ich muß sogar sehr dringend pinkeln.« Sie stand auf, versperrte Grau aufdringlich den Weg und fummelte an ihrem Rock herum.

»Machen Sie doch schnell«, sagte Grau grob.

»O Mann«, keifte sie zurück, »was kann ich denn für deine schlechte Laune?«

»Er hat keine schlechte Laune«, sagte Zora mild. »Er ist unser Gönner.«

»Kinderficker«, schnaubte Sigrid.

»Halt die Schnauze!« fuhr Geri sie an.

Sigrid drehte sich um und ging vor Grau her. Hinter ihnen husteten die Männer, räusperten sich laut, stöhnten behaglich, brabbelten vor sich hin oder schimpften wegen nichtiger Dinge.

»Heh«, rief Zora laut. »Heh, ihr Penner. Es gibt Brötchen und Milch, Wurst und Käse. Wer gut drauf ist, kriegt Wein. Alles kostenlos.«

»Mein Gott, wo ist Milan?« fragte Sigrid vor der Tür voller Angst. »Hat er es geschafft?«

»Wahrscheinlich. Mein Weg war jedenfalls kinderleicht.«

»Meiner auch. Aber wo zum Teufel steckt Milan?«

Milan stand auf der Treppe zum Keller und grinste fröhlich. Sigrid umarmte ihn. »Es geht doch ganz leicht«, sagte er behutsam.

»Mach schnell, ich habe keine Zeit«, zischte Grau. »Ich muß wieder rauf.«

»Ich bin im Erdgeschoß bei den Skins«, erklärte Milan. »Es ist dort relativ sicher, solange sie zugedröhnt sind. Sie haben ein Viertelpfund Marihuana in Gemüsebrühe gekocht und sind noch alle zu. Was ist mit dem vierten Stock?«

»Eine Wohnung«, sagte Grau. »Das Mädchen heißt Mieze, sie hat die Peruaner aufgenommen. Sie verpflegt sie auch und so. Sie steht ungefähr um zehn Uhr auf.«

Milan überlegte. »Das ist zu spät. Zwei Stunden sind zu lange. Kannst du versuchen, eher Kontakt zu bekommen? In einer halben Stunde etwa?«

»Ich versuche es«, versprach Grau. »Wie sieht es denn draußen aus?«

»Mehmet hat sechzehn Autos herumstehen, die Peruaner haben also nicht den Hauch einer Chance. Weißt du, wie diese Wohnung im vierten aussieht?«

»Ich weiß es«, trumpfte Sigrid auf. »Also: ganz schmaler, kurzer Flur. Erste Tür links das Bad. Rechts ist nur eine Tür ins Schlafzimmer. Geradeaus das Wohnzimmer. Sonst nichts. Atze war drin, Atze hat es mir gesagt.«

»Wir müssen uns festlegen.« Milan machte jetzt Druck. »Also: Zwischen halb neun und neun kommt der Kontakt zu Mieze. Das machst du, Grau. Okay? Wir müssen versuchen, sie auszutauschen, auch klar? Sigrid, Täubchen, du hockst ab neun Uhr besoffen auf der Treppe vom dritten zum vierten Stock. Egal, was passiert, du hockst da. Okay? Ich mache den Pendler.«

»Weiß jemand, daß wir hier drin sind?«

»Von Mehmets Leuten jedenfalls keiner. Aber das regle ich jetzt. Ich sage ihnen, sie sollen einen leeren Wagen um die Ecke stellen. Sie sollen die Schnauze halten und nicht eingreifen.«

»Gut so«, lobte ihn Grau. »Sind die Peruaner bewaffnet? Weiß das jemand?«

»Keine Ahnung. Aber sie werden garantiert bewaffnet sein. Wir müssen also nach neun Uhr schnell entscheiden. Gut so? Also, alle zurück auf eure Plätze.«

Sie trennten sich, Grau stieg vor Sigrid her wieder die Treppe hinauf. »Riskiere nicht zuviel«, ermahnte er sie. Er ging voraus in den Wintergarten und bemerkte im Augenwinkel, daß Sigrid sich wieder auf ihre Decke legte und so tat, als wollte sie weiterschlafen.

Zora wirkte wie eine gütige kleine Mama, als sie die Brötchen verteilte, Milch und Wein eingoß. Die Penner waren sehr verlegen.

Grau dachte: Ich habe nicht mehr viel Zeit, ich muß es schnell durchziehen. Jetzt sind sie alle noch träge von der Nacht. Die Peruaner werden irgendwann merken, daß sie eingekreist sind. Sie werden Koks schnupfen und sich wie Helden aufführen. Dabei werden sie möglicherweise krepieren, weil sie dafür bezahlt werden. Dabei wird auch Meike draufgehen, weil sie ihnen dann gleichgültig ist. Ich habe keine Zeit mehr!

Zora lag jetzt mit geschlossenen Augen auf dem Boden und wirkte angespannt, Geri rauchte und starrte gleichgültig ins Licht. »Ihr geht es nicht gut«, sagte er. »Sie hat immer Schmerzen, wenn sie ihre Tage kriegt.«

»Liebst du sie?«

»Weiß ich nicht«, sagte Geri. »Vielleicht.«

»Tut es weh, wenn sie mit einem anderen Macker weggeht?«

»Ja, manchmal.«

»Schmierst du mir ein Brötchen mit Leberwurst?«

»Na sicher«, sagte Geri.

Grau aß, Geri rauchte, sie schwiegen und starrten vor sich hin. Die Zeit kroch geradezu.

Grau überlegte fieberhaft: Wenn ich warte, bis das ganze Haus wach ist, wird im Treppenhaus zuviel Betrieb sein, ich werde enorme Schwierigkeiten kriegen. Vor allem, wenn ich Meike erwische und mit ihr türmen will.

Dann dachte er an Milans Zeitvorgaben und sank zurück auf das uralte Kissen, auf dem er hockte. Er wünschte sich eine Dusche. Ich stinke wie ein Schwein, dachte er! Dann wies er sich selbst zurecht: Du alter Egoist. Hättest beinahe verdrängt, daß es Milan gibt und Sigrid. Verdammt, sie werden dafür sorgen, daß alles glattgeht!

Er fragte beiläufig: »Ich habe neulich gelesen, daß die Straßenkids hier in Berlin Spaghetti mit Katzen- und Hundefutter essen. Stimmt das?«

»Sicher.« Geri nickte. »Sicher. Wir haben das hier auch schon gemacht. Wenn du Salz und Pfeffer hast, schmeckt es gut. Es ist sauberer als manche Konserven für Menschen. Das kommt, weil Tiernahrung dauernd kontrolliert wird. Das schmeckt nicht schlecht. Ein alter Macker hat mir gesagt, daß sie nach dem Krieg noch viel Schlimmeres gegessen haben. Därme zum Beispiel. Ich hab' gelesen, daß irgendwo auch Menschen Menschen fressen. Heute noch. Aber man weiß ja nicht, ob das stimmt. Hast du wirklich keinen Job für uns?«

»Ich denke darüber nach«, versprach Grau. »Was kannst du denn?«

»Alles«, sagte er.

»Was hast du gelernt?«

»Nichts. Aber ich kann alles, und ich arbeite auch alles.«

»Du willst raus hier, nicht wahr?«

Geri nickte heftig.

»Und deine Eltern?«

»Die sind arbeitslos und saufen. Sie schlagen mich auch. Zora und ich können als Spüler gehen, oder wir arbeiten bei reichen Leuten im Garten. Wir brauchen auch keine Wohnung, nur Arbeit.«

»Wo bist du heute abend?«

»Am Bahnhof. Du kannst dort nach mir fragen, mich kennen sie alle.«

»Ich werde fragen«, versprach Grau. Dann schwiegen sie wieder.

Um Viertel vor neun stieß er Zora an und sagte betont munter: »Ist es denn nicht einfacher, du gehst jetzt Mieze holen, und wir machen die Liste schnell komplett? Ich kann dann abhauen. Ich brauche mein Bett.«

»Mein Bauch spielt verrückt«, flüsterte sie. »Warum gehst du nicht selber rauf zu Mieze?«

Grau war einen Augenblick lang in Versuchung, ihr die Situation zu erklären, aber dann sagte er grob: »Ich mag einfach keine Peruaner.«

»Ja, okay«, sagte sie flach und stand auf. »Ich geh' Mieze mal holen.« Sie schlich hinaus.

»Danke«, sagte Grau. Er stiefelte durch die Wohnung zwischen den laut miteinander redenden Pennern hindurch. Im Treppenhaus setzte er sich auf die Stufen, die nach oben führten. Er mußte sich zwingen, nicht zu zapplig zu sein, seine Aufregung wuchs von Minute zu Minute.

Dann hörte er weiter oben zwei Frauenstimmen. Die eine Frau sagte aggressiv: »Wieso? Die wollen uns garantiert rausschmeißen.« Dann die andere: »Nein, sie wollen erst einmal irgend etwas anderes.« Das war Zora.

Grau stand auf und lehnte sich gegen die Wand. Hector hatte gesagt: »Sie müssen Gewalt austeilen, schnell und resolut!«

Zora lief vor einer langbeinigen, langhaarigen Blonden her, die, in Jeans und einem grellroten Shirt, sehr selbstsicher die Treppe herunterkam.

»Grau«, sagte er. »Hallo.«

»Wir werden geräumt, nicht wahr?« fragte Mieze lauernd. Sie sprach leise, mißtrauisch.

»Nein«, sagte Grau. »Es geht um ein anderes Problem in diesem Haus.« Er sah ihre hellen, aufmerksamen Augen und hoffte, daß seine Geschichte glaubhaft war. »Es geht um Wasser und Strom. Um all das, womit dieses Haus versorgt wird. Also auch um Müllabfuhr. Kennen Sie den Verwalter dieses Hauses?«

Mieze stand ein wenig breitbeinig, mit schmalen Augen, als wäre sie bereit zum Kampf. »Da war mal jemand, das ist so ein, zwei Jahre her. Wieso Wasser? Wieso Strom?«

Grau grinste. »Die städtischen Versorgungsbetriebe haben es nicht so gern, wenn zwischen frischen Eiern ein faules liegt. Dann fragen sie nach, wem es gehört, wer es verwaltet, wer da wohnt. Jedesmal gibt es Stunk. Jetzt streiten Sie um Gottes willen nicht ab, daß hier Wasser und Strom wild angezapft werden. Und noch etwas: Wenn Sie glauben, ich mache diesen Job gern, dann sind Sie auf dem Holzweg. Vergessen Sie nicht: Wenn wir zwei uns schnell einig werden, ist das für Sie nur von Vorteil. Mir ist es letztlich scheißegal. Also, ich brauche alle Gruppen, die hier hausen. Ich brauche die genaue Zahl der Wasseranschlüsse, der Gasanschlüsse. Wenn meine Unterlagen für die Stadtverwaltung komplett sind, dann wird nicht gefragt, und kein Inspektor taucht hier auf, um Erbsen zu zählen. Ist das klar? Haben Sie denn die Sprache verloren, verdammt nochmal?« Er stand zwei Stufen unter ihr und war wirklich wütend. »Ich muß auch wissen, ob statisch wichtige Wände herausgerissen worden sind, und ...«

»Nein, das ist nicht der Fall«, haspelte sie schnell. »Also, wir können jetzt erst mal bleiben?«

Grau nickte. »Wir werfen Sie nicht raus, wir brauchen nur die Bestandsaufnahme. Das dauert fünf Minuten. Also: Geht das, oder geht das nicht? Überleg nicht zu lange, Mädchen. Ich bin erstens kinderlieb, und zweitens kenn' ich die Schwierigkeiten des Lebens.«

Er wußte genau, daß seine Geschichte ziemlich verrückt klang, wußte aber auch, daß es eine typische Verwaltungs-Realsatire war. So etwas hatte er schon erlebt und für die Zeitung darüber geschrieben.

»Wieso eßt ihr nicht einfach ein Brötchen zusammen und qualmt eine?« fragte Zora begütigend.

Mieze blockte ab. »Ich muß die da oben versorgen, die werden langsam wach.«

»Also fünf Minuten?« fragte Grau. »Ich habe Formulare im Wagen, wir füllen sie aus, und alles ist in Butter, okay?«

Mieze war immer noch voller Mißtrauen, aber sie stimmte widerwillig zu. »Machen wir das so.«

»Zora«, sagte Grau, »ich hab' mir die Sache überlegt, vielleicht habe ich doch einen Job für dich und Geri. Wartet auf mich, bitte.« Es sollte ein Zeichen für Zora sein, zu verschwinden, und er hoffte, sie würde begreifen. Sie begriff. »Super!« rief sie und verschwand in der Wohnung der Penner.

»Wo ist dein Auto?« fragte Mieze.

»Um die Ecke«, sagte Grau. »Nur fünfzig Meter.« Er ging langsam einen Schritt vor ihr her, drehte sich zu ihr um und stellte nüchtern fest: »Weißt du, nachdem ich dieses Haus hier live erlebe, denke ich, daß diese Stadt knallhart ist, wirklich knallhart. Nix Schnauze mit Herz.«

»Da sagste was«, antwortete Mieze.

»Zora sagte, du hast Peruaner bei dir aufgenommen?« fragte Grau leichthin.

»Ja, habe ich. Komische Jungs sind das. Reden kaum ein Wort. Hängen sich eine Whiskeyflasche an den Hals, saufen sie halb aus, rülpsen einmal, und das war's dann. Keine Spur von beschickert. Sie zahlen reinweg alles, die Bude, den Whiskey, mich.«

»Und Koks«, ergänzte Grau grinsend.

Sie lächelte. »Wer sagt das?«

»Geri und Zora, weil die nichts abgekriegt haben gestern abend.«

»Dann kriegen die heute was«, sagte sie, und es klang wie ein ernstes Versprechen. »Der Stoff ist so rein wie Dash drei: Du fährst jubelnd zum Himmel rauf.«

Sie waren jetzt an der Haustür und traten hinaus in die Sonne.

»Wie kommt man denn an solche Gäste?« fragte Grau harmlos.

»Kennst du Nase? Kennst du nicht. Also das ist ein Bekannter von mir. Läuft dauernd wie ein Dackel ohne Puste durch den Kiez. Weiß alles, kennt alles, kauft alles. Der hat mich gefragt, ob ich mitmache. Zwei oder drei Tage, hat er gesagt. Er sagte: ›Du kannst dich in der Zeit gesundstoßen.‹« Sie kicherte. »Das kann man wörtlich nehmen. Wo ist deine Karre?«

»Um die Ecke«, antwortete Grau mit trockenem Mund.

In dieser Sekunde war Milan auf der anderen Seite von Mieze, und er faßte sie sofort am Oberarm. »Grüß Gott!«

»Scheiße, die Bullen!« sagte sie atemlos. Sie ließ den Kopf hängen.

»Keine Bullen«, sagte Grau trocken. »Viel schlimmer. Wie sind die Peruaner bewaffnet?«

»Ich sage nichts.«

»Du sagst sofort was«, knurrte Milan. Sie gingen schnell, das Mädchen hatte keine Chance.

»Also, die haben Pistolen und dann so lange schwarze Dinger, Maschinenpistolen, glaube ich. Wieso seid ihr keine Bullen? Na sicher seid ihr Bullen.«

»Wo sind die Peruaner?«

»Wo? Na, in der Wohnung. Ach so: Sie sitzen im Wohnzimmer.«

»Wo ist Meike?«

»Oh, Scheiße, ihr wißt das!«

»Sicher wissen wir das«, preßte Milan hervor. »Und wir retten dir gerade das Leben. Also, wo ist sie?«

»Da ist rechts eine Tür ins Schlafzimmer.«

Sie bogen jetzt um die Ecke. Da stand ein schwerer Mercedes, ein Mann sah sie im Rückspiegel und stieg sofort aus.

Milan schien sich zusammenzukrümmen, und Grau sagte hastig: »Nicht schlagen, verdammt nochmal!« Milan entspannte sich wieder und stellte vor: »Das ist Geronimo!«

Geronimo war unglaublich dick, ein Mann wie ein Berg. Er mochte fünfzig Jahre alt sein, trug sein Haar schulterlang und einen Schnurrbart der Marke Kaiser Wilhelm. Über das ganze Gesicht strahlend, dröhnte er: »Jetzt ist Mieze draußen, jetzt können wir loslegen, oder?«

Grau sah Milan an und schüttelte den Kopf. »Dann geht Meike drauf.«

»Nicht, wenn sie im Schlafzimmer bleibt«, sagte Geronimo. Er hielt in jeder Hand eine Eierhandgranate und lachte. Sein Bauch zitterte mit.

»Der ist doch wahnsinnig«, sagte Grau kaum hörbar.

Milan zischte: »Steck die Scheißdinger ein, Geronimo. Wir ziehen die Sache durch, ohne dich.«

Geronimo war nicht beleidigt. Er lächelte: »Freunde, ich will mich nicht aufdrängen, ich bin sensibel.« Er wandte sich an Grau. »Ich weiß nicht, weshalb du das tust, Kumpel, aber Sundern wird dir die ganze Stadt schenken.«

»Ich bin mit der halben zufrieden«, sagte Grau lächelnd. »Nimm jetzt das Mädchen und bring sie weg. Stell einen neuen Wagen direkt vor das Haus, jetzt, ist das klar?«

Geronimo nickte. »Na, dann steig ein, Kleine, der liebe Gott will dich noch nicht.«

Grau und Milan kehrten um und gingen schnell zurück.

»Wir knacken jetzt die Wohnungstür«, sagte Milan.

»Tun wir nicht«, sagte Grau. »Ich werde klopfen, und sie werden mir öffnen.«

»Bist du verrückt?«

»Nicht die Spur. Du wirst hinter mir sein, okay?«

Milan nickte und sah ihn sehr aufmerksam an. Dann lächelte er, nahm seinen Arm und murmelte: »Gut so, mein Freund.«

Sie gingen in die Wohnung der Penner, und Grau stellte Brot, Brötchen, die Reste von Butter, Wurst und Käse auf ein kleines Brett. Dann sagte er knapp: »Jetzt kommt der Service, Milan, jetzt kannst du was lernen.«

Sigrid saß auf der zweiten Treppe zum vierten Stock und rauchte scheinbar ruhig eine Zigarette.

»Geh einen Absatz tiefer«, flüsterte Milan. »Und du läßt niemanden durch. Stellst jedem ein Bein!«

Jemand hatte grellrot an die Wand gesprüht: DEUTSCHLAND EINIG, STARK UND GROSS – DIE SCHEISSE GEHT VON VORNE LOS!

Überall waren jetzt Stimmen zu hören, Gelächter, Schimpfen, das Geräusch fließender Wasserhähne, das Husten von Leuten, die eindeutig zuviel rauchten. Miezes Wohnung hatte eine sehr neu aussehende Eingangstür mit zwei Sicherheitsschlössern. Sie war natürlich verschlossen.

Grau seufzte. »Heh«, schrie er laut: »Ontbijt! Frühstück! Breakfast! Essen!« Und er klopfte kräftig gegen die Tür. In der Linken hielt er das Brett mit dem Frühstück, seine Rechte hielt den Revolver.

Er war sich augenblicklich der Skurrilität bewußt: In welcher Stellung hatte der seitliche Hebel zu sein, wenn er schießen wollte? War das Ding jetzt gesichert oder nicht? Du bist ein Arsch, dachte er matt, ein phantastischer Krieger.

Dann ging die Tür auf. Der Mann war klein, zierlich und dunkelhäutig, er hatte das typisch breite Gesicht eines Anden-Indianers. Er lächelte ängstlich.

»Kopje Koffie!« sagte Grau grinsend und mit Nachdruck.

»Ahh«, machte der kleine Mann begeistert, und die Tür ging ganz weit auf.

Grau zielte. Er war krampfhaft darauf bedacht, niemanden zu verletzten, und schoß in ein weit offenstehendes, bestens ausgerüstetes leeres Badezimmer. Der Lärm war eindrucksvoll, es schepperte ohrenbetäubend.

Der Mann vor ihm blieb sofort stehen, Grau rannte gegen ihn und drückte ihn vorwärts. Dann schoß er noch einmal, diesmal in die Decke.

»Sit down!« herrschte er den kleinen Mann an.

Zwei andere saßen auf einem breiten, dunkelgrünen Sofa, ein Dritter links zum Fenster hin in einem Sessel. Der Mann, der ihm die Tür geöffnet hatte, plumpste zunächst in einen Sessel, der mit dem Rücken zu Grau stand. Als er begriff, daß er Grau die Sicht versperrte, wechselte er brav in einen Korbstuhl neben dem Mann am Fenster.

Alle vier trugen die gleiche Kleidung. Ein ordentliches weißes Oberhemd ohne Schlips, dazu eine dunkelgraue Hose und ein braun-grünes Jackett. Sie wirkten spießig und brav, saßen sehr aufrecht und schienen nicht im geringsten verängstigt, eher demutsvoll. Sie warteten, was Grau entscheiden würde.

Milan war hinter ihm. »Okay. Es läuft sehr glatt.« Dann öffnete er die Tür. »Sie ist da auf dem Bett«, sagte er. »Gefesselt.«

»Hol sie raus, und ab mit euch«, sagte Grau.

Von rechts hörte er Geräusche, Meike sagte erstickt: »O Gott!« Dann Milans Stimme: »Okay, wir gehen!«

»Macht schnell!« befahl Grau. Es war unglaublich einfach. Rechts auf einer Truhe lagen Waffen. Grau ging hinüber und stellte sein Frühstücksbrett daneben. Es waren die typischen Waffen, wie man sie in amerikanischen Filmen zu sehen bekommt: blauschwarz schimmernd, klobig, kurzläufig, mit gelöcherten Blechen, die wahrscheinlich ein Überhitzen verhindern sollen. Grau verstand nichts davon.

Es waren acht Waffen, für jeden der vier eine große, klobige und ein Revolver. Grau nahm zwei und warf sie aus dem offenen Fenster. Das dauerte ungefähr eine Minute, weil er jedesmal vier Schritte hin- und zurückgehen mußte.

Die kleinen Männer sahen ihm dabei aufmerksam zu. Als der rechts auf dem Sofa sitzende Mann sich bewegte, schoß Grau sofort. Er traf eine an der Wand aufgehängte Topfpflanze, einen Efeu.

»Ganz ruhig.« Er war fast heiter und lächelte die Männer an. »Ihr seid wirklich brav gewesen, Kumpels.«

Er drehte sich um und ging hinaus. Dann zündete er zwei Donnerschläge an und legte sie vor die Tür, bevor er die Treppe hinunterlief.

»Grau!« schrie Milan unter ihm.

Dann kamen die Explosionen. Sie waren schwer, das Haus zitterte, Grau stand auf der zweiten Treppe und hielt die Augen geschlossen. Er ging drei Stufen zurück und sah hinauf. Die Granaten hatten die Tür aus den Angeln gerissen, es roch sehr scharf.

Im Nebel tauchte einer der Peruaner auf, er hielt etwas in der Hand. Grau schoß auf ihn und dachte: Wie schrecklich einfach das ist ...

Der Mann machte den Eindruck, als wäre er irgendwo gegengerannt, er bückte sich nach vorn und umfaßte seinen Oberschenkel.

Grau rannte los und hörte, wie der Mann stürzte.

»Grau!« schrie Milan noch mal.

»Schon gut«, brabbelte er keuchend, »schon gut. Ich komme.« Er sprang so schnell er konnte die Treppen hinunter, strauchelte zweimal, hielt dann inne, hörte Stimmengewirr, ohne ausmachen zu können, ob es über oder unter ihm war. Er keuchte heftig vor Anstrengung und hatte plötzlich das Gefühl, sich übergeben zu müssen. Irgendwo schrie eine Frau sehr schrill: »Grau!« Wahrscheinlich war es Sigrid. Er antwortete nicht und lief plötzlich wieder zurück.

Der Mann, den er getroffen hatte, lag auf dem Treppenabsatz unterhalb der Wohnung von Mieze. Er lag bewegungslos still auf dem Rücken, und sein rechtes Bein war merkwürdig vom Körper abgewinkelt, als gehörte es nicht mehr zu ihm. Grau kniete nieder, berührte den Mann vorsichtig an der Schulter und sagte eindringlich: »He, Meister!«

Unter ihm schrie eine jugendliche Stimme überschnappend: »Haut ab, Leute, gleich kommen die Bullen!«

Eine Frau antwortete nörgelnd: »O Scheiße, meine frisch gebratenen Frikadellen!«

Die Haut des Peruaners spannte sich durchsichtig über den hohen Wangenknochen, nicht mehr braun, eher grau. Der Mann atmete kurz und zischend. Am Mittelfinger der rechten Hand trug er einen schweren Silberring mit einem großen gebänderten Achat.

Unten brüllte Milan erneut: »Grau!«

»Alles in Ordnung!« schrie er zurück. »Hau ab! Sofort!« Er war zornig, weil sie nicht flüchteten.

Die Augenlider des Mannes waren halb geschlossen, und Grau sah nur einen grellweißen Streifen der Augen. Das war erschreckend. »He, Junge«, sagte er rauh. Er tastete vorsichtig und sehr systematisch den Körper des Mannes ab, aber außer der heftig blutenden Schußwunde am rechten Oberschenkel fand er keinerlei Verletzungen. Die Blutung kam gleichmäßig dick, nicht unter Stößen.

»He«, sagte Grau, faßte ihn am Kinn und bewegte seinen Kopf vorsichtig hin und her. Er kam sich albern und hilflos vor.

Der Mann änderte den Rhythmus seines Atems, sein breiter Mund schmatzte leicht und verzog sich. Dann lief ein dünner Faden Speichel aus dem Mundwinkel. »Na also«, lobte ihn Grau, »es geht doch.«

Der Peruaner begann jetzt zu zucken und wollte nach der Wunde tasten, aber Grau hielt schnell seine Hand fest. »Mach keinen Scheiß, Junge. Das tut doch weh.« Er faßte vorsichtig den rechten Fuß des Verletzten und zog daran, um das Bein flachzulegen. Der Mann stöhnte.

»So ist es gut. Du darfst hier nicht einfach herumliegen. Wach auf!«

Jemand kam, unermüdlich »Grau!« rufend, im Treppenhaus hoch. Es war ein Mann, und offensichtlich rannte er, so schnell er konnte. Es war Geronimo.

»Du mußt weg hier«, hauchte er atemlos und hielt sich mit beiden Händen am Geländer fest. »Die Bullen rücken an.«

Er sah an Grau vorbei und zuckte zusammen, als er den Peruaner sah. »O Gott, Grau«, stöhnte er.

»Der Mann muß verbunden werden«, erklärte Grau lapidar.

»Du bist bekloppt«, hauchte Geronimo. »Milan sagt das auch.«

»Gott sei Dank«, sagte Grau. »Hilf mir mal, ich muß dieses blöde Hosenbein abschneiden.«

»Was machen wir, wenn wir unten nicht mehr rauskommen? Wenn ich das Mehmet erzähle, erklärt er mich für verrückt. Wir können den da doch später noch verarzten.«

Sie schleppten den Verwundeten an Schultern und Beinen die Treppe hinunter. Vor dem Haus stand ein großer BMW.

Sie verfrachteten den Peruaner auf den Rücksitz, und Grau bemerkte keuchend: »Ihr braucht doch einen, um ihn zu befragen.«

Geronimo kicherte erheitert: »Milan sagt, du bist ein absoluter Träumer. Er hat recht.«

Sie quetschten sich neben den jungen Fahrer, der mit stoischem Gesicht hinter dem Lenkrad saß und sofort Vollgas gab. Als sie mit 160 Stundenkilometern stadteinwärts rasten, kam ihnen eine Kolonne Streifenwagen mit Martinshorn und Blaulicht entgegen.

Geronimo war begeistert: »Also von denen kann man noch was lernen, ihr Timing ist wirklich phantastisch. Sie kommen immer genau zweihundertvierzig Sekunden zu spät.

Und nun erzähl mir mal, Kleiner, was du bis jetzt alles erlebt hast im schönen Berlin.«

Lehrstunden

Die Szenen schienen alle irgendwie verzerrt.

Grau hockte im Auto, versuchte, ruhiger zu atmen und gegen seine Übelkeit anzukämpfen, während Geronimo unermüdlich auf ihn einredete und dauernd wiederholte: »Es ist ja nicht wichtig, was ich finde, aber wie du das Ding geschaukelt hast!«

Irgendwann sagte Grau heftig: »Verdammt nochmal, halt endlich die Schnauze!«

Die Welt schien stillzustehen, der Fahrer wurde blaß und bewegte sich unruhig.

»Schon gut«, wisperte Geronimo kleinlaut. »Es ist nur die Aufregung, verstehst du? Wir hängen bis zur Unterlippe in der Scheiße, und du kommst und machst schwupp, und wir sind draußen. Mein Gott, wer bist du denn?«

Die Frage blieb unbeantwortet, da sich in diesem Moment das Funkgerät einschaltete und eine ruhige Stimme befahl: »Mit der Geschwindigkeit runter. Ihr habt Radarfallen in Höhe Spandauer Damm.« Der Fahrer reagierte sofort, bremste, fädelte sich auf die rechte Fahrbahn ein und rollte sanft dahin.

Grau staunte. »Ihr hört den Polizeifunk ab.«

»Man tut, was man kann«, gab der Fahrer bescheiden zurück.

Dann kam eine neue Anweisung: »Auf sechzehn, bitte.«

Der Fahrer schaltete den Funk auf Kanal sechzehn, und dieselbe Stimme befahl: »Zurück nach Hause, ohne Unterbrechung.«

»Idiotisch«, jammerte Grau. »Mir ist verdammt schlecht. Hast du so etwas wie einen Schnaps im Auto?«

»Ich habe keinen Schnaps. Halt an, Gonzales, halt an, da ist ein Kiosk. Was willst du denn für einen?« fragte Geronimo fahrig.

»Etwas für den Magen«, nuschelte Grau.

Geschickt kletterte der massige Geronimo über Graus Schoß hinweg, öffnete die Wagentür und verschwand.

Der Peruaner auf dem Rücksitz atmete laut und hielt sich sein Bein.

»Es tut mir so leid«, entschuldigte sich Grau bei ihm, »ich werde für dich sorgen.«

Geronimo kam zurück, mit einer großen Flasche Magenbitter unter dem Arm. Er ließ Grau trinken und sah ihn so besorgt an wie ein väterlicher Arzt.

Grau war sofort leicht betrunken und wurde störrisch. »Ich will nach Hause«, reklamierte er.

»Erst zu Mehmet«, sagte Geronimo. Er hatte seine Befehle.

»Nach Hause«, beharrte Grau.

»Erst Mehmet«, wiederholte Geronimo sanft.

Grau legte den Kopf an Geronimos Schulter: »Macht doch, was ihr wollt.« Er erkannte die Fassade des Restaurants von Mehmet wieder und grinste kindisch, weil Geronimo ihn mit sich schleifte wie ein etwas zu groß geratenes Paket. Sie tauchten in die Dunkelheit des Eingangs, und dann war da eine dicke, kleine alte Frau mit einem Kopftuch, die kräftig nach Graus rechter Hand griff und sie küßte.

»Was soll das?« fragte Grau verwirrt.

»Wir lieben dich«, dröhnte Geronimo.

Ein paar Leute fingen an zu klatschen, und schließlich klatschte das ganze Lokal. Es war berstend voll, und die Frauen und Männer, die ihn anstrahlten, sahen aus wie Türken.

»Wieviel Uhr ist es denn?« fragte er etwas töricht, nur um etwas zu sagen.

»Zehn Uhr, mein Freund.« Geronimo bahnte ihm den Weg durch die Menge.

»Wo ist denn Milan?« wollte Grau wissen.

»Irgendwo hier«, sagte Geronimo. »Das ist auch so ein Sauhund. Da ist mein Chef: Mehmet.«

Der Mann war klein, sehr schmal, sah ein bißchen aus wie Omar Sharif, nur gesünder. Er fiel Grau um den Hals, und die Umarmung fiel so heftig aus, daß Grau ins Straucheln geriet, stolperte und haltsuchend nach einer Stuhllehne griff.

»Sie hat der Himmel geschickt«, strahlte Mehmet. »Wir wollen uns bedanken.«

»Können Sie das auch noch später tun?« fragte Grau gepreßt. »Ich muß, ich muß ... ich bin irgendwie ...«

Jemand sagte in die plötzliche Stille: »Der Mann blutet. Da, er blutet.«

»Ich blute doch nicht!« protestierte Grau. »Wo denn?«

Er hockte sich auf den Stuhl, und dieselbe Stimme kam jetzt hektisch: »Na da, in der Taille. Mehmet, der braucht einen Arzt.« Es war die Stimme einer Frau.

Sie redeten alle wild durcheinander, und Geronimo stellte sich neben Grau und bat: »Zieh mal das Hemd aus, los, zieh das Hemd aus.«

Er hob Grau leicht hoch und zog ihm das Hemd aus der Hose. Der Schmerz kam schneidend. »Scheiße!« Grau wurde heftig. »Wieso ... ich meine, wieso habe ich da ...« Er betrachtete die klaffende Wunde, die die Kugel in die Seite oberhalb des Hüftknochens gerissen hatte. Es blutete sehr heftig. »Wieso habe ich das nicht gemerkt?«

»Du hattest keine Zeit, es zu merken«, sagte Milan neben ihm. »Das war der Südamerikaner, den du unbedingt verbinden wolltest.«

»He, Kumpel!« Grau war erfreut. »Bring mich hier raus, die sind doch alle verrückt.«

»Ja, ja, aber nett. Mehmet hat bestimmt einen Arzt an der

Hand. Mehmet, der braucht erst mal Ruhe, verdammt nochmal!«

Die Bilder um Grau herum begannen zu tanzen, sehr viele Gesichter waren wie Fratzen ganz dicht vor ihm, jemand brüllte: »Nun laßt ihn mal durch, Leute!«

Dann verschwamm alles, und er spürte, wie er hochgehoben wurde. Milan schrie zornig etwas, dann war es gespenstisch still und dunkel.

Grau wurde vor Schmerzen wach. Jemand tastete die Wunde ab und sagte: »Ruhig, ganz ruhig bleiben.« Dann spürte er einen Stich, und dieselbe Stimme sagte: »Das ist ein Klacks, das brauche ich nicht mal zu nähen.«

Grau öffnete die Augen, sah aber nur eine weiße Wand, weil er auf der Seite lag. Er befand sich auf einem fremden Bett.

»Wie geht es Ihnen?«

»Es geht so«, stöhnte er.

»Sie werden keine Schmerzen mehr haben. Es ist nicht weiter schlimm, ein Streifschuß. Wie sieht denn der Kreislauf aus?«

»Fragen Sie ihn doch«, stieß Grau zwischen den Zähnen hervor.

Er wurde vorsichtig auf den Rücken gedreht und mußte die Augen schließen, weil an der Decke eine grelle Lampe brannte.

»Das ist nicht gut, das ist Schock«, sagte die Stimme.

»Das ist Kampfschock«, sagte Milan von irgendwoher.

»Also Kreislauf und Pumpe«, sagte jemand.

Grau wollte etwas zum Gespräch beisteuern, wollte sich mit aller Gewalt lustig machen über den »Kampfschock«, verlor aber wieder das Bewußtsein.

Er fand es beruhigend, daß er sich sofort an alles erinnerte, als er erneut erwachte. Der Raum war in Halbdunkel getaucht. Rechts neben ihm auf einem Tischchen brannte eine

Lampe. Daneben sah Grau auf einen hohen Ständer mit einer Plastikflasche, in der eine wasserhelle Flüssigkeit durch ein langes Plastikröhrchen strömte. »Infusion«, sagte er halblaut. Die Stimme jedenfalls funktionierte noch.

Etwa drei Meter entfernt waren drei kleine Ledersessel um einen runden Tisch mit einer Glasplatte gruppiert. Dahinter zeichnete sich auf einem roten Vorhang die Silhouette zweier hochaufragender Fenster ab. Auf dem Tisch standen Blumen. Gerbera, dachte Grau, es sind Gerbera. Dann machte er sich daran, seinen Körper zu betasten. Er erinnerte sich an die Wunde knapp oberhalb der Hüfte, und fühlte vorsichtig danach. Da war ein kleiner Hügel aus Mull und etwas, was sich ausnahm wie ein Wundpflaster. Jemand hatte seine Uhr sorgfältig in den Lichtkreis der kleinen Lampe gelegt. Es war halb zwölf. Tag oder Nacht? Er entschied sich für Nacht.

Dann war da noch ein Gerät, ein kleiner Plastikkubus, auf dem in weißen Buchstaben »Baby-Alarm« stand. Er grinste und sagte laut: »Ich bin wach!« Dann entdeckte er, daß er völlig nackt war.

Es gab nur eine Tür, eine weiße, mit Schleiflack belegte Stahltür. Sie öffnete sich wie von Geisterhand. Milan stand da und lächelte leicht beklommen. »Bist du okay?«

»Vollkommen okay«, versicherte Grau. »Wo bin ich denn hier?«

»Im Penthouse von Mehmet, oben im fünften Stock. Du hast vierzehn Stunden geschlafen.«

»Was ist inzwischen passiert?«

»Nichts, gar nichts.« Milan kam ans Bett und setzte sich. »Du hast Meike rausgeholt, das ist deine Eintrittskarte. Sundern liebt dich jetzt wie seinen Sohn. Kann ich offen reden, ich meine, hörst du zu?«

»Na klar«, behauptete Grau.

»Du hast einen Fehler gemacht in Miezes Wohnung. Du mußt das wissen.«

»Ich werde nie mehr versuchen, irgendeine Frau irgendwelchen Südamerikanern wegzunehmen.« Grau grinste.

»Das weißt du noch nicht«, sagte Milan ernsthaft. »Du hast die Schießeisen der Leute aus dem Fenster geworfen. Gut gemacht. Aber sie tragen immer auch Waffen direkt am Körper. Sie haben immer irgendwelche zusätzlichen Waffen, die sie niemals irgendwo liegen lassen. Messer zum Beispiel oder Schußwaffen. Der Peruaner, der aus der Wohnung kam, hatte eine flache Beretta. Er hat dich getroffen und du bist nur nicht tot, weil mein Knaller qualmte, ihm die Sicht nahm und ihm in den Ohren dröhnte. Du mußt das wissen, Grau.«

»Ich werde es mir merken«, versprach Grau, »aber ich werde so etwas Idiotisches sowieso nie mehr tun.«

»Du lügst wie ein Deutscher«, entgegnete Milan ruhig.

»Was ist denn mit dir los?«

Milan lächelte leicht. »Was soll sein? Sie fragen mir Löcher in den Bauch, sie wollen wissen, wer du bist, woher du kommst, was du willst und so weiter. Ich sage ihnen, ich bin nur ein kleiner Angestellter, und ich weiß von nichts.«

»Haben sie irgend etwas gesagt, irgend etwas in unserer Sache? Wissen sie, wo dieser Steeben ist, das Geld, der Stoff?«

Milan schüttelte den Kopf. »Nichts, sie sagen nichts. Sie sagen auch nicht, weshalb sich diese Indianer die Meike geholt haben. Nur Geronimo hat einmal erwähnt, das wäre ein – wie nennt man das? –, ein Mißverständnis gewesen.«

»Ein Mißverständnis?«

»Er hat das so gesagt. Und ich soll dich von Sigrid grüßen.«

»Wie geht es ihr?«

»Gut. Sie beschwert sich, sie ist sauer. Sie sagt, sie hätte nichts anderes getan, als auf der gottverdammten Treppe herumzusitzen. Sie sagt, sie wäre unter ihren Möglichkeiten eingesetzt worden.« Er lachte beglückt.

»Wo seid ihr untergekommen?«

»Wir sind bei Mama. Eine Freundin schmeißt weiter die Pension.«

»Wir hatten doch ausgemacht, daß wir essen gehen und etwas für Sigrid kaufen.«

»Du hast wirklich Sorgen«, sagte Milan mit beißendem Spott. »Ich habe deinen Gürtel mit dem ganzen Geld. Hier ist er.« Er zog ihn aus der Innentasche seines Jacketts und legte ihn aufs Bett.

»Ich brauche das jetzt nicht, behalt du es. Glaubst du, wir kommen weiter?«

»Ich weiß es nicht, ich schweige, ich warte. Sundern will dich sprechen, natürlich. Meike auch. Puh, sie ist ein Wahnsinnsgeschoß, aber auch gefährlich.«

»Wieso das?«

»Ich weiß es nicht, ich ahne es nur. Sie wartet übrigens draußen. Du kannst jetzt dieses Baby-Gerät abschalten.« Er griff nach dem kleinen Kunststoffkasten und drückte einen Knopf. »Sie verehren dich wie Jesus, und natürlich glauben sie nicht, daß du Journalist bist.«

»Aber ich bin einer ...«

Milan schüttelte den Kopf. »Du bist jetzt keiner, Grau, du bist keiner mehr. Ich schick' dir Meike rein.«

Er ging, und Meike kam.

Sie wirkte wie ein braves schönes Mädchen, sie war nicht geschminkt. Sie kam in einfachen blauen Jeans, weißer, hochgeschlossener Bluse und flachen schwarzen Lackschuhen. Sie trug das lange blonde Haar als Pferdeschwanz. Sie sagte munter mit einer etwas heiseren Stimme: »Du hast drei Wünsche frei, Fremder.« Sie blieb einen Meter vor seinem Bett stehen und verschränkte die Arme. Sie wirkte nervös.

Grau wollte ihr die Befangenheit nehmen und schwadronierte drauflos: »Ich möchte, daß du mich liebst, daß wir heiraten, daß wir ein paar Kinder zusammen kriegen, daß wir auswandern, irgendwo eine Hütte bauen und Schafe züchten, nein, Pferde.«

»Das ist sehr gut«, sagte sie und grinste wie ein Junge. »Warum hast du mich herausgeholt?«

»Das weiß ich selbst nicht so genau«, erwiderte Grau. »Willst du dich nicht setzen?«

Sie war froh, irgend etwas tun zu können. Sie sah sich um und murmelte: »Eine trostlose Bleibe ist das hier.« Dann ging sie zu der Sitzecke, nahm einen Sessel und schob ihn polternd ans Bett heran. Sie drehte sich wieder um und zog auch das Tischchen näher zu Grau.

»So ist es etwas gemütlicher«, sagte sie. Sie legte das rechte Bein hoch über das linke. »Im Ernst, das wäre beinahe ziemlich schiefgegangen. Ich danke dir, ich weiß nicht, was ich sagen soll. Warum hast du das gemacht?«

»Ich will einen heißen Draht zu Sundern«, antwortete er ganz ehrlich. »Außerdem fand ich es beschissen von denen, dich als Geisel zu nehmen. Was wollten denn die Typen?«

»Sie wollten etwas von Sundern, von dem sie glaubten, er hätte es.«

Grau nickte. »Zehn Millionen in bar und fünfzig Pfund reines Kokain.«

»Wenn du das weißt, bist du doch garantiert ein Bulle«, sagte sie altklug.

»Das bin ich nicht«, sagte er. Sie sah schön aus am Rande des matten Lichtscheins, sie verwirrte ihn. »Lebt dieser Mann noch?«

»Welcher Mann?« Sie sah ihn schnell an, sie ignorierte die Frage und versuchte, um eine Antwort herumzusteuern.

Sie zog eine kleine, flache silberne Dose aus der Hosentasche und ließ sie aufspringen. Die Innenseite des Deckels bestand aus einem kleinen Spiegel. Zuerst dachte Grau, sie würde sich schminken, einfach so, in seiner Gegenwart. Aber sie hatte etwas ganz anderes im Sinn.

Sie zückte einen kleinen Briefumschlag und schüttete mit einem winzigen Löffel ein weißes Pulver auf den Spiegel. Dann zauberte sie eine Art Rasierklinge hervor und hackte damit geschickt auf das Pulver ein. Schließlich zog sie den feinen weißen Staub zu einer langen Linie auseinander, holte einen Tausendmarkschein aus der Hosentasche und rollte ihn versiert zu einem Röhrchen. Sie zog das Kokain in ihr rechtes Nasenloch hoch und sah ihn dann strahlend an.

»Hast du das von Nase?« fragte Grau unverfroren. Er war wütend, er hatte einen Klumpen aus Wut im Bauch.

»Wer ist denn schon Nase?« fragte sie provozierend. »Nase ist ein Arsch.«

»Der Arsch hatte die Wohnung von Mieze gemietet, um dich und die Peruaner dort unterzubringen«, sagte Grau leichthin.

»Kannst du das beweisen?« fragte sie schnell.

»Das brauche ich nicht«, entgegnete Grau. »Ich weiß es einfach, und mit dieser Tatsache wird Nase leben müssen.«

»Er streitet es aber ab«, sagte sie. Sie schniefte ein paar Mal.

»Mieze hat es mir gesagt.« Grau betrachtete eindringlich die Infusionsflasche. Sie war leer.

»Klemm sie ab«, bat er. Er löste das Pflaster vom Arm, mit dem die Nadel in der Vene gehalten wurde, und zog die Nadel heraus.

»Das mit dem Kokain ist nicht gut«, sagte er gepreßt.

»Es bringt mich gut drauf«, erklärte sie. »Ich brauche es nicht, aber für Leute, die Sorgen haben, ist es ein verdammt guter Muntermacher.«

»Eine verdammte Scheiße ist es, und du weißt das genau.« Er wurde beängstigend sanft.

Sie setzte sich wieder und zog das rechte Bein dicht an ihren Körper, als könnte sie sich so vor seinen Vorwürfen schützen. »Bist du ein Spießer?«

Grau überlegte. »Wahrscheinlich. Also gut. Sundern hat weder die Dollar noch das Kokain. Und wer hat es dann?«

»Das wissen wir nicht.«

»Lebt dieser Mann noch, dieser Steeben?«

Sie nickte. »Er lebt noch.«

»Woher weißt du das?« wollte Grau wissen.

Sie zog ein zerknülltes Stück Papier aus der Tasche und gab es ihm. »Vielleicht solltest du nicht darüber sprechen«, bat sie, »aber ich schulde dir noch was.«

Es war ein Telegramm, und der Text lautete: »Alles läuft wie geplant.« Als Unterschrift entzifferte Grau zu seinem Erstaunen »Markus«, und das Datum war erst einen Tag alt.

»Wieso Markus? Ich denke, der heißt Ulrich?«

»Er war früher mal Journalist und hat seine Artikel mit dem Pseudonym Markus Schawer gezeichnet. Er hat auch einen Presseausweis auf diesen Namen und wollte jetzt sogar seine Papiere entsprechend ändern lassen.«

»Was verbindet dich ... wie stehst du zu ihm? Ist er dein Freund?«

»Kann man wohl so sagen. Freund und Partner.«

Grau hätte gern gefragt, ob sie auch mit Schawer alias Steeben geschlafen hatte, wagte es aber nicht.

»Wieso denn Partner?«

»Wir wollen ins Immobiliengeschäft einsteigen. Eine Firma aufmachen.«

»Mit Kokain und Dollar?«

»Das ... das sollte der Grundstock sein. Also, du bist doch ein Bulle!«

Grau schüttelte den Kopf. »Wann ist er denn in Berlin eingetroffen?«

»Vor zehn Tagen«, sagte sie schnell.

Das stimmte, das konnte richtig sein. »Und ihr habt euch danach wieder getroffen?«

»Nein, das ging nicht. Er hatte zuviel zu tun.«

»Was wußte denn Sundern davon?« Grau fand seine eigene Fragerei quälend.

»Alles«, sagte sie einfach. »Wir sind sehr offen zueinander.«

»Du bist ganz sicher, daß das Rauschgift und die Dollar nur die Basis sein sollten?«

Sie gab sich jetzt betont selbstsicher. »Na klar. Man weiß doch, wie das ist: Die erste Million ist immer gemogelt.« Sie lachte über ihren eigenen Witz. »Aber mehr kann ich dir nicht sagen.«

»Wo ist denn dieser Steeben jetzt?«

»Keine Ahnung.«

»Wieso glauben denn irgendwelche Südamerikaner, daß Sundern den Stoff und das Geld hat?«

»Das wissen wir nicht.«

»Steckt auch Sundern in dem Geschäft mit drin?«

Sie schüttelte den Kopf. »Nein. Er war gegen den Deal.«

»Ein kluger Mann, dein Sundern. Wenn du Steeben siehst, sag ihm, ich hätte gern ein Interview mit ihm.«

»Ich richte es aus. Noch einmal: vielen Dank, du hast aber immer noch ein paar Wünsche frei.«

»Ich glaube, ich will das gar nicht. Du bist eine schöne Frau, und du kokst, das finde ich Oberscheiße. Greifst du bitte mal in die Jacke da? Es stecken zwei Fotos drin. Sieh sie dir genau an und sag mir, ob du diese Männer kennst.«

Sie nahm die Fotos aus der Jacke und starrte lange darauf. »Ich weiß nicht«, murmelte sie dann und legte sie auf den Nachttisch.

»Du weißt es genau«, behauptete Grau fest. »Du bist ein helles Köpfchen, obwohl das Scheißkokain dir jedesmal ein paar Millionen grauer Zellen kaputtmacht. Also, was ist?«

»Markus hat sie ein paar Mal getroffen«, gab sie schließlich zu. »Du bist doch ein Bulle. Wenn du keiner bist, dann bist du ein Geheimer. Von den Deutschen oder von den Amis?«

»Auch kein Geheimer.« Grau schüttelte den Kopf.

»Wann haben sie sich getroffen? Und wo?«

»Hier in Berlin. Markus war bei mir in meiner Wohnung. Abends gingen wir raus. Dabei trafen wir diese Männer, besser gesagt, Markus traf sie. Sie saßen ein paar Tische weiter. Ich war bei dem Gespräch nicht dabei, er wollte es nicht. Er sagte immer, es wäre besser für mich, ein paar Dinge nicht zu wissen. Er könnte mich auf diese Weise am besten schützen.« Das klang stolz.

»Stimmt es denn, daß Sundern sich vollkommen rausgehalten hat?«

Sie nickte. »Ich glaube, er ist eifersüchtig, weißt du. Männer sind manchmal wie kleine Kinder. Und eifersüchtig sind sie immer.«

»Ich glaube«, sagte Grau hart, »daß Markus Schawer alias Ulrich Steeben dich schlicht und ergreifend beschissen hat.«

»Wieso das?« Ihr Kopf flog hoch, und sie zitterte.

Grau dachte erschreckt: Ihre Augen sind jetzt so verdammt groß. Sie hat Angst, daß sie betrogen wird.

»Da kommt dieser Steeben nach Berlin. Mit Geld und Stoff. Er sagt dir, er wolle ins Immobiliengeschäft einsteigen. Wieso dann Geld, wieso dann Stoff? Und wieso hält Sundern sich raus?«

»Sundern ist sauber«, sagte sie hastig. »Sundern ist immer sauber.«

»Scheiß drauf!« erwiderte Grau wütend. »Er hält sich raus, weil er genau weiß, daß irgend etwas an der Sache faul ist. Und du weißt das auch. Hast du wirklich keine Ahnung, wo Steeben ist?«

Sie schüttelte den Kopf.

Grau schwang die Beine aus dem Bett, es war ihm gleichgültig, daß er nackt war. »Wenn du es wirklich nicht weißt, dann ist es okay. Aber wenn du weißt, wo er ist, dann solltest du hingehen und ihn warnen.«

»Wovor denn?« fragte sie betont naiv.

»Ungefähr dreihundert oder vierhundert Leute würden ihn liebend gern umbringen. Weißt du, was er bei sich hat? Runde fünfzig Millionen Mark. Deine gottverdammte Geschäftsbasis. Wieviel Morde ist das wert? Geh hin und warne ihn. Sag ihm einen schönen Gruß: Er sollte lieber ganz schnell tausend Kilometer zwischen sich und Berlin bringen!«

»Das ist nicht dein Ernst!« sagte sie. »Niemand weiß etwas von dem Stoff und dem Geld.«

»Das ist nicht wahr.« Grau fuchtelte mit beiden Händen. »Ich weiß es, und ich bin Journalist. Und die Peruaner wissen es, sie kamen extra aus Amsterdam.«

Es war plötzlich sehr still.

»Ich muß gehen«, sagte sie dann mit der Stimme eines kleinen Mädchens. »Ich muß mich im Memphis zeigen und so tun, als wäre nix gewesen. Die Bullen werden kommen und fragen: ›Wo ist Meike?‹ Sundern wird sagen: ›Hier ist sie!‹ Dann wird er lächeln, als könnte er kein Wässerchen trüben. Ich wette, er will nur, daß ich ... na ja, ich muß jetzt gehen. Du hast aber immer noch ein paar Wünsche frei.«

»Schon gut, Mädchen«, sagte Grau. »Dann wünsch' ich mir, daß du mit dem Koksen aufhörst. Irgendwann ist sonst nämlich dein zentrales Nervensystem völlig am Arsch, und du wirst langsam und jämmerlich ersticken. Ende des Märchens. Prinzessin mausetot.«

Ihr Lächeln flackerte. »Du bist ganz schön brutal.«

»Das ist nicht wahr«, widersprach er. »Und noch etwas. In dem Haus, in dem dich die Peruaner gefangengehalten haben, lebt ein ganz junges Pärchen. Wilder Irokesenkamm, bunt gefärbte Haare. Sie heißen Zora und Geri, und sie haben bei deiner Befreiung mitgeholfen. Sie wollen spülen, in irgendeiner Kneipe spülen. Ich meine ...«

»Geronimo wird sie holen«, versprach sie. »Ich sage ihm

Bescheid, er wird sie noch diese Nacht holen. Übrigens Grau, hast du Erfahrung mit Koks?«

»Nein. Ich habe Erfahrung mit einer Tochter. Sie ist am Heroin krepiert.«

»Das tut mir leid, das wußte ich nicht. Das tut mir wirklich leid.«

»Es muß dir nicht leid tun«, sagte Grau. »Du hast sie nicht gekannt, du mußt nicht irgendwas Tröstliches daherplappern. Verdammt, hör auf mit dem Scheiß!«

Sie stand auf, drehte sich schnell herum und ging hinaus. In der Tür gab sie die Klinke Milan in die Hand, und Grau bat hastig: »Ich muß dringend mal telefonieren. Geht das?«

»Ich bringe dir ein Telefon«, sagte Milan.

»Meike!« rief Grau. »Du solltest Mehmet und Sundern sagen, daß sie Nase in Ruhe lassen. Nicht töten, nicht vierteilen, nicht rädern. Ich brauche den Mann heil und am Stück.«

»Ist gut, ich werde es ihnen sagen«, tönte ihre Stimme auf dem Flur.

Milan kam mit dem Funktelefon und gab es Grau.

»Was weiß diese Frau?«

»Stückwerk«, sagte Grau. »Sie behauptet, daß dieser Steeben noch lebt, sie hatte ein Telegramm von ihm, das er angeblich gestern geschickt hat. Es liegt da auf dem Tisch. Sie sagt, daß niemand weiß, wo Geld und Koks abgeblieben sind. Wieso weiß das niemand, wenn Steeben wirklich noch lebt?«

»Ich habe nachgedacht«, sagte Milan. »Ich glaube, da ist eine Panne passiert. Irgend etwas ist schiefgegangen. Ich weiß nicht, was. Du mußt noch einmal alles genau erzählen. Vielleicht ist da ein Fehler, vielleicht haben sie einen Fehler gemacht.«

»Es gibt tatsächlich einen Fehler.« Grau griff nach seinem Hemd. »Ich habe ihr die Fotos von Thelen und White gezeigt. Sie sagt, sie hat die Männer gesehen. Sie sagt auch, sie sind sogar mehrmals in Berlin aufgetaucht. Ulrich Steeben, der auch Markus Schawer heißt, hat White und Thelen getroffen. Da ist was faul, verstehst du? White hat behauptet, er hätte sich Ulrich Steeben nie genähert. White sagte, Steeben wäre neu im Geschäft, und sie hätten ihn nur beschattet, aber keinen persönlichen Kontakt gehabt. White hat also gelogen. Wo ist Sundern jetzt?«

»Im ›Memphis‹. Was ist, wenn das Ganze ein Bluff war?«

Grau hielt mitten in der Bewegung inne. »Daran habe ich auch schon gedacht. Aber dann muß es auch jemanden geben, der davon profitiert. Hat dieser Indianer, den ich mitgebracht habe, gesungen?«

»Dir wird es Sundern sagen, mir sagt von denen keiner was. Ich habe mich um das Thema Nase gekümmert, habe Mieze gefragt, ob sie Thelen und White kennt, habe ihr auch die Fotos gezeigt. Sie hat die beiden noch nie gesehen, aber sie sagt, Nase habe sie manchmal mitgenommen auf irgendeinen Bauernhof, den er sich gekauft hat. Da hat er sich dann voll bekokst und besoffen und behauptet, er hätte die stärksten Männer der Szene im Kreuz, große Beschützer.«

»Wo ist denn dieser Bauernhof? Und wo steckt Nase jetzt?«

»Er ist verschwunden. Geronimo sagt, Nase hat Angst. Du mußt diesen White anrufen, du mußt rauskriegen, was er weiß.«

Grau nickte, nahm den Apparat und wählte die Nummer. Es war schon elf Uhr durch, er hoffte, White würde noch erreichbar sein.

Zu seinem großen Erstaunen meldete er sich sofort. »Was macht mein Späher in Feindesland?«

»Ich habe eine sichere Fahrkarte zu Sundern«, sagte Grau trocken. »Ich vermute mal, Sie wissen davon.«

»Sie vermuten richtig. Jemand vom Verfassungsschutz hat Thelen angerufen. Er hatte allerdings ziemlich miese Neuigkeiten.«

»Welche denn?« fragte Grau betont ahnungslos.

»Sie haben einem Mann vom Verfassungsschutz beide Unterarme gebrochen. Beide, Grau! Gehört jetzt Brutalität zu Ihrem Handwerkszeug?«

»Danke für den Hinweis mit dem Verfassungsschutz. Das konnte ich bisher nicht verifizieren. Und noch etwas, White: Ich war es nicht.«

»Wer dann?«

»Mein Angestellter.«

»Ihr was?« White war verblüfft. »Was sind denn das für neue Sitten?«

»Hector hat mir dazu geraten«, sagte Grau. »Zugegeben, der Mann hat etwas ungeschliffene Manieren, aber ansonsten ist er ein Edelstein.«

»Das kann gefährlich werden«, sagte White mit einem drohenden Unterton.

»Überhaupt ist das Leben lebensgefährlich«, säuselte Grau.

»Stimmt es, daß Sie Sunderns Frau aus irgendeinem Schlamassel rausgeholt haben?«

»Das stimmt«, sagte Grau betont bescheiden.

»Das ist ja phantastisch!« White tat plötzlich begeistert. »Haben Sie eine Spur von Steeben?«

»Nicht die geringste. Aber angeblich lebt er noch. Allerdings weiß niemand, wo das Geld und der Stoff abgeblieben sind. Warum haben Sie mir eigentlich nicht gesagt, daß Sie mit Steeben persönlich gesprochen haben? Thelen war auch dabei.«

»Das stimmt so nicht«, sagte White ganz ruhig. »Wer immer das behauptet hat, es stimmt so nicht.«

»Es stimmt eben doch. Deshalb wußten Sie auch, daß Steeben mit der Exfrau von Sundern geschlafen hat. Steeben selbst hat es Ihnen nämlich gesagt. Warum haben Sie mich belogen?«

White blieb einen Moment lang stumm. Dann sagte er:

»Ich habe Sie nicht belogen. Die Geschichte war einfach zu kompliziert, um sie in so kurzer Zeit in allen Einzelheiten zu erzählen. Ich betrüge nie, Grau.«

»Sie betrügen, wann immer es gut für Sie ist«, stellte Grau trocken fest. »Wie paßt denn Nase in Ihr Spiel?«

»Wer, bitte schön, ist Nase?«

»Ein Kokser und Nuttenvater«, sagte Grau gleichmütig. »Nase behauptet, er hätte mächtige Beschützer. Und es sieht so aus, als würde er Sie und Thelen meinen. Also gut, wenn ich Steeben habe, sage ich Bescheid, okay?«

»Passen Sie gut auf sich auf, Grau. Wenn wir Steeben haben, steigen Sie sofort aus.«

Grau wartete eine Sekunde, ehe er sagte: »Ich steige dann aus, wenn ich es für notwendig halte, White. Sie haben mich aufgefordert, also müssen Sie jetzt auch mit mir tanzen.«

»Moment mal.« Whites Stimme hob sich. »Sie verstoßen gegen unsere Vereinbarung. Wenn wir Steeben haben, ist Ihr Auftrag zu Ende!«

»Sie sind wirklich ein Arschloch«, sagte Grau. Er drückte auf den Knopf und warf White aus der Leitung. »Wenn Nase verschwunden ist, und wenn er einen Bauernhof hat, dann ist er doch bestimmt dort. Weißt du, wo der liegt?« wandte er sich wieder an Milan.

»In Malchow, an irgendeinem See. Moment, ach ja, Müritzsee.«

»Ist das weit?«

»Nicht sehr, kommt aufs Auto an. Fahren wir sofort?«

»Natürlich fahren wir sofort, wir haben einen hauchdünnen Wissensvorsprung. Wer von unseren neuen Freunden hat ein schnelles Auto?«

»Mehmet vielleicht. Ich frage ihn. Ich gebe das Telefon zurück und frage ihn.«

»Das Telefon nehmen wir mit, und du bindest ihm nicht auf die Nase, wohin wir fahren.«

Milan nickte und verschwand, Grau zog sich an.

Milan kam zurück. »Wir können Mercedes haben oder Porsche. Ich sagte: Wir nehmen den Mercedes.«

Grau nickte.

»Er wollte nicht einmal wissen, wohin wir fahren, er hat auch nicht nach dem Telefon gefragt, er ist ein kluger Mann. Geronimo sagt: ›Nase ist mit zwei Leuten auf Tour. Einer ist so alt wie Nase, also fünfzig, einer ist zwanzig.‹ Geronimo sagt auch, der Zwanzigjährige ist ein Rechtsaußen, ein Schläger. Nase hat ihn gemietet, ein Schlägersklave.«

»Laß uns fahren. Wenn Nase tatsächlich so dick im Kokaingeschäft ist, und wenn er diese Peruaner als Verstärkung nach Berlin geholt hat, dann muß er doch auch wissen, daß Steeben in der Stadt ist. Und dann ist er ihm auch garantiert schon auf der Spur.«

»Das ist falsch«, widersprach ihm Milan. »Wenn Nase gewußt hätte, wo dieser Steeben ist, hätten die Typen nicht Meike geholt.«

»Du hast recht«, gab Grau zu. »Aber vielleicht ist alles ganz anders, als wir denken.«

Milan versuchte einen Witz zu machen. »Wir denken doch gar nicht«,

»Wo steht der Wagen?«

»Zwei Querstraßen weiter. Ich hole ihn. Komm, ich bringe dich runter. Du kommst hier nicht raus, wenn du nicht weißt, welchen Weg du gehen mußt.«

Sie kamen in einen vollkommen kahlen Vorraum. Zwei Türen führten hinaus. Milan schob eine Plastikkarte in einen kleinen Kasten, und eine der Türen sprang auf. Die folgenden drei in jeweils vollkommen kahlen Räumen öffnete er genauso. Auch der Aufzug funktionierte nur mit der Karte.

»Wenn Mehmet nicht will, daß du gehst, bist du ewig sein Gast. Ziemlich clever.«

Sie standen in einem Torbogen. Links, ungefähr fünfzig

Meter entfernt, lag der Eingang zu Mehmets Restaurant. Es herrschte emsiger Betrieb. Milan verschwand nach rechts, Grau blieb stehen und wartete. Milan glitt mit dem Wagen neben ihn und rutschte auf den Beifahrersitz. »Du fährst, ich habe noch immer keine Papiere. Ich sage dir, wo es langgeht. Also zuerst geradeaus, dann rechts, dann wieder rechts: Dann kommst du auf die A 111. Richtung Rostock.«

»Daraus wird wohl nichts«, sagte Grau gepreßt. »Hinter uns ist ein Wagen. Er folgt uns. Wenn wir abbiegen, bremst er ab, ist aber immer wieder da. Was machen wir jetzt?«

»Nicht auf die Autobahn«, bestimmte Milan. »Auf keinen Fall zeigen, wohin wir wollen. Führe ihn einfach ein paar Mal im Kreis. Wenn er dranbleibt, müssen wir überlegen. Kannst du erkennen, wieviel Leute drin sind?«

»Zwei.«

»Dann bremse ihn aus. Bremse plötzlich, wenn eine Kneipe kommt, fahr rechts ran. Wir sehen dann, was er tut.«

Vor einer Kneipe schaltete Grau unvermittelt herunter, fuhr scharf rechts an den Gehsteig und hielt.

»Wir müssen aussteigen«, sagte Milan schnell. »Normal aussteigen und ins Lokal gehen.«

Also taten sie so, als hätten sie sich überlegt, doch noch einen letzten Schluck zu trinken.

»Er meint uns tatsächlich«, sagte Milan. »Siehst du, er wartet. Komm, wir gehen rein.«

Drinnen war wenig los. Nur zwei Männer standen an der einfachen Theke, der Wirt sprach ganz ruhig mit ihnen, die Szene wirkte sehr sachlich.

»Zwei Cola.« Milan gab ihre Bestellung auf. »Guten Morgen. Wo ist denn der Lokus?«

»Im Flur nach hinten«, sagte der Wirt. Milan verschwand.

Grau legte beide Arme auf die Theke, nippte an seiner Cola und starrte in das Glas. Niemand kam herein, niemand sah nach, was sie in dieser Kneipe taten.

Einer der Männer an der Theke erzählte empört von einer alten Frau, die er mit seinem Taxi den ganzen Tag durch Berlin hatte fahren müssen.

»Sie hatte unheimlich viel Kies, die Alte. War kein schlechter Typ. Sie erzählte, sie hätte ihren Bauernhof an einen Golfclub verscherbelt. Jetzt suchte sie Messinglampen. Sie hatte nur eines im Kopf: Messinglampen. Sie wollte ins KaDeWe, um dort Lampen zu kaufen. Zwei oder drei Zentner Messinglampen.

Ich sagte: ›Muttchen, das ist doch Schrott ist das!‹ Und was sagte sie? Sie sagt: ›Ich habe Geld genug, es macht nichts, wenn sie mich übers Ohr hauen.‹ Die war richtig glücklich, die Alte. Unsereiner weiß nicht, wie er die Steuern bezahlen soll, und die kauft zentnerweise Messinglampen!«

Irgendwann kam Milan ganz außer Atem zurück.

»Es ist alles okay«, sagte er leise. »Wir können.«

Sie bezahlten und gingen hinaus. Der Wagen ihrer Verfolger stand immer noch da. Die Männer waren nicht zu sehen.

»Sie warten gegenüber in einer Einfahrt«, hauchte Milan. »Aber sie können uns nicht mehr folgen. Platte Reifen.«

»Hast du die Nummer?«

»Sicher. Ich bin aus dem Lokusfenster geklettert, jetzt habe ich einen Splitter im Arsch!«

Grau ließ den Motor an und sah im Rückspiegel, wie die Männer zu ihrem Auto liefen. »Was machen sie für einen Eindruck?« fragte er.

»Nicht aus der Szene«, sagte Milan sehr entschieden. »Irgendwas mit Bullen. Du mußt jetzt auf die Einhundertelf.«

Nach einer Weile fluchte Grau aus seinen Gedanken heraus: »Verdammt, verdammt, sie nimmt Kokain!«

»Die Reichen und die Schönen«, kommentierte Milan ironisch. »Hast du Angst, sie wird dir wegfliegen?«

»Ja«, sagte Grau wild.

Dann fiepte das Telefon in Graus Jackentasche. Er fummelte es heraus und gab es Milan.

»Ja, bitte?« fragte Milan. Dann hörte er zu und sagte: »Nein, nein, wir sitzen in Mehmets Wagen, wir haben das Telefon bei uns. Ich bin nur der Angestellte. Wollen Sie ihn sprechen ...? Meike ist wieder weg? Wieso weg ...? Gut, ich sage es ihm.« Er drückte auf einen Knopf und erklärte: »Es war Sundern. Meike ist von Mehmet aus ins ›Memphis‹, aber sie ist nicht dort angekommen. Sie ist schon wieder verschwunden. Sundern klang so, als würde er Berlin anzünden.«

»Vielleicht ist sie zu Steeben«, dachte Grau laut. »Vielleicht hat sie Kontakt zu ihm, vielleicht, vielleicht, immer nur vielleicht. Wollen wir umkehren?«

»Nein«, erwiderte Milan. »Es ist mitten in der Nacht, sie werden eine Weile brauchen, um zu erfahren, wo sie ist. Kann sein, daß alles harmlos ist, oder? Wir sollten Nase fragen gehen. Weißt du, im Krieg war es einfacher. Hier warst du, und da drüben waren die anderen. Du wolltest sie töten, du hast auch nicht fragen brauchen, wer sie sind. Du hast sie getötet.

Du kommst jetzt auf die 10 und fährst dann auf die 24. Im Dreieck Dosse mußt du auf die A 19 nach Rostock. Abfahrt Nummer 17, dann die A 192 bis Klink. Du bist dann zwischen Kölpinsee und Müritzsee. Dann links nach Grabenitz. Hörst du mir überhaupt zu?«

»Entschuldigung, was hast du gesagt?«

»Schon gut«, murmelte Milan. »Du könntest schneller werden, du bist nur bei einhundertsechzig. Geh hoch.«

Grau beschleunigte. »Ich weiß nicht einmal, wie du mit Nachnamen heißt.«

Milan lachte. »Sarajevo.«

»Wie die Stadt?«

»Wie die Stadt. Die Sippe heißt eigentlich ›von Sarajevo‹, aber Adel gibt es nicht mehr, nur einfache Leute.«

»Was wirst du tun, wenn man dich ausweist?«

»Irgendwohin, Australien, Kanada. Ich will nicht mehr nach Hause. Nur Gräber, verstehst du?«

Grau nickte. »Sicher, sicher. Sieh mal, Gewitter.«

»Gewitter ist gut«, befand Milan. »Am besten ist so etwas bei strömendem Regen. Da sind sie alle froh, daß sie ein Dach überm Kopf haben.«

»White hat mich betrogen. Ich frage mich langsam, wer mich eigentlich nicht betrügt.«

»Ich«, sagte Milan blitzschnell, und sie lachten.

Milan nahm die Karte zur Hilfe. »Es ist besser, du gehst auf der Nummer 18 bei Röbel raus. Dann nach Röbel, dann nach Norden nach Sietow. Hast du jetzt zugehört?«

»Habe ich«, bestätigte Grau. Als das Telefon erneut fiepte, sagte er schnell: »Geh nicht ran, hör einfach weg.«

Milan nickte. »Mehmet ist schlau, Sundern auch. Sie werden sich denken, wo wir sind. Kann also sein, daß wir Besuch bekommen. Wie ist das bei Kokain? Kann man das einfach lassen?«

»Sie behaupten das zwar alle, aber so einfach ist das nicht. Ich weiß nicht viel, ich weiß nur, daß sie es brauchen.«

»Ich brauchte Schnaps, als meine Leute tot waren. Ich brauchte wochenlang Schnaps.«

»Und wie hast du damit aufgehört?«

»Ich mußte. Ich hatte keinen Schnaps mehr. Wie finden wir dieses Bauernhaus? Es wird niemand mehr auf der Straße sein.«

»Wir suchen ein Bauernhaus mit Berliner Autos vor der Tür. So viele werden das nicht sein, denn das ist ein Naturschutzpark.« Dann fragte er Milan: »Wahrscheinlich könntest du auch gar nicht nach Hause zurück, sie würden dich töten, oder?«

Milan nickte. »Irgend jemand wird mich töten. Dann wird irgend jemand irgend jemand für mich töten, und so weiter.

Die Menschen lernen nicht. Politiker sind Schwätzer und Besserwisser. Aber das weißt du selbst am besten.«

Von Nordwesten her kam eine schwarze Wolkenwand, und der Wind frischte auf. Noch ehe sie die Ausfahrt genommen hatten, goß es in Strömen. Sie erreichten Sietow nach zwanzig Minuten, und weitere fünfzehn Minuten später rasten sie auf einer schmalen, nicht ausgebauten Straße gefährlich schnell zwischen Klink und Grabenitz dahin. Es blitzte und krachte, der Regen kam in dichten Böen.

»Rechts ist ein Hof, ein Haus mit Licht«, sagte Milan. »Laß das Auto stehen, fahr es unter die Bäume. Jetzt wird es feucht.«

Grau steuerte den Wagen in einen Waldweg und parkte ihn zwischen zwei hochstämmige Buchen. Sie stiegen aus und waren im Nu klatschnaß. »Das tut gut, das ist wie eine Dusche«, sagte Milan fröhlich.

Das Gehöft sah aus wie ein großes L. Der kleinere Bau entpuppte sich als Scheune. Zwei Fenster im ersten Stock des Wohnhauses waren hell erleuchtet, und vor der Eingangstür parkte ein schwerer Mercedes mit Berliner Kennzeichen.

»Schau mal, da ist eine Spur.« Milan deutete auf den aufgeweichten Boden. »Sie führt in die Scheune. Also, erst genau untersuchen, dann überlegen.«

Das Scheunentor war verschlossen, aber dann entdeckten sie im Schummerlicht noch eine schmale kleine Tür, und die Klinke ließ sich problemlos herunterdrücken. Sie gingen hinein.

Milan spielte im Dunkeln mit seinem Feuerzeug herum, bekam eine kleine Flamme zustande und gab Grau gleichzeitig einen kumpelhaften Stoß. »Sieh an«, sagte er, und das Feuer erlosch. »Wir müssen uns an die Dunkelheit gewöhnen. Keine Hast.«

Da stand ein altes Mercedes-Cabriolet, knallrot und offen.

»Ein antikes Stück«, sagte Grau.

»Es ist Meikes«, sagte Milan. »Ich habe es doch gerochen, daß man sie geholt hat.«

»Sicher?«

»Ziemlich sicher. Stand am Memphis, als wir zum ersten Mal dort waren. Stand auch heute abend bei Mehmet, ehe sie mit dir gesprochen hat. Es ist Meikes Auto, das ist klar. Nase hat die Peruaner geholt, die Peruaner haben sich Meike geholt. Sundern und Mehmet wollen Nase. Also schnappt Nase selbst sich Meike und kann verhandeln.«

»Wir müssen erst ganz sicher sein«, sagte Grau aufgeregt. »Lieber Himmel, ist das ein Chaos. Ruf Geronimo an, und gib ihm die Fahrzeugnummer durch. Aber sag nicht, daß wir hier sind.«

»Gut, gut«, sagte Milan. »Da steht eine Leiter. Merk dir, wo. Wir brauchen sie vielleicht nachher.«

Grau stand an der Tür Schmiere und beobachtete das Wohnhaus im spitzen Winkel, während Milan ins Telefon flüsterte.

Das Gespräch war kurz. »Es ist tatsächlich Meikes Wagen«, sagte er dann zu Grau. »Wir haben zwei Möglichkeiten: Wir versuchen es vorsichtig von außen, oder wir gehen rein ins Haus.«

»Was ist sicherer?«

»Am sichersten ist: Erst Reifen zerstechen, dann ins Haus gehen.«

»Also machen wir es so«, stimmte Grau ohne Zögern zu.

»Bist du ruhig genug.«

»Ja.«

Der Regen peitschte ihnen ins Gesicht, und der Wind pfiff in den grellsten Tönen. Pfützen hatten sich gebildet, und wenn sie nicht höllisch aufpaßten, platschten sie bei jedem Schritt in eine hinein. Der Himmel war pechschwarz.

»Langsam«, mahnte Milan. »Nimm deinen Colt. Schieß nur, wenn du meinst, es muß sein.«

»Ja, ja!« Grau reagierte wütend. »Machst du Meikes Wagen auch platt?«

»Aber sicher.« Milan grinste. »Denk dran, einfache Regel: Wenn ich den rechten Arm hebe und normale Hand zeige, dann ist alles okay. Wenn ich eine Faust mache, droht Gefahr.«

»Wie in Vietnam«, sagte Grau.

»Wie in Sarajevo«, verbesserte Milan. Er zerstach die Reifen auf der linken Seite des Cabriolets. Wind und Regen waren so laut, daß ein unerwünschter Lauscher das Zischen der entweichenden Luft unmöglich hören konnte. Sie schlüpften wieder hinaus.

Milan ging voran und machte eine kreisende Bewegung mit dem rechten Arm. Sie bewegten sich langsam und in gespannter Erwartung. Die Lichter in den beiden Fenstern brannten noch immer. Die beiden Männer kamen an die Querseite der Eingangstür. Milan stellte sich dicht davor und lauschte eine Weile. Dann machte er sich an den Reifen des Mercedes zu schaffen, bevor er weiterschlich.

Schließlich landeten sie in einem verwilderten Garten, in dem kniehohes Gras wucherte. Hier endete das Wohnhaus, und die Scheune begann. Plötzlich wuchs ein dichtes Holundergestrüpp vor ihnen auf, und sie krochen um das Monstrum herum. Auf der nach hinten gelegenen Scheunenseite war altes Holz gestapelt.

»Wir probieren es durch die Scheune«, schlug Milan vor. »Da muß es eine Verbindungstür geben. Bauernhäuser sind alle gleich, es gibt immer Durchlässe. Schöner Hof.«

»Wie im Bilderbuch«, stimmte Grau ihm zu. »Es wird langsam heller.«

»Nicht mehr reden jetzt!« befahl Milan.

Sie bogen um die Ecke der Scheune und schlüpften wieder durch die kleine schmale Tür. Milan stieg in das Cabriolet und kam sogar mit einer Taschenlampe zurück. Hinter dem Auto stand eine alte Kutsche, und zwei alte Eggen und zwei

Pflüge rosteten vor sich hin. Dahinter die Tenne. Rechts und links gähnte die Leere alter, ausgeräumter Ställe mit steinernen Koben.

Darüber türmten sich schon brüchig gewordene Heuballen. Milan zeigte wortlos hinauf, deutete dann hinter sich, und Grau begriff sofort. Er holte die alte Holzleiter. Sie war etwa fünf Meter lang, und er hatte Mühe, sie an all den Gerätschaften so geräuschlos wie möglich vorbeizuschleppen.

Mit Milans Hilfe lehnte er sie gegen das Gebälk, und sein Schatten turnte blitzschnell und behende hinauf, Grau folgte etwas langsamer und weniger gewandt. Oben angelangt, krochen sie über die Heuballen auf die Wand zu, die Scheune und Wohnhaus voneinander trennte. Bis auf das Rauschen von Regen und Wind war es geradezu unheimlich still.

Sie tasteten sich bis zu einem Durchlaß: Er entpuppte sich als Luke, etwa ein mal zwei Meter groß und durch eine ziemlich kompakte Tür versperrt. Zwei Riegel hielten sie fest, es gab kein Türschloß. Milan drehte sich um und grinste erfreut: wenigstens ein Schlupfloch. Dann leuchtete er mit der Taschenlampe die Tür ab, hob plötzlich die Faust, löschte das Licht und verschwamm mit der Dunkelheit.

Eine Weile verharrten sie vollkommen reglos, dann knipste er die Taschenlampe wieder an und tastete mit ihrem Strahl die Riegel ab. Die eisernen Verschlüsse glänzten leicht: Sie waren frisch geölt. Dann glitt der Lichtkegel der Taschenlampe nach unten. Unter der Tür hindurch wanderten zwei Drähte, ein blauer und ein roter, mitten zwischen die Heuballen.

Milan bewegte sich geschickt vorwärts, bis dicht an die Drähte heran. Sie waren ganz neu, sie waren nicht einmal staubig.

Grau sah Milan an. »Was ist das?« fragte er flüsternd.

»Sprengsatz. Heu weg! Schnell!« Milan wuchtete den ersten Ballen unmittelbar vor der Tür hoch und stemmte ihn

Grau entgegen. Die Drähte verliefen im Ungewissen. Milan hob Ballen um Ballen mit Elan, aber dennoch ganz vorsichtig hoch, und Grau stapelte sie weiter hinten zu einem neuen Haufen. Die Drähte verschwanden in der Tiefe des Stalls.

Die beiden Männer bewegten sich auf die Leiter zu und kletterten geräuschlos hinunter. Die Drähte endeten in einem kleinen schwarzen Kasten, an dem ein rotes Licht aufblinkte.

»Scheiße«, fluchte Milan. »Kann nicht von Nase sein.«

»Wieso nicht?«

»Sie sagen, Nase macht Kokain und nimmt Kokain. Es ist sein Haus. Niemand legt so etwas in sein eigenes Haus. Es ist ganz neu und funktioniert durch Funk, ganz einfach, verstehst du. Keine Uhr, man kann keine Zeit ablesen.«

»Was heißt denn das im Klartext, verdammt nochmal?«

»Jemand ist draußen und wartet. Wenn er lange genug gewartet hat, drückt er auf den Knopf.«

»Wieso wartet er? Auf was?«

»Vielleicht wartet er, bis Meike raus ist. Meike darf nicht hochgehen. Vielleicht hat er nicht mit Meike gerechnet. Vielleicht ist es Sundern, vielleicht Rache für Meike.«

»Wir können den Mann nicht finden. Nicht bei dem Wetter. Wir müssen sie rausholen, und wir müssen es jetzt tun.« Grau sprach stockend.

Milan schüttelte den Kopf. »Geht nicht. Wir müssen erst raus und den Mann finden.«

Grau kniff die Lippen zusammen. »Das ist nicht Sundern, das kann unmöglich Sundern sein. Vielleicht ist es einfach eine Alarmanlage?« Grau hatte nicht die geringste Ahnung von Technik, aber diese Variante schien selbst dem kritischen Milan einzuleuchten. Er lenkte ein: »Schauen wir einfach mal nach. Wenn jemand draußen ist und den Knopf drücken will, hat er uns sowieso schon gesehen. Also schauen wir nach.«

Wieder ging es die Leiter hoch, mittlerweile hatte Grau das

erhebende Gefühl, wie ein Wiesel auf den Sprossen zu turnen. Wieder an der Tür angelangt, schob Milan vorsichtig die Riegel zurück, und sie quietschten nicht. Dahinter war es stockdunkel. Sie befanden sich auf Höhe des ersten Stockwerks.

Irgendwo dudelte ein Radio, ein Mann sagte: »Bringt der Frau doch mal ein Bier«, ein anderer widersprach: »Kein Bier. Sie trinkt kein Bier. Sie trinkt Kaffee oder Sekt.« Eine jüngere Stimme mischte sich ein: »Es wäre schön, wenn wir ihr was zwischen die Beine tun könnten.«

Milan schaltete die Taschenlampe ein, und der Strahl tastete sich einen Flur entlang bis zu einer Tür, etwa sechs Meter von ihnen entfernt, durch die matter Lichtschein drang. Davor konnte man noch rechts und links zwei weitere Türen erkennen.

Die beiden Drähte schlängelten sich an der rechten Wand entlang und verschwanden hinter einer Tür. Milan leuchtete den Flur ab. Rechts vor der Tür hing ein Bild an der Wand. Ein scheußlich kitschiger Jesus betete unter einem Heiligenschein den von schwarzen Wolken verhangenen Mond an.

Milan drehte sich zu Grau um und machte mit der rechten Hand das alte Zeichen für Waffe. Grau zog langsam den Colt aus der Tasche. Milan drückte die Klinke herunter, und die Tür öffnete sich geräuschlos. Sie sahen in einen völlig leeren Raum, in dessen Mitte ein kleines Paket auf dem Boden lag. Offensichtlich Dynamitstangen, die von rotem Isolierband zusammengehalten wurden. Von diesem netten Päckchen führten zwei weitere Drähte zum Fenster und verschwanden nach draußen.

Milan schüttelte den Kopf, deutete auf das Paket am Boden und schüttelte noch einmal den Kopf. Sie machten sich vorsichtig auf den Rückzug. Als sie hinter verschlossener Tür in der Scheune auf dem Heu hockten, flüsterte Milan: »Du kannst nichts machen. Wenn du den Sprengstoff von der

Zündung wegnimmst, kann es sein, daß dadurch die anderen Ladungen hochgehen. Es ist eine Ringladung, einfach und idiotensicher.«

»Wir brauchen den Mann am Drücker«, sagte Grau trokken.

Milan nickte. »Das ist aber schwer. Hier ist überall Wald und Gebüsch. Der Mann wird seinen Platz so gewählt haben, daß er genau sehen kann, wer ins Haus reingeht und wer rauskommt. Er wird so stehen, daß er die erleuchteten Fenster beobachten kann. Also ungefähr dort, wo wir hergekommen sind.«

Grau nickte. »Ich gehe dorthin zurück, okay? Und du kommst von der anderen Seite.« Er grinste matt. »Ich bin der Lockvogel: Ich bewege mich wie ein Trampel, der Mann wird mich kriegen, und du kriegst dann den Mann. Ist das gut so?«

Milan nickte und lächelte. »Du sollst die Meike kriegen«, sagte er.

»So eine verdammte Scheiße!« Grau war plötzlich verlegen. Er holte die Zigaretten aus der Tasche.

»Bist du verrückt? Nicht rauchen hier. Willst du uns alle in die Luft jagen?« Milan lachte.

»Entschuldigung«, murmelte Grau dümmlich.

»Kann sein, daß die Dollar und der Stoff hier sind«, sinnierte Milan. »Nase hat es gekriegt und hier deponiert. Irgend jemand hat zur Sicherheit die Sprengladung gebastelt. Aber vielleicht auch nicht.«

»Scheiß drauf«, sagte Grau rauh. »Ich bin das Karnickel, ich gehe jetzt zur Schlange.«

Nases Tod

Sie trennten sich vor der schmalen Scheunentür. Milan verschwand schnell nach rechts, Grau reckte sich erst einmal genüßlich, als wäre er gerade erst aufgestanden. Im Osten war trotz des Regens und des nur noch entfernt grollenden Donners am Himmel schon ein heller Streifen. Der Tag kam.

Sie ist der Typ Frau, der eigentlich nicht zu dir paßt, dachte er. Sie ist genau von der Sorte, über die du dich dein Leben lang lustig gemacht hast. Jetzt latschst du hier durch die Dunkelheit, um dich für sie verprügeln zu lassen. Das ist irgendwie schrecklich antiquiert, und komisch ist es auch.

Er erreichte die Hausecke und blieb stehen. Er mußte sich für den unbekannten Beobachter so benehmen, als pirschte er wie ein Indianer durch die Landschaft. Wie Winnetou in Bad Segeberg, dachte er mit matter Verachtung.

Er stand im tiefschwarzen Schatten und hielt es für unmöglich, daß irgend jemand seine Umrisse erkennen konnte. Ungefähr dreißig Meter von der Schmalseite des Hauses entfernt ragte dichtes Gebüsch auf. Es sah aus wie ein Haselnußstrauch. Wenn jemand irgendwo lauert, dann dort, überlegte er. Von dort kann er die erleuchteten Fenster beobachten und auch das Auto von Nase. Von diesem Platz aus hat er auch uns entdeckt, als wir um das Haus geschlichen sind und die Reifen plattgestochen haben.

Er spürte keine Furcht, nur den plötzlich stark ausgeprägten Ehrgeiz, schnell in die Nähe von Meike zu kommen. Wir wissen nicht, wie sie gefangengehalten wird, überlegte er. Wahrscheinlich haben die neuen Kidnapper sie nicht einmal gefesselt oder irgendwie schachmatt gesetzt, weil sie sich so sicher fühlen. Wahrscheinlich haben sie Meike einfach irgendwo eingeschlossen. Wenn dieser Unbekannte auf den Knopf drückt, wird sie durch die Wand geblasen, die wilde, wunderschöne Meike, einfach so.

Er machte drei Schritte vorwärts und sah zu den Fenstern hoch. Das Licht brannte noch immer, nichts hatte sich verändert. Dann ging er weitere drei Schritte nach vorn, sah sich um, betrachtete erneut die Fenster, drehte sich wieder um und starrte genau auf den Haselnußstrauch.

Er muß nachvollziehen können, was ich denke, überlegte er verbissen. Er muß begreifen, daß ich mir als ideales Versteck genau den Platz in den Kopf gesetzt habe, an dem er gerade steht.

Plötzlich hatte er den Eindruck, daß sich links von ihm ein Schatten im Gebüsch abzeichnete. Aber das bildete er sich wohl nur ein, wahrscheinlich saß Milan diesem Unbekannten längst im Nacken.

Was ist, wenn er ihn tötet? Nein, das wird er nicht tun. Er weiß, daß wir aus dem Mann noch alles rausquetschen müssen. Er wird ihn nicht töten!

Grau behielt hinter sich das Haus im Auge und machte vorsichtig Schritt für Schritt, dann stand er endlich vor dem Busch.

»Es ist eine Frau«, sagte Milan leise und heiter.

»Eine Frau? Wirklich?«

»Was ich hier im Schwitzkasten habe, ist eine Frau«, betonte Milan.

»Hast du den ... wie heißt doch dieses Ding noch gleich?« Grau war erstaunt, wie gemütlich die ganze Szene auf ihn wirkte. Mit Milan waren diese Dinge ungeheuer leicht. »Ach ja, den Knopf, auf den sie drücken muß?«

»Nein, noch nicht. Sie liegt hier einfach, sie schläft, sie hat eine Waffe, zwei Waffen, sie hat, warte mal, hier ist ... Grau, verdammt nochmal, geh doch mal da weg, sie sehen dich sofort, wenn sie ans Fenster gehen. Sie hat, also hier ist … Oh, Scheiße, Grau!« Die letzten Worte schrie er.

Grau drehte sich blitzschnell um. Eine furchtbare Sekunde lang schien die Welt stillzustehen, dann klappte das Dach des Hauses hoch. Die erste berstende Detonation schien an der Grenze zur Scheune hochzugehen. Das Verrückte war, daß es in den Bruchteilen dieser ersten Sekunde nachtschwarz blieb. Dann blitzte es grell, das Dach senkte sich, um sofort darauf wieder hochzuklappen, als öffnete ein Riese eine Pappschachtel. Danach schoß eine grelle Flammenzunge hoch in den nassen Himmel, die nächste Detonation folgte, dann noch eine.

»Milan!« schrie Grau mit sich überschlagender Stimme. »Meike!« Das Haus war sofort eine brennende Hölle, nur im vorderen Teil war es noch dunkel. Ein Mensch schrie wie verrückt im Diskant, es klang wie »Mama!«

Grau lief sofort auf die Haustür zu. Es war eine dunkelgrün lackierte Tür mit Butzenscheiben und vielen Messingbeschlägen. Sie war garantiert verschlossen. Er drehte sich in vollem Lauf nach vorn und rammte seine rechte Schulter gegen die Tür. Sie hielt stand. Grau atmete pfeifend aus, der Schmerz stach bis in seine Hüfte.

Über ihm detonierten Fenster, barsten und knallten in Einzelteilen herunter auf die uralten Katzenkopfsteine, mit denen der Eingangsbereich gepflastert war. Ein Stück Fensterrahmen schlug auf seine linke Schulter, aber er spürte keinen Schmerz. Er starrte verblüfft hoch, Glassplitter regneten auf ihn herab. Jemand schrie erneut hoch und grell »Mama!«, dann kam ein flammendes Bündel angeflogen, ein Mensch, der brannte.

»Mein Gott, nein!« schrie Grau. Er sah aus den Augenwinkeln, wie Milan rechts von ihm vorbeiflitzte und in einer schier wahnwitzig gleitenden Bewegung mit einer Hechtrolle durch das neben der Eingangstür liegende, geschlossene Fenster flog und dahinter verschwand.

Der Verletzte schrie und wälzte sich auf den nassen Steinen. Grau wollte unbedingt, daß er aufhörte zu schreien und zu sterben. Er warf sich neben den Körper und versuchte, mit bloßen Händen die Flammen zu ersticken. Er sah in ein von Schmerzen verzerrtes Gesicht.

Grau hatte den Bruchteil einer Sekunde lang die Idee, er müßte das Gesicht zum Schweigen bringen. Dann schwieg es von selbst, und die Welt war für einen Moment schrecklich still. Das Gesicht war tiefschwarz verkohlt und blutrot verbrannt, Grau hätte nicht sagen können, ob es ein junges Gesicht war oder ein altes.

»Nein, nein, nein!« schluchzte und keuchte er. Dann hörte er Milan im Innern des Hauses seinen Namen brüllen. Er richtete sich mechanisch wieder auf und trat mit dem Fuß die Scheiben der Tür ein. Dann faßte er durch die gezackten Scherben und klinkte die Tür auf. Einen Augenblick lang war es merkwürdig still, dann hörte Grau einen anderen Mann schreien, und er sah das Feuer auf den obersten Stufen der Treppe lodern.

Rechts von ihm kam Milan aus einer Tür geschossen und schrie merkwürdig sachlich: »Das überlebt keiner!«

Grau erreichte die Treppe und rannte hinauf. Das erste, was er sah, war der Himmel, das Dach war verschwunden. Überall um ihn herum schlugen Flammen empor.

Milan stieß ihn vorwärts. »Sie muß links sein!« rief er. »Geh nach links!«

Grau umging einen kleinen Flammenherd und stand vor einer verschlossenen Tür. Er trat gegen das Schloß, und die Tür sprang auf. Er sah in den Himmel, er merkte, wie der Regen sehr dünn und schräg in das Zimmer fiel. An der rechten Wand brannte die Tapete. Daneben stand eine Art Feldbett mit einem Haufen Decken.

Meike lehnte mit weit aufgerissenen Augen an der linken Wand und wirkte völlig abwesend. Sie trug noch immer die weiße Bluse, aber sie hing in Fetzen an ihr herunter. Ihre linke Brust war nackt und schimmerte weiß. Ihr Gesicht war erschreckend blaß und staubbedeckt. Schwarze Schlieren zeichneten die Linien ihrer Haut nach. Merkwürdigerweise fehlte das rechte Hosenbein ihrer Jeans, oberhalb des Knies sah Grau eine stark blutende Wunde. Das Blut war rabenschwarz und glänzte.

»Gott sei Dank«, krächzte Grau. Er spuckte Staub. »Komm her, wir müssen hier raus.«

Sie reagierte überhaupt nicht, sie sah ihn nicht einmal an.

Milan erschien auf der Schwelle und befahl rauh: »Los, abhauen!«

»Sie erkennt mich nicht«, sagte Grau tonlos.

»Wie denn?« fragte Milan. Er ging an Grau vorbei, nahm Meike hoch wie ein Paket und trug sie hinaus.

»Was ist denn mit den anderen?« wollte Grau wissen.

»Weiß nicht genau. Wir müssen weg, wir brauchen den Wagen. Holst du ihn?«

Grau drehte sich um und rannte los. Kurz vor der Treppe geriet er ins Straucheln, weil ein Loch im Fußboden war. Er schlug lang hin, stand wieder auf und stürzte die Stufen hinunter. Das Haus brannte jetzt auf allen Ebenen, auch die Scheune stand lichterloh in Flammen.

Grau hastete weiter, bog vom Weg ab, um abzukürzen, und geriet in einen Bach, den er bis zur Hüfte im Wasser durchquerte. Es ging über eine Wiese, dann erreichte er den Wald und stand vor dem Wagen. Einen panischen Augenblick lang befürchtete er, die Schlüssel verloren zu haben, dann fand er sie und schloß die Fahrertür auf. Er fuhr auf den Weg und gab Vollgas. Das hatte zur Folge, daß er auf dem schlammigen Untergrund gegen eine Böschung rutschte.

»Mach langsam, verdammt nochmal!« ermahnte er sich laut fluchend. Er ließ den Wagen vor dem brennenden Haus ausrollen, Milan öffnete den hinteren Schlag und bugsierte Meike hinein.

»Wo ist diese Frau, die Dynamit-Frau?«

»Ich hole sie.« Milan ging und kam mit der Frau auf den Armen zurück.

»Was ist denn mit Nase?« fragte Grau. »Wir können diese Leute doch nicht alle verbrennen lassen!« Er starrte auf die Reste des Menschen, der vor seinen Augen brennend aus dem Fenster gestürzt war.

Milan murmelte gefährlich ruhig: »Willst du wieder Heftpflaster kleben? Sie sind tot, sie sind kaputt. Genau unter ihnen war eine Ladung.«

»Bist du sicher?« fragte Grau zittrig.

»Ich habe sie gesehen!« schrie Milan wütend. »Ich schwöre, ich habe sie gesehen! Wo ist das Telefon?«

»Was weiß ich?« entgegnete Grau ruppig. Er gab Gas.

»Wir brauchen es«, forderte Milan. »Wir brauchen es sofort. Los, fahr schon, ich suche es. Mein Gott, Grau!«

»Irgendwo im Wagen. Entschuldige.« Grau sah im Spiegel Meikes Gesicht. Es war vollkommen weiß, und ihre Augen waren noch immer weit offen. Einen Augenblick lang fragte er sich, ob sie tot sei. Dann aber wischte sie sich mit einer müden Bewegung irgend etwas vom Kinn.

»Warum ist plötzlich alles hochgegangen?« fragte er.

»Die Frau lag auf dem Kasten mit dem Zündkontakt«, sagte Milan. »Fahr jetzt nicht nach rechts. Von rechts kommt die Feuerwehr, wenn sie kommt. Du mußt versuchen, möglichst weit weg ins Land zu fahren. Die Frau lag auf dem Kasten, ich habe sie bewegt, dann passierte es. Verdammt nochmal, es ging nicht anders.« Milan schlug sich heftig auf die Knie.

»Schon gut«, sagte Grau. »Warte, das Telefon ist in der linken Jackentasche.« Er holte es heraus und gab es Milan.

»Du hast die Scheinwerfer nicht an«, mahnte Milan.

»Richtig. Ich warte absichtlich damit.«

»Das ist gut«, lobte Milan sachlich, »das ist richtig gut.« Er wählte eine Nummer und verlangte Geronimo. »Hör zu«, sagte er kühl, »hör zu und konzentrier dich. Stell keine dummen Fragen, wir haben keine Zeit. Wir haben Meike rausgeholt. Nase ist tot. Die anderen beiden auch. Wir haben Meike hier im Wagen, sie ist sicher.

Wir haben eine zweite Frau im Wagen. Sie ist noch bewußtlos, aber blinzelt schon wieder. Sie hat einen Sprengsatz gelegt wie eine Partisanin. Ungefähr einssechzig groß, ungefähr dreißig Jahre alt. Rot gefärbtes Haar mit, wie sagt man? Ach ja, Henna. Hübsch. Trägt schwarze Jeans, schwarzen Rollkragenpullover. Hatte zwei Waffen, Profi-Waffen. Zimmerflak, du verstehst schon, und ein Messer.

Jetzt sei nicht aufgeregt und frage mich nicht, sei ganz cool, Junge. Wir sind jetzt auf aber Straße Nummer hundertzweiundneunzig. Nächste Stadt heißt Waren. Nix Autobahn, viel zu riskant jetzt. Hast du die Straße? Gut. Wir brauchen Route und Treffpunkt mit deinen Leuten, klar? Also langsam, Grau muß es mitkriegen, er fährt. Also Waren, Neustrelitz, Fürstenberg, Gransee, Oranienburg. – Wo? – Also gut, Sachsenhausen rechts. Wir kommen, also, ich mache Schluß.«

»Milan«, gestand Grau zögernd, »ich glaube, ich muß mal eine Pause machen.« Er fuhr zehn Meter in einen Wiesenweg hinein und hielt. Er stieg aus und stand da mit gebeugtem Kopf und gesenkten Schultern. Dann machte er noch ein paar Schritte und übergab sich.

»Es war ein bißchen viel.« Milan stand neben ihm und hielt ihn an den Schultern fest. »Mach Pause, ich fahre weiter.«

»Du hast keine Papiere«, sagte Grau spuckend.

»Scheiß drauf«, antwortete Milan sanft. »Wer ist denn hier schon unterwegs, außer den Kühen?«

»Der Teufel«, sagte Grau hustend, »der Teufel ist ein Eichhörnchen.«

Milan lachte und schlug ihm auf die Schulter. Dann wandte er sich ab und sagte erstickt: »O nein!«

Die Frau war schon zehn oder fünfzehn Meter weg, und sie war sehr schnell. Sie rannte in die Wiese hinein, glitt förmlich über das Gras. Milan spurtete und rannte nicht hinter ihr her, sondern parallel zu ihr. Als sie eine lange Kurve lief, war er im Vorteil und warf sich vorwärts. Sie fielen beide, und es gab ein groteskes Durcheinander von Armen und Beinen, ehe Milan sich aufrappelte und die Frau liegenblieb.

»Meike«, sagte Grau hastig, »bleib sitzen, bleib um Gottes willen sitzen.«

Aber sie hörte ihn nicht. Sie stieg aus dem Wagen, schlenderte so vor sich hin und summte irgend etwas. Dann ging sie zurück zum Auto, setzte sich auf den Beifahrersitz und klappte die Sonnenblende herunter. Sie besah sich im Spiegel und versuchte, die Dreckschlieren von ihrem Gesicht zu wischen.

»Das kannst du immer noch machen«, redete Grau auf sie ein. »Du mußt erst einmal nach Hause und zur Ruhe kommen. War ... war es schlimm?«

»Es gab nichts zu essen«, sagte sie seltsam heiter. »Sie hatten einfach nichts zu essen im Haus. Sag Sundern, ich komme später.«

»Na klar sage ich es ihm«, versicherte ihr Grau. »Komm, setz dich in den Wagen, setz dich nach hinten, wir müssen weiter.«

Sie ließ ihr Gesicht schmutzig, wie es war, stieg aus, baute sich vor Grau auf und fuhr ihm zärtlich mit der rechten Hand durchs Gesicht. »Es wird schon alles ins rechte Lot kommen«, sagte sie.

»Das denke ich auch«, sagte er, wußte aber genau, daß sie gar nicht ihn meinte.

Sie ließ sich folgsam auf die Rückbank fallen und faltete

die Hände im Schoß wie ein Mädchen vor hundert Jahren auf einer Kutschfahrt.

»Ich sollte dir ein Pflaster auf die Wunde tun«, sagte Grau und deutete auf ihr Knie.

»Oh«, sagte sie und lächelte. »Meike ist gefallen.«

Etwas Speichel lief ihr über das Kinn und tropfte auf die zerrissene Bluse.

Milan kam zurück und trug die fremde Frau in seinen Armen. Er legte sie auf die nasse Wiese. Als Grau empört etwas sagen wollte, grinste er: »So wird sie schnell wieder wach. Wir müssen weiter, nicht wahr? Kotzt du noch?«

»Es geht schon«, sagte Grau. »Meike ist in einem schlechten Zustand. Sie ist weggetreten, sie kriegt nichts mit. Gib ihr deinen Pulli. Laß uns fahren.«

Die Frau wurde wach und stand auf.

»Wer sind Sie?« fragte Grau.

Sie antwortete nicht, sie strich sich durch die roten Haare und betrachtete Meike.

»Sag, wer du bist«, forderte Milan. »Frau Namenlos, heh?«

»Namenlos«, sagte sie etwas rauh. »Ich will zu Sundern, ich sage nichts.«

»Gut«, nickte Grau. »Wir wollen auch zu Sundern. Und laufen Sie nicht noch mal weg. Wir könnten sonst etwas ungemütlich werden.«

Die Frau nickte und setzte sich neben Meike. Sie hatte einen dunklen herben Teint, der langsam trocknende Schlamm wirkte an ihr wie eine dekorative Kriegsbemalung. Sie schien keine Furcht zu haben, zumindest wirkte sie ziemlich gelassen.

Plötzlich wurde Meike sehr unruhig. Sie rieb sich verbissen die Innenseite des rechten Unterarms, ihre Augen waren voller Angst.

»Halt an!« befahl Milan. »Irgend etwas ist mit ihr.«

Grau bremste, Milan stieg aus und machte den hinteren

Wagenschlag auf. »Komm, laß mal sehen. He, sie hat Einstiche. Zwei.«

»War es Heroin, Meike?« fragte Grau verkrampft und laut. Er sah sich nicht einmal um.

»Ja«, sagte sie wie ein Kind. Dann stieß sie Milan beiseite, setzte sich sehr aufrecht und legte Grau beide Arme von hinten um den Hals.

»War es wirklich Heroin?« wiederholte Grau.

»Ja, ja, Nase hat das jedenfalls behauptet.«

»Dann ab in ein Krankenhaus«, bestimmte Grau. »Kann sein, daß der Kreislauf wegsackt. Das riskiere ich nicht. Milan, wie heißt die nächste Stadt?«

»Penzlin. Sieht groß genug aus für ein Krankenhaus.«

»Also los«, sagte Grau. Ihre Hände fühlten sich gut an, sie waren sehr warm und lebendig, und sie verwirrten ihn. »Wir holen dich da raus«, setzte er hinzu. Er fuhr sehr schnell. »Ruf die Auskunft an«, sagte er. »Ich brauche in Berlin die Nummer einer alten Kollegin. Warte mal, sie heißt Helga Friese. Genau, Helga Friese.«

»Wieso denn das? Soll ich lieber fahren?« Milan war nervös.

»Kein Risiko«, mahnte Grau. »Helga Friese.«

Milan telefonierte, und Grau fuhr höchst konzentriert.

Meike hatte noch immer die Arme um seinen Hals geschlungen.

Sie redete wie ein Kind. »Sie hatten nichts zu essen in dem Haus. Nur Bier. Ich mag kein Bier.«

»Ich hab die Nummer«, sagte Milan. »Soll ich wählen?«

Grau nickte. Dann nahm er den Hörer und mußte eine Weile warten. Ein Mann sagte sehr ärgerlich: »Verdammt nochmal, wer ist da?«

»Entschuldigung«, haspelte Grau.

»Wissen Sie denn, wieviel Uhr es ist?«

»Irgendwas um vier Uhr morgens. Ich hätte gern Helga

Friese. Kann ich sie bei Ihnen erreichen? Es ist sehr dringend, ein beruflicher Notfall.«

Der Mann wurde ein wenig freundlicher. »Helga hat schlechte Laune und einen dicken Kopf. Ich weiß nicht, ob sie mit Ihnen sprechen will.«

»Sie muß«, beharrte Grau eigensinnig.

Der Mann sagte halblaut: »Es ist beruflich, sagt er. Du solltest in die Welt zurückkehren und dem Schnaps abschwören. Hier ist die Welt.« Offensichtlich hielt er ihr den Hörer hin. »Ich will die Welt nicht«, sagte sie nörgelnd, aber dann war sie dran und krächzte: »Ja, bitte?«

»Grau hier, falls du dich erinnerst, Grau in Bonn, Jobst Grau.«

»Traum meiner schlaflosen Nächte.« Sie schien durchaus erfreut.

»Ich recherchiere in Berlin eine haarige Geschichte. Ich kann jetzt nicht viel erklären. Kannst du mir helfen? Du wirst normal bezahlt, ich würde sagen, ich gehe mit tausend Dollar in Vorschuß. Ist das okay?«

»Oh! Grau-Schätzchen, was sagst du da? Moment mal, ich gehe in mein Arbeitszimmer.«

Grau grinste, glücklicherweise verlief die Straße schnurgerade. Dann war sie wieder da.

»Arbeitest du noch immer frei?« fragte er.

»Ja«, sagte sie. »Aber ehrlich gestanden habe ich die Nase voll. Ich warte auf einen Hammer, verstehst du? Wenn ich einen Hammer habe, kriege ich auch einen festen Job. Ich könnte dann in ein eigenes Bett wechseln, wenn du weißt, was ich meine ...«

Grau spürte den Atem von Meike in seinem Nacken.

»Ich verstehe. Aber er macht doch einen ganz netten Eindruck.«

»Er ist ja auch nett«, sagte sie gedehnt. »Aber unter uns: Es ist einfach beschissen, immer auf die Fünfmarkstücke vom eigenen Macker angewiesen zu sein, oder? Grau, ich tue alles für dich, also, kriege ich einen Hammer?«

»Zuerst brauche ich eine Wohnung. Niemand darf wissen, wo sie ist und daß ich drin bin. Die Wohnung sollte mindestens vier Betten haben und möglichst ...«

»Was hat das mit unserem Job zu tun? Wohnung in Berlin? Bist du wahnsinnig?«

»Es gehört zum Hammer«, sagte Grau ruhig, »laß dir was einfallen. Ich bezahle notfalls auch das Hotel, wenn irgendwelche Leute uns die Wohnung zur Verfügung stellen. Das ist Punkt Nummer eins. Punkt Nummer zwei, und der ist ungleich wichtiger: Hast du Beziehungen zum Landeskriminalamt? Drogen?

Ich brauche eine genaue Analyse der letzten acht bis zehn Wochen. Die größten Gruppen. Wer verscheuert was? Gab es Bewegung auf dem Kokainmarkt? Ist es wahr, daß jemand mit einem halben Zentner reinem Kokain und zehn Millionen Dollar in bar in die Szene der Stadt eingestiegen ist? Alles notiert?«

»Zehn Millionen Dollar in bar? Bist du verrückt?«

»Nicht die Spur. Dann rufst du sofort nach neun Uhr das Presseamt des Auswärtigen Amtes in Bonn an und fragst nach einem jungen Diplomaten namens Ulrich Steeben, Dr. Ulrich Steeben. Du darfst aber nicht sagen, daß dieser Mann mit den Dollar und dem Koks in Berlin gelandet ist. Das ist dein Hammer. Du fragst einfach ganz harmlos, wo der abgeblieben ist.«

»Ist das wahr? O Gott, Grau, du machst eine glückliche Frau aus mir! Das ist viel besser als ein langer Orgasmus auf dem Wasserbett, oh, Verzeihung. Wirklich ein Diplomat? Kein Irrtum?«

»Besorg mir eine Bleibe. Erst dann recherchierst du.«

»Moment, Moment, Moment, nicht einhängen, bitte. Grau, es hängt so verdammt viel davon ab. Ich kann hier bei der

ARD in Berlin einsteigen. Ich kann eine Kamera und ein Team kriegen.«

»Gut, einverstanden.«

»Kann ich meine Kontakte in der Szene anzapfen?«

»Du kannst alle fragen, nur einen nicht: Sundern. Geht das klar?«

»Okay. Sundern ist also dein Mann. Einverstanden. Kann ich Nase fragen?«

»Das geht nicht mehr, der ist gerade explodiert. Ich war Zeuge: Er ist mausetot. Aber du kannst mit dem Kamerateam an einen bestimmten Ort fahren. Du mußt allerdings verdammt schnell sein. Da steht ein Bauernhof in Flammen. Müritzsee, zwischen Klink und Grabenitz, notiert? Und da drin liegt unter anderem die Leiche von Nase. Wie heißt Nase eigentlich mit bürgerlichem Namen?«

»Erwin. Erwin Habdank. Wirklich tot? Was machst du da für eine Geschichte? Kann ich die Wohnung von jemand anderem besorgen lassen? Unter dieser Telefonnummer hier? Klink und Grabenitz habe ich.«

Meike sagte plötzlich erschreckt: »Mir ist so schlecht.« Sie sagte es wie ein fieberkrankes Kind.

»Ich muß aufhören«, sagte Grau hastig. »Ich garantiere dir die Geschichte. Bis später. Falls du ein Funktelefon hast, merk dir diese Zahlen.« Er gab ihr die Nummer und kappte die Verbindung.

»Zwei Kilometer noch«, sagte Milan. »Besorgt sie eine Wohnung? Wer ist sie denn überhaupt?«

»Ein guter Typ«, sagte Grau. »Sie ist nach Berlin versetzt worden, weil ihre Zeitung fand, daß sie zu respektlos mit den Bonner Amtsinhabern umspringt. Sie hilft uns. Ich erkläre dir das noch genau.«

»Ich kann es mir vorstellen«, sagte Milan und nickte heftig. »Du machst jetzt Druck, nicht wahr?«

»Überdruck«, sagte Grau. »Meike, wir sind da.«

Sie folgten den Schildern. »Laßt mich das machen«, sagte Grau. »Wir müssen schnell sein. Paß auf Frau Namenlos auf.«

»Sicher«, murmelte Milan, »sicher. Und wenn irgend etwas passiert?«

»Gas geben, abhauen«, empfahl Grau lapidar. Er ließ den Wagen über einen schmalen Weg zur Ambulanz rollen.

Die Schwester am Empfang war etwa sechzig, und offenbar mochte sie die Nachtschicht nicht. Sie wirkte ziemlich mürrisch.

»Wir hätten gern einen Arzt«, sagte Grau munter und mit einem freundlichen Lächeln.

Sie sah nur knapp hoch. »Aha. Und weshalb, bitte sehr? Unfall?«

»Nein, weil der dringende Verdacht besteht, daß dieser Frau Heroin gespritzt wurde.«

»Polizei«, sagte sie scharf.

»Ist das hier ein Krankenhaus oder eine Polizeiwache?« stellte Grau eine schnelle Gegenfrage.

»So einfach ist das nicht, junger Mann. Bei Verdacht auf Heroin müssen wir die Polizei einschalten.«

»Zunächst einmal müssen Sie für den betroffenen Menschen sorgen«, belehrte Grau sie grob. »Hier ist mein Presseausweis. Ich würde Ihnen raten, verdammt schnell zu sein. Sonst werde nämlich ich die Polizei rufen.«

Sie wollte protestieren, aber sie wußte, daß er recht hatte. Sie griff zum Telefon. »Ambulanz. Dr. Hoffmann, kommen Sie, bitte.« Sie knallte den Hörer auf und sagte giftig: »Ihren Ausweis, bitte. Ist die Dame versichert? Und wo?«

»Sie ist versichert, aber ich zahle bar.« Er griff in die Tasche und legte einen Geldschein hin. »Können Sie quittieren?«

Sie stotterte augenblicklich: »Das darf ich gar nicht, das kann ich nicht. Sie müssen wiederkommen, wenn die Kasse geöffnet hat.«

»Du lieber Gott«, sagte Grau ergeben und verdrehte die Augen zum Himmel.

Ein junger Mann in weißem Kittel kam, gähnte ungeniert und fragte: »Hier stirbt doch keiner, oder wem geht es schlecht?«

»Meiner Freundin«, sagte Grau schnell. »Wahrscheinlich wurde ihr Heroin gespritzt. Haben Sie den Schnelltest?«

Der Mediziner nickte, kratze sich am Kinn und sagte: »Haben wir. Wieso? War sie bewußtlos? Unfall? Oder haben Sie an einer Orgie teilgenommen?«

Da sagte Meike: »Hier sind die Einstiche.«

Der Arzt nahm ihren Arm, glitt mit der Handfläche über die Armbeuge, faßte an ihren Kopf, legte ihn schief, sagte: »Augen weit auf!« und blickte aufmerksam auf ihre Pupillen. »Kann sein«, sagte er dann. »Wer war das Schwein? Und was ist das für eine Wunde am Knie?«

»Genau wissen wir es nicht«, sagte Grau. »Sie ist verdammt wacklig auf den Beinen.«

»Das sind sie immer bei Heroin«, sagte der Arzt.

»Na, kommen Sie, holdes Wesen. Und Sie«, und er deutete mit dem Zeigefinger auf Grau, »Sie setzen sich hierher und drehen Däumchen.« Er ging mit Meike davon.

Grau mußte nicht sehr lange warten. Nach einer Stunde kamen der Arzt mit Meike zurück. »Es war Heroin. Eine schwache Konzentration oder aber schlechter Stoff. Ich würde Ihnen raten, sie zur Beobachtung hierzulassen. Zwei, drei Tage. Die Wunde am Bein ist harmlos.«

Grau schüttelte den Kopf. »Geht nicht.«

»Was machen wir mit den Behörden? Wir brauchen ihre Personalien, das ist Vorschrift. Ich habe ihr etwas gespritzt, sie wird klar sein.«

»Sie hat keine Papiere bei sich«, sagte Grau. »Reichen meine?«

»Selbstverständlich. Welche Kasse?«

»Ich wollte bar bezahlen, aber ich darf nicht«, sagte Grau lächelnd.

Der Arzt sah die Krankenschwester strafend an und murmelte: »Du lieber Himmel, wann werdet ihr begreifen, worauf es ankommt? Also, Ihre Personalien. Sie erhalten dann Bescheid und die Rechnung. Wahrscheinlich gibt es ein Verhör bei der Kripo.«

»Macht gar nichts«, sagte Grau cool und gab gehorsam seine Personalien an. Es würde sehr lange dauern, bis sie feststellten, daß er in Bonn nicht mehr vorhanden war.

Als sie durch die Vorhalle gingen, nahm Meike seine Hand. »Du hast ein Abonnement auf mich.«

»Wie hat Nase dich erwischt?«

»Ganz einfach. Ich habe für Sundern Klamotten geholt, ich kam aus dem Haus, sie packten mich und schubsten mich in ihr Auto. Sundern ist ein friedlicher Mensch, aber jetzt wird er Nase töten.«

»Nase ist bereits tot«, sagte Grau, blieb stehen und sah sie eindringlich an. Er verstand erst jetzt die Folgen eines Schocks. »Weißt du denn nicht mehr, was passiert ist?«

»Das Haus brannte.« Sie starrte auf irgendeinen fernen Punkt hinter seiner Schulter. »Und Spritzen. Heroin. Das kam von Nase.«

»Ich werde es dir später erzählen«, sagte er sanft. »Sundern wartet.«

»Grau, Grau, geh nicht so schnell, warte mal. Kann ich nicht bei dir bleiben? Ich meine, ich habe Angst ...«

»Sicher geht das«, murmelte er und lächelte dann. »Aber sicherer als bei Sundern oder Mehmet ist es auch nicht.«

»Du bist kein Journalist, nicht wahr?«

»Oh, Scheiße!« fluchte Grau. »Ich bin wirklich Journalist, leider. Komm jetzt, wir müssen weiter. Und, verdammt nochmal, hast du nicht irgendein Ersatzhemd oder so was?«

Zehn Minuten vor sechs Uhr bog er von der sechsundneunzig nach links ab, Richtung Sachsenhausen. Sundern und Mehmet erwarteten sie auf einem kleinen Parkplatz mit vier Autos. Neben Geronimo waren noch vier Männer mit von der Partie, die wild und entschlossen aussahen.

»Alles Mercedes: gleicher Typ, gleiche Farbe«, flüsterte Milan bewundernd. »Das sind Profis. Wenn sie einmal um den Block fahren, weißt du hinterher nicht mehr, wer in welchem Auto war.«

»Bleib sitzen, Meike«, sagte Grau ganz ruhig. »Milan, nimm Frau Namenlos. Wir geben sie ihnen.«

Sundern und Mehmet kamen sehr schnell auf sie zu. Sundern sagte hastig: »Lieber Himmel! Wenn ich nicht wüßte, daß Sie fremd sind, müßte ich annehmen, Sie hätten es arrangiert.«

»Ich kann mir Konstruktiveres vorstellen«, entgegnete Grau kühl. Er sah, daß Sundern sein Haar hinten zu einem kurzen Schwanz zusammengebunden hatte. Mit einem fröhlichen bunten Band. Warum habe ich das vorher nicht wahrgenommen? fragte er sich verwirrt.

»Hier ist die Frau, die Nase in die Luft gejagt hat. Sie beantwortet keine Fragen, hat keinen Namen, keine Papiere, sie ...«

»Es ist Mathilde aus Amsterdam«, erklärte Sundern trokken. »Wir haben das rausgekriegt. Hallo, Mathilde. Wissen Sie, was Mathilde macht? Sie killt. Ausgebildet in den Lagern von Gaddhaffi. Sie soll gut sein, besser als jede Terroristin der IRA. Wir schicken sie wieder heim.«

»Grau«, sagte Mehmet und umarmte ihn. »War das Hellseherei?«

»Es war weitaus weniger«, sagte Grau trocken. »Hören Sie mal, Sundern, ich mache Ihnen einen fairen Vorschlag. Wir müssen abtauchen, wie Sie sich vorstellen können. Ich möchte Meike mitnehmen, bis sie okay ist. Sie will es selbst. Sie ist angeschlagen. Wir nehmen sie mit, und wir melden uns. Können wir das Auto und das Telefon haben?«

Sundern kniff die Augen zusammen. »Einverstanden. Sie sind der Held.«

»Und keine Babysitter«, schob Grau nach. »Niemand, der uns verfolgt und irgendwo herumlungert.«

Sundern war ärgerlich, hatte sich aber gut im Griff. »Das ist nicht meine Welt. Stimmt das mit dem Heroin bei Meike, und ist Nase tatsächlich tot?«

Grau nickte. »Ja.«

»Dann brauche ich es nicht mehr zu tun«, sagte er trocken. »Also, kein Begleitkommando für Sie. Aber Sie melden sich! Ist das klar? Sie müssen sich unbedingt melden!«

»Ich muß gar nichts«, sagte Grau. »Solange ich dieses verdammte blutige Spiel nicht durchschaue, muß ich gar nichts. Wann reden wir?«

»Vermutlich wollen Sie jetzt erst einmal abschalten. Wie wär's denn mit heute nachmittag gegen vier?«

»Einverstanden. Aber bitte an einem Ort, an dem man Sie für gewöhnlich nicht findet.«

»Ich lasse Sie von Mehmets Fahrer abholen, dann ...«

»Sie lassen mich gar nicht abholen, Sie werden nicht wissen, wo wir sind. Und das ist verdammt gut so. Also sechzehn Uhr. Wo?«

»Im Gewimmel bei Kranzler. Paßt das?«

»Das ist gut. Dann noch etwas: Ich brauche Sie wahrscheinlich noch, Sundern, damit ich endlich kapiere, was hier eigentlich läuft, und deshalb sollte Ihnen jetzt besser nichts zustoßen ...«

»Sieh mal einer an: Er liebt mich!« Sundern produzierte vollkommen lautlos ein strahlendes Lachen. Mehmet kicherte und rieb sich erregt das Kinn.

Selbst Grau mußte grinsen. »Also, Sie Sauhund, passen Sie gut auf sich auf. Ich weiß mit absoluter Sicherheit, daß der Verfassungsschutz hinter Ihnen her ist, der Bundesnachrichtendienst auch, ganz zu schweigen von der amerikanischen Drug Enforcement Administration. Denken Sie also nicht nur an Ihre Brüder im Geiste.«

Sundern machte kein Witzchen mehr, er lächelte nicht einmal: »Das finde ich fair. Aber die, die mit den Drogen zu tun haben, sind nicht meine Brüder.«

»Haben Sie die Dollar und den Stoff?«

Sundern schüttelte entschieden den Kopf. »Wissen Sie, ich hätte für Meike das Doppelte oder Dreifache davon hingelegt. Aber ich habe es nicht, ich habe nicht einmal den Hauch einer Ahnung, wo das Zeug sein könnte. Und um gleich die nächste Frage zu beantworten: Niemand aus meinem Umfeld weiß, wo dieser Ulrich Steeben steckt.«

Er grinste plötzlich, und Grau hatte erneut den Eindruck einer fröhlichen Explosion. »Sie sind in der Klemme, nicht wahr? Sie wissen nicht, was Sie White sagen sollen oder Thelen, denn Sie trauen denen nicht mehr.«

Er nickte nachdenklich. »Es ist ein Scheißspiel, Grau, und Sie sind nichts weiter als ein lächerlicher Bauer. Sie wurden mißbraucht, und daß Sie noch leben, ist reiner Zufall.«

»Sie wissen also über White Bescheid?«

»Selbstverständlich.« Er sah Mehmet an. »Sie sind nicht gerade auf den Kopf gefallen.«

»Hör zu«, sagte Mehmet eindringlich. »Was immer du brauchst, ruf mich an. Du kriegst es. Ob Männer, Frauen, Kanonen, Bratheringe, Kebab, Maschinengewehre …« Er lachte glucksend.

»Ich brauche dringend neue Papiere für meinen Angestellten Milan«, sagte Grau. »Geht das? Kompletter Satz: Reisepaß, Personalausweis, Führerschein aller Klassen. Die Papiere müssen echt sein.«

»Ich notiere«, sagte Geronimo eifrig.

»Milan heiße ich«, sagte der Angestellte. »Nachname Sarajevo …«

»Da ist noch etwas«, sagte Sundern. »Die Berliner Rauschgiftfahnder sind auch hinter Ihnen her.«

»Ich bin halt begehrt«, witzelte Grau. »Können Sie ein paar Koffer mit Klamotten für Meike packen? Und noch etwas, Sundern: Ich habe die Information über Steeben direkt einer Kollegin zugespielt, die jetzt recherchiert . . .«

»Warum das?« fragte Sundern heftig. Er schien nicht eben erfreut.

»Ich will Druck machen, ich will erleben, was geschieht.«

»Das könnte aber ins Auge gehen«, dachte Mehmet laut.

»Nicht unbedingt«, überlegte Sundern. »Dann kommt der Rest der Ratten aus den Löchern. Geronimo, wann kann Milan die Papiere haben?«

»Vierundzwanzig Stunden«, sagte Geronimo. »Erstklassige Papiere, nix gefälscht.«

»Wir fahren dann«, befahl Grau.

In diesem Moment kam Meike, ging an ihm vorbei und stellte sich vor Sundern. »Ich konnte nichts machen«, sagte sie mutlos.

»Das ist schon gut.« Sundern faßte sie nicht an. »Du mußt nur anfangen zu überlegen.«

»Mache ich«, nickte sie, drehte sich um und ging wieder.

»Sie war Bestandteil des Planes, nicht wahr?« fragte Grau.

Sundern nickte. »Es sieht ganz so aus. Aber sie will es nicht wahrhaben. Wir sehen uns.« Er legte Mehmet kumpelhaft den Arm um die Schulter, und sie schlenderten zu ihren Autos.

Geronimo kniff ein Auge zu und grinste. »Du bist vielleicht eine Nummer, Mann.«

Sundern war schon zwanzig Meter entfernt, als er sich noch mal umdrehte und sehr laut »Grau!« rief. Er rieb sich mit dem rechten Zeigefinger den Nasenrücken. »Ich will nicht aufdringlich sein, aber Sie sollten mal in Ruhe über die Einzelheiten nachdenken. Es scheint bewiesen, daß dieser

Steeben alias Markus Schawer, tatsächlich samt Diplomatenkoffern mit dem Flieger in Berlin angekommen ist. An dieser Tatsache ist nicht zu rütteln, außerdem hat eine mir geneigte Dame bei United Airlines das bestätigt.

Können Sie folgen? Gut. Der Mann fährt also noch zum Hotel und ist anschließend spurlos verschwunden. Woher wissen wir eigentlich, daß in einem der Koffer wirklich zehn Millionen US-Dollar waren? Und woher wissen wir, daß in einem anderen Koffer wirklich ein halber Zentner reines Kokain war?«

»Ich weiß es von White.« Grau konnte seine Betroffenheit kaum verbergen.

Sundern nickte und lachte leise. »Dann müssen Sie überlegen, warum White so etwas behauptet und was es ihm bringen würde, wenn es eine Finte ist.«

»Das ist doch irre!« rief Grau.

»Eben nicht«, gab Sundern zurück und stieg in sein Auto.

Grau startete den Wagen und bat Milan: »Ruf die Nummer dieser Kollegin an, wir müssen erst mal hören, wo unsere neuen Betten stehen.«

Milan reagierte überhaupt nicht, fummelte nur an seinem Gurt herum und schnallte sich an. Einfach keine Antwort.

»Ruf doch da an«, wiederholte Grau. »He, Milan, träumst du?«

»In vierundzwanzig Stunden bin ich wieder ein Mensch.«

Grau sah, daß ihm die Tränen über das Gesicht liefen, und er nahm das Telefon und wählte die Nummer von Helga Friese.

Da war eine jugendliche Stimme am Telefon, die gänzlich desinteressiert vor sich hin schwadronierte: »Oh, das ist gut, daß du anrufst. Also, ihr könnt hier pennen, Prenzlauer Berg, Dimitroffstraße 155, 3. Hinterhof, zweite Etage. Ich geh' jetzt, weil ich in die Penne muß. Ich verstecke den Schlüssel unter der Matte.«

»Das ist prima«, sagte Grau, »also ab in die Dimitroffstraße!«

Milan hockte in seinem Sitz und drehte sich eine Zigarette. »Vielen Dank, Grau.«

»Wenn Geronimo das selbst in die Hand nimmt, sind die Papiere auch echt«, behauptete Meike voll Stolz. »Du fährst zurück auf die Schnellstraße, dann stadteinwärts. Ich will mal wieder an einem Duschknopf drehen.«

»Und ich möchte Sigrid anrufen«, bat Milan.

»Das wäre jetzt nicht gut«, widersprach Grau.

»Ja, du hast recht. Gehe ich mit ins Kranzler?«

»Auf jeden Fall.« Grau nickte.

»Ich will auch mit«, sagte Meike im Tonfall eines trotzigen Kindes.

»Auf gar keinen Fall«, lehnte Grau ab. »Das Risiko ist zu hoch. Wir werden nicht ein drittes Mal Schwein haben. Was hat eigentlich Nase gesagt? Was genau wollte er denn?«

»Ach weißt du, Nase war eine Ratte. Nase war neidisch auf Sundern, er haßte Sundern. Seit zwanzig Jahren oder so. Er hat gedacht, er könnte Sundern jetzt endlich in den Dreck reiten. Wie ist er eigentlich gestorben?«

»Es hat ihn zerrissen«, murmelte Milan.

Sie ist unanständig schön, dachte Grau. Sie ist eine Frau, die immer ein wenig nackt wirkt, gleichgültig, was sie trägt. Warum begehre ich sie so sehr?

»Ich setze euch vor dem Haus ab«, sagte er. »Ich bringe den Wagen zu irgendeiner Tanke. So ein Auto fällt zu sehr auf.«

Er entdeckte in der Nähe eine Tankstelle und bat den Mann hinterm Tresen, den Wagen vollzutanken, zu waschen und das Öl zu wechseln. Dann schlenderte er in die Wohnung. Die Stadt war jetzt wach.

Die Wohnung war groß und geräumig und mit endlosen Kolonnen von Grünpflanzen und Ikea-Kiefernregalen geradezu vollgestopft. Im Wohnzimmer lag ein Zettel auf dem Tisch: »Ihr könnt so lange bleiben, wie ihr wollt. Ich melde mich. Helga.« Milan machte sich in der Küche zu schaffen und suchte einen Kaffeefilter. »Meike ist schon im Bad«, sagte er. »Ich nehme das Kinderzimmer, ihr kriegt das Schlafzimmer.«

»Ich will aber allein sein«, sagte Grau muffelig. Er ging ins Wohnzimmer zurück und ließ sich auf die Couch fallen. Er starrte an die Decke und wußte, daß er nicht einschlafen würde, weil er nervös und viel zu aufgeregt war. Seine Phantasie machte ihm schwer zu schaffen: Sie umarmte seinen Körper mit ihren unendlich langen Beinen. Er schalt sich idiotisch, närrisch und kam zu der durchaus vernünftigen Einsicht, daß er überreizt war.

Milan hockte sich in einen Sessel. »Ich habe Sigrid angerufen. Sie sagt, sie will mich sehen. Kann sie kommen?«

»Sicher«, sagte Grau. »Aber sie soll darauf achten, daß ihr niemand folgt.«

»Aber sie ist doch für die nicht wichtig«, wandte Milan ein.

»Wer weiß das denn? Wir haben es mit ein paar Parteien zu tun, und jede hält sich für sehr wichtig.«

»Was heißt, daß Meike ein Teil des Planes ist? Ich habe das nicht verstanden.«

»Ich auch nicht so ganz«, gab Grau zu. »Wir werden es spätestens dann erfahren, wenn Sundern mit mir spricht.«

»Ruf diesen White an und erzähl ihm von Nase. Vielleicht ...«

»White wird es längst wissen. Ich will jetzt nicht mit White sprechen, ich bin wütend auf ihn. Ich würde ihm auf den Kopf zusagen, daß er ein Arschloch ist. Das erspare ich mir lieber, vielleicht können wir ihn noch irgendwie für unsere Zwecke einspannen. Übrigens: Du hast doch gesagt, du hast den toten Nase gesehen. Wie tot war er wirklich?«

»Also, du Journalist: Einer flog durch das Fenster, okay? Der war sofort tot. In dem Raum, in dem sie gesessen haben, waren keine Leichen, nur Teile. Die Teile von zwei Männern. Nase *muß* tot sein, okay? Hast du Angst, er steht plötzlich in der Tür und schießt?«

Grau nickte. »Natürlich habe ich daran gedacht. Wie hast du das eigentlich in Sarajevo durchgestanden?«

»Das weiß ich nicht.« Milan grinste. »Aber ich bin jetzt hier, und gleich kommt Sigrid.« Er ging zu einem Regal und angelte nach dem Telefonhörer.

Grau stand auf und ging zur Badezimmertür. Meike war offenbar gutgelaunt, denn sie sang den Wirtinnenvers: »Frau Wirtin hatte einen Schmiehd, der hatte ein vier-kantig-Gliiehd ...«

»He, ich muß mal!« schrie er.

»Wie bitte? Grau? Was ist?«

»Mir droht Verdauung«, sagte er.

»Ach so.« Sie kam heraus, hatte sich in ein Badetuch gewickelt, und ihre großen Augen waren erstaunlich klar. »Ich bin sauber, ich rieche gut.«

Grau ging hinein und schloß die Tür hinter sich. Sie hatte ein gutes Dutzend Handtücher gebraucht, und er mußte sie zu einem Haufen zusammenwerfen, ehe er weitergehen konnte. Auf dem geschlossenen Toilettendeckel lag die silberne Dose mit dem Kokain. Daneben stand eine Flasche Wodka ohne Glas.

Grau räumte die Utensilien auf die Fensterbank und pinkelte. Er atmete hastiger und spürte Wut im Bauch. Er nahm die Flasche und goß den Schnaps ins Waschbecken. Das Döschen mit dem Koks warf er zum Fenster hinaus. Dann wusch er sich die Hände, trocknete sie ab und öffnete die Tür.

Sie stand da und sah ihn an. Sie wußte genau, was er gerade gemacht hatte. Sie sagte leise: »Ich kann das alles nicht mehr ertragen.«

»Solange du bei mir bist, wirst du das Scheißzeug nicht anrühren«, sagte er streng. »Ich dulde das nicht.«

Sie stand da und weinte lautlos. Dann ging sie an ihm vorbei und schluchzte: »Glaubst du, daß ich mir irgendein Hemd aus dem Schrank nehmen kann?«

»Sicherlich«, sagte er heiser und ging ins Wohnzimmer zurück. Er war völlig verkrampft, griff nach einem Aschenbecher und schleuderte ihn mit aller Kraft gegen eine rotbraune Tonvase, die auf dem Boden stand.

»He!« Milan fand das offensichtlich wunderbar.

»Ich will diese Menschen nicht«, sagte Grau.

»Dann mußt du gehen«, riet Milan. »Einfach nach Hause gehen. Ich jedenfalls schlafe jetzt eine Runde.«

Das Funktelefon in Graus Jackentasche fiepste, er holte es heraus und meldete sich so vorsichtig, als könnte es ihren Aufenthaltsort verraten.

Es war Sundern. Er begann sachlich: »Wie oft haben Sie mit White und Thelen gesprochen?«

»Mit White zweimal. Beim zweiten Mal war Thelen dabei.«

»Hat White Ihnen irgend etwas Persönliches erzählt? Irgend etwas? Hat er in Washington gebaut? Ein Flugzeug gekauft, was weiß ich.«

»Nein. Er sagte, er habe ein Häuschen in Georgetown und sehe seine Familie selten, eigentlich gar nicht. Er hat Kummer, ja, natürlich, Moment. Er sagte, seine Frau wolle sich scheiden lassen. Er sagte auch, daß seine Sekretärin behauptet, sie bekomme ein Kind von ihm. Wieso fragen Sie? Was wollen Sie damit?«

Sundern überlegte einen Augenblick. »Ich möchte der Schwarzweißfärbung Ihrer Welt ein paar Schatten hinzufügen. Ich melde mich wieder.«

Grau legte sich wieder auf die Couch und starrte an die Dekke. Langsam wurde er ruhiger, schloß die Augen und konzentrierte sich auf seinen Atem. Irgendwann spürte er befriedigt, daß er schwerer wurde und wieder gleichmäßig atmete.

Meike legte sich neben ihn und sagte: »Wieso glaubst du eigentlich, ich könnte das durchhalten, ohne etwas zu nehmen? Ich meine, diese Welt ist doch nicht normal. Rutsch mal ein bißchen zur Seite.«

Er rückte ein kleines bißchen. Sie trug ein viel zu großes Männerflanellhemd, sonst nichts.

»Ich habe kein Recht dazu, ich weiß«, fing er langsam an. »Ich will nur noch ein paar Dinge erfahren, dann gehe ich wieder. Also, es tut mir leid. Wenn ich dir irgendwie neues Kokain besorgen kann, dann tue ich es.«

»Das ist nicht so wichtig«, entschied sie. »Wohin gehst du denn? Zurück nach Bonn?«

»Ich weiß es nicht.«

»Und was willst du erfahren?«

»Warum White mich aufs Kreuz gelegt hat.«

»Ist das denn so wichtig?«

»Nein, eigentlich nicht. Er ist eben ein berufsmäßiger Aufs-Kreuz-Leger. Nein, es ist nicht wichtig.«

»Vielleicht bin ich ein bißchen wichtig?«

»Ja«, sagte er zögernd. »Durchaus.«

»Dann wäre es vielleicht auch wichtig, mich in den Arm zu nehmen.«

»Das kann man so sehen«, sagte Grau ganz starr. »Aber diese gottverdammte Couch ist gegen uns.«

»Da ist ein Schlafzimmer«, sagte sie. »Ich war schon drin. Nichts Besonderes, aber ein Schlafzimmer.« Sie hatte ein ganz weißes Gesicht. »Ich fühle mich so beschissen, Grau. Du mußt mich nur in den Arm nehmen.«

»Das Schlafzimmer ist acht Meter weg«, murmelte Grau. »Auf acht Metern geht verdammt viel kaputt.«

Sie grinste plötzlich fröhlich. »Du hast recht. Schlafzimmer töten den Nerv. Besonders das Schlafzimmer hier. Du hast ja noch Schuhe an, warte mal, und wieso sitzt dein Gürtel so stramm, du mußt ja Bauchschmerzen haben.« Sie war neben ihm und über ihm und unter ihm, sie kniete, sie stand, sie schnaufte und zerrte und fluchte und lachte.

Grau sah Milan in der Tür auftauchen, er sah, wie er ganz große Augen bekam und dann lautlos, zufrieden vor sich hin pfeifend, verschwand. Wahrscheinlich hatte er im Krieg lautlos pfeifen gelernt.

»Nun gib doch Ruhe, nackter kannst du mich nicht mehr kriegen.«

»Halt mich ganz fest, Grau. Ich will doch eigentlich nur festgehalten werden.«

»Festhalten reicht aber nicht.«

»Sei doch nicht so ekelhaft. Wieso hast du mich zweimal rausgeholt, he? Wieso?«

»Damit ich mit dir auf einer schmalen Couch lande«, antwortete er wahrheitsgemäß. »Und jetzt sei doch endlich mal still.«

Das Telefon klingelte.

»Das ist nicht wahr«, klagte sie. »Das ist einfach nicht wahr!«

»Sundern hier. Also: White hat keine Frau, die sich scheiden lassen will. White ist gar nicht verheiratet, er war nie verheiratet. Er hat auch keine Kinder. Seine Sekretärin, die angeblich ein Kind von ihm bekommt, ist siebenundfünfzig Jahre alt und führt den Spitznamen Bronco, weil sie einen erwachsenen Sohn hat, der als Rodeoreiter in Texas seine Brötchen verdient.«

»Sind Sie sicher?«

»Sie können es gerne gegenrecherchieren«, sagte Sundern trocken. »Das steht Ihnen frei. Bis gleich dann.«

Grau legte das Telefon auf den Tisch zurück.

»Sieh ihn dir an«, jammerte Meike. »Schlaff und blutleer.«

»Dann mußt du das ändern«, sagte Grau unternehmungslustig.

Omertà –
Hat Steeben gesungen?

Liebe braucht, wenn sie jugendlich-stürmisch daherkommt, ein Mindestmaß an Raum. Die Couch der Journalistin Helga Friese war von Leuten erdacht worden, die niemals etwas von Leidenschaft gehört, geschweige denn sie erlebt hatten.

Als erstes brach unter dem schnellen Ansturm der schönen wilden Meike ein Seitenpolster weg, und Grau befand lapidar, die Halterung wäre eben einfach »aus billigstem Guß geschmiedet«. Unmittelbar danach gerieten ihre beiden miteinander ringenden Körper auf das hintere Viertel dieses wahrhaft liebesfeindlichen Möbels, was zur Folge hatte, daß sie das gesamte Monstrum einseitig zu Boden drückten und es himmelwärts stand wie eine Raketenabschußrampe.

Die wilde Meike schrie »Jippiiiaeehhh!«, dann donnerte der Einrichtungsgegenstand zurück aufs Parkett. Milan erschien, schneeweiß vor Aufregung, in der Tür und schwenkte seinen frisch erworbenen Colt über dieser Wohnzimmerlandschaft schwedischer Designer.

»In Ordnung, Kumpel«, keuchte Grau. »Das war nur die Übung flotter Rückzieher.«

»Das ist aber schön obszön«, kommentierte Meike befriedigt, nachdem sich ihr Atem beruhigt hatte.

»Im Badezimmer hängen Morgenmäntel. Das ist wohl besser.« Dann zupfte sie ein paar schweißnasse Haare zur Seite. »Du kannst herrlich albern sein.«

Grau ging ins Badezimmer, um die Mäntel zu holen.

»Du hast den schönsten flachen Bauch der Welt«, sagte er, als er zurückkam.

»Wie geht es dir? fragt der Bauch.«

»Wie dem Macker in *Pretty Woman*. Er stiert dich an und weiß nicht, wer du bist. Also: Wer bist du?«

»Sundern sagt immer, ich wäre der weiße Reiher in der ersten Reihe seiner Nachtgeschöpfe.«

»Sundern ist wirklich ein Poet. Eigentlich wollte ich aber wissen, wer du bist und nicht, was Sundern sagt.«

»Ich will so eine schwere Frage jetzt nicht beantworten«, gab sie ernsthaft zurück. »Aber sag mir mal eins: Wenn du wirklich Journalist bist, was für eine Geschichte willst du dann schreiben?«

»Über das neue Berlin«, sagte Grau schnell, »über das neue Regierungs-Berlin.«

»Was soll dann dieser Milan?«

»Milan ist mein Freund.«

»Ein Freund, der anderen Leuten Lokuspapier in den Mund stopft oder ihnen die Arme bricht?« Sie war jetzt sehr weit weg und voller Mißtrauen.

»Woher weißt du das mit den gebrochenen Armen? Das war übrigens ein Geheimdienstmann.« Grau wurde langsam patzig. Er dachte: Wir haben uns so schön und spontan gefunden, und schon die ersten Worte trennen uns wieder. Worte trennen offenbar immer in diesem Gewerbe.

»Grau«, sagte sie mild, »du vergißt, daß dies Sunderns Stadt ist. Er braucht nicht einmal zu fragen, irgend jemand ruft ihn an und erzählt es ihm. Bist du denn so naiv?«

»Na, sicher bin ich naiv«, erklärte er sanft. »Ich muß naiv sein, um schlimme Fragen stellen zu können. Also: Ich erzähle dir die Geschichte. Es ist eine komische Story, weil ich ursprünglich nur aus Bonn fort wollte. Ich wollte irgendwie mein Leben ändern.«

Es klingelte, und sie sahen versunken und unbeteiligt zu, wie Milan aus dem Kinderzimmer stürzte und die Tür öffnete. Draußen stand Sigrid, und sie heulte laut vor Erleichterung. Sie fiel Milan um den Hals und wollte ihn nicht mehr loslassen.

»Es ist wirklich eine komische Geschichte«, redete Grau weiter. »Ich wollte einfach weg, irgendwie weg. – Hallo, Sigrid.«

»Grau-Schätzchen! Du hast Milan Papiere besorgt, richtige Papiere?« Sie sah wie immer ein wenig zerknautscht aus, ihr Make-up wirkte verschmiert und eingetrocknet.

Grau nickte. »Habe ich. Es war ein Sonderangebot. Das ist Meike, das ist Sigrid. Sie hat die Treppe besetzt, als wir dich rausholten.«

»Und meine ganzen Klamotten habe ich mit billigem Whiskey versaut«, tönte Sigrid. »Sind Sie die Meike von Sundern?«

»Ich bin die Meike von Sundern, Schwester.«

Sigrid kniff die Augen zusammen. »So oft wie die Mannsleute Sie irgendwo rausholen mußten, sind Sie ja wohl eine Chaos-Meike, oder? Na, macht nichts, Hauptsache, es passiert keinem was. Und Nase ist zum Herrn aufgefahren, habe ich gehört?«

»Das ist er«, bestätigte Grau. »Kanntest du ihn denn?«

»Na klar, wer kannte ihn nicht? Wie soll das Spielchen denn jetzt weitergehen?« Sie stemmte die Arme in die Hüften, was eindeutig hieß: Grau, spuck gefälligst sofort deine Pläne aus!

»Ich weiß es nicht«, sagte Grau. »Ich gehe nachher mit Milan zu Sundern. Ich hoffe, Sundern wird ein bißchen Licht ins Dunkel bringen. Was glaubst du?« Er sah Meike an.

»Ich weiß es nicht, Grau. Sie sagen, irgendwas Komisches sei gelaufen und Steeben hätte mich beschissen. Ich weiß nicht, warum er mich beschissen haben soll. Hör mal, Schwester, können wir vielleicht ein paar Sachen kaufen gehen und ...«

»Du verläßt diese Wohnung nicht«, sagte Grau hastig. »Ich bin froh, daß du gerade mal nicht gekidnappt bist!«

»Aber kein Mensch weiß, daß ich hier bin«, schnauzte sie.

Milan mischte sich mit sanfter Stimme ein: »Du kannst jetzt nicht raus, Meike. Sigrid kann dir doch ein paar Sachen besorgen. Das geht, aber mehr auch nicht.«

»Also, Schätzchen«, sagte Sigrid munter, »ich rede mal ein paar Takte mit meinem Milan, und dann hole ich dir, was du brauchst. Soll ich dir Klamotten kaufen oder so?«

»Aber alles ganz unauffällig«, verlangte Milan.

»Ganz professionell«, betonte Sigrid. »Ich bin über die Höfe gekommen, mich hat hier auf der Straße kein Mensch gesehen. Also, Milan, was ist? Reden wir?«

Er lächelte. »Wir reden. Wir reden im Kinderzimmer.« Sie gingen.

»Milan ist irgendwie gut. So unbefangen«, sagte Meike. »Du bist also aus Bonn raus? War eine Frau schuld?«

»Ja und nein. Nein, es war nicht die Frau, sie war nicht so wichtig. Es war etwas anderes.«

»Deine Tochter?«

»Die auch. Ich weiß es nicht so genau. Ich erzähle es einfach mal. Machen wir uns einen Kaffee?« Sie ließen sich in der Küche häuslich nieder, zuweilen hörten sie sehr entfernt Sigrid und Milan Liebe machen.

»Wie ist er denn, dein Sundern?« fragte Grau beiläufig. »Glaub aber nicht, daß ich dich aushorchen will. Ich will keinen mehr aushorchen. Ich glaube, ich mag Sundern, also kann ich fragen, wie er ist, oder?«

»Na sicher kannst du das, schließlich war ich mit ihm verheiratet. Tja, wie ist Sundern, oder wer ist Sundern? Also zunächst mal ist er ein verrückter Typ. Er ist erfolgreich, aber kein Angeber, und er ist auch kein Schwätzer. Er war hart genug, sich durchzusetzen. Das sagt alles, oder? Kein Mensch schmeißt den aus Berlin raus, kein Mensch!«

»Wieso hast du ihn denn geheiratet?«

»Er hat es mir angeboten, und ich habe angenommen«, sagte sie nach kurzem Zögern erstaunt. »Es war einfach, und es war manchmal auch schön. Was willst du eigentlich rausfinden, Grau?«

Er stemmte sich hoch, hockte sich auf die Anrichte und betrachtete sie. »Ich weiß gar nicht, ob ich etwas herausfinden will. Vielleicht will ich nur auf Umwegen Steeben entdecken. Dann sage ich meinen Leuten: Steeben ist tot oder: Steeben lebt, danach kassiere ich, und die Geschichte ist gelaufen.«

»Und was passiert dann?« Sie nahm einen kleinen Anlauf und landete ganz dicht neben ihm auf der Anrichte.

»Das weiß ich nicht. Jedenfalls will ich nicht zurück nach Bonn. Irgendwo einen Job finden und arbeiten. Vielleicht hier, vielleicht woanders.«

»Bist du einer, der überall und nirgends zu Hause ist?« Ihre Stimme klang nüchtern. Das verletzte ihn.

»Kann sein, daß ich so einer bin. Ich weiß es nicht. Keine Nabelschau, bitte. Nicht jetzt. Ich habe dich getroffen, und das ist gut so. Ich will jetzt nicht weiterdenken. Ich weiß, du bleibst hier. Es war nur etwas gegen die Sprachlosigkeit. Aber erst einmal Kaffee.« Er goß das kochende Wasser in den Filter. »Gehört Sundern zur Unterwelt?«

»Ach Gottchen, Grau, darauf gibt es keine Antwort. Was heißt denn schon Unterwelt? Ist das ein Haufen von Gangstern, die ständig auf ihren Maschinenpistolen schlafen?«

»Ich weiß es nicht«, sagte Grau drängend, »ich weiß es wirklich nicht. Ich bin in dieser Angelegenheit ein Greenhorn.«

Sie griff nach dem Kragen seines Bademantels und zog ihn ganz dicht neben sich. »Verwendest du es auch nicht? Du darfst es nicht verwenden, weil es um meinen Sundern geht. Aber du mußt es wissen, damit du ihn einschätzen kannst. Er ist ein prima Kerl, nichts als ein prima Kerl. Er hat seine Geschichte, deshalb hockt er Nacht für Nacht im ›Memphis‹. Ohne diese Geschichte, Grau, kann niemand das mit dem

›Memphis‹ verstehen. Klar, es gibt jede Menge Märchen über ihn. Aber die stimmen alle nicht.«

»Ich verwende es nicht«, versprach Grau und sah in ihre Augen. »Ich verwende es niemals gegen ihn, okay?«

»Er ist eigentlich jemand, der eine eigene Familie haben wollte, aber nie eine haben wird. Er ist Solist, verstehst du, und er wird immer einer sein. Er ist im ›Memphis‹ mehr zu Hause, als er jemals in meinem Bett war.

Er schleppt so eine Geschichte mit sich rum, weil er nicht weiß, wer sein Vater war. Seine Mutter weiß es auch nicht. Und glaub mir, Grau, er gehört nicht zur Unterwelt, wie du das so schön nennst. Sundern dreht keine krummen Dinger. Wenn er gesagt hat, er würde Nase dafür töten, daß der mir Heroin gespritzt hat, dann ist das der einzige Mord, den er je begehen würde.

Sundern ist ein Nachtmensch, er lebt nur nachts richtig auf. Er sagt von sich selbst, daß er tagsüber blind ist wie ein Maulwurf. Er mag den Tag nicht, er haßt ihn sogar. Im Büro muß man immer die Vorhänge zuziehen, er stellt damit die Nacht wieder her. Ganz gleich, was er tut – es muß Nacht sein.«

»Wer ist seine Mutter?«

»Eine alte Hure, die wirklich keine Ahnung hat, wer sein Vater war. Sie hat ihn geboren und sofort weitergegeben. Er hatte viele Mütter und viele Väter. Da waren erst mal die Oma und der Opa, dann Tanten und Onkel, dann Familien von Kneipenbesitzern, auch mal eine Sozialarbeiterin. Er hatte nie ein Zuhause. Jetzt ist das ›Memphis‹ seine Familie, und das ist eigentlich eine verdammt gute Familie.«

»Aber er hat Jura studiert. Wie hat er das hingekriegt?«

Sie zog seinen Kopf an ihre Brüste, und Grau protestierte erstickt: »Keine Erpressung, bitte.«

»Ich will nur ein bißchen Haut«, sagte sie seltsam klar. »Er hat anfangs eine Kneipe gehabt. Er träumte von einer Nachtkonzession. Das bringt Geld, weißt du. Er kriegte das irgendwie hin, und er begriff auch sofort, daß das ein richtiger Beruf sein kann, allerdings ein schwerer.

Er setzte zwei alte, clevere Nutten ein, die ihm den Laden schmissen und unheimlich viel Kohle machten. Dann hatte er zwei Läden, danach vier und so weiter. Und weil er ein kluger Kopf ist, ging er studieren. So fing das an.

In diesen Lokalen lernst du ganz Berlin kennen, weil jeder mal eine Nacht durchmacht. Sie mögen ihn, sie mögen ihn alle. Na sicher, es gab Konkurrenz, und das nicht zu knapp. Mehmet war auch mal Konkurrenz, Nase übrigens auch. Aber Nase blieb irgendwie auf der Strecke, er hat Sundern zeitlebens gehaßt, weil er immer nur hinter ihm herhinkte.

Jetzt ist Sundern der King. Nicht mal Politiker kriegen ihn aus Berlin raus. Sie wissen: Wenn Sundern den Mund aufmacht, sind sie fällig. Sundern ist keiner mit einem geheimen Archiv oder so. Was er weiß, weiß er, und er genießt das. Jetzt ist da mit Markus Schawer, also Steeben, irgend etwas gelaufen, von dem er vorher nichts hat läuten hören. Er hat gesagt, daß er aufräumt. Und wenn er das sagt, tut er's auch.«

»Wo ist diese Mutter, diese alte Hure?«

»Sie trinkt sich langsam zu Tode. Wir haben ihr ein Häuschen gekauft, vor drei Jahren, oben in der Uckermark. Sundern hat zwei alte Zuhälter aufgetrieben, die mit ihr hausen, auf sie aufpassen, ihr den Schnaps einkaufen und gemeinsam von alten Zeiten reden. Das ist der schäbige Rest seiner Herkunft. – Grau, wann mußt du wieder gehen?«

»Na ja, ich denke, so gegen halb vier. Wir nehmen ein Taxi.«

»Dann ist doch noch Zeit, Grau. Können wir kuscheln? Mir ist so kalt.«

»Aber nicht mehr auf dieser Scheißcouch. Versuchen wir

mal das Schlafzimmer. Ich bin nämlich ein Muster an Hilflosigkeit. Was hattest du übrigens mit diesem Steeben vor? War das eine ernsthafte Lebensplanung? Blödsinn, es geht mich nichts an. Vergiß es!«

Sie schlang ihre Beine um seine Hüften. »Es war wirklich eine Geschäftsidee. Mit Steeben zu schlafen hat mir angst gemacht. Er war ... er war ... er war sehr brutal, es passierte nur einmal. Du mußt verstehen, daß er eine Chance für mich war. Bist du denn eine Chance, Grau?«

»Das weiß ich nicht, schöne Meike, das weiß ich wirklich nicht. Wieso suchst du nach einer Chance? Eine Chance wozu?«

»Ich weiß es nicht, verdammt. Trinkst du einen Schnaps mit mir? Einen?«

Grau lächelte. »Klar. Komm, wir nehmen den Kaffee und den Schnaps mit ins Bett. Ich denke, ich brauche viele Schnäpse, um diesen Nase zu vergessen. Milan sagt, es hat ihn in Stücke gerissen.«

»Nase war ein Schwein«, sagte sie mit weißem Gesicht. Sie ließ den Bademantel fallen, ging zum Fenster und zog die Vorhänge zu. Dann legte sie einen Zeigefinger an die Lippen, lief hinaus ins Wohnzimmer und kam mit einer weißen Kerze zurück. Sie zündete sie an.

»Weißt du, was ich machen werde?« fragte Grau. »Ich rauche normalerweise Pfeife. Ich gehe heute oder morgen los und kaufe Tabak und Pfeifen. Die Zigaretten machen meinen Magen kaputt. Ich will aber alles gelassen hinter mich bringen.«

»Kann ich mitkommen? Ich habe so etwas noch nie gekauft.« Sie lächelte zaghaft.

»Wie, um Himmels willen, bist du auf die Idee gekommen, ein Immobiliengeschäft mit zehn Millionen Drogen-Dollar und einem halben Zentner Kokain zu gründen?« Grau stand mit hängenden Schultern vor dem Bett.

»Es klang anfangs wirklich gut«, sagte sie einfach. »Komm jetzt, ich will nicht mehr über kalten Kaffee reden.«

»Der Kaffee ist nicht kalt«, warnte Grau. »Im Gegenteil, er ist kochend heiß. Ich möchte mal wissen, ob es diese Dollar und den Stoff überhaupt gibt.«

»Sicher gibt es die«, sagte Meike und räkelte sich. »Steeben ist vielleicht nicht ganz große Spitze, aber so dämlich ist er auch nicht. Wenn er sagt, er bringt es mit, dann hat er es auch mitgebracht. Komm jetzt, Grau, komm spielen.«

Vielleicht ist sie unersättlich, vielleicht hat sie unglaublich viele Spielgefährten. Wahrscheinlich. Die wilde, schöne Meike. Ich habe sie jetzt, an diesem Tag. Sie wird meine Erinnerung sein, eine ewige Erinnerung. »Du bist schön«, sagte er.

»Du auch«, sagte sie. »Kannst du das mit deinem Mund noch mal machen? Kannst du wieder mit dem Mund spazierengehen?«

Gegen drei Uhr klopfte Milan ganz vorsichtig und sagte durch die geschlossene Tür: »Die Helga Friese ist am Telefon. Sie will dich sprechen.«

»Her damit«, sagte Grau halblaut.

Milan kam herein, betrachtete einen Augenblick lang Meike und gestand sich leise: »Sie ist wirklich schön.«

Meike räkelte sich, schlief weiter und öffnete und schloß ein paar Mal den Mund wie ein zufriedenes Kind.

»Okay, Kollegin«, fragte Grau betont geschäftlich. »Was liegt an?«

»Also, das ist eine Wahnsinnsgeschichte.« Helga Friese wippte aufgeregt mit den Zehen. »Erst war ich oben an dem verbrannten Bauernhaus. Es stimmt, Nase ist tot, und die zwei Leute, die er mitgebracht hatte, auch. Jemand hat tatsächlich das Haus in die Luft gejagt. Mit Dynamit, Grau, mit Dynamit, stell dir das mal vor!«

»Ja, ich stelle es mir vor«, sagte Grau gehorsam. »Und was ist in der Berliner Drogenszene los?«

»Merkwürdiges, Grau, Merkwürdiges. Im Präsidium sagen sie, daß sie die Hintergründe auch nicht so genau kennen. Aber seit ungefähr zehn Tagen haben sie alle wichtigen Klein- und Großdealer von der Szene abgefischt. Sie konnten ungefähr zwölf wichtige Leute verhaften, die bis dahin ziemlich perfekt getarnt lebten.

Die Bullen sind ganz stolz auf ihren Fischzug, aber sie wissen auch keine Antwort auf die Frage, weshalb sie plötzlich so erfolgreich sind. Sie reden sich ein, sie hätten eben einfach eine Glückssträhne. Aber das Tollste kommt noch, Grau. Weißt du, was das Auswärtige Amt gesagt hat, als ich mich ganz harmlos nach dem Diplomaten Ulrich Steeben erkundigt habe? Weißt du das, Grau?« Ihre Stimme klang triumphierend.

Grau lachte. »Du wirst es mir gleich sagen.«

»Sie sagten, der sei niemals nach Berlin geflogen. Das könnten sie beweisen. Sie sagten auch, er hätte nach seiner letzten Tour europäischen Boden nicht mehr betreten. Er sei wahrscheinlich in Rio de Janeiro. – Grau, hörst du mir noch zu? – Also, in Rio de Janeiro von irgendwelchen Straßengangs verschleppt! Sie sagten, er sei von seiner letzten Kuriertour nicht aus Südamerika zurückgekommen.

Ha, ha, da habe ich gesagt: ›Und wer, bitte, ist Markus Schawer in Berlin? Ist das nicht der Steeben?‹ Weißt du, was sie geantwortet haben: ›Wer ist denn Markus Schawer?‹ – ›Hat Steeben nicht eine Unmenge Dollar und Kokain transportiert?‹ fragte ich. Und sie entgegneten: ›Wir verweigern weitere Auskünfte, wir müssen erst abklären, was aus unserem Kurier Steeben in Rio geworden ist ...‹«

»Moment, Moment«, unterbrach Grau sie grob. »Du rufst sie morgen noch einmal an. Dann fragst du ganz scheinheilig nach der Kurierpost, die Ulrich Steeben bei sich hatte. Es waren insgesamt sechs Koffer. Vier davon waren für das Auswärtige Amt bestimmt. Irgend jemand hat diese vier Koffer mit schönen Grüßen an den Bundesaußenminister nach Bonn geschickt. Aus Berlin. Frag sie mal danach. Haben sie nicht auch versucht, dich zum Schweigen zu bringen?«

Sie lachte ziemlich aufgeregt. »Und wie, Grau. Plötzlich waren sie sehr freundlich. Sie haben gefragt, ob ich morgen nicht schnell nach Bonn fliegen könnte. Sie würden mein Ticket bezahlen. Sie würden sich gern mal persönlich mit mir unterhalten. Ob ich nicht mit einer Veröffentlichung so lange warten könnte, bis sie mit mir gesprochen haben.

O Grau, du bist ein Schatz! Die ARD zeigt heute abend einen kurzen Beitrag über das explodierte Bauernhaus. Und im Dritten habe ich eine sehr lange Geschichte. Morgen werde ich versuchen, das Auswärtige Amt abzuschießen. O Grau, ich liebe dich, ich liebe dich. Was machst du in meiner Wohnung, geht es euch gut?«

»Klasse. Wir haben gerade in deinem Bett ... eh, wir haben uns verlustiert, so nennt man das wohl. Wann kommst du denn?«

»Irgendwann spätabends. Eher kann ich nicht. Grau, ich werde dich anbeten, solange ich lebe. Das ist ein Hammer, nein, es ist nicht nur ein Hammer, es ist eine ganze Wagenladung voller Hammer, oder heißt es Hämmer? Bumst es sich gut in meinem Bett?«

»Phantastisch«, sagte Grau gutgelaunt. »Paß mal auf. Ich lege dir anderthalbtausend Dollar auf eines deiner zahlreichen Regale. In ein Buch. In welches Buch?«

»Wenn du reinkommst, das Regal rechts. Da liegt ›Schindlers Liste‹. Leg es da hinein. Aber ich brauche es nicht, Grau, ich habe hier aus der Recherchen-Kasse Geld bekommen.«

»Quatsch! Du brauchst eigenes Geld, du hilfst mir, und du wirst dafür bezahlt.«

Meike wurde neben ihm wach, und ihre Augen waren sehr blau und sehr verschlafen. »Wenn du kommst, triffst du hier Sigrid und Meike, zwei Freundinnen ...«

»Du hast es verdient, es gleich mit zwei auf einmal zu treiben, Grau, du bist einfach ein Supertyp ...«

»Nun hör doch mal zu. Du triffst hier also diese Frauen, und sie möchten gern dableiben. Es gibt nämlich ein paar Leute, die sie sehr gern drankriegen würden. Und diese Leute sind Schweine. Also: Sag niemandem, wer in deiner Wohnung ist. Wo schlaft ihr eigentlich?«

»Bei Freunden. Das macht nichts. Und Geld will ich keins.«

»Du bist still und nimmst es. Dann noch etwas. Du kannst in deinem Kommentar über das explodierte Bauernhaus andeuten, daß es um einen Drogenkrieg geht. Erwähne auch ruhig, daß eine Gruppe aus Amsterdam mitmischt und daß eine Berufskillerin das Bauernhaus in die Luft gejagt hat.«

»Amtlich?«

Grau grinste. »Amtlich ist gar nichts. Aber dein Beitrag verträgt jedes Gerücht. Dieses Gerücht ist aber die reine Wahrheit. Du wirst begehrt sein bei der Staatsanwaltschaft, weil die nicht den Hauch einer Ahnung hat. Wenn die dich wollen, will dich auch die ARD. Also: viel Glück.«

Er unterbrach die Verbindung und warf das Telefon auf das Bett.

»Ich weiß jetzt, Grau, welche Chance ich haben will«, sagte Meike und sah ihn mit großen Augen an. »Ich will nicht mehr mit halb heraushängenden Titten durch das ›Memphis‹ laufen und so tun, als könnte jeder mal drüber. Scheiße, Grau, ich will den Tag lieben. Dabei weiß ich nicht einmal, warum ich dir vertraue.«

Das weiß ich auch nicht, dachte Grau. »Ich muß jetzt duschen, wir gehen gleich los, zu Sundern. Beruhige dich und versprich, daß du in dieser Wohnung bleibst.«

Sie nickte. »Ich bleibe hier.«

Kurze Zeit später ging Grau mit Milan auf die Straße, und sie hielten ein Taxi an, das sie zum Kurfürstendamm brachte.

Milan sollte mit hineingehen, aber an einem anderen Tisch sitzen.

»Ich will drin sein. Du bist dabei, dein Schatten muß auch dabeisein«, hatte er verlangt.

Das ›Kranzler‹ war gedrängt voll. Grau war irritiert. Er drehte sich zu Milan um. »Hier kann man doch nicht reden.«

Milan deutete auf eine Tür. Sie führte in einen kleinen Nebenraum, und Sundern hatte wohl seinen Einfluß spielen lassen, damit niemand sie stören würde.

Geronimo saß links an einem Tischchen und grinste Grau freundschaftlich zu. Milan gesellte sich ihm zu, und sie begrüßten sich wie zwei Buchhalter, deren Chefs Wichtiges zu bereden haben und die ganz genau wissen: Was auch immer die Chefs verabreden – ohne uns läuft gar nichts.

»Ich grüße Sie«, sagte Sundern förmlich und stand auf. Er war größer als Grau, roch sanft nach Kouros und machte einen sehr gelassenen Eindruck. »Haben Sie ausgeschlafen?«

»Ich habe es zumindest versucht«, konterte Grau. »Haben Sie diesen Steeben inzwischen gefunden?«

Sundern schüttelte den Kopf und setzte sich wieder hin. »Kein Steeben, keine Dollar, kein Koks. Wie geht es Meike?«

»Ich denke, gut«, sagte Grau. »Es war alles ein bißchen viel für sie.«

Sundern lächelte vage. »Sie ist ein zähes Luder. Wie gefällt Ihnen denn Berlin?«

Grau lachte. »Ist das ernst gemeint?«

»Nicht die Spur«, gab Sundern zurück. »Aber jetzt eine ernsthafte Frage: Was haben Sie denn als nächstes vor?«

Grau zuckte die Achseln. »Weiß ich nicht. Bisher brauchte ich nicht zu planen, bisher wurde ich verplant. Ich suche jemanden, der mir erklärt, was sich hier eigentlich abspielt. Ich denke, Sie sind der richtige Mann!«

Es war eine sehr friedliche Szene. Drei Meter weiter

sprachen Milan und Geronimo miteinander. Was sie sagten, war nicht zu verstehen, aber es wirkte sehr gelassen und friedlich, es klang wie eine freundliche Baßbegleitung.

Niemand würde diesen Raum betreten, nicht einmal die Bedienung. Es gab eine Thermoskanne Tee und eine mit Kaffee, auf dem Tisch standen auch Mineralwasser und ein Teller mit auserlesenem Gebäck.

»Wir sollten einander vertrauen«, sagte der erstaunliche Sundern. »Wenn wir uns gegenseitig übers Ohr hauen, kommt es ohnehin irgendwann raus.«

»Das ist richtig«, bestätigte Grau.

»Ich habe also gedacht, ich erzähle Ihnen die Geschichte, wie ich sie sehe. Dann sind Sie dran. Können wir erst einmal klarstellen: Sie sind also Journalist, im Auftrag eines amerikanischen, auf Drogen spezialisierten Geheimdienstes, zugleich im Auftrag des Bundesnachrichtendienstes. Sie sind nach Berlin gekommen, um einen Mann namens Steeben, Dr. Ulrich Steeben, der auch unter dem Namen Markus Schawer auftritt, zu finden. Angeblich hat dieser Mann Bargeld und Kokain bei sich. Ist das alles richtig so? In diesem Zusammenhang habe ich eine erste Frage: Ist Ihnen denn erlaubt worden, im Anschluß an Ihre Recherchen etwas zu veröffentlichen?«

»Das wurde natürlich nicht erlaubt«, sagte Grau. »Ich müßte meine Verbindungsleute erst einmal fragen, ob Veröffentlichungen genehm sind. Aber ich will die gar nichts mehr fragen. Ich habe diesen Auftrag angenommen, weil ich aus Bonn herauswollte. Da gab es eine Menge privater Gründe.«

»Sie haben im Knast gesessen, nicht wahr?« Sundern fragte sehr sachlich und sehr freundlich, aber ebenso unerbittlich.

»Richtig. Ich bin verurteilt worden wegen vorsätzlicher Körperverletzung. Ich habe den Dealer meiner Tochter ... Man hat mich zu einer Geldstrafe verurteilt, ersatzweise Haft.

Ich habe die Haft angenommen. Nicht, weil ich nicht bezahlen konnte, sondern weil ich nachdenken mußte. Über mich, meine Ehe, meine Tochter, besser gesagt meine tote Tochter.«

Sundern nickte. »Ich weiß. Sie sind eigentlich nicht der Typ, der sich mit Geheimdienstfritzen einläßt. Sie gelten als linksliberal, vorsichtig ausgedrückt. Sie sind ein guter politischer Journalist ...«

»Das weiß ich nicht, das ist mir im Augenblick auch Wurscht. Wieso, um Gottes willen, glauben die Leute, daß Sie das Geld und den Stoff haben? Wieso holen die sich Meike?« Er zeichnete mit den Händen kleine Kreise in die Luft. »Es klang ganz rührend, als Meike sagte, Sie hätten mit der Unterwelt nichts zu tun. Aber ich glaube das nicht, Sundern. Ich kann das gar nicht glauben.«

Sundern lächelte schmal. »Sie müssen das auch nicht glauben. Selbstverständlich habe ich mit der Unterwelt zu tun. Das ist eine Frage der Definition und des Standpunktes. Diese gottverdammten Bigotten in Bonn werden wahrscheinlich vor lauter Anständigkeit bluten wie ein Marienbild, wenn sie meinen Namen nur in den Mund nehmen.« Er lachte, und es klang ein wenig bitter. »Aber einige von ihnen brauchen mich. Sie wohnen zum Beispiel in meinen Häusern. Und sie lassen manchmal zaghaft anfragen, ob ich nicht hier und da ein kleines Sümmchen auf stille Konten in der Karibik schaffen kann.«

»Sind Sie vorbestraft?« fragte Grau schnell. Er war etwas irritiert, denn er hatte erwartet, Sundern würde sich zieren, würde Haken schlagen, Andeutungen machen, Dinge in der Luft hängenlassen. Und jetzt dies: Selbstverständlich habe ich mit der Unterwelt zu tun! Aber klar doch!

»Ich bin vorbestraft, aber geringfügig. Wenn ich recht informiert bin, ist das inzwischen auch getilgt. Ich habe als junger Mann Steuern hinterzogen. Es war schlichtweg dämlich, eine Jugendtorheit. Als wieder eine Fahndung drohte, habe ich einem bestimmten einflußreichen Menschen im Finanzamt zu einem unglaublich billigen Grundstück an einem unglaublich schönen Berliner See verholfen. Seitdem lieben mich die Leute, jedenfalls die, die etwas gegen mich ausrichten könnten.« Er lachte nicht, er sagte das ohne die geringste Gefühlsregung.

»So viel Ehrlichkeit verblüfft mich«, murmelte Grau. »Wollen Sie Tee oder Kaffee? Warum haben Sie sich von Meike scheiden lassen?«

»Es war besser für Meike«, sagte Sundern schnell. »Darauf komme ich noch zurück. Hat Ihre Kollegin schon etwas recherchieren können?«

Grau nickte. »Es wird heute abend in der ARD laufen und dann im Regionalsender von Berlin. Ich will Druck machen. Im Auswärtigen Amt bibbern sie bereits. Sollen sie auch. Glauben Sie, daß Steeben tot ist?«

»Steeben ist ein Arsch, er war immer ein Arsch, und eigentlich ist er mir scheißegal. Wollen Sie hören, was ich von dieser Sache denke?«

»Bei Gott, gern«, sagte Grau gierig.

»Ob Gott mitspielt, weiß ich nicht«, konterte Sundern trocken. »Anfangs dachte ich, Sie seien mein Henker.«

»Wie bitte?«

»Ich dachte, Sie seien geschickt worden, mich zu erledigen.« Er spielte mit einer Streichholzschachtel, sie fiel ihm aus der Hand und landete in einem Kännchen mit Sahne. »Hm«, machte er, dann sah er Grau sehr direkt an und nickte ernsthaft. »Das habe ich gedacht, als Sie das erste Mal aufgetaucht sind.« Als er das sagte, schielte er.

Grau hatte Mühe, seinem Blick standzuhalten. Es war verblüffend, wie Sundern ihn plötzlich mit seinem linken Auge anschielte. »Das ist doch verrückt.« Er suchte in seiner Tasche nach der Zigarettenschachtel, um nicht hinsehen zu müssen.

»Nein, nein, nein«, sagte Sundern abwehrend, »das ist nicht im geringsten verrückt.« Er schielte wieder. »Überlegen Sie doch mal: Ich bin hier der König der Nacht und habe jede Menge Geld. Ich bin mächtig, kenne einen Haufen Politiker und weiß auch genau um deren Schwächen. Im Immobiliengeschäft bin ich hier jemand, an dem niemand vorbeikommt. Ich habe Gegner, Grau, ich habe verdammt viele Gegner. Und die meisten sind Arschlöcher, nichts als von Neid zerfressene Arschlöcher ...«

»Viele?« hakte Grau sachlich nach.

Das Schielen hatte aufgehört. »Mindestens sechs bis acht. Es gibt ein paar subalterne Bullen, die mich hassen wie die Pest, weil ich alles weiß und sie gar nichts. Es gibt beim Finanzamt Leute, die eigens wegen Sundern Sozialisten geworden sind und auf eine gerechte Verteilung des Kapitals hinarbeiten. Die jagen mich wie einen Hasen, sie suchen nach Lücken, hoffen, daß ich einen Fehler mache.

Dann kommt dieses Oberarschloch Steeben in die Stadt und hat angeblich zehn Millionen Dollar und fünfzig Pfund Kokain dabei. Das muß man sich mal vorstellen: Handgepäck im Wert von fünfzig Millionen Mark. Dieser Arsch Steeben zieht Meike mit in die Scheiße. Und sie ist naiv und süchtig genug, ihm zu glauben. Nicht einmal ich konnte sie davon überzeugen, daß dieser Steeben garantiert eine taube Nuß ist.

Und siehe da: Als in Berlin alles versammelt ist, was in der Szene Rang und Namen hat, kommt ein Journalist namens Grau des Weges und will ausgerechnet mit mir ein Interview. Dann stopft sein Angestellter meinem Angestellten das Maul voll Lokuspapier – herzlichen Glückwunsch übrigens –, dann wird Meike geklaut, und dieser Grau holt sie raus. Meike wird wieder geklaut, dieser Grau holt sie wieder raus.

Ganz nebenbei geht das Oberekel Nase samt Genossen in die Hölle, und mir bleibt nichts anderes übrig, als ihm tränenüberströmt zu danken und ihn einzuladen, in meiner Brieftasche oder wo auch immer für ewig Platz zu nehmen. Haben Sie je John le Carré gelesen?«

»Na sicher, und mit tierisch viel Vergnügen«, antwortete Grau verblüfft.

»Carré war selbst Geheimdienstmann, er weiß genau, wie die grauen Zellen dieser wahnwitzigen Zeitgenossen arbeiten. Durch Carrés Brille betrachtet, sind Sie zielgerichtet nach Berlin lanciert worden, um mich wie ein Spanferkel Ihren Auftraggebern zu servieren. Leuchtet Ihnen das ein?«

»Ja. Und ich kann nicht garantieren, daß White und Thelen im Grunde genommen nicht genau das gewollt haben.«

Sundern schüttelte leicht den Kopf. »Die Sache hat sich erledigt, mein Freund. Niemand konnte das mit der Amsterdam-Gruppe voraussehen. Wie gut kennen Sie eigentlich diesen White?«

»Nicht sehr gut. Damals, als meine Tochter an Drogen zugrunde ging, tauchte er plötzlich auf. Er sagte, er mag mich, weil ich den Dealer meiner Tochter erledigt habe.«

Sundern nickte. »Wissen Sie, ich denke, es ist auch eine Karrierefrage für den lieben White. Natürlich gibt er das nicht zu, o nein, das gibt er nie und nimmer zu. Aus meiner Sicht stellt sich die Sache so dar: Der Jungdiplomat Ulrich Steeben, ein unbeschreibliches Arschloch, tut sich auffallend häufig in Berlin um. Angeblich sucht er nach legalen Verdienstmöglichkeiten. Er ist der Schützling eines sehr mächtigen, einflußreichen Mannes in Italien. Dieser Mann hat Steeben losgeschickt, damit er ein Geschäft eröffnet.

Ich kenne den alten Herrn gut, Meike kennt ihn übrigens auch. Ganz folgerichtig macht sich Steeben an Meike ran. An die lebenslustige und auf Abenteuer versessene Meike. Er sagt ihr, er wolle in Berlin groß absahnen, gezielt in Immobilien machen. Damit er einen glatten Start hat, wird sein Beschützer ihn mit vielen Millionen Dollar ausrüsten und mit

Kokain. Schon das ist dermaßen verlogen, daß ich Meike sofort gewarnt habe.«

»Wieso ist das verlogen?« fragte Grau.

»Ganz einfach: Wenn ich einen so mächtigen Beschützer habe, dann reichen zehn Millionen Dollar vollkommen aus. Dann brauche ich dieses Geld nicht in bar, und dann brauche ich erst recht kein Kokain. Das Bargeld und das Kokain ergeben zusammen eine ungeheuer explosive Mischung, Mord inbegriffen, wenn Sie verstehen, was ich meine. Einfache Folgerung: Da stimmt grundsätzlich etwas nicht. Jetzt kommen wir zu White ...«

»Moment, Moment.« Grau überlegte kurz. »White hat mir gesagt, daß Steeben im Grunde so eine Art Kokainschläfer sein soll. Also: Irgendwo im nordeuropäischen Markt gibt es kein Kokain mehr, dann Auftritt Steeben, Übernahme des lokalen Marktes und natürlich auch die Ausdehnung auf andere Drogen. Im Hintergrund immer Steeben als der Retter. Könnte es nicht sein, daß Steeben tatsächlich nach außen hin mit Immobilien spielen will, als Tarnung?«

Sundern nickte. »Vielleicht steckte auch die Idee dahinter, die fünf neuen Bundesländer dafür zu erschließen. Aber dann nicht über die Jet-set-Droge Kokain, Grau, Kokain ist viel zu teuer. Und noch etwas: Nase versorgte bisher etwa die Hälfte des Berliner Marktes. Er wurde aus Amsterdam beliefert. Niemand wird in Berlin zum Kokskönig, bevor er nicht Nase erledigt hat. Wenn man Nase ausbooten will, dann muß man mit Amsterdam verhandeln und nicht mit Nase ...«

»Nase hat mit White und Thelen gesprochen«, sagte Grau. »Was kann das bedeuten?«

Sundern winkte ab. »Das muß überhaupt nichts bedeuten. Nase war für jedermann erkennbar ein Kokshändler. Wir wollen nicht kleinlich sein, wir wollen auch gar nicht wissen, wen er belieferte und für wieviel Geld. Wir stellen nur fest: Nase handelte mit dem Zeug.

Wenn White und Thelen ihn trafen, dann bedeutet das ganz einfach Routine. Ein international arbeitender US-Rauschgiftfahnder trifft sich immer mit Dealern. Er muß ihnen auf den Zahn fühlen, das ist sein Job. Thelen vertritt den Bundesnachrichtendienst. Die Jungs kommen aus ihrer Trauer gar nicht raus, weil die Russen keine bösen Buben mehr sind. Also drängen sie mit Gewalt in die Drogenbekämpfung. Nein, nein, Grau, daß White und Thelen Nase trafen, kann hundert Gründe haben und braucht mit dem Thema Steeben überhaupt nichts zu tun zu haben.

Entscheidend ist ein ganz anderer Punkt. Herrgott noch mal, wieso kommen Sie eigentlich nicht selbst drauf: Nase beherrscht die Koksszene in Berlin, Steeben kommt in der Absicht, den Markt zu übernehmen. Der gehört aber in Wirklichkeit den Amsterdamern, die Nase beliefern. Was also muß man tun, um die Holländer zu besänftigen? Was, Grau?«

»Mit ihnen reden. Der Italiener müßte mit ihnen reden.«

»Richtig.« Sundern nickte. »Aber genau das hat er nicht getan. Bleiben wir zunächst einmal bei White. Er hat jahrelang in München gearbeitet, in dieser Phase wurde er auch auf Sie aufmerksam. Dann hat man ihn turnusgemäß nach Washington zurückbeordert. Okay?«

»Richtig«, bestätigte Grau. »Das hat er jedenfalls behauptet.«

»Gut. Dann stößt White durch Außenagenten oder wie auch immer auf diesen mächtigen Italiener, der Steeben mit Dollar und Stoff nach Berlin einschleusen will. Auch okay! Er zieht die Sache an sich, um sie genau zu beobachten. Selbstverständlich hat er dabei im Hinterkopf, daß es seiner Karriere sehr gut tun würde, wenn er diesen Steeben samt Dollar und Stoff seinen Vorgesetzten präsentieren könnte.« Er sah Grau lächelnd an. »Einverstanden?«

Grau nickte. »Bis dahin kann ich folgen.«

»Jetzt passiert etwas Merkwürdiges«, sagte Sundern, als spräche er mit sich selbst. »Vor rund zehn Tagen kommt Steeben hier an. Angeblich mit Koks und Dollar. Merkwürdigerweise aber macht diese Sache kurz vorher bei allen die Runde. Das heißt: Irgend jemand hat sehr gezielt verlauten lassen: ›Jungs, jetzt kommt Steeben!‹« Sundern lächelte ins Leere.

»Ist das beweisbar?« fragte Grau und dachte im gleichen Augenblick: blöde Frage!

Sundern breitete wie segnend die Arme aus. »Ich selbst habe durch Zufall davon erfahren, denn ich habe mit Drogen wirklich nicht das Geringste am Hut. Aber die damit irgend etwas zu tun haben, die wußten es alle. Sie waren sehr gespannt, sehr unruhig, und sie waren hypernervös. Sie ließen sich in Kneipen sehen, in denen sie besser niemals erschienen wären, und ...«

»... und die Bullen kassierten sie ab«, sagte Grau heiser. »War das so?«

Sundern verzog bitter das Gesicht. »Genau das ist passiert.«

»Irgendeine undichte Stelle?« fragte Grau und fühlte sich hilflos.

»Jemand, der so ein Ding tatsächlich drehen will, riskiert keine undichte Stelle«, sagte Sundern. »Jedenfalls nicht der alte Herr in Italien.«

»White und Thelen haben also dafür gesorgt, daß die Geschichte sich wie ein Lauffeuer verbreitete?«

»Genau so war es. Ahnen Sie jetzt den Umfang der Sauerei?«

»Hat White denn so kalkuliert, daß irgend jemand hingeht und Steeben tötet?«

»Das denkt der brave Laie. White und Thelen wollten einfach, daß die Ratten aus ihren Löchern kommen und dann von den Berliner Bullen abkassiert werden. Sie wollten das, um sich einen Status zu schaffen, der sie unangreifbar macht. Als Drogenkönige von Berlin.«

»Und das Ganze, ohne daß Steeben und sein Ziehvater in Italien etwas ahnten! Das ist ja geradezu ungeheuerlich. Dann braucht doch der Italiener bloß noch Steeben samt Stoff und Geld aus Berlin verschwinden zu lassen. Oder?«

»Sehr richtig«, lobte Sundern. »Sehr richtig gedacht. Der olle Italiener brauchte nur Steeben anzurufen und zu sagen: ›Mein Junge, pack deine Sachen und verschwinde, das Ganze ist eine Falle!‹ Aber das hat er nicht getan, lieber Grau, genau das hat er nicht getan!« Jetzt schielte er wieder.

»Woher wissen Sie das?« fragte Grau erregt.

»Der Mann heißt Pedrazzini, hockt auf seinem Landsitz in der Toscana und ist so etwas wie mein Gönner. Er mag mich. Er sagte mir heute mittag am Telefon, er habe Steeben nicht befohlen, samt Gepäck aus Berlin zu verschwinden. Meine zweite Frage war: ›Hatte Steeben denn wirklich so viel Geld und Koks bei sich?‹ Und die Antwort lautete sehr trocken: ›Leider ja!‹ Das ist der Stand, Grau.«

»Was sagte er noch? Ich meine, er muß doch irgend etwas dazu gesagt haben, irgend etwas zu Thelen oder White.«

»Er ist ein weiser alter Mann, den man nicht überstrapazieren darf. Er hat schweres Asthma. Ich habe nur wissen wollen, ob Steeben in Berlin angekommen ist und ob er das Zeug da bei sich hatte. Pedra sagte: ja, also stimmt es auch. Die Amsterdam-Leute waren stinksauer. Nicht nur, weil Steeben hier mit einem Sack voll Koks einmarschiert ist, sondern auch, weil Pedra vorher kein Wort darüber hat verlauten lassen.

Für sie war das rätselhaft, denn für sie – und auch für mich – hätte Pedra mit ihnen reden und ihnen sagen müssen, was er vorhat. Also dachten sie: Der Schweinehund Sundern steckt dahinter! Sie holten sich Meike und mußten begreifen, daß ich nicht dahinterstecke und nichts von diesem ganzen

Geschäft wußte. Dann kriegte Nase Angst. Er hatte den Peruanern aus Amsterdam das Quartier angeboten und selbstverständlich gewußt, daß sie sich Meike holen wollten. Also holte er sich Meike, um gewissermaßen meiner Rache zu entgehen.«

Er grinste wie ein Junge. »Sie sehen, es geht durchaus so zu wie in jeder gutbürgerlichen Familie: Klaust du meine Meike, klau ich deine Meike. Aber die Amsterdamer waren von Beginn an viel raffinierter: Sie schickten nicht nur die Typen aus Übersee, sie schickten auch Mathilde, um postwendend Rache zu nehmen und Nases Bauernhaus in die Luft zu jagen. Das konnte Mathilde aber nicht tun, solange Meike im Haus war. Die Amsterdamer wußten jetzt, daß Sundern nichts damit zu tun hat, wohl aber Nase. Den können wir nicht mehr fragen. Ich vermute, daß White und Thelen ihm ein mieses Geschäft vorgeschlagen haben. Bis jetzt also hatten nur White und Thelen gewisse Vorteile, niemand sonst. Ich habe mit Mama Chang gesprochen.«

»Wer ist denn Mama Chang?«

»Mama Chang ist eine kluge alte Frau in Amsterdam, die verdammt gute schnelle Geschäfte macht. Mama Chang ist sehr daran interessiert, ein sauberes Berlin zu haben, einen klaren Markt.«

»Das heißt also, wir haben jetzt einen Schwebezustand?« fragte Grau.

»Ja, und ich vermute, die Schweinerei geht erst so richtig los. Steeben ist also samt Gepäck seit zehn Tagen in der Stadt, und niemand weiß, wo er ist. Bevor er nicht wiederauftaucht, haben die Bullen Hochkonjunktur. Wir können nur abwarten, was weiter geschieht.«

»Wie kommt denn diese Mama Chang dazu, einen Überseetrupp zu schicken? Die fallen hier doch auf wie weiße Elefanten?«

Sundern lachte heiter. »Das ist eine wunderbare Truppe. Es

sind Peruaner, und eigentlich nennen sie sich Andentänzer. Sie machen Volkstanz. Vor fünf Jahren kamen sie im Austausch rüber, Kulturaustausch zwischen Peru und den Niederlanden. Sie entschieden sich, hierzubleiben, denn hier können sie richtig viel verdienen. Nicht nur durch tanzen. Also bleiben sie hier, scheffeln Geld und schicken es in ihre Dörfer. Das ist Entwicklungshilfe.« Jetzt lachte er schallend.

»Warum sagen Sie eigentlich, Sie hätten selbstverständlich auch mit der Unterwelt zu tun?«

»Weil ich sie alle kenne. Das bleibt bei meinem Gewerbe nicht aus. Ich vertrete sie bei Immobiliengeschichten, berate sie in Finanzdingen. Ja, ja, ich weiß, Sie denken, ich sei der Obermacker des ganzen Vereins. Aber ich versichere Ihnen: Alles, was ich tue, ist legal.«

»Versichern Sie mir das lieber nicht«, bat Grau trocken.

Sundern betrachtete ihn mit zusammengekniffenen Augen und lächelte matt. »Es gibt bei der ganzen Geschichte einen Haken. Und der hat mit dem alten Pedrazzini zu tun. Er hat sich zwar in diesen Glattarsch Steeben verliebt, aber darüber hinaus ist er ein schlaues Kerlchen.

Bei dem Telefonat mit ihm gab es ein paar Sekunden, die mich wirklich nachdenklich gemacht haben. Ich sagte ihm, daß ich von diesem Steeben nicht viel halte. Er erwiderte ganz bedächtig und melancholisch: ›Na ja, er ist eben ein junger Mann, der noch viel lernen muß!‹ Verstehen Sie das, Grau?«

»Nein, jedenfalls nicht auf Anhieb.«

»Na, dann überlegen Sie mal. Jeder alte Fahrensmann sieht zu, daß er Nachfolger kriegt. Wenn er von einem dieser möglichen Nachfolger denkt, daß der noch viel lernen muß, würde er ihm dann zehn Millionen Dollar in bar und fünfzig Pfund hochkonzentriertes Koks mit auf die Reise geben?«

Nach kurzer Stille sagte Grau tonlos: »Aber er hat es getan.«

»Ja, ja. Aber warum? Warum hat er es getan? Grau, ich habe einen Auftrag für Sie. Ich bezahle Sie in bar, und ich bezahle Sie gut.«

»Das geht, verdammt nochmal, nicht. Ich muß die Sache mit White erledigen, und ich weiß, daß er mich beschissen hat. Ich will das erst vom Tisch haben. Was soll ich denn für Sie tun?«

»Back to the roots!« kommentierte Sundern knapp. »Wir müssen die Sache rekonstruieren. Erinnern Sie sich bitte genau, was White sagte: Steeben kommt mit der Direktmaschine von United Airlines am Donnerstag – das war vor einer Woche – hier an. Er verlädt sein Gepäck in zwei Taxis und fährt zum Hotel. Er checkt ein, und das Gepäck wird von Pagen auf sein Zimmer gebracht. Soweit klar? Was ist dann passiert, was sagte White?«

»Der meinte, seine Leute checken ebenfalls ein, gehen auf ihre Zimmer. Dann, nach zehn, fünfzehn Minuten, wollen sie nachsehen, ob Steeben auch wirklich gut untergebracht ist, ob er auf seinem Zimmer hockt oder im Restaurant, um etwas zu essen. Also: sie machen sich auf die Socken, um herauszufinden, was Steeben jetzt tut, und stellen fest, daß er verschwunden ist. Einfach so. Als hätte er sich in Luft aufgelöst. Mitsamt dem Gepäck. Ich habe nicht die geringste Ahnung, was an Whites Schilderung stimmt und was nicht. Aber so hat er die Geschichte erzählt.«

Sundern nickte. »Gehen wir mal davon aus, daß White ausnahmsweise hier nicht gelogen hat. Dann stehen wir vor einem Problem. Steeben hatte sechs ziemlich große Koffer bei sich, nicht wahr? In einem waren Dollar, im anderen Koks. Die restlichen vier hat irgend jemand dem Auswärtigen Amt mit schönen Grüßen an den Außenminister zugestellt.

So weit, so gut. Steeben hatte maximal zehn Minuten Zeit, um zu verschwinden. Samt sechs Koffern. Das kann er unmöglich allein gedreht haben. Ich habe diesem Punkt besonders viel Augenmerk geschenkt. Das Hotel hat eine zweigeschossige Tiefgarage, aus diesen Garagen fahren zwei Aufzüge hoch.

Also kann jemand sechs Koffer sofort in den Lift gepackt, in die Tiefgarage transportiert, dort in ein Auto verladen haben und verschwunden sein. Das mußte schnell erledigt werden, weil Whites Leute im gleichen Haus waren. Also lief das nach genauer Planung ab. Stimmen Sie mir zu?«

»Ja.«

»Gut. Ich kann sechs Leute in der Tiefgarage postieren, die das Ding durchziehen. Ich kann es aber auch ganz anders drehen. Wie würden Sie es machen?«

Grau überlegte einen Augenblick. »Ich würde einen Mann im Zimmer neben Steeben plazieren. Dieser Mann müßte von außen kommen, also in der ganzen Szene unbekannt sein. Dann würde ich die zwei wirklich wichtigen Koffer bei diesem Mann ins Zimmer stellen. Niemand käme zunächst auf die Idee, sie dort zu suchen. Der Rest der Koffer samt Steeben ginge durch den Lift in die Tiefgarage und damit aus dem Haus. Ziemlich einfach.«

Sundern nickte. »Das genau sollen Sie für mich erledigen. Sie haben Fotos von Thelen und White. Irgend jemand aus dem Hotel kann sie bestimmt identifizieren.«

»White und Thelen?« Grau schluckte. »Warum sollten die so ein wahnsinniges Risiko eingehen?«

»Das weiß ich nicht«, sagte Sundern leise. »Das weiß ich nicht, aber wir werden es herausfinden.«

Plötzlich sagte Milan hastig: »Mehmet kommt mit Gonzales, dem Fahrer.« Er glitt sehr schnell zur Tür und dann hinaus. Geronimo hatte schon die Waffe in der Hand. Sie waren nicht aufgeregt, nur gespannt wie zwei sehr gute, aufmerksame Soldaten.

Mehmet öffnete vorsichtig die Tür. »Ich bin allein«, sagte er. Er wandte sich zu Gonzales um und sagte irgend etwas.

Dann schloß er die Tür hinter sich und kam auf Grau und Sundern zu, nahm sich vom Nebentisch einen Stuhl und setzte sich. Er trug eine schmale Ledermappe, und sein Gesicht war ruhig, aber grau.

Er sagte: »Ein Bote hat das hier gebracht, ein Junge, gab es ab und verschwand sofort.« Er seufzte, zog den Reißverschluß der Mappe auf und förderte ein braunes DIN-A4-Kuvert zutage. Er klappte es auf und zog ein paar Fotos heraus. Ehe er sie zeigte, sah er prüfend kurz nach rechts und links. Dann legte er die 24 mal 36 Zentimeter großen Fotos auf die Tassen und Gläser und fragte: »Wer ist das?«

Die Aufnahmen zeigten einen nackten Mann, der sehr aufrecht auf einem Stuhl saß. Grau dachte anfangs, sie wären in Schwarzweiß, aber dann begriff er, daß es Farbfotos waren, aufgenommen vor dem Hintergrund eines sanft blauen Tuches. Der Mann war tot, sein Kopf lag merkwürdig schief zur Seite, die blonden Haare hingen wie ein Vorhang vor seiner Stirn, die Haut war graublau. Er war mit einer dünnen Schnur auf dem Stuhl festgebunden.

»Es ist Steeben«, sagte Grau heiser. »Das ist Steeben!«

Sundern nickte. »Sieh mal, sie haben ihm die Eier und den Schwanz abgeschnitten und in den Mund gestopft. Das ist ja ekelhaft.«

Grau fürchtete, daß ihm schlecht werden würde, aber merkwürdigerweise verhalf ihm die Sachlichkeit der Fotos zu einer nie gekannten Kühle. »Wieso denn diese Sachen im Mund. Mein Gott ...«

»Er hat geredet, das Steeben-Schwein«, sagte Sundern. »Das ist das uralte Zeichen, daß einer geredet hat. Omertà, das absolute Schweigegebot der Mafia. Er hat es gebrochen.«

Vaya con Dios

»Sie sind ein Pressemensch, Sie müssen Ahnung davon haben. Sind die Fotos getürkt?« fragte Sundern in höchster Erregung.

»Nein. Wozu sollte man das stellen, wenn die Botschaft eindeutig ist? Steeben ist tot! Hingerichtet! Nein, nein, die Fotos sind sauber. Ich frage mich nur, was dieser Hintergrund bedeuten soll. Ein hellblaues Tuch, ein Bettuch? Ein großes Tischtuch? Was ist das?«

»Bettuch, Tischtuch, kann alles sein«, sagte Mehmet.

»Kanntest du den Boten wirklich nicht?« Sundern schielte wieder, diesmal in Mehmets Richtung.

»Nein, noch nie gesehen. Irgendein Junge. Du weißt doch, in Kreuzberg laufen von der Sorte Tausende rum. Sie bringen dir irgend etwas, du gibst ihnen einen Zehner und sie sind wieder verschwunden.«

»Die Fotos haben alle dasselbe Motiv: den toten Steeben, nur der Winkel ist jeweils leicht verändert. Ihr habt mich von einem Arzt behandeln lassen. Wir müssen den Arzt fragen, wie lange der Mann tot ist. Geht das?« Grau zwang sich zur Sachlichkeit.

Mehmet nickte. »Sicher. He, Geronimo, nimm ein Taxi, fahr zu Üzi. Egal, wo er gerade steckt. Frag nur, wie lange der Mann auf dem Foto schon tot ist.«

»Milan«, sagte Grau, »komm mal her! Sieh dir das an. Das ist der Mann, den wir die ganze Zeit suchen. Er ist grau und blau und an manchen Stellen grün. Du hast ... du hast doch viele Tote gesehen. Was meinst du: Wie lange ist er schon tot?«

Milan nahm eines der Fotos und ging zum Fenster. »Der wurde gekühlt. Ich bin sicher. Wir hatten das manchmal im Winter. Sie ... na ja, sie stinken nicht, sie liegen einfach kalt. Keine Verwesung. Die Augen sehen genauso aus. Ja, gekühlt.«

»Verdammt, verdammt«, sagte Sundern und schlug auf die Tischplatte. »Was machen wir jetzt?«

Grau war erstaunt. Keine Spur von dem, was so nebulös als »Organisierte Kriminalität« kolportiert wurde, kam hier vor: kein Generalstabsjargon, kein zackiger Management-Ton. Nichts als Unsicherheit bei Sundern. Er selbst war auch nervös und spürte die Furcht wie einen kleinen kalten Ball im Bauch.

»Warum wollen Sie denn überhaupt etwas unternehmen? Gegen wen? Wofür?«

Sundern sah ihn wütend an. »Grau, bis jetzt war das ein reiner Spaziergang. Nun schickt uns jemand diese Fotos. Steeben ist tot. Okay, er war nur der Bote. Aber zehn Millionen Dollar und das Kokain sind immer noch hier. Wissen Sie, was das heißt? Wir werden Besuch kriegen. Nicht nur von Leuten, die gerne koksen, sondern auch von Leuten, die einfach das Geld und die Drogen wollen. Glauben Sie im Ernst, wir sind die einzigen, die diese Fotos bekommen haben?«

Er zog ein Handy aus der Jackentasche, wählte eine Nummer und gebot allen zu schweigen. Er sagte: »Grüß dich. Habt ihr Post bekommen? Ansichtskarten? Einen Haufen widerlicher Ansichtskarten?« Er schwieg einen Moment, dann nickte er und brach die Verbindung ab. »Die Polizei hat sie auch.«

»Gut«, sagte Grau. »Und was bedeutet das jetzt? Verdammt nochmal, ich bin kein Insider, ich will wissen, was das heißt. Wenn Milan recht hat, ist der Mann schon seit ein paar Tagen tot. Bisher war das scheißegal, wieso plötzlich nicht mehr?

Sundern, wir sind zu dem Schluß gekommen, daß dieser Steeben nicht das Gelbe vom Ei war. Er hat das Zeug hierher transportiert, irgend jemand hat es in Empfang genommen, und irgendwie ist Steeben dann zu Tode gekommen. Na schön, vielleicht hat er geschwätzt, vielleicht auch nicht. Weshalb regen Sie sich eigentlich so auf?«

Sundern beachtete ihn gar nicht, wandte sich an Mehmet und sagte irgend etwas in einer anderen Sprache.

Türkisch, dachte Grau, er spricht tatsächlich türkisch.

Dann winkte Sundern Milan und sagte auch ihm etwas. Milan nickte und wandte sich dann an Grau. »Ich bin vor der Tür.« Dann ging er mit Mehmet hinaus. Er und Sundern waren jetzt allein.

»Grau, mach es dir doch nicht so schwer. Sicher, du bist ein Neuling, aber es muß dir doch klargeworden sein, wie die Sache gelaufen ist. Du mußt das kapiert haben. Entschuldigung, wir duzen uns besser, das ist einfacher.

Also, noch einmal: Der alte, todkranke Pedrazzini schickt einen seiner Kronprinzen mit viel Geld und Rauschgift nach Berlin. Ohne ihn abzusichern, ohne sich um ihn zu kümmern. Was heißt das? Grau, wach endlich auf: Was heißt das!«

»Vielleicht ist er einfach zu krank?« Grau hatte das Gefühl, sich in Watte zu bewegen.

Sundern stand auf, schnappte sich einen kleinen zierlichen Stuhl, setzte sich rittlings darauf und starrte aus dem Fenster. »Das heißt, daß er es nicht freiwillig getan hat. Er wurde dazu gezwungen, er wurde irgendwie unter Druck gesetzt. Als Drahtzieher, Grau, kommen nur zwei in Frage: dein gottverdammter White und dein gottverdammter Thelen! Ist das klar?«

»Das gi-gi-gibt es doch gar nicht.« Grau fing vor Aufregung an zu stottern. »So etwas Verrücktes läßt sich Hollywood vielleicht einfallen oder ein Serienboß von RTL.«

»Es ist gar nicht so verrückt, wie du denkst«, knurrte Sundern. »So verrückt ist das wirklich nicht.«

»Gut, gut, gut. Dann erklär mir doch mal, warum du Meike nicht davon abgehalten hast, sich mit diesem Steeben einzulassen?«

»Sie ist erwachsen!« sagte Sundern erregt. »Sie ist eine erwachsene Frau, und ich höre seit Jahren: ›Ich will meinen Weg allein finden!‹ Peng, aus!«

»Hast du Meike gefragt, ob dieser Steeben irgendwo in Berlin ein Zimmer oder eine Wohnung hatte?«

»Nein«, sagte Sundern, »habe ich nicht. Sie kriegte in der letzten Zeit Schaum vor den Mund, wenn ich sie nur gefragt habe, wie es ihr geht.«

»Also her mit ihr«, sagte Grau resolut. Er stolzierte vor die Tür und sagte in Milans neugieriges Gesicht: »Hol Meike mit einem Taxi! Kauf ihr unterwegs irgend etwas, was sie häßlich macht. Irgend so einen deutschen Trainingsanzug, eine Sonnenbrille, eine Pudelmütze, was weiß ich.« Dann ging er zu Sundern zurück.

»Sei ehrlich, du hast die ganze Arie mit Meike und Steeben nicht ernstgenommen.«

»Habe ich auch nicht«, gab Sundern wütend zu. »Wie kann man denn einen solchen Glattarsch für voll nehmen! Gut, wenn du statt Hirn einen Schweizer Käse herumträgst, dann mag ...«

»Sundern, hör sofort auf herumzufluchen. Erzähl mir die Geschichte von Meike und Steeben, oder erzähl mir wenigstens den Anfang.«

»Der Anfang ist mir doch selbst nicht ganz klar. Wir waren beim alten Pedrazzini. Im Frühsommer vorigen Jahres. Er gab eine seiner Partys, ein Riesending mit sämtlichen Nutten von Rom bis Neapel. Dabei stellte er uns auch Steeben vor.

Ich erinnere mich, daß Steeben so etwas sagte wie: Er werde demnächst in Berlin zu tun haben. Ich weiß auch, daß Meike total darauf ansprang. Gottverdammt nochmal, es ist doch nicht nur Steeben gewesen, Grau. Da war zum Beispiel die Nuckelpinne und da war auch Ernesto, der Weihnachtsmann.«

»Keine Werbesprüche bitte, Klartext, Sundern!«

»Also Meike, oder anders: Ich bin Meikes zweiter Mann. Der erste war Schlagzeuger in einer Rockband. Sie lernte ihn kurz vor dem Abitur kennen, schmiß die Schule und ging mit der Gruppe auf Tour. Sie hatte übrigens mit dem Jungen ein Kind. Wußtest du, daß sie ein Kind hat, Grau?«

»Wußte ich nicht«, sagte Grau heiser.

»Ist auch egal. Sie hatte es nämlich zur Adoption freigegeben. Anschließend wollte sie mit dem Jungen, dem Schlagzeuger, nichts mehr zu tun haben. Sie kam zu mir und bat mich um einen Job. Du kennst sie ja, du weißt, wie sie aussieht. Wenn sie will, bringt sie sogar den Papst dazu, eimerweise Cognac zu saufen.

Bald habe ich geschnallt, wie gut sie ist. Clever ist sie auch. Also zog ich sie systematisch ran. Geschäftsführerin hier, Geschäftsführerin da. Dann nahm ich sie auch ins Büro auf. Sie war schnell, gewandt, und sie war witzig. Vor allem immer gut drauf. Ihr Nachteil besteht darin, daß sie eine Abenteurerin ist. Sie ist niemals zufrieden mit dem, was sie gerade hat. Sie will immer etwas Neues, und wenn sie in A ist, will sie garantiert nach B.

Ich war am Anfang so naiv und dachte, sie will Geld. Also gab ich es ihr. Soviel sie wollte. Aber Geld wollte sie gar nicht. Sie wollte Menschen, Grau, unentwegt neue Menschen. Ich bot ihr an, sie zu heiraten, sie in die Leitung meines Unternehmens zu holen. Sie akzeptierte, und ich war glücklich, denn sie ist wirklich top, zuverlässig und absolut charmant.

Aber dieses Nachtleben wollte sie auch nicht auf Dauer. Unsere Ehe war sowieso nur so eine Art Schnupperkurs. Was sollten wir bei dem Leben in einer Ehe? Dann kam Ernesto.

Er war ein junger Grieche, der wohl einen Sprung in der Schüssel hatte. Sein Vater wollte ihm hier einen griechischen Kiosk einrichten, aber der Junge wollte partout kein Gyros braten. Er hatte es mit Seelenwanderung, und er umarmte leidenschaftlich gerne fremde Menschen.

Anfangs dachte ich, der klaut denen dabei die Brieftasche, aber dann merkte ich, daß er sie wirklich nur umarmen wollte. Er sagte: ›Das gibt mir Kraft!‹ So einer war der Richtige für Meike, der war ihr Jesus, also zog sie mit ihm durch Berlin. Bis er einen Nervenzusammenbruch bekam, weil seine Umarmungen nicht mehr so toll ankamen. Also habe ich den Jungen in mindestens zwanzig Restaurants und Kneipen ausgelöst, ihm ein Bett bei den Irren besorgt, und Meike hatte ihre Ruhe.

Dann kam die Nuckelpinne, der absolute Aufreißer.« Sundern lachte und schlug sich auf die Knie. »Du kannst dir das nicht vorstellen, Grau. Der Mann fuhr einen Austin-Mini. Er fuhr überhaupt nur Minis, denn das waren die einzigen Autos, von denen er etwas verstand. Er träumte davon, einmal über den Nürburgring zu rasen.

Was macht meine Meike? Geht zu Sundern und bittet um ein Kleindarlehen. Sie will der Nuckelpinne den Nürburgring reservieren. Wir hatten uns längst wieder scheiden lassen. Sie verschwand also mit der Nuckelpinne in einem uralten Wohnwagen. Weg war sie. Vier Wochen, sechs Wochen, acht Wochen. Ich wurde langsam verrückt. Dann kam das Telegramm. Nur drei Worte: ›Hol mich ab!‹

Also, ich zum Nürburgring. Kennst du die Eifel? Am Arsch der Welt, Grau. Sicher, schöne Natur, aber wo sind die Eingeborenen? Totenstille. Ich fand sie dann in einem deutschen Hochwald. Sie hausten in einem Wohnwagen, der nicht mal wetterfest war. Tagsüber verkaufte er in Adenau Hamburger, und abends drehte er eine Runde auf dem Ring in seinem Mini.

Was macht Sundern? Er löst das Pärchen aus, nimmt Meike und fährt zurück nach Berlin. Irgendwann kam dann Steeben und wurde von ihr zum neuen Leithammel erkoren. Ich habe sie gewarnt, Grau. Es hatte keinen Sinn.«

»Vielleicht läßt du sie nicht los?«

»Natürlich lasse ich sie los. Aber ich muß sie immer aus irgendeinem Schlamassel rausholen. Ich weiß, sie will es ohne mich schaffen, nur, so, wie sie es versucht, klappt das nie!«

»Hat sie Eltern?«

»Darauf darfst du sie niemals ansprechen. Ihre Mutter war zeitlebens eine hysterische Frau. Der Vater hat sie übel behandelt. Konnte auch nicht übersehen, daß seine Tochter so verdammt schön ist. Du verstehst schon.«

»Ich verstehe. Sie hatte also ernsthaft vor, mit Steeben zusammen ein Geschäft anzufangen?«

»Sagte sie jedenfalls. Ich weiß nicht, ob das gutgegangen wäre. Ich fürchte: eher nicht. Auf jeden Fall habe ich mich vollkommen herausgehalten. Schnappte nur ein paar ihrer verrückten Bemerkungen auf, das hat schon gereicht.«

»Was befürchtest du jetzt, Sundern?«

»Ich glaube, daß White und Thelen irgend etwas gedreht haben. Ich denke, daß der Stoff und das Geld immer noch hier in Berlin sind. Ich befürchte, die russische Mafia wird kommen, die Polen auch. So viel Zaster macht jeden heiß. Das wird ein Tanz, Grau.«

»Und was können wir tun?«

»Schneller sein«, sagte Sundern resolut.

»Ich sollte aussteigen«, konstatierte Grau. »Das ist nicht meine Welt, da kann ich nicht mit.«

Sundern nickte. »Richtig. Aber du könntest hinterher ein Buch schreiben, wenn du dann noch lebst.«

»Das stimmt«, sagte Grau. »Aber ich bin immer für die falsche Seite.«

Sundern sah ihn erstaunt an. »Bin ich etwa dieses Mal die falsche Seite?«

»Wenn du White fragst, ja.«

»Aber White hat die Schweinerei angerichtet, Grau!«

»Das ist noch nicht bewiesen. Da kommt übrigens Geronimo.«

Geronimo pirschte sich an ihren Tisch und sagte kurzatmig: »Es ist klar, Timo. Er lag auf Eis oder irgend so was. Der Doktor hat gesagt, so sehen die im Kühlhaus der Pathologie alle aus.«

»Nase ist tot, Steeben ist tot. Das ist nicht gut: Sie hätten viel erzählen können. Erinnerst du dich, was ich zum Thema Hotel sagte, Grau? Gehst du ins ›Hilton‹ fragen?«

»Mach ich«, sagte Grau. »Ist es weit von hier?«

»Ein paar Minuten. Es war Donnerstag vor einer Woche, also der 6. August. Vergiß das nicht.«

Grau ging. Gesprächsfetzen schwirrten ihm durch den Kopf: ›Grau, bist du eine Chance? Ich weiß nicht, warum ich dir vertraue. Du bist so schön albern.‹ Ja, meine wilde, schöne Meike! Wir haben uns getroffen, dann werden wir uns trennen, und ich werde in Frankfurt (Oder) vor irgendeinem Chefredakteur stehen und devot bitten: »Haben Sie einen Job für mich?«

Der Chefportier war ein dicker, sehr honorig aussehender Mann mit einem freundlichen Gesicht, das an einen aufgehenden Mond erinnerte. Ich werde ihn nicht kaufen können, dachte Grau müde. Er ist unbestechlich. Er nimmt so viel Trinkgeld mit höflicher Wahrheit ein, daß er seinem Hause niemals schaden würde.

Nicht für tausend Dollar, nicht für zehntausend. Und vielleicht erinnert er sich gar nicht. Wahrscheinlich hat man ihm in den Dienstvertrag geschrieben, er dürfte sich niemals erinnern. Diese Männer nehmen Verträge sehr ernst. Sei also zurückhaltend und höflich, Grau.

»Mein Name ist Grau. Hätten Sie die Güte, mir drei Minuten zu opfern?«

Der Mann war um die fünfzig. Er verbeugte sich leicht und lächelte. Keineswegs das Lächeln eines Untergebenen. »Sind Sie ein Gast, mein Herr?«

»Das bin ich vielleicht demnächst.« Grau lächelte ebenfalls. »Können wir irgendwo ... ich meine, gibt es einen separaten Raum?«

»Selbstverständlich. Die Rezeption hier? Oder das Büro?«

»Das Büro wäre mir lieber«, sagte Grau schüchtern. Er ging seitlich hinter dem Mann her und dachte: wie das englische Königspaar, und ich bin eindeutig Philipp. Das Büro war ein einfacher Raum: ein Schreibtisch, ein Sessel, zwei Stühle, ein Blumenstrauß auf der Tischplatte.

»Nehmen Sie Platz«, sagte der Mann höflich. »Ich hoffe, ich kann Ihnen behilflich sein.«

Grau nickte langsam. »Es ist eine Geschichte, die Sie kennen. Sie ereignete sich am Abend des 6. August, also vor zehn Tagen. Ein Mann kam an, ein Mann des Auswärtigen Amtes in Bonn. Er hatte viel Gepäck. Minuten später war er samt Gepäck verschwunden. Man hat Sie mit Fragen bestürmt. Die Männer, die Sie fragten, wiesen sich als Beamte eines amerikanischen Geheimdienstes aus. Es waren auch Beamte des Bundesnachrichtendienstes dabei. Erinnern Sie sich?«

»Selbstverständlich, Herr ...«

»Grau.«

»Selbstverständlich erinnere ich mich. Es war acht Uhr abends, und ich war bereits in meiner Wohnung. Ich wohne hier im Haus, müssen Sie wissen. Natürlich erinnere ich mich. Ein peinlicher Vorfall, wenngleich niemand vom Personal auch nur in der geringsten Weise beteiligt war.«

»Das weiß ich.« Grau nickte nachdrücklich. »Das weiß ich sehr wohl. Ich habe eine sehr private Frage, die gewissermaßen mein Leben verändern könnte. Ich will Ihnen kein

Märchen erzählen, deshalb erkläre ich lieber gar nichts. Ich frage nur, ob diese beiden Männer hier Sie auch befragt haben.« Er legte die Fotos auf den Tisch.

»Die waren nicht dabei«, sagte der Mann sehr sicher und ohne zu zögern.

»Danke für die Auskunft. Nun noch eine zweite Frage, deren Beantwortung nicht so wichtig ist und die ich eigentlich nur stelle, um mir nachher nicht vorwerfen zu müssen, ich hätte es vergessen. Diese Männer haben zwar Ihre Kolleginnen und Kollegen nicht befragt, aber sie wohnten zu der Zeit im Haus, nicht wahr?«

»Ist das wirklich nur für Sie privat?«

Grau nickte.

»Ja, sie haben im Haus gewohnt.«

»Im Zimmer neben Ulrich Steeben, der verschwunden ist, nicht wahr?«

»Mister White wohnte rechts von Herrn Doktor Steeben, Herr Thelen links. Ich denke, soviel kann ich Ihnen sagen, wenn es privat ist.«

»Es ist privat«, versicherte Grau erneut. Er stand auf und ging hinaus. Den Bruchteil einer Sekunde lang dachte er, ob es nicht doch angebracht wäre, dem Mann einen Hundertmarkschein in die Hand zu drücken, aber dann ließ er es.

Die Sonne stand immer noch hoch am Himmel. Grau mußte blinzeln, als er die Stufen herunterging, und sich erst einmal an das Licht gewöhnen. Dann schlenderte er zurück zum ›Kranzler‹. Er ließ sich Zeit.

White, du hast mich ja erstklassig beschissen und der praktizierende Katholik an deiner Seite auch. Ihr habt mit Nase gesprochen und mit Steeben. Ihr wart im Hotel, als Steeben ankam und dann verschwand. Trotzdem habt ihr mich in diesen Krieg geschickt, und ich würde zu gerne wissen, wieso.

Nur um andere Leute, die ich gar nicht kenne, zu verunsichern? Damit ihr billige Infos kriegt über die weiteren Folgen dessen, was ihr angerichtet habt? Ihr seid schuld, daß die wilde Meike zweimal in Lebensgefahr geraten ist. Natürlich werdet ihr sagen: Wo gehobelt wird, fallen auch Späne. Aber diese Späne nehme ich euch übel. Vielleicht sollte ich in Sunderns Armee eintreten, um eure fetten Ärsche auf Trab zu bringen, eure ungeheuer fetten, verlogenen Beamtenärsche.

Sie saßen merkwürdig aufgereiht, als erwarteten sie irgendeine Darbietung. Links außen Milan, dann Mehmet, dann Sundern und Meike in einem grellgrünen Trainingsanzug, ungeschminkt, blaß. Ganz rechts Geronimo.

»Thelen und White waren tatsächlich im Hotel, als Steeben ankam. Sie hatten die Zimmer neben ihm. Das bringt mich auf eine Frage, Sundern: White und Thelen haben mir weisgemacht, ihre Leute hätten verzweifelt nach Steeben gesucht. Stimmt das?«

Sundern nickte wider Erwarten. »Das ist einwandfrei, das stimmt. Sie haben Berlin auf den Kopf gestellt und sind dabei unheimlich brutal vorgegangen. So brutal, daß sie Schwierigkeiten mit dem Senat und dem Regierenden Bürgermeister bekommen haben. Weil es ihnen verboten wurde weiterzusuchen, haben sie dich hierher geschickt.«

»Aber sie hatten doch die Kollegen vom CIA und die vom deutschen Verfassungsschutz.«

Sundern grinste erschöpft. »Das ist richtig, aber die wollten sich nur ungern einspannen lassen. Wie auch immer: Steeben jedenfalls ist tot.«

Meike weinte nicht, sie war nur sehr blaß und hielt die Augen gesenkt. Grau wäre gern zu ihr hingegangen und hätte sie in die Arme genommen. Statt dessen setzte er sich auf einen Stuhl. »Was jetzt?«

Mehmet räusperte sich. »Es wird durch die Szene gehen, daß Steeben tot ist. Da überall bekannt ist, was er mitgebracht hat, ist die Jagd hiermit eröffnet: Sie werden wie die Irren nach dem Geld und dem Koks suchen. Wir können uns zurücklehnen und zusehen. Wir haben Logenplätze.«

»Mehmet«, sagte Sundern wütend, »du redest gequirlte Scheiße! Wir wissen nur eins ganz genau: In diesem gottverdammten Hotel ist irgend etwas schiefgegangen. Auf keinen Fall sollte Steeben dabei hopsgehen. Im Gegenteil, ein verschwundener Steeben, verschwundene Dollar und verschwundener Koks können jedem nur nützen, egal, was er vorhat.

Wir sitzen keineswegs auf Logenplätzen, und abwarten können wir schon gar nicht! Das Eingreifen der Amsterdam-Truppe zeigt doch deutlich, daß alle Welt gezielt darüber unterrichtet wurde, daß ich, der Sundern, angeblich an dieser Sache mitdrehe. Also läßt mich niemand auf einem Logenplatz sitzen. Im Gegenteil, jeder wird glauben: Habe ich Sundern, habe ich auch den Koks und die Kohle! Ist das jetzt endlich klar? Mein Gott, habt ihr euer Hirn in der Garderobe abgegeben? Die Situation ist lebensgefährlich!

Grau, erinnerst du dich, wie ich dir sagte, es sieht verdammt so aus, als wärest du an mich herangespielt worden? Siehst du, was jetzt passiert? Jetzt werde ich erledigt, ohne daß die Bullen auch nur den kleinen Finger rühren müssen!« Er hatte plötzlich die Augen und das Gesicht eines uralten Mannes.

Grau fragte: »Kannst du es denn riskieren, den alten Pedrazzini noch einmal anzurufen?«

Sundern nickte, sagte aber nichts.

Er hat es doch längst selbst beschlossen, dachte Grau, und zu Meike sagte er: »Wir müssen jetzt mal ganz scharf überlegen, wie diese Geschichte abgelaufen ist. Das verstehst du doch. Wir sind alle Betrogene. Du besonders. Du sollst nichts Intimes preisgeben, nichts Persönliches. Nur erzählen, wie diese Verbindung mit Steeben verlief. Geht das?«

Mein Gott, ich spiele mich auf, als sei ich der Boß eines Provinztheaters und dies mein großer Auftritt.

»Na klar geht das«, antwortete Meike munter. »Also, ich lernte Steeben beim alten Pedrazzini kennen. Sundern war dabei.« Sie lächelte. »Er mochte Steeben von Anfang an nicht. Wahrscheinlich interessierte ich mich deshalb für ihn. Steeben war ein junger Mann im Kreis um Pedra. Es gab mehrere, was aber nicht heißen soll, daß Pedra schwul ist.

Steeben erzählte mir, daß er zum Diplomaten ausgebildet wird. Er sagte auch, er werde damit aufhören und irgend etwas Privates anstellen, irgendein lohnendes Geschäft. Er war so geldgeil, daß es schon fast komisch war. Ferien und freie Tage verbrachte er immer bei Pedra. Als Student hat er eine Kneipe gehabt und als Journalist für Unizeitungen geschrieben. Auch einen Doktortitel hatte er. Er sagte, er würde demnächst viel in Berlin sein, und er kam tatsächlich. Das ist ungefähr ein Jahr her. Er wollte unbedingt mit Sundern zusammentreffen, weil er sagte, Sundern könnte ihm den Start erleichtern.«

Jetzt lächelte sie nicht mehr. »Aber Sundern wollte nicht, weil auch er ihn nicht mochte. Steeben kam und besuchte mich in meiner Wohnung. Wir waren kein Liebespaar. Ich mochte ihn, er mochte mich. Ich könnte in sein Geschäft einsteigen, schlug er vor. Er würde mit zehn Millionen Dollar und ziemlich viel Koks anfangen. Von Pedra gestiftet. ›Immobilien sind aber nicht gut‹, sagte ich, ›weil Sundern schon in Immobilien macht.‹ Aber er lachte nur. Er benutzte immer häufiger den Namen Markus Schawer. Unter diesem Pseudonym hatte er als Journalist geschrieben, so wollte er sich jetzt auch nennen.

Wir machten aus, daß er in Berlin ankommt, ein bißchen abtaucht, eine große Wohnung mietet und dann geschäftlich loslegt. Er sagte, er könnte sich in den ersten zwei, drei Wochen kaum um mich kümmern, aber dann hätte er Zeit genug. Ich sollte in seine Wohnung einziehen, die Frau an seiner Seite sein ... das Maskottchen auf seinem Schreibtisch. Eigentlich ist das schon alles.«

Sundern sagte nichts. Milan und Geronimo starrten vor sich hin, Mehmet lächelte höflich.

»Du hast mal erwähnt, er sei brutal gewesen«, hakte Grau nach.

»Ja, ja, er war ein Macho, ein knallharter Macho. Manchmal wurde er plötzlich wütend, ich verstand das nicht. Er wollte, daß ich ... Statt mich zu bitten, schlug er mich. Einfach so. Dann dachte ich: Nie wieder!«

»War er wirklich so überzeugt, er könnte einfach ins Immobiliengeschäft einsteigen?« fragte Sundern ein wenig verwundert.

»Aber ja«, sagte sie. »Natürlich. Er wollte mit dem Koks und dem Bargeld Eindruck schinden und Leute kaufen.«

»Völlig verrückt«, sagte Sundern verächtlich.

»Wo hat er denn geschlafen? Immer bei dir?« fragte Grau.

»Nicht immer. Manchmal auch im Hotel. Er war, glaube ich, in diesem Jahr sechsmal in Berlin. Zweimal war er bei mir, einmal im Hotel, wo sonst, das weiß ich nicht.«

»Er traf White und Thelen? Das ist sicher?«

»Ja, mindestens zwei- oder sogar dreimal.«

»Du hast sie erlebt. Hatte er Respekt vor ihnen, waren sie so etwas wie die Chefs? Sprach er bewundernd von ihnen?«

»Nein, er fühlte sich eher gleichberechtigt. Hat aber nie ihre Namen erwähnt, auch nie gesagt, daß sie Bullen sind. Er sagte nur, sie seien wichtige Bekannte.«

»Tut es weh, daß er tot ist?« wollte Grau wissen. Warum frage ich das? Ich habe kein Recht dazu. Es war ihr Steeben, es war ...

Sie antwortete nicht, schüttelte nur energisch den Kopf.

»Hatte er eine Bude, eine Wohnung? Hat er so etwas erwähnt?« bohrte Sundern weiter.

Sie schüttelte den Kopf. »Ich erinnere mich an nichts.«

»Sundern, kannst du nicht verschwinden, einfach abtauchen?« fragte Grau.

»Geht nicht. Unmöglich. Ich habe die Betriebe, ich habe das Büro. Außerdem starren alle auf mich, sie erwarten, daß ich unerschütterlich wie ein Fels im ›Memphis‹ hocke. Was glaubst du, Mehmet: Wer wird als nächster auftauchen?«

»Wahrscheinlich Gretzki«, sagte Mehmet ohne Zögern. »Ein Pole. Er schafft Rohopium durch Rußland nach Polen. Dort wird es zu Heroin verarbeitet, dann geht es nach Westen. Sagt man. Gretzki wird zwar von Interpol gesucht, er wird aber kommen, denn er ist ein habgieriges Schwein.«

»Davidoff aus Moskau wird auch kommen«, überlegte Sundern weiter. »Wir wissen nicht genau, was er eigentlich macht, er heißt auch nicht so. Den Namen haben wir ihm gegeben, weil er immer Davidoff-Zigarren raucht. Es wird gemunkelt, er habe enge Beziehungen zu den Rechtsextremen. Auf jeden Fall verscheuert er russische Antiquitäten gleich waggonweise und verkloppt Waffen der russischen Armee, auch waggonweise.

Wahrscheinlich kann er dir alles besorgen, von Nutten bis zur Atombombe. Man sagt, er kümmert sich um Haschisch aus Afghanistan, aber genau weiß das niemand. Heilige Scheiße: zehn Millionen in bar!«

»Ganze Armeen von Bullen und Geheimdienstleuten werden aufkreuzen«, sagte Milan nachdenklich. »Das ist doch gut für uns, das ist Schutz.«

»Das ist nur gut für uns, wenn wir darauf achten, daß Sundern und Mehmet nicht angreifbar sind«, sagte Geronimo. »Meike muß jedenfalls verschwinden.«

»Sie ist ganz schnell verschwunden«, versprach Grau. »Sundern, laß uns mal den Kinderkram vom Kokainschläfer und Immobilienhändler vergessen. Was bedeutet denn der Besitz von so viel Geld und Kokain für den, der es tatsächlich hat?«

»Er drückt alle anderen damit an die Wand«, erklärte Sundern knapp. »Er kauft jeden Kleindealer aus der Szene, er bestimmt, was gehandelt wird und was knapp ist. Er bestimmt den Tagespreis und letztlich sogar, ob die Greifswalder Kids in der lokalen Disko Haschisch rauchen oder sich Amphetamine reinziehen. Er kann Bullen bestechen und Behördenchefs in Dresden und Leipzig beglücken. Wenn er gut ist, wird er all das auch tatsächlich tun.«

»Durchs Telefon«, platzte Milan mitten in die plötzliche Stille hinein.

Sundern nickte. »Genau, durchs Telefon! Er braucht gar nicht in Erscheinung zu treten, wenn er gute Leute hat. Meike, was glaubst du: Wie gern hat dich der alte Pedra?«

»Sehr gern«, sagte sie ohne Zögern. »Wir haben am Fischteich gehockt, und er sagte, er wünschte sich nichts so sehr wie einen jungen Körper, um ihn zu umarmen.« Sie lächelte. »Er mag mich, glaube ich.«

Sie ist, verdammt nochmal, jedermanns Darling, dachte Grau eifersüchtig.

»Okay, das denke ich auch.« Sundern rümpfte die Nase. »Du wirst Pedra anrufen, aber nichts Genaues sagen. Nur andeuten, daß wir knietief im Dreck stecken. Er muß kommen, wenigstens für zwei Stunden. Ich muß ihm in die Augen sehen, wenn ich mit ihm rede. Gib ihm keine Möglichkeit für eine Ausrede!«

Sie nickte und nahm das Handy. Sundern schrieb ihr die Nummer auf einen Zettel und legte ihn auf eines der Tischchen. Sie setzte sich hin und wählte, dabei wirkte sie so sachlich und energisch wie eine perfekte Sekretärin.

Sie sagte »Hallo, hallo, hallo« und begann dann fließend italienisch zu sprechen, zu lachen und mit Worten und Satzfetzen zu wirbeln.

Sie ist wirklich perfekt, dachte Grau, sie ist so perfekt, daß es mir angst macht. Er betrachtete sie gierig, wie sie lachend und heftig mit der Linken gestikulierend sprach, wie sie zögerte, sich eine Haarsträhne aus dem Gesicht blies, sich über die Stirn fuhr, unablässig mit den Fingern auf die Tischplatte klopfte, »Ehs« und »Ahs« und »Ohs« ausstieß wie ein kleiner, lebhafter Dickkopf, der seinen Willen haben muß. Sie ist entzückend, dachte Grau, und es bereitete ihm einen sanften Schmerz.

Sie legte das Handy auf den Tisch, ihr Körper zog sich ein wenig zusammen, als ob sie friere. Dann sagte sie: »Er hat kapiert, er nimmt es ernst. Er kommt her, mit dem Flieger.«

»Wann?« fragte Grau.

»Na jetzt«, sagte Sundern. »Er hat einen Learjet in Rom stehen. Wenn der Pilot Vollgas gibt, vier, fünf Stunden oder so.«

»Wir sollten uns wieder trennen«, schlug Grau vor. »Sundern, du kannst jetzt nicht ins ›Memphis‹. Das ist zu unübersichtlich.«

»Ich gehe trotzdem ins ›Memphis‹«, entschied Sundern. »Mehmet stellt die Garde.«

Mehmet nickte. »Ich stelle Leute ab. Jede Menge Schlenderer. Dann wissen wir, was passiert.«

»Schlenderer?« fragte Milan. »Ein schönes Wort. Sie stehen rum, eh?«

Mehmet lächelte und nickte. »Sie stehen nur rum.«

»Markus Schawer hat doch ein Telegramm geschickt«, erinnerte sich Grau plötzlich wieder, »hast du ...«

»Es wurde im Postamt aufgegeben«, sagte Sundern. »Ich habe das recherchiert. Ich weiß nicht, wer dahintersteckt.« Er griff nach einem der Fotos mit dem toten Steeben. »Der da war es jedenfalls nicht. Rufst du White an?«

Grau nickte. »Ich rufe ihn an und sage ihm, daß ich seinen Steeben gefunden habe; er wird mich wahrscheinlich loswerden wollen. Milan, Meike: Wir fahren mit drei Taxis, jeder nimmt einen anderen Weg.«

Auf dem Kurfürstendamm herrschte hektische Betriebsamkeit. Es war nicht einfach, ein Taxi zu bekommen. Grau fragte nach einem Pfeifengeschäft und ließ den Fahrer dort halten. Er kaufte drei Dosen Tabak von Charatan und zwei Pfeifen, eine von Butz-Choquin mit Sterling-Silber zwischen Mundstück und Kopf und eine 1993er Jahrespfeife von Stanwell. Er wußte nicht, was noch auf ihn zukommen würde, fühlte sich aber zum erstenmal seit langem gelassen, und er freute sich auf Meike.

Die Wohnung in der Dimitroffstraße wirkte freundlich und chaotisch. Sigrid und Meike werkelten in der Küche und versprachen ihnen ein aufregendes Abendessen. Sie erzählten sich gegenseitig lauthals schlüpfrige Witze und kreischten dabei zuweilen wie grenzenlos überreizte Teenager. Grau hockte sich zu Milan ins Wohnzimmer und stopfte sich feierlich eine Pfeife.

»Das gefällt mir«, sagte Milan, »das paßt zu dir.«

»Dann nimm die andere«, schlug Grau vor. »Vielleicht schmeckt es dir, vielleicht werden wir dann berühmt als die zwei furchterregenden Pfeifen. Bist du zufrieden mit den neuen Papieren?«

Milan nickte. »Ich fühle mich jetzt sicher, kann jetzt sagen: Der bin ich! Muß man Tabak sehr fest stopfen?«

»Nicht sehr fest, unten wenig, oben mehr. Was glaubst du: Geht der Krieg langsam zu Ende?«

»Was meinst du mit Krieg? Meinst du blutige Sachen wie bei Nase?«

»Genau das meine ich.«

»Ich weiß es nicht«, sagte Milan. »Das kommt drauf an, wer das Geld hat und den Stoff. Er kann viel Krieg machen, wenn er will. Du mußt White anrufen, du mußt sagen, daß Steeben tot ist.«

Grau nickte und nahm gehorsam das Telefon. Eine Frau meldete sich sehr neutral und verband dann mit White, der lärmend verkündete: »Ich weiß, ich weiß: Vetter Steeben hat das Zeitliche gesegnet. Wir haben die Fotos auch. Glauben Sie, daß die echt sind?«

»Es sieht so aus. Sagen Sie mal, White, warum haben Sie mir eigentlich erzählt, Sie seien verheiratet und hätten zwei Kinder?«

»Gewohnheit«, sagte er und grinste zweifellos am anderen Ende der Leitung. »Das sage ich immer, um mir den Anschein guter Bürgerlichkeit zu geben.«

»Und die Sekretärin, die ein Kind von Ihnen erwartet?«

»Derselbe Grund. Das macht mich so herrlich mittelmäßig. Sie nehmen das doch nicht übel? Grau, Sie sind doch kein Spielverderber?«

»Nein, nein, das bin ich nicht. Aber ich denke: Wer so kaltblütig lügt, der stiehlt auch und betrügt. Vielleicht mordet er auch. Was meinen Sie, White?«

»Wo stecken Sie denn jetzt im schönen Berlin?«

»Ich bin nicht in Berlin«, log Grau. »Ich bin außerhalb. Ich habe eine Spur. Vielleicht weiß ich, wo der Stoff und das Geld sind.«

»Wie bitte?« Das klang aufrichtig verblüfft.

»Es ist tatsächlich so. Vielleicht taugt die Spur was. Ich wollte mich für etwa vierundzwanzig Stunden verdrücken. Wissen Sie eigentlich, daß Nase in den Himmel aufgefahren ist?«

»Nase?«

»Ja. Sie kennen ihn vermutlich unter dem Namen Erwin Habdank. Der kleine Berliner Kokskönig. Puff hat es gemacht, und er war ein Engel.«

»Das Bauernhaus?«

»Das Bauernhaus, White, ganz richtig. Ein schönes Anwesen. Sehr schade.«

»Wer war es denn, Grau. Wissen Sie das?«

»O ja. Spezialisten aus Amsterdam. Mama Chang, Sie wissen schon, White.«

»Woher soll ich denn das alles wissen, Grau, und wieso sind Sie neuerdings so aufsässig?«

»Das wissen Sie ganz genau, White. Ich habe übrigens in einer sehr einfachen Recherche festgestellt, daß Sie am Abend von Steebens Ankunft in Berlin im Hilton gewohnt haben. Sie rechts, Thelen links von Steeben. Ist das nicht eine Überraschung? Oder erinnern Sie sich gar nicht mehr?«

»Das ändert aber doch nichts an der Tatsache, daß Steeben dann verschwunden ist und mit ihm sein Gepäck«, sagte White gepreßt. »Oder sehen Sie das anders?«

»Ich habe noch eine letzte Frage, White: Haben Sie die Leiche?«

»Haben wir nicht. Wir wissen auch nicht, wer ihn ins Jenseits befördert hat. Ehrenwort, Grau.«

»Ehrenwort taugt nicht mehr«, sagte Grau. »Also, ich gehe jetzt Steebens Gepäck suchen.«

»Wo vermuten Sie das denn?«

Grau überlegte einen Augenblick. »Dort, wo niemand auf die Idee käme, danach zu suchen.«

»Wo könnte denn so ein Ort sein?« fragte White unschuldig. Er schien zu spielen.

»Ich habe mehrere zur Auswahl«, sagte Grau unverbindlich. »Machen Sie es gut, ich melde mich wieder. Schöne Grüße auch an den christlichen Thelen.«

Milan schmauchte seine Pfeife und sagte behaglich: »Das schmeckt gut. Ich frage mich, warum er nicht sagt, du sollst aussteigen.«

»Ich belebe die Szene«, erwiderte Grau leichthin. »Vielleicht weiß er wirklich nicht, wo Steebens Leiche steckt. Wahrscheinlich hat er auch keine Ahnung, wo er das Gepäck suchen soll. Oder er hat die Leiche und das Gepäck und fordert dann die widerlichsten Männer Europas auf, um beides in Berlin zu kämpfen. Anschließend kassiert er das Bundesverdienstkreuz: ›Keine Macht den Drogen‹.«

»He«, sagte Milan, »das gefällt mir, das könnte logisch sein. Wo sind die Granatwerfer?« Er lachte. »O Mann, wir machen eine Pause. Die Frauen kochen Essen, ziehen uns warme Pantoffeln an, knöpfen uns langsam das Hemd auf und streicheln uns dann den Bauch.« Er hob die Augen zur Decke und verdrehte sie selig.

Sigrid tänzelte herein, schwenkte eine Riesenschüssel und sagte: »Kinder, es gibt grünen Salat mit geröstetem Weißbrot und Shrimps. Sehr viele Shrimps. Und weil es uns so gutgeht, haben wir Austern gekauft. Zum erstenmal in meinem Leben habe ich mir die grauen Schlabberdinger genehmigt.

Ich habe mehr dafür bezahlen müssen, als meine Pension pro Monat abwirft. Keiner kann sagen, Sigrid hätte sich lumpen lassen. Und für wen machen wir das! Für diese Scheiß-Mannsbilder. Damit die richtig fit und groß und stark und weiß-der-Teufel-was werden.« Sie lachte, verschluckte sich, sank auf Milans Schoß und war glücklich.

Meike stellte zwei Kerzen auf den Tisch, zündete sie an, löschte das Licht, und dann hockten sie essend beieinander und erzählten Geschichten aus ihrem Leben. Sie tranken erst Chablis, anschließend Sekt und wurden davon langsam albern. Milan erzählte sehr grobe Witze aus dem Krieg, Sigrid steuerte Geschichten aus einem früheren obskuren Leben bei.

Meike wollte sich nicht lumpen lassen und berichtete vom geheimnisvollen Treiben im ›Memphis‹.

Grau amüsierte sich, hatte aber selbst keine Geschichten mehr auf Lager. Zuweilen dachte er zaghaft: Die Chinesen sagen, daß Glück nur ein Augenblick ist, niemals ein langwährender Zustand. Ich hoffe, dieser Augenblick hört nie mehr auf. Er war zuversichtlich und sah beglückt den Abend auf die Stadt sinken.

Während sie am Tisch hockenblieben und nicht mehr aufhören wollten zu erzählen, rief er Sundern an und berichtete von dem Gespräch mit White. »Ich glaube, er weiß wirklich nicht, wo Steebens Leiche ist.«

»Das ist mir Wurscht«, sagte Sundern. »White ist kein Partner für mich, weil er auch dann lügt, wenn es nicht notwendig ist. Warum erzählt er so verrückte Geschichten wie die von seiner Frau und seinen Kindern? Ich denke, Grau, diese Leute lügen, weil sie lügen müssen. Sie finden die Wahrheit einfach überflüssig, es sei denn, sie dient ausnahmsweise ihren Zwecken. Wie geht es denn Meike?«

»Ich denke, du brauchst dir keine Sorgen um sie zu machen. Sie lacht und erzählt Geschichten.«

»Behandle sie gut, sie ist es wert. Sie ist schon zu oft ausgenutzt worden. Bis dann.«

»Sag mal, Sundern, bist du eifersüchtig?«

Sundern überlegte einen Augenblick. »Wahrscheinlich werde ich das immer sein. Genau wie Papi.«

Die kleine Runde löste sich auf. Milan spülte, Grau trocknete ab.

»Wirst du Sigrid jemals aus Berlin rauskriegen? Nach Kanada?«

»Ist vielleicht nicht nötig«, sagte Milan. »Du lernst im Krieg, aus allem was zu machen. Wenn du bedenkst: Ich habe drei T-Shirts für zwanzig Mark gekauft und das Geld bei Sigrid geliehen. Ich habe jede Mark aufgeschrieben, die sie mir gepumpt hat. Ich will das nie vergessen.

Jetzt bin ich plötzlich angestellt als Schatten, kriege pro Stunde ziemlich viel und esse Austern mit Freunden. Habe ich noch nie. Ich kenne Geronimo nun besser, ich kenne jetzt Mehmet, kenne Sundern. Ich rauche deine Pfeife, fahre Mercedes.« Er grinste. »Ich habe ein Telefon ohne Schnur. Gepumpt, aber ich habe es. Also, warum kann ich nicht zu Sundern gehen und fragen: Hast du irgendeinen Kiosk für mich? Zeitungen, Zigaretten und Sprudel. Ich habe gelernt, aus nichts eine Menge zu machen.«

Grau nickte zustimmend. »Das ist gut.«

Während Milan und Sigrid im Kinderzimmer verschwanden und Sigrid sehr laut, sehr angeheitert und nach der täglichen Ration von vierzig Zigaretten mit ihrer Reibeisenstimme raunzte: »Jetzt will ich sehen, wie Austern wirken«, blieben Grau und Meike auf der Couch hocken.

»Sag mir, daß du mich wirklich magst«, forderte sie.

»Ich mag dich«, sagte Grau zärtlich.

»Ich will dein Gesicht sehen und reden, Grau. Nur etwas reden, mich nicht aufregen, nur reden. Warum machst du das hier? Du willst deine Tochter rächen, nicht wahr?«

»Ich weiß es nicht genau. Kann sein.«

»Wie war sie?«

»Sie war siebzehn. Und sie war wie alle Mädchen mit siebzehn: hübsch. Aber dann war sie nicht mehr hübsch, weil irgendwelche Junkies ihr die Vorderzähne eingeschlagen hatten. Sie ließ die Lücke, weil es ihr bereits egal war, wie sie aussah. Meistens war sie in Frankfurt. Sie sagte: Frankfurt ist mein Todesparadies, Papi. Sie sagte dauernd solche Sachen.«

»Hat sie ... hat sie auch ihren Körper verkauft für Heroin?«

»O ja, natürlich hat sie das. Die Sucht war so schlimm, daß sie es mußte. Aber sie hat es nie als Liebe empfunden, das war nicht so ihre Welt. Sie hat mir einmal gesagt, daß sie jeden Männerschwanz nur als eiskaltes Messer wahrnimmt, als etwas ganz Widerliches. Nein, sie hatte keine Lust auf Liebe, oder sie war ihr nicht bewußt.«

»Kam sie manchmal nach Hause?«

»Wir wohnten damals in München. Sie kam immer wieder. Meistens nachts, weil sie entweder trampte oder einfach in irgendwelche Züge einstieg und sich als Schwarzfahrerin von Frankfurt nach München durchschlug. Sie kam nach Hause und legte sich auf das Sofa. Meistens mußte sie sich übergeben.

Wir holten einen Arzt, einen Freund, der ihr immer wieder irgend etwas spritzte, was er eigentlich nicht durfte. Jedesmal hatten wir Hoffnung, jedesmal dachten wir: Sie bleibt jetzt hier und steht es durch. Aber sie verschwand immer wieder. Danach war es dann so, als sei sie niemals dagewesen.«

»Redest du noch mit ihr?«

»O ja«, sagte er. »Ich rede mit ihr. Ich erzähle ihr, was in meinem Leben los ist und was ich so denke.«

»Deine Frau, was ist mit der?«

»Ich weiß es nicht. Wir haben keine Verbindung mehr. Unsere Beziehung hat Eichhörnchens Tod nicht überstanden, ich konnte nicht mehr reden, war stumm wie ein Fisch. Sie hat mal ganz wütend gesagt, früher hätten wir wenigstens noch anständig miteinander ficken können, wenn wir Kummer hatten. Das konnten wir dann auch nicht mehr. Ich weiß nicht einmal, ob ich damals impotent war. Ich war einfach nichts, eine Hülle. Ich habe ihr das Haus gegeben, alles, was dazugehörte, und bin einfach gegangen.«

»Wo ist sie denn beerdigt, dein Eichhörnchen?«

»In München. Wenn ich vorbeikomme, sage ich ihr guten Tag. Aber ehrlich gestanden: Ich kann diese entsetzliche mitteleuropäische Art, die Toten auf dem Friedhof zu besuchen, als ginge man zu einem Kaffeeklatsch, nicht ertragen. Sie können nicht mit dem Tod umgehen, mit den Toten auch nicht. Aber das ist kein Thema, oder?«

»Ich weiß nicht.« Sie rutschte an ihn heran, drehte sich, schubste sich zwischen seine Beine und lehnte sich an ihn. »Leg deine Hand auf meine Brüste, Grau. Ich mag das. Sundern hat dir sicher erzählt, daß ich ein Kind habe, oder?«

»Ja, hat er. Aber auf eine sehr nette Weise. Was ist denn mit dem Kind?«

»Es ist ein Mädchen. Sie ist jetzt schon über zehn Jahre alt. Ich war zwanzig, verheiratet mit einem Drummer. Er war ein wilder, zärtlicher Kerl. Aber er hatte eine Heidenangst vor

Frauen und konnte überhaupt nicht mit ihnen umgehen. Als ich das Baby bekam, kriegte er so viel Angst, daß er mutterseelenallein ohne die Gruppe nach Spanien trampte. Ich entband das Kind hier in Berlin, ohne einen Pfennig Geld, es war ganz schlimm.«

»Warum bist du nicht nach Hause zurückgegangen?«

»Das ging nicht. Meine Mutter mochte mich nicht, sie war eine ganz kaputte Frau. Sie rächte sich an mir wegen ihres beschissenen Lebens. Mein Vater war schlicht ein Schwein, mein Großvater hatte zwei Freunde, die ich Onkel nennen mußte. Wenn sie mir zwischen die Beine fassen durften, bekam ich doppeltes Taschengeld.

Mein Vater gab mir nichts dafür, daß er mich nahm wie ... na ja. Es war schlimm. Ich ging also zum Jugendamt und gab mein Kind schon vor der Geburt zur Adoption frei. Es ist ein Mädchen. Sie heißt Anna. Eigentlich heißt sie nicht so, aber ich nenne sie Anna, weil ich ihr diesen Namen gegeben hätte, wenn sie bei mir geblieben wäre.« Sie schwieg und streichelte seine Handrücken. »Weißt du denn, wie du am liebsten leben willst?«

»Nein.« Grau schüttelte den Kopf. »Ich weiß nur eins: Ich will kein zweites Bonn mehr. Bonn war eine ständige Anhäufung von Mittelmäßigkeit und zweitklassigem Leben. Nie wieder!«

»Seit Monaten denke ich nur noch an Anna«, sagte sie leise. »Du kannst dir nicht vorstellen, wie mich das quält. Ich will sie sehen.« Sie begann leise zu weinen.

Grau überlegte. »Das ist doch normal. Dein Leben hat sich verändert. Aber Annas Leben darf nicht zerstört werden. Das weißt du. Sie hat Eltern, von denen sie glaubt, sie seien ihre richtige Familie.«

»Nur sehen, Grau!« flehte sie gepreßt.

»Laß sie in Ruhe leben! Außerdem ist sie vom Gesetz geschützt und hat ein Recht auf ...«

»Ich weiß, wie sie heißt und wo sie wohnt, Grau.«

»Ist das wahr?« Grau war geschockt.

»Ich habe einfach Sunderns Verbindungen benutzt. Und sein Geld. Bestechung. Die Leute heißen Meier. Er ist Bankfilialleiter. Sie leben in Wuppertal. Anna heißt Sabrina. Stell dir das vor: Sabrina!«

Eine Weile schwiegen sie, und ein aufdringliches Insekt umkreiste schwirrend die Kerzen.

»Laß sie in Ruhe«, sagte Grau sanft. »Niemand kann so etwas verkraften, auch deine Anna nicht.«

Nach einer Weile sagte sie seufzend: »Du hast sicher recht.« Dann rieb sie sanft den Kopf an seiner Brust und schloß die Augen.

Sie schliefen ein. Das Telefon weckte sie gegen Mitternacht. Sundern sagte knapp und offensichtlich erleichtert: »Pedra ist im Anflug auf Tegel. Er hat eine Sondergenehmigung, landet in einer halben Stunde. Nimm Milan mit, holt euch ein Taxi. Du läßt dich nach Falkensee fahren, die Schwanenstraße. Da gibt es ein Restaurant, den ›Abteikeller‹. Es gehört mir und wird geschlossen sein. Du findest auf der Rückseite eine offene Tür. Geh einfach hinein. Bis dann.«

Fünf Minuten später verließen sie die Wohnung und stiegen in das wartende Taxi. Sie sprachen kein Wort miteinander und machten so den Eindruck müder Männer, die nichts anderes wollten als in ihr Bett fallen. Die Fahrt dauerte vierzig Minuten. Grau gab dem Fahrer einen Zweihundertmarkschein und brummte: »Schon gut.«

Sie gingen hundert Meter weiter, erreichten das vollkommen dunkle Restaurant und bogen sofort an der rechten Seite des Gebäudes in den Hof. Die Rolläden waren geschlossen. Da war die Tür.

»Okay«, sagte Milan. »Denk dran. Ich bin dein Schatten.«

Grau nickte und drückte die Klinke herunter, Milan folgte ihm. Das Haus war innen matt erleuchtet. Überall waren

Männer in Anzug und Krawatte, die freundlich lächelten und ihnen den Weg wiesen. Er führte in den Keller zu einer Tür, auf der »Konferenzsaal« stand.

»Außer mir noch Mehmet, Grau und Milan. Sonst niemand«, sagte Sundern knapp. »Laßt mich reden, der alte Herr ist sehr krank. Daß er kommt, ist ein Wunder. Und das kann bedeuten, daß die Situation viel beschissener ist, als wir ahnen. Geronimo, ist die Straße okay?«

»Vorne und hinten je zwei Wagen, je acht Leute.«

»Hattet ihr Schatten auf dem Weg nach Tegel?«

»Nichts.«

»Gut. Weiter so. Kein Aufsehen, kein Krach, nichts. Wir warten.«

Er öffnete die Tür. Der Raum war groß, vollkommen mit Holz getäfelt und sehr gediegen erleuchtet. Es gab nur einen langen Tisch, der sehr niedrig war, mit großen, wuchtigen Ledersesseln darum.

»Gut so. Stellt die Blumen weg, Pedra kann keine Blumen vertragen.«

Milan trug die Vase hinaus.

»Nicht rauchen«, sagte Sundern. »Auf keinen Fall rauchen. Keine Zwischenfragen, nichts, was ihn irritiert. Stell diesen Ventilator ab, Grau.«

Sie ließen sich in die Sessel sinken und warteten. Dann öffnete sich leise die Tür, und jemand schob einen Rollstuhl in den Raum.

In diesem Stuhl saß ein alter Mann, vielleicht siebzig, vielleicht achtzig Jahre alt. Markant war sein großer Kopf mit den langen, weißen Haaren, die auf einen schmächtigen Körper fielen, der dieses Gewicht wohl nicht mehr tragen konnte, denn der Kopf lag schräg auf der Lehne des Rollstuhls. Das hagere Gesicht atmete den Tod, aber die Augen waren noch hell, und sie wirkten heiter und ruhig. Sein dunkelblauer Anzug war ihm viel zu groß, und offensichtlich fror er trotz der Sommerwärme. Jemand hatte ihm eine dicke Wolldecke über die Knie gelegt.

Geschoben wurde er von einem jungen Mann. Hinter diesem tauchten andere junge Männer auf, erst sechs, drei auf jeder Seite, dann weitere vier. Plötzlich stoppten sie, weil der alte Mann ganz leicht die rechte Hand gehoben hatte.

»Ich brauche euch nicht, Kinder«, sagte der Greis erstaunlich kraftvoll. Er sprach deutsch, lupenreines Deutsch.

Die jungen Männer glitten zurück hinter die Tür, die sich schloß. Nur der Junge, der ihn lächelnd vorwärtsschob, war geblieben.

»Hallo, mein Freund«, sagte der alte Mann. Er strahlte.

Sundern ging auf ihn zu, bückte sich und küßte die Wangen des alten Mannes. Alles wirkte vollkommen natürlich. »Pedra«, sagte er. »Ich danke dir, daß du gekommen bist. Das sind gute Freunde von mir. Mehmet, Milan, Grau. Wirklich gute Freunde.«

Sie verbeugten sich alle leicht und lächelten.

»Was gibt es denn Schreckliches in Berlin?« fragte der alte Mann. »Giuseppe, fahr mich zwischen meine Freunde. Dieses Asthma bringt mich um, aber sie sagen, ich lebe noch ein paar Wochen. Also, was ist? Kann ich ein Wasser haben, *aqua minerale?*«

Grau goß ein paar Schlucke ein und reichte ihm das Glas.

»Ich habe nicht viel Zeit, mein Junge. Ich muß Spritzen bekommen. Jeden Tag. Kannst du es bitte kurz machen?«

»Natürlich, Pedra, selbstverständlich. Ich mache es so kurz wie möglich. Unser Problem ist Steeben, dein Steeben.«

Der alte Mann trank einen Schluck, schloß die Augen und nickte. Es regte ihn nicht im geringsten auf.

»Er ist tot, Pedra.«

Der alte Mann öffnete nicht die Augen, nickte nur zweimal kurz.

»Er hatte zehn Millionen Dollar bei sich und fünfzig Pfund

Kokain, reinen Stoff. Er kam damit nach Berlin. Diese Nachricht wurde gezielt verbreitet. Wir haben Krieg, Pedra. Die Bullen verhaften Dealer, Hintermänner, Großhändler. Jeder will das Kokain und die Dollar. Steeben ist tot, zumindest haben wir Fotos ...«

»Ich kann mir gut vorstellen, daß er tot ist. Ja, es soll Fotos geben. Das habe ich gehört. Ich kann mir durchaus vorstellen, daß er in die Grube gefahren ist. Wo ist nun euer Problem?«

Sundern sagte: »Die Stadt ist durcheinander, Pedra. Wir haben keine ruhige Stadt mehr. Die meisten denken, daß ich der Drahtzieher bin. Das stimmt aber nicht. Sie haben Meike entführt, zweimal. Grau hier hat sie jedesmal heil rausgeholt, aber das war eher Zufall. Die Bullen stehen Spalier, weil alle möglichen gierigen Leute auftauchen.

Du weißt, was das bedeutet, wenn eine Stadt unruhig ist. Wir wollen eine ruhige Stadt. Wenn also du die Ware und das Geld hast, könntest du ein Zeichen setzen, Pedra. Wir haben dann wieder unsere Ruhe.«

»Ich habe das Geld nicht. Das schreckliche Zeug auch nicht.« Er öffnete die Augen ganz langsam. »Ich verstehe dein Problem. Nun gut, laßt uns ganz offen sein. Du denkst dir doch bestimmt, daß ich Steeben ausgerüstet und hierher geschickt habe. Ich habe es nicht sonderlich gern getan, glaub mir. Aber zuweilen spielt das Leben eben so.«

Er machte eine Bewegung, als wollte er die Arme ausbreiten, aber sein Körper war zu schwach, seine Hände flatterten nur ein wenig wie gefangene Vögel im Käfig.

»Giuseppe, laß uns bitte fünf Minuten allein.« Der junge Mann nickte und ging hinaus.

»Das ist eine traurige Geschichte am Ende meines Lebens«, sagte Pedrazzini zittrig. »Ihr werdet gleich verstehen, was ich meine.« Er sprach gleichförmig, und Grau dachte: Er hat keine Kraft mehr, irgend etwas zu betonen.

»Du weißt, Sundern, daß ich ein kleines Imperium aufgebaut habe. Vollkommen legal. Nur Idioten stellen sich immer einen Padrone vor, der nichts anderes tut, als abends Maschinenpistolen zu putzen und dann an seine Gefolgsleute zu verteilen.« Er lächelte schmal. »Meine Spezialität war immer die Logistik, also Lkws, die durch ganz Europa fahren. Ich hatte Erfolg, ich hatte ein schönes Leben, eine gute Frau.

Nur einmal machte ich eine Riesendummheit. Ich habe einem Agenten der amerikanischen DEA, dem Geheimdienst zur Drogenbekämpfung, vertraut. Es war keine großartige Sache, aber ich lieferte ihm Wissen, und deshalb verschonte er mich. Jetzt, mein Sohn, ist er wieder aufgetaucht und legt eine uralte Rechnung vor, die ich begleichen muß. Damit ich sie auch wirklich begleiche, nahm er sich mein Enkelkind.«

Er atmete tief ein, und alle erstarrten vor Schreck, aber gleich darauf sprach er weiter. »White kam und sagte, das vereinte Deutschland wäre ein Riesenmarkt, der von Berlin aus neu organisiert werden würde. Diese Überlegung war sicherlich richtig. Er sagte weiter, er hätte die Absicht, diese Entwicklung zu verfolgen und zu beeinflussen. Auch diese Überlegung war klug. Er sagte, er ließe mich wegen der alten Sache in Ruhe, wenn ich ihm einen meiner Erben geben würde.

Dieser junge Mann sollte mit Geld und Kokain unter meinem Schutz nach Berlin gehen und sich dort festsetzen. Ich lehnte empört ab, ich sagte, ich würde eher sterben, als daß ich ein so krummes Ding mitmachte. Aber er sagte, es würde mir nichts anderes übrigbleiben. Er sagte nicht, weshalb, aber das brauchte er auch nicht.

Ich habe eine Enkelin, eine sehr schöne junge Frau. Angela heißt sie. Sie studierte Architektur in Los Angeles, dann Geschichte in Bogotá in Kolumbien. Sie ist mein Trost im Alter, Sie verstehen, was ich meine, meine Herren. Angela kann mich nicht mehr besuchen, obwohl sie es möchte. Und ich weiß nicht, ob sie es jetzt noch will, obwohl sie ihren Großvater immer sehr geliebt hat.

White hat eine Gruppe um sie herum gebildet. Eine Gruppe junger Menschen. Die geben Angela Rauschgift, Alkohol und alle möglichen Dinge, an denen sie früher nicht das geringste Interesse hatte. Angela kann sich scheinbar frei bewegen, sie geht ins Kino, sogar tanzen. Aber immer nur mit diesen jungen Leuten. Die bekommen viel Geld, damit sie dafür sorgen, daß sie niemals das tut, was sie wirklich will. Man nennt das ein verdecktes Kidnapping, und so etwas ist nicht zu beweisen.«

Er atmete hörbar ein und schüttelte leicht den Kopf. »Ich habe Leute rübergeschickt. Sie waren erfolglos, zwei von ihnen starben. Wie auch immer, ich habe also Steeben ausgesucht.«

Er lächelte matt. »Sundern, mein Freund, du wirst dich gewundert haben, warum ausgerechnet Steeben. Gewiß, er hatte Talente, aber er war nicht der Beste aus meinem Stab. Man kann nun glauben, der alte Pedrazzini habe überlegt, auf wen kann ich am leichtesten verzichten kann. Es war sehr schwierig für mich alten Mann.

Ich habe nie mit diesem Gift zu tun gehabt, und es ist sicher berechtigt, daß es international geächtet ist. Aber ich mußte es tun. Ich habe es mühsam durch Mittelsmänner, die ich nicht mag, in Südamerika aufgetrieben. Genau wie jeder andere. Ach, weißt du, mein Sohn, das Geld interessiert mich nicht. Es ist eben nur Geld. Ich kann mir also vorstellen, daß Steeben nach Berlin ging, in dieses Hotel, und gleich darauf tot war. Das ist doch denkbar, oder?

Natürlich war das von diesem White, den ich im übrigen nicht für sehr intelligent halte, nicht eingeplant, und ich kann mir gut vorstellen, daß er seit vielen Tagen überlegt, wo denn sein Steeben geblieben ist. Jetzt, da wir wissen, daß Steeben nicht mehr lebt, sitzt White in stillen Stunden wahrscheinlich vor seinem Kamin, starrt in die Flammen und fragt sich, wer denn wohl diesen Steeben auf dem Gewissen haben könnte. Ach nein, ein Mann wie White verfügt nicht über einen Kamin, diese Klasse hat er nun wirklich nicht.«

Sundern nickte bedächtig, fuhr sich mit beiden Händen über das Gesicht. »Deine Gedanken sind sehr einleuchtend, Pedra. Darf ich fragen, ob denn vielleicht dieser unsägliche White das Geld und das Gift hat? Könnte das in deine Überlegung passen?«

»Ja, mein Sohn, durchaus. Ich kann in dieser Runde ehrenwerter Menschen offen sein. White hat durchblicken lassen, daß er mein Lebenswerk zerstört, wenn ich ihn nicht unterstütze. White, das kann ich mir vorstellen, möchte sich in Europa eine gute Position schaffen, eine Position voller Macht. Also fädelt er es so ein, daß er einen ganzen Markt übernimmt und beherrscht. Das ist doch vorstellbar, oder?

Er sitzt in irgendeinem langweiligen Büro, hat einen Haufen Telefone, mehr als du, Sundern. Er zieht die Drähte, er verhaftet jeden, der ihm gefährlich wird. Und alle, die ihm nützlich sein können, läßt er ein wenig beliefern. Ich könnte mir vorstellen, daß das auf diese Weise gut funktioniert. Niemand kann ihn angreifen.

Ich gehe davon aus, daß in der Szene nicht verborgen blieb, daß Steeben mit diesem unsäglichen White und diesem äußerst faden Deutschen Thelen verhandelte, nicht wahr? Eigentlich wäre dann Steeben das Geschöpf von White und Thelen, nicht aber das vom alten Pedrazzini. Vielleicht ist es nun so, daß White in diesen Stunden begreift, daß irgend jemand sein Spiel durchschaut und möglicherweise veranlaßt hat, Steeben umzubringen.« Er lächelte.

»Dieser Gedankengang scheint mir logisch. White weiß also, daß irgend jemand sein Spiel mitspielt, aber er weiß nicht, wer das ist. Ich glaube nicht, daß er einen so alten klapprigen Mann wie Pedrazzini ernsthaft verdächtigt, oder?«

»Könnten wir irgendwann Steebens Leiche haben?« fragte Grau in die plötzliche Stille hinein. Es klang wie ein Schuß. Daß er zaghaft ein »Oh, Entschuldigung« anhängte, machte die Sache nicht besser.

Der Alte bewegte ein wenig den Kopf, und in seinen Augen blitzte es auf. »Wozu denn das, mein Sohn?«

»Um zur rechten Zeit Druck zu machen«, sagte Grau dreist.

Pedrazzini überlegte. Dann nickte er knapp. »Warum nicht? Sagen Sie mir Bescheid, wo und wie sie den toten Steeben brauchen. Kein Problem. Also weiter: Was ist, wenn ihr einfach abwartet?«

»Das wird nicht gehen«, widersprach Sundern schnell. »Weißt du, sie werden kommen, und sie werden nicht reden, sondern einfach brutal sein. Polen, Russen, was weiß ich. Ich bin wütend, Pedra, sehr wütend!«

Der alte Mann nickte. »Die Welt wird immer brutaler. Sagen wir so: Wenn mir was einfällt, werde ich anrufen. Einverstanden?«

»Das wäre phantastisch«, sagte Sundern.

»Gut, dann kann ich mich ja jetzt verabschieden. Mach es gut, mein Sohn. Paß auf dich auf, grüß mir die wunderschöne Meike.«

Sie standen auf und warteten respektvoll, bis sich die Tür hinter ihm geschlossen hatte.

»Er wird nicht mehr lange leben«, sagte Sundern.

»Man müßte ihm zu Hilfe kommen«, sagte Mehmet.

»Er ist der absolute Meister der Konjunktive«, murmelte Grau. »Ist er ein Mafiaboß?«

Sundern schüttelte den Kopf. »Nicht die Spur. Er hatte nur eine wunde Stelle, und White wußte das. White ist das Schwein, nicht Pedra, nicht Steeben.«

»Thelen, der christliche Überzeugungstäter, spielt auch mit.« Grau überlegte. »Wo könnten sie den Stoff und das

Geld versteckt haben? Wir wissen nur: Es war vor zehn Tagen. Irgend jemand muß aus diesem gottverfluchten Hotel mit sechs Koffern herausgekommen sein. Nach menschlichem Ermessen kann das doch nicht ohne Zeugen funktioniert haben.«

Milan schüttelte den Kopf. »Wo sollen wir Zeugen finden, Grau? Wir werden uns totsuchen. Wir können abwarten, was jetzt passiert, können aber auch sagen: Der alte Pedra ist gut und mächtig, also, tun wir ihm einen Gefallen, dann wird er auch uns einen Gefallen tun.«

»Was heißt das?« fragte Mehmet mißtrauisch.

»Milan ist ganz wild auf schöne Reisen in ferne Länder«, erklärte Grau grinsend.

»Das habe ich doch geahnt.« Sundern seufzte. »Wir sollten aber schnell sein, und wir sollten Pedra fragen, was er weiß und was er nicht weiß.«

»Das sollten wir.« Milan setzte ein frommes Gesicht auf.

»Vaya con Dios!« ermunterte Sundern pathetisch.

Einmal Bogotá und zurück

Merkwürdigerweise war Angela blond.

Sundern hatte mit einer Serie knapper Befehle und Anweisungen auf sie eingehämmert.

»Ihr habt nur eine Chance: Ihr müßt verdammt schnell sein! Ihr müßt im Flieger zurück nach Frankfurt sitzen, bevor die in Bogotá überhaupt begriffen haben, daß die Kleine verschwunden ist! Ihr müßt ankommen wie Touristen, müßt euch benehmen wie Trottel und müßt zuschlagen wie die Teufel!

Milan, achte mir auf Grau. Wenn Grau was passiert, dann ist das so, als wäre es meinem Bruder passiert! Ihr nehmt jeder zehntausend Dollar in bar mit, müßt aber so aussehen wie deutsche Volksschullehrer, die jeden Centavo umdrehen, ehe sie sich eine Limonade gönnen.

Viel Zeit habt ihr nicht, ihr könnt nicht tagelang ausbaldowern, wie ihr die Sache am besten dreht. Ihr müßt kommen und wieder verschwunden sein und ein gewaltiges Chaos zurücklassen. Denkt daran: Pedra hat gesagt, das Mädchen ist ständig von einer Gruppe Jugendlicher umgeben. Vergeßt nicht, daß mindestens drei davon nach außen als Studenten auftreten – in Wirklichkeit aber Agenten der Amis sind!

Und ich verlange eines, Grau: alle vier bis fünf Stunden anrufen. Egal, was passiert: anrufen!«

Ganz zum Schluß, eher beiläufig, kamen die wichtigsten Anweisungen: »Verlaßt euch nicht auf Dritte! Ihr habt einen Kontakt, beschränkt euch genau auf den. Kolumbien ist ein fremdes Land, ein armes Land, und jeder wird versuchen, euch übers Ohr zu hauen. Diese Angela ist ein leichtfertiges, hübsches Ding. Es gefällt ihr bei ihren Wächtern. Sie kriegt alles an Drogen, was sie will, sie darf mit jedem vögeln. Das gefällt ihr. Wahrscheinlich hat sie überhaupt kein Verständnis dafür, daß zwei Selbstmörder auftauchen und sie aus dem Paradies entführen wollen!«

»Hör endlich auf, Sundern«, hatte Grau ärgerlich geantwortet. »Wir sind keine heurigen Häschen, wir wissen, was wir zu tun haben. Ich weiß allerdings nicht, ob es mir auch viel Spaß machen wird.«

»Du bist Journalist, und es hat dir gefälligst Spaß zu machen!«

»Welch groteske Interpretation meines Berufes. Ich arbeite zum ersten Mal auf deiner Seite des Zauns. Ich habe plötzlich mit Leuten zu tun, die ganz offenkundig töten oder töten lassen, wenn ihnen das notwendig erscheint. Plötzlich schieße ich selbst! Halte dich aus meiner Seele raus, Sundern! Das Gras hier drüben ist nicht grüner!«

Sundern hatte geschwiegen, und Grau hatte in wütendem Trotz nachgeschoben: »Sieh es doch mal so: Du selbst hast behauptet, daß du jeden gottverdammten Stenz in dieser sogenannten Unterwelt kennst. Was du wirklich tust, weiß ich nicht. Aber was geschieht denn mit mir, wenn irgendein Bulle kommt, eine Akte vor mich hinlegt und sagt: ›Lies mal, mein Freund! Lies mal, was dieser Sundern für ein netter Mensch ist!‹ Es wird eine ganze Reihe Leute geben, die genau das denken, Sundern. Und das Arschloch wird Grau heißen!«

Sundern hatte geschwiegen.

Als könnten sie den Aufenthalt auf dem südamerikanischen Kontinent mit der Anzahl ihrer Unterhosen zu ihren Gunsten beeinflussen, hatte jeder nur eine kleine Leinentasche gepackt. Zweimal Unterwäsche, zwei Hemden, eine Hose, ein Paar Ersatzschuhe, Zahnbürste, Rasierzeug. Währenddessen hatte Geronimo unten vor dem Haus schon ärgerlich auf die Hupe gedrückt.

Sie waren nach Frankfurt gerast, hatten den Direktflug nach Bogotá gerade noch erwischt und waren in die Sessel der ersten Klasse gefallen. Grau hatte stur und energisch darauf bestanden, daß jeder von ihnen zwei der Beruhigungspillen aus Hectors Apotheke nahm. Sie hatten geschlafen, traumlos und tief, bis die Maschine in Bogotá ausgerollt war, zweitausendsechshundert Meter über dem Meeresspiegel.

»Es ist wie in Spanien«, hatte Grau gesagt. »Du wirst es mögen.«

»Ich bin ein armer Mann, ich habe Spanien nie gesehen«, hatte Milan geantwortet und gelacht, weil Grau so kleinlaut geworden war.

Die Hitze hatte sie wie ein Schlag getroffen. Taxi ins Hilton, freundliche Teilnahmslosigkeit am Empfang, die Bitte Milans um einen Stadtplan. Schnell eine Tasse Kaffee, dann ab in die belebten Straßen. Ein südländisches, buntes Gemisch. Viele arme Leute, mehr Hungrige als Zufriedene, mehr gierige als satte Augen. Wie heißt die Straße? Avenida de ...? Calle de ...? Es war alles lächerlich einfach gewesen, nichts Geheimnisvolles, kein Hemmnis, das eine schnelle Reaktion erforderte.

Vielleicht war das Rätsel Angela selbst.

Milan ging vor Grau hin und her, Grau hockte auf einer halb zerfallenen Bank und knabberte Erdnüsse aus einer großen braunen Papiertüte. Jenseits der Linie, die Milan mit seinen Schritten in den Sand zog, stand ein uralter verrosteter Eisenzaun mit sehr spitzen Lanzen vor rotblühenden Büschen und einer weiten Rasenfläche. Dahinter eine zweistöckige, ehemals herrschaftliche Villa aus Klinkersteinen, die ziemlich verkommen war, aber offenbar den Himmel für ein Rudel Studenten bedeutete, die das Leben anbeteten.

Auf dem Rasen eine alte Tischtennisplatte, darum herum auf Kisten und Stühlen eine Gruppe junger Leute, die Pizzastücke verdrückten und auf einem billigen Grill Schaschlikspieße brieten. Sie tranken viel Bier, Wein und milchigen Schnaps, den sie aus Wassergläsern in sich hineinschütteten.

Pedrazzini hatte Angelas Bild gefunkt. Sie war ein entzückendes Wesen mit Schmollmund und dem irgendwann nicht mehr besiegbaren Hang zur Verfettung. Das blonde Haar reichte ihr bis zum Po. Sie räkelte sich betrunken auf dem Schoß eines vierschrötigen Blonden mit kurzen Stoppelhaaren. Offenbar der Anführer, denn die meisten der Gruppe gehorchten widerspruchslos, wenn er irgend etwas sagte. Sie sprachen alle englisch.

Angela fühlte sich offensichtlich wohl auf seinem Schoß, denn sie wies seine Hand, die dauernd unter ihren kurzen Jeansrock fuhr, nur matt zurück. Sie sonnte sich in der Rolle des Stars, und die anderen Mädchen sahen zu ihr hin, als würden sie gern mit ihr tauschen.

Der Blonde war sehr groß und massig und wirkte lächerlich leutselig. Seine Kinnbacken mahlten unablässig. Er war der Inbegriff des Studenten, der sich nicht im geringsten darüber klarzuwerden braucht, was er denn eigentlich studieren soll, solange Papi bezahlt. Aber er trank kaum, nippte nur an seiner Bierdose. Er hatte eine Leinenjacke über die Lehne seines Stuhls gehängt. Grau konnte deutlich in der Innentasche den Griff des Revolvers erkennen. Vor ihm auf der Tischtennisplatte lag ein Funktelefon. Seine Augen waren hell und vollkommen unbeteiligt.

Es war unglaublich einfach gewesen, die Gruppe zu entdecken, das Schachbrettmuster der Straßen hatte es ihnen erleichtert. In den Häusern links und rechts herrschte buntes Treiben, und die dröhnende Musik war ein unüberhörbarer Wegweiser in das Studentenviertel. Kirmes der kommenden Intellektuellen.

Hinter Grau rollten unablässig Fahrzeuge über die Straße, es stank nach Öl und Benzol. Zuweilen fotografierten er und Milan sich gegenseitig.

»Vier Mädchen und sechs Jungen. Drei von ihnen haben Waffen«, sagte Milan leise. »Der Blonde, das schmale Mädchen mit den langen schwarzen Haaren gegenüber und der Fuchsrote, der so aussieht wie Roger Rabbit. Es sind viel zu viele, um irgend etwas zu versuchen. Ich hoffe, es ist nur Besuch, und die meisten verschwinden gegen Abend. Oder sie werden zu betrunken sein, um zu gehen. Wie alt ist Angela?«

»Im Paß steht vierundzwanzig. Sie kann nichts allein tun, dieser Blonde geht immer mit, sogar zum Pinkeln. Sie sieht so aus, als stünde sie schwer unter Strom. Das wird nicht einfach.«

Sie waren jetzt schon zum zweiten Mal vor dem Haus, und jeder der beiden trug einen billigen Fotoapparat vor dem Bauch.

Sie fotografierten auch einige der Menschen, die in endlosem Strom an ihnen vorbeizogen. Laut Stadtplan lag diese Straße der ehemals reichen Mittelschicht nur vierhundert Meter von den unübersehbaren Dschungelsiedlungen der ganz Armen, ihren Papphäusern und Blechhütten, entfernt. Dies war die Straße, durch die Hunderte von ihnen hin und her wogten, in der dummen, törichten Hoffnung, im Herzen der Stadt irgendein Glück zu machten, irgend jemanden zu finden, der ihnen fünfzig Cent schenkte, fünfzig himmlische US-amerikanische Cent.

Grau wußte, daß es dreißig Cent kostete, eine sechsköpfige Familie zwei Tage lang mit Brot zu versorgen. Er wußte auch, daß nicht einer in dieser endlosen Prozession diese dreißig Cent besaß. Er hatte eine Studie von UNICEF gelesen.

Eine alte Frau stolperte vorbei, sie hielt eine kleine, völlig verdreckte Stoffpuppe. Sie hielt sie zahnlos mümmelnd Grau entgegen, der ihr einen Dollar dafür gab und mit Mühe verhindern konnte, daß sie ihm dafür die Hand küßte. Behende wie eine Ratte war sie verschwunden, um wenige Minuten später mit einem alten, verdreckten Aluminiumteller aufzutauchen und neckisch so zu tun, als hielte sie eine Kostbarkeit in den Armen. Grau gab ihr auch dafür einen Dollar. »Wir sollten sehen, daß wir hier verschwinden«, sagte er.

»Wir müssen überlegen, was sie für Technik im Haus haben. Ich denke, Telefone und sogar Funk. Wir müssen das kaputtmachen, ehe wir verschwinden. Siehst du da oben auf dem Dach diese komische lange Antenne? Das ist Funk.«

»Und wenn wir den Strom abstellen?« fragte Grau, nicht sehr überzeugt.

»Reicht nicht. Sie haben Batterietelefone«, antwortete Milan. »Wir sollten Kontakt aufnehmen, wir brauchen wenigstens irgend etwas, um ihnen angst zu machen.«

»Mir macht eher unser Rückzug Probleme. Wir werden unter keinen Umständen irgendeine Linienmaschine benutzen können. Das klappt nie. Sie haben Einfluß genug, um den ganzen Flugbetrieb zu stoppen. Was denkst du?«

Milan grinste sanft. »Früher bin ich dreißig Kilometer zu Fuß gelaufen, weil ich kein Geld für den Bus hatte, jetzt sage ich: Laß uns einen Hubschrauber mieten! Wir könnten irgendwohin fliegen, wo wir dann eine Maschine kriegen.«

Grau war erheitert. »Weißt du, wie das hier auf diesem Kontinent ist? Wir müßten Hunderte von Kilometern überbrücken. Wie soll denn das gehen?«

»Was weiß ich.« Milan lief immer noch hin und her. »Welche Städte liegen in der Nähe?« Er lachte unterdrückt. »Wir haben es doch!«

Grau grinste. »Laß uns zu unserem Kontaktmann gehen.« Ein Taxi fuhr sie in die Altstadt. Ihr Kontaktmann stellte sich als Besitzer einer armseligen Autoreparaturwerkstatt heraus. CHEVROLET stand mattblau auf einer uralten Holztafel.

Der Mann war bärtig, dick und unglaublich dreckig. Er kroch widerwillig unter einem alten Plymouth hervor und stellte sich vor sie hin. Er reichte Grau nur bis ans Kinn und sprach in gebrochenem Englisch sofort auf ihn ein. Ihm fehlten zwei Vorderzähne, deshalb entstand ein zischendes Geräusch. Er hätte absolut keine Zeit, sagte er.

»Sie werden Zeit haben müssen«, entgegnete Grau ruhig. »Ich soll Ihnen herzliche Grüße von Señor Pedrazzini bestellen. Sie sollen uns helfen, hat Pedra gesagt.«

»Pedra?« Er schien sich nicht erinnern zu können. Dann sagte er beiläufig: »Kann sein.«

Grau schüttelte lächelnd den Kopf. »Kann nicht nur sein. Sie wurden angerufen: Sie sollen mir helfen. Mein Name ist Grau.«

»Aha, ja, kann sein.«

»Gib ihm einen Hunderter, Milan. Nur einen. Vielleicht erinnert er sich dann schneller. Der Anruf kam vor sechs Stunden. Man sagte mir, Sie heißen Luiz.«

»Ich heiße wirklich Luiz.« Er sah den Hundertdollarschein in Milans Hand. »Ich erinnere mich jetzt wieder. Entschuldigung, ich habe so viel zu tun. Was wollen Sie? Ein Auto? Ich habe einen prima Camaro hier, den roten dahinten.«

»Kein Auto«, sagte Grau. »Gib ihm den Schein, los, sonst fallen ihm gleich die Augen raus. Kein Auto.«

»Was dann? Etwas anderes habe ich nicht.«

»Waffen«, sagte Grau cool.

»Waffen?« Er schien augenblicklich angeekelt.

Grau nickte. »Waffen. Wir brauchen einiges. Sie müßten das eigentlich auf Lager haben.«

»Sagten Sie Pedra? Sie sagten Pedra. Gut, kommen Sie mit.« Er ging watschelnd vor ihnen her, er war der einzige Mensch auf diesem trostlosen Hinterhof. Sie kamen in eine Waschküche, in der eine alte Frau Wäsche in einem Bottich umrührte, dann passierten sie einen langen Flur und eine sehr steile Steintreppe in den Keller. Unten stank es wie in einem Pissoir.

Sie drückten sich einen schmalen Gang entlang in einen Raum, dessen Wände ganz mit Brettern beschlagen waren. Auf den Brettern hingen Werkzeuge.

»Machen Sie die Tür zu, Señor.« An einer der Wände zog Luiz an einem Ring. Das Brett glitt nach vorne und schwang dann herum. Die Rückseite war mit Waffen behängt.

»Milan!« stöhnte Grau.

Milan suchte herum, nahm diese und jene Waffe in die Hand, schüttelte den Kopf und hängte sie wieder hin. Er entschied sich für zwei schmale Revolver und sagte: »Das könnte reichen. Aber wir brauchen auch Blendgranaten.«

Grau wußte nicht, was das auf englisch hieß. Er sagte fragend: »Granate?«

»Handgranate?«

»Nein. Licht, grelles Licht. Blendgranate. Ach so, *flash!*«

»Aha. Kann sein.« Luiz zerrte eine Holzkiste nach vorn, Milan bückte sich und sah auf die Beschriftung. »Das geht. Magnesium. Aber dann wird das Haus brennen.«

»Es soll von mir aus lichterloh brennen«, murmelte Grau. Er sah Luiz an und fragte: »Was kostet das?«

Milan sagte hastig: »Warte mal! Vielleicht weiß er etwas. Vielleicht weiß er, wie man aus der Stadt herauskommt. Glaubst du, er ist zuverlässig?«

»Wir haben keine Zeit, es herauszufinden. Wir haben nicht einmal die Zeit, das zu diskutieren. Also, Luiz, hören Sie gut zu: Wir wollen heute nacht gegen drei Uhr Bogotá verlassen. Dann auch Kolumbien. Wie geht das?«

»Schiff, Zug, Auto, Bus oder wie?« Luiz nahm Grau nicht ernst.

»Nein, nein. Schnell, sehr schnell. Hubschrauber oder kleines Flugzeug.«

»Aha!« Er schien mißtrauisch.

»Milan«, sagte Grau, »zeig ihm mal so nebenbei einen Haufen Geld. Dann prüfst du, wie diese Revolver funktionieren. Richtig schießen. Dann sagst du ihm, wir brauchen noch Munition.«

»Wenn du meinst«, sagte Milan gutmütig. Er zog ein

Bündel Geldscheine aus der Tasche, es waren sicherlich mehr als zweitausend Dollar. Er tat so, als suchte er nach etwas anderem und legte die Banknoten wie zufällig auf den vollkommen verölten Werkstattisch. Dann hatte er gefunden, was er suchte und knurrte befriedigt: »Aha!« Er fuhrwerkte mit dem Zahnstocher in seinen Zähnen herum und machte ein gänzlich unbeteiligtes Gesicht.

»Bißchen mehr«, forderte Grau.

Wieder suchte Milan etwas, förderte ein weiteres Dollarpaket zutage und legte auch dieses auf den Tisch, die Scheine achtlos zerknüllt wie Einwickelpapier. Dann griff er in die Brusttasche seines Hemdes, holte Zigaretten und ein Feuerzeug hervor, zündete sich eine Kippe an, nahm die Geldhaufen und stopfte sie wieder zurück in seine Jeans.

Er nahm einen der Revolver, hielt ihn wägend in der Hand, richtete ihn nach vorn, schwenkte ihn, zielte über Kimme und Korn, nahm ihn zurück, feuerte dann ohrenbetäubend und sehr schnell eine vollkommen gerade Linie von vier Schüssen in das Brett links von ihm, sah Grau völlig ungerührt an und nickte gemütlich.

»Okay«, sagte Grau. »Also die zwei, dann jeweils 25 Schuß Reserve. Kein Scheiß, keine selbstgemachte Munition.«

»Es ist alles gut, kein Scheiß«, murmelte Luiz sehr beeindruckt.

»Also, was ist jetzt? Können wir irgendwie mit einem Flugzeug rauskommen? Luiz, Pedra hat gesagt: Du bist gut. Wenn du gut bist, mußt du das wissen, verdammt nochmal! Wir haben keine Zeit für Palaver.« Er wirkte verärgert.

»Bringt ihr Schnee raus?«

»Nicht doch!« Grau schüttelte scheinbar empört den Kopf. »Also geht das, oder geht das nicht, verdammt nochmal? Geld spielt keine Rolle!«

»Ja, das könnte gehen. Kostet viel Geld. Könnte ich ...« Er lächelte sie plötzlich an. »Der beste Weg ist über den Rio

Magdalena. Immer nordwärts bis Barranquilla. 650 Kilometer. Dann Ponce auf Puerto Rico. Da sind wir schon fast in den USA.« Er sagte das, als machte er diesen Trip jeden Tag.

»Hast du einen Freund mit einem Flugzeug?«

»Nein, nein, kein Flugzeug. Hubschrauber, sehr guter Flieger.«

»Sollen wir das machen?« fragte Grau zögernd.

»Besser als gar nichts.« Milan zuckte die Achseln.

»Okay«, stimmte Grau zu. »Kann der nachts starten?«

»Geht nicht offiziell, aber geht.«

»Das ist doch prima«, höhnte Grau. »Dann haben wir gleich die ganze kolumbianische Polizei auf dem Hals.«

»Keine Polizei«, widersprach Luiz lächelnd. »Polizei hat andere Arbeit. Guter Freund. Wann? Drei Uhr nachts? Flughafen?«

»So ist es«, nickte Grau. »Was kostet denn der Spaß?«

Luiz schien sehr intensiv zu rechnen. Dann grinste er zaghaft. »Waffen, Granaten fünfhundert Dollar, Hubschrauber mehr.«

Grau nickte. »Er bescheißt uns, er macht garantiert tausend Prozent, weil das ganze Zeug geklaut ist. Aber du hast recht: Wir haben es ja.«

»Er muß uns den Piloten zeigen«, sagte Milan. »Und zwar jetzt! Wir müssen den Mann sehen, wir müssen eine genaue Verabredung machen. Gib ihm nur die Hälfte, sonst taucht er ab und hat zwei Jahre Geld zum Leben.«

»Er ist ein armes Schwein. Er weiß, daß wir nicht vom deutschen Entwicklungshilfedienst kommen«, brummte Grau. »Also, Luiz, hier ist dein Geld für die Waffen.« Er zog ein Bündel Dollar aus der Tasche und zählte fünf Scheine ab.

»Wir könnten seine Hilfe gebrauchen«, sagte Milan nachdenklich. »Ich meine, zu mehr.«

Grau nickte. »Ich denke genauso.«

»Trinken wir?« fragte Luiz.

»O ja«, sagte Milan, »trinken wir. Das habe ich verstanden.«

Luiz ging vor ihnen her, Milan trug eine Plastiktüte mit den Waffen, den Ersatzmagazinen und den vier Granaten. Sie gingen wieder hinauf, dann hinaus in den Hof. Luiz schrie laut »Esmeralda!«, und eine junge, verhärmte Frau kam aus dem Haus gelaufen. Luiz gab ihr einen Hundertdollarschein. Er sagte sehr hastig etwas, die Frau starrte Milan und Grau erstaunt an, nickte und verschwand zur Straße hin.

»Sie geht zum Kaufmann und bezahlt die Schulden«, murmelte Grau. »Es ist also eine gute Investition.«

Luiz zauberte aus irgendeinem Autowrack eine Flasche Tequila hervor und reichte sie Grau. Der trank ein wenig und reichte sie an Milan weiter, dann sagte er: »Los! Luiz, kannst du uns in deinem Auto fahren? Zum Flughafen, zu diesem Hubschrauber?«

»Sure!« behauptete Luiz.

Es ging auf den Abend zu, der Verkehr war sehr dicht, sie standen zuweilen für Minuten vor einer Kreuzung.

Grinsend, als wäre er stolz darauf, zeigte Luiz ihnen eine Dreiergruppe Jugendlicher, die höchstens vierzehn Jahre alt waren. Wenn die Autoschlange sich in Bewegung setzte, stürzten sie, aus dem blinden Winkel kommend, auf ein Auto zu, griffen hinein, rissen und zerrten an etwas, tauchten ab und waren auf wundersame Weise blitzschnell wieder verschwunden.

»Kleine Banditen«, erklärte Luiz. »Dumme Touristen lassen Autofenster auf. Armbanduhren wegreißen. Wie ein Sport.«

»Kannst du uns heute nacht fahren?« fragte Grau. »Gegen Dollar?«

Luiz überlegte und nickte dann.

»Dein Freund, dieser Mann mit dem Hubschrauber. Ist er gut?«

»Sehr gut.« Luiz grinste. »Künstler in der Luft, Mann.« Er fuhr sie an den prächtigen Eingangsgebäuden des Flughafens vorbei auf eine schmale Straße in Richtung Abendsonne. Er parkte vor einem kleinen Einlaß des hermetisch abgesperrten Gebäudes. Dort stand eine Wache, die sehr martialisch wirkte, sich aber überhaupt nicht für sie interessierte, sondern sie ohne Gruß passieren ließ.

»Mein Freund ist in der Fliegerbar«, sagte Luiz.

Die Bar war eine Baracke, in der ein unbeschreiblicher Lärm herrschte und die total überfüllt war. Luiz steuerte zielsicher auf einen Zwerg zu, ein Mann, nicht größer als ein Meter sechzig. Er klopfte ihm auf die Schulter und sagte irgend etwas.

»Hallo«, sagte Grau. »Wir haben ein Problem.«

Der Mann war nicht älter als fünfundzwanzig, ein Weißer, rothaarig. Er hatte ein schmales Gesicht, das völlig von Sommersprossen übersät war. Er kicherte merkwürdig hoch und grinste wie ein Faun. »Das ist sehr gut, Mann. Leute, die Probleme haben, geben viel Geld aus, um sie loszuwerden.«

»Richtig.« Grau lächelte. »Luiz hier meint, daß wir nachts um drei Uhr mit dir starten können. Richtung Norden, den Magdalena entlang bis Barranquilla.«

»Nachts um drei? He, Mann, das kostet mich meine Lizenz.«

»Nicht doch«, widersprach Grau. »Du kaufst dir eine neue.«

»Die neue kostet tausend Dollar und fünfhundert zusätzlich für die Bürokratenhengste und deren Scheißtempel. Aber gut, Mann, laß hören, was du willst.«

»Er sieht bestimmt dauernd John-Wayne-Filme«, erklärte Grau Milan auf deutsch. »Also, es ist so: Ein Freund hat eine Tochter hier. Sie studiert. Sagt sie. In Wirklichkeit kifft sie, nimmt Koks, badet abends in Gras und säuft wie ein Loch. Wir holen sie raus.«

Der kleine Mann sah Grau sehr direkt an und fragte listig: »Sie wird vielleicht bewußtlos sein?«

»Das könnte sein«, gab Grau zu. »Aber das stört dich nicht, oder?«

»Nicht sehr.« Der kleine Mann grinste. »Aber ich kann nachts hier nicht starten. Das geht nicht, Kumpels, das geht beim besten Willen nicht. Die haben mich sofort am Arsch.«

»Und wo geht es?« fragte Grau.

»Wir könnten was anderes machen. Ich könnte jetzt auftanken, könnte die Biene nordwärts nach Honda fliegen. Kleines Kaff, nicht viel Bullen. Ich warte da. Luiz bringt euch ran. Dann über den Rio Magdalena. Bis Barranquilla? Hm, das geht. Aber die Frage ist, habt ihr Geld genug?«

»Das haben sie, ich sage dir, das haben sie.« Luiz nickte heftig.

»Okay. Ich gehe also auftanken und fliege die Biene nach Honda. Ich stehe südwärts von Honda über dem Fluß. Merkt euch das! Gut, okay, Mann. Dann nur noch die Sache mit dem Geld. Können wir vor die Tür gehen?«

Grau nickte. »Sicher.«

Sie gingen hinaus. »Ich rechne mal den Sprit bis Barranquilla. In Mompos tanke ich zwischen. Sind Bullen hinter euch her?«

»Wahrscheinlich nicht«, sagte Grau.

»Also, rechnen wir trotzdem mit Bullen. Ich muß tief fliegen. Ich komme mit einer Tankfüllung nicht bis Barranquilla. Macht aber nichts. Und dann? Von Barranquilla aus?«

»Rüber nach Puerto Rico. Was ist besser: Ponce oder San Juan?«

»Ponce«, sagte er schnell. »Es geht aber nicht normal.«

»Wieso?«

»Weil du das Mädchen bei dir hast«, erklärte der kleine Mann freundlich. »Aber vielleicht kann Zero helfen. Zero steht in Barranquilla und ist pleite. Laß mich überlegen. Das mache ich von unterwegs. Kostet ein Schweinegeld, Mann.«

»Macht nichts«, sagte Grau. »Wieviel für dich?«

»Ich heiße Negro, weil ich rote Haare habe.« Er grinste. »Also, laß mich rechnen. Zweimal volltanken, der lange, lange Weg. Muß tief fliegen, kostet eine Menge Sprit. Sagen wir tausend Dollar Sprit?« Er sah Grau schnell an.

Grau nickte. »Gut. Was kostet die Stunde?«

»Nicht Stunde, pauschal. Sagen wir zweitausend? Zusammen dreitausend?«

»Gib ihm dreitausend, Milan«, sagte Grau. »Noch etwas, Negro: Falls du eine Sauerei machst, bist du im Arsch! Ist das klar?«

»Das ist klar, Mann, ist klar.« Er sprach einige sehr eindrücklich kurze Sätze mit Luiz, der dauernd nickte, dann verschwand er wieder in der Fliegerbaracke.

»Wenn er bescheißt, seid ihr tot«, sagte Grau.

Luiz sah ihn lange an und nickte dann. »Das wissen wir, Mann. Du kannst uns glauben, daß wir das verdammt gut wissen. Du machst dies, du machst das. Machst du dies nicht, bist du tot, machst du das nicht, bist du erst recht tot. O ja, wir wissen das.« In seinen Augen lag ein demütiger Ausdruck.

»Ins Hilton«, bestimmte Grau. »Du holst uns um zwei Uhr ab. Du sagst kein Wort, auch nicht zu deiner Frau.«

»Kein Wort«, versprach Luiz. »Ihr werdet gutes Flugwetter haben, der Himmel ist klar.«

Im Hotel gingen sie als erstes in das Restaurant, das im Parterre neben dem Empfang lag. Sie bestellten gegrillte Rippchen und Tortillas, tranken Unmengen Kaffee und Wasser.

»Bist du nervös?« fragte Milan.

»Nicht besonders«, sagte Grau. »Aber ich möchte keine Menschen töten. Du weißt ja: Mich kotzt diese Brutalität an.«

Milan nickte. »Ich weiß. Du kennst das hier, du warst schon einmal hier?«

Grau nickte ebenfalls. »Ich kam von Rio hoch, ich recherchierte in Sachen Drogen. Das war, als Escobar noch lebte, frei im Land herumzog, den Armen Fußballstadien und Küchen einrichtete und tun und lassen konnte, was er wollte. Escobar war eine Sau, aber viele verehrten ihn wie einen Heiligen. Er zog immer mit zwei Priestern herum, in Medellín und später in Bogotá. Er kriegte sein Geld in Plastiktüten aus Florida. Bargeld, unbeschreibliche Mengen an Dollar. Du wußtest nie, wer hier eigentlich bestochen ist und wer nicht. Du mußtest bei jedem damit rechnen. Im Hotel war alles voller Bullen mit Maschinenpistolen.«

»Und jetzt?«

»Ich weiß es nicht. Escobar ist tot. Ich nehme an, sie machen eine Pause. Sie bauen inzwischen auch Mohn an, um Heroin zu exportieren. Die Menschen hier sind sehr arm. Ungefähr so arm wie Luiz. Wenn sie könnten, würden sie aus ihren Papphütten am Rand der Stadt herauskommen und uns ausnehmen wie Weihnachtsgänse. Sie haben aber keine Chance dazu. Ich habe hier mal Babys im Müll gesucht.«

»Wir haben in Jugoslawien manchmal auch Babys im Müll gefunden«, sagte Milan. »Warum hier?«

»Es war so, und es ist immer noch so: Wenn die armen Mädchen in den Müllstädten ungewollt schwanger werden, bringen sie die Kinder zur Welt und legen sie auf die Müllkippe, manchmal auch in den Mülleimer.

Es gibt hier Nonnen aus Holland, die ›Schwestern vom Armen Kinde Jesu‹. Sie führen Schulen und Waisenhäuser. Sie sammeln die Babys ein und ziehen sie groß. Ich habe damals auch nach diesen armen Würmern gesucht. Ich hoffte immer, ich würde keines finden, und wenn ich doch eins fand, wollte ich es immer nicht glauben. Die Nonnen sind richtig gut.«

Sie aßen, bezahlten und gingen auf ihr Zimmer. Sie hatten nur eines gemietet, denn sie gaben sich ja als deutsche Volksschullehrer aus, und Sundern hatte ihnen geraten, sie sollten sich so benehmen, als hätten sie die Reise bei einem Preisausschreiben gewonnen.

Grau rief Sundern an. »Wir kommen weiter, aber wir wissen noch nicht genau, wie wir das Land unbehelligt wieder verlassen können. Ansonsten geht es vorwärts.«

»Habt ihr das Mädchen schon gesehen?«

»Sicher. Eine hübsche Kleine, völlig besoffen und bekifft.«

»Wann geht ihr es an?«

»In ein paar Stunden.«

»Du meldest dich auf jeden Fall? Auch dann, wenn es schiefgeht?«

»Auch dann«, versprach Grau. »Und was ist in Berlin so los?«

»Der Teufel ist los.« Sundern lachte verhalten. »Die ARD hat den Beitrag deiner Kollegin gesendet. Das Auswärtige Amt hat jetzt also einen Diplomaten am Arsch, der Drogen und Schmiergelder nach Berlin geschafft hat. Sie geben es natürlich nicht zu. Irgendein Pressesprecher hat behauptet, Steeben wäre niemals in Berlin gewesen, tat so, als wäre alles eine Verwechslung. Steeben wäre in Rio verschwunden, wahrscheinlich von Banditen verschleppt. Das Auswärtige Amt hat ganz schön Muffensausen.

Und prompt hat einer von den Grünen einen Untersuchungsausschuß gefordert. Er sagte, das Auswärtige Amt sei noch nie richtig unter die Lupe genommen worden. Das wird ein heißer Tanz. Die Berliner Kripo tut unschuldig, aber es ist durchgesickert, daß die Amerikaner und die Leute vom Bundesnachrichtendienst hier gewildert haben.

Es brennt an allen Ecken, Grau, und es ist echt spannend. Warum nehmt ihr nicht einfach eine Linienmaschine?«

»Geht nicht, weil sie den Flughafen sofort dichtmachen werden.«

»Das ist richtig«, gab Sundern zu. »Aber du hast doch bestimmt schon eine Lösung in deinem schlauen Kopf, oder?«

»Ich hab' tatsächlich eine, aber ich rede nicht darüber. Ich kann in den nächsten zehn Stunden wahrscheinlich nicht anrufen. Wir werden alles versuchen, das kannst du mir glauben.«

Sundern schwieg einen Moment. »Und wie ich dir das glaube«, sagte er dann. »Ihr seid nämlich die ersten ›guten‹ Toten, wenn etwas schiefgeht.«

»Wie geht es Meike?«

»Ich weiß es nicht. Sie sitzt in dieser Wohnung in der Dimitroffstraße herum und zetert. Sie will ihren Grau wiederhaben.«

»Sie wird ihn bekommen«, versprach Grau fröhlich.

Dann lagen sie auf ihren Betten und starrten auf den Fernseher, der ihnen Betriebsamkeit vorgaukelte, und sie mit irgendeiner Serie aus der Reihe *Die Schönen und die Reichen* einlullte.

Gegen Mitternacht zogen sie sich um und bestellten sich erneut etwas zu essen, diesmal ins Zimmer.

»Wir werden nichts bezahlen«, sagte Grau. »Wir können später einen Scheck schicken. Sie sollen glauben, daß wir noch hier wohnen.«

»Zechpreller, wie schön.« Milan freute sich.

Luiz stand Punkt zwei Uhr mit dem roten Camaro, der so wundervoll lief, wie verabredet auf einem dunklen Parkplatz. Sie fuhren schweigend in die Stadt, und Milan zeigte ihm, an welcher Stelle er in der Parallelstraße auf sie warten sollte.

Dann gingen sie zwischen zwei Häusern hindurch, kletterten über einen kniehohen Zaun und näherten sich der Villa von hinten. Es sah nicht so aus, als ob sie auch nur den Hauch einer Chance hätten.

Die Gruppe saß noch immer im Garten. Mittlerweile hingen malerische Lampions in den Sträuchern, und es hatte sich noch eine ganze Reihe weiterer junger Frauen und Männer aus den Nachbarhäusern hinzugesellt. Grau und Milan standen im Schatten und betrachteten das wilde Treiben.

»Es sind jetzt mindestens dreißig«, sagte Milan etwas resigniert. »Mischen wir uns einfach drunter?«

»Gute Idee«, sagte Grau. »Aber von vorn. Und nachdem wir alles kaputtgemacht haben, was im Haus kaputtzumachen ist.«

»Du wirst langsam wirklich gut, du bist schon ein richtiger Soldat«, lobte Milan.

»Scheiß drauf«, gab Grau unwirsch zurück. »Wir müssen drauf achten, ob hier irgendwo Pärchen sind. So ein hübscher Garten lädt doch zu spontaner Sexualität geradezu ein.«

Sie suchten unauffällig zwischen den Büschen, fanden aber niemanden und wandten sich wieder dem Haus zu. Milan betrachtete es nachdenklich. »Nicht trennen«, sagte er langsam. »Bei unbekannten Objekten niemals trennen. Erst müssen wir rausfinden, wo der Lokus ist. Das ist ein gefährlicher Ort, weil sie da alle mal hin müssen. Wir gehen durch das Fenster in den rechten Keller rein.«

Grau nickte und sah Milan zu, wie der völlig selbstverständlich und resolut das Fenster eintrat, in die Knie ging und sich vorsichtig hindurchschlängelte. »Kein Problem«, tönte es dumpf von unten. »Alles klar hier.«

Der Keller war mit altem Gerümpel vollgestopft, die Tür stand weit offen, dahinter lag ein schmaler Gang, der an einer Treppe endete, die steil nach oben führte.

»Jetzt nicht mehr reden«, sagte Milan. Sein Atem ging nicht einmal schneller. Er drückte die Tür am Ende der Treppe einfach auf, von irgendwoher wehte kühlere Luft. Das Treppenhaus war matt erleuchtet.

Milan deutete nach vorn, er verlangsamte seine Schritte nicht ein bißchen. Jemand, der ihm jetzt begegnete, mußte glauben, daß er sich hier bestens auskannte.

Es ging noch weitere fünf Stufen bis zum Niveau des Erdgeschosses hinauf. Rechts war ein Raum, den jeder Gast passieren mußte, wenn er irgend etwas im Haus wollte: ein spärlich möbliertes Zimmer mit zwei zur Vorderfront weit offenstehenden Türen.

Eine weitere Tür war schmaler als alle anderen. Milan versuchte sie zu öffnen. Eine Frauenstimme sagte: »Just a moment, please.« Es klang manieriert und betrunken, und Milan lächelte milde, als wäre er der Hausherr.

Drei Türen hatten sie noch nicht getestet. Milan versuchte die mittlere. Es war ein Raum, der nach hinten hinaus lag und in dem sich kein einziges Möbelstück befand. Die nächste Tür führte in ein Zimmer, in dem hinter der Tür nur ein Regal stand, sonst nichts. Auf diesem Regal entdeckte er einige kompliziert aussehende Geräte, die alle eingeschaltet waren. Runde Instrumente mit Zeigern in Bereitschaftsstellung, mit kleinen grünen und roten Lämpchen, die wie Leuchtkäfer im Dunkel glühten. Milan schloß die Tür hinter Grau.

»Kaputtmachen«, sagte er knapp. »Aber leise.«

Sie zerstörten alles und nahmen sich dafür Zeit. Sie zogen Verbindungsstecker heraus, legten die Geräte auf den Boden, stemmten Deckbleche ab und lockerten kompliziert aussehende Schalttafeln. Milan nahm einige davon und warf sie einfach aus dem Fenster. Dann entdeckte er ein Funktelefon, das er auf der Kante der steinernen Fensterbank zerschlug. »Jetzt aber schnell raus!« zischte er.

Sie gingen hinaus, sie nahmen die Treppe nach oben. In diesem Moment sagte eine Frauenstimme fragend: »Bist du das, Luke?«

»Yeah«, reagierte Grau geistesgegenwärtig.

Sie gingen einfach weiter, Milan immer voraus. Er erreichte den ersten Stock, sah erst nach rechts, ging dann links auf eine geöffnete Tür zu, durch die mattes Licht fiel. Grau hörte erst ein erstauntes »Oh!«, dann ein heftig klatschendes Geräusch.

»Okay«, sagte Milan. »Es ist die Frau, die bewaffnet war. Ihr Schießeisen habe ich hier.«

Grau kam ins Zimmer. Die Frau lag auf dem Boden, mit dem Bauch quer über einer großen Matratze. »Ist sie bewußtlos?«

Milan nickte. »Für eine Weile. Da auf dem Stuhl liegt ihr Telefon. Schlag es kaputt, oder nimm einfach die Batterien raus und wirf sie weg. Nein, das reicht nicht, schlag es kaputt.«

Grau nahm das Telefon, legte es unter seinen linken Schuh und bog es hoch. Es knirschte jämmerlich und zerbrach ohne großen Widerstand. Er zog die Akkus heraus und warf sie in einen Papierkorb.

»Alle Räume«, bestimmte Milan. »Keinen vergessen. Wir suchen das Schlafzimmer von dem Blonden.«

Es war das letzte Zimmer. Sie entdeckten zwei Telefone, die sie völlig auseinandernahmen. Einen kleinen stationären CB-Funk brachten sie auch für immer zum Schweigen. Dann grinsten sie sich im Halbdunkel verschwörerisch zu, und Milan sagte: »Jetzt kommt der schwere Teil.«

»Hast du eine Idee?«

»Keine«, sagte Milan unverblümt. »Wir können mit den Blendgranaten jetzt nichts machen. Wenn wir damit anfangen, flüchten sie sofort auf die Straße und sind weg. Wir müssen den Blonden dazu kriegen, daß er mit Angela ins Haus geht.«

»Das schaffe ich«, sagte Grau. »Wir haben sowieso keine Zeit. Ich mache das, und du nimmst sie in Empfang.«

Sie gingen wieder hinunter, Milan suchte sich in dem Raum mit den zwei Türen zum Garten ein unauffälliges Plätzchen.

»Viel Glück«, raunte er.

Grau ging hinaus, der Kies unter seinen Füßen knirschte, aus zwei Radios gleichzeitig plärrte laute Musik, niemand achtete auf ihn.

Dabei weiß ich nicht einmal, wie der Blonde heißt, dachte

er matt. Das ist typisch für den großen Gangster Grau: alles dem Zufall überlassen.

Er näherte sich dem Blonden von hinten und sagte: »Hey, Junge, ich brauche dich dringend.« Der sah mit eiskalten Augen zu ihm hoch, die Augen von Angela waren daneben blau wie die einer Puppe.

»Pedrazzini hat wieder Leute in der Stadt. Mach keinen Scheiß, nimm die Kleine, komm ins Haus!« Wenn er irgendeinen Code verlangt, haue ich ihm den Schädel ein, nehme die Kleine und renne, dachte er matt.

»Pedra?« fragte der Blonde. Er sah Grau nicht mehr an, starrte einfach vor sich hin.

»Ja, Pedra! Das Büro will, daß du das Quartier wechselst. Sofort, Junge, nicht erst nach deiner Pensionierung!«

»Ja, ja«, nuschelte er ein wenig maulig.

»Ich warte auf dich«, sagte Grau cool, drehte sich um und marschierte ganz geruhsam den Weg wieder zurück. Er schaute kein einziges Mal zurück.

Milan stand im tiefen Schatten zwischen den Türen. Grau sah ihn nicht, ahnte ihn nur.

Der Blonde kam mit Angela Hand in Hand zum Haus.

»Was ist denn?« fragte sie quengelnd. »Was soll das? Ich will tanzen.«

»Halt die Klappe!« sagte er roh. »Dein Scheißgroßvater spielt sich mal wieder auf.«

»Ach der!« plärrte sie.

Jetzt war der Blonde neben Milan, brach ohne jeden Übergang in die Knie und fiel nach vorn. Angela wollte schreien, aber ehe aus dem quiekenden Laut ein wirklicher Schrei werden konnte, griff Milan sie von hinten und schlug ihr gegen den Hals. »Gut«, sagte er gepreßt. »Jetzt die eine oder andere Granate, ein bißchen Feuerwerk.«

»Und wie funktionieren die Wunderwaffen?« fragte Grau.

»Du ziehst an dem Stift, der rausguckt. Siehst du ihn?

Dann wegwerfen, aber nicht auf die Menschen. Augen zu, sonst bist du blind!«

»Ja, ja.« Dann zog Grau ruhig den Stift und warf die Granate in einem flachen Bogen durch die offene Tür hinaus und schloß die Augen. Die Detonation war gewaltig, der Boden vibrierte, Grau wurde umgeworfen, stand dann auf, drehte sich herum und öffnete die Augen.

»Komm jetzt«, sagte Milan beinahe gelangweilt. »Die nächste werfen wir im Treppenhaus.«

»Aber oben liegt die Frau.«

»Sie wird Zeit genug haben«, sagte Milan. »Das Beste ist, du schmeißt auch eine in das Eckzimmer.«

»Das brennt ja wie verrückt«, sagte Grau verwundert, zog den nächsten Stift und rollte die Granate in das Eckzimmer. Auf dem Rückzug ließ er eine im Treppenhaus fallen.

Erst jetzt kamen Schreie, sie waren hoch und schrill und machten das Chaos nahezu perfekt. Dann folgten die nächsten Detonationen.

Milan trug Angela über der Schulter wie einen Sack und lief so leichtfüßig vor Grau her, als hätte sie das Gewicht einer Feder. Sie rannten durch die Gärten, dann zwischen den Häusern hindurch, wo sie schließlich auf Luiz stießen, der in seinem Wagen wartete.

Grau keuchte. »Ab die Post.«

Luiz sagte anerkennend: »Die Kleine ist wirklich hübsch! Ich fahre nicht zu schnell, sonst fallen wir nur auf.«

Er ließ es also zunächst langsam angehen, wurde dann schneller, erreichte eine Ausfallstraße, und erst jetzt gab er richtig Gas. Offenbar genoß er dieses Abenteuer, er machte das Radio an und klopfte den Takt der Rockmusik auf das Lenkrad.

Das Mädchen wurde wach und fragte angstvoll: »Was ist, was ist? He, was ist?«

»Du bist ganz still«, sagte Grau grob. »Du wirst eisern die Schnauze halten, sonst töten wir dich!«

Sie schwieg, sie hockte neben Milan hinten im Wagen und schloß sicherheitshalber die Augen, weil er wie ein drohender Schatten halb über ihr thronte.

»Na prima!« sagte Luiz zufrieden und gab noch ein wenig mehr Gas.

Nach einer Stunde waren sie am Ziel. Der Hubschrauber wartete im Norden der kleinen Stadt hoch über dem Fluß auf einem kleinen, grasbewachsenen Plateau.

Als sie noch durchs Gras rollten und Luiz erleichtert verkündete: »Das war's, Leute!«, ließ Negro schon das Triebwerk an. Es spuckte ein paarmal und zog dann brav durch. Es dröhnte.

»Du bist ja schon bezahlt«, sagte Grau zu Luiz. »Ich danke dir.« Dann fiel ihm die verhärmte Frau ein, der Luiz einen Hunderter gegeben hatte, und er zupfte zwei Hundertdollarnoten aus dem Bündel. Er sagte: »Das war verdammt gut, Luiz. Ich werde dich weiterempfehlen.«

Merkwürdigerweise schüttelte Luiz aber den Kopf. »Ist schon gut, Compadre. Nicht zuviel, ich könnte glauben, ich habe Glück.«

»Du hast Glück. Du warst wirklich gut. Komm heil nach Hause.«

Sie stiegen aus und gingen hinüber zu dem wartenden Hubschrauber. Sie duckten sich unter den kreisenden Rotorblättern hindurch. Milan hielt Angela in seinem eisernen Griff und sagte kein Wort.

»He, Leute, he, gut!« schrie Negro. Er deutete auf seine Kopfhörer, die gleichzeitig als Gehörschutz dienten. Er wartete, bis sie alle eingestiegen waren und sich angeschnallt hatten. Grau hockte neben ihm und starrte auf das silberne Band des Flusses, zweihundert Meter unter ihnen.

»Dann wollen wir mal!« jubelte Negro. Er zog leicht die Maschine hoch, glitt nach links und stürzte dann, Fahrt aufnehmend, fast senkrecht wieder nach unten, dorthin, wo der Fluß nach Norden zog und sich langsam Nebelschwaden in den Büschen bildeten. Er lachte, vollführte einige wilde Manöver, Negro liebte das Leben, solange er einen vollen Tank hatte.

»Milan«, sagte Grau, »war es nicht viel zu leicht?«

»Du könntest recht haben«, sagte Milan. »Aber es ist ja noch nicht zu Ende.«

Es war nicht sehr dunkel, sie flogen ganz dicht über dem Fluß. Negro saß ganz locker in seinem Sitz und bediente souverän Pedal und Knüppel. Er schwätzte mit Grau.

»Was machst du, wenn Bullen kommen?« fragte Grau.

»Nichts«, erwiderte Negro. »Runtergehen, landen, ein dummes Gesicht machen und Bares zeigen. Die Kleine ist Zucker. Ihre Familie hat viel Geld, eh?«

»Sehr viel Geld«, nickte Grau. »Fliegst du eigentlich auch Schnee?«

Negro schüttelte den Kopf. »Nein. Nur Passagiere. Schnee fliegen hat früher Spaß gemacht, brachte auch viel Geld. Jetzt nicht mehr, jetzt ist Escobar krepiert, sie rangeln um die Posten und Pöstchen. Die großen Geschäfte laufen nicht mehr. Werden bessere Zeiten kommen, denke ich, irgendwann.«

»Wie geht es weiter nach Barranquilla? Du hast einen Mann namens Zero erwähnt.«

»Nach Mompos«, sagte Negro. »Mein Funkgerät ist zu schwach. Hier unten erwischt uns sowieso kein Radar. In Barranquilla, wenn jemand fragt, sagt ihr einfach, wir kommen aus Cartagena vom Baden. Okay? Verrückte Touristen, die unbedingt in Cartagena baden wollten. Ja, Mann, so ist das Leben hier.«

Der Zwischenstopp in Mompos war eine Sache von Minuten. Negro hatte kurz vorher auf seinem Funkgerät zu spielen begonnen und jemanden erwischt, dem er dann voll Verachtung von einigen idiotischen Touristen erzählte, die unbedingt an den Golf zum Baden wollten und dämlicherweise alles bar bezahlt hatten.

Er landete auf einem Acker neben einer alten, verkommenen Wellblechhütte, an der neben einigen Fässern mit Kerosin ein alter Mann wartete, der ungeheuer dankbar Bargeld in Empfang nahm und dann mit einer Handpumpe endlos zu hebeln begann, bis die Tanks gefüllt waren.

»Er wird jetzt tagelang besoffen sein«, sagte Negro gelassen, als sie wieder abhoben.

Vor Barranquilla spielte er dasselbe Spiel. Er informierte den Tower höchst freundlich, er komme vom Westen rein, mit ein paar Arschlöchern an Bord, die unbedingt in Cartagena am frühen Morgen den Atlantik hätten sehen wollen. Er sagte, es handelte sich um zwei betrunkene Europäer, italienische Schweizer oder so was, die mit ihrer blonden Nutte unterwegs seien und alles bar bezahlten. Er kündigte fröhlich an, weil das Mädchen dauernd kotze, würde er ein wenig abseits landen.

Und im übrigen sollten sie doch mal so freundlich sein und den langen Zero aus dem Bett schmeißen und ihm sagen, diese blöden Touristen würden durchaus auf den Golf rausfliegen wollen und den Scheißsprit auch noch bar löhnen. Zero solle mal seinen faulen Arsch bewegen, denn so dämliche Kunden kämen schließlich nicht alle Tage.

Der Tower antwortete verschlafen und gutgelaunt. Negro habe doch schon verdammt lange versprochen, mit einem echten Irish Malt Whiskey vorbeizukommen. Wenn diese saudummen Gringos sowieso alles bar bezahlten, ob da nicht diese oder jene Pulle dabei abfallen könnte.

»Na sicher«, sagte Negro. »O Mann, Jungs, ihr ahnt ja gar nicht, wie dämlich diese Leute aus Europa sind. Die glauben doch glatt, unsere Weiber tragen die Möse quer, und Englisch können sie auch nicht!« Dann lächelte er Grau allerliebst zu und ließ die Maschine in einem sehr weiten Bogen von Westen her einschweben.

Grau übersetzte für Milan, was Negro dem Funkgerät anvertraut hatte, und der lachte und sagte vergnügt: »Hier müßte man Sigrid einsetzen. Sie würde reich werden, weil sie mit einem Sparschwein rumgehen und bei jedem Chauvispruch einen Fünfer kassieren würde. Reden die hier alle so?«

Grau nickte. »Es ist ihre spezielle Art, in den Untergang zu steuern. Die Stoßgebete der Machos.«

Als sie schließlich in Barranquilla landeten, stand die Sonne schon ziemlich hoch, und es war brütend heiß.

»Ich gehe Zero suchen«, sagte Negro. »Bleibt sitzen und rührt euch nicht, die Flughafenpolizei ist viel zu faul, um hierherzukommen. Nicht aus der Maschine steigen, einfach sitzen bleiben.«

»Gut«, sagte Grau. Er war müde und sah, daß auch Milan gähnte.

»Ich will raus hier«, sagte das Mädchen erstaunlich klar.

»Das geht nicht«, erklärte ihr Grau. »Du wartest brav, bis wir weiterfliegen.«

»Ich laß mich doch nicht einfach von so blöden Wichsern entführen.« Sie schrie jetzt.

»O Gott!« seufzte Grau. »Nicht so was, bitte! Milan, tu was, sonst geht alles schief. Wir sind immer noch in Kolumbien.«

»Ich kann Kinder und Frauen nicht schlagen«, erklärte Milan wütend. »Außerdem fängt sie sowieso immer an zu schreien, wenn sie wach wird. Gib mir die Wasserflasche nach hinten und zwei von diesen Beruhigungspillen. Ich kann sie doch nicht bis Frankfurt alle Stunde k. o. schlagen. Wie stellst du dir das denn vor?«

»Ich stelle mir gar nichts vor«, sagte Grau. »Ich finde diese Blonde sowieso ätzend.« Er sah sie aus dem Augenwinkel an. »Hast du eigentlich kapiert, was mit dir los ist, Mädchen? Du hast Entzug, nichts weiter. Du hast gekifft und gesoffen. Hast du auch gespritzt?«

»Bin ich wahnsinnig!« fragte sie aufgebracht. »Überhaupt: Was soll das Ganze? Ich kann doch leben, wie ich will!«

»Du hast doch keinen eigenen Willen mehr«, sagte Grau ätzend bissig. »Du kannst verdammt froh sein, daß dein Großvater sich an dich erinnert hat. Nimm jetzt die zwei Tabletten. Sie beruhigen.«

»Bei Luke konnte ich machen, was ich wollte«, sagte sie quengelnd.

»Aber nur das, was dir geschadet hat«, entgegnete Grau ironisch.

»Nimm die Tabletten!« befahl Milan, und er machte ziemlich deutlich, daß er sie ansonsten erneut bewußtlos schlagen würde.

»Scheißwichser!« sagte sie und schluckte die Tabletten.

Negro schlenderte mit einem baumlangen Kerl gemächlich durch die Hitze und redete eifrig auf ihn ein. Der Mann nickte, schüttelte den Kopf, nickte wieder. Dann rief Negro: »He Leute, ihr könnt aussteigen, es geht weiter. Zero macht das schon.«

»Was kostet das Auftanken?« fragte Grau.

»Viel Geld, Sir«, sagte Zero. Er war vielleicht vierzig Jahre alt und sah so hager und verdurstet aus, als sei er schwer magenkrank.

»Das kenne ich schon«, brummte Grau. »Hier sind tausend Dollar, tanken Sie!«

»Tausend? Mindestens zweitausend! Ich habe eine Maschine mit zwei Motoren, Sir! Die wollen saufen.«

»Hier sind zweitausend. Wir müssen weiter!« Grau drängte zur Eile.

»Wir können nur in Ponce landen, wenn wir behaupten, daß wir einen Motorschaden haben«, erklärte Zero. Er trug Cowboystiefel zu schwarzen Lederhosen und machte den Eindruck, als könnte er sich noch nicht einmal eine Schachtel Zigaretten leisten.

»Dann behaupten wir das eben«, beschloß Grau. »Lieber Himmel, wir haben da eine Teenager-Spätlese drin, die irgendwann ausflippt. Das sollte auf einem ordentlichen Flugplatz und nicht in Kolumbien passieren.«

»Okay, okay.« Zero hob theatralisch die Arme und starrte dann auf seine Stiefel. »Also, ich tanke und komme dann ganz scheinheilig hier vorbeigerollt. Ihr steigt um. Ich melde einen Flug an. Ohne Leute, klar? Ich gehe raus nach Norden, dann strikt nach Osten. Ist das gut so, Sir?«

»Was weiß denn ich, bin ich ein Kompaß?« fragte Grau mürrisch.

»Na gut, ich gehe nach Osten, wenn wir ungefähr auf dem 15. Breitengrad sind. An Haiti vorbei, dann Santo Domingo. Dann peile ich das nächste Funkfeuer an und sage, Jungs, sage ich, die Lage ist scheiße, meine Vergaser klemmen. Laßt mich rein nach Ponce, ich verschwinde auch sofort wieder.

Sie werden sagen: Okay, komm rein! Weil sie so nette Leute sind. Ich lande also, und dann müßt ihr verdammt nochmal zusehen, wie ihr ruckzuck eure Ärsche irgendwie aus meiner Mühle rausbringt. Ist das okay, Sir? Und ich werde harmlos tun, einen dicken Schaden haben und die nächste Werft anrollen. Das alles muß ich bezahlen, Sir.«

»Also, was kostet der Spaß?« fragte Grau resigniert.

»Fünftausend Dollar, Sir«, sagte Zero zackig.

»Milan«, sagte Grau seufzend. »Gib ihm das Geld und mach ihm deutlich, daß er tot ist, wenn er nicht in einer halben Stunde mit seinem Flieger vollgetankt hier vorbeikommt.«

Milan lächelte und fragte: »Geht es ums Tanken? Wenn es nur ums Tanken geht, komme ich mit. Der Junge sieht link aus. Er wird uns übers Ohr hauen, wenn er kann.« Er zog den Revolver unter dem Jeansgürtel heraus, faßte Zero sehr hart am Arm und sagte: »Okay, gehen wir.«

Grau starrte auf das blasse Mädchen und sagte: »Sie kann nicht mal aussteigen, Negro.«

»Ich gebe ihr einen Schluck Schnaps«, sagte Negro energisch. »Ich will weg, sonst muß ich dem Tower wirklich die Flasche Whiskey spendieren.«

Das Mädchen spuckte den Schnaps wieder aus. Aber sie wurde wach und stöhnte, sie hätte Kopfschmerzen. Kaum waren sie in Zeros Maschine umgestiegen, schlief sie schon halb. Zusammen verfrachteten sie das Mädchen auf einen der hinteren Sitze und schnallten es an.

»Dann wollen wir mal, Leute, Sir!« sagte Zero und gab Schub. Sie stiegen in einen makellos blauen Himmel auf, die Karibik lag unter ihnen wie ein Juwel. Als Zero glaubte, er wäre im Radarbereich von Ponce, fragte er etwas hilflos: »Was ist, haben wir einen Schaden? Landen wir normal? Ich meine, sie lassen uns landen, es kommt aber darauf an, wer beim Zoll Dienst hat.«

Milan und Grau sahen sich an, und Milan sagte schnell: »Es sind die USA. Ich denke, wir landen normal.«

Zero nickte, fühlte sich wohl auf seinem Haufen Bargeld und sagte dem Tower seine Kennung durch und etwas von einem Touristenflug in der Karibik. »Ich hopple die Inseln ab, Leute, jawohl, Sir. Ihr braucht keine Mädchen mit Blumenketten vorzuschicken, ihr braucht mir bloß eine superblanke Rollbahn anzubieten.«

Jemand vom Tower sagte gutgelaunt: »Bist du das, Cowboy?«

»Na sicher!« schrie Zero begeistert. »Gehen wir heute abend zusammen essen?«

Sie gesellten sich zu einer Reihe Privatmaschinen, und der Zöllner, ein unglaublich dicker Schwarzer namens Pedro, lotste sie zweihundert Dollar in bar zuliebe durch irgendwelche endlosen, grüngestrichenen Gänge bis in die Halle. Er klopfte der immer noch verschlafenen Angela auf den Hintern und strahlte: »Jetzt seid ihr in Sicherheit, Leute, jetzt könnt ihr den Globus stürmen.«

»Scheißwichser!« konterte Angela.

Sie buchten eine Maschine nach Miami mit Anschluß an eine Direktverbindung nach Frankfurt/Main.

Grau rief Meike von einer Zelle aus an. »Wir sind bald wieder da«, sagte er erschöpft.

»Ich freue mich auf dich, Grau«, sagte sie. »Habt ihr das Mädchen?«

»Wir haben sie. Sie ist schlechtgelaunt, nennt uns Wichser und kann überhaupt nicht begreifen, weshalb wir sie aus dem schönen Bogotá herausgeholt haben.«

»Jugendliche sind nun mal so«, sagte sie altklug. »Freust du dich auf mich?«

»Ja«, versicherte Grau. »Sag Sundern Bescheid, sie sollen uns in Frankfurt auflesen, wir können in Tegel nicht landen. Er soll Pedra ausrichten, wir haben das Mädchen und sind froh, wenn er sie uns abnimmt.«

»Ja, Grau. Glaubst du, wir haben jetzt mal ein paar Tage Ruhe?«

»Nicht die Spur. Jetzt geht es erst richtig los«, erklärte Grau trocken und beendete das Gespräch.

»Was soll ich denn in Italien bei dem Scheiß-Opa?« fragte Angela wild.

»Soll ich dir erst noch ein Viertelpfund Kokain spendieren, mein Täubchen?« fragte Milan freundlich.

Angela sagte wieder mit dick aufgeworfenen Lippen: »Scheißwichser.«

Grau wurde langsam wütend: »Du solltest gelegentlich mal deinen Wortschatz erweitern!«

Präsentation einer Leiche

Kein Mensch hat später rekonstruieren können, wer eigentlich diese merkwürdige Ankunft des Lufthansa-Fluges direkt aus Miami nachmittags um 15.15 Uhr auf dem Flughafen Frankfurt/Main arrangiert hat.

Tatsache ist, daß die Maschine etwa acht Minuten vor der Zeit reinkam, sofort Landeerlaubnis erhielt, auf der Landebahn 2 bis zum Ende rollte, dann drehte, die Gateway 18 nahm und aus unerfindlichen Gründen plötzlich stoppte. Der Tower, der sonst alles auf Band festhält, hat darüber keine Aufzeichnung.

Tatsache ist auch, daß entgegen jeder Gepflogenheit ein Schlepper mit einer Treppe heranfuhr und daß ein einziger Passagier, nämlich die 24jährige Angela Pedrazzini, das Flugzeug vorzeitig verließ, am Fuß der Treppe in ein Follow-me-Auto stieg und direkt zu einem zweistrahligen privaten Düsenflugzeug mit italienischer Kennung gebracht wurde. Sie bestieg die Düsenmaschine, die bereits Starterlaubnis hatte und zwei Minuten später schon in der Luft war.

Dieser Vorgang konnte unter anderem deshalb nicht rekonstruiert werden, weil niemand ernstlich daran interessiert war, es zu tun. Mögliche Zeugen hielten sich zurück, sie fürchteten um ihren Arbeitsplatz.

Selbst als ein gewitzter Pressemann einige Vermutungen anstellte, selbst als er sehr aggressiv äußerte, das wäre wohl die Privatmaschine des italienischen Industriellen Pedrazzini gewesen, wurde ihm geantwortet, das wäre durchaus möglich. Ob er denn auch wüßte, daß in dieser Maschine nicht selten staatliche Kurierpost und Mitglieder des diplomatischen italienischen Corps befördert würden.

Aufmüpfig trumpfte der Pressemensch auf, ihm lägen Aussagen vor, die eindeutig besagten, daß die Enkelin von Pedrazzini namens Angela die Linienmaschine aus Miami verlassen und den privaten Düsenjet des Opas bestiegen hätte. Und ebendiese Angela – ha! – wäre identisch mit jener, die von Mitgliedern eines amerikanischen Geheimdienstes in Bogotá festgehalten und auf unglaublich tollkühne Weise von zwei noch nicht identifizierten Deutschen befreit worden wäre.

Die Antwort des Pressesprechers der Flughafen AG war verhalten: »Guter Mann, ich weiß nicht, woher Sie diese verrückte Geschichte haben. Hatten Sie in letzter Zeit Kontakt zu Ihrem Therapeuten?«

Grau und Milan waren heilfroh, die quengelige Blonde los zu sein, wenngleich in den letzten beiden Stunden diese Angela sehr still und in sich versunken nur noch geweint hatte. Einmal hatte sie geseufzt, der Amerikaner namens Luke wäre eine menschliche Sau gewesen. Nichts anderes im Hirn, als dauernd eine Geisel zu bespringen, die sich ohnehin nicht wehren konnte.

Milan hatte zu alldem nur verhalten väterlich gegrinst, während Grau sich gezwungen hatte, nicht hinzuhören, dabei aber um so intensiver unter ihrer kindlichen Hilflosigkeit gelitten hatte.

In der Flughafenhalle stand breit grinsend Geronimo und empfing sie mit offenen Armen. Er benahm sich, als seien die Männer jahrelang fort gewesen. »Leute!« schrie er, als gelte es, dreihundert Meter zu überbrücken. »Leute! Einen Orden für euch!«

Er knutschte erst Grau ab und dann Milan, wobei er ihnen schmatzende Küsse auf die Wangen drückte und ihnen dermaßen herzlich auf die Schulter klopfte, daß Grau noch stundenlang ein taubes Gefühl mit sich herumtrug.

»Einsteigen, und ab geht's nach Berlin!« verkündete Geronimo. »Auf euch wartet noch jede Menge Knutscherei.«

»Meine Frau ist mir lieber«, sagte Milan einfach. Dann richtete er sich bequem auf der Rückbank ein und schloß die Augen.

»Er ist ein Krieger, er nutzt die Gefechtspausen«, erklärte Grau. »Wie geht es Sundern?«

»Der wartet auf Davidoff und Gretzki«, sagte Geronimo.

»Kann er mit denen verhandeln?«

Geronimo grinste. »Natürlich werden sie sich treffen, na klar. Sie werden mit Sundern sprechen, sehr höflich, dann werden sie sich umsehen, ob nicht die Möglichkeit besteht, Sundern ein bißchen unter Druck zu setzen. Ihr Blick wird ...«

»... auf Meike fallen«, vollendete Grau. »Das meinst du doch. Das hatten wir schon. Ich sollte mich von Sundern anstellen lassen. Bis zur Rente Frauen aus der Scheiße holen. Wenn Sundern sagt, er hat weder den Stoff noch die Moneten, dann müßten sie ihm das doch glauben.«

»Das werden sie nicht, solange das Gerücht umgeht, Sundern hätte das ganze Zeug. Also müssen wir es suchen.«

»Und wenn wir es haben?«

»Ich weiß es nicht.« Geronimo grinste wieder. »Vielleicht versteigern?« Er lachte schallend und schlug sich klatschend auf sein Knie. Dann schüttelte er den Kopf. »Ich weiß nicht, was das alles soll, ich kann Drogen nicht leiden.«

»Wie bitte?« Grau war erheitert. »Dein Verein hat doch damit zu tun.«

Geronimo war augenblicklich ernst, fast verbissen. »Haben wir nicht, Grau, haben wir nicht. Mehmet macht ein Restaurant, Mehmet macht Stände auf Märkten. Mehmet macht mit vielen Lastern Logistik, überall in Europa. Aber keine Drogen, verdammt nochmal! Und ich bin sein Angestellter. Ordentlich mit Sozialabgaben.

Ich habe fünf Kinder, Grau, und ich liebe sie. Wenn sie Haschisch rauchen, bin ich sehr betrübt. Sundern? Hat auch nichts damit zu tun.« Er war so erregt, daß er den Wagen mit über zweihundert Stundenkilometern vorwärtstrieb.

»Ich möchte gerne weiterleben«, sagte Grau mit trockenem Hals. »Ich werde Sundern fragen.«

»Das mußt du auch, das mußt du wirklich. Weißt du, ich glaube, Sundern hat als einziger begriffen, was hier läuft. Mehmet auch, aber Mehmet hat Angst, es zu sagen. Du mußt dich ausruhen, du mußt zu Meike gehen und Liebe machen und ein bißchen vergessen.«

»So ein Scheiß!« fluchte Grau. »Ich werde gewalttätig für einen Haufen Leute, die ich nicht kenne und die mir dauernd sagen, sie seien Ehrenmänner. Ehrenmänner, die von Bullen gejagt werden und mit anderen Ehrenmännern Krieg führen.«

»Dann mußt du nach Hause gehen«, sagte Geronimo. Er lächelte. »Aber das geht auch nicht, nicht wahr?«

»Woher kommst du eigentlich? Was bist du denn für ein Landsmann?«

»Ich bin der ganze Balkan«, sagte Geronimo weich und mit sehr viel Liebe in der Stimme. »Der ganze Balkan und der ganze Nahe Osten. Ich habe in Istanbul gelebt, in Tel Aviv, und jetzt in Berlin.«

Grau nickte erst vor Göttingen ein. Er schlief unruhig, und einmal trat er heftig gegen Geronimos Knie. Er träumte, er wäre auf der Suche nach Eichhörnchen. Er bewegte sich in einem Haus, das nach oben hin grenzenlos in milchig-aggressivem Nebel versank. Er ging in laut hallenden Räumen enge Gänge entlang, die links und rechts mit dreckigen, stinkenden grauen Decken behängt waren.

Er kämpfte sich durch Wolken von Spinnweben, und zuweilen blendete ihn in der Ferne ein blaues blitzendes Licht. Es sah so aus, als trüge jemand eine Laterne. Er ging barfuß, bekleidet mit Hosen, deren Beine dicht unterhalb der

Knie in Fetzen endeten. Er zog eine Spur durch Schlamm, aus dem blaue Dämpfe aufstiegen und in dem irgendwelche Tiere quiekten. Ratten, dachte er. Er entdeckte auch sehr große weiße Würmer, so lang wie seine Füße.

Er begriff, daß hinter den dreckigen Decken links und rechts Kojen waren, Kojen, eng übereinander, eng nebeneinander. In jeder Koje lag ein Mensch. Als er begriff, daß jeder dieser Menschen Eichhörnchen war, wollte er mit Gewalt wach werden, weg aus diesem entsetzlichen Gemäuer.

»Du hast geschrien«, erzählte Milan ihm. »Warst du wieder in Bogotá?«

»Nein«, sagte Grau verbissen. Er stopfte sich eine Pfeife und forderte dann unvermittelt: »Halt bitte mal an, Geronimo. Ich brauche Zigaretten.«

»Das ist nicht gut«, sagte Milan.

»Fahr weiter, Geronimo. Er hat recht. Nein, verdammt nochmal, halt an.«

Geronimo hielt an der nächsten Raststätte, aber Grau verzichtete auf die Zigaretten. »Ich möchte mich besaufen«, sagte er.

»Das bringt es nicht«, sagte Milan. »Ich kenne das, du bist erschöpft. Die Seele ist kaputt.«

»Psychoscheiß«, erwiderte Grau wütend. Zehn Kilometer weiter sagte er: »Weißt du, ich habe nie begriffen, daß Eichhörnchens Hilflosigkeit eigentlich meine eigene war.«

»Eichhörnchen war seine Tochter«, erklärte Milan.

»Ich habe davon gehört«, murmelte Geronimo. »Die Menschen sagen, mit so was mußt du leben. Das funktioniert aber nicht.«

»Jedenfalls nicht gut«, sagte Grau.

Als sie die Außenbezirke Berlins erreichten, war es Abend. Geronimo erklärte, der Clan hätte sich zusammengetan und in Mehmets Burg Wohnung genommen. Grau fiel auf, daß Geronimo keine Hauptstraße benutzte, sich durch Nebenstraßen quetschte, Industrieansiedlungen bevorzugte, zuweilen sogar durch Kleingartenanlagen fuhr.

In der Straße, in der Mehmets Lokal lag, herrschte der übliche Betrieb, aber die Gruppe der scheinbar gelangweilt herumstehenden jungen Männer hatte sich eindeutig vergrößert, sie gestikulierten heftig und ließen die Augen unstet umherwandern. Auffallend viele parkende Fahrzeuge waren mit einem Fahrer und einem Beifahrer besetzt. Alle diese Tandems wirkten schweigsam und bedrohlich.

»Hat Mehmet seine ganze Armee aufgeboten?«

Geronimo nickte. »Sogar die Reservisten. Irgend etwas passiert, aber wir wissen nicht, was.«

»Ist von dem Kokain etwas aufgetaucht?«

»Nicht die Spur. Wir haben Testkäufe machen lassen. Dresden, Frankfurt, Hamburg, München. Der Stoff ist nicht im Umlauf, kein Milligramm davon.«

»Von dem Geld was gesehen?«

»Dollar? Keine Bank sagt, daß bei ihr größere Summen eingewechselt worden sind. Nichts, vom Winde verweht!«

Geronimo rauschte in den Innenhof. Vor einer Gruppe von Müllcontainern standen zwei Männer, sie fuhren sichtlich erschreckt herum.

»Schon gut«, beruhigte Geronimo. »Keine Aufregung.« Zu Grau sagte er: »Es ist wie vor einem Gewitter, weißt du.«

Dann war es einige Sekunden lang sehr still. Grau hatte das beklemmende Gefühl, die Welt hörte auf zu existieren, und irgend etwas in ihm zerspränge.

»Wo ist Meike?« fragte er atemlos.

»Penthouse. Das Zimmer, in dem du schon mal geschlafen hast. Aber Sundern wird dich sprechen wollen.«

»Sag Sundern, das hat Zeit.«

»Dir ist nicht gut, nicht wahr?« Milan fragte eher beiläufig.

»Mir ist wirklich nicht gut.«

Geronimo brachte ihn im Lift hinauf. Meike saß in einem

Sessel. Sie tat nichts, sie sah ihm nur einfach entgegen und war unsicher. Sie sagte: »Hallo, Grau.« Es war mehr eine Frage.

Er blieb stehen und spürte, wie Geronimo hinter ihm die Tür zudrückte. »Es tut unheimlich gut, dich zu sehen«, sagte er ohne Atem.

»War es schlimm?« fragte sie und bewegte sich nicht.

»Da gab es Dinge, die hätten passieren können. Ich glaube, davor hatte ich am meisten Angst. Es ging aber glatt, sogar unheimlich glatt. Das Mädchen ist ein neurotisches Biest.« Er blieb stehen, einen Meter von der geschlossenen Tür entfernt. »Ist hier etwas Besonderes passiert?«

»Nichts. Außer, daß Sundern ständig mit Pedra telefoniert. Erst im Flugzeug, dann zu Hause, wie ein Verrückter. Er telefoniert immer noch. Habt ihr überhaupt geschlafen?«

»Haben wir.« Er bewegte sich auf den Sessel neben ihr zu. »Ist Milans Sigrid auch hier?«

»Na sicher, Grau, ich weiß auch nicht, ich bin irgendwie aufgeregt. Jemand hat mal gesagt, man müßte die ersten zehn Sekunden durchstehen, nichts sagen, einfach nichts sagen. Hast du an mich gedacht?«

»Ich dachte, die ersten zehn Sekunden nichts sagen?« Er lächelte. »Ich habe darüber nachgedacht, ob es nicht besser wäre, wenn du bei Sundern total aussteigst. Angeblich hängst du doch in einigen seiner Firmen mit drin.«

»Aber warum denn? Es sind gute Firmen, und ich bekomme ein Gehalt. Ach, Grau, kann ich dich vorsichtig berühren?«

»Ja«, nickte er. »Ich habe im Flugzeug darüber nachgedacht, wie das wäre. Auf dem Hinflug schon.«

»Nicht reden«, sagte sie. Sie berührte mit einem Finger seine Lippen und streichelte dann sein Gesicht. »Ich habe so Angst gehabt, daß du mich nicht mehr erkennst. Daß wir Fremde sind.«

»Sind wir aber nicht«, sagte Grau heiser.

»Ich brauche deine Hände, Grau. Wir sind keine Fremden, nicht wahr? Könntest du mich ausziehen, wenn ich dich ausziehe?«

»Ich hätte dieses Mädchen fast geschlagen. Sie dachte, es sei der Himmel auf Erden, alle Drogen zu kriegen und dann noch vom Chef gevögelt zu werden. Sie dachte das wirklich.«

»Es war sicher wegen deiner Tochter ...«

»Ja klar. Ich dachte die ganze Zeit: Eichhörnchen wäre nicht gestorben, wenn ich vorher in ihre Welt eingetaucht wäre. Vorher, verstehst du, vorher!«

Plötzlich war es mit seiner Selbstbeherrschung vorbei, und er weinte und fluchte und weinte. Sie wischte die Tränen aus seinem Gesicht und sagte fortwährend leise: »Weine nur, Liebling, ich halte dich fest.«

Es war schon dunkel, als Sundern per Telefon höflich anfragte, ob Grau zu einem Gespräch bereit wäre, sie könnten sich in Mehmets Wohnzimmer im Penthouse treffen.

Als er ankam, sagte Sundern: »Ich habe ein Fax von Pedra für dich.« Sundern grinste ziemlich verschwörerisch. Ansonsten war er blaß und grau im Gesicht.

»Nicht doch«, sagte Grau abwesend. Er nahm das Fax, las es aber nicht.

»Pedra meint, du sollst wissen, daß er immer für dich da ist. Er sagt weiter, daß ich dir ein Konto bei der Bank deiner Wahl einrichten soll.«

»Und ich kriege die Hand der Prinzessin und das ganze Land«, sagte Grau.

»So ungefähr. Eine Million Dollar.«

»Will ich aber nicht.« Grau schüttelte störrisch den Kopf.

»Na gut, du kannst das ja später noch entscheiden. Ich will erst mal deine Meinung zu der Frage hören, was wir wissen, was wir nicht wissen und wie wir möglicherweise auf Bedrohungen reagieren können.«

Grau war erstaunt. »Ich bin neutral, verdammt nochmal.«

Sundern lächelte. »Der Rest der Welt sieht das durchaus anders. Egal, also: Wo stehen wir?«

»Mich interessiert nur noch dieser gottverdammte White. Und sein Dackel, dieser Thelen. Die haben mich beschissen, aber sie haben mich auch bezahlt. Jetzt wissen wir, daß Pedra die Leiche von Steeben hat, also kann ich kassieren und aussteigen.«

»Ich dachte, du hilfst mir«, krächzte Sundern, ohne Vorwurf in der Stimme.

»Sicher helfe ich dir. Aber wobei? Gegen diese Mafia-Typen aus Polen und Moskau? Junge, ich habe doch keine Ahnung, wie soll ich dir da helfen?«

»Nachdenken«, sagte Sundern. »Nur nachdenken. Was wissen wir eigentlich?«

»Wir wissen, daß White mich beschissen hat. Tatsächlich gibt es gar kein großartiges Komplott mit einem Kokainschläfer in Berlin. Tatsächlich ist das ganze Ding von White und Thelen geplant worden. Tatsächlich wurde Pedra in die Sache reingezogen, weil man ihn mit seiner Enkelin unter Druck gesetzt hat. Dreckige Erpressung. Tatsächlich wurde das ganze Ding von White und Thelen lanciert, damit sie hier anschließend als Bullenkönige der Drogenszene gefeiert werden. So viel wissen wir inzwischen.«

Sundern nickte.

»Sie ließen verlauten, da wäre jemand mit zehn Millionen Dollar in bar und fünfzig Pfund Kokain nach Berlin gereist. Sofort kamen die Oberdealer und ihre Handlanger aus den Löchern und wurden von der Polizei abgeschöpft. Verhaftungen, jede Menge Verhaftungen. Jetzt sind Gretzki aus Polen und Davidoff aus Moskau auf dem Weg hierher.

Es geht also weiter, und genau das haben White und Thelen gewollt. Aber haben sie auch gewollt, daß ihr kostbarer Steeben dabei zu Tode kommt? Ich tippe nein, denn damit war ihr schöner Lockvogel futsch. Sie haben nicht damit gerechnet, daß der alte Pedrazzini zur Notbremse greift und seinen eigenen Boten umbringen läßt. Pedra mußte das tun, um …«

»Folglich sollten wir ihnen jetzt Steebens Leiche präsentieren.« Grau war völlig bei der Sache, er war aufgeregt, konzentrierte sich. »Wir müssen Druck machen, also müssen wir ihnen auch die Leiche zuspielen. White und Thelen müssen gezwungen werden … Moment mal, Sundern. Glaubst du denn, daß White und Thelen Dollar und Kokain wirklich haben?«

»Ich glaube schon, daß sie es haben. Und wir müssen versuchen herauszufinden, wie das Ganze im Hotel arrangiert worden ist. Wenn unsere Vermutungen stimmen, muß es im Hotel zwei Gruppen gegeben haben. Die eine hat das gesamte Diplomatengepäck übernommen, also auch Dollar und Kokain, die andere ist eindeutig vom alten Pedrazzini geschickt worden, um diesen redseligen Steeben aus der Welt zu schaffen. Steeben hat gewußt, daß Pedra erpreßt wird. Er wußte auch, daß alles nur von White und Thelen in Szene gesetzt worden ist. Und plötzlich war er tot!«

»Hast du denn Pedra nicht gefragt?«

»Natürlich habe ich ihn gefragt, aber er hat mir keine klare Antwort gegeben. Er sagte, er habe sich an eine befreundete Berliner Familie gewandt, und die habe das Problem für ihn aus der Welt geschafft. Das heißt, diese Familie hat entweder eine Gruppe geschickt, um Steeben zu töten, oder aber nur einen einzigen Mann.

Wir werden nie herausfinden, wer es war. Egal: Steeben ist jedenfalls tot, und irgendwer hat seine Leiche. Wenn Pedra will, wird sie freigegeben, dann kann sie gefunden werden.«

»Richtig, das sehe ich auch so. Wir sollten die Leiche von der ARD finden lassen.« Grau lächelte schmal.

»Wieso denn das?«

»Das macht den meisten Lärm«, antwortete Grau trocken. »Ich kann immer noch nicht fassen, daß der Bundesnachrichtendienst und die amerikanische DEA so ein Ding drehen. Das ist doch total riskant.«

»Das ist überhaupt nicht riskant.« Sundern widersprach erregt. »Was haben wir denn hierzulande für eine Drogenpolitik? Eine, die nur auf ein Mittel setzt: Repression, Verfolgung und gnadenlose Bestrafung! Der Staat ist gut, der Dealer ein Schwein. Alles, was der Staat macht, ist vom Standpunkt der herrschenden Moral aus gut, selbst wenn es noch so fragwürdig und beschissen ist.

Ich erinnere dich an das Schlagwort: *war on drugs!* Das ist eine Strategie, die die meisten Fachleute längst für falsch und vollkommen überholt halten. Aber die Masse Mensch findet das prima, obwohl man das Problem der Drogen damit überhaupt nicht in den Griff kriegt. Oder? Ist das nicht so?« Er war sehr erregt.

»Du bist ja ein Prediger!« sagte Grau mit sanfter Verachtung.

»Quatsch!« widersprach Sundern heftig. »Ich habe mich nur etwas schlau gemacht. Die USA führen diesen Krieg seit Jahrzehnten. Und die Deutschen haben diese Methoden mit allen Raffinessen übernommen. Ich erzähle dir jetzt mal eine Geschichte, Grau, damit du weißt, wie das in der Szene so läuft.

Da gab es einen Arbeitslosen in Köln. Er geriet mehr oder weniger durch Zufall an eine Gruppe von Jugoslawen, die systematisch Kurierfahrten für Drogenhändler arrangierte. Er übernahm ein paar Aufträge und galt als absolut zuverlässig. An den schmiß sich eines Tages eine junge, hübsche Frau ran. In ihren Papieren stand, daß sie wegen Drogenvergehen vorbestraft war. Sie sagte, sie hätte keine Bude und ob sie eine Weile bei ihm unterschlüpfen könnte.

Unser Mann, ich nenne ihn mal Herbert, sagte zu. Also wohnte die Frau jetzt bei ihm. Eines Tages erzählte sie ihm, sie hätte eine Gruppe amerikanischer Soldaten aufgetan, die gegen Bares fünfzehn Kilo Amphetamine kaufen wollten, also künstliches Speed. Herbert dachte darüber nach, aber er kannte keinen Hersteller. Woher sollte er so schnell fünfzehn Kilo kriegen?

Er schaltete einen Kumpel ein, von dem er annahm, der hätte einen heißen Tip. Der aber wußte auch nichts. Sie wandten sich an Italiener, an Jugoslawen, an Türken, an Kurden. Niemand konnte ihnen fünfzehn Kilo Amphetamine liefern. Dann signalisierte Herbert nach gut zwei Wochen: Ich habe fünfzehn Kilogramm!

Er hatte nicht ein Gramm, nur schlichtes Bittersalz. Er wollte die GIs bescheißen. Am Übergabeort erschien er mitsamt dem Salz und wurde von einem Heer von Bullen überwältigt. Die angeblich vorbestrafte Frau war eine Polizistin. Außer Herbert war jeder Beteiligte an der ganzen Geschichte ein Polizist.

Eigentlich hatten die Bullen nur das Gerücht aufgeschnappt, daß irgend jemand im Kölner Raum Amphetamine herstellt. Also bauten sie eine nicht existierende Gruppe von Amis auf, die als Käufer herhalten mußten. Die Richter wußten genau, daß Herbert geködert worden war. Sie wußten auch genau, daß er seit Jahren arbeitslos und in einer sehr schlimmen psychischen Verfassung war, daß er als Arbeitsloser jede Menge Schulden hatte, die er auf normalem Wege niemals mehr loswerden würde.

Die Richter wußten also, daß Herbert überhaupt keine andere Chance gehabt hatte, als auf den Deal einzugehen. Sie wußten, daß er das Opfer war und schickten ihn trotzdem gnadenlos in den Knast. In ihrer Urteilsbegründung stand, Herbert habe mit dem Bittersalz zwar seine Auftraggeber beschissen, aber wenn ihm Amphetamine zur Hand gewesen wären, hätte er sie skrupellos geliefert.

Hast du das kapiert? Wir müssen uns also fragen: Was ist eigentlich das Ziel von White und Thelen?«

»Noch ein paar Dealer mehr? Vielleicht diese Mafiatypen aus Polen und Rußland, was weiß ich.«

Sundern lachte leise. »Quatsch, Grau, überleg doch mal in Ruhe.«

Grau wehrte sich matt. »Das ist nicht meine Welt.«

»Das hat doch damit gar nichts zu tun. Du verfügst über ein Hirn, also benutze es gefälligst!«

»Vielleicht wollen sie sich den künftigen Markt in den neuen deutschen Ländern unter den Nagel reißen.«

»Das auch. Aber was muß vorher passieren, damit man diesen Markt bekommt?«

»Sundern, du fragst wie ein beschissener Pauker.«

Sundern lächelte strahlend. »Na gut, du Neuling. Ich sage dir, wer das Ziel ist: ich.«

Grau erschrak. »Wieso das? Das ist doch ... du?«

Sundern nickte. »Erinnerst du dich, wie ich dir gesagt habe: deine Ankunft in Berlin, der Auftrag von White, deine Bitte um ein Interview – das sieht alles danach aus, als wärst du von langer Hand an mich herangespielt? Der Gedanke hat mich seither nicht mehr losgelassen.

Sieh mal, ich habe noch nie im Leben etwas mit Drogen zu tun gehabt. Sicher, ich lebe in einem klassischen Milieu: Nachtclubs. Wie alle wissen, werden da Drogen gehandelt und anderes illegales Zeug, Waffen, weiß der Kuckuck was. Ich bin mächtig, nicht wahr? Ich kenne jede Menge Politiker. Manchem habe ich eine ganze Reihe Gefallen getan.

Es ist richtig, Grau: Sich mit mir offen anzulegen ist sehr ungesund. Was sollte also jemand bedenken, der sich vollkommen neu in Berlin etablieren will? Er checkt ab: Wer muß vorher weg? Und er kommt zwangsläufig zu dem Schluß: Sundern muß weg! Er hat nämlich zu viel Einfluß, zu viel Macht, zu viel Geld. Sein politischer Einfluß ist gefährlich, weil seine Kontakte zu gut sind!

Leuchtet dir das ein, Grau? Selbstverständlich gehe ich den

Fahndern der Bullen auf die Nerven, weil ich für deren Begriffe viel zu sauber bin, viel zu clean. Die sagen sich doch: ›Der hat Dreck am Stecken, laßt uns aufpassen!‹

Sieh das doch mal so: Wir alle hängen davon ab, was unsere Nachbarn und Kollegen von uns denken, oder? Wenn jetzt also einer über Sundern behauptet, daß der in diesem Riesendeal drinhängt, dann sagt jeder: Hab ich's doch geahnt! Na klar: Der hat Bares, der hat Geld, der hat Einfluß, der hat Nutten, der hat Zuhälter an der Hand, der schmiert Parteien, der kann gut mit dem Senat. Der eine läßt sich auf Parteikosten die Haare fönen, der andere, also in diesem Fall Sundern, reißt sich die gesamte Drogenszene unter den Nagel und kriegt dabei noch Hilfe von der Politik!«

»O ja, das leuchtet selbst mir ein. Am besten auch gleich noch Mehmet. Denn Mehmet hängt mit dir zusammen, nicht wahr? Es sind ja auch bald Wahlen.«

»Mehmet ist mein Freund. Was mich so verrückt macht, ist die Frage, warum ausgerechnet ich mit Drogen genagelt werden soll. Jeder Insider weiß doch: Sundern mag vielleicht ein Sauhund sein, aber mit Drogen hatte der noch nie etwas zu tun.

Diesen Ruf kann man schnell kaputtmachen, oder? Man braucht bloß zu behaupten: Jemand hat zehn Millionen Dollar und einen halben Zentner Koks nach Berlin reingebracht. Wir haben den berechtigten Verdacht, daß hinter diesem Deal Sundern steckt! Schon hat Sundern sämtliche Scheiße der Welt am Arsch.

Auf diese Tour bin ich auch zu kriegen. Denn, Grau, dagegen kann ich gar nichts machen. Verstehst du jetzt?«

Der Raum lang im Halbdunkel, durch zwei Wandschalen gelblich beleuchtet. Er war erlesen eingerichtet, teuer, schlicht, angenehm und schnörkellos. Die Mahagonimöbel waren sehr alt. Grau ging an die Bar auf Rädern und goß sich ein Mineralwasser ein.

»Nehmen wir einmal an, der Himmel ist das Limit. Was würdest du dir dann wünschen?«

Sundern bewegte sich unruhig in seinem Sessel hin und her. »Ich würde mir wünschen, daß irgend jemand hingeht und diesen White und diesen Thelen einfach totschlägt.« Er wollte noch etwas hinzufügen, schwieg dann aber.

»Das könnte doch eigentlich Pedra erledigen«, sagte Grau gleichmütig.

»Das wird er auch tun, wenn ich es will.« Sundern war plötzlich weiß im Gesicht.

»Und was arbeitest du nun wirklich?«

»Ich investiere, besser gesagt, ich reinvestiere. Ich lasse Gelder laufen und mache damit neues Geld. Ich kaufe Grundstücke und Häuser und verkaufe sie dann wieder.«

»Wäschst du Geld?«

»Das weiß ich nicht immer so genau. Für etwa 90 Prozent kann ich sagen nein! Die übrigen zehn Prozent sind der Rest, wie ihn auch jede Bank am Bein hat. Jede, Grau. Die Deutsche Bank, die Dresdner Bank, die Commerzbank, die braven Sparkassen, die Volksbanken, die angeblich jeden Weg frei machen, und alle anderen.« Er lächelte.

»Ich erinnere mich da an einen Zeitungsartikel. Irgendwo im Ruhrgebiet hat die Staatsanwaltschaft bei einer kleinen Filialbank alle Konten genau unter die Lupe genommen. In nur zwei Stunden entdeckten sie fünf Millionen Mark Schwarzgelder. Das wurde gehandelt wie ein Skandal, und ich dachte nur: Die haben doch keine Ahnung, die Arschlöcher. Übrigens haben deine Kollegen auch keine Ahnung.«

»Man könnte also sagen, daß du hin und wieder Gelder wäschst?«

»Na sicher doch. Es wäre idiotisch, das abzustreiten. Mein Gott, Grau, in welcher Welt lebst du denn? Da kommt ein braver Schreinermeister daher, der seit zehn Jahren ein Schweinegeld verdient, und fragt mich, ob ich ein günstiges

Haus für ihn weiß. Wahrscheinlich habe ich tatsächlich eins und kaufe es für ihn. Wenn es Schwarzgeld war, bin ich ein Krimineller. So einfach ist das.

Manche Kunden lehne ich ab, wenn ich weiß, daß sie ausschließlich Schwarzgeld schieben. Das ist doch der Wahnsinn in diesem kapitalistischen System, den jeder totschweigt. Die Regierung sagt: Jeder, der mehr als fünfundzwanzigtausend Mark bei einer Bank einzahlt, muß nachweisen, woher das Geld stammt. Dieser Nachweis, Grau, ist so lächerlich einfach zu stricken und zu schummeln, daß Fachleuten schlecht wird. Aber die Regierung erweckt immerhin den Eindruck, sie ginge forsch gegen organisierte Kriminalität vor.

Ein anderes Beispiel: Wenn ich Kriminalbeamten vom Wirtschaftsdezernat meine Bankunterlagen vorlegen würde, dann könnten die absolut nicht unterscheiden, welche Gelder legal und welche illegal sind. Wie denn auch? Aber wenn sie hören, daß ich mit zehn Millionen Dollar in bar und fünfzig Pfund Kokain in die Drogenszene einsteige, dann können sie von jeder Summe, die über meine Konten abgewickelt wird, behaupten, sie sei illegal: Der Mann auf der Straße würde das mit Wonne glauben – und jedes Gericht auch.«

Grau hockte auf der Kante des Sessels. »Also hat mir White deinen Namen genannt, mich an dich herangespielt, damit ich die Aufmerksamkeit aller anderen auf dich lenke?«

»Richtig. Es hat ja auch funktioniert.«

»Dann bist du erledigt, denn es wird genug Dreck am Stecken zurückbleiben. Du solltest dich lieber eine Weile verdünnisieren.«

Sundern sah ihn aufmerksam an. »Es ist ja nicht das Geld, Grau. Geld habe ich genug. Ich muß nicht mehr arbeiten, meine Kinder nicht und meine Enkel auch nicht. Aber mein Leben in Berlin geht dabei kaputt.«

»Das ist ekelhaft«, sagte Grau. »Aber gibst du denn wenigstens zu, daß du nicht nur harmlos bist, sondern auch eine Art Freibeuter?«

Sundern blickte vor sich hin, sah dann zu ihm hoch und grinste: »Mein Bundeskanzler mag Freibeuter. Wenn mein Banker in Newport auf den Bahamas mal zwei Tage keinen Anruf von mir bekommt, leidet er unter Entzug. Und der ist Kanadier und sehr sachlich.«

»Also gut: Ich kann aber Milan nicht dazu bringen, White umzulegen und Thelen zu ersäufen. Also, was sollen wir tun? Wie sieht denn dieser Drogenmarkt hier in Berlin genau aus?«

»Gute Frage. Ich bin in eine Buchhandlung gegangen und habe ein Sachbuch gekauft, den Welt-Drogenbericht, der nicht von irgendwelchen Regierungen manipuliert wird.

Also: Wir sind ein Drogenland – wir produzieren die wichtigsten chemischen Stoffe, die jemand braucht, um Kokain und Heroin herzustellen. Ein Schwachpunkt ist vor allem die Ex-DDR, weil dort Justiz und Polizei noch nicht nach westlichen Maßstäben funktionieren.

Das Heroin wird über die Balkanroute nach Europa geschmuggelt. Seit die sich in Ex-Jugoslawien gegenseitig totschießen, können die Dealer den Stoff auch bequem über die Türkei, Rumänien, die Slowakei und Ungarn verschieben.

Monatlich treiben sie dieses Spielchen mit etwa zweihundert Kilo. Und weil es vor allem Türken sind, die das organisieren, können White und Thelen unseren Mehmet ganz leicht zu einem Hauptverdächtigen abstempeln.

Jetzt steigen auch zunehmend Russen und Kaukasier in das Geschäft ein. Angeblich operieren in der Ex-DDR schon dreihundert russische Gangs. Na ja, und du weißt ja, daß wir jeden Moment damit rechnen, daß dieser Davidoff hier aufkreuzt.

Das Kokain kommt per Schiff aus Panama und Kolumbien, manchmal wird das Pulver auch in polnischen Häfen oder irgendwo in Tschechien von den Fahndern entdeckt.

Weißt du denn, wieviel hierzulande Cannabis rauchen? Ich kann's dir sagen: Sie schätzen, daß schlappe vier bis sieben Millionen in Deutschland kiffen.

Amphetamine werden zum größten Teil auch hier gekocht. Die Fahnder heben ein Labor nach dem anderen aus. Aber trotzdem kann unsere chemische Industrie in Europa völlig unbehelligt alles verscheuern, was man braucht, um Amphetamine herzustellen.

Diese künstlichen schweren Aufputscher kommen jetzt besonders billig aus Polen. Außerdem bekommen wir von dort die sogenannte polnische Suppe. Mohnstroh wird aufgekocht und als Heroinersatz verdammt billig abgegeben.«

»Vielen Dank für diese kleine Einführung, aber sag mir bitte mal, was es im Klartext heißt, wenn du hier mit zehn Millionen in bar und dem ganzen Koks in die Szene gehst.«

»Das heißt auf deutsch: Ich kann damit jeden Konkurrenten ausschalten und seinen Stoff und seine Kundschaft übernehmen. Ich brauche nur eine Bande rüder Vögel zu engagieren, die genug Terror macht. Das ist alles.«

»Sehe ich das richtig, daß in den neuen Bundesländern die Dealer alle Zeit der Welt haben, im Gegensatz zu Justiz und Bullen?«

»Ja. Die Idee von White und Thelen war nicht ohne. Sie schlagen sozusagen mindestens ein Dutzend Fliegen mit einer Klappe.«

Irgendwo klingelte ein Telefon, Sundern stand auf und verschwand. Nach wenigen Sekunden kam er zurück und sagte: »Endspurt. White und Thelen sind in Berlin.«

»Das ist gut, ich will sie treffen«, sagte Grau. »Meine Kollegin Helga Friese: Wir brauchen sie jetzt hier. Und Pedra soll die Leiche rausrücken.«

»Das wird aber ganz schön makaber.« Sundern grinste unsicher.

»Das soll es auch«, sagte Grau. »In welchem Hotel sind White und Thelen jetzt?«

»In dem, wo alles anfing«, sagte Sundern trocken. »Geronimo kann dich fahren.«

»Ich brauche Milan«, forderte Grau. »Was glaubst du: Wovor hat White am meisten Angst?«

»Nur davor, sich zu blamieren. Und die Blamage werden wir ihm besorgen.«

»Dann denk dir mal was aus.« Grau ging hinaus und ließ sich von Geronimo, der wie ein Geist aufgetaucht war, Milans Zimmer zeigen.

»Och nee!« schrie Sigrid, als Grau klopfte.

»Milan«, sagte er, »wir müssen mal kurz weg. Mach dich schön.«

»Kein Verständnis für Liebe!« knurrte Sigrid.

Geronimo fuhr sie, und außer Graus kurzer Bemerkung, White und Thelen wären in der Stadt, fiel kein einziges Wort. Es gab nichts mehr zu bereden. Am Empfang sagte man ihnen, zwei Herren namens White und Thelen wären weder im Hause noch angemeldet.

»Ach so«, sagte Grau ungeduldig. »Ich brauche also die beiden Herren, die mit der Maschine aus Bonn gekommen sind. Mit der Abendmaschine. Falls Ihnen bei diesem Stichwort auch nichts einfällt, kann ich mich ja mal an Ihren Chefportier wenden. Der kennt mich nämlich gut.«

»Das dürften die Herren Miller und Schramm sein. Das sind die Zimmer 410 und 411. Hier steht ein Telefon.«

»Danke«, sagte Grau und wählte 410. »Ich bin es, Grau. Kann ich Sie sprechen?«

»Selbstverständlich«, sagte White verbindlich. »Wieso kennen Sie meinen Arbeitsnamen?«

»Habe ich geraten«, konterte Grau.

Sie nahmen den Lift und wurden von White vor seinem Zimmer erwartet. Er drückte Grau die Hand und sagte: »Verdammt gute Arbeit, Grau.«

»Das ist ein Freund«, sagte Grau. »Herr Sarajevo.«

»Freut mich.« White gab auch Milan die Hand. »Kommen Sie herein. Whiskey oder Kaffee?«

»Gar nichts«, sagte Grau. Er steuerte auf Thelen zu und begrüßte ihn. »Haben Sie nun den Zaster und das Koks? Oder White?«

»Aber, aber«, sagte White glucksend, und Thelen war wie immer sichtlich empört, sagte aber nichts. Sie setzten sich, White hockte auf seinem Bett.

»Wir haben gehört, daß Sie mit Herrn Sarajevo – war das der Name? – einen kurzen Abstecher ins schöne Kolumbien gemacht haben.«

»Das ist richtig. Wir mußten dort eine Kleinigkeit erledigen. Warum haben Sie mich eigentlich so scheußlich mißbraucht?«

White war amüsiert. »Habe ich das?«

Grau nickte. »Sagen wir mal, fünfzig Prozent von dem, was Sie erzählt haben, war gelogen. Und ich habe gedacht, ich wäre Ihnen wirklich sympathisch.«

»Oh, das sind Sie doch auch!« versicherte Thelen. »Aber die Umstände des Falles hier in Berlin waren, sagen wir mal, diffus.«

»Warum sind Sie eigentlich nicht in der Politik?« fragte Grau herausfordernd. »Ihre Sprache bräuchten Sie nur noch inhaltlich anzupassen. White, Sie sind hinter Sundern her, nicht wahr?«

White nickte. »Sind wir in der Tat. Er wäscht Gelder, er kontrolliert den Markt, er weiß alles, er hat Einfluß. Er muß weg, Grau. Und Sie sind seinem Charme erlegen.«

»Erstaunlich, daß Sie das so einfach zugeben.«

White schüttelte leicht den Kopf. »Was gibt's da zu

staunen, Grau? Sie haben die Zielrichtung begriffen, und da ist gar nichts abzustreiten.«

»Aber der Mann hat nichts damit zu tun«, behauptete Grau.

»Sind Sie sicher?« Thelen sah ihn erstaunt an und lächelte dazu wie jemand, der sagen würde: Du hast doch keine Ahnung, mein Freund.

»Ich kann Ihnen Steebens Leiche liefern«, sagte Grau leichthin.

Es war eine Weile sehr still. White reagierte überhaupt nicht, Thelen wurde unruhig und ließ seine Finger nacheinander auf der Sessellehne herumspazieren.

»Dann liefern Sie sie mir«, forderte White. »Irgendeine Bedingung?«

»Ja. Ich will mein Geld.«

»Das geht klar«, sagte White.

»Jetzt«, sagte Grau. »Nicht morgen, nicht übermorgen. Jetzt.«

»Ich trage nicht soviel mit mir herum.«

»Irgendwo in der Stadt haben Sie zehn Millionen«, sagte Grau.

»Habe ich nicht«, widersprach White.

»Möglicherweise nicht Sie. Aber Sie wissen, wer es hat. Also, was ist, White?«

White sah Thelen kurz an und nickte dann. »Und die Leiche kriegen wir?«

»Garantiert«, versprach Grau. »Meine Kontonummer kennen Sie ja.«

»Kenne ich«, sagte White. »Kann ich telefonieren? Was dagegen?«

»Es ist Ihr Telefon.« Grau lächelte.

White nahm den Hörer, und Grau paßte auf, ob er tatsächlich die Nummer der Botschaft in Godesberg wählte. Er sagte sehr trocken, man möge Grau das Resthonorar auf seine Bank überweisen, die Kontonummer läge vor. »Damit ist Ihr Job zu Ende.« Jetzt lächelte auch White.

»Das weiß ich nicht so genau«, sagte Grau. »Man erzählt sich, daß Gretzki und Davidoff unterwegs nach Berlin sind.«

»Sieh mal einer an«, sagte Thelen beglückt. »Die stehen auf den Fahndungslisten von Interpol. Das geht ja viel glatter, als wir dachten.«

»Ich will keine Verbindung mehr zu Ihnen«, sagte Grau. »Übrigens schönen Gruß von meiner Tochter.«

»Wie?« Das kam sehr schroff. White war blaß und erregt.

»Schönen Gruß von Eichhörnchen. Das ist die, die vor Jahren elend krepiert ist. Herr Thelen, was würden Sie denn von einem Vaterunser für meine Tochter halten?«

»Das ist geschmacklos!« zischte Thelen.

»Durchaus. Ich passe mich Ihnen an. Milan, komm.« Sie gingen hinaus.

»Du warst gut«, sagte Milan. »Du wolltest sie unsicher machen. Und jetzt?«

»Jetzt wieder heimwärts. Ich will ihnen die Leiche liefern. Ich muß sie doch in Bewegung halten.«

Sundern hatte es tatsächlich fertiggebracht, Helga Friese aufzutreiben. Sie hockte mit vor Aufregung glühendem Gesicht in Mehmets Wohnzimmer. Als Grau hereinkam, sprang sie auf und fiel ihm theatralisch um den Hals.

Meike sagte im Hintergrund: »Oh, wow!«

»Du hast mir die beste Geschichte meines Lebens geliefert«, zwängte Helga Friese zwischen kurzen, aufgeregten Atemstößen heraus. »Was Herr Sundern hier sagt, klingt doch völlig verrückt.«

»Kannst du am frühen Morgen eine Leiche für mich filmen?« fragte Grau.

»Klar, kann ich. Wann? Wo?«

»Wir sollten uns einen hübschen Platz aussuchen.«

»Vielleicht im Zoologischen Garten«, schlug Sundern eifrig vor.

»Nein, nein, es sollte belebter sein, nicht nur müde Affen und faulenzende Bären. Richtige Menschen. Sagen wir: um sechs Uhr? Kannst du bitte mit einem Kameramann kommen und selbst den Ton machen? Möglichst wenig Leute, auf keinen Fall ein Riesenteam. Geht das?«

»Das geht alles, Grau.«

»Gut. Dann sechs Uhr, Mehringplatz. Du mußt diese beiden Fotos einbauen. Sie zeigen einmal einen Mann namens White vom US-Geheimdienst gegen Drogen und dann einen gewissen Thelen vom Bundesnachrichtendienst.

Es geht das Gerücht, daß die beiden die gesamte Lawine losgetreten haben, alles Nähere dazu von Sundern. Du mußt auch versuchen, sie im Hotel um ein Interview anzugehen. Spiel die Naive und mach in dieser Rolle richtig Druck. Alles paletti?«

»Und wie.« Sie strahlte. »Mein Macker schäumt schon vor Eifersucht.«

»Wir haben noch eine Nachricht für dich«, sagte Mehmet aus dem Hintergrund. »Gretzki und Davidoff sind beide in der Stadt. Sie sind natürlich nicht mit dem Flugzeug gekommen, sondern irgendwie anders. Jedenfalls sind sie hier. Die Gruppen, die mit ihnen zusammenarbeiten, haben schon völlig hektische Konferenzen abgehalten.«

»Gibt es von den beiden eigentlich Fotos?« fragte Grau.

»Selbstverständlich«, sagte Sundern. »Der *stern* hat welche, der *Spiegel* auch.«

»Helga, dann mußt du diese Fotos besorgen. Die gehören mit zu deiner Geschichte.«

»Mach ich, Grau.«

»Na gut. Jetzt würde ich gern zwei, drei Stunden ausspannen.«

Lächelnd ging er mit Meike in sein Zimmer, er fühlte sich

gut, und er zog sie so gemächlich aus, daß sie sagte: »Das mußt du noch üben, Grau, das mußt du noch üben.«

Der Mehringplatz ist nahezu kreisrund, sieht man davon ab, daß die Südseite von der U-Bahn-Station angeschnitten wird. Sundern hatte den alten Pedra angerufen und um Steebens Leiche gebeten.

Grau postierte Helga Friese und den Kameramann genau dort, wo die Friedrichstraße auf den Mehringplatz mündet. Dem Kameramann sagte er, er möge sein Teleobjektiv bemühen und sich bei Regieanweisungen zurückhalten. »Achten Sie auf die Ausfahrt dort. Das sind achtzig Meter, reicht das?«

»Das reicht, um jedes Streichholz klar heranzuholen«, behauptete der Mann.

»Okay. Punkt sechs geht es los. Helga, ihr filmt, aber geht nicht zu nah ran. Ich arrangiere es so, daß ihr alles zu sehen kriegt. Es ist die Einfahrt zum Altenheim, und das hat einen Hausmeister. Alles klar? Also: filmen, einpacken, abhauen. Nicht hingehen. Ich sorge dafür, daß Ihr verdammt viele gute Bildchen bekommt.«

Er selbst postierte sich mit Milan etwa in der Mitte zwischen Helgas Team und dem Altenheim.

Um Punkt sechs Uhr – der Verkehr war erheblich dichter geworden, die ersten Pendler frequentierten die U-Bahn – rollte ein riesiger Müllcontainer scheppernd aus der Ausfahrt des Altenheimes bis an den Rand des Gehsteiges. Geschoben wurde er von einem Mann im blauen Arbeitskittel.

»Das ist der Hausmeister«, sagte Grau. »Er hat noch keine Ahnung, aber das wird sich schnell ändern!«

Ein junger Mann mit Aktentasche verlangsamte genau auf Höhe des Containers seine Schritte, tippte dann dem Hausmeister auf die Schulter und sagte etwas.

»Er erklärt ihm, daß heute kein Müllauto kommt«, kommentierte Grau. »Der Arme ist ganz verwirrt. Und jetzt! Paß auf, jetzt zeigt er ihm die Hand!«

»Welche Hand?« fragte Milan.

»Steebens Hand«, antwortete Grau.

Einen Moment lang war die Szene vollkommen starr. Der Hausmeister verharrte wie gebannt vor dem Container, und der junge Mann mit der Aktentasche zeigte scheinbar höchst erschrocken auf den Deckel des etwa mannshohen Containers. Der Hausmeister gestikulierte wild.

»Der denkt jetzt, daß irgendeiner der Altenheimbewohner sich verirrt hat«, erklärte Grau gleichmütig.

Jetzt hebelte der Hausmeister den Deckel hoch und sagte irgend etwas zu dem jungen Mann. Der stellte seine Aktentasche auf den Gehsteig und legte beide Hände zu einem Tritt zusammen. Der Hausmeister stieg hinauf und sah über den Rand in den Container.

Grau musterte den Kameramann, der wie versteinert hinter seinem Sucher stand. »Es klappt«, sagte er dann befriedigt.

Der Hausmeister verschwand im Container. Dann schrie er etwas. Sie hörten seine schrille Stimme, konnten aber nicht verstehen, was er schrie. Dann tauchte sein Oberkörper wieder auf. Er hielt etwas sehr Weißes, etwas sehr Großes fest und versuchte es hochzuhieven. Jetzt konnten sie ihn deutlich hören: »Polizei! Polizei!«

Der junge Mann griff nach seiner Aktentasche und verschwand eiligst. Der Hausmeister stemmte Steebens Körper hoch und winkte einer Frau zu, die etwas zögernd auf ihn zuging und wahrscheinlich vollkommen verblüfft fragte, was er denn am frühen Morgen in einem Müllcontainer zu suchen habe. Dann sah sie den Körper auch und schrie. Der Hausmeister brüllte etwas dagegen. Die Frau war den Bruchteil einer Sekunde lang ganz starr und lief dann zu einer Telefonzelle.

»Das ist prima«, sagte Milan vergnügt. »Das ist echt klasse. Sieh mal, wie fleißig der Kameramann dreht. Und die Helga ist so aufgeregt, daß sie nicht mehr stillstehen kann. Du bist ein Sausack, Grau!«

»Ich bin nur die Speerspitze der Bürgervertretung, die dem White die Show versaut«, sagte Grau.

Der Hausmeister mühte sich ab, die Leiche über den Rand des Containers zu wuchten. Anscheinend war sie ihm zu schwer, denn er schnaufte verzweifelt, und sein Gesicht schwoll vor Angstrengung an.

Dann raste das erste Polizeifahrzeug mit Blaulicht und lauter Sirene heran und bremste neben dem Container auf dem Gehsteig. Schnell nacheinander folgten drei weitere Streifenwagen, dann zwei zivile Fahrzeuge.

»Laßt uns gehen«, sagte Grau. »Es wird langsam langweilig.«

»Ich würde Sigrid gern einen Mantel und ein Kleid kaufen«, sagte Milan gutgelaunt. »Vielleicht auch Schuhe. Sie hat es sich gewünscht, und ich habe doch jetzt viel Geld. Was hältst du davon, wenn ich ihr eine Uhr kaufe und in den Boden meinen Namen eingraviere?«

»Das ist toll«, sagte Grau. »Laß dir Quittungen geben, ich kann die absetzen. Die sollen Arbeitskleidung draufschreiben, die Amerikaner sind da etwas pingelig.« Er betrachtete noch einmal nachdenklich die Szene um den Container und murmelte dann: »Der Adler ist gelandet.«

Onkel Hermann spricht wieder aus dem Off

Es tut mir aufrichtig leid, aber ich muß den Fluß der Handlung einen Augenblick lang aufhalten.

Zu Beginn habe ich Ihnen ja schon erzählt, daß die Ereignisse in Berlin zu einem Untersuchungsausschuß im Bundestag geführt haben. Da die Idee zu dieser Überprüfung exakt an dem Tag von einem aufrecht wütenden Grünen geboren wurde, an dem Steebens Leiche im Müllcontainer auftauchte, ist jetzt gerade der richtige Zeitpunkt, über diesen wahrhaft denkwürdigen Ausschuß zu berichten.

Haben Sie die Leichen mitgezählt?

Da ist zunächst Nase, mit bürgerlichem Namen Erwin Habdank. Er verbrannte in den Trümmern seines Bauernhauses, hatte sich von Kokain regelrecht ernährt und war alles in allem ein Mensch, dem niemand nachtrauerte, außer vielleicht ein paar süchtigen, auf Kokain angewiesenen Zuhältern und deren Damen. Zusammen mit ihm starben ein gleichaltriger bedeutungsloser Kumpan sowie ein sehr junger Mann, der angeblich zu den Rechtsextremen zählte.

Diese letzte Behauptung bestätigte sich nicht, der junge Mann war vielmehr seit etwa vier Jahren Mitglied der Jungen Union. Er hieß Arthur Bleicher, genannt Atze.

Atze war auch der Grund, weshalb Wochen später der Untersuchungsausschuß die furchtbare Katastrophe im Haus von Nase nur am Rande erwähnte. Das Ganze wurde unter der Rubrik Rachefeldzug innerhalb der Unterwelt abgetan, weil zwei zum Ausschuß gehörige CDU-Mitglieder nicht gern über die Vita des Atze Bleicher sprechen wollten, der etwa drei Monate vor seinem gewaltsamen Tod mit einer

Brandrede unter dem Tenor »Kampf den Drogen« auf einem Bezirksparteitag begeisterte Aufmerksamkeit erregt hatte.

Der Ausschuß einigte sich darauf, daß die Brandkatastrophe am Müritzsee mit den eigentlichen, zur Diskussion und Untersuchung anstehenden Fragen nichts zu tun habe. Auf diese Weise entkam die CDU einer Blamage, und es ist sicher, daß die Mitglieder des Ausschusses, die von der FDP gestellt wurden, das auch so interpretierten, denn die gingen ihrerseits nun dazu über, bei der Auswahl möglicher Zeugen darauf hinzuweisen, daß der Rechtsanwalt und Unternehmer Timo Sundern unter keinen Umständen geladen werden könne. Die FDP konnte zu Recht darauf hoffen, Unterstützung von der CDU zu bekommen.

Die Liberalen begründeten die Ablehnung des Zeugen Sundern folgendermaßen: »Wir sind strikt dagegen, diesen Mann hierherzuzitieren. Nicht, weil er möglicherweise in illegale Geschäfte verstrickt ist, sondern weil sich diese Partei denen besonders verbunden fühlt, die im freien Wettbewerb stehen. Sundern ist Anwalt, und was auch immer er uns sagen könnte: In den weitaus meisten Fällen müßte er vollkommen zu Recht die Aussage verweigern, weil er sonst Klienten und deren persönliche Lebensumstände öffentlich machen würde. Das verbietet ihm seine Schweigepflicht.«

Tatsächlich steckte etwas ganz anderes dahinter: Sundern hatte einer bestimmten Partei der Mitte für den Wahlkampf viel Geld gespendet.

Von dieser Tatsache wußte auch die SPD, die im Clan des Sundern ebenfalls eine Gönnerin hatte: Meike Kern. Also konterte die SPD: Wenn Sundern nicht als Zeuge geladen würde, müsse man auch Meike Kern ausschließen. Durch ihre Verquickung mit Sundern könne man auf keinen Fall Erhellendes erwarten, denn schließlich stehe auch sie unter Schweigepflicht, was die Mandanten ihres Ex-Ehemannes betreffe.

»Außerdem«, so sagte der SPD-Sprecher in einer Aufwallung moralischer Entrüstung, schmerzlich berührt wie ein Priester, »hat diese junge Frau jahrelang vollkommen freiwillig in dieser gewalttätigen Umgebung gelebt. So scheint es nur als zwangsläufige Folge, daß die Gewalt irgendwann eskalieren mußte.

Im übrigen wissen alle Mitglieder des Ausschusses, daß Meike Kern inzwischen leider mit diesem Journalisten Grau liiert ist, der uns nun nicht gerade ein Garant für Ernsthaftigkeit, Verantwortungsbewußtsein und Wahrheitsliebe zu sein scheint.«

Richtig, das Auftreten von Jobst Grau vor dem Ausschuß wurde ebenfalls einstimmig abgelehnt. Die Begründung im Fall Grau trug ein Mitglied von Bündnis 90/Die Grünen vor. Sie lautete kurz und bündig: »Grau ist offensichtlich nach Berlin gegangen, um durch krumme Geschäfte in Verbindung mit Timo Sundern wenigstens einmal im Leben zu etwas mehr Geld zu kommen, als man für einen Malediven-Urlaub braucht. Ein gekaufter Zeuge, nicht glaubwürdig.«

Sie ahnen sicherlich schon, worauf das Ganze hinausläuft. Von denjenigen, die über diesen Krieg in Berlin wirklich etwas hätten sagen können, wurde nicht ein einziger als Zeuge gehört.

Selbstverständlich werde ich versuchen, Ihnen anhand eines Beispiels die Frage zu beantworten, wer denn nun als Zeuge auftreten durfte.

Nun, der Beamte des Bundesnachrichtendienstes, Robert Thelen, durfte nicht. Er hatte Aussageverbot seiner Behörde mit Rücksicht auf geheim laufende Ermittlungen.

Der Beamte der amerikanischen Drug Enforcement Administration, Al White, durfte ebenfalls nicht aussagen, aber ihn forderte man als Zeugen auch gar nicht erst an, denn nach offiziellen Aussagen seiner Vorgesetzten war er nicht in Europa, geschweige denn in Berlin. Dazu später ein paar Zeilen mehr.

Ein anderer Mann wurde hingegen ausführlich gehört, der Kriminalist Dr. Manfred Schambeck, achtundvierzig Jahre alt. Er gab an, Drogenspezialist zu sein. Seine Anhörung vor dem Ausschuß dauerte sechs Stunden. Auf die Frage, ob er die Menschen um Rechtsanwalt Timo Sundern kenne, antwortete Schambeck: »Selbstverständlich ist mir diese Gruppe seit Jahren gut bekannt. Von Zeit zu Zeit haben wir die einzelnen Mitglieder der Gruppe recherchiert, unter die Lupe genommen, beobachtet. Ich wurde über Neuzugänge immer sofort informiert, war also stets auf dem laufenden. Infolgedessen fiel mir auch sofort dieser Journalist Jobst Grau auf, der sich der Gruppe hinzugesellt hatte.

Da die Gruppe gegenüber Dritten stets streng abgeschottet wird, konnte es nur einen Grund geben, warum Grau sofort aufgenommen wurde: Er stand in geschäftlichen Beziehungen zu Timo Sundern. Welcher Natur diese waren, konnte ich nicht in Erfahrung bringen, da die mir zur Verfügung stehende Zeit hierfür nicht ausreichte.

Nein, den hier zur Debatte stehenden toten Ulrich Steeben habe ich persönlich nicht mehr kennengelernt, auch dazu war die Zeit zu kurz. Wir hatten vermutet, daß er mit sehr viel Rauschgift und einem ansehnlichen Betrag in bar nach Berlin kommen würde. Das exakte Datum seiner Ankunft war uns jedoch unbekannt. Nach unserer Kenntnis allerdings war Steeben ein absoluter Einzelgänger – niemand wußte von seinem Kommen.

Daß er auf eine so merkwürdige Art plötzlich verstarb, hat uns zwar stark verunsichert, hat jedoch nach unserer Kenntnis mit dem Rauschgift und dem Bargeld mit Sicherheit nichts zu tun. Er wurde wahrscheinlich zufällig das Opfer eines wahllosen Rachefeldzuges.«

Dieser erstaunliche Dr. Manfred Schambeck war der wahrscheinlich brillanteste Lügner vor dem Ausschuß, denn eine Woche nach Graus Eintreffen in Berlin wußte er angeblich noch nichts von der Existenz dieses Rechtsanwalts Sundern.

Auf die Frage nach seinem Verhältnis zu Sundern antwortete er wörtlich: »Ich kenne Herrn Sundern nicht persönlich. Er soll aber eine große Rolle in stadtbekannten Kreisen von Nachtschwärmern spielen.« Diese Aussage stand dann auch am nächsten Tag in einer großen Berliner Tageszeitung.

Von der Existenz des Jobst Grau erfuhr dieser Schambeck erst, als Grau die Stadt wieder verlassen hatte. Seine großartigen Kenntnisse über die Gruppe um den Rechtsanwalt Timo Sundern mußten gleich Null gewesen sein, denn eine »Gruppe um Timo Sundern« hat es nach meinen Informationen nie gegeben.

Sie dürfen sich jetzt amüsieren: Dieser Dr. Manfred Schambeck, der mit so großer, selbstverständlicher Geste behauptet hatte, Sundern und die Rauschgiftszene Berlins fest im Griff zu haben, wohnt in einer Wohnung, die einer gewissen »Immo-Finanz-Gesellschaft« gehört. Deren Eigentümer ist der Rechtsanwalt Timo Sundern, die Geschäftsführerin des Unternehmens heißt Meike Kern.

Ich möchte Ihnen, liebe Leserinnen und Leser, an dieser Stelle eines deutlich vor Augen führen: Wenn ich Graus Geschichte nachzeichne, so nur deshalb, weil sie mit dem, was später vor dem Untersuchungsausschuß aufgerollt wurde, nicht mehr viel zu tun hat – was bei vielen Ausschüssen so ist, die zur Klärung eines Skandals eingesetzt werden.

Es gibt Handlungsstränge im Rahmen dieser Geschichte, die Grau als mein weiß Gott nicht gerade perfekter Held nur am Rande wahrnehmen konnte, deren Feinheiten und Auswirkungen er gar nicht begriff, weil er selbst nicht daran beteiligt war. Er schlug sich gerade in Berlin mit den verschwundenen zehn Millionen Dollar und fünfzig Pfund Kokain herum, während zeitgleich im Regierungsapparat des rheinischen Bonn ein erstklassiger Skandal hochköchelte.

Aber wir wollten doch Leichen zählen …

Hier ist Leiche Nummer vier: Der achtundzwanzigjährige Ulrich Steeben, promoviert, zuletzt Kurier des Auswärtigen Amtes, war von der Bildfläche verschwunden, um dann als wahrhaftig Grauen erregender Toter in Berlin wieder aufzutauchen, sein Geschlechtsteil im Mund. Dummerweise war er auch noch unter dem verwirrenden Decknamen Markus Schawer zur Leiche geworden.

Der Skandal begann damit, daß Graus Kollegin Helga Friese in ihrer unnachahmlichen, rotzfrech-naiven Art im Auswärtigen Amt nachfragte, wo denn der Kurier Steeben sei, Vorname Ulrich. Sie war zunächst nicht mit der Pressestelle verbunden worden, sondern mit dem sogenannten Abwiegler, einem äußerst präzise funktionierenden langjährigen Bediensteten des Amtes. Der wußte natürlich von nichts, und ein Mann namens Steeben war ihm gänzlich unbekannt.

Als dann die gutgelaunte Helga wörtlich formulierte: »Ach, das ist aber interessant, ich habe nämlich hier in Berlin seine Leiche gefunden«, wußte der Mann natürlich sofort: Das bedeutet Ärger! Er bat Helga Friese sehr freundlich, in einer Stunde noch einmal anzurufen. Er würde sich in der Zwischenzeit kundig machen.

Das tat er nicht, er marschierte statt dessen energisch zu seinem Referatsleiter und trompetete: »Falls uns ein Steeben abgängig ist, sollten wir überlegen, was wir jetzt sagen. Irgendeine dumme Pressetussi hat nämlich gerade in Berlin seine Leiche gefunden. Er ist durch eine Reihe von Messerstichen getötet worden. Genau siebzehn. Und er hatte sein bestes Stück im Mund.«

Nach dieser Eröffnung ließ sich der Referatsleiter von den zuständigen Abteilungen alles Wissenswerte über diesen Ulrich Steeben zusammentragen. Zunächst einmal kam er zu der unangenehmen Erkenntnis, daß es tatsächlich einen Ulrich Steeben gab. Dann mußte er nach Sachlage feststellen, daß dieser Ulrich Steeben entweder im Bereitschaftsraum sein mußte oder aber zu Hause. Steeben war jedoch nicht aufzufinden, und zunächst gab es auch niemand, der ihn ernsthaft vermißte.

Dann entdeckte er die Koffer, oder besser gesagt, eine Aktennotiz, die eine höchst bemerkenswerte Geschichte über vier Kurierkoffer erzählte. Demnach hätte Steeben auf dem Rückflug von der üblichen Amerika-Route vier Koffer mit diplomatischer Post mitbringen müssen. Hatte er aber nicht. Nirgendwo fand sich ein Eintrag, daß besagter Steeben mitsamt ebendiesen Koffern eingetroffen war.

Aber: Anruf vom Pförtner, daß bei ihm vier Diplomatenkoffer herumstünden, die jemand aus Berlin geschickt hätte. Wie waren die Koffer nach Berlin gekommen? Was hatte dieser Steeben dort zu suchen gehabt? Der Referatsleiter begann, sich ernsthafte Sorgen zu machen.

Zu diesem Zeitpunkt rief Helga Friese zum zweiten Mal im Auswärtigen Amt an und wurde von der inzwischen präparierten Zentrale in die Presseabteilung durchgestellt. Man verband sie mit einem Mann, der nicht zur Presseabteilung gehörte, aber eine gehörige Portion Erfahrung im Umgang mit heißen Eisen hatte.

Dieser Mann behandelte Helga sehr freundlich und kollegial und versicherte ihr, es gäbe im Auswärtigen Amt keinen Mitarbeiter mit Namen Steeben. Er hielt sich für witzig, als er sagte: »Weder unter uns Pförtnern, Frau Kollegin, noch beim Kantinenpersonal haben wir diesen Namen gefunden. Es muß sich um eine Verwechslung handeln.«

Nun war dem Referatsleiter bekannt, daß Steeben in Bonn in der Beethovenstraße eine Wohnung hatte. Also wurde zunächst ein Hausmeister dorthin geschickt, um das Namensschild von der Klingelanlage zu entfernen. Des weiteren wurde vorsorglich ein um drei Wochen rückdatiertes Kündigungsschreiben des Ulrich Steeben an die Wohnungsverwaltungsgesellschaft entworfen, ausgedruckt und mit seiner Unterschrift versehen.

Aufgescheucht von der Fernsehsendung in Berlin, deren Autorin Helga Friese war, riefen vier Rundfunkstationen, sechs Tageszeitungen, vier Magazine und drei Fernsehsender im Auswärtigen Amt an. Ihnen allen versicherte man: »Ulrich Steeben? Ist uns unbekannt!«

Auf ihren heftigen Protest, man besitze immerhin Fotos und Porträts der Leiche, antwortete das Auswärtige Amt: »Das mag durchaus sein, aber da wir unter den Betriebsangehörigen keinen Mitarbeiter namens Ulrich Steeben haben, sind Ihre Fotos gegenstandslos.«

Inzwischen hatte ein findiger junger Reporter mit Hilfe des Bonner Telefonbuchs Steebens Adresse ausfindig gemacht, bei Nachbarn geklingelt und sich nach dem jungen Mann erkundigt. Die Nachbarn entpuppten sich als freundliche, aufgeschlossene Leute, die sofort bestätigten, Ulrich Steeben wäre ein junger, aufstrebender, gut aussehender Diplomat, »so was Nettes von einem jungen Mann. Und sehen Sie mal, hier auf dem Foto hat er meine kleine Tochter auf dem Schoß. Das war auf einer Grillparty bei uns im Garten.«

Ein älteres Redaktionsmitglied eines politischen Magazins entsann sich einer lauen Sommernacht in den Rheinauen vor etwa sechs Jahren. Dort war es gelungen, eine höchst schmutzige Affäre um einen deutschen Botschafter im Nahen Osten aufzudecken. Dabei geholfen hatte eine Sekretärin des Auswärtigen Amtes, die, noch atemlos von der soeben genossenen Liebe, die unglaublichen Machenschaften des Herrn Botschafters zu Protokoll gegeben hatte.

Wie sich herausstellte, war sie auch jetzt wieder durchaus zu einem Treffen bereit und nannte das Ganze ungeniert »einen kleinen hübschen Ausbruch aus meinem Gefängnis«. Sie sagte, einige Referatsleiter liefen mit graugrünem Gesicht über die Gänge, denn der Steeben, natürlich ein Kurier, sei tatsächlich seit einigen Tagen verschwunden. Es sei durchaus möglich, daß er irgend etwas mit schmutzigen Dollar und Kokain am Hut hätte.

Eine junge Reporterin aus Berlin faxte das Foto des toten Steeben nach Rio, mit der Bitte, es der Crew der Maschine vorzulegen, mit der Steeben von Rio nach Amsterdam geflogen war. Zwei Stewardessen und ein Steward waren sofort bereit zu schwören, daß dieser Mensch in der Maschine gesessen hatte.

Die hartnäckige junge Dame konnte also getrost formulieren: »Was wissen wir denn nun? Wir wissen, daß der Kurier des Auswärtigen Amtes in Bonn, Dr. Ulrich Steeben, von der ihm vorgeschriebenen Route abgewichen und von Amsterdam nach Berlin geflogen ist. Wir wissen weiter, daß er ins »Hilton« einzog und praktisch im gleichen Augenblick verschwunden ist. Wir wissen außerdem, daß er mit insgesamt sechs großen Diplomatenkoffern im »Hilton« ankam. Vier dieser Koffer enthielten Post aus den deutschen Vertretungen der beiden amerikanischen Kontinente.

Und was war in den anderen beiden Koffern? Steeben kam, das konnten wir nachweisen, aus Rio de Janeiro. Also kann das Gerede, die Koffer hätten Kokain enthalten, durchaus stimmen. Es gibt auch Gerüchte, die besagen, außer dem Kokain hätte der junge Mann, dessen Leiche erst viele Tage später entdeckt wurde, eine unglaubliche Menge an Dollarnoten mitgebracht. Man spricht von zehn Millionen. Da wird man wohl fragen dürfen, was für merkwürdige Leute das Auswärtige Amt eigentlich beschäftigt ...«

Nach den ersten zwanzig Anfragen in Sachen Ulrich Steeben hätte man sich durchaus auf eine annehmbare Lesart festlegen können. Das aber geschah gerade nicht, weil zwei Referatsleiter, die sich ohnehin nicht leiden konnten, der Auffassung waren, der Fall Ulrich Steeben gehöre in ihren jeweiligen Zuständigkeitsbereich.

Der eine gab die Anweisung, die Person Steeben schlichtweg bis zum bitteren Ende zu leugnen. Der zweite hatte die Idee, Steeben kurzfristig wieder aufleben zu lassen, um ihn dann zur Leiche mit allen bürgerlichen Ehrenrechten zu erklären.

Immer mehr Journalisten fanden unwiderlegbare Beweise dafür, daß es tatsächlich einen jungen Diplomaten namens Ulrich Steeben in Diensten des Auswärtigen Amtes gegeben hatte. Sie fragten denn auch nicht mehr, ob es Steeben wirklich gab, sondern wie das Auswärtige Amt es zu erklären gedenke, daß augenscheinlich ein junger Diplomat mit einer geradezu wahnwitzig anmutenden Menge an Geld und Drogen in Berlin angekommen war.

Mittlerweile kursierten private Fotos von Steeben. Die meisten stammten von jungen Kollegen des Verblichenen, die, verlegen zwar, aber ohne großen Verhandlungsspielraum bestimmte Preise festgesetzt hatten, um durch ihre karge Lehrlingszeit zu kommen: drei- bis fünfhundert Mark pro Abzug.

Der Referatsleiter des Auswärtigen Amtes, der beschlossen hatte, Steeben schlichtweg für nicht existent zu erklären, geriet ins Hintertreffen, als sein Kontrahent auf einer eigens einberufenen intimen kleinen Pressekonferenz vor befreundeten Journalisten erklärte, man habe Steeben aus gutem Grund geleugnet, denn er sei nicht nur ein Kurier, sondern sogar Geheimkurier in hochbrisanter Mission gewesen.

Bereits seit Tagen stehe er auf der Verlustliste, nun aber sei man endlich in der Lage, auch definitiv zu erklären, daß Steeben bei einer Mission in Rio de Janeiro entweder tödlich verunglückt oder aber irgendwie um die Ecke gebracht worden sei. Völlig aufgeklärt sei das alles jedoch noch nicht.

Auf keinen Fall, so der siegreiche Referatsleiter, sei Steeben identisch mit dem Toten, den man in Berlin gefunden habe. Steeben habe nach sehr soliden, umfassenden Kenntnissen des Auswärtigen Amtes niemals mit irgendwelchen Leuten aus der internationalen Drogenszene Verbindung gehabt.

Sehr geschickt berief der Referatsleiter vierundzwanzig Stunden nach diesem ersten Statement die gleiche Runde erneut ein. Diesmal sagte er traurig triumphierend: »Wir haben ihn gefunden!« Offensichtlich sei der Gesuchte in Rio einem heimtückischen Verbrechen zum Opfer gefallen – im Dienst für Deutschland. Man werde die Leiche überführen, der Vater sei bereits benachrichtigt.

In der Zwischenzeit wurde in Berlin im Eilverfahren die Leiche des Ulrich Steeben allen erreichbaren Ressortleitern der Kripo vorgeführt. Wer der Meinung war, dieser ominöse Tote gehe ihn nicht mittelbar an, hatte zu unterschreiben. Sie unterschrieben alle. Selbstverständlich gab es sowohl protestierende Staatsanwälte als auch Kriminalbeamte der Mordkommission, aber sie wurden mit der Versicherung fortgeschickt, es gehe um höchste Staatsbelange.

Wer eigentlich den Befehl gegeben hatte, die Leiche des Ulrich Steeben alias Markus Schawer blitzschnell im Krematorium zu verbrennen, war anschließend nur noch sehr mühevoll zu rekonstruieren. Tatsache ist: Seine sterblichen Überreste wurden zusammen mit den Leichen von zwei Pennern verbrannt, die drei Tage zuvor an Leberinsuffizienz gestorben waren. Ein irgendwie zu verifizierendes Gefäß mit der Asche des Ulrich Steeben konnte ich anschließend nirgends entdecken.

Da auch deutsche Krematorien ein Hort der Ordnung und Refugien von in Jahrzehnten gewachsenen Hierarchien sind, muß ich Ihnen wohl erklären, wieso Steebens Leiche so blitzschnell verbrannt werden konnte. Ich brauchte lange, um herauszufinden, wie das gedreht worden ist – ein schrecklicher pietätloser Ausdruck angesichts eines Verblichenen.

Der Tote lag noch in einem Kellerraum des Krematoriums,

als plötzlich ein junger Mann auftauchte und ihn nachdenklich betrachtete. Außer ebendiesem jungen Mann hatte niemand mehr Interesse an besagtem Leichnam, denn unentwegt klingelten Telefone, und allen irgendwie Beteiligten wurde zugeflüstert, es handele sich dabei um ein absolutes *top-secret,* das Geheimnis des Jahres gewissermaßen. Das führte dazu, daß jedermann sich für nicht zuständig erklärte.

Der junge Mann wies sich freundlich, per flüchtig vorgehaltenem Paß, als Mitglied des Bundesnachrichtendienstes aus. Er war von seinen Chefs dazu ausersehen worden, eine Spezialschulung bei der CIA zu absolvieren, und man hatte blitzschnell begriffen, daß dieser Umstand jetzt ein Geschenk des Himmels war.

Man jagte ihn nach Berlin.

Er hatte im Vorübergehen ein Pappschild ergriffen und es ausgefüllt. Der Vermerk lautete K. V. W., was soviel hieß wie »kann verbrannt werden«. Er rollte den toten Steeben auf der Bahre in einen anderen Raum. Dort lag er nun zwischen den beiden Pennern, und der Unbekannte betrachtete ihn noch einmal sehr eingehend, bevor er das Pappschild an Steebens rechtem großem Zeh austauschte. Er sah zu, wie Steebens letzte Reise begann, während er freundlich mit dem Aufseher plauderte. Eine Stunde später war er wieder in der Luft, auf dem Weg nach Washington.

Der Aufseher im Krematorium sagte im Brustton der Überzeugung: »Das war wirklich ein feiner Kerl mit Sinn für unsere Arbeit.«

Um das Maß der Dummheit vollzumachen, benachrichtigte der siegreiche Referatsleiter des Auswärtigen Amtes eine bekannte Boulevardzeitung. Deren Reporter durften Zeugen sein, wie die Leiche des Diplomaten Dr. Ulrich Steeben, aus Rio kommend, in Frankfurt eintraf. Es handelte sich um einen Zinksarg, der verplombt in einem kostbaren Eichensarg steckte. Es lag eine amtliche Bescheinigung der Botschaft in Rio de Janeiro bei, daß es sich hier um die Leiche des Dr. Ulrich Steeben handelte.

Der Vater von Steeben nahm die Fracht in Empfang und trug ein düsteres Gesicht zur Schau, was in der Bildunterschrift folgendermaßen kommentiert wurde: »Das Leid des Vaters wird nur wenig gemildert durch die Tatsache, daß sein Sohn Ulrich ein Mann war, der in aufopferndem und stillem Dienst für sein Vaterland gestorben ist.«

Tatsächlich äußerte der Vater während der blitzschnell angesetzten Beerdigung in Tübingen in kleiner Runde, er habe nie daran gezweifelt, daß es bei diesem Sprößling zu einem Ende mit Schrecken kommen werde. Er war ganz zufrieden damit, den Sarg nicht mehr öffnen zu können und folglich den Sohn auch nicht mehr sehen zu müssen. Ein ihm ausgehändigtes Schreiben der Botschaft in Südamerika bat dezent, auf eine Besichtigung zu verzichten.

Sie, liebe Leserinnen und Leser, werden mich nun fragen, was denn in diesem Sarg tatsächlich gewesen ist – die Leiche des Sohnes kann es ja bekanntlich nicht gewesen sein. Nun, ich weiß es nicht, ich vermute aber, daß man etwas hineingelegt hat, was ungefähr dem Gewicht eines ausgewachsenen Mannes von Steebens Größe entsprach. Selbstverständlich hatte sich das Auswärtige Amt des Problems mit all diesen Manövern noch nicht entledigt. Im Gegenteil: Jetzt ging es erst richtig los.

Es ist verbürgt, daß der siegreiche Referatsleiter im Auswärtigen Amt ganz beleidigt war, als eine mißtrauische Journalistin ihn anrief und fragte, wie er nun eigentlich die Sache mit den fünfzig Pfund Kokain und zehn Millionen Dollar in bar erklären wolle, die Steeben angeblich nach Berlin gebracht hätte. Er entgegnete wütend: »Steeben war nie in Berlin. Bei dem Toten in Berlin handelt es sich um einen gewissen Markus Schawer oder so ähnlich.« Sehr ärgerlich erklärte daraufhin die Journalistin: »Erzählen Sie das doch Ihrer Großmutter!« und legte auf. Der Referatsleiter verbuchte den Vorgang seufzend unter »nicht gewürdigte Aufopferung für dieses Staatswesen«.

Zur Kenntnis des interessierten Lesers: Beide Referatsleiter sind nicht mehr im Amt. Der Erfolgreiche dient bei gleichem Gehalt im Archiv des deutschen Gesandten in Washington. Der Unterlegene wurde entlassen mit der Begründung, er habe sich gegen seinen Widersacher nicht richtig durchgesetzt. Er ist heute in einer liberalen Parteistiftung tätig.

Ein Berliner Stadtmagazin veröffentlichte ein Interview mit einem Punk aus dem besetzten Haus in der Ostender Straße. Der Junge behauptete, das ganze Haus wäre von vier Indianern aus Peru systematisch unter Kokain gesetzt worden. Es wäre dann zu einer wilden Schießerei zwischen den Indianern und Berliner Gangstern gekommen.

Die Berliner Polizei belächelte diese Darstellung und attackierte vorlaute Journalisten mit der Gegenfrage. »Wo sind denn diese Peruaner jetzt? Haben die sich etwa in Luft aufgelöst?« Als Stunden später eine Berliner Tageszeitung einen recht intelligenten Schluß zog und die Frage stellte: »Wollten die Peruaner das Gift und das Geld des toten Diplomaten?«, schüttelten sich Vertreter der Polizei schier aus vor Lachen und lehnten jede Stellungnahme ab.

Meine Kolleginnen und Kollegen im Bundestagsausschuß haben die Chance gehabt, die Affäre klar und kühl auszuleuchten und damit zu beenden. Sie haben sie nicht wahrgenommen, sie haben im Gegenteil Graus Namen in den Schmutz getreten, wenngleich dieser Mann, um eine so abgedroschene Redewendung zu gebrauchen, sich um dieses Land verdient gemacht hat. Grau hat diesen Einsatz mit Blessuren an Körper und Seele bezahlt.

White habe ich nicht befragen können, denn offiziell war er nie mit diesem Fall befaßt. Offiziell hat er die Bundesrepublik zu diesem Zeitpunkt nicht betreten, seine Behörde hat energisch dementiert, daß ein deutscher Journalist namens Jobst Grau in irgendeiner, wie auch immer gearteten Beziehung zu diesem Geheimdienst stand.

Woher kann ich also so genau wissen, was Grau und White miteinander gesprochen haben, wenn ich doch White gar nicht fragen konnte?

White mußte, wie jeder Agent übrigens, über jedes Treffen genaue Aufzeichnungen liefern. Er machte Notizen über Uhrzeit, Ort und Personen, er erwähnte ausdrücklich, daß er auch Grau bezahlt hat. Diese Notizen heftete er in einem kleinen blauen Ordner ab, der ihn während der ganzen Operation begleitete.

Kennen Sie Silberhaar-Dickson? Dumme Frage, Sie können ihn gar nicht kennen! Silberhaar ist einer jener sagenhaften Verwaltungsfüchse in der amerikanischen Botschaft in Bad Godesberg, ohne die buchstäblich nichts läuft, nicht einmal ein Strauß frischer Blumen auf den Schreibtisch des Gesandten kommt. Silberhaar ist ein Unikum, ein witziger, feiner alter Herr, der niemals zugeben würde, daß er so etwas Unappetitliches wie Macht besitzt. Beispielsweise verläßt kein Hundertdollarschein die Botschaft, ohne von ihm abgesegnet zu sein.

Ich kenne Silberhaar seit etwa zwanzig Jahren. Als ich sein Büro mit zwei Flaschen köstlichen Eisweins von der Ahr betrat, strahlte er und stellte fest: »Da die Bestechungssumme hoch ist, kann ich wohl erwarten, als Landesverräter in die Annalen einzugehen, wenn Sie hier wieder rausmarschieren.«

»Eigentlich nicht«, erwiderte ich. »Ich will nur wissen, ob zwei ganz bestimmte Leute sich an einem ganz bestimmten Tag getroffen haben. Hier in Bonn.« Ich gab ihm die Namen, das Datum, den Wein und verschwand wieder.

Als ich ihn nach einigen Tagen erneut besuchte, ließ er

mich mit dem kleinen blauen Ordner allein, den White so eifrig gefüllt hatte. Ich las in aller Ruhe, was ich wissen wollte, klappte den Ordner wieder zu und ließ ihn liegen.

Ich will auch gern zugeben, daß ich Silberhaar in dieser Zeit häufig besuchte und daß dieser kleine blaue Ordner wie zufällig immer auf seinem Tisch lag.

Bis auf eine Schlußbemerkung muß ich Sie nun nicht länger von Ihren Geschäften abhalten. Gehen wir also in den Endspurt, nähern wir uns dem nächsten Toten. Leider bleibt uns dieser nicht erspart.

Im Auge des Taifuns

»Und was machen wir jetzt?« Milan schlenderte neben Grau her, sah sich ein paar Mal um, als könnte er sich von der Hysterie wegen der Leiche im Container nicht lösen.

Grau grinste. »Wir haben jetzt Freistunde. Du kannst zu Sigrid gehen, Liebe machen, was weiß ich. Wir können aber auch eine Frühkneipe in Kreuzberg heimsuchen und frühstücken. Anschließend gehen wir für deine Frau etwas kaufen. Wirst du Sigrid heiraten?«

»Das weiß ich noch nicht. Heiraten wäre gut für Sigrid. Sie hat dann Sicherheit. Alle Menschen brauchen etwas Sicherheit. Aber was ist, wenn Sicherheit nicht funktioniert?«

»Die Frage ist, ob *du* sie heiraten willst?« sagte Grau lächelnd. »Als Sicherheit bist du Sonderklasse.«

»Dann werde ich es tun. Ich habe mit Geronimo gesprochen. Sie könnten mir einen Kiosk verpachten. Schaschlik, Reibekuchen mit Apfelmus, polnische Bratwürste und so. Grau, machst du den Trauzeugen?«

»Na sicher. Aber du hast Angst, nicht wahr?«

Milan nickte. »Ich hatte eine Frau, ich hatte Kinder. Sie sind nicht mehr da. Ich weiß nicht, was noch passiert in dieser Welt. Krieg in Deutschland?«

»Wird es nicht geben«, sagte Grau schnell. Dann blieb er stehen und fuhr sich mit dem Zeigefinger über den Mund. »Ich weiß es nicht, Kumpel, ich weiß es wirklich nicht. Dieser Scheiß-Rechtsextremismus macht mir Angst. Deutsche, die Angst haben, sind für alles gut. Hitler hatte panische Angst. Erinnerst du dich, wie das alte Rußland zusammenbrach? Idioten haben behauptet: ›Ab sofort ist die Welt friedlicher.‹ Sie wurde statt dessen verrückter. Du mußt auch einfach daran glauben, daß du es schaffst.«

»Schaffst du es denn?« Milan lächelte.

»Ich hoffe«, sagte Grau leise. »Ich will es jedenfalls versuchen. Komm, wir nehmen ein Taxi. Warum willst du eigentlich nicht zurück nach Ex-Jugoslawien, wenn Frieden ist?«

»Geht nicht, Grau. Ich bin ein Mörder. Wenn ich vor meinen Nachbarn stehe und hallo sage, bin ich für die ein Mörder. Was, glaubst du, wird dieser White tun, wenn er heute abend seine Steeben-Leiche im Fernsehen sieht?«

»Er wird mich sein Leben lang hassen. Sie werden mich schikanieren.« Grau winkte einem vorbeifahrenden Taxi zu.

»Dann jagen dich Berliner Bullen, Bonner Bullen und der amerikanische Geheimdienst. Aber was werden sie machen, wenn sie dich haben?«

»Das ist das Raffinierte«, erklärte Grau grinsend und hockte sich neben den Taxifahrer. »Sie werden nichts gegen mich unternehmen können, denn ich habe nichts Ungesetzliches getan. Na gut, wir haben ihnen Angela geklaut, aber das fällt unter Berufsrisiko ... Sie werden mich also festsetzen und befragen. Sie ziehen mich einfach aus dem Verkehr, sie legen mich lahm.«

»Wir wollen frühstücken. In Kreuzberg. Geht das?« fragte Milan den Fahrer.

»Und wie!« Der Taxifahrer war jung, hatte sich sechs Tage lang nicht rasiert und war stolz darauf.

»Ich weiß einen Schuppen, da klettert dir die Wirtin auf den Schoß und füttert dich.«

»Das hätte ich nicht so gerne«, wehrte Grau schnell ab. »Irgendwas für anständige Bürger.«

»Wollen Sie damit sagen, daß Sie so einer sind?« Der Taxifahrer grinste vertraulich. »Also was? Griechisch, deutsch, türkisch?«

»Kurdisch«, sagte Grau. »Gibt es auch kurdisch? Die haben so ein phantastisches Kebab aus Marsala.«

Der Unrasierte nickte. »Kurdisch gibt es auch.«

»Ich meine«, Milan nahm gemütlich seine Erörterungen wieder auf. »Diese Bullen sind ja auch nicht auf den Kopf gefallen. Sie könnten etwas stricken, nicht wahr? Sie könnten auf die Idee kommen, daß du es warst, der Nases Bauernhaus in die Luft gejagt hat.«

»Wie bitte?« fragte Grau verblüfft.

»Ich merke, ich bin mit Profis zusammen«, konstatierte der Taxifahrer und pfiff anerkennend.

»Wir sind reine Theoretiker«, versicherte Grau ihm grinsend.

»Ich höre auch nicht mehr zu.« Er kratzte sich unsicher seinen Bart.

»Also, wieso soll ich Nases Bauernhaus in die Luft gejagt haben?«

»Ich weiß es nicht«, sagte Milan heiter. »Ich weiß nur, wie Bullen denken. Sie haben keinen Verdächtigen.«

»Wie die denken, weiß ich auch«, dröhnte der Taxifahrer. »Und wie ich das weiß!«

»Ich habe doch Nase gar nicht gekannt«, gab Grau zu bedenken.

»Das ist doch den Bullen egal«, erwiderte Milan. »Was ist, wenn sie sagen: Sundern hat Grau zu Nase geschickt?«

»Das ist doch absurd.« Grau wurde langsam ärgerlich. »Warum sagst du das alles?«

Milan grinste. »Du hast gesagt, sie werden dich festsetzen. Ich frage mich, was sie dir anhängen könnten. Und das mit Steebens Leiche?«

Grau sah, wie der Fahrer leicht grau wurde, und er sagte schnell: »Nicht, was Sie denken, guter Mann. Nur Theorie.«

»Na ja«, sagte der Taxifahrer verunsichert.

»Das bringt uns nicht weiter«, entschied Grau. »Laß uns frühstücken, einkaufen, dann sehen wir weiter.«

»Hier ist der Kurde«, sagte der Taxifahrer etwas verkrampft. »Vierzehn Mark sechzig.«

Grau gab ihm einen Zwanzigmarkschein. »Nehmen Sie das nicht so tragisch. Wir sind aus dem Bestattungsgewerbe.«

Ein guter Gag. Der Taxifahrer sah ihn an, machte »Häh?«, gab dann Gas und rutschte vor Schreck von der Kupplung.

»Da hinten kommt ein zweites Taxi«, sagte Milan ganz ruhig. »Das fuhr die ganze Zeit hinter uns her.«

»Ist mir Wurscht«, sagte Grau. »Ich will jetzt frühstükken.«

»Der will auch kurdisch frühstücken«, beharrte Milan. »Sieh mal, ein ganz Schnittiger. Windschlüpfrig wie nichts, richtig hübsch.«

»Mir Wurscht«, wiederholte Grau störrisch.

Milan lachte leise und schob ihn zum Eingang des Lokals. »Du willst nur, daß sich etwas tut. Gib's zu, Grau.«

»Ich gebe es zu.«

Aber zunächst tat sich gar nichts. Der Mann kam hinter ihnen in das Lokal, war offensichtlich gut gelaunt, begrüßte den Koch hinter seinen Pfannen und Tiegeln sehr leutselig und setzte sich an einen Einzeltisch, der schon gedeckt war. Er beachtete sie überhaupt nicht.

Der Mann war vielleicht dreißig Jahre alt, elegant gekleidet und trug am rechten Handgelenk zwei goldene Kettchen. Sein Gesicht war eine Allerweltsvisage. Grau dachte: Ich würde mich nie daran erinnern. Der Mann holte ein Telefon aus der Jackentasche, wählte eine Nummer, wandte sich leicht ab und telefonierte leise.

»Der ist nicht sauber«, befand Milan nervös. »Wir sollten das Lokal wechseln.«

»Was, zum Teufel, soll mir jemand anhaben können?« fragte Grau gereizt.

»Ich bin dein Schatten«, erinnerte ihn Milan. »Ich bin der, der auf dich aufpaßt. Raus hier!«

Also gingen sie wieder hinaus und blieben auf dem Gehsteig stehen. Sie sahen, wie der junge Mann aufstand, ihnen nachgehen wollte und dann zögerte.

»Er ist nicht sauber. Wir trennen uns. Nächste Einfahrt in den Hof, du nach rechts, ich nach links.«

»Aber keine Gewalt«, mahnte Grau und kam sich sofort lächerlich vor.

Sie gingen zwanzig Meter und nahmen dann die nächste Einfahrt bis in den Hinterhof, Grau stellte sich rechts vom Torbogen auf, Milan links. Als der Mann auftauchte, stieß Milan ihn vorwärts und drehte ihm den Arm hoch auf den Rücken. »Ich bin ganz friedlich«, sagte er halblaut. »Schieß los: Welche Sorte Bulle bist du?«

Der Mann atmete pfeifend ein, weil Milan den Druck verstärkte. »Kein Bulle«, sagte er durch die Zähne.

»Also irgendein Geheimdienst?« fragte Grau freundlich dazwischen.

»Auch nicht.« Der Mann beugte sich vor, um dem Druck auszuweichen.

»Also von wem?« fragte Milan. »Junge, wir wollen nur in Ruhe frühstücken und was für unsere Frauen einkaufen. Mach das nicht kaputt. Sag, was du im Schilde führst, und du kannst gehen.«

»Gretzki schickt mich«, sagte der Mann gepreßt. »Er will mit euch reden.«

»Wir aber nicht mit ihm«, antwortete Milan schnell.

»Moment«, sagte Grau. »Du bist doch gar kein Pole.«

»Muß ich unbedingt Pole sein, bloß weil ich für Gretzki unterwegs bin?« Er stöhnte. Milans Griff tat ihm offenbar ziemlich weh.

»Das nicht«, gab Milan zu. »Also gut.« Er ließ den Mann los. »Was will Gretzki?«

»Mit euch reden.«

»Wo ist er jetzt?« fragte Grau.

»Das weiß ich nicht. Er ruft mich an oder ich ihn.«

»Dann gib uns seine Nummer«, forderte Milan.

»Nichts zu machen«, antwortete der Mann ernsthaft. »Du kannst mir gern den Arm brechen, ich singe nicht.«

Milan sah ihn sich sehr intensiv an. »Er wird nichts sagen«, befand er. »Also, was ist? Wann treffen wir Gretzki?«

»Mittags«, sagte Grau. »Sonst haben wir gar kein Privatleben mehr. Sagen wir: heute mittag um Punkt ein Uhr in Kempes Wurstbude. Laß ihn gehen, Milan. Ist das recht: ein Uhr Kempes Wurstbude?«

»Wer von euch kommt«? fragte der Mann.

»Ich und mein Freund hier«, sagte Grau. »Sonst niemand. Keine Armee, keine Heckenschützen oder Panzer oder Tiefflieger.«

Der Mann grinste matt. »Jemand hat erzählt, du bist immer gut drauf. Du bist wirklich gut drauf.«

»Bin ich«, nickte Grau.

Sie sahen ihm nach, wie er rasch durch den Torweg davonging.

»Er ist nur ein Botenjunge«, sagte Milan. »Dabei fällt mir ein: Wir sollten Sundern anrufen. Er muß das mit Gretzki wissen, falls irgend etwas schiefgeht.«

Grau war einverstanden. »Gut.«

Sie frühstückten ausgiebig in einer Gyros-Bude und tranken mit Genuß Budweiser.

»Da ist noch etwas.« Milan war unruhig. »Der ganze Trupp ist bei Mehmet. Das ist nichts anderes als eine große Falle. Wir sitzen da alle wie auf einem Schießstand. Wenn Gretzki oder Davidoff etwas vorhaben, brauchen sie uns nicht einmal zu suchen. Sie haben uns alle zusammen wie einen Stall Karnickel.«

»Das ist richtig«, stimmte Grau ihm zu. »Dagegen sollten wir etwas tun.« Er rief Sundern an, erreichte ihn aber nicht und berichtete statt dessen Mehmet von der Einladung Gretzkis. »Sieh zu, was du herausfinden kannst. Ich möchte wissen, was das für ein Mann ist. Und noch etwas: Wenn du Meike siehst, sage ihr, sie soll mich bitte kontaktieren.«

»Grau, Junge, geh von der Straße runter. Sie haben Fotos von dir und Milan.« Mehmet klang sachlich.

»Das wird so sein, aber in eurem Bunker bin ich auch nicht sicherer. Wir melden uns!«

Er wandte sich an Milan: »Gibt es einen Weg, von hinten in Kempes Wurstbude hineinzukommen? Und hast du jemanden, der darauf achten kann, daß Gretzki nicht mit einer ganzen Armee anrückt?«

»Ich rufe Paule an. Paule ist der Wirt, Paule mag mich. Er wird es einrichten.« Aber ehe er die Nummer drücken konnte, fiepste das Telefon. Es war Sundern, der Grau verlangte.

»Hör zu, Jobst. Die haben sich bei den Bullen etwas einfallen lassen. Sie wollen dich und Milan kassieren. Schutzhaft, sagen sie. Paß also auf, mein Alter. Falls sie dich erwischen, beharre darauf, daß du mich anrufen darfst. Sofort. Sie haben keinen Grund, es dir wegen Verdunkelungsgefahr zu verweigern, sie müssen dich anrufen lassen.«

»Danke, großer Rechtsgelehrter. Bist du einverstanden, daß ich deine Aussage korrigiere? Statt zehn Prozent Schwarzgelder zwanzig Prozent?«

Sundern lachte. »Von Fall zu Fall wird das so sein, Bruder.« Dann war er unvermittelt ernst. »Aber niemals Drogen. Nicht ein einziges Mal in meinem Leben. Ich habe Drogenleute immer gehaßt, frag mich nicht, warum.«

»Ich hab da so 'ne Ahnung«, sagte Grau freundlich. »Das Leben hat dich nicht immer mit Samthandschuhen angefaßt. Drogen haben so etwas Anrüchiges, so etwas von Abschaum und sozialem Abstieg.«

»Das könnte eine Erklärung sein«, sagte Sundern. »Wenn du Gretzki triffst, denk dran, daß er den Stoff und die Dollar will. Nichts sonst. Er wird versuchen, dich zu kaufen. Er ist glitschig wie Schmieröl, der schlägt an Geschmeidigkeit jeden deutschen Politiker.«

»Gut. Sonst noch irgend etwas? Wo kann man eine gute Uhr für Milans Frau kriegen?«

»Ku'damm, nur am Ku'damm. Ich habe übrigens das ungeschnittene Filmmaterial deiner Freundin gesehen und ihr genau erklärt, wie White und Thelen in die Story passen. Die Redakteure weigern sich allerdings bis jetzt, den Film zu zeigen. Sie hat wirklich Wahnsinnsaufnahmen gedreht. Das sieht verrückt aus, wie dieser Hausmeister den toten Steeben hochwuchtet, und der ... die Genitalien im Mund ...

O Gott, das können die eigentlich gar nicht zeigen. Aber sie werden es irgendwie deichseln. Wenn das gelaufen ist, Bruder, kannst du hier nur noch mit einer kugelsicheren Weste spazierengehen. Da fällt mir übrigens noch etwas ein: Dein christkatholischer Thelen, Dr. Robert Thelen: In welcher Organisation ist der?«

»Caritas. Er bezeichnete sich als Überzeugungstäter. Weshalb willst du das wissen?«

Sundern zog die Worte in die Länge. »Als White abgestritten hat, die zehn Millionen Dollar zu haben, im Hotel, gestern, da hast du wahrscheinlich nicht daran gedacht, daß Thelen sie gebunkert haben könnte, stimmt's?«

»Stimmt«, gab Grau zu. »Glaubst du etwa, Thelen versteckt das Zeug in einer Kirche?«

Einen Moment lang war es sehr still.

»Ich dachte nicht gerade an eine Kirche«, sagte Sundern, wieder sehr langgezogen, und wahrscheinlich schielte er. »Kannst du ein bißchen mehr über Thelen in Erfahrung bringen?«

»Ich werde es in Bonn versuchen«, versprach Grau. »Ich melde mich. Ist Meike da?«

»Na sicher. Ich gebe sie dir.« Es dauerte eine ganze Weile,

dann meldete sie sich leicht empört: »Wo steckst du denn? Warum hast du mich nicht mitgenommen?«

»Es war zu riskant. Hör mir zu und antworte nicht. Milan ist der Praktiker unter uns, Milan ist der Krieger mit Erfahrung. Er sagt, daß wir in Mehmets Haus im Grunde wie auf dem Präsentierteller sitzen. Niemand muß uns suchen, jeder weiß, wo wir sind. Thelen, White, die Fahnder der Kripo, Gretzki und Davidoff wissen es. Du solltest dich häßlich machen, deinen Butterbrotbeutel nehmen und verschwinden.«

»Das geht nicht. Ich lasse Sundern nicht allein. Nicht jetzt, Grau. Das kannst du nicht von mir verlangen.«

»Okay, wenn du meinst. Wir erledigen noch einige Einkäufe und kommen dann.«

»Und, Grau, denk dran, ich hab dich lieb.«

»Ich dich auch. Das macht den Sommer gut.« Zu Milan sagte er: »Sie will Sundern nicht allein lassen.«

Milan nickte, sagte aber nichts.

Sie bezahlten und gingen hinaus in die Sonne.

»Jetzt kaufe ich Berlin«, entschied Milan. »Was meinst du, wenn ich sie heiraten will: Muß ich Mama fragen?«

»Die Verrückte? Na sicher mußt du das. Sie wird dich als erstes ausquetschen, ob du auch genug Kundschaft für Sigrid ranschaffen kannst. Sie hat mir gesagt, sie hätte ihre Tochter immer dazu angehalten, richtig hart zu arbeiten, Freier um Freier abzuzocken. Stört dich das nicht?«

Milan schüttelte den Kopf. »Nein, stört mich nicht. Das ist vorbei. Du hast eine Frau nur, wenn du ihr Herz hast.«

»So isses«, stimmte Grau zu. »Will Sigrid die Pension weiterführen?«

»Will sie nicht. Sie ist überhaupt keine Hausfrau. Sie haßt es, Eier in die Pfanne zu hauen. Jetzt habe ich Geld und kann einen Kiosk kriegen, und ich werde sagen: ›Schätzchen, schraub die Preise hoch‹!« Er machte ein paar tänzelnde

Schritte. »Du hast mir Glück gebracht, Grau, wirklich. Ich sollte dir zehn Prozent abgeben.«

»Erst kaufst du eine Uhr und solide Fummel für die Dame. Dann reden wir weiter.«

Am Ku'damm fielen sie nacheinander bei drei Juwelieren ein und ließen sich unzählige Uhren zeigen, aber sie konnten sich nicht einigen, ob zu Sigrid eine damenhafte Uhr oder eher die sportlichere Variante paßte.

»Wenn sie polnische Würste für dich braten soll, muß es der sportliche Typ sein.«

Einen Kompromiß, dessen Ergebnis ihnen gar nicht gefiel, beendete Grau sehr jungenhaft mit der Bemerkung: »Dann kaufen wir eben zwei!«

»Na gut«, sagte Milan listig. »Dann kriegt sie eine mit meinem Namen und eine mit deinem.«

Sie verbrachten zwei weitere Stunden damit, Kleider, Mäntel und Dessous, vornehmlich in den Farben Rot und Schwarz, zu kaufen, wobei Milan ständig gedankenverloren Höschen und Büstenhalter gegen den Himmel hob und laut fragte: »Paßt meine Sigrid auch wirklich da rein?«

Sie aßen im Europa-Center und sprachen nicht über das, was sie beschäftigte. Nur Milan sagte einmal zwischen zwei Bissen: »Es ist wirklich wie vor dem Gewitter. Die Leute in Amerika sagen: ›Du bist im Auge des Taifuns.‹ Es ist still, und bald wird es sehr laut sein. Mir paßt es nicht, daß Sigrid in Mehmets Haus ist. Mir paßt es nicht, daß Meike Sundern nicht allein lassen will. Versuch noch einmal, Sundern zu überzeugen. Sie müssen sich aufteilen, sie müssen da nicht rumsitzen wie auf einem Schießstand.«

»Niemand kommt an sie ran«, sagte Grau, war aber selbst nicht überzeugt. Er rief an, erwischte Geronimo.

Sundern sei nicht da, Mehmet auch nicht, die Situation sei vollkommen klar, übersichtlich und ruhig.

»Nichts ist übersichtlich und ruhig«, maulte Milan. »Laß

uns gehen. ›Kempes Wurstbude‹, meine alte Kneipe.« Sie nahmen wieder ein Taxi.

Milan ließ den Fahrer fast einen Kilometer von ihrem Ziel entfernt halten. Sie gingen zu Fuß, langsam, leisteten sich den Luxus des Schlenderns. Als die Bierreklame von »Kempes Wurstbude« in Sicht kam, bog Milan in einen Hinterhof ab.

Er führte Grau durch Querverbindungen, Hinterhöfe, zwei Blocks weit auf der Parallelstraße entlang, wieder durch einen Hinterhof, dann durch einen winzigen brachliegenden Garten voll wilder Akelei und zuletzt durch eine Stahltür, die nur angelehnt war. Der Gang dahinter war dunkel und eng, es stank nach Pissoir, dann nach Kohl und Buletten. Schließlich klopfte Milan an eine Tür, und sie wurde aufgeschlossen.

»Gut so«, sagte der Wirt mit dem nachgemachten Schnäuzer von Wilhelm Zwo. »Auf der Straße ist absolut nichts los. Kein Auto, das ich nicht kenne. Kein Lieferwagen, auch keine zivilen Fahnder der Bullen. Alles sagenhaft ruhig. Wie viele kommen?«

»Vielleicht einer, vielleicht zwei. Der Mann heißt Gretzki«, sagte Milan. »Hast du im Fernsehen etwas von dem verbrannten Bauernhaus mitgekriegt? Das waren wir, Junge, das waren wir!«

»Ihr habt det Ding hochjehen lassen?« Er bekam kugelrunde Augen.

»Nein, nein, wir waren nur dabei.«

»Ick werd' verrückt. Paß uff, ick habe det so arranschiert, det een kleener Tisch hinter det Billard steht. Da habt ihr Deckung, da kann sich keen anderer hinsetzen, weil det der einzige Tisch is. Is det jut so?«

»Das ist sehr gut«, lobte Grau. »Sind Gäste da?«

»Nur der olle Quasselkopp, der immer hier ist. Aber der kriegt nichts mehr mit. Sonst keener. Junge, wie jeet et Sigrid?«

»Gut«, sagte Milan stolz, »wirklich gut. Ich habe ihr eine

Uhr gekauft. Graviert mit meinem Namen. Hast du was zu ... hast du eine Waffe?«

»Bin ick Al Capone? Ick hab' nur so ein Holz hinter der Theke. Wo die Weiber früher Wäsche mit jekloppt haben. Wieso? Schießen diese Leute?«

»Nicht unbedingt«, sagte Milan. »Ist besser, wenn du nichts hast. Und wenn doch was passiert: rein in die Küche, Tür zu und warten. Nicht den Helden spielen. Ich will mit dir noch ein paar Bierchen trinken.«

Der alte, zahnlos mümmelnde Mann hockte vor seinem Bier und fragte schrill: »Na, Jungens, schwer einen druffjemacht?«

»Und wie!« sagte Grau freundlich.

Sie hatten noch fünf Minuten.

Milan sah den kleinen Tisch hinter der Billardplatte genau an. Er stand noch nicht optimal, und er schob ihn fünfzig Zentimeter weiter nach links. Dann setzte er sich hin und starrte mit schiefem Kopf über die Platte.

»Gut so. Jeder, der reinkommt, sieht nur die Köpfe. Gut so.«

»Ick stelle mir vor die Tür«, schlug der Wirt vor. »Da steh ick oft, da krieg ick meine frische Luft. Du kennst det ja, Milan, du weeßt, wie ick da steh.«

»Gut. Stell dich raus. Wie immer. Handtuch über der Schulter, ein Bein an der Wand. Aber dann hinter die Theke und keine Heldentaten!«

»Ick bin doch keen Held, ick doch nich.«

»Wir können«, sagte Milan.

Sie setzten sich so, daß Gretzki den besten Platz mit Blick über die Billardplatte zum Eingang hin haben würde. Jeder von ihnen stopfte sich eine Pfeife, und sie grinsten sich vage an. Milan war sehr ruhig, Grau sehr aufgeregt.

Gretzki kam in einem schweren BMW. Er thronte vorn neben dem Fahrer. Hinten saßen zwei weitere Männer. Der Fahrer und die Bodyguards blieben sitzen, hatten aber offensichtlich alles im Blick, der Wagen fuhr dreißig Meter weiter und blieb dann stehen.

Der Wirt sagte etwas zu laut und etwas zu forsch: »Sie werden schon erwartet, mein Herr. Bitte, da rechts.«

Gretzki war ein zierliches Männchen. Etwa einssiebzig groß, vielleicht auch nur einsfünfundsechzig. Er schlängelte sich grazil und elegant wie ein Aal um die Billardplatte herum. Zu einem grauen Einreiher, offensichtlich vom Schneider, trug er ein weißes Hemd mit einem grünen Seidenschal.

Er hatte goldene Ringe an beiden kleinen Fingern, und sein Lächeln schien eingefroren. Sein Gesicht war merkwürdigerweise, im Gegensatz zu seinem hageren, kindlichen Körper, rund und lebhaft wie ein kleiner, zufriedener Mond, und es sah so rosig aus, als bräuchte er sich niemals zur rasieren.

»Ich bin Gretzki, meine Herren«, sagte er leise. Er hatte kleine, wäßrige Augen.

»Ich heiße Grau. Das ist mein Freund Milan. Setzen Sie sich. Etwas zu trinken? Entschuldigen Sie diese Vorstadtkneipe, aber uns schien das am sichersten. Hier stört uns garantiert niemand.«

»Das ist sehr gut, meine Herren. Wir haben ein diffiziles Thema.« Er reichte ihnen die Hand.

»Woher sprechen Sie so ausgezeichnet deutsch?«

»Ich bin zur Hälfte Deutscher. Bei guten Geschäften muß man in Europa heutzutage deutsch sprechen, nicht wahr?« Er setzte sich und zupfte die Bügelfalte über dem rechten Knie in Form. »Vielleicht einen Schluck Champagner? Nein, nein, Sekt reicht auch.«

»Sekt«, sagte Milan fordernd und betrachtete Gretzki freundlich.

»Sind Sie eingeflogen?« fragte Grau.

»Nein, nein, ich war ohnehin im Grenzgebiet unterwegs.

Ich bin mit dem Wagen in Berlin. Hier braucht man doch ein eigenes Auto.«

Grau spürte, daß Milan etwas sagen wollte und ihn fragend anblickte. Er nickte kaum merklich.

»Mister Davidoff soll ebenfalls in Berlin sein«, sagte Milan freundlich.

Diese Neuigkeit gefiel Gretzki gar nicht, Davidoff konnte er offensichtlich nicht leiden. »Das mag sein, das weiß ich nicht. Das interessiert mich auch nicht so sehr, meine Herren.« Er lächelte plötzlich strahlend. »Der einzige, der mich wirklich interessiert, ist der Pole Gretzki.«

Grau lachte und nickte. »Das Zeitalter der Einzelkämpfer. Sie haben recht, Gretzki. Wenn ich Gretzki wäre, würde mich auch nur Gretzki interessieren.«

Der Wirt kam zögerlich mit einer Flasche Sekt und drei Gläsern auf einem Tablett. Sie schwiegen und sahen ihm zu, wie er ein wenig nervös die Flasche öffnete, sie nicht rechtzeitig genug schräg hielt und eine Fontäne auf Milans Hosen niedergehen ließ.

»Laß nur«, sagte Milan. »Die Hosen sollen mitsaufen.«

Gretzki lachte begeistert und murmelte: »Köstlich. Was sagt man von Ihrem Milan, Herr Grau? Er wäre eine ganze Armee wert.«

»Das ist er auch«, bestätigte Grau.

»Dann will ich ihn haben. Milan, ich zahle das Doppelte.«

Milan lächelte fein. »Ich bin nicht käuflich.«

Der Wirt verschwand.

»Nun, meine Herren, können wir Klartext reden?« Er sah sie sehr freundlich an, wenngleich seine Freundlichkeit die eines Wolfes war. Seine Augen lachten nicht mit, sie waren jetzt kalt und hart wie grau-stumpfes Eis.

»Klartext.« Grau nickte. »Ich habe allerdings ein wenig den Verdacht, daß wir die falschen Gesprächspartner sind.«

»Aber es geht um Sundern«, sagte Gretzki mit großen,

unschuldigen Augen. »Und Sundern ist doch Ihr Freund, oder?«

»Das ist er, in der Tat.«

Gretzki setzte sich adrett zurecht und betrachtete eingehend die Fingernägel seiner linken Hand.

»Formulieren wir es so: Ihr Freund Sundern hat ein Problem. Normalerweise hat er mit Bargeld und Rauschgift nichts zu tun. Aber jetzt deutet alles darauf hin, daß er über einen halben Zentner Kokain verfügt. Erstklassige Ware, wie sie normalerweise in Europa nicht auf dem Markt ist. Zehn Millionen Dollar in bar.

Ich weiß, ich weiß, meine Herren, alles vom lieben alten Pedrazzini, alles nur zu treuen Händen, gebracht von dem allerliebsten Prinzen namens Steeben, der so ekelhaft sterben mußte. Ich denke, wir verstehen uns: Ihr Freund Sundern hat ein enormes Problem mit den Sicherheitsbehörden Ihres Landes. Ich könnte dabei helfen.« Er blinzelte sie so freundlich an, als könne er kein Wässerchen trüben.

Grau sah draußen im Sonnenschein eine alte Frau vorbeigehen. Sie ging sehr langsam, schwankend fast, und verließ sich dabei auf einen kleinen Stock. »Wie würde diese Hilfe denn aussehen?« fragte er.

»Sagen wir, ich würde gegen einen fairen Preis Geld und Ware übernehmen. Kein Risiko, kein Gewinn, sage ich immer. Sundern wird seines Lebens in dieser wunderschönen Stadt nicht mehr froh, solange er im Besitz dieses ... nun ja, dieses Schatzes ist. Er muß also, wenn er vernünftig ist, diesen Schatz wieder loswerden.

Ich bin ein risikofreudiger Mensch, ich sagte mir: Biete ihm deine Hilfe an, Gretzki. Er hat es verdient, und es könnten eine Menge guter Geschäfte zu guten Konditionen daraus werden. Polen ist groß und heute sehr, sehr demokratisch.«

»Wie kommen Sie eigentlich dazu, mir das vorzuschlagen?« fragte Grau. »Sie müssen doch wissen, daß ich Journalist bin.«

»Das weiß ich in der Tat«, betonte Gretzki heftig nickend. »Das weiß ich durchaus. Aber Sie sind sozusagen ein Ausnahmejournalist, oder? Und an Mister Mehmet und Herrn Sundern komme ich nicht so einfach heran. Ich dachte, ich wende mich zuerst an Sie. Sundern wird todsicher begreifen, daß ich recht habe.«

»Was bieten Sie denn?«

»Fünf Millionen D-Mark in bar gegen zehn Millionen Dollar und das Kokain. Glauben Sie mir, es ist für Herrn Sundern ein grandioses Geschäft.«

»Nicht schlecht.« Milan sah Gretzki bewundernd an.

Grau lächelte. »Es ist kein schmutziges Geld, Mister Gretzki. Es sind saubere Dollar.«

»Oh, durchaus, Herr Grau, durchaus. Aber loswerden muß er sie trotzdem. Alle Spatzen und alle ... nun ja, alle Geier pfeifen es von den Dächern: Sundern hat die zehn, Sundern hat den halben Zentner. Also muß er sie loswerden, oder? Ich biete ihm eine schnelle, unkomplizierte Lösung, bei der er sogar noch fünf Millionen abstauben kann.«

Er lächelte, und gleich würde er auch noch segnend die Arme ausbreiten.

»Ihre Wahrheit ist eine Nutte«, sagte Grau. »Und diese Nutte hält bei genauem Hinsehen nicht, was sie verspricht. Gretzki, können Sie zuhören? Wirklich zuhören?«

Gretzki war leicht verwirrt, nickte aber tapfer.

»Tatsache ist, daß Sundern weder das Geld hat noch den Stoff. Es wird behauptet, er hätte beides. Das hat Methode. Sundern soll auf diese Weise aus Berlin herauskatapultiert werden.

Das ist alles, Gretzki. Sundern ist mächtig in Berlin, Sundern hat verdammt viel Geld, hat Einfluß. Jemand will ihn beerben und versucht ihn rauszuschießen. Das ist die ganze Wahrheit, Gretzki.«

Gretzki blickte zu Boden. »Ich hatte fast schon erwartet, daß Sie so etwas sagen, Herr Grau. Aber unter uns: Es gibt noch eine andere Möglichkeit. Nehmen wir an, Sie und Milan haben den Durchblick und ein bißchen Einfluß. Nehmen wir weiter an, Sie können mir das Bargeld und den Stoff übergeben. Dann händige ich Ihnen die fünf Millionen Mark aus. Mich geht es ja nichts an, mit wem Sie teilen oder was Sie mit dem Geld machen.«

»Er will mich kaufen«, sagte Grau leicht angewidert.

»Sundern hat das erwartet« sagte Milan. »Hören Sie mal zu, Gretzki, Sundern hat weder das Geld noch den Stoff. Das ist die ganze Wahrheit.«

»Ja, ja, ich verstehe ja: tiefe Freundschaft«, sagte Gretzki leicht amüsiert.

Der alte Mann im Schankraum sang plötzlich hoch, heiser und falsch: »Im Märzen der Bauer die Rößlein einspah-a-aannt ....«

»Sehr gemütlich«, sagte Grau.

Der Wirt blickte um die Ecke und stotterte hastig: »Entschuldigung, die Herren!«

»Oh, schon gut«, erwiderte Gretzki freundlich.

»Was ist, Herr Grau, denken Sie noch einmal nach! Ich bin mit Sicherheit der einzige Mensch auf Gottes Erdboden, der Ihnen dieses heiße Zeug abnimmt und Sie dann dafür auch noch bezahlt. Und Sundern?« Er beugte sich vertraulich weit vor. »Der ist doch in Berlin sowieso erledigt, oder? Machen wir uns nichts vor, Herr Grau, bleiben wir Realisten.«

Grau überlegte, was er darauf antworten sollte.

Während er noch überlegte, ging draußen ein junger Mann in Arbeitskleidung vorbei, er kam in die Kneipe und verlangte dröhnend: »Ein Bier, Chef. Und zwei Buletten und zwei Soleier. Und vorher einen Schnaps!«

»Kommt sofort.«

»Und noch ein Päckchen Marlboro, ehe ich es vergesse.«

»Aber ja doch«, sagte der Wirt.

»Glauben Sie im Ernst, Mister Gretzki, daß ich Sundern an Sie verkaufe?« fragte Grau.

»Ja.« Gretzki lächelte fein. »Es ist das Geschäft Ihres Lebens. Sie brauchen anschließend nie mehr zu arbeiten. Sicher geht das jetzt in Ihrem Kopf unaufhörlich rund.«

Der Mann in Arbeitskleidung kam um die Ecke und fragte nach hinten über die Schulter: »Wo ist denn hier der Lokus?« Er kam langsam auf sie zu.

»Sie müssen hier durch die Tür«, rief der Wirt schrill.

Der neue Gast hob den Kopf und grinste sie an. Er sagte heiter: »Entschuldigung, ich will nicht stören.« Es sah so aus, als würde er umkehren, aber er drehte sich nicht herum.

Plötzlich hatte er einen Revolver mit sehr langem, dickem Lauf in der Hand, war unversehens nur noch zwei Schritte von ihnen entfernt und sagte vollkommen unbeteiligt: »Tut mir leid, Jungs.«

Dann schoß er Gretzki in den Kopf. Es machte dreimal plopp, und Gretzkis Kopf flog nach hinten, kam dann nach vorn und fiel einfach auf den Tisch, als hätte er sich von dem Körper unter ihm unabhängig gemacht.

Dann schoß Milan ohne irgendeine Körperbewegung. Saß regungslos da und schoß. Er traf den Mann im Arbeitsanzug in den Kopf. Der ruckte wie eine Marionette zur Seite, als wäre das alles nur ein Spaß, seine Bewegungen waren die eines Clowns. Blut war auf dem grünen Tuch des Billards. Dann fiel der Mann in Zeitlupe nach vorn und sackte gekrümmt auf den Dielen zusammen.

Milan kam hoch, rannte nach vorn und stellte sich neben die Eingangstür. Er zischte fast ohne einen Laut: »Wir müssen raus hier, Grau!« Zum Wirt: »Du hast uns nie gesehen! Es waren drei fremde Gäste, okay? Komm Grau, aber sieh erst nach, ob er Papiere hat. Los!«

Grau klopfte den Mann ab. »Er hat nichts bei sich.«

»Verdammt, dreh ihn um! In der Hosentasche!«

Da war eine Brieftasche oder etwas Ähnliches. Grau zog sie heraus und steckte sie ein.

»Los jetzt.«

»Hol die Bullen!« sagte Milan zum Wirt. »Jetzt sofort!«

Grau starrte auf seine Hände. Sie waren voll mit Blut und irgendeiner grauen Masse. Gretzkis Gehirn, dachte er mechanisch, Gretzkis kluges Köpfchen.

Er ging hinter die Theke, tauchte die Hände in das Spülbecken für die Gläser und griff dann nach einem Küchentuch. Fiebrig dachte er: Meike, hol mich aus dieser Sache raus! Mein Eichhörnchen, mir wächst das alles über den Kopf! Dann zog er den Stöpsel aus dem Becken. Es war totenstill. Der Wirt lehnte an einem hohen Regal und war ziemlich blaß.

Als der erste von Gretzkis Männern durch die Tür kam, schoß Milan in den Türrahmen und schrie laut: »Draußen bleiben! Die Bullen kommen!« Dann lief er vor Grau her durch den Hinterausgang.

Sie rannten etwa zehn Minuten, ohne innezuhalten, aber auch nicht allzu hastig, dann blieb Milan stehen. »Los, sieh in der Brieftasche nach! Wir müssen wissen, wer der Mann war.«

Grau kramte darin herum, fand einen Paß, schlug ihn auf, konnte die kyrillische Schrift nicht lesen und gab ihn an Milan weiter.

»Shmalenko«, murmelte Milan. »Er ist Russe. Sicher einer von Davidoffs Leuten. Davidoff hat sich bestimmt gefreut, daß Gretzki so dumm war, hierherzukommen. Wahrscheinlich ist der Paß falsch, der Mann sprach an der Theke astreines Deutsch. Egal. Komm weiter.«

»Warte doch mal«, sagte Grau. Er rief Sundern an, bekam jemand, dessen Stimme er nicht kannte, und verlangte Meike.

»Ja?« fragte sie aufgeregt. »Oh, Scheiße, Grau, ich habe so

Angst um dich, wenn du da draußen rumläufst. Komm doch her.«

»Hör zu. Gretzki ist tot. Er ist direkt vor unseren Augen erschossen worden. Wahrscheinlich war es ein Mann von Davidoff. Du solltest dich auf die Socken machen.«

»Das haben wir doch schon besprochen, Grau, das geht nicht. Ich lasse meine Adoptiv-Familie hier nicht allein. Wann kommst du?«

»So schnell wie möglich.«

»He, nicht auflegen. Ich soll dir sagen, daß Bullen hier sind. Ziemlich viele sogar. Sie fotografieren und filmen.«

»Sie werden spätestens damit aufhören, wenn heute abend in der ARD die Nachrichten laufen«, sagte Grau bissig. Er unterbrach die Verbindung und fragte Milan: »Kann man in Mehmets Haus auch durch die Keller oder über die Dächer kommen?«

»Weiß ich nicht«, sagte Milan. »Das muß man ausprobieren, vielleicht geht es. Also, Gretzki ist raus, bleibt Davidoff. White und Thelen brauchen nur zu warten, die Schweine.«

»Ich werde Dörte anrufen«, sagte Grau ohne Atem. »Ich muß rausfinden, was Thelen tut, wenn er gerade ganz katholisch ist.«

»Was soll das?« fragte Milan mißtrauisch.

»Verdammt«, fluchte Grau heftig. »Es ist doch eigentlich ganz einfach. Wenn wir das gottverdammte Geld haben und den Stoff, ist Sundern raus, oder? Also müssen wir es suchen.«

»Aber White und Thelen werden es dir nicht zeigen«, erwiderte Milan.

»Vielleicht müssen sie das gar nicht«, sagte Grau leise. »Wo ist hier ein Café? Oder, nein, warte. Gibt es hier eine Bank oder irgendeinen Park?«

Sie hörten das ferne, aber durchdringende Signal von Polizeisirenen.

»Da vorn ist ein Café mit Tischen auf der Straße. Ich brauche einen Schnaps. Ist dir auch schlecht?«

»Es geht«, sagte Grau. »Gretzki hatte gar keinen Kopf mehr. Ich brauche Dörte Volkmann. Sie ist gut in Sozialpolitik, sie müßte etwas wissen. Verdammt nochmal, Milan, warum hast du eigentlich diesen Mann mit dem russischen Paß erschossen?«

Milan erstarrte, sein Gesicht straffte sich, seine Wangenmuskeln wurden weiß. »Grau, du bist ein Arsch! Warst du nicht dabei, hast du die Augen zugemacht? Er hat Gretzki erschossen. Drei Schüsse! Was hätte er dann getan? ›Entschuldigung‹ gemurmelt und auf den Lokus pinkeln gegangen?«

Er fuchtelte mit beiden Händen vor Graus Gesicht herum. Dann beugte er sich plötzlich zur Seite und übergab sich. Sein ganzer Körper zuckte. Er keuchte und sagte: »Es geht mir nicht so gut.«

»Schon gut, schon gut.« Grau fühlte sich ziemlich hilflos.

»Er hätte doch nicht aufgehört zu schießen, dieser Shmalenko«, sagte Milan würgend. Er wischte sich über das Gesicht. »Ach Grau, wie sagt ihr Deutschen: Es ist ein Kreuz mit dir.«

»Tut mir leid«, sagte Grau matt. »Ich habe Dörtes Telefonnummer. Irgendwo in meinem Hirn habe ich sie. Bestell mir bitte einen Magenbitter oder so was. Und einen Kaffee. Und ... Herrgott, ich habe nicht mal ein Stück Papier bei mir. Egal, macht nichts. Ich versuche es.« Er wählte eine Nummer in Bonn, von der er inständig hoffte, daß sie richtig war. Er konnte nicht konzentriert denken und war von großer Angst erfüllt.

Ein Mann meldete sich: »Studio des WDR in Bonn.«

»Gott sei Dank!« sagte Grau erregt. »Ist Frau Volkmann da, Dörte Volkmann? Es ist mehr als wichtig.«

»Ich verbinde Sie.«

Dann kam ihre Stimme, sachlich, warm.

»Hör zu, Jobst Grau hier. Ich erzähle dir jetzt eine verrückte Geschichte. Sie hat etwas mit dem verschwundenen Diplomaten Steeben zu tun. Hast du Zeit, mir zuzuhören?«

»Na ja, nicht lange.«

»Du wirst viel Zeit haben, wenn du erst verstehst, worum es geht.

Die ganze Sache fing damit an, daß ein Amerikaner namens White mich bat, einen Mann zu suchen. Ich ging nach Berlin ...« Verkrampft versuchte er, die Geschichte zusammenhängend zu erzählen, bis er begriff, daß das gar nicht möglich war. Aber er bot Dörte immerhin einen roten Faden.

Als bei ihr der Groschen fiel, als sie begriff, daß er es gewesen war, der den ganzen Fall losgetreten hatte, wurde sie aufgeregt: »Hast du die Sache etwa an die ARD in Berlin gegeben?«

»Ja«, sagte Grau. »Und jetzt paß auf, dir verspreche ich den Background der Geschichte kostenlos. Bei diesem Amerikaner White ist ständig ein Mann des Bundesnachrichtendienstes. Er heißt Dr. Robert Thelen. Thelen ist in der Caritas aktiv und bezeichnet sich selbst als christlichen Überzeugungstäter. Ich muß einfach nur wissen: Was macht der in der Caritas, was tut der da?«

»Die Geschichte glaube ich nicht, Grau. Die ist zu verrückt, die kaufe ich dir nicht ab.«

»Lieber Gott, Dörte, hör doch mal zu. Ich will nicht wissen, ob du die Geschichte glaubst, sondern ich muß rauskriegen, was Thelen in der Caritas tut.«

»Das darf nicht wahr sein«, flüsterte sie. »Ich habe den immer für einen heimlichen Schwulen gehalten. Und nun das! Das hätte ich nie gedacht. Den kenne ich seit Jahren. Also, Thelen ist Spezialist für Altenheime. Klingelt es jetzt bei dir, Grau?«

»Altenheime? Wieso? Wieso muß da etwas klingeln?«

»Du bist wirklich schwer von Begriff. Also gut, noch mal ganz langsam: Du suchst einen Mann, der Geld und Kokain nach Berlin transportiert hat. Den hast du längst gefunden, das wissen wir alle, der ist mausetot. Jetzt suchst du das Geld und den Stoff. Du denkst, White und dieser Thelen haben das Zeug.

Thelen ist der Mann bei der Caritas, der in einem hohen, teils kirchlichen Gremium den Ausbau, Neubau und Umbau von Altenwohnheimen und Pflegeheimen in den neuen Bundesländern steuert. Die haben sich die großen Wohlfahrtsträger aufgeteilt. Das Rote Kreuz baut die Heime in Thüringen, die Leute von der Arbeiterwohlfahrt die in Brandenburg und so weiter.

Die Caritas hat jede Menge vergammelte Heime in Ostberlin übernommen und muß die jetzt sanieren. Wenn Thelen das Kokain hat, brauchte er es bloß in irgendein Altenheim der Caritas zu bringen. Niemand, Grau, wirklich niemand wird es da suchen! Das ist ja vollkommen irre.«

»Kannst du feststellen, welche Heime das sind? Welche Heime hier in Berlin in Frage kommen? Wie schnell kannst du das rausfinden?«

»Kriege ich dann die Geschichte?«

Für Meike kriegst du jede Geschichte meines Lebens, dachte er. »Du kriegst die Geschichte.«

»Ich brauche zwei, drei Stunden Zeit. Grau, die Geschichte ist so verrückt, daß keiner in der Redaktion sie mir glauben wird. Aber langsam findet alles seinen Platz und seinen Sinn. Also, zwei, drei Stunden. Gib mir deine Telefonnummer.«

Grau gab sie ihr, starrte Milan an und erklärte: »Es ist alles immer viel einfacher, als man anfangs glaubt. Thelen baut Altenheime. Er braucht nichts anderes zu tun, als von irgendeinem Trupp das Geld und den Stoff in eines dieser Altenheime bringen zu lassen.«

»Wir können aber doch die Heime nicht durchsuchen?«
Milan schüttelte den Kopf. »Es wird nicht ein Heim sein, es werden mehrere sein. Und sie stehen nicht leer. Da sind Menschen drin. Grau, sei kein Träumer. Das geht nicht.«

»Das muß gehen!« schrie Grau trotzig. »Das *muß* verdammt nochmal gehen. Ist dir klar, was geschieht, wenn Davidoff auf Sunderns Fährte bleibt? Und der Bundesnachrichtendienst? Die Kripo?«

Milan nickte. »Das ist mir klar. Gib mir mal das Telefon.«

Grau gab es ihm, und Milan wählte eine Nummer.

»Ich möchte Geronimo«, sagte er drängend. Er mußte eine Weile warten, dann erklärte er: »Wir brauchen in drei Stunden etwa zwanzig Leute. Sie müssen so gekleidet sein, daß sie aussehen wie Handwerker oder Maurer oder Schreiner oder was weiß ich. Kriegst du das hin?

Es ist jetzt zwei, wir kommen gleich rein. Wir brauchen die Leute um fünf oder sechs Uhr. Ich erkläre dir das noch genau. Dann noch ein Problem: Gibt es Funkgeräte oder genug Telefone, so daß sie alle miteinander reden können? Mach es irgendwie, Bruder, ich werde dich küssen.«

»Du bist verdammt gut«, sagte Grau anerkennend.

»Du kannst mir ein Empfehlungsschreiben geben.« Milan lächelte. »Jetzt ein Taxi. Ich bin dein Schatten, und ich sage dir: Du siehst beschissen aus und brauchst Ruhe! Widersprich mir nicht!«

Sie gingen die letzten fünfhundert Meter gemächlich zu Fuß. Sie sahen an drei Fenstern in den oberen Stockwerken Männer mit Filmkameras und in der Straße vor Mehmets Haus drei Berufsfotografen herumlungern.

Grau ging auf sie zu. »Ist irgend etwas, Kollegen?« fragte er provozierend.

Einer der drei, ein blonder, langer Kerl, sagte: »Es sieht nach Unruhe aus. Wir haben Tips gekriegt. Angeblich macht sich die Unterwelt Feuer unter den Arsch.«

»Aha.« Gleichmütig gingen sie weiter.

»Moment mal, sind Sie nicht Grau?« fragte einer der Fotografen aufgeregt hinter ihnen her.

Grau reagierte nicht, und sie bogen in die Einfahrt.

»Das wird heiß«, sagte Milan. »Ich frage mich, was Davidoff noch im Ärmel hat.«

»Nicht am hellichten Tag«, entgegnete Grau erschöpft. »Das kann er nicht riskieren, das wäre Selbstmord.«

»Ich gehe zu Sigrid«, erklärte Milan. »Ich kann nicht mehr denken.«

»Wie sieht das eigentlich mit den Nachbarhäusern aus?«

»Rechts und links von diesem Haus wohnen ausschließlich Mehmets Leute. Auch die Häuser gehören ihm, die gegenüber auch. Da kann nichts passieren. Ach, Grau, laß uns eine Pause machen und auf diese Frau mit den Altenheimen warten.«

»Schon gut, ich bin nur unruhig. Ich habe auch irgendwie das Gefühl, daß wir in der Falle sitzen.« Er ging auf den Lift zu. Ein junger Mann brachte sie nach oben, und sie trennten sich müde und ausgelaugt.

Als Grau ins Zimmer trat, stand Meike am Fenster und sagte ohne Aufregung: »Ich habe immer so Angst um dich, Grau, und ich bin wütend auf mich selbst.«

»Ich bin ja hier«, sagte er. »Haben wir ein Badezimmer? Ich fühle mich dreckig.«

»Haben wir. Soll ich dich abwaschen, Grau?«

»Das wäre schön.«

»In die Wanne gehen zwei rein, es ist eine große Wanne. Ach, Grau, ich denke, du willst keine Gewalt, und dann geht alles nur gewalttätig ab.«

»Das Furchtbare ist, daß ich Gewalt säe. Was immer ich tue, es kommt jedesmal Gewalt dabei heraus. Ich habe mich eingemischt, ich bin Teil deiner Mannschaft. Schlecht für einen Journalisten.«

»Mißtraust du Sundern noch immer?«

»Nein, nein. Er sagt ja, daß zwanzig Prozent der Gelder Schwarzgelder sind, und er wird die übliche, fadenscheinige Ausrede haben: Wenn ich die Geschäfte nicht mache, macht sie ein anderer.«

»Das sagt er, das stimmt. Zieh doch mal dieses blöde Jackett aus. Das Badezimmer ist da hinten. Sundern ist in die Geschäfte hineingewachsen, aber deine Bemerkungen verunsichern ihn. Eigentlich tut er doch nichts Ungesetzliches. Es ist nur so, daß diese ganze Welt verlogen ist.

Grau, ich möchte eine Reise mit dir machen, wenn das alles vorbei ist. Ich würde gern irgendwohin fliegen und auf einer Decke in der Sonne liegen und dich lieben.«

»Hast du Kokain genommen?«

»Ich wollte. Heute morgen, als du diese ... diese Sache mit Steebens Leiche gemacht hast. Ich habe es nicht getan. Ich glaube, ich kann tatsächlich darauf verzichten.«

»Das ist ja wunderbar«, sagte er warm. »Komm schwimmen.«

Sie sah schön aus in den einfachen Jeans zu schwarzen flachen Schuhen und einem roten T-Shirt. Sie sagte nachdenklich. »Es wäre ganz gut, wenn ich nicht mehr jede Nacht im ›Memphis‹ rumhocken müßte. Vielleicht kann ich mich auf das Büro konzentrieren und zu dir heimkommen, wenn du irgendwelche Dinge schreibst, die die Leute dann am nächsten Tag in der Zeitung lesen.«

Sie drehte den Wasserhahn auf. »Glaubst du, daß Sundern erledigt ist?«

»Heute abend blamieren wir White und Thelen zum ersten Mal, wenn ihr kostbarer toter Steeben über die Mattscheiben flimmert. Wir können es nur schaffen, wenn wir die Dollar und das Kokain finden. Dann ist Sundern gerettet: Ganz Berlin wird lachen. Aber große Chancen haben wir nicht.«

»Glaubst du, wir hätten Zeit, eine kleine Reise zu machen?

Es muß nicht lange sein. Eine Woche vielleicht oder zwei. Grau, du bist ja total verschwitzt, los, runter mit den Klamotten!«

Er war plötzlich sehr erregt, zog sich hastig aus und murmelte: »Die Fliesen hier sind aber verdammt hart.«

»Das macht doch nichts«, sagte sie weich. »Da sind jede Menge Handtücher, die schmeißen wir einfach auf den Boden. Du zitterst ja, Grau.«

»Du auch«, sagte er lachend, »du, verdammt nochmal, auch.«

Eine Stunde später saßen sie zusammen im heißen Wasser, und sie versuchte, ihm eine Pfeife zu stopfen, was ihr mißlang. Er holte den Tabak aus dem Pfeifenkopf und stopfte sie neu.

Das Telefon lärmte. »Dörte hier. Paß auf, es ging schneller als erwartet. Also, ich habe zunächst die Caritas in Berlin angerufen. Da wird unser Dr. Robert Thelen wie ein Heiliger verehrt. Er ist nämlich auch der Mann, der die öffentlichen Gelder verteilt.

Ich habe mit einer Schwester Oberin Mater Christina gesprochen. Sie sagte mir sofort, um welche Heime es sich handelt, und auch, daß an all diesen Heimen gebaut wird. Also: Alle Heime sind praktisch Baustellen. Natürlich habe ich ihr vorgeschwindelt, daß wir die aufopferungsvolle Arbeit der Caritas im Dienst der alten Menschen recherchieren wollen. Hast du was zu schreiben?«

»Moment«, sagte Grau. »Meike, hol mir was zu schreiben, schnell, bitte. Dörte, hast du auch gefragt, ob Thelen bei der Caritas in Berlin ein Büro hat? Ob er hier auch eine Wohnung hat, um seinen Schäfchen ganz nah zu sein?«

»Habe ich. Er hat keine Wohnung dort. Er steigt immer im Hotel ab. Ein Büro hat er auch nicht, da die zuständigen Büros seine Arbeit erledigen.«

Meike kam wieder herein und legte Block und Kugelschreiber auf den Wannenrand.

»Du kannst loslegen.«

»Also, es sind acht Heime: eines in Niederschönhausen, in Pankow zwei, in Weißensee ebenfalls zwei, je eines in Lichtenberg, Friedrichshain und Treptow. Ich gebe dir jetzt die genauen Anschriften.«

Grau schrieb alles sorgfältig auf. »Alle Heime sind Baustellen?«

»Alle«, erwiderte Dörte Volkland. »Sechs sind aber noch bewohnt. Die werden ausgebaut und umgebaut und was weiß ich. Das wird also verdammt schwer.«

»Das macht mich aber gar nicht froh«, murmelte Grau. »Weißt du denn, wie groß diese Koffer sind?«

»Sie müssen verdammt groß und stabil sein. Wahrscheinlich Leichtmetall mit Stoff oder Leder bezogen, denke ich. Also Thelen genießt einen guten Ruf? Hm. Wir müssen es versuchen. Danke dir.«

»Wann kriege ich denn die komplette Geschichte?«

»Morgen früh. Und guck dir heute um acht in der ARD die Nachrichten an.«

Er starrte Meike an. »Irgend etwas stimmt da nicht. Irgend etwas sagt mir, daß ich falsch liege. Aber ich kann nicht sagen, wieso.«

»Noch einmal ganz langsam von vorn, bitte.«

Er erklärte es ihr, und sie hörte aufmerksam zu.

Dann rieb sie ihn trocken wie ein Baby und sagte: »Also, ich habe mit Sundern mehr Häuser gebaut, als man sich vorstellen kann. Niemals würde ich auf die Idee kommen, irgend etwas Wichtiges auf einer Baustelle zu verstecken. Da kommen tagsüber dauernd Leute rein. Wenn du eine Tür abschließt, ist sie garantiert zwei Tage später aufgebrochen. Nachts schlafen Penner auf dem Bau und so weiter und so fort.«

»Thelen hat dauernd in Berlin zu tun. Nicht nur für die Caritas, sondern eben auch im Fall Steeben. Er war dauernd mit White hier, wohnte immer ... Großer Gott, Meike Kern, du hast einen Kerl, der sein Gehirn in die Hose rutschen ließ. Warum bin ich nicht eher darauf gekommen? Wie konnte ich das übersehen?« Er tigerte aufgeregt hin und her und kicherte dabei wie ein Teenager.

»Was ist denn, Grau? Bist du plötzlich übergeschnappt?«

»Quatsch«, sagte er heftig. »Es ist ganz einfach: Das Zeug war die ganze Zeit über im Hotel und ist niemals woanders gewesen. Verstehst du? Thelen ist ein Dauergast dort, er braucht sein Zimmer nicht zu bestellen, es ist immer für ihn reserviert. Hol mir Milan, schnell, bitte.«

Sie kamen in Mehmets Wohnzimmer zusammen: Sundern, Grau, Milan und Mehmet. Grau erklärte ihnen die Entwicklung. »Wir müssen ins Hotel und deshalb hier raus, ohne daß auf der Straße irgendein Mensch etwas bemerkt.«

»Kofferraum«, sagte Geronimo knapp. »Ich fahre euch.«

Der Kofferraum des Wagens war groß genug, so daß sie, wenn auch wie Heringe in einer Dose eng aneinandergeschmiegt, darin Platz fanden. Geronimo fuhr schnell, wahrscheinlich hatte er Presseleute auf den Fersen. Nach einer Weile stoppte er und ließ sie aussteigen.

»In die Tiefgarage des Hotels«, sagte Grau. »Milan, auf keinen Fall die Waffe gebrauchen! Wenn Thelen dort wohnt und White dort sein Quartier hat, werden sich auch andere Leute aus dem Stab dort eingenistet haben. Ich versuche es zunächst mit dem Chefportier.«

»Und wenn der nicht will?«

»Er muß wollen. Thelen nennt sich hier übrigens Schramm, und er hat Zimmer 411. Der Portier muß einfach wollen!«

Geronimo fuhr in die Tiefgarage und stellte den Wagen in die Nähe des Lifts. »Ich warte, bis ihr fertig seid«, sagte er.

Milan schüttelte den Kopf. »Das Hotelpersonal kann nicht kontrollieren, ob Thelen im Haus ist. Sie werden uns niemals allein in sein Zimmer lassen. Und wenn doch, werden sie niemals erlauben, daß wir mit zwei großen Koffern verschwinden.«

Geronimo trommelte mit den Fingern auf das Lenkrad. »Er hat recht, Grau.«

»Also, was sollen wir dann tun, verdammt nochmal?« Grau war wütend.

»Rauffahren und die Tür eindrücken«, schlug Geronimo vor.

»Genau«, sagte Milan sanft. »Es geht nicht anders, Grau. Rein, aufbrechen, raus.«

»Und womit?« fragte Grau.

»Brecheisen«, sagte Geronimo. »Ich habe eines hinten drin. Ihr habt eben draufgelegen.«

»Also dann«, sagte Grau. »Vierter Stock, Vierhundertundelf.«

Sie gingen zum Lift und fuhren nach oben. Es war eine günstige Zeit, niemand sonst war auf dem endlosen Flur.

»Was machen wir, wenn er im Zimmer ist?« fragte Grau.

»Wir werden sehen«, beruhigte ihn Milan. »Mach dir keine Sorgen.«

Dann standen sie vor der Tür und hörten keinen Laut.

»Her mit dem Eisen«, sagte Milan.

Geronimo gab es ihm. Milan setzte es in Höhe des Schlosses an und drückte die Tür auf. Es war lächerlich einfach. Das Zimmer war sehr ordentlich und paßte gut zu seinem Bewohner. Nichts lag herum.

»Im Bad?« Milan machte die Tür auf. »Hier ist nichts. Da drüben ist ein großer Schrank.«

»Der ist abgeschlossen«, sagte Geronimo. »Das ist aber ungewöhnlich in einem Hotel.«

»Aufbrechen«, befahl Milan.

Grau stand am Fenster und dachte verwirrt: Alter Mann, du mußt uns helfen! Laß bitte niemanden kommen.

»Hier sind die zwei Koffer«, sagte Milan ohne jede Betonung. »Raus damit und ab durch die Mitte.«

»Kommt nicht in Frage.« Grau war sehr bestimmt. »Brecht sie auf. Ich klaue doch nicht zwei Riesenkoffer, von denen ich nicht einmal weiß, was drin ist.«

»Nerven hat er ja«, sagte Geronimo bewundernd. »Schauen wir mal nach.«

Sie legten die Koffer aufs Bett, und Milan hebelte sie brutal auf. Tatsächlich: Im einen waren unter einer dicken braunen Wolldecke Plastikbeutel mit weißem Pulver versteckt, im andern stapelten sich in schmalen Kartons amerikanische Dollar.

»Da habe ich an langen Winterabenden aber viel zu erzählen«, bemerkte Geronimo glucksend.

»Raus jetzt!« befahl Grau. »Scheiße, wir haben Fingerabdrücke hinterlassen!«

»Abwischen«, sagte Milan. »Einfach abwischen. Grau, du bist unser Abwischer.«

Grau holte ein Handtuch aus dem Bad und polierte damit an allen Stellen, die sie berührt haben konnten, herum.

Dann lehnten sie die Tür an. Milan und Geronimo nahmen je einen Koffer auf die Schulter und marschierten den langen Gang entlang Richtung Lift.

»Jemand muß beten«, sagte Grau matt, es klang sehr ernst.

»Ich bete die ganze Zeit«, sagte Geronimo. »Aber ich weiß nicht, ob der liebe Gott es auch hört.«

Der Lift kam, und sie sanken hinunter in die Garage.

Als sie im Wagen saßen, murmelte Grau: »Ihr seid die besten Kumpels, die ich je hatte. Jetzt sollten wir vielleicht ein Bier trinken oder so was. Irgend etwas, was uns entspannt.«

»Und was machen wir solange mit dem Zeug?« fragte Milan umsichtig. Sie sahen sich an und begannen zu lachen, erst dann gab Geronimo Gas.

Milan war heiter. »Sieh mal Grau an, der ist sauer auf sich selbst.«

»Ich bin wirklich wütend auf mich, weil ich das nicht früher geschnallt habe. Es ist so einfach: Thelen ist dauernd in Berlin, er hat ständig dieses Zimmer. Und er war hier, als Steeben ankam.«

»Du *mußt* dich doch mögen, Grau«, sagte Geronimo augenzwinkernd. »Sieh mal, du hast Meike zweimal aus dem Mist geholt und dann Angela. Und jetzt haben wir auch noch die ganze Beute. Du bist doch klasse, Grau. Guck mal, ich habe nur den Intelligenzquotienten eines Staubsaugers, aber ich mag mich.«

Sie lachten.

»Im Ernst«, begann Milan wieder. »Wißt ihr, daß wir mit fünfzig Millionen Mark am Arsch durch Berlin fahren? Wißt ihr das? Und jetzt?«

»Jetzt zur ARD. Ich brauche Helga Friese und den Kameramann. Wir müssen das Zeug filmen, es muß noch mit in den Beitrag. Wir haben genau zwei Stunden bis zur Sendung.«

»Das ist doch verrückt«, stöhnte Geronimo. »Die werden dich in Stücke reißen, Grau, in sehr viele kleine Stückc.« Dann lachte er, erst verhalten, dann schallend.

Sie stellten sich auf einen Parkplatz, an dem ein kleines Schild besagte, hier dürfe nur der Sendeleiter parken. Milan machte sich auf den Weg. Es dauerte fast dreißig Minuten, ehe er mit Helga Friese und dem Kameramann aus dem Haus kam.

»Okay«, sagte Grau. »Schnell und einfach. Brauchst du ein Stativ? Dann hol es.«

»Was soll ich filmen?«

»Das da«, sagte Grau. Er ließ die Heckklappe des Wagens aufschnappen und öffnete die Koffer. »Das sind zehn Millionen Dollar in bar und fünfzig Pfund reines Kokain.«

Helga Friese schlug die Hände vors Gesicht.

»Macht jetzt bloß keinen Lärm«, sagte Grau ganz ruhig. »Ihr steht vor fünfzig Millionen Mark. Also, was ist? Wollt ihr es filmen oder nicht?«

»Großer Gott, wie kommentiere ich das denn? Wie sind wir an diesen Schatz gekommen? Wie begründe ich das?« Helga Friese schüttelte verwirrt den Kopf.

»Du sagt, daß ich es in einem Hotelzimmer gefunden habe. Das Hotelzimmer wurde gemietet von einem Herrn namens Schramm, der in Wirklichkeit der Mann des Bundesnachrichtendienstes, Dr. Robert Thelen, ist.«

»Die kriegen mich wegen Begünstigung dran, Grau«, flüsterte die Friese. Dann schrie sie den Kameramann an: »Uwe, du Arsch, mach dich sofort auf die Socken und hole die Kamera. Und kein Wort zu irgendwem!«

»Fasse dich in Nebel. Behaupte schlicht, es sei der ARD gelungen, Dollar und Rauschgift aufzutreiben und zu filmen. Sag einfach, das sei der Beweis, daß die sogenannte Berliner Unterwelt nichts mit dem ganzen Chaos zu tun hat. Du verschweigst unsere Namen. Informantenschutz. So einfach ist das.«

Der ganze Vorgang dauerte nicht länger als fünf Minuten, und Grau wies den Kameramann an, das Nummernschild des Wagens besonders lange zu filmen und vor der Sendung herauszuschneiden. »Wir brauchen den Beweis, daß wir es tatsächlich hatten«, sagte er dumpf.

»Und was machst du jetzt mit diesen fünfzig Millionen?« fragte die Friese neugierig.

»Das weiß ich noch nicht so genau«, gab Grau zu.

Als sie abfuhren, fragte Geronimo: »Soll ich Sundern Bescheid geben?«

»Um Gottes willen, nein«, widersprach Grau hastig. »Weiß der Teufel, ob dich nicht jemand abhört. Langsam, langsam, nichts überstürzen.«

»Wir könnten vielleicht eine Bratwurst essen«, schlug Milan bescheiden vor. »Ich bin hungrig.«

Also hielten sie am nächsten Kiosk, kauften drei Bratwürste und hockten sich wieder ins Auto.

»Auf keinen Fall in Mehmets Haus«, sagte Milan.

»Nicht mal nach Kreuzberg«, ergänzte Geronimo und wischte sich das Fett vom Mund.

Dann fiepste das Telefon am Armaturenbrett, und Geronimo antwortete mit vollem Mund: »Ja bitte?«

Dann hörte er zu. Sein Gesicht veränderte sich, wurde ganz starr. Er sagte nur mehrere Male knapp ja oder nein und endlich: »Ja, ich sage es ihnen.« Dann legte er den Hörer auf und schnaufte. »Es ist alles im Eimer. Davidoff ist mit seinen Leuten in Mehmets Haus eingedrungen. Sie wissen nicht genau wie, vermutlich aber durch die Kanalisation. Er hat zwanzig Mann mitgebracht. Sie haben den ganzen Trupp oben in Mehmets Wohnzimmer. Das war Sundern, er durfte uns Bescheid geben.«

»Was hat er gesagt, was sollen wir tun?« Grau blieb erstaunlich gelassen.

»Am hellichten Tag, ich habe es gerochen«, sagte Milan wild und schlug sich in die Handfläche. »Und Sigrid ist auch im Haus!«

»Davidoff verlangt die Dollar und das Kokain. Aber keiner hat natürlich eine Ahnung, daß wir es haben.« Geronimo wischte sich über die Augen. »Wenn sie Schweinereien machen, haben sie mich am Hals. Ich bringe sie alle um, Mann für Mann.«

»Klar«, sagte Milan. »Durch die Kanalisation! Und draußen stehen die Bullen und warten, daß irgend etwas passiert.«

»Was sagte Sundern noch?«

»Wir sollen kommen«, sagte Geronimo. »Wir sollen sofort kommen und mit Davidoff verhandeln.«

Eine Weile war es still.

»Das können sie haben«, entschied Grau.

Die Explosion

»Sind irgendwelche Absicherungen nötig, Milan? Lassen wir einen Mann draußen? Geronimo zum Beispiel?«

Geronimo sagte ärgerlich: »Ich nicht, Freunde, ich gehe mit euch rein.«

»Moment«, widersprach Grau wütend, »wir müssen wenigstens überlegen dürfen!«

Milan sagte gelassen: »Davidoff weiß, daß Geronimo und wir beide draußen sind. Solange das so ist, wird er sehr nervös sein. Also ist es verdammt gut, wenn wir alle drei reingehen. Vielleicht die Friese mit ihren Fernsehkameras als Rückendeckung? Ruf sie doch mal an und erklär ihr das.«

»Das ist gut. Halt an einer Telefonzelle.« Geronimo stoppte, und Grau rief Helga Friese an und erzählte ihr genau, was geschehen war.

»Du brauchst zwei Kameras«, erklärte er. »Eine auf jeder Seite des Hauses. Geh hoch in den dritten oder vierten Stock, sag den Leuten, du drehst im Auftrag von Mehmet.«

»Was passiert denn da? Und wenn sie euch töten?«

»So dämlich ist Davidoff nicht«, sagte Grau und hängte ein. Gleich darauf fragte er sich: Woher will ich das eigentlich so genau wissen?

»Wo bringen wir das Geld und den Stoff unter?« fragte Geronimo.

»Nirgendwo«, sagte Grau. »Wir nehmen alles mit, es bleibt im Wagen. Niemand käme auf die Idee, daß wir das Zeug spazierenfahren.«

»Was ist, wenn die Bullen eingreifen oder die Nerven verlieren?« wollte Milan wissen.

»Die Bullen?« fragte Geronimo verächtlich. »Sie würden nie eingreifen, solange sie noch eine Chance sehen, daß wir selbst das erledigen. Die Bullen, hah!«

»Also ab in den Hof«, sagte Grau. »Wir stellen den Wagen ganz harmlos hin, ihr sagt kein Wort – zu niemandem! Noch etwas, und das ist mir sehr wichtig: Es kann ziemlich gefährlich werden. Wenn also jemand noch aus der ganzen Sache aussteigen will, dann bitte jetzt!«

Milan reagierte gar nicht darauf und sagte. »Ich frage mich, was du diesem Davidoff sagen wirst.«

»Gar nichts«, erwiderte Grau. »Zunächst höre ich mir an, was er will. Wir lächeln und schweigen dazu wie die Asiaten.«

Geronimo sah ihn von der Seite an und lachte leise. »Du klingst so, als hättest du nichts anderes zu tun, als jeden Tag einmal mitten in so eine Scheiße zu reiten.«

»Ich bin eben ein Scheißereiter«, sagte Grau. »Und jetzt gib Gas!«

»Sekunde noch. Was ist mit Waffen? Wir sollten versuchen, wenigstens eine mit reinzukriegen«, meinte Milan.

»Zu riskant«, entschied Grau.

»Aber einen Versuch ist es doch wert«, widersprach Geronimo. »Sieh mal, ich bin ein freundlicher Mensch, habe ein freundliches Gesicht, und ich habe eine freundliche, flache, gute belgische Beretta mit sieben Schuß. Und wenn ich sie mir unter die Eier binde, komme ich vielleicht durch.«

Milan grinste, und Grau sagte: »Also gut, Hosen runter.« Da es ein luxuriöses deutsches Gefährt war, in dem sie saßen, konnte Geronimo trotz seines erheblichen Leibesumfangs seine Hose im Sitzen herunterlassen. Milan verpaßte ihm die Waffe hoch in den Schritt, befestigte sie mit feuerrotem Klebeband, und Grau versicherte, daß es ausgezeichnet und kleidsam aussehe und voll im Trend läge.

»Du hast so kalte Hände!« kreischte Geronimo wie ein Kind.

Der Rest der Fahrt verlief schweigend. Geronimo bog in die Einfahrt, rollte in den Hof, und sie stiegen aus. Sie hatten erwartet, von irgend jemandem drohend empfangen zu werden, aber es war niemand da. Nur ein junger Mann stand vor der Haustür im Torweg. »Einer von uns«, sagte Geronimo leise.

»Sie sind alle drin.« Der Junge war blaß und ängstlich. »Ich soll keinen ins Haus lassen. Sie sind durch die Kanalisation gekommen. Sie sind mit Mehmet und Sundern, mit Meike und der ganzen Familie oben im Penthouse.«

»Was ist mit den ersten drei Stockwerken?« fragte Milan schnell.

»Sie haben alle Telefone aus der Wand gerissen oder zerschlagen. In jeder Wohnung sind zwei von den Russen, vor den Eingangstüren auch. Ich muß klingeln, sie haben uns die Plastikkarten für die Türen und den Lift abgenommen.«

»Dann klingel«, sagte Grau. »Und paß auf, daß du wirklich niemanden reinläßt.«

Der Junge begann hilflos zu stottern, und Geronimo sagte schnell: »Er will nächste Woche Fatimah heiraten. Sie ist Kindermädchen bei Mehmet und ist jetzt auch da oben.«

»He, Bruder«, sagte Milan ganz sanft. »Keine Angst, wir sind doch gekommen. Wir machen alles klar, und niemandem wird etwas passieren.«

Der Junge nickte nur und hatte Tränen in den Augen, dann klingelte er und sagte: »Grau, Geronimo und Graus Milan sind hier.«

»Okay«, quäkte es aus dem Lautsprecher.

Sie warteten auf den Lift, der herunterkam, dann stiegen sie ein und wurden oben von zwei jungen, sehr ordentlich gekleideten Männern in Empfang genommen, die höflich waren und sie nur flüchtig durchsuchten. Sie fanden Milans und Graus Waffen, die Beretta bei Geronimo entdeckten sie nicht. Die beiden gingen nicht mit in die Wohnung, sie blieben draußen. Im Vorraum standen zwei weitere, etwas ältere Männer, die zurückhaltend lächelnd grüßten und sie sofort durchließen.

»Möglicherweise ist Davidoff gar kein Drache«, überlegte Grau.

Das große Wohnzimmer war als Versammlungsraum denkbar ungeeignet, also hatten Davidoffs Männer der besseren Übersicht zuliebe sämtliche Möbel an die Wand geschoben. In der Mitte, auf einem großen dunkelroten Teppich, einem Prachtstück aus Aserbaidschan, saßen Mehmet, Sundern, Meike, eine dicke Frau inmitten von fünf Kindern, drei junge Türkinnen und Sigrid. Um sie herum, auf allen Sesseln und Stühlen, Davidoffs Männer. Sie waren gut gekleidet, hatten alle schwere Waffen im Schoß und langweilten sich.

»Ach, du lieber Gott«, sagte Grau fast belustigt.

Milan neben ihm kicherte ganz unverhohlen.

Geronimo dagegen tat etwas sehr Kluges. Er marschierte schnurstracks auf den großen, roten Teppich und setzte sich vor Mehmet. Dann lächelte er in die Runde.

Wer von den Männern war Davidoff?

»Was lachen Sie?« fragte jemand links von Grau ganz gelassen.

Der Mann hockte beinahe brav mit geschlossenen Knien auf einem Stuhl – unbewaffnet. Er mochte vierzig Jahre alt sein, trug einen dunkelblauen Hut mit sehr breiter Krempe, einen dunkelblauen erstklassigen Seidenanzug mit einer bunten Krawatte in geradezu abenteuerlich grellen Farben.

Er hatte lange, dunkle Haare und sah aus wie ein russischer Kinski-Verschnitt. Sein Gesicht war hager und wurde von einer Brille beherrscht, die sein intellektuelles Aussehen unterstrich. Er wiederholte: »Was lachen Sie?«

»Sind Sie Davidoff?« fragte Grau freundlich. »Das heißt, Sie heißen anders, aber wir nennen Sie Davidoff. Sie sprechen meine Sprache, wie schön. Ich lache, weil Sie die

Frauen auf den Teppich gesetzt haben. Führen Sie Krieg gegen Frauen?«

Er sah sie alle der Reihe nach an und bemühte sich zu lächeln. Er fand es aufregend, daß ausgerechnet er jetzt der Wortführer war, wußte aber auch, daß er Sundern damit eine Pause verschaffte. Meike starrte ihn an und lächelte. Wahrscheinlich hält sie mich für einen Zauberer und glaubt, ich könnte die Situation entschärfen.

Der erstaunliche Davidoff hatte einen breiten Mund, sehr schmale Lippen, und ganz ohne Zweifel lächelte er matt: »Herr Grau, ob Sie es glauben oder nicht: Diese Teppichrunde da habe ich nicht arrangiert. Ich habe für so etwas meine Leute. Sie wissen, was ich hier will?«

»O ja«, nickte Grau. »Eine Frage vorab an meinen Freund Timo Sundern: Hat er euch gut behandelt?« Er lächelte freundlich, hatte vor Verkrampfung einen vollkommen steifen Rücken und panische Furcht, er könnte stottern.

»Alles in Ordnung«, sagte Sundern. »Er glaubt mir bloß kein Wort.«

Grau sah Davidoff an. »Sagen Sie mal, Sie haben doch Männer und Waffen genug. Könnten wir die Frauen nicht einfach in den fünften Stock hochbringen? Ich war da noch nie, aber ich denke, es ist genauso gefahrlos wie hier, oder? Mister Davidoff, ich kann im Beisein von Frauen und Kindern nicht mit Ihnen sprechen.«

Grau spürte, wie Milan neben ihm etwas sagen wollte, er wandte sich ihm zu und fragte: »Was sagtest du?«

Milan war plötzlich ein gänzlich harmloser Mensch und sagte mit einiger Bedrückung in der Stimme: »Vielleicht solltest du Mister Davidoff sagen, was aus Herrn Shmalenko geworden ist. Peinlich.«

»Wirklich peinlich«, sagte Grau. »Shmalenko hat, wie Sie vielleicht noch nicht wissen, Herrn Gretzki aus Polen getötet.«

»Oh«, sagte Davidoff ohne jede Betonung.

Halt ihn hin, dachte Grau fiebrig. Halt ihn mit irgendeinem Scheiß hin! Zeig ihm Respekt, aber zeige ihm keine Furcht.

»Gretzki schlug mir ein Geschäft vor«, erzählte Grau. »Mein Freund Milan und ich sollen ihm die zehn Millionen Dollar und das Kokain übergeben, er wollte dafür fünf Millionen Mark bezahlen. Was halten Sie davon?«

Davidoff überlegte, senkte den Kopf, starrte auf seine Schuhe, kam dann mit einem Lausbubengrinsen wieder hoch und sagte erheitert: »Die Idee hätte von mir sein können.«

Sundern lachte verhalten.

»Was ist mit den Kindern und Frauen?« fragte Grau.

»Wo ist Shmalenko?« fragte Davidoff ungerührt.

»Er ist tot«, sagte Grau. »Er war so dumm, mit dem Schießen nicht aufzuhören, als Gretzki schon tot war.«

»Haben Sie ihn erschossen?«

Grau nickte und sah ihn direkt an. »Tut mir leid, wenn Shmalenko ein guter Mitarbeiter war. Aber er war ausgesprochen dumm.«

»Er ist ersetzbar«, sagte Davidoff, vollkommen Herr der Lage. »Also gut, die Frauen alle nach oben. Nein, Sie, liebe Meike, nicht.«

»Meike auch«, beharrte Grau.

»Nicht doch«, lächelte Davidoff.

Also blieb Meike sitzen, während sich die anderen Frauen verängstigt in einer Ecke des Zimmers versammelten, die Kinder zwischen ihren Rockschößen.

»Gretzki ist also tot«, stellte Davidoff fest, um das Gespräch wieder in Gang zu bringen.

Grau nickte. »Ja. Vermutlich wollen Sie jetzt die Dollar und das Kokain. Und dann wollen Sie verschwinden?«

»Nicht ganz so.« Davidoff schüttelte den Kopf. »Sie werden verstehen, daß ich bestimmte Sicherheiten brauche. Ich möchte zwar mit dem Geld und dem Stoff gehen, aber ich werde Herrn Sundern und seine Exfrau – ist das richtig,

Exfrau? – mitnehmen, damit mir und meinen Männern nichts geschieht. Sie werden das verstehen.«

»Wir können nicht für Berlins Polizei bürgen«, wandte Grau ein.

»Oh, die werden sich nicht rühren«, sagte Davidoff sehr selbstsicher. »Ich habe Nachrichten, daß die nicht die geringste Absicht haben, irgend etwas zu unternehmen. Ich brauche nur Sicherheiten für den Rückzug in mein Heimatland.«

»Das geht doch gar nicht«, sagte Grau schnell.

»Das geht eben doch!« kreischte Davidoff plötzlich los. »Und wie das geht! Sie werden dafür sorgen, Herr Grau, Sie persönlich!« Dann ließ er seine Stimme buchstäblich zu Boden sinken und setzte hinzu: »Aber vermutlich werden Sie mir klarmachen wollen, daß weder Sundern noch Sie noch Mehmet die Dollar und den Stoff haben. Jedenfalls habe ich bisher nur das zu hören bekommen.«

»Das will ich nicht«, bemerkte Grau lächelnd. »Ich bin hierhergekommen, um Ihnen zu sagen, daß zehn Millionen in bar und fünfzig Pfund hochwertiges Kokain unten in meinem Auto liegen.«

Es war plötzlich sehr still.

Dann sagte Sundern vorwurfsvoll mit gequältem Gesicht: »Grau, darauf fällt er nicht rein.«

»Wir haben das Zeug tatsächlich«, sagte Milan strahlend.

»Wie bitte?« fragte Sundern erstaunt.

»Wir haben es tatsächlich«, bestätigte Grau. »Es war die ganze Zeit im Hotel. Mister Davidoff, können wir jetzt vielleicht die Frauen und Kinder hinaufbringen? Ich habe sonst so ein mieses Gefühl.«

Davidoff nickte. »Sicher. Ich will nicht, daß meine Partner ein schlechtes Gefühl haben.« Vier seiner Männer gingen mit den Frauen und Kindern hinaus.

»Sie haben es tatsächlich im Auto?« hakte Davidoff nach.

»Richtig. Aber schicken Sie um Himmels willen keinen

Ihrer Männer runter, um es zu holen. Wenn er den Kofferraum nicht fachmännisch öffnet, werden alle hier in den Himmel geblasen!« Ich bin richtig gut, dachte er.

»Ich verstehe. Was schlagen Sie also vor?«

»Ich gehe mit vier Männern runter. Ich gebe ihnen die Koffer. Sie tragen sie hoch. Wir sehen hier nach, was in den Koffern ist und ...«

»Warum denn so umständlich?«

»Weil ich möchte, daß mein Freund Sundern endlich sieht, weshalb er beinahe getötet worden wäre. Gönnen Sie ihm das Vergnügen nicht?«

»Doch. Niemand sonst, nur Sie?«

»Nur ich«, bestätigte Grau. »Ich bin nicht bewaffnet, ich kann nicht schießen und ...«

»O doch. Sie haben auch einem der Indianer von Mama Chang aus Amsterdam das Bein weggeschossen.«

Er weiß alles, dachte Grau bitter, er muß jemanden haben, der ihm alles gesagt hat.

»Das war ein Versehen«, sagte er beschönigend. Dann lächelte er und fragte: »Stimmt es, daß Sie durch die Kanalisation gekommen sind?«

Davidoff kniff die Lippen zusammen und nickte. »Sie waren sicherlich gegen diese Versammlung hier, nicht wahr, Herr Grau?«

»Ich weniger«, antwortete Grau ehrlich. »Mein Freund Milan fand, daß das hier eine tödliche Falle sei. Warum wollen Sie eigentlich Meike und Sundern mitnehmen, wenn Sie doch so einfach durch die Kanalisation verschwinden können?«

»Meine Männer nehmen diesen Weg. Ich fahre mit dem Wagen, den Koffern und mit Meike und Sundern.«

»Und mit mir«, sagte Grau fest.

»Wollen Sie bei mir – wie nennt man das? –, ach ja, wollen Sie anheuern?«

Grau grinste. »Nein. Ich mag Meike sehr, und ich mag Sundern. Deshalb ist das meine Bedingung.«

»Ich bin ehrlich«, versicherte Davidoff. »Es wird ihnen nichts geschehen. Wir garantieren, daß sie vor der Grenze freigelassen werden.«

Zeig ihm jetzt die Zähne, sonst fängt er an, mit uns allen zu spielen. »Mit mir oder gar nicht!« forderte Grau beharrlich. »Sehen Sie, wenn Ihre Männer den Kofferraum des Autos öffnen, fliegt es in die Luft. So einfach ist das. Also: Mit mir oder gar nicht.«

»Woher weiß ich denn, daß das mit dem Auto stimmt?«

Grau begann sanft zu lächeln, Milan kicherte wieder, Grau hauchte: »Ganz einfach, Mister Davidoff, versuchen Sie es doch.«

Davidoff hockte auf seinem Stuhl und seufzte leicht. »Sie machen mich ärgerlich«, sagte er. »Aber Sie sind nicht schlecht. Also, was jetzt?«

Grau überlegte. »Wir werden sehen. Kann ich die Koffer holen?«

»Sie können«, sagte Davidoff spöttisch.

Geronimo sagte: »Hier hast du den Schlüssel« und warf ihn Grau zu.

Es war eine seltsame Prozession. Zwei der Bewaffneten gingen vor Grau, zwei hinter ihm. Im Vorraum stellte sich heraus, daß maximal drei Männer in den Lift paßten. Also fuhr Grau mit zwei Männern hinunter und mußte dann warten.

Keiner der vier sprach, keiner von ihnen fühlte sich sicher, ihre Blicke waren sehr nervös, gehetzt und wanderten dauernd zu Grau, als könne er in jeder Sekunde ein Maschinengewehr aus dem Ärmel zaubern.

»Immer mit der Ruhe«, sagte er freundlich. Er schloß den Wagen auf, entsicherte den Kofferraum, wobei er so tat, als bewege er unter dem Fahrersitz einen Hebel. Dann ging er nach hinten und ließ den Deckel hochklappen. »Ihr müßt sie auf der Schulter schleppen.« Dann zeigte er ihnen, wie er das meinte.

Sie nickten, und zwei von ihnen hoben je einen Koffer auf die Schulter, nachdem sie ihren Kollegen die Waffen übergeben hatten.

Die beiden mit den Koffern fuhren zuerst nach oben, Grau und die anderen beiden Männer folgten. Es war eine groteske Szene. Die Kofferträger konnten sich nicht einigen, wer zuerst durch die Tür in den Vorraum gehen sollte.

Sie stießen zweimal, dreimal gegeneinander. Die beiden hinter Grau fürchteten wohl, die Koffer könnten zu Boden fallen, also rannten sie hin und stützten sie ab. Dann ging die Tür zum Wohnzimmer auf, und das Spiel wiederholte sich. Die vier bildeten einen Wirbel, und als sie sich endlich geeinigt hatten und im Wohnzimmer verschwanden, schlug die Tür hinter ihnen zu, und Grau war allein.

Er begriff sofort, daß dieser Vorteil keiner war, denn er war von Meike und den anderen abgeschnitten. Er fragte sich eine Sekunde lang, weshalb er diesen theatralischen Auftritt mit der Beute eigentlich veranstaltet hatte. Dann begriff er, daß er ihm die Möglichkeit geboten hatte, sich als Herr der Lage zu fühlen. Es war lächerlich, aber es war so.

Irgend jemand im Wohnzimmer brüllte laut vor Wut. Die Tür ging auf, Grau stand dort lächelnd und sagte: »Ihre Leute sind viel zu nervös, Herr Davidoff.«

Zu allem Überfluß setzte Milan hinzu: »Amateure.«

Davidoff war getroffen, er schloß die Augen, aber er sagte nichts.

Die beiden Koffer standen auf einer Ecke des roten Teppichs, direkt vor Davidoff. Lächelnd ging Grau dorthin und klappte die Deckel hoch: »Die Schlüssel zum Königreich«, sagte er ironisch.

Davidoff sah vollkommen ungerührt auf das Geld und das

Rauschgift, nickte schließlich und winkte mit der rechten Hand. Zwei seiner Männer näherten sich ihm und begannen leise miteinander zu sprechen.

»Lassen Sie Ihren Plan mit dem Auto fallen«, sagte Grau ganz freundlich. »Sie schaffen das nicht.«

»Warum nicht, Herr Grau?«

»Ganz einfach. Ich nehme an, daß die Polizei tatsächlich nicht eingreift. Ich weiß aber definitiv, daß dort unten mindestens zwanzig sehr erfahrene Kollegen von mir stehen. Mit Kameras und Autos. Sie werden Ihren Wagen nicht entkommen lassen, die sind einfach zu gut. Wenn Sie ans Fenster kommen, kann ich Ihnen mal ein paar zeigen.«

Davidoff schüttelte den Kopf. »Ich mag keine Fenster.« Er beriet weiter mit seinen Männern. Dann wandte er sich an Sundern. »Also, Bruder Sundern, wieviel Vorsprung kriege ich?«

Sundern stand auf und machte zwei Schritte nach links, dann nach rechts. Er sagte: »Mir ist es scheißegal, ob du mir glaubst oder nicht. Ich möchte, daß du mit dem Zeug entkommst. Ich will es gar nicht haben, ich habe es nie gewollt ...«

»Er hat recht«, kam Grau ihm zu Hilfe. »Wir wollen, daß Sie entkommen, wir wollen das Scheißzeug los sein. Wieviel Vorsprung brauchen Sie, wenn Sie durch die Kanalisation gehen?«

Davidoff beriet sich wieder mit den zwei Männern. Dann wandte er sich an Grau. »Ich weiß nicht, warum ich das tue, aber ich lasse Ihnen Meike und Sundern hier. Wir setzen uns in zwei Gruppen ab. Zunächst ich mit einigen meiner Männer und dem Zeug da.« Er tippte mit dem Fuß gegen einen der Koffer. »Nach etwa einer Stunde wird auch die zweite Gruppe gehen.«

»Danke«, sagte Grau schlicht.

»Sundern«, sagte Davidoff, »es war ein gutes Geschäft.

Wir sollten zusammenkommen.« Er grinste. »Europa braucht Leute wie uns.«

»Das ist richtig.« Sunderns Stimme war ausdruckslos.

»Ich verabschiede mich«, sagte Davidoff kühl. »Setz dich wieder zu deinen Leuten auf den Boden, Sundern! Und noch etwas: Wenn irgend jemand jetzt etwas Falsches tut, werden Sie alle sterben. Glauben Sie mir.«

»Niemand wird etwas versuchen«, versicherte Grau, und Sundern hockte sich gehorsam neben ihn.

Davidoff sah ihn an, nickte und ging dann mit den zwei Männern hinaus.

Es schien vollkommen klar zu sein, wer zur ersten Gruppe gehörte. Sechs Männer gingen unaufgefordert nach hinten durch die Küche hinaus und ins Treppenhaus. Zwei von ihnen schleppten die Koffer.

»Moment«, sagte Grau laut, »wer von Ihnen spricht deutsch?«

»Ich«, sagte ein junger Mann. Er war blond, klein, vierschrötig und hatte ganz kurze stumpfe Haare. »Seid ruhig, Leute.«

»Wir sind ruhig«, sagte Grau. Er zählte jetzt noch vier Männer, und er nahm an, daß Davidoffs Wachen in den Wohnungen unter ihnen noch im Haus waren. Es gab also mindestens zehn Gegner.

Grau hockte sich auf den Teppich, um Davidoffs Leuten die Übersicht zu erleichtern. Er sah den vierschrötigen Blonden an und winkte dann Meike. »Setz dich zu mir.«

»Das geht aber nicht«, sagte der Blonde nervös.

»Warum nicht?« fragte Grau provozierend. »Wir sind ein Paar. Wir könnten sowieso nichts gegen euch tun.«

Der Blonde reagierte nicht mehr, sah nur noch stur irgendwohin.

Meike blieb sitzen und sagte halblaut: »Macht nichts, Grau. Du warst wirklich gut!«

»Ruhe!« befahl der Blonde grob.

Grau betrachtete ihn aufmerksam: Irgend etwas an ihm war plötzlich anders. Aber er wußte nicht sofort, was. Dann entdeckte er, daß der Mann außer der stumpf-klobigen Maschinenpistole jetzt in der linken Hand auch eine Granate trug, eine Eierhandgranate.

Grau wandte langsam den Kopf. Zwei der Männer links vor ihm hatten ebenfalls eine Handgranate. Sie hielten das Schloß der Waffe in der rechten, nach oben offenen Handfläche, den Lauf in der linken Hand. In dieser linken Hand lag auch die Granate. Grau wußte nicht, was das bedeuten konnte, aber er war sicher, daß die Männer Angst hatten, enorme Angst.

Jemand atmete sehr laut, und Grau sah erschreckt zu Meike hinüber. Aber es war nicht Meike, es war Mehmet. Mehmet schwitzte, war grau im Gesicht und ließ den Kopf nach vorn pendeln.

Grau stand auf und ging zu Mehmet. Er sagte zu Geronimo: »Rutsch ein Stück zur Seite, wir müssen ihn hinlegen. Öffne ihm die Hose.«

Der vierschrötige Bulle zischte dicht neben ihm: »Ruhe! Hinsetzen! Nichts tun!«

Grau sah zu ihm hoch. »Er ist ein guter Mann, und es geht ihm dreckig.« Er öffnete die Gürtelschnalle über Mehmets Bauch. Der war sehr prall. Aus Mehmets Mundwinkel rann Speichel.

Geronimo sagte wild: »Scheiße!«

»Ruhe!« schrie der vierschrötige Blonde.

»Mister Davidoff wird dich vierteilen, wenn Mehmet etwas zustößt«, sagte Grau. »Und du weißt das genau, verdammt nochmal.« Er hantierte an Mehmets Reißverschluß und schlug ihm gleichzeitig leicht auf die Wange: »He, aufwachen. Es ist alles okay. He, Mehmet!« Der Partner reagierte nicht.

Grau nahm Mehmets Kinn und drückte es nach oben. Dann holte er Luft, um ihn zu beatmen.

Da traf ihn der Vierschrötige mit der Waffe seitlich am Hals. Es schmerzte höllisch, und er fiel zur Seite.

»Ruhe jetzt! Nichts tun!« schrie der Mann.

Grau sah alles wie durch einen Nebelschleier. Unmittelbar vor seinen Augen waren Schuhspitzen, es waren die von Sundern. Daneben die Sohlen anderer Schuhe, die von Geronimo. Beide Männer hockten angespannt auf dem Boden.

Grau versuchte, den Kopf zu heben. Irgend etwas lief warm über sein Gesicht. Es war Blut, und er wischte es an der Hose ab.

Neben ihm wurde Mehmets Atem schwerer und rasselnder.

Geronimo verlor die Geduld: »Scheiß drauf.«

Grau wandte den Kopf zur Seite und sah Geronimo zu, wie er versuchte, Mehmet zu beatmen. Es wirkte obszön, aber bereits beim zweiten Atemstoß veränderte sich Mehmets Zustand, er schien besser Luft zu bekommen. Dann traf auch Geronimo der eiserne Schulterbügel der Waffe, er erwischte ihn am Hals, und Geronimo lag augenblicklich still.

»Grau«, wimmerte Meike.

»Schon gut«, antwortete er heiser. Aber er wußte nicht, ob seine Stimme überhaupt noch funktionierte. Er wiederholte: »Schon gut.« Dann traf ihn ein Tritt zwischen die Schulterblätter. Ein stechender Schmerz verursachte ihm eine überschwappende Übelkeit. Er drehte sich zur Seite und übergab sich. Jemand hielt seinen Kopf fest. Es war Meike, sie hatte irgendwie die lächerlichen und lebensgefährlichen fünfzig Zentimeter zwischen ihnen überbrückt.

Sie bildeten jetzt ein Fünfeck: Mehmet, der wieder schwer röchelte, daneben Geronimo, der offensichtlich bewußtlos war, dann Meike, dicht neben ihm, Grau selbst zwischen den Unterschenkeln von Mehmet und neben ihm Sundern, scheinbar unbeteiligt und in sich versunken.

Es fiel Grau schwer, die Augen offenzuhalten, weil der Schmerz ihm Tränen in die Augen trieb. Er sah aber, daß Geronimos Hosenbund offenstand und rechts von Geronimos Körper Sunderns Hand wie der Kopf einer Schlange unter dem Körper Geronimos verschwand.

Lieber Gott, dachte er, laß ihn die Waffe nicht erreichen. Er wollte irgend etwas sagen, konnte es aber nicht. Er rollte sich auf den Rücken und versuchte, seinen Atem unter Kontrolle zu bringen. Er wußte, daß er damit den brutalen Blonden ablenkte, und bemühte sich, in theatralischer Übertreibung zu atmen.

Den Vierschrötigen regte das auf. Er trat zu und traf Grau hoch zwischen den Beinen.

Grau schrie, und gleich darauf schrie Meike, kam hoch und fuhr auf den Blonden zu.

»Ruhe!« brüllte jemand, und eine Sekunde lang erstarrte das Bild.

Meike drehte sich weg, das Gesicht des vierschrötigen Blonden war von Angst und Haß verzerrt.

Es war Sundern, der geschrien hatte. Er brüllte: »Du kannst Mehmet nicht so liegenlassen! Wenn du nicht zuläßt, daß wir ihm helfen, wirst du bald selbst sehr tot sein. Alle, die in dieser Straße wohnen, werden dich jagen. Und hör endlich auf, die Leute zu treten!«

Der Blonde erwiderte nichts.

»Hilf ihm«, sagte er endlich. Es wirkte lächerlich, wie er breitbeinig dastand, als versuche er eine Machtpose.

Sundern kroch zu Mehmet hinüber, beugte sich tief über dessen Gesicht. Grau sah genau, wie er die Waffe von Geronimo unter der flachen Hand quer vor seiner Brust richtete. Grau stockte der Atem, als Sundern mit unendlicher

Geduld Mehmet seinen Atem einblies. Einmal, zweimal, dreimal. Mehmet bewegte sich unruhig.

»Das ist gut«, sagte Grau laut und lächelte. Er sah Sundern an, und der nickte.

Sundern steckte die Waffe mit dem Lauf unter seine Achselhöhle. Wie in Zeitlupe drehte er sich herum, kam mit der Waffe hoch und schoß dem Vierschrötigen von unten in den Kopf. Dann schoß er auf den zweiten und sofort danach auf den dritten Mann.

Milan schrie gellend und sprang auf den vierten Mann zu, der etwa zwei Meter entfernt stand und überhaupt noch nicht hatte reagieren können. Er war sofort bewußtlos, weil Milan mit beiden Fäusten auf seinen Kopf hieb und ihm dann den eigenen Kopf in die Brust rammte.

»Um Gottes willen«, hauchte Grau. »Sie haben doch alle Handgranaten!«

»Geronimo, eine Waffe und ins Treppenhaus!« schrie Milan. »Ruhig, Leute, ganz ruhig. Bis hierher haben wir es geschafft. Grau, nimm eine Waffe. Nimm sie schon, verdammt nochmal.«

»Sie ist voll Blut«, sagte Grau tonlos.

Sundern nahm die Waffe aus den Händen des zwischen ihnen liegenden vierschrötigen Blonden. »Ja?« fragte er.

»Vorraum! Vorsicht. Du öffnest die Tür, klar? Aber laß dich nicht sehen!«

Sundern ging mit der Waffe in der Hand von der Seite an die Tür heran. Er nahm die lächerliche Plastikkarte und schob sie in den Schlitz.

Milan stand groß, breit und unübersehbar vor der Tür. Als sie aufging, schoß er. Es war ein Höllenlärm, aber im Vorraum war niemand.

»Wir gehen runter«, sagte Milan. »Aber über die Treppe, nicht mit dem Lift. Kann man den lahmlegen?«

Geronimo bewegte sich. »Das geht«, sagte er. »Du mußt

einfach die Türkanten auseinanderziehen und einen Schuh dazwischenklemmen. Der Lift ist dann außer Betrieb.«

»Grau, was ist?« Meikes Stimme kam sehr schrill.

»Was soll sein?« fragte er. »Mir tut alles weh.«

»Es wird bald besser, Grau. Ich kümmere mich um Mehmet.«

Milan und Geronimo fummelten an der Lifttür herum und kamen dann zurück. Sie gingen mit Sundern nach hinten. Grau stand auf und nahm einem der beiden bewußtlosen Männer die Waffe aus der Hand. »Ich gehe mit ihnen«, sagte er. Vor seinen Augen verschwamm alles.

Aber was war das für ein merkwürdiges Geräusch? Es klang so, als bewegten sich Tiere unter den Holzdielen.

»Die Granate!« schrie Grau.

Das Ei kullerte über den Boden, auf den Teppichrand und holperte auf dem Teppich weiter.

Grau schrie und sprang, aber es war zu spät. Er starrte verzweifelt auf dieses schwarze, geriffelte Oval aus Eisen, das sich in einem grellen Licht auflöste. Dann spürte er nichts mehr, es war, als schnitte ihm jemand die Luft zum Atmen mit einer Schere ab.

Jemand sagte hastig: »Notarzt. Nein, verdammt! Ambulanzen. Private chirurgische Klinik!«

Dann nichts mehr, eine endlose Pause, während er in einer öligen Suppe nach oben zu schwimmen versuchte.

Eine Frauenstimme sagte: »Zuerst die da!«

Dann schrie jemand: »Plasma, verdammt!«, und ein anderer sagte heftig: »Es ist mir egal! Versicherungen, Versicherungen, Sie Arschloch! Ich bezahle bar, Mann. Bar! Sie Arschloch!«

Grau wurde wach, weil sich der Boden unter ihm schwankend bewegte. Er begriff schnell, daß er in einem Auto lag. Alles um ihn herum war weiß.

Milan war da und sagte irgend etwas, das er nicht verstand.

Dann endlose Nacht, endlose, rauschende Stille, die ganz plötzlich abbrach, weil irgend etwas klirrte.

Eine sehr gelassene Stimme befahl: »Spreizen!« Dann wieder dieses Rauschen. Dann eine Frauenstimme, die merkwürdig kindlich sagte: »Also, er bewegt sich. Herz gut, Kreislauf stabil. Manchmal sagt er was. Aber unverständlich. Die Wunde ist gut, sehr gut. Urin okay, Blut auch. Scheiße, gibt es in der Kantine heute nichts anderes als Würstchen?«

Grau wollte sich an die Oberfläche kämpfen, aber irgend etwas hinderte ihn, irgend etwas hielt seine Hände fest. Er stöhnte.

Irgendwann sagte ein Mann sehr laut und freundlich: »Nun können wir aber langsam mal die Augen aufmachen, oder?«

Grau wollte nicht. Er hatte das Gefühl, aufzuwachen, aber blind zu sein. Dann entdeckte er am oberen Rand seines Sehfeldes eine schwache Lichtquelle. Er schrie oder glaubte zu schreien, er krächzte aber nur irgend etwas.

Eine Frauenstimme sagte erleichtert: »Na endlich!«

Aber Grau tauchte wieder unter.

Er wurde erst wach, als die Sonne durch das Fenster hindurch in seine Augen fiel. Er wußte augenblicklich, daß er im Krankenhaus war, wagte aber nicht, sich zu bewegen. Er versuchte, die Augen offenzuhalten, auch zu sprechen. Es gelang.

»Was ist?« fragte er. Da niemand antwortete, wiederholte er die Frage.

»Dir geht es gut«, sagte Milan von irgendwoher. Dann rutschte etwas über den Fußboden. Milan kam in Sicht, er bewegte sich grotesk seitwärts mit dem Stuhl unter seinem Hintern.

»Was ist?« fragte Grau matt.

»Es ist sechs Tage her«, sagte Milan.

»Was?« fragte Grau. Er fing an, sich zu erinnern, aber es war mühsam.

»Sechs Tage. Die Sache in Mehmets Wohnung«, sagte Milan.

»Mehmet. Was war mit ihm?«

»Infarkt«, sagte Milan. »Alles wieder okay. Er protestierte sogar gegen die Ärzte, es geht ihm gut.«

»Sechs Tage?« fragte Grau ungläubig.

Milan nickte. »Sechs Tage. Ich muß jetzt den Arzt holen.«

»Wie lange bist du schon hier?«

»Auch sechs Tage«, sagte Milan. »Ich bin dein Schatten.«

»Meike! Meike! Was ist mit Meike?« schrie Grau. Tatsächlich war es nur ein Flüstern.

»Ich hole den Arzt«, sagte Milan.

Draußen war es dunkel, als er endgültig erwachte und nicht mehr in die ölige Suppe tauchen wollte. Milan war nicht da, aber Sundern hockte in dem Stuhl.

»Hallo, Bruder«, sagte Grau. Er versuchte zu lächeln, aber das klappte nicht, weil sein Mund so elend trocken war.

»Grau, Junge«, sagte Sundern und lächelte schmal.

»Sag bloß nicht auch, du holst jetzt den Arzt«, flüsterte Grau. »Was ist?«

»Es ist sieben Tage her«, sagte Sundern sachlich.

»Wieso liege ich hier?«

»Na ja, so genau weiß das niemand. Das passierte, als wir nicht dabei waren. Die Handgranate, weißt du. Du mußt versucht haben, Meike zu helfen. Das Scheißding hat dir ein gutes Viertelpfund Fleisch aus der Hüfte gerissen.« Er lächelte. »Es ist alles okay, aber zeitweilig hast du uns Kummer gemacht. Wir hocken hier abwechselnd, Milan, ich und Geronimo.«

»Meike. Was ist mit ihr? War sie ... war sie irgendwie dichter ...«

»Es hat sie erwischt«, sagte Sundern ganz ruhig. »Ziemlich. Aber sie ist schon seit drei Tagen wieder auf dem Damm und ...«

»Kann ich sie sprechen? Ich meine, kann sie kommen?«

»Das geht noch nicht, Grau. Willst du was trinken?«

»O ja, bitte. Wasser. Hast du Wasser?«

»Haben wir. Hier ist das Glas. Langsam, nicht so hastig. Ich soll mit dir umgehen wie mit einem Baby. Du warst klasse, Grau.«

»Scheiß drauf«, sagte Grau, verschluckte sich etwas und hustete. »Wo war dieses Viertelpfund Fleisch?« Er versuchte zu grinsen.

»Links unten. Oberhalb vom Hüftknochen. Da kannst du in Zukunft bequem ein Schoßhündchen tragen.«

»Und ich war so hübsch«, sagte Grau gegen die Decke. »Also muß Meike noch liegen?«

»Ja.«

»Hier? In diesem Krankenhaus? Wie heißt das eigentlich?«

»Es ist eine private Klinik. Sie gehört einem Freund, ich habe sie gebaut. Du bist der wichtigste Patient seit der Gründung. Ja, Meike ist auch hier.«

»Kann ich zu ihr?«

»Na sicher. Wenn du aufstehen kannst. Ich gehe mal eben pinkeln.«

»Ja, natürlich«, sagte Grau. Er starrte gegen die Decke und hörte Geräusche, die er nicht immer identifizieren konnte. Das Klirren von Glas, irgend jemand sagte etwas, oder es war ein Radio, eine Klingel schrillte weit entfernt.

Sundern kam zurück und gleich hinter ihm ein junger Mann in einem weißen Kittel. »Gebhard ist mein Name, ich habe an Ihnen herumgeschnippelt. Wie geht es Ihnen?«

»Einigermaßen«, sagte Grau. Dann dachte er an das Viertelpfund Fleisch und murmelte: »Leichter eben.«

Gebhard grinste jungenhaft. »Können Sie sich daran erinnern, was Sie zuletzt gesehen haben?«

Grau kniff die Augen zusammen. »Ja. Einen Blitz. Von der Granate.«

»Haben Sie auch die Detonation gehört?«

Grau schüttelte den Kopf. »Ich will nur wissen, wie es Frau Kern geht. Ich meine, Meike.«

»Sie liegt ein Stockwerk über Ihnen, und sie weiß schon, daß Sie wieder an Deck sind. So wie Sie mir geschildert wurden, werden Sie bestimmt gleich fragen, ob Sie zu ihr ins Körbchen kriechen können.« Er lächelte.

»Richtig«, bestätigte Grau.

»Das geht nicht, Herr Grau. Sie waren ziemlich schwer verletzt, aber Frau Kern, ich meine, die Meike, hat es schlimmer erwischt.«

»Was ist mit ihr?«

»Die Granate hat ihr den linken Fuß abgerissen. Ich mußte ihn amputieren.«

»Amputieren …«, sagte Grau zittrig. Dann kriegte er keine Luft mehr, bäumte sich hoch und wollte schreien. Er erinnerte sich später, daß Gebhard brüllte: »Festhalten!« Dann kam der Einstich.

Sie ließen ihn nur sehr langsam an die Oberfläche kommen und nur für kurze Zeit. Als sie die schweren Beruhigungsmittel langsam wieder absetzten, war schon der zehnte Tag, und draußen regnete es sanft.

»Milan? Bist du da?«

»Na sicher, ich bin hier.«

»Hat sie starke Schmerzen? Weint sie?«

»Sie ist klasse, und sie hat nur Angst davor, nicht mehr richtig Walzer tanzen zu können. Fühlst du dich gut?«

»Ja, ja, so einigermaßen. Kannst du erzählen, was passiert ist? Ich weiß überhaupt nichts mehr.«

»Also, dieser Blonde, dieser Schläger, war nicht sofort tot. Er hat irgendwie die Granate scharfgemacht. Wir waren schon auf der Treppe und rannten zurück. Du kannst dir nicht vorstellen, wie das war.

Der Blonde war jetzt tot, aber du hast nur geschrien. Ich habe dich ... ich habe dir eine geklebt, da warst du ruhig. Meike lag da, sie lag einfach nur da. Dann haben wir den Notarzt geholt und Ambulanzen und all das Zeug.«

»Sind denn die Russen nicht mehr im Haus gewesen?«

Milan lachte unterdrückt. »Die aus den unteren Etagen waren getürmt, die aus Mehmets Wohnzimmer waren entweder tot oder bewußtlos. Ach so, das weißt du ja gar nicht: Davidoff hat es tatsächlich geschafft. Er ist mit dem Geld und dem Stoff über Polen nach Rußland reingekommen. Kein Mensch weiß, wie, aber er ist in Moskau. Das ist eine verrückte Type.

Er hat Sundern angerufen und sich für den Kies und den Stoff bedankt. Und er läßt dich grüßen.

Ja, also, du lagst da, Meike lag da und Mehmet auch, Geronimo hat so durchgedreht, daß er uns alle nicht mehr erkannte. Du weißt ja, wie er ist. Seinem Boß ging beinahe die Kerze aus, und wenn ich ihm nicht die Waffe abgenommen hätte ... vielleicht hätte er uns alle erschossen. Er hat mich einfach nicht mehr erkannt.«

»Und die Polizei?«

»Also, erst mal kamen Krankenwagen und die Notärzte. Das war auch gut so, denn wir wußten ja gar nicht, was wir machen sollten. Diese Helga Friese hat alles gefilmt, aber sie sagt, sie zeigt es nicht, sie hält den Film zurück, falls jemand verrückt spielt.

Dann kam jemand von der Staatsanwaltschaft, ein dicker Kleiner. Wir haben uns schnell abgesprochen.

Da ist noch was Komisches, Grau. Du weißt doch, daß die Bullen da waren und filmten, weißt du das noch?«

Grau nickte.

»Na ja, es hat sich herausgestellt, daß die Kameras zu klein waren, zu schwach. Sie haben nichts drauf, verstehst du? Der Staatsanwalt hat jedenfalls gefragt, was denn da passiert wäre. Wir haben alle gesagt, Davidoff wäre reingeschneit und hätte die Dollar und den Stoff haben wollen. Wir haben gesagt: Wir wissen von nichts, wir haben keine Dollar und keinen Stoff. Nie gehabt. Und Davidoff ist weg.

Aber da waren natürlich die Toten und die Verletzten, und er fragte, wie wir denn das erklären wollten. Wir sagten, die hätten untereinander Krach gekriegt und geschossen und so. Er ist, glaube ich, ein armes Schwein, dieser Staatsanwalt. Er glaubt uns kein Wort, aber er erfährt nichts Genaueres. Ich glaube, er hat schon ein Magengeschwür. Er will in die Klinik kommen und dich befragen, Grau. Glaub mir: Er ist ein armes Schwein.«

»Er soll kommen«, sagte Grau. »Was ist mit White und Thelen?«

»Die sind irgendwie weg. Angeblich weiß kein Mensch, wo sie sind. Sundern hat Beziehungen, er hat rausgekriegt, daß sie erst mal in Urlaub geschickt worden sind. Die sind jetzt die Blamierten, sind einfach am Boden.

Und deine Branche, also diese Medien, machen den Ämtern in Bonn und hier in Berlin die Hölle heiß. Sie schreiben jeden Tag und filmen und befragen irgendwelche hohen Tiere, die alle so tun, als wüßten sie von nichts. Und wir haben jetzt einen Bundestagsausschuß, Grau, einen richtigen Bundestagsausschuß wegen Milan, Grau, Sundern und Meike, Mehmet und Geronimo. Ich denke, ich spinne.«

»Hat Berlin gelacht?«

»Und wie!« strahlte er. »Deine Kollegin, die Helga Friese, hat sie alle ausgezogen. Sie hat zum Beispiel irgendeinen hohen Bullen gefragt, wo denn jetzt die Dollar und das Kokain seien. Der hat ganz blöde getan und ziemlich sauer gesagt: Niemand könnte beweisen, daß es das Zeug überhaupt gibt! Und dann geht dieses Teufelsweib hin und zeigt den Mercedes mit dem Geld und dem Koks im Kofferraum.

Sie fragt irgendeinen Staatsanwalt, ob es wahr wäre, daß

amerikanische Drogenfahnder zusammen mit dem Bundesnachrichtendienst in Berlin jagen. Er sieht sie ganz ärgerlich an und sagt: So ein Unsinn! Und die Helga geht wieder hin und zeigt noch mal die Dollar und den Koks. Auch noch mal die Leiche von Steeben, die Fotos von Thelen und White und noch mal das Hotel. Du lieber Gott, du kannst dir nicht vorstellen, was draußen los ist.

Aber: Niemand weiß, wo du bist, wo Meike ist. Ihr seid einfach verschwunden, verstehst du? Falls Sundern hier einen Presseheini trifft, schlägt er ihm die Zähne ein. Nur die Helga Friese weiß, wo du bist. Sie ruft jeden Tag an und schickt jeden Tag Blumen. Grau, weiß du, wieviel Blumen du bekommen hast? Draußen im Gang stehen ungefähr zwanzig Vasen rum. Alle Kranken auf diesem Flur haben am Bett deine Blumen stehen. Die Orchideen auf dem Schreibtisch vom Chefarzt sind von Sigrid. Ich soll dich grüßen und dir sagen, daß sie dich liebt. Sie liebt dich wirklich, Grau.«

»Hat sie sich über die Uhren gefreut?«

»Sie mußte sich ein bißchen besaufen, weil sie sonst nicht mit dem Heulen aufgehört hätte.«

Es klopfte. Geronimo schob sich mit sehr feierlichem Gesicht herein. Ihm folgte seine Frau, die mindestens so dick war wie er selbst. Ihr folgten seine Kinder, fünf an der Zahl. Grau erkannte in ihnen die verängstigte Truppe wieder, die vor gar nicht allzulanger Zeit im Penthouse auf dem Teppich gehockt hatte.

Geronimo sagte kein Wort, legte einen dickbäuchigen Blumenstrauß auf das Bett und betrachtete Grau wie den lange verloren geglaubten Sohn. Dann gluckste er: »Sieh dir diesen Grau an!«

»Wie geht es Mehmet?« fragte Grau, um die Peinlichkeiten im Keim zu ersticken.

»Oh!« sagte der Dicke theatralisch. »Er schimpft wie

verrückt. Und mit wem schimpft er? Mit mir!« Dann lachte er lauthals.

Nach fünf Minuten hochkonzentrierten Wirbels warf Milan Geronimo samt Familie hinaus. »Haut ab«, sagte er lachend. »Ihr seid so unverschämt gesund.«

»Wann kann ich Meike sehen?« fragte Grau und schaute Milan dabei nicht an.

»Hm«, sagte Milan. Er stand auf, ging zur Tür und machte sie weit auf.

Da hockte Meike wie eine Königin in einem Rollstuhl, und hinter ihr stand der Arzt namens Gebhard.

Sie sagte aufgeregt: »Hallo, Grau!«

»Hallo«, sagte er.

Sie sah faszinierend gut aus. Sie trug irgend etwas höchst Mondänes, Weißes, Seidenes und mußte eben beim Frisör gewesen sein.

»Nun schieb schon«, sagte sie zu Gebhard.

»Du kannst das selbst«, sagte er. Dann ging die Tür zu, und sie waren allein.

»Ich kann das wirklich selbst«, sagte sie mit einem nervösen Kichern, drehte die Räder und rollte auf das Bett zu.

»Hallo, Grau«, sagte sie noch einmal.

Natürlich wollte er aufstehen, natürlich schwang er die Beine seitlich aus dem Bett, und natürlich wollte er sich hinstellen. Aber das alles funktionierte nicht. Irgend etwas in seiner Hüfte stach heftig. »Scheiße«, sagte er.

»Laß nur.« Ihr Rollstuhl stieß ans Bett. »Du mußt vorsichtig sein, Grau. Du hast da ein Loch unterm Bauch. Ich könnte es malen, weil Gebhard es mir genau erklärt hat.«

Ihre Hände flatterten. »Ich war immer so stolz auf meine kleinen Füße, Grau. Jetzt habe ich nur noch einen.« Sie saß starr da und weinte lautlos.

»Das macht doch nichts«, sagte er rauh. »Ich meine, mir macht das gar nichts. Und wir können ja ... es gibt ja ... Ach

Scheiße, mir macht es nichts, Meike. Ich liebe dich, und so ein blöder Fuß ändert nichts daran.«

Er konnte ihr nicht in die Augen sehen. »Du wolltest doch irgendwohin verreisen, nicht? Na ja, wir bleiben halt noch ein paar Tage bei Gebhard, und dann hauen wir ab. Und das bißchen Hinken ... Ach, Scheiße, Kern, ich liebe dich, und du mußt mich hier nicht so rumstammeln lassen.«

Es war lange sehr still.

Dann sagte sie: »Gebhard sagt, es gibt Prothesen, die bemerkt man kaum. Mit Söckchen sieht man die so gut wie gar nicht. Aber das hat noch Zeit.«

»Ja.«

»Ich meine, würdest du mir helfen, mit einer Prothese ...?«

»Ja.«

»Gebhard sagt auch, daß ich ansonsten vollkommen okay bin. Und psychisch, sagt er, schaffe ich das mit links. Na sicher, es dauert Monate, bis man das probieren kann, aber dann geht es sehr schnell. Und es gibt Therapeuten und Physiologen und Masseure und Bäder ... jedenfalls ist es zu schaffen.« Sie weinte wieder lautlos.

»Außerdem bin ja ich da mit meinen dummen Sprüchen«, sagte er weich.

»Ja, Grau. Ich brauche jetzt eine Menge dummer Sprüche.«

»Ich weiß, und ich glaube, du redest auch von Anna. Von deiner Anna.«

»Ja, Grau.«

Der Regen hatte nachgelassen, das Licht des Tages verging langsam.

»Wir könnten uns einigen«, sagte Grau fest. »Du läßt Anna ihr eigenes Leben leben, und wir bemühen uns, eine eigene, neue Anna zu haben. Könntest du darüber nachdenken?«

»Das geht vielleicht, Grau.«

»Es muß ja nicht sofort sein. Erst mal dein Fuß.«

»Erst mal dein Loch in der Hüfte«, sagte sie. Sie lächelte wieder.

»Alles der Reihe nach«, murmelte Grau. »Eins nach dem anderen.«

»Ach ja, ich muß dir was sagen. Gebhard sagt, ich habe ganz individuell weniger Schmerzen als du. Und er ist natürlich ein Sauhund, und er weiß, wir beide werden diese ganze gottverdammte Klinik durcheinanderbringen. Er sagt, Grau, ich muß darauf achten, nicht mit diesem blöden Fuß, den ich nicht mehr habe, irgendwo gegenzutreten.

Und du mußt darauf achten, daß du dich nicht in der Hüfte verdrehst, weil du sonst wie eine alte Dame in Ohnmacht fällst. Er hat uns geraten, Grau, daß ich oben bin. Ich muß immer oben sein, ich muß ... also, ich meine, dieses Nachthemd hat einen Knopf. Einen einzigen, Grau.«

Onkel Hermann spricht das Schlußwort

Sie ahnen es schon: Ich komme zum Schluß.

Ich hocke im Garten unseres Ferienhauses und bin höchst zufrieden mit mir. Die Luft ist lau, vom Meer dringt das Geschrei der Möwen herüber. Meine Frau lärmt in der Küche herum. Sie hat gesagt, sie würde etwas »garantiert ohne Zuhilfenahme von Dosen« kochen. Sie singt schräg und laut: »Sabinchen saß traurig im Garten . . .«, und ist der festen Überzeugung, ich schriebe meine Memoiren. Soll sie das ruhig weiter glauben.

Ich muß mich entschuldigen, daß mein Bericht so lang und so ausgedehnt dahergekommen ist, aber ich habe eben keine Erfahrung, wie man sich kurz faßt.

Dieser Krieg in Berlin ist nun fast schon vergessen, die Erinnerungen des normalen und nicht beteiligten Bürgers sind längst verblichen. Gelegentlich wird noch über diesen komischen jungen Diplomaten gerätselt, der mit Geld und Rauschgift nach Berlin gekommen war, um etwas in Gang zu setzen, dessen Ausmaße er selbst nicht einmal geahnt hatte.

Die Erinnerungen verfliegen um so schneller, je weniger bekanntgeworden ist, was eigentlich dahintersteckte. Im Grunde hat der Bürger dieses Landes davon nichts erfahren. Ich hoffe, daß dieser Bericht diesem unbefriedigenden Zustand ein wenig abhilft.

Der Ausschuß des Bundestages hat versagt, wie die meisten dieser Ausschüsse in aller Regel versagen. Natürlich wurden auch Milan und Geronimo nicht angehört. Wörtlich sagte der Ausschußvorsitzende: »Die waren ohnehin nur Wasserträger und hatten doch keine Ahnung, warum sie dieses oder jenes haben machen sollen.«

Milan hat jetzt einen Edelkiosk, direkt neben Mehmets Haus. Dort steht er, zusammen mit seiner Sigrid, und brät polnische Würste. Er ist so etwas wie eine lebende Legende geworden, und die jungen Männer der Gegend, die sich gern als lederhäutige Machos verkaufen, sehen zu ihm auf wie zu einem Helden. Er telefoniert jeden Tag mit Grau, falls der irgendwo zu erreichen ist.

Jedesmal fragt Milan: »He, wann bringen wir wieder Unruhe in die Stadt?«, und Grau antwortet stereotyp: »Warte es ab!« Zuweilen kommt Helga Friese vorbei, und er spendiert ihr eine Wurst. Sie ist nicht mehr so hektisch, ist jetzt festangestellte Redakteurin bei der ARD, und ihre Berichte über die deutsche Sozialpolitik sind gefragt. Sie seufzt mit fettigem Mund: »Wann kommt Grau wieder in die Stadt?« Eine Antwort will sie gar nicht, sie ist nur ein bißchen neidisch auf Meike.

Natürlich werden Sie wissen wollen, was aus dem christlichen Thelen wurde. Nun ja, er wurde sehr schnell und resolut aus dem Amt entfernt und mußte einen Revers unterschreiben, niemandem, wirklich niemandem gegenüber auch nur das Geringste über die Berliner Ereignisse zu erwähnen.

Irgendwann wurde er aufsässig und wollte gegen den Staat klagen. Weil der aber wußte, daß ihm ein Arbeitsgericht möglicherweise Recht geben und ihn wieder an seinen alten Arbeitsplatz setzen könnte, lobte man ihn blitzschnell auf eine höchst wichtige Position. Er wurde Sicherheitsberater der Bayerischen Staatsregierung.

Sicherlich wollen Sie auch wissen, was aus Al White wurde. Der kehrte gar nicht erst nach Washington zurück, weil das Gelächter dort so gewaltig war, daß man es überall auf dem Erdball hören konnte. Er bat darum, »an der Front Verwendung zu finden«, was in seinem Gewerbe eine sehr vornehme Umschreibung für äußerste Gesichtslosigkeit ist.

White, liebe Leserinnen und lieber Leser, bekam einen

grandiosen Abgang. Bei der Aufgabe, die schnell wachsenden Mohnfelder in Kolumbien zu untersuchen und genaue Karten darüber anzulegen, stolperte er ahnungslos in ein geheimes Kokainlager der Mafia.

Viele seiner Kolleginnen und Kollegen behaupteten, daß seine Vorgesetzten ihm beim Stolpern geholfen hätten, aber ich will niemanden verdächtigen. Fakt ist: White verschwand spurlos mitsamt seinem indianischen Führer – und niemand hat je nach ihm gesucht. Ich vermute also, seine Gebeine modern irgendwo in Südamerika.

Sundern? Der hockt immer noch jede Nacht in seinem geliebten ›Memphis‹ und versucht herauszufinden, welches Haus in Berlin das schönste für Meike und Grau wäre. Manchmal hat er einen Anfall von Telefonitis und ruft die beiden mitten in der Nacht an.

Meike und Grau haben mich übrigens gestern besucht. Es war ein eigenartiges Gefühl für mich. Meike sieht phantastisch aus, und sie ist schwanger, wie sich das gehört. Beim Gehen legt sie eine Hand auf ihren Bauch, wenngleich der noch vollkommen flach ist und nichts verrät. Wenn ich es nicht wüßte, hätte ich ihre Prothese gar nicht bemerkt.

Grau macht einen sehr gelassenen, etwas spöttischen Eindruck. Er hat diesen Bericht gelesen, mir zugenickt und gesagt: »Gut. Sie haben nichts vergessen.« Ich wurde rot, ich kriege so selten Komplimente von Profis.

Grinsend sagte er dann: »Ich habe mich zum Schweigen verpflichtet.«

Sie werden wissen wollen, wer ihn zum Schweigen verpflichten konnte. Nun, er bekam in seinem Hotel in Nizza, wo sie sich erholen, einen Besucher, einen Abgesandten des Bundeskriminalamtes. Der machte einen interessanten Vorschlag: Grau solle schweigen und erhalte dafür dreihunderttausend Mark, exakt soviel, wie ihm ein Verlag für ein Buch angeboten hatte. Soweit Grau weiß, sind das Auswärtige Amt und das Innenministerium je zur Hälfte an dieser Summe beteiligt.

Ich selbst bekomme von einem Verlag, dessen Namen ich nicht nennen möchte, zweihunderttausend Mark. Dieses Geld habe ich Meike geschenkt. So wird Graus Baby am Tag seiner Geburt ein wohlhabendes Kind sein.

Meine Frau ruft mich zum Mittagessen.

Es hat mich gefreut, Ihnen Auskunft geben zu dürfen.